춘원 이광수 전집 13

그 여자의 일생

김경미 | 영남대학교 한문교육과를 졸업하고 경북대학교 국어국문학과 대학원을 졸업했다. 2009년부터 경북대학교 기초교육원에서 초빙교수로 재직했으며, 현재는 경북대학교 교육개발본부 소속 글쓰기 초빙교수로 재직 중이다. 저서로 『이광수 문학과 민족 담론』(2011), 『1910년대 문학과 근대』(공저, 2005), 『우리 영화 속 문학 읽기』(공저, 2006), 『사회과학 글쓰기』(공저, 2015), 『과학기술 글쓰기』(공저, 2016), 『대학글쓰기』(공저, 2020)가 있다.

춘원 이광수 전집 13

그 여자의 일생

초판 1쇄 발행 2021년 7월 14일

지은이 | 이광수
감수 | 김경미

펴낸곳 | (주)태학사
등록 | 제406-2020-000008호
주소 | 경기도 파주시 광인사길 217
전화 | 031-955-7580
전송 | 031-955-0910
전자우편 | thspub@daum.net
홈페이지 | www.thaehaksa.com

책임편집 | 조윤형
편집 | 여미숙
디자인 | 이보아
마케팅 | 김일신
경영지원 | 정충만
인쇄·제책 | 영신사

값 25,000원

ISBN 979-11-90727-24-2 03810

이 전집은 춘원 이광수 선생 유족들의 협의를 거쳐 막내딸인 이정화 여사의 주관으로 발간되었습니다.

그 여자의 일생

—

장편
소설

김경미 감수

태학사

이광수(李光洙, 1892~1950)

일러두기

1. 이 책은 『조선일보』 연재본(1934. 2. 18~1935. 9. 26)을 저본으로 삼았다.
2. 이 책은 2017년 3월 28일 문화체육관광부 고시 '한글 맞춤법'에 따라 현대어로 옮긴 것이다. 각각의 작품은 저본에 충실하되, 현대적인 작품으로 일신하고자 하였다. 단, 작가의 의도를 드러낼 필요가 있거나 사투리, 옛말, 구어체 중에서도 오늘날 의미나 어감이 통하는 표현은 가급적 살리고자 하였다.
3. 한글만 쓰기를 원칙으로 하되, 낱말의 뜻을 파악하기 어려운 한자어나 외국어의 경우 한글을 먼저 쓰고 한자 또는 해당 원어를 병기하였고, 경전·사서·한시·화제 등의 한문 문장이 인용된 경우 독음 없이 원문을 인용하되, 필요한 경우 번역문을 덧붙였다.
4. 대화는 " "로, 등장인물의 생각이나 강조의 뜻은 ' '로, 말줄임표는 '……'로 표기하였다. 읽는 이들의 편의와 문맥을 감안하여 원문의 의미를 훼손하지 않는 선에서 적절하게 문장부호를 추가, 삭제하거나 단락 구분을 하였다.
5. 저술, 영화, 희곡, 소설, 신문 등의 제목은 각각의 분량을 기준으로 「 」와 『 』로 표기하였다.
6. 숫자는 가급적 한글로 표기하되, 연도 등 문맥을 고려하여 필요하다고 판단되는 경우에는 아라비아 숫자로 표기하였다.
7. 현행 외래어 표기법을 따르되, 그 쓰임이 굳어진 것은 관례적인 표현을 따랐다.
8. 명백한 오탈자라든가 낱말의 순서 바뀜 등의 오류는 바로잡았다. 선정한 저본만으로 해결할 수 없는 경우, 다른 판본을 참조하여 수정하였다.
9. 이상의 편집 원칙에 따르되, 감수자가 개별 작품의 특성을 고려하여 유연하게, 탄력적으로 이 원칙들을 적용하였다.

  춘원연구학회가 춘원(春園) 이광수(李光洙) 연구를 중심축으로 하여 순수 학술단체를 지향하면서 발족을 본 것은 2006년 6월의 일이다. 이제 춘원연구학회가 창립된 지도 15년이 되었다. 그동안 우리 학회는 2007년 창립기념 학술발표대회 이후 학술발표대회를 21회까지, 연구논문집 『춘원연구학보(春園硏究學報)』를 20집까지, 소식지 『춘원연구학회 뉴스레터』를 13호까지 발간하였다.

  한국 현대문학사에 끼친 춘원의 크고 뚜렷한 발자취에 비추어보면 그동안 우리 학회의 활동은 미약하였다. 그러나 여러 가지 어려운 여건 속에서도 학회를 창립하고 3기까지 회장을 맡아준 김용직 선생님과 4~5기 회장을 맡아준 윤홍로 선생님, 그리고 학계의 원로들과 동호인들의 각고의 노력으로 우리 학회의 내일이 한 시대의 문학과 문화사에 깊고 크게 양각될 것으로 기대된다.

  일제강점기에 춘원은 조선인들에게 민족의식을 일깨워주고 문학적 쾌락을 제공하였다. 춘원이 발표한 글 중에는 일제의 검열로 연재가 중단되거나 발간이 금지된 것도 있다. 춘원이 일제의 탄압에도 끊임없이 소설을 쓴 이유는 「여(余)의 작가적 태도」에 잘 나타나 있다. 이 글은 검열을 의식하면서 쓴 글임에도 비교적 자세히 춘원의 입장을 밝히고 있다. 춘원은 "읽을 것을 가지지 못한" 조선인, 그중에도 "나와 같이 젊은 조선의 아들 딸을 염두에" 두고 "조선인에게 읽혀지어 이익을 주려" 하는 것이라 하면서, 자신이 소설을 쓰는 근본 동기가 "민족의식, 민족애의 고조, 민족운동의 기록, 검열관이 허(許)하는 한도의 민족운동의 찬미"라고 밝히고 있다. 춘원의 소설은 많은 젊은이에게 청운의 꿈을 키워주기도 하고 민족적 울분을 삭여주기도 했다.

뿐만 아니라 춘원은 『신한자유종(新韓自由鐘)』의 발간, 2·8독립선언서 작성, 대한민국 임시정부 수립, 임시정부의 『독립신문』 사장, 수양동맹회(修養同盟會)와 수양동우회(修養同友會), 그리고 동우회(同友會) 활동 등 독립운동과 민족운동에 참여한 바 있다.

일제는 1937년 7월, 중일전쟁 직전인 1937년 6월부터 1938년 3월까지 수양동우회와 관련이 있는 지식인 180명을 구속하고 전향을 강요하였으며, 1938년 도산(島山) 안창호(安昌浩)의 사후 춘원은 전향하고 '가야마 미쓰로(香山光郎)'로 창씨개명을 하게 된다.

당시의 정황은 우리가 생각하는 것처럼 단순하지 않다. 조선의 히틀러라 불리는 미나미 지로(南次郎) 총독이 전시체제를 가동하여 지식인들의 살생부를 만들고 그들의 생명을 위협하던 시기였다. 나라를 잃고 민족만 남아 있는 일제강점기에 우리 선조들은 온갖 고난을 감수해야만 했다. 일제에 저항하여 독립운동을 하고 옥사한 사람들도 있지만, 생존을 위해 일제에 협력하고 창씨개명을 한 이들도 적지 않았다.

해방 후 춘원은 자신의 과오를 반성하지 않고, 자신은 민족을 위해 친

일을 했고, 민족을 위해 자기희생을 했노라고 했다. 이러한 주장은 많은 사람들로부터 질타를 받았다. 그럼에도 춘원을 배제하고 한국 현대문학과 현대문화를 논할 수 없으며, 그가 남긴 문학적 유산들을 친일이라는 이름으로 폄하하는 것은 온당해 보이지 않는다. 문학 연구에 정치적인 논리나 진영 논리가 개입하면 객관적인 연구가 진척될 수 없다. 공과 과를 분명히 가리고 논의 자체를 논리적이고 이지적으로 전개해야 재론의 여지가 생기지 않는다.

삼중당본 『이광수전집』(1962)과 우신사본 『이광수전집』(1979)은 편집자의 의도에 따라 많은 작품이 누락되어 춘원의 공과 과를 가리기에 어려움이 있다. 또한 현대어와 거리가 먼 언어를 세로쓰기로 조판한 기존의 전집은 현대인들이 읽기에 어려움이 있다.

따라서 춘원이 남긴 모든 저작물들을 포함시킨 새로운 전집을 발간할 필요성이 제기되었다. 춘원연구학회에서는 춘원의 공과 과를 객관적으로 평가하는 장을 마련하기 위해 춘원학회가 아닌 춘원연구학회라 칭하고 창립대회부터 지금까지 공론의 장을 마련해왔으며, 새로운 '춘원 이광수 전집' 발간을 준비해왔다.

전집 발간 준비가 막바지에 달한 2015년 9월 서울 YMCA 다방에 김용직, 윤홍로, 김원모, 신용철, 최종고, 이정화, 배화승, 신문순, 송현호 등이 모여, 모 출판사 사장과 전집을 원문으로 낼 것인가 현대어로 낼 것인가, 그리고 출판 경비는 어느 정도로 할 것인가를 가지고 논의했으나 합의점을 찾지 못했다. 2016년 9월 춘원연구학회 6기 회장단이 출범하면서 전집발간위원회와 전집발간실무위원회를 구성하였다. 전집발간위원회는 송현호(위원장), 김원모, 신용철, 김영민, 이동하, 방민호, 배화승, 김병선, 하타노 등으로, 전집발간실무위원회는 방민호(위원장), 이경재, 김형규, 최주한, 박진숙, 정주아, 김주현, 김종욱, 공임순 등으로 구성하였다.

전집발간위원들과 전집발간실무위원들은 연석회의를 열어 구체적인 방안들을 논의하고, 또 전집발간실무위원들은 각 작품의 감수자들과 연석회의를 하여 세부적인 사항들을 논의한 끝에, 2017년 6월 인사동 '선천'에서 춘원연구학회장 겸 전집발간위원장 송현호, 태학사 사장 지현구, 유족 대표 배화승, 신문순 등이 만나 '춘원 이광수 전집' 발간 계약을 체결하였다. 춘원이 남긴 작품이 방대한 관계로 장편소설과 중·단편소설을 먼저 발간하고 그 밖의 장르를 순차적으로 발간하기로 하였다. 또한 일본어로 발표된 소설도 포함시키되 이 경우에는 번역문을 함께 수록하기로 하였다.

전집발간위원회에서 젊은 학자들로 감수자를 선정하여 실명으로 해당 작품을 감수하게 하며, 감수자가 원전(신문 연재본, 초간본, 삼중당본, 우신사본 등)을 확정하여 통보해주면 출판사에서 입력하여 감수자에게 전송해주고, 감수자는 판본 대조, 현대어 전환을 하고 작품 해설까지 책임지기로 하였다.

'춘원 이광수 전집' 발간은 현대어 입력 작업이나 경비 조달 측면에서 간단한 일이 아니어서 오랜 시일이 소요되었다. 전집 발간에 힘을 보태주신 김용직 명예회장은 영면하셨고, 윤홍로 명예회장은 요양 중이시다. 두 분 명예회장님을 비롯하여 전집발간위원회 위원, 전집발간실무위원회 위원, 감수자, 유족 대표, 그리고 태학사 지현구 회장님께 감사드린다. 아울러 실무를 맡아 협조해준 전집발간실무위원회 김민수 간사와 춘원연구학회의 신문순 간사, 그리고 태학사 관계자에게도 고마운 마음을 전한다.

2021년 6월

춘원이광수전집발간위원회 위원장 송현호

차례

발간사　　7

그 여자의 일생

처녀편(處女篇)　　15

연애편(戀愛篇)　　198

혼인편(婚姻篇)　　266

방랑편(放浪篇)　　395

회광편(回光篇)　　531

작품 해설
전환기의 시발점, 『그 여자의 일생』_ 김경미　　575

처녀편(處女篇)

이 이야기의 주인공 이금봉(李金鳳)이 난 것은 인천 바다에서 일본 군함이 아라사 군함을 격침하여 일로전쟁이 터지던 갑진년이었다. 서울 계동 막바지, 뒷산에는 솔밭이 있는, 금봉의 아버지 이정규(李正圭)의 집은 이름이 이정규의 집이지 기실은 당시 정부를 반대하던 정치가들이 밀회하기 위하여 사놓은 집으로서 이정규는 이 집을 지키는 사람에 불과하였다.

당시 애국자로, 영웅으로 드날리던 노백린(盧伯麟), 이갑(李甲) 같은 사람들이 밤이면 모여서 천하의 경륜을 토론하느라고 고담준론하던 집이었다. 금봉은 이러한 사람들의 손과 무릎에서 귀염을 받는 일이 많았다. 금봉은 그렇게 귀염을 받을 만하게 어여쁘게 생기고 또 숙성하였다.

"금봉아, 너는 자라서 무엇이 될래? 나란부인이나 약안부인이 되어라."

금봉은 이렇게 그들에게 축복을 받았다. 그때에는 『나란부인전』이니

『약안부인전』이니 하는 서양의 애국 여성의 전기들이 많이 유행하였다.

'약안아', '나란아' 하는 것도 금봉의 이름 중에 하나였다.

금봉의 아버지도 미남자였다. 그는 그때 헌병 정교를 다니다가 그만두었고, 금봉의 어머니는 당시 미인으로 이름이 높던 계향이라는 기생으로서, 돈도 없고 지위도 없는 금봉의 아버지 정규에게 그 풍채에 반하여 제 재산을 다 가지고 시집을 온 여자였다. 그는 자기의 성이 민씨라 하여 본래는 양반의 씨라고 자랑을 하였으나 사람은 점잖은 집에서 자라난 여자와 같은 단아함이 있었다.

이정규는 본래 어떠한 사람인지 모르지만, 노백린 씨가 육군 부령으로 있을 때에 이정규가 헌병 상등병으로 있으면서 노 부령의 눈에 들어 정교까지 올라가게 된 사람이었다. 그는 윗사람의 눈에 잘 드는 타입의 사람이었다. 인물 풍채도 묘하거니와 백령백리(百怜百利)하여 윗사람이 생각하는 일까지 미리 알아차리는 사람이었다.

금봉의 위로 인현(仁鉉)이라는 세 살 더 먹은 사내아이가 있고, 금봉의 밑으로 은봉(銀鳳)이라는 연년생의 동생이 있었다. 모두 인물이 좋았었다.

일로전쟁이 끝나고 을사신조약이 맺히고 경술년 합병이 될 때까지 금봉의 집에 다니던 이들은 다 해외로 망명해버리고 말았다. 그 통에 그 집은 금봉의 아버지 정규의 소유가 되어버리고, 그 밖에도 이모저모로 정규는 많은 돈을 모았다.

그들이 해외로 달아날 때에 이정규에게 어떤 사명을 맡긴 것은 사실이지마는, 그는 멀리 떠나간 사람들과 한 약속까지 지키지 아니하여도 좋은 줄 알뿐더러 도리어 그리 아니 하는 것이 여러 가지로 이로운 것이 있기 때문에 모른 체해버리고, 집도 팔아서 애오개로 옮기고, 해외에 나간 이들에게 대해서는 종적을 감추어버리고 말았다. 그는 그만큼 약은 사람이었다.

금봉이 보통학교를 졸업하고 고등보통학교에 들어가던 해에 금봉의 어머니는 우물에 빠져서 자살을 해버렸다. 그것은 남편 되는 이정규가 돈푼이나 생기게 되니까 본래 기생이던 아내가 싫어져서 그랬는지 처녀한테 유처취처(有妻娶妻)로 장가를 들고 본 아내 민 씨를 소박한 까닭이었다.

금봉의 어머니 민 씨는 기생 티를 안 보일 양으로 참 애를 썼다. 머리를 쪽 지는 것도 여염집 부인답게 하고 금비녀까지도 아니 꽂았고 의복도 수수한 것으로만 입었다. 그리고 평생에 좋아하던 거문고와 양금도 팔아버리고 말았다.

계향의 거문고라 하면 계향이 기생 노릇을 하는 동안에는 장안에 소문이 높았었다. 노백린, 이갑 같은 이들도 계향의 거문고를 사랑하여서 가끔 들었다. 계향은 다만 고전적인, 가령 도도리라든지를 알 뿐 아니라 보통 사람이 모르는 여러 가지 곡조를 탈 줄 알았고, 또 자기가 새 곡조를 짓는 일도 있었다. 그는 장엄한 것, 슬픈 것, 청아한 것, 또 장엄하게, 슬프게, 청아하게, 이 모양으로 정말 음률을 알아서 자유자재로 아뢰는 재주를 가졌었다.

정규는 양금은 듣기 좋아하였으나 거문고 소리는 싫다고 하였다.

"왜 거문고를 싫다고 하시오?"

하고 계향은 남편에게 가끔 말하였다.

아들 인현이 양금을 가지고 장난할 때에는 계향은 이런 말로 책망하였다.

"거문고 소리는 깊고 무겁고 점잖하기 군자답지마는 양금 소리는 옅고 가볍고 방정맞으니 거문고를 좋아하고 양금을 좋아하지 말어라."

그래도 아이들은 이 말을 잘 알아듣지 못하고 인현이나 금봉이나 양금을 좋아하였다. 그러다가 십여 세가 넘어서부터는 인현은 어머니에게 거문고를 배우고 금봉은 양금을 배웠다.

"듣기 싫다! 네 어미 모양으로 기생이 되련?"

하는 정규의 꾸중이 내릴 때에는 계향은 혼자 울었다.

계향이 정규의 눈 밖에 나면 날수록 거문고와 양금이 정규의 미움을 받았다. 그래서 계향은 단연히 그가 그처럼 사랑하던 거문고와 양금의 줄을 끊어버리고 마침내 팔아버릴 생각을 한 것이었다. 이렇게 해서라도 민 씨는 '아내' 되기를 힘썼으나 마침내 참다못하여 열다섯 살, 열두 살, 열한 살 먹은 세 아이와, 또 젖먹이 하나를 계모의 손에 남기고 우물에 몸을 던져서 자살해버린 것이다.

그는 남편에게 한 장, 아이들에게 한 장, 유서 두 장을 써놓았다. 그 유서는 궁체 아름다운 글씨로, 이러하였다.

첩은 죽나이다. 첩이 죽지 아니하고는 가장의 마음을 편히 할 도리가 없기로 죽나이다. 어린것들 뒤에 남기니 가슴이 아프오나 또한 팔자인가 하오며, 첩이 가지고 온 이백 석지기로 부족하나마 네 아해 공부나 잘 시켜주시기 바라나이다. 첩이 죽은 뒤에는 네 아해를 돌아볼 사람이 없사오니 수원 마나님이 마음도 착하고 아해들도 정이 들었사오니, 아해들은 수원 마나님에게 맡겨주시옵소서. 죽는, 죄 많은 처 민 씨 읍혈 상서.

이것은 남편에게 한 유서였다. 옛날 조선식 아내의 덕을 배우려는 계향은 한마디도 남편을 원망하는 말을 하지 아니하고 도리어 남편의 마음을 편안하게 하기 위하여서 죽는다고 하였다. 수원 마나님이란 이는 근십 년이나 이 집에 와서 바느질도 하고 살림도 보살피고 있던 마누라다. 본래 수원 살았다고 해서 수원 마나님이지, 지금은 남편은 물론이거니와 아들도 딸도 다 죽어 없어진 무의무탁한 늙은이다.

"그렇게 마음씨가 착하신 어른이 왜 이같이도 액이 많으시우?"

하고 수원 마나님의 세 아들, 두 딸이 하나씩 하나씩 죽을 때마다 계향은 마나님에게 이렇게 위로하는 말을 하였다.

"다 전생에 죄가 많아서 그렇지요."

하고 마나님은 마지막으로 막내아들이 죽을 때쯤은 눈물조차 말라서 나올 것이 없었다.

남편에게 한 유서는 이렇게 냉정하지마는 그 자녀들에 한 유서에는 열정이 넘치었다. 마치 싸고 싸두었던 계향의 열정을 마지막으로 그의 뒤에 남기는 자녀들에게 퍼부어버린 듯하였다.

엄마는 죽는다. 어린 너희를 두고 엄마는 죽는다. 엄마는 기생이 되어서 몸이 천하기 때문에 아버지의 마음에 들지 못하야 엄마는 죽는다. 금봉아, 은봉아, 너희는 계집애니 일생에 꼭 한 남편만을 섬겨라. 그리하되 얼굴이나 재주나 돈으로 남편을 고르지 말고 꼭 덕으로 남편을 골라야 한다. 여자의 일생이 한번 몸을 더럽히면 영영 다시 회복하지 못하는 것이다. 불쌍한 어미를 거울삼아서 부대부대 너희는 내가 걷는 길을 밟지 말아라.

금봉아, 너는 양금을 좋아하니 네 마음이 가벼울까 걱정이다. 천품이 가벼웁더라도 잘 닦으면 무거워질 수 있으니 거문고 소리와 같이 무거운 여자가 되어라.

은봉아, 너는 웬일인지 너무도 말이 없고 수심 빛을 많이 띠었으니 남이 보면 청승맞다 아니 하겠느냐. 네 형은 너무 팔랑팔랑해서 걱정이요, 너는 너무 무거워서 걱정이다. 어미가 죽었다면, 그렇지 아니하여도 남들이 청승맞게 볼 터이니 아무쪼록 늘 웃고 기쁜 빛을 가지기를 바란다.

인현아, 네야 사내대장부요 네 아버지의 맏아들이니 어떠하랴. 또 네 천성이 군자다우니 나는 너를 많이 믿는다마는, 오직 걱정되는 것은 네가 너무도 고집이 세인 것이다. 사내가 뜻이 굳은 것은 좋지마는 너무 굳기만 하고 휘어야 할 때에 휠 줄을 모르면 부러질 염려가 있는 것이다. 어린 동생들을 어미 대신 거느리고 고생이야 오죽하겠느냐마는 불쌍한 어미를 생각하야 부대부대 대장부가 되어라. 더욱이 젖먹이 동생 부탁한다.

어린 너희들 두고 죽는 어미를 무정하다고 원망하지 말아라. 내가 죽어버리는 것이 너희들의 장래에 행복을 주는 일이라고 믿는다. 불쌍한 어미를 생각하고 부대부대 좋은 사람들이 되어라. 지하에서 어미는 눈을 감지 않고 너희들이 잘되는 것만 보고 있으련다. 죽는 모.

아내의 유서를 떼어 본 정규는,
"미친년, 서방이나 얻어 가겠지, 죽기는 왜 죽어! 세상에서 우리 집을 흉가라고 아니 하겠나."

하고 역정을 내었으나 아이들한테 한 유서를 보고 나서는 그래도 마음이 좀 언짢던지 아무 말도 없이 금시 학교에서 돌아온 인현에게 그것을 던져 주었다.

이 유서를 발견하고야 비로소 계향이 죽은 줄을 안 것이었다. 계향은 지난밤에 이 유서를 써놓고 죽으려 하였으나 이날이 인현의 학년 시험이 끝나는 날인 것을 알기 때문에 아침에 일어나서 벤또까지 다 싸주고 아이들이 학교에 가는 것을 대문 밖까지 바래주고 들어와서 죽기로 결심을 한 것이다.

"어머니가 돌아가셨어요?"

하고 인현은 유서를 읽고 허둥지둥하였다.

"웬걸, 아직 죽었겠니? 엄포겠지. 어디 가서 자빠져 있겠지."

하고 정규는 태연하게 가게로 나가버렸다. 그 가게라는 것은 미곡, 소금, 숯, 어물 등속을 휘뚜루 놓고 파는 데였다.

이때에 금봉과 은봉이,

"어머니!"

하고 학교에서 돌아왔다.

"어머니 돌아가셨다."

하고 인현은 안방에서 울고 앉았다가 동생들을 보고 소리를 쳤다.

"무어? 어머니가 어째요?"

하고 금봉과 은봉도 안방으로 뛰어 들어왔다. 그들은 방바닥에 놓인 어머니의 유서를 보고 한꺼번에 소리를 내어서 울었다. 형들이 우는 것을 보고 아랫목에 누워서 놀던 젖먹이도 울었다.

"왜들 우니? 사위스럽다."

하고 문을 열어젖히는 것이 서모 김 씨였다. 삼 남매는 약속이나 한 듯이 일제히 서모를 흘겨보았다.

"아, 요년들 보게. 누굴 보고 고따위로 눈깔을 흘겨. 바로 독사 눈깔들 같구나. 아이그 소름 끼쳐. 조년들이 나를 못 잡아먹어서."

하고 김 씨는 문을 벼락같이 닫고 통통거리고 나가버린다. 그가 있는 곳은 아랫방이라고 하지마는 사랑채나 별당 모양으로 된 딴채였다. 아직도 안방 차지는 민 씨가 하고 있었고, 김 씨는 이 안방을 노리고만 있었다. 그러나 아이들이 "어머니가 돌아가셨다." 하는 말에 하도 대견해서 안방 문을 열어보았던 것이다. 민 씨가 없어지면 안방 차지는 내 차지라고 생각하였다.

"왜들 울어?"

하고 정규가 그래도 마음이 놓이지 아니하였던지 가게로부터 다시 안방으로 들어와서 우는 자녀들을 보고 호령을 하였다.

"어머니가 어디서 돌아가셨수?"

하고 금봉이 원망하는 눈으로 아버지를 바라보았다.

"내가 아니? 삼층장 서랍에 삐쭉 나오게 그 편지가 끼어 있두구나."

하고 방 어느 구석에 아내의 시체가 있는가 하고 찾기나 하는 듯이 두리번두리번하며,

"원, 어디로 갔담?"

하고 또 밖으로 나가버렸다.

마침내 수원 마나님이 뒤란 우물가에서 민 씨의 신발하고 비녀를 찾아서 그가 우물에 빠져 죽은 것이 판명되었다. 민 씨는 자기가 신던 나들이 신발을 우물가에 가지런히 놓고 신 운두에 걸쳐서 비녀를 놓았던 것

이다.

정규는 자녀들과 집안사람에게 민 씨가 우물에 빠져 죽었단 말을 발설 말 것을 엄하게 명령하고, 그저 갑자기 죽었다고 꾸며서 삼일장으로 장례를 지냈다.

정규는 아이들이 거상 입기를 금하고, 무론 아내의 궤연도 베풀지 아니하였다. 개화 세상에는 그런 것이 다 쓸데없는 짓이라고 말하고, 김 씨의 청에 의하여 무당을 불러서 한바탕 집가심 굿을 하고, 뒤란 우물은 메워버리고, 그리고 안방 세간과 아랫방 세간을 바꾸고, 아이들은 수원 마나님과 함께 아랫방으로 쫓겨 내려오고, 김 씨는 안방을 차지하게 되었다.

금봉은 날이 갈수록 미인이 되었다. 열둘, 열세 살 때에 벌써 남자들의 마음을 끌었다. 그 치렁치렁한 검은 머리, 하얀 목, 샛별같이 빛나는 눈, 그 조화 잘된 몸 모양, 그 보들보들해 보이는 조그마한 손, 그 걸음걸이, 모두 다 사람들의 눈을 끌었다. 더구나 눈을 한번 치뜨면서 상그레 웃는 양을 볼 때에는 같은 여자 동무들도 황홀하지 아니할 수가 없었다.

"금봉이는 너무 이뻐."

하고 비평하는 동무들도 있었다. 그는 과연 너무 이뻤다. 하나님이 무슨 까닭으로 이렇게 이쁜 여자를 낳았는가. 그것은 한 막의 비극을 꾸미기 위함인가.

학교의 상급생들은 다투어서 금봉을 사랑하였다. 동성연애였다. 그들은 이성에게 대하나 다름없이 가슴을 두근거리고 얼굴을 붉혔다. 그리고 손을 잡고 몸을 만지며 뺨을 비볐다. 이런 일이 다 금봉을 더욱 조숙하게 만들었다.

날마다 학교에 오고 가는 길에 뒤를 따르는 남학생이 없는 날이 거의 없었다. 간혹 점잖은 남자가 한사코 뒤를 따르는 일도 있었다.

"언니, 저 사내가 또 따라오우."

하고 같이 가는 은봉이 입을 막고 웃었다. 은봉도 얼굴이 미운 편은 아니나 금봉에게 비기면 빛이 없었다. 게다가 은봉의 눈에는 젖은 빛과 흐르는 빛이 없어서 그 얼굴에 변화가 없었다. 그러나 금봉의 눈과 얼굴에는 여름날 저녁때의 노을빛과 같이 쉼 없는 변화가 있었다.

이것이 사람들의 눈을 차암하는 것이었다.

금봉은 공부로도 보통학교 일 년부터 첫자리였다. 산술도 잘하고, 기억력도 좋고, 특별히 창가를 잘하고, 오직 부족한 것이 그림과 습자였다. 그러나 다른 과정의 점수가 이 두 과정의 부족함을 보충하고도 남았다.

'저 애가 무슨 일을 내고야 말지.'

하는 생각을 하는 선생도 있었다. 금봉을 시기하는 동무들은 적지 아니하였으나, 그러나 금봉은 남녀를 물론하고 거의 모든 선생의 사랑을 받았다. 금봉은 그 용모와 행동이 아름다운 것 외에 마음씨 쓰는 것이 다정스럽고 인자하였다.

금봉이 다니는 학교 선생 중에 손명규(孫明圭)라는 이가 있었다. 이이는 본래는 산술 선생으로 들어왔으나 동경 물리학교에 일 년쯤 다닌 것밖에 학력이 없어서 다만 법정한 자격이 없을뿐더러 산술을 잘 가르치지도 못하였다. 그렇지마는 그가 어떻게 교장의 신용을 얻었는지, 늙고 점잖아서 학교에 출근을 잘 아니 하는 교장은 어느새에 서무주임, 교무주임, 회계 다 제쳐놓고 손 선생을 통해서 행정을 하게 되었다. 처음에는 손 선생은 교장의 불정이라고 지목을 받았지마는 세력이 확립된 뒤에는 누가 감히 그의 비위를 거스르지 못하였다.

　그렇다고 손 선생은 간악한 사람도 아니었다. 그가 아이들에게 두꺼비 선생이라는 별명을 듣는 모양으로, 얼굴이 둘하게 생기고 목이 대받고 어깨가 쑥 올라가고 한 모양이 우직하다는 인상을 줄 법하지, 간교하다는 인상은 줄 수가 없었다. 이렇게 우직한 듯한 것이 교장의 신용을 얻은 큰 밑천이었다. 더구나 그의 퍼렇고 두껍고 뒤둥그러진 두 입술은 도야지 주둥이를 연상케 하였다. 그 입술 모양은 둘한 욕심꾸러기를 표시하는 듯하였다.

　그러나 자세히 보면, 손명규 선생에게는 몇 가지 심상치 아니한 것이 있었다. 그것은 첫째로는 얼굴에 비겨서는 날카로운 눈이요, 둘째로는 도무지 말이 없고 웃지도 아니하고, 평생 무슨 중대한 생각을 하고 긴급한 일을 보느라고 바쁜 듯한 그의 태도였다. 그는 가만히 앉아 있는 일이 없었다. 하루에도 몇 차례씩 학교를 샅샅이 돌며 하인들을 보고 꾸지람을 하였다. 직원실에 앉았노라면 거의 반드시 어느 모퉁이에서나 손 선생의 털털한 음성으로 꾸짖는 소리가 들렸다.

　"이게 머야, 깨끗이 치우지."

　"저 꽃나무에 물 안 주었구먼."

　이런 종류의 꾸지람이었다.

　손 선생이 이렇게 자리에 붙어 앉지 못하는 까닭 중에 하나는 그의 임질일 것이요, 또 그의 양미간 늘 고통의 주름살이 있는 것도 이 임질일 것이다. 임질은 분명히 손 선생의 성격을 좀 음침하고 까다롭게 하였다.

　교장의 주장으로 이 학교에는 미남자 선생은 일절 채용하지 아니하였다. 교장의 말에 의하건댄, 여학교 교사가 미남자면 학생 편에서 마음이 움직이기 쉬우니 위험하다는 것이었다. 그래서 이 학교 교사는 손 선생 모양으로 괴상하게 생긴 사람이 아니면 얼굴이 곰보거나 낯빛이 검거나, 어쨌거나 모양 없는 사내들뿐이었다. 서무주임 오 선생이라는 이가 교장 에게 불신임을 받는 것도 한 가지는 그가 미남자인 까닭이요, 그러고도 쫓겨나지 아니하는 까닭은 그가 자주 학생과 접촉하지 아니하는 직분을 띤 까닭이었다.

손 선생은 곰보는 아니었으나 이 학교 선생들 중에 제일 흉업게 생긴 사람이었다. 이런 것이 모두 합하여 손 선생은 교장의 신임을 받을 수밖 에 없었던 것이다.

손 선생의 학생들 간에 평판은 여러 가지였다.

"그래 보여도 마음은 착하단다야."

하고 손 선생을 변호하는 아이도 있고,

"병신 마음 고운 데 없다고, 음충맞아요."

하고 사정없이 악평하는 애도 있었으나, 대체로 학생들이 찧고 까불고 할 만한 드러난 허물은 없었다. 두꺼비선생은 학생에게 무슨 부탁을 받 았을 때에는 심히 친절하고 정성스럽게, 귀찮으리만큼 지성스럽게 잘 보 아준다는 것은 학생들 간에 거의 일반으로 인정되는 장처였다. 그래서 어려운 일이 있으면 손 선생을 찾는 학생이 많았다. 더구나 손명규가 재 단법인 이사로 당당하게 교장을 대리하게 된 다음부터는 그러하였다.

집에서 고통으로만 지내는 이금봉도 손 선생에게 다니는 학생 중에 하 나였다. 가정에 고통이 많은 금봉은 손 선생에게 집안 사정을 다 말하게 되었다. 다른 아이들과 함께 손 선생 집에 놀러 가는 일도 있었다. 손 선 생은 무론 금봉을 동정하였다. 손 선생에게 받는 지극한 동정은 금봉에게 더할 수 없는 기쁨이었다. 어머니는 죽어서 잃고, 아버지는 산 대로 잃은 다정한 처녀 금봉은 굶주린 어버이의 사랑을 손 선생의 동정에서 보충하였다.

손 선생의 부인은 허여멀끔하게 마르고 눈만 커다란 병인이었다. 그는 늘 팔목과 무릎이 부어가지고 쑤신다고 앓고 있었다. 남편에게서 얻은 임질로 관절염을 일으킨 것이었다. 그는 무식한 구식 여자였으나 퍽이나 친절한 부인이었다. 더구나 오래 병으로 누워 있기 때문에 학생들이 오는 것을 반가워하였다.

"금봉이 왔니? 어쩌면 저렇게 이쁠까? 함박꽃 같고나."

이렇게 손 부인은 금봉을 보면 칭찬하고 그 뼈만 남은 손으로 금봉의 손을 만졌다.

"어떤 복 있는 사람이 금봉의 남편이 되랴노?"

이런 소리도 하였다.

평생에 웃는 낯을 안 보이던 손 선생도 금봉과 단둘이 대할 때엔 씩 하고 웃는 일이 있었다. 웃을 때에는 그 멀뚱멀뚱하던 눈이 가늘게 잡아 늘어지고 얼굴의 근육 전체가 씰룩거렸다. 그러한 웃음을 볼 때에는 금봉은 몸서리를 치며 고개를 돌렸다. 그러나 다만 아버지다운 웃음이라고 속으로 생각하였다.

손 선생 집에서는 자녀 간에 아이가 없었다. 그래서 그런지 아랫방에는 여학생 한둘이 늘 기숙을 하고 있었다. 그러나 그 학생들은 언제나 오래 붙어 있지 않고 한 달이나 두 달 있다가는 나가버렸다. 금봉이 이 집에 다니기 시작한 때에는 북간도에서 온 여학생 하나가 있었다. 그는 아버지가 잡혀가서 학비가 안 오게 되기 때문에 손 선생이 불쌍히 여겨서 데려다 두었다고 한다.

손 선생은 이 밖에도 학비 없는 학생을 여러 사람 도와준다고 하였다.

북간도에서 왔다는 학생은 서정순(徐貞淳)이라고 하는 아이인데, 퍽 얌전한 여자였다. 단지 몸이 약한지 혈색이 좋지 못하였다. 금봉은 반이 다르지마는 곧 정순과 친하였다. 정순도 금봉과 같이 계모 슬하에서 자라서 마음에 슬픔이 많았었다. 그 아버지는 감옥에 잡혀가고, 그 오빠는 운남인가 귀주인가로 무관 배우러 간다고 가버리고는 소식이 없다고 해서 금봉을 보고는 늘 슬퍼하였다.

세월이 흘러서 금봉이 고등과를 졸업할 날이 며칠 남지 아니하였다. 나이가 열일곱 살. 금봉은 '너무 이뻤다.' 금봉 자신도 아침에 체경을 대하고는 스스로 자기의 이쁨에 황홀하는 일이 있었다. 남들이 모두 미인이라고 떠들어주는 것이 듣기 싫지는 아니하였다. 가끔 여왕과 같은 프라이드를 느껴서 세상 사람들이 모두 다 눈 아래로 보이고 그의 앞에는 오직 봄빛과 같은 행복만이 기다리고 있는 것 같았다. 아버지의 무정한 것도 인제는 대수롭지 않고 계모의 독살도 인제는 우스웠다. 이제는 아무 때에라도 마음만 나면 이 불쾌한 둥지를 박차고 자유로 봄빛 속에 날개를 쳐서 그의 왕국인 꽃 피고 새 노래하는 동산으로 갈 수 있는 것만 같았다.

졸업한 뒤에 금봉의 소망이 동경 유학인 것은 말할 것도 없었다. 음악을 배우려 함이었다.

하루는 금봉은 집에 돌아와서 오빠 인현을 보고,

"오빠, 난 동경 갈 테유."

하였다. 인현은 술이 얼근히 취하여서 두 손을 깍지를 껴서 베개를 삼아

28

베고 누운 채로,

"동경은? 누가 학비 주던?"

하고 누이의 말을 툭 꺾어버린다.

"아부지더러 달라지."

하고 금봉은 화가 나는 듯이 외면해버린다.

"흥, 아부지가 한 푼을 주시겠다?"

하고 인현은 벌떡 일어나며,

"아부지가 벌써 네 신랑감을 골라놓고 혼인날까지 받아놓으신 모양이 더라."

하고 하품을 크게 한다.

"머요?"

하고 금봉은 반신반의로 인현 편으로 고개를 돌렸다. 그 말이 농담인가 아닌가를 인현의 표정으로 판단하려는 듯이.

"네 신랑감을 골라놓았단 말야."

하고 인현은 금봉을 훑어보았다.

"누구?"

하고 금봉은 자기를 따라다니고 편지질하는 여러 남자들을 생각해보았 다. 또 그동안에 통혼하였다는 누구누구도 생각해보았다.

"김 서방이란다."

하고 인현은 담배 연기를 기차 굴뚝 모양으로 푸푸푸 하고 뿜었다.

"김 서방이라니?"

하고 금봉은 눈을 쫑긋하였다.

"저, 서사 말이지. 김치록(金致祿)이 말야."

하고 인현은 다시 방바닥에 엎드러서 신문을 본다.

"멀요?"

하고 금봉은 제 귀를 의심하였다.

서사 김치록이란 사람은 계모 김 씨 연줄로 데려온 사람이다. 계모하고 촌수가 어떻게 되는지 모르지마는, 아주머니, 여보게 하는 사이였다. 낯 가죽이 팽팽하고 잔소리를 많이 하고 돈을 받아들이는 데는 도무지 사정 이 없어서 정규의 신임을 받는 사람이었다. 지난가을에 상처하고 어린것 들이 있단 말도 들었다. 그는 아침 일찍 가게에 와서는 밤늦게 가게를 들 이고 집으로 돌아가는, 나이가 삼십이 넘은 턱수염이 뾰족하게 난 사내 였다.

"아버지가 김 서방이 없이는 장사를 못 하겠어서 네 남편을 삼는대. 졸업만 하면 혼인을 시키신다고 아까 아버지가 나를 부르셔서 일르시 더라."

하고 인현은 보던 신문을 집어 내던지고 다시 두 손을 깍지를 껴서 베개 를 삼아 누웠다.

"그래, 오빠는 무어라고 했수?"

"무어라고 해? 네, 그랬지."

"네밖에 할 말이 없었수?"

하고 금봉은 소리를 빽 질렀다.

"내 따위가 네, 안 하면 별수 있나?"

"난 달아날 테야."

하고 금봉은 뾰로통하고 인현의 방에서 뛰어나갔다. 인현의 방이란 것은 이 채의 건넌방이요, 이 칸 마루 하나를 새에 두고 이 칸으로 되어 있는 방이 금봉, 은봉과 수원 마나님이 거처하는 방이었다. 금봉의 어머니가 죽을 때에 남긴 젖먹이는 그 후 일 년이 못 하여 골연화증이라는 병과 영양불량으로 죽어버렸다.

금봉은 손 선생 집에나 가리라 하고 대문으로 뛰어나가다가 가게 앞에서 아버지 정규와 서사 김치록이 섰는 것을 보았다. 금봉은 못 본 체하고 가려 하였으나 처음 치록의 눈에 띄고 다음에는 아버지의 눈에 띄었다. 그들은 다 마고자 바람이었다.

"어디 가니?"

하는 것은 정규의 조선식 아버지다운 무서운 음성이었다.

"동무 집에 가요."

하고 금봉은 멈칫 섰다.

"전깃불이 들어올 때에 어디를 가? 좀 할 말이 있으니 안방에 들어가 있어!"

하고 정규는 서사 치록과 같이 하던 말을 계속하고 있었다.

금봉은 오래간만에 안방에를 들어갔다. 안방에는 김 씨가 며느리인 인현의 처를 불러 세우고(인현은 작년에 장가를 들었다),

"왜 그렇게 소갈머리가 없느냐 말이야?"

하고 꾸중을 하고 있었다. 인현의 처 인숙(仁淑)은 고개를 숙이고 앞치마 고름을 만지고 있었다.

"언제나 철이 난단 말이냐."

하고 김 씨는 금봉이 들어오는 것을 보고 더 할 말을 중지하는 모양으로 며느리더러 나가라고 하였다. 며느리라는 것은 시어머니한테 꾸중 들으려 생긴 물건이라고 금봉은 생각하였다.

금봉은 이복동생 의현(義鉉)이 떨어지려는 코를 들이마시면서 도화를 그리고 앉았는 것을 한 팔로 안으면서 그 곁에 앉았다.

"누나, 이거 잘 그렸지?"

하고, 아마 기관차가 연기를 뿜고 가는 모양을 그릴 양인 듯한 그림을 금봉에게 보이면서 물었다.

"참 잘 그렸네. 누가 그렸니?"

하고 금봉은 이 저능아 동생에게 불쌍한 생각을 느끼면서 물었다.

"내가."

하고 의현은 의기양양하게 때가 시커멓게 묻은 손가락으로 제 가슴을 가리켰다.

"어머니, 나, 돈."

하고 이 작품을 완성한 어린 화가는 금봉의 팔을 뿌리치고 어머니께로 가서 손을 내어민다.

"돈은 웬 돈!"

하고 김 씨는 그 날카로운 눈을 흘겼다. 원래 모든 것이 뾰족하게 생긴 김 씨는 이렇게 성난 모양을 보일 때에는 더욱 뾰족하여졌다. 턱도 뾰족하고, 입도 코끝도 눈초리도 뾰족하였다. 그는 며느리에게 대한 분풀이, 금봉에게 대한 분풀이를 금봉이 보는 앞에서 털어놓는 것이 습관이다.

"과자 사 먹을 테야. 미루꾸(ミルク), 이이."

하고 의현은 발버둥치고 울기를 시작한다. 벌써 아홉 살이 되었건마는 보통학교에도 못 들어가고, 하나, 둘을 세어서 열까지도 셀 줄 모르는 저능아다.

"돈이 어디 있더냐? 네 형, 누나 치다꺼리하고 너 과자 사줄 돈까지 있더냐?"

하고 김 씨는 짜증을 내며 의현을 때린다.

의현은 벌떡 나가자빠져서 숨이 막힐 듯이 울고, 의현의 누이 옥봉(玉鳳)은 의현이 우는 것을 보고 운다. 옥봉은 의현과 같이 장구통 대가리가 아니요, 제 어머니와 같이 뾰족하게 생긴 계집애였다. 그도 금년이 보통학교에 들어갈 나이지마는 열까지도 세지 못하였다.

"아이, 왜 때리세요?"

하고 금봉은 의현을 안아 일으키려 하였다. 그러나 의현은,

"왜 이래, 이 큰 여우 년이, 서방질만 하고 돌아다니는 년이."

하고 저능아에게서 흔히 보는 엉큼스러운 소리를 하면서 금봉의 낯에 침을 퉤 뱉었다.

"이 애가, 그게 다 무슨 소리냐?"

하고 금봉은 머쓱하여 물러앉았다.

"너희들이 얼마나 동생을 미워하면 어린것이 그런 소리를 하겠니?"

하고 금봉을 한 번 흘겨보고는 의현의 따귀를 서너 개 더 때리면서,

"이 년석, 누나더러 그게 다 무슨 소리냐?"

하고 눈을 흘겼다.

"아야아야, 아야아야."

하고 얻어맞은 의현은 어머니에게 달려들어 어머니를 막 할퀴며,

"엄마가 안 그랬어? 큰 년은 큰 여우구, 작은 년은 작은 여우라고. 두 년은 꽁지를 내두루구 서방질만 돌아다닌다고 안 그랬어?"

하고 발악을 한다.

"엄마가 그랬지. 엄마가 그랬지 멀."

하고 잠깐 방관하고 섰던 옥봉이 울며 의현의 역성을 든다.

"이 망할 년 같으니! 뒤어져라!"

하고 김 씨는 이번에는 옥봉을 자막대로 막 후려갈겼다.

"어머니, 어머니, 아 어린애들을 무얼 그러시우?"

하고 금봉은 몸으로 두 아이를 가리었다. 그러는 서슬에 옆구리와 어깨를 두어 번이나 얻어맞았다.

"비켜라, 비켜! 네가 무슨 상관이냐? 네가 누구를 위하느라고 그러니? 내 자식 내가 때리든지 죽이든지 네가 무슨 상관야? 누굴 생각하는 게냐?"

하고 김 씨는 성난 것, 무안한 것 어울려서 한참이나 악을 쓰다가 자막대기를 내어던지고,

"내가 어쩌다가 이놈의 집에를 들어왔을까, 아, 아."

하고 울기 시작하였다.

"왜들 이래?"

하고 정규가 들어왔다.

"나를 왜 함께 있지 못할 식구들과 함께 살라우? 행랑방이라도 한 칸 얻어서 나를 이 애들허구 따로 살게 해주지 않구. 내가 생송장이 되어서 나가는 것을 보아야 속이 시원하겠소?"

하고 김 씨는 남편에게 하소연하였다. 마치 지금 이 풍파가 금봉의 잘못으로나 생긴 것처럼.

"넌 어디를 그리 돌아다니느냐?"

하고 정규는 아내의 하소연은 못 들은 체하고 금봉을 노려본다.

"제가 어딜 댕겨요? 날마다 학교 파하면 곧 집에 오는데."

하고 금봉은 공손하게 대답하였다.

　정규는 좀 사색을 순하게,

　"들으니까 돌아다닌다던데. 말 같은 년이 어디를 다녀? 아까도 전깃불이 들어왔는데 어디를 가더냐 말이다? 그놈의 학교도 내일부터라도 댕기지 말아라. 졸업은 해서 무얼 해? 그깟 놈의 졸업장에서 밥이 나오니, 옷이 나오니? 들으니까 요새 학교에 댕기는 년들 모두 잡년들이라더라. 그놈의 학교에 댕기다가는 기집애들 다 버리겠다."

하고 한참 무슨 궁리를 하다가,

　"너는 저 김 서방하고 혼인 정했으니 그리 알어! 자식새끼 낳고 살림을 해야지. 여자란 과년되면 시집가서 살림을 해야 쓰는 것이야. 이월 스무이튿날로 날을 받았으니 그리 알어. 그리고 내일부터는 학교 파하거든 얼른 집에 와서 안방에 들어와서 부엌일도 보고 바느질도 배워! 무엇 하러 덜렁거리고 돌아댕겨, 괜스레."

하고 장죽에 담배를 담아서 물고 팔을 길게 늘여서 성냥불을 담배에 옮긴다.

　"아버지!"

하고 금봉은 한참 침묵하다가 입을 열었다.

　"저는 일본 공부 갈 테야요."

　"무어?"

하고 정규는 빨던 담뱃대를 입에서 빼고 딸을 노려본다.

　"학교에서 절더러 동경 공부를 가래요."

　"무슨 공부?"

　"음악이오."

"음악이라니? 음악을 배우려거든 기생 조합에를 가지, 그래 그런 것을 배우러 일본까지 가?"

"음악이란 것이 그런 것이 아니야요."

"그 개떡 같은 소리 마라. 일본을 가면 돈은 누가 주구?"

"아버지, 저희들 공부시켜주셔야지요."

"무어? 고등과까지 공부시켜주었으면 끔찍하지, 그래도 부족하단 말야? 더 공부시킬 돈 없다."

"어머니 돌아가실 때에 유서에도 어머니 가지고 오신 이백 석거리로 저희 사 남매 공부시키라고 안 했어요? 그런데 순이는 죽구, 오빠도 고등보통학교만 졸업하고 말구, 저 일본 가 공부하는 학비는 대어주셔야 안 해요?"

하고 금봉은 죽을 용기를 다해서 속에 먹었던 말을 내쏘았다.

"이년 바라, 머 어쩌고 어째?"

하고 정규는 담뱃대를 재떨이에 놓고 금봉 편으로 돌아앉는다.

"너, 그런 말 어디서 배웠니?"

하고 김 씨가 여태껏 듣고만 있다가,

"그래, 그게 아버니 앞에서 하는 말법이야? 원 세상에. 이 애들 물들겠다. 흥, 딸 잘 두셨소."

하고 일어나 밖으로 나가버린다.

금봉의 의외의 강경한 말에 정규는 한참이나 숨이 막힐 지경으로 성이 났다가,

"너 이년, 그래 그게 애비 앞에서 하는 말야, 응? 낫살이 그만하면 부모의 은혜라는 것도 생각할 만한 땐데, 무엇이 어찌고 어찌해?"

하고 금봉을 노려본다.

"아버지가 우리 사 남매 위해서 하신 게 무엇이야요? 어머니를 돌아가시게 한 것도 아버지구, 우리 사 남매를 저 아래채로 내리쫓은 뒤에야 먹는지 굶는지 한번 와보신 일이나 있으세요? 순이가 죽도록 앓아도 유모 하나 대주셨어요? 의사 한번 불러주셨어요? 아버지가 한번 들여다나 보셨어요? 여름에는 빈대, 모기 때문에 우리들은 모도들 밤을 새우는데, 모기장 하나, 빈대약 한 봉지 사주셨어요? 겨울에 방에 놓은 물그릇이 얼기로 아버지가 아시기나 하셨어요? 왜, 왜, 어머니가 유언하고 물려주신 재산으로 오빠 공부도 안 시키세요? 왜 오빠가 의학전문학교에 애써 입학까지 한 것도 입학금도 안 주어서 끌어내리셨어요? 왜 그러세요? 그리고 왜 날더러는 어디를 시집을 못 보내서서 가게에 부리는 하인 녀석한테로 시집을 가래요? 왜 다 같은 자식인데 우리 삼 남매는 그렇게 미워만 하세요?"

하고 금봉은 흥분에 겨워 울기를 시작한다.

정규는 금봉의 말에 전신을 덜덜 떨고 숨결만 씨근씨근한다. 정규의 생각에도 금봉의 말이 옳지 아니함은 아니었다. 가슴에 뜨끔뜨끔 찔리는 구절도 많았다. 그러나 아비의 위신으로, 또 아내 김 씨에 대한 면목으로 분하기도 그지없었다. 그러나 무슨 말을 할 것인가, 어떻게 처치를 할 것인가, 얼른 생각이 나지 아니하였다. 정규는 근년에 몸이 좀 나고 머리에 센 터럭이 나기 시작함으로부터 젊었을 적 팔팔한 기운이 많이 줄어서, 욕심은 전보다 늘었으나 지혜와 예기는 훨씬 못하였다. 후처 김 씨의 앙칼에 부대낀 까닭이라고 수원 마나님은 비평하였다.

이때까지 마루에서 엿듣고 앉았던 김 씨가,

"아니, 저년을 가만두시우? 저 금봉이 년을 가만두어요? 그리고 아버지 노릇을 하우? 원 세상에, 계집애 년의 말버릇이. 아니 저년을 가만두어요? 이 무능태야."

하고 미닫이를 와락 열어젖뜨리며,

"이년, 그런 말법 어디서 배웠니? 그래 이년, 내가 너희들을 밥을 굶겼단 말이냐, 헐을 벗겼단 말이냐? 여름엔 홑것 주고 겨울 되면 솜옷 주고, 이년, 그래 내가 잘못한 것이 무어길래 아버지 앞에서 나를 잡니, 응? 또 겨울에 방이 찼다니, 그래 이년 어디가 얼어 문드러졌니? 종로를 막아놓고 가는 사람들을 다 붙잡고 물어보아라. 내가 너희들에게 잘못한 것이 있나. 야청 하늘이 나려다보지. 또 이년 무엇이 어찌해? 김 주사더러 가게에 부리는 하인 녀석이라고. 이년, 그런 아가리 놀리는 법 어디서 배웠니? 김 주사가 어디가 부족하단 말이냐? 지체가 너만 못하단 말이냐, 사람이 너만 못하단 말이냐? 기생 년의 자식헌테는 너무 과하지, 과해. 손복을 할 년 같으니라구."

하고 주먹으로 마룻바닥을 땅땅 친다.

"돌아가신 어머니는 왜 거들으시우?"

하고 금봉은 새로운 분이 올라서 계모를 흘겨보았다.

"아, 조년 보우. 조년이 독사 같은 눈깔로 나를 노려보우."

하고 벌떡 일어나서 방으로 뛰어 들어와 금봉의 앞에 바싹 다가앉으며,

"이년, 그래 나를 흘겨보면 네가 나를 어찌할 터이냐?"

하고 온 동네가 다 듣도록 악을 쓴다.

금봉은 북받쳐 올라오는 분을 참았다.

금봉은 얼마 뒤에 아랫방에 돌아와서 방바닥에 엎드려서 울었다. 안에

서는 내외 싸움이 났다. 김 씨는 남편더러 금봉을 가만둔다고 발악을 하고, 정규는 아내더러 하인들과 동네가 부끄러우니 떠들지 말라고 소리를 질렀다.

수원 마나님과 은봉은 창에다가 귀를 대고 안에서 오는 소리를 엿들었다. 기운이 다 진한 수원 마나님은 이런 긴장한 장면에서도 가끔 꼬빡꼬빡 졸았다.

"미친것, 무엇 하러 아버지보고 그런 소릴 해?"

하고 인현이 울고 엎더진 금봉의 등을 만져주었다.

"얘 금봉아, 금봉아."

하고 인현은 엎더져서 우는 금봉의 어깨를 흔들면서,

"글쎄 울긴 왜 우니? 못나게시리. 나도 아버지헌테 공부시켜달라고 퍽 울어도 보았다마는 우는 것이 다 쓸데없더라. 지금 생각해보니까 어머니도 아버지 앞에서 퍽 우신 모양인데, 울어도 쓸데없길래 돌아가셨지. 울지 마라. 우리 아버지가 눈물로 움직이실 아버지가 아니시다. 금물이나 눈에서 흘린다면 움직이시겠지. 생각해보면 우리 아버지도 위인이시다. 학교에서 교장 선생이 늘 말하기를, 사람이 꼭 한 목적만을 가지고 일생을 나아가면 위인이 된다더라. 우리 아버지처럼 한 목적으로 나아가시는 이가 어디 있니? 그저 돈! 아버지가 아시는 것은 돈뿐이다. 날더러 공부를 그만두고 가게에서 김 서방 심부름을 하라는 것도 돈 때문이요, 또 너를 김 서방에게 주랴는 것도 돈 때문이 아니냐. 아마 우리 어머니허구 함께 사시게 된 것도 어머니란 사람보담은 돈 때문일 것이다. 한 가지 알 수 없는 것은 아버지가 지금 어머니헌테 장가를 드신 것인데, 그것은 무엇을 위한 것인지 몰라. 아마 지금 어머니가 부잣집 딸인 줄 알고 속았거나, 그렇지 아니하면 잠깐 외도로 나갔나 보아. 허지마는 지금 와서는 지금 어머니도 우리들 학비 안 주는 일에는 매우 힘을 쓰시는 모양이니까 아버지의 주의에 공명하게 된 것인데, 아버지 편으로 보아서 제일 유해 무익한 것이 돈만 쓰려 드는 우리 삼 남매란 말이다. 만일 우리 삼 남매가 어머니 모양으로 일제히 우물에 빠져 죽으면 아버지는 이 집이 흉가라고 값이 떨어진다고 염려를 하시겠지마는, 우리가 어디 바다나 강 같은 데만 가서 죽으면 매장비도 안 들고 집도 흉가가 안 되고 아버지에게는 그만 좋은 일이 없을 것이다.

나는 아버지가 그래도 자식에게 대한 정리가 조곰은 있나 하고 여러 번 시험을 해보았지마는 도모지 없으시더라. 모르지, 지금 어머니 몸에 낳은 아이들에게는 어떤지. 그러나 그 애들헌테도 애정은 없을걸.

우리도 아버지 모양으로 무정하게 태어났으면 좋을 텐데, 아마 우리는 어머니만 닮았나 보아. 어머니만 닮았으니깐 우리도 어머니의 운명을 따라가는 것이 아닌가. 어째 나도 이따금 죽고도 싶고 미치고 싶은데 아마 미치랴나 보아."

하고 웃는다.

금봉은 엎딘 채로, 우는 채로 오빠의 말을 듣고 있다가 고개를 번쩍 들며,

"오빠, 왜 그렇게 숭한 소리를 하우?"

하고 근심스럽게 인현을 바라본다.

인현은 금봉과 달라서 얼굴이 약간 가무스레한 편이나 그 동그스름한 판이며 꿈꾸는 듯한 눈이며, 모두가 어머니 모습이었다. 따라서 거울에 비추어 보는 금봉 자신의 모습이었다.

"그게 무슨 숭한 소리냐, 죽거나 미친다는 것이?"

하고 인현은 눈에 떠돌던 아이로니컬한 웃음까지도 거두어버리고,

"이런 집에서, 이런 세상에서 사느니보다는 죽거나 미치는 것이 얼마나 좋은 일인데 그러니? 너는 여자니까 좋은 남편을 얻어 시집을 가면 이 집에 있을 필요도 없고 앞이 트일 날도 있겠지만, 내야 이 집 맏아들로 태어났으니까 죽기 전에는, 그렇지 아니하면 미치기 전에는 이 집을 벗어나지 못하게 생겨먹었단 말이다. 그것을 생각하면 앞이 캄캄하다."

하고 인현은 고개를 숙인다.

"오빠, 오빠."

하고 금봉은 아까 울던 제 설움을 잊어버리고 인현의 침울에 동화가 되어서,

"오빠, 어떻게 하면 내가 오빠를 도와드릴 수가 있겠수? 내 몸으로 할 수 있는 일은 무엇이나 다 할 터이야. 이 몸을 누가 사주는 이가 있으면 팔아서라도. 오빠 그런 숭한 소리 말아요. 오빠는 우리 셋 중에 대장이 아니오? 나허구 은봉이허구를 지도하고 나가야 될 지도자가 아니오? 왜 그렇게 약한 생각을 먹수?"

하고 눈 위에까지 축 늘어진 인현의 머리 갈기를 끌어올려준다.

"금봉아."

하고 인현은 수그렸던 고개를 들며,

"네 말이 옳다. 내가 그래도 너희들의 형이니까 너희들을 도와주어야 옳겠지. 너희들의 지도자가 되어야 옳겠지. 그런데 내게는 힘이 없구나. 이 세상에서는 역시 돈이 힘인데, 내게야 돈이 있니? 요새에는 내가 아주 아버지 눈 밖에 나서 어디 빚 받으려도 안 보내신다. 받아가지고 달아

날까 보아서 그러시겠지. 용돈도 하로 삼십 전씩 김 서방헌테서 타서 쓴다. 돈만 없는 것이 아니야. 내게는 돈만 없는 것이 아니야. 요새에 와서는 점점 의지력도 없어지고 야심도 없어지고, 인제 공부할 생각도 없다. 살 생각까지도 차차 없어져. 어머니가 유언에 날더러 고집이 세다고 그것을 삼가라고 그리셨지? 인제는 고집도 없다. 어쩨 전신에 뼈도 없고 힘줄도 없고 살 뭉텡이만 남은 것 같애. 그리고 정신도 없어. 아마 내가 미치랴나 보다. 미쳐만 주었으면 해롭지도 않지마는, 웬걸 그렇게 쉽사리 미치기나 할라구. 짓고생을 하고 고민을 하고 난 끝에나 미치는 복이라도 오겠지.”

하고 마치 나이가 지긋해서 인생의 각가지 번민을 다 겪고 난 사람과 같은 소리를 한다.

앞길에 분홍 꽃동산만 바라보고 있는 금봉이나 은봉의 마음으로는 인현의 생각에 동정은 하나, 꼭 그것이 무엇인지를 알 수는 없었다.

“오빠, 왜 그렇게 자꾸 숭한 소리를 하시우?”

하고 금봉은 무슨 크게 흉한 것이 올 조짐이나 같아서 몸에 오싹 소름이 끼쳤다.

“모든 숭한 것은 다 내게로 옵소사. 모든 길한 것은 다 너희들께로 옵소사.”

하고 인현은 벌떡 일어나서 제 방으로 가더니 한참 있다가 맷치각 되는 캔버스 하나를 가지고 와서 금봉의 앞에 놓으면서,

“이거 무엇인지 아니?”

하고 묻는다.

“아이구머니, 어머니야!”

하고 금봉과 은봉은 일시에 소리를 지른다. 그것은 얼굴과 옷깃까지를 그린, 아직 초벌로 그린 계향이었다.

"어머니 겉으냐?"

하고 인현은 만족한 듯이 그림을 바라보며 웃는다.

"그럼, 어머니 겉구말구!"

하고 금봉은,

"이것 보셔요. 어머니 겉지요?"

하고 졸고 앉았는 수원 마나님을 흔든다.

"응, 참말. 어쩌문!"

하고 수원 마나님은 졸리는 눈을 껌벅껌벅한다.

"아이 참, 그런데 어쩌면 어머니 사진 한 장이 없을까."

하고 은봉이 낯을 찡긴다. 은봉은 오빠와 형과의 슬픈 담화가 끝난 것만 기뻤다.

"왜 사진이야 없으셨나?"

하고 수원 마나님이 다시 졸던 눈을 뜬다. 그도 졸면서도 이야기는 듣고 있는 모양이다.

"무당헌테 무꾸리를 하면 아씨가 가지셨던 물건에서 동티가 난다고 해서 지노기할 때에 사진이란 사진은 다 찾아서 불을 놓아버리셨지, 지금 마님이."

하고 입맛을 다신다. 아씨라는 것은 무론 금봉의 어머니요, 지금 마님이란 것은 무론 금봉의 계모다.

"네에?"

하고 삼 남매는 놀랐다. 그들에게는 이것은 처음 듣는 뉴스였다.

"왜 사진만인가?"

하고 수원 마나님은 근래에 드물게 신이 나서,

"사진만 없앤 것이 아니라, 아씨 손이 갔던 것이야 다 찾아서 없애버리셨지. 값가는 것은 팔구."

하고 설명을 더 하였다.

삼 남매도 그들의 어머니의 유물인 장을 팔아버리고 양복장을 사다가 준 것은 기억하였다.

"참 아까운 것 판 것이 있다우. 나는 이 말을 아니 하랴고 했더니 오늘 말을 하우마는, 어머니 그 거문고 말요. 왜 저 서방님이 팔지 마시라고 울던 거문고 말요. 계동 집에서 이리로 이사해 올 적에서 다락 보꾹에서 그 거문고를 찾았다우."

수원 마나님의 말을 가로막고 인현이,

"아니, 그 거문고는 팔지 않았어요? 양금허구 함께 내가 안 판다고 우는 것을 어머니가 아범 시켜서 들리고 나가시는 것을 보았는데요."

하고 흥분한 어조로 묻는다.

"글쎄."

하고 수원 마나님은,

"그것은 자세히 알 수 없는데, 아모려나 내가 이삿짐을 묶노라고 다락을 치우는데 보꾹에서 그 거문고가 나왔단 말야. 아이! 얼마나 놀랍고도 반가운지. 아씨 세간이라고는 다 없애버렸는데 이것 하나가 여기 남았구나, 인제 이걸 보시면 당장에 서낭에 난다고 없애버리시겠구나, 하고 눈물이 나겠지. 그래 그 거문고 집을 벗기고 보니깐, 왜 그 줄에 매다는 주머니 안 있수? 봉황이 한 쌍 수놓은 주머니 안 있수? 그 주머니가 이상하

44

게 불룩하길래 열어보니까, 잊히지도 않수. 금비나 세 개, 비취옥비나 세 개, 그리고 큰 구슬 한 개가 들고는 종잇조각에다가 '이 거문고와 구슬은 인현이를 주고, 이 비녀 세 쌍은 금봉이와 은봉이와 금순이가 자라거든 주시기를 비나이다.' 하고 썼겠지요. 잊히지도 않아.

그래서 어찌할까 하다가 마침 아버니 음성이 들리시길래 거문고를 들고 나려와서 보여드리고 그 종이쪽지도 보여드리고, 그것이 보꾹에 있더라고 여쭈었지. 아버니랑 어머니랑 모르시게 세 분께 드릴 생각도 났지마는 어른을 속여서는 못쓰겠구. 그랬더니 어머니가 아시구는 집구석에 이런 것이 있으니깐 어째 집안이 편안하겠느냐고, 이것을 이렇게 감초아 둔 것은 나와 내 자식들이 병나 죽으라는 예방이라고 야단을 하시고, 그러시니깐 아버지께서도 나를 보시고 이런 것 나왔단 말을 애어 도련님과 아가씨들에게 발설 말라고 하시구는 이삿짐을 묶다 마시고 그 거문고를 드시고 어디로 나가버리셨지. 아마 얻다 갖다 파셨겠지."

하고 옷고름으로 눈물을 씻는다.

인현도 울고 금봉과 은봉도 울었다.

인현은 말없이 눈을 감았다. 인현은 그 어머니의 심사를 생각한 것이다. 인현이 사랑하던 거문고, 그것을 남편 때문에 팔았다가 다시 그것을 차마 놓치지 못하여서 따라가서 찾았거나 도로 사 왔을 것을 상상하였다. 그러고는 남편의 눈에 뜨일 것이 두려워서 다락 보꾹에 달아두었다가 아마 죽기를 결심한 날에 그 주머니 속에 사 남매에게 주는 기념품을 넣고, 또 그 쪽지에 유언을 써넣었을 것이다. 아무리 무정한 남편이라도 죽은 아내의 이 마지막 유언, 그것도 자기가 죽은 지 퍽 오래 뒤에야 발견되리라고 예상한 유언만은 이행해주리라고 믿었을 것이다. 그런데 그의 이 간절한 뜻은 조롱과 저주 중에서 유린되고 말았다.

이것을 생각할 때에 인현은 가슴이 미어지는 듯이 아프고, 그 어느 누구에게 대하여 원수를 갚고 싶은 듯한 생각까지도 났다. 그러나 그 원수가 갚아질 수 없는 원수, 아버지인 것을 생각할 때에 더욱 가슴이 아팠다.

"마나님두. 그래 그 말씀을 인제야 하시우?"

"어쩌면 칠팔 년이 되도록 그 말을 아니 하신담."

하고 금봉과 은봉은 눈물을 씻으면서 수원 마나님을 원망하였다.

"내가 어떻게 그 말을 하우? 지금은 세 분이 다 철이 나셨으니 말을 하지. 아직 세 분이 어렸을 적에 말을 했다가 그 말이 아버지 귀에 가면 큰일 날라구."

하고 수원 마나님은 가창을 열고 밖을 내다보며,

"돌쇠 놈이 노 와서 염탐을 하고 엿을 들어다가는 마님께 일러바치니깐 말하기두 무서워. 애어 그런 말씀 내지 마시우!"

하고 세 사람에게 당부를 하고는, 이런 이야기를 발설한 죄나 씻으려는 듯이 슬며시 일어나서 나가버린다.

"금순이도 살 줄 아시구."

하고 금봉이 죽은 어린 동생을 생각하면서 훌쩍거렸다.

인현은 제가 그리던 그림 폭을 높이 치어들고,

"어머니! 어머니!"

하고 초혼하듯이 불렀다.

금봉은 어느 날 하학 시간에 복도에서 손 선생을 기다려 만나서,

"선생님, 오늘 시간 있으세요?"

하고 물었다.

손은 그 어리석어 보이는 눈을 크게 뜨며,

"왜?"

하고 반문하였다.

"좀 선생님께 여쭐 말씀이 있어서요."

하고 금봉은 손의 눈치를 보았다.

"그럼 우리 집으로 가. 내 곧 가게."

하고 아주 무심한 듯이 이사실로 들어가버린다.

금봉은 사직골 손 선생의 집으로 갔다. 바로 사직단 대문을 오른편으로 끼고 돌아서 얼마 아니 가는 집이다.

손의 집에는 손의 부인이 앓고 누워 있었다. 그는 전보다 더 쇠약한 모양이었다.

"왜 입원을 아니 하십니까?"

하고 금봉은 딱해서 물었다. 이 우중충한 안방에 혼자 누워서 끙끙 앓는 병인이 불쌍하게 생각되었던 것이다.

"글쎄 병원에라도 가보았으면 좋겠지마는 손 선생이 가라고 아니 하는 것을 어떻게 가나."

하고 손 부인은 아이구, 아이구, 하고 앓는 소리를 하고 나서,

"내야 인제 이러다가 죽지. 어서 죽기나 해야겠는데 죽지도 않구. 자식이 있나."

하고 전에 없이 비감하였다.

"선생님이 어떻게 사모님을 입원하시게 아니 하십니까?"

하고 금봉은 손 부인의 다리를 밟으며 물었다.

"어서 죽기를 바라는데 입원이 무슨 입원인가?"

하고 손 부인은 전에 없이 원망스러운 말을 한다. 금봉은 퍽 이상하게 생각하였다. 그러나 그 이상 더 물어볼 수도 없었다.

요와 이불에는 까맣게 때가 묻고 베갯잇도 더럽고 머리맡에 놓은 요강에서도 걸으로 지린 냄새가 새어나는 듯하였다. 뼈만 남은 손 부인의 팔과 손에는 오래 묵은 때가 덕지덕지하였다. 금봉도 그 곁에 앉았기가 싫었다. 방 안에서는 무슨 냄새가 나는 것 같고 병인의 몸에서는 이와 구더기가 기어 나올 것 같았다. 이 속에서 간호해주는 사람도 없이 앓고 드러누운 손 부인이 불쌍도 하거니와, 사람이 병들면 이렇게 추해지는가 하여 정이 떨어졌다. 금봉은 자기의 옥으로 깎은 듯한 토실토실한 손을 보고 손 부인의 참혹한 해골과 대조하였다. 그러나 자기는 언제까지 살더라도 손 부인과 같이 이런 참혹한 꼴은 안 될 것 같았다.

금봉은 불쾌한 생각을 돌리려고,

"정순이 아직 안 왔어요?"

하고 물었다. 정순은 북간도서 온 아이로, 아버지는 감옥에 붙들려 간 진실한 예수교 신자로 동창들에게 '예수'라고 별명 듣는, 손 선생 집에 와 있는 학생이다.

"아이구, 아이구, 아이구."

하고 손 부인은 숨이 막힐 듯이 고통을 하고 나서,

"정순이도 나갔지. 우리 집에 와서 한 달을 넘기는 사람이 있나?"

하고 오늘은 말마디마다 불평이 있다.

"왜요? 언제 나갔어요?"

하고 금봉은 궁금하게 생각하였다.

"손 선생이 가만두나? 집에 온 지 열흘이 못 해서 건드리려 드니 배겨나나. 그동안 왔다가 간 학생이 몇인지 모르지."

"어머나!"

하고 금봉은 눈을 크게 떴다. 도무지 믿기지를 아니하였다.

"그저껜가 아랫방에서 깩깩 하고 정순이가 소리 지르는 소리가 나길래, 옳지 내일은 또 정순이가 나가는가 보다 했더니, 아니나 다를까, 이튿날 식전에 정순이가 눈이 뻘겋게 부어가지고 나헌테 와서, 사모님 저는 어디 다른 데 동무가 오라고 해서 갑니다, 그러겠지. 그래, 오 잘 가거라, 하고, 나는 그 애가 성하기나 했으면 하고 빌었다. 사람인 줄 아니? 손 선생이 사람은 아니다. 요새에는 금봉이를 노리나 보아. 조심해야지."

손 부인은 매우 흥분하고 분개한 모양이었다. 그의 핏기 없는 입술이 떨렸다.

"아이, 사모님두."

하고 금봉은 반은 진정으로 반은 손 부인을 위로하느라고,

"선생님이 설마 그러실라구요. 저희들을 자식같이 귀애하시는 것을 사모님이 잘못 생각하시는 게지, 어떻게 설마 그러시겠습니까?"

하기는 하나, 노상 의심이 없지도 아니하였다. 금봉은 자기 아버지가 집에 두는 유모나 안잠재기나 계집애나 밴밴한 것이면 건드려서 가끔 풍파 일으키는 것을 생각하였다. 그러나 아버지의 일에 대해서도 어머니가 잘못 생각하는 것이 반이나 되는 것을 생각할 때에 손 부인도 좀 지나쳐 생각하는 것만 같았다.

"설마? 흥. 아이구, 아이구, 아이구. 이 모진 목숨이 왜 죽지를 아니하고."

하고 손 부인은 그 해골 같은 팔로 방바닥을 한 번 두드리고는,

"설마가 무에야? 나도 처음에는 그렇게만 생각했지. 제가 가르치는 제자들이니깐 아마 딸 모양으로 귀애하는 것이거니 하고, 나도 처음에는 그렇게만 생각했어. 열 계집 안 건드리는 사내 없다고, 남편이 어떻게 노상 오입 안 하기야 바랄 수 있나. 해두, 설마 제가 맡아 가르치는 제자야, 인형을 쓴 사람으로야 언감생심 그런 생각을 내이랴 하고, 나두 처음에는 그렇게 생각했어. 건넌방에 커다란 여학생을 다려다 놓고 단둘이서 무슨 이야기를 하는 꼴을 보면 마음에야 싫지, 좋을 리가 있나. 아내의 마음이란 남편이 암코양이를 가까이해도 샘이 나는 것이어든. 그러니깐 손 선생이 여학생을 불러다 놓고 이야기하는 것이 싫지. 싫기는 싫어도 여학교 선생이니깐 할 수 없거니, 또 제가 가르치는 제자니깐 딸과 같거니, 이렇게 생각했지요. 그래서 아모개가 불쌍하니 집에 갖다 두까, 아모개가 갈 데가 없으니 집에 갖다 두까 하고 날보고 의논을 하면, 아이 가엾어라, 그러시구려, 그래왔지. 내가 금봉이보고도 언제나 한 번이나 선생을 의심하는 소리 하던가? 없지, 없었지. 설사 손 선생이 허물이 있기로서니 내가 내 남편의 흠담을 누구를 보고 한단 말인가. 한마디 없었지. 아이구, 아이구, 아이구. 나 저 약 좀 집어주어. 먹으면 한참은 좀 아픈 것이 낫지마는 얼마 지나면 도로 그 턱, 그저 죽어야 낫지."

하고 금봉이 "이거요?" "이거요?" 하다가 집어주는 조그마한 유리병에 든 동글납작한 알약을 두 개를 내어서 먹는다. 그것은 마취하는 약으로, 손이 아는 의사에게 얻어다가 주는 것이었다.

손 부인은 약을 먹고 입을 다시고 나서,

"그렇지만 나중에 알고 보니깐 손 선생은 거짓말쟁이야. 여학생들을
집에 끌어오는 것은 다 흑심을 가지고 끌어오는 것이야. 내가 왜 이 말을
하는고 하니, 요새에는 손 선생이 금봉이를 노리는 모양이니 조심하란
말야. 금봉이 불쌍하단 말을 요새에 노 하고, 내가 금봉이는 참 이뻐, 얌
전하고 이쁘고, 뉘 집 며느리가 되겠는지 참 이쁘기도 하지, 이런 소리를
하면, 손 선생은 이쁘기야 무엇이 이뻐 하고, 금봉이가 이쁘지 않다고,
얌전하지도 않다고, 그저 불쌍만 하다고 그러는구면. 이게 병이거든. 이
쁜 사람을 이쁘지 않다고 하는 것이 병이야요. 사내들이란 그렇게 음충
맞어. 정순이두, 저거 원 재주도 있고 얌전은 하지마는 얼골이 못생겨서,
어쩌고어쩌고하더니 기어이 탈을 내고야 말아요. 금봉이도 조심해, 응?
나는 우리 집에 놀러 오는 학생들 중에 금봉이가 제일 정이 들어. 나도 저
런 딸이 있었으면, 금봉이를 낳은 금봉이 어머니는 얼마나 이쁘고 얌전
하셨던고 하고, 노 그렇게 생각한다우. 애어 손 선생 가까이하지 말아요.
겉으로는 그렇게 점잖은 척하고 어리숙해 보여도 여자라면 아주 정신이
없어요."

하고 부인은 머리맡에 물을 찾는다. 금봉은 아직 물이 남은 대접을 들고
나가서,

"더운물 없수?"

하고 어멈더러 물어보고는, 없다는 대답을 듣고 손수 수통에서 물을 떠
가지고 와서,

"더운물이 없습니다. 냉수를 잡수셔서 어떻게 해."

하고 머리맡에 놓았다.

"언제는 더운물 먹어보았나."

하고 부인은 고개를 번쩍 들고 속에 붙는 불을 끄려는 듯이 벌떡벌떡 반 대접이나 들이켠다.

손 부인의 하소연을 듣고 금봉은 인생이 황혼과 같이 암담한 것을 느꼈 다. 그러나 손 선생이 아무리 음충맞다 하더라도 내야 설마 어떻게 하랴 하고 자존심을 가졌다.

금봉의 마음에 그리는 남편은 인물 잘나고 부자요, 대학이라도 동경제 국대학을 수석으로 졸업한 수재였다. 그의 직업은 문사나 변호사나 의사 일 것이요, 전문학교 출신이라든지 교수 이하의 교원이라든지는 금봉의 남편의 망에도 오르지 못할 것이었다. 그러니까 손 선생 따위는 도무지 문제도 되지 아니하였다. 그런 것을 손 부인이 그처럼 염려하는 것이 도 리어 자기를 모욕하는 것만 같았다.

손 부인은 금봉이 떠다 준 냉수를 벌떡벌떡 마시고 머리가 귀신같이 된 머리를 역정스럽게 때 묻은 베개에 내어던졌다. 금봉은 비뚤어진 그 베 개를 바로잡아주었다.

부인은 서너 번 입맛을 다시더니,

"내 말을 허수히 듣지 말아요."

하고 또 말을 시작한다.

"요새에 손 선생이 새로 장가들 생각이 여간이 아닌 모양야. 그도 그렇 기도 하겠지. 내가 이렇게 여러 해를 두고 앓아서 귀신이 다 되었으니 그 럴 만도 하지. 그렇거든 첩을 얻어. 누가 말라길래. 나도 이 집에 와서 아 들 못 낳아 바친 것이 죄니깐 시앗 보는 건 원망도 안 하우(손 부인은 자기 가 아이 못 낳는 것이 남편의 탓인 줄은 모른다. 손 선생은 친한 의사에게 정액을

검사해달란 결과로 임질 때문에 생식세포가 기운이 없는 듯하다는 선고를 받았다. 그것은 그 의사가 손에게 아주 절망을 주기를 두려워함이요, 기실은 생식 능력이 전혀 없음이 증명되었다. 이것을 부인은 무식해서 모르는 까닭에 자기가 아이 못 낳는 것을 미안하게 여기는 것이었다). 하지마는 이제 날더러 이혼장에 도장을 찍어라? 그건 안 될 말이지. 아모리 졸라도 안 될 말이지. 우리 부모가 나를 어떻게 귀히 길렀다구. 그나 그뿐인가? 손 선생의 학비를 누가 대어주고, 지금 먹고사는 것이 다 뉘 덕이라고. 그런데 인제 내가 나이 많고 병이 들었다구 날더러 이혼장에 도장을 찍고 나가라? 그거 안 될 말이지. 내가 송장이 되어서 나간 뒤에는 마음대로 하래. 어떤 년허구 살든지, 어떤 년을 또 나와 같이 병신을 만들어놓든지 내가 알 것 아니지만 내가 아직 실낱같은 목숨이라도 붙어 있는데 날더러 이혼장에 도장을 찍으라구? 안 될 말이지. 아, 참 내 도장…….”

하고 부인은 요 밑에 손을 넣어서 허겁지겁 무엇을 찾는다. 금봉은 요를 들고,

“이거야요?”

하고 조그마한 수주머니를 대신 찾아서 보였다.

“응, 그거. 그 속에 내 도장이 있어.”

하고 손 부인은 비로소 안심을 하면서, 그 주머니를 만져보아 분명히 도장이 있는 것을 보고 다시 그 주머니를 요 밑에 깊이 집어넣고,

“금봉이.”

하고 부른다.

“네.”

하고 금봉은 침울한 기분을 이기지 못하면서 대답하였다.

"내가 이혼장에 도장만 안 찍으면 이혼은 못 하지?"

하고 움쑥 들어간 눈으로 금봉을 바라본다. 그 흰자위만 남은 듯한 눈에는 불안이 가득하였다.

"글쎄요."

하고 금봉은 의심스러운 대답을 하였다. 금봉의 생각에는 만일 도장만이 필요하다면 다른 도장을 파서라도 할 수 있을 것 같았다. 그러나 그런 말을 해서 이 가련한 병자의 안심을 깨트리기는 차마 못 하였다.

"아마 꼭 이 도장을 찍어야 하나 보아. 그러기에 날마다 날더러 도장을 찍어 내라고 졸르지."

하고 손 부인은 다시 요 밑으로 손을 넣어서 도장주머니를 만져보고 안심하는 듯이 잠시 눈을 감더니,

"우리 오라비가 살았으면야 제가 언감생심 날더러 이혼을 해달래? 다릿마댕이가 부러질라구. 생때같은 사람이 왜 죽는담. 인제는 나를 누가 때려 죽인대두 말해줄 사람두 없구."

하고 부인은 비죽비죽 운다.

금봉의 팔뚝시계가 여섯 시를 지나도 손 선생은 돌아오지 아니하였다. 금봉은,

"전, 가겠습니다."

하고 외투와 목도리와 책보를 주섬주섬 주워 들었다. 부인의 말을 듣고 나니 손 선생을 대하는 것이 무섭기도 하고 불쾌하기도 하여서 안 보고 가는 것이 도리어 좋을까 하였다.

"가아? 손 선생헌테 할 말이 있어서 왔던가?"

하고 부인은 작별 인사 대신으로 베개에서 고개를 들었다.

"아니야요, 사모님도 오래 못 뵈었구."

하고 금봉은 손 선생께 할 말이 있어서 왔단 말을 차마 못 하였다. 그리고 고개를 숙여서 인사를 하고는 나와서 구두끈을 막 다 매는데 손 선생이 터덜거리고 들어오다가,

"왜, 가? 일이 좀 생겨서."

하고 금봉의 앞을 딱 막아서며,

"자, 들어가. 저녁이나 먹고 가지."

하고 금봉의 책보퉁이를 빼앗는다.

"아니야요. 늦게 들어가면 집에서 걱정하시는걸요. 가겠어요."

하고 금봉은 손 선생이 빼앗았던 책보퉁이를 도로 빼앗으려 하였으나, 손은 주지 아니하고,

"자, 들어가. 무슨 할 말이 있다지? 말이나 하고, 그럼."

하고 금봉의 팔을 잡아서 강제로 마루에 끌어올리려 든다. 평생 구두끈을 매는 일이 없는 손은 발을 내어둘러서 구두를 벗어 던지고 마루에 올라섰다.

금봉은 할 수 없이 구두끈을 다시 끄르고 마루에 올라섰다. 금봉의 마음에는 이렇게 남의 뜻을 거절 못 하는 부드러운 점이 있었다. 그것은 금봉의 숙명적 약점이었다.

손은 분주히 건넌방으로 가서 불을 켜놓고 도로 내다보며,

"자, 이리 들어와!"

하고 금봉을 재촉하였다.

금봉은 안방으로 들어갈까 건넌방으로 들어갈까 하고 잠깐 망설이다가 손이 부르는 대로 건넌방으로 들어갔다. 그래도 손이 앉으라는 자리

에 앉기가 싫어서 망설이고 서 있는 것을 손은 금봉의 어깨를 떠밀어서 아랫목에다가 갖다 앉힌다. 금봉은 좀 무시무시한 생각이 났다.

그리고 손은 부르르 안방으로 건너가서 문을 열고 고개를 쑥 디밀며,

"어때? 그 약 먹으니까 좀 덜 아프지?"

하고 아내에게 병문안을 한다.

"괜찮아요."

하고 부인은 힘없이 대답한다.

그러고는 손은 문을 벼락같이 도로 닫고 건넌방으로 건너와서 외투를 벗어 걸고 금봉과 마주 앉는 위치에 앉는다. 금봉은 손이 안방에 건너간 새에 손이 앉히던 자리를 버리고 윗목에 와서 외투도 입은 채로 꿇어앉았다.

손은 금봉을 처음 앉혔던 자리를 잊어버린 듯이 아무 항의도 아니 하고 금봉이 앉았던 자리에 펄썩 앉아서 시린 손을 녹이는 듯이 두 손을 자기 무릎 밑에 넣고 허리는 꾸부리고 고개를 번쩍 들고 금봉을 뚫어져라 하고 바라본다. 전등 빛에 코 그림자와 턱 그림자가 분명히 나타난 금봉의 소곳한 모양은 비길 데 없이 아름다웠다. 손은 그것을 보고 있는 것이었다.

"외투 벗어!"

하고 손은 금봉에게 명령하였다.

"괜찮아요."

하고 금봉은 반항하는 듯이 한 개 안 채우고 남았던 단추를 마저 채웠다.

"선생님."

하고 금봉은 고개를 들었다.

"왜?"

하고 손은 그 두껍고 검푸른 입술을 벌려서 희고 넓적한 이빨을 보였다.

"저의 집에서 저를 공부를 더 안 시키신대요."

하고 금봉은 이왕 왔던 길이니 하려던 말이나 다 하자 하고 말을 시작했다.

"아버니께서 학비를 안 주신단 말이지?"

하고 손은 눈을 끔벅끔벅하였다.

"네에, 그리고 졸업하는 대로 곧 혼인을 하라구요."

하고 금봉은 고개는 숙인 채로 눈을 한 번 치떴다. 그 눈은 반짝 빛이 났다. 이때가 금봉이 가장 아름다운 때다.

"혼인?"

하고 손은 놀라는 듯이 눈을 크게 떴다.

"네에."

금봉의 입에서 나온 혼인이란 말은 손을 아프게 때렸다.

"혼인? 누구허구?"

하고 손은 무릎에 넣었던 두 손을 빼어서 마치 서양 사람이 무엇을 생각할 때에 하는 모양으로 가슴에 겯는다.

금봉은 집에 있는 서사허구 혼인하란다는 말은 자존심을 상해서 할 수가 없어서,

"아부지가 어디 정해놓으신 데가 있어요. 혼인 날짜까지도 받아놓으시고."

"무어? 혼인날까지 받았어?"

"네에."

"그럼 금봉이는 어떡헐 테야?"

"저는 공부를 더 하고 싶지요."

손은 눈을 스르르 감고 한참이나 생각을 하더니,

"그러지 않아도 금봉이를 교비생으로 일본 유학을 시켜볼까 하고 운동을 해보았지마는 학교 재정 형편이 전 같지를 못해서……."

하고 또 눈을 감는다.

이 학교에서는 일 년에 한 사람씩 교비로 동경(東京)이나 내량(奈良)의 여자고등사범학교에 유학을 보내는 전례가 있었다. 그러나 손이 학교에서 채를 잡은 뒤로는 웬 셈인지 학교의 수입은 해마다 줄었다. 교장은 아직도 손은 신임하지마는 손을 신임하는 이는 교장뿐이요, 다른 이사들과 직원들은 학교의 재정을 문란케 한 책임이 손에게 있다고 하여 손을 공격하였다. 더구나 근래에 손이 학생들에게 손을 댄다는 소문이 한 입 건너 두 입 건너 퍼지기를 시작함으로부터는 손이 하는 말에는 아무쪼록 찬성을 하지 아니하게 되었다. 손이 금봉을 기어이 교비로 유학을 시키려고 많이 애를 썼지마는 다른 이사들은,

"학교에서 빚을 지면서 어떻게 유학생을 보내오?"

하고 듣지 아니하였다.

금봉의 유학을 다른 이사들이 반대하는 이유는 또 따로 있었다. 그것은 이 학교가 본래 귀족에 관계가 많은 학교인 만큼 학생에도 양반집 아가씨들이 많았다. 그런데 금봉은 그 아버지가 애오개 가게 장사하는 사람일뿐더러 도무지 학교를 위하여 힘을 쓰는 일이 없고, 그 어머니는 기생이요, 또 그 재산은 부정하게 남의 것(노백린, 이갑 등의 것)을 횡령한 것이며, 금봉의 어머니가 우물에 빠져 자살한 것이며, 게다가 아직 졸업 시험도 끝이 나기 전부터 손은 금봉이 으레 수석으로 졸업이나 할 것처럼

금봉을 치살려서 금년도 교비 유학생은 으례 금봉인 것처럼 주장하는 것이 미웠다. 이런 모든 이유가 있기 때문에 다만 금봉의 일본 유학이 방해가 될뿐더러, 금봉이 그처럼 미인이요 재주가 있고 하면서도 졸업 때가 가깝도록 상당한 집에서 청혼도 별로 없는 것이었다.

누가 금봉에게 관한 말을 물으면 동무들이라도,

"거, 기생의 딸."

"거, 가게 장수 딸."

하고 좋지 못하게 말하는 이도 적지 아니하였다. 선생들 중에도 금봉의 미와 재주를 인정하면서도 그 가정이(본래 말로 지체가) 좋지 못한 것을 꺼려서 힘써 추천하는 이가 적었다. 이럴수록 손 선생이 금봉을 천사같이 치켜세우는 것이 미웠다.

금봉은 이러한 사정은 몰랐다. 자기로는 인물로나 재주로나 학교의 여왕이어서 직원이나 학생이나 기타 누구나 다 자기를 우러러보고 부러워하는 줄만 생각하고 있었다. 그러나 어리숙해 보여도 속으로는 밝고 음흉스런 손은 이러한 사정을 대개 짐작하고 있었고, 이 학교에서의 자기의 지위도 얼마 오래가지 못할 것을 짐작하고 있다. 손이 제 죄를 모를 사람이 아니다. 학교 소유지의 마름과 짜고 해마다 학교의 추수를 적지 않게 횡령한 것이라든지, 학교의 현금 예금을 유용하여 사사 이익을 보는 것이라든지, 학교의 용도에서 여러 가지로 협잡을 한 것이라든지, 이런 것은 교장이 장부를 볼 줄 모르는 무능태 노인이기 때문에 아직 발라맞춰 간다 하더라도 언제나 한번 회계검사라는 문제만 나는 날이면 발각이 되고야 말 것을 손 자신도 잘 알고 있다.

그나 그뿐인가. 사오 년래에 버려준 여학생이 오륙 인이나 되니, 다행히 그들이 잉태를 아니 하고, 또 남이 부끄러워서 감추는 덕에 아직 무사하지마는, 고삐가 길면 밟히는 날이 있을 것도 손은 잘 알고 있다.

이러하기 때문에 지금 손이 생각하는 것은 이 모든 것이 발각되어서 자기가 학교를 쫓겨나기 전에 마음에 드는 계집애 하나를 손에 넣고, 그리고 학교 재산을 이리저리 흑책질을 하여 먹을 수 있는 대로 먹어보자는 것이었다.

이때에 걸린 것이 여자로는 금봉이요, 학교 재산으로는 평택에 있는 한 이천 석 추수하는 논을 팔아서 강원도로 옮겨 사는 것이었다. 만일 이 통에 일생 먹을 것을 장만하지 못하면, 또 틈발리 마음에 드는 여자를 장만하지 못하면 손에게는 영원히 그러한 기회는 가버리고 마는 것이었다.

이러한 계획을 가지고 있던 손이 금봉이 혼인한다는 말에 아니 놀랄 수가 없을 것 아니냐.

"그럼 내가 한번 가서 아버니께 말씀을 해볼까?"

하고 손은 위에 말한 바와 같은 생각을 하다가 눈을 뜨고 입을 열었다.

"안 됩니다. 선생님께서 말씀을 하셔도 안 됩니다. 오빠가 의학전문학교에 입학까지 한 것도 입학금을 안 주어서 끌어내리셨는데요. 아들 공부 안 시키는 어른이 딸 공부 시키겠어요?"

하고 금봉은 웃었다.

"그래두 내가 한번 가서 말해보지."

하고 손은 큰 결심을 한 듯이,

"만일 말씀해서 안 들으시면……."

하고는 안방에 말이 들릴까 보아서 가만히,

"만일 아버지가 안 들으시면 내가 금봉이 학비를 대주께. 그리고 음악

학교에 입학하면 상으로 피아노 하나 사주께."

하고 고개를 쑥 내밀면서 다정스럽게 말한다.

그러고는 금봉의 대답도 듣지 아니하고 외투를 입고 모자를 아무렇게나 머리에 집어던져서 비뚤어지게 쓰고, 그러고는 안방으로 퉁퉁거리고 건너가더니 문을 열고,

"여보. 내, 저, 금봉이 집에 좀 다녀오리다. 아버지가 학비를 아니 준다니, 내가 가서 좀 담판을 해주고 올라우."

하고 역시 아내의 대답도 듣지도 아니하고 퉁퉁거리고 건넌방으로 와서,

"자, 가!"

하고 금봉을 재촉한다.

금봉은 마음에 합당치는 아니하나 하릴없이 일어나서 안방에 가서 손 부인께,

"저 갑니다."

하고 인사를 하였으나 손 부인은 보지도 아니하고 대답도 아니 하였다.

금봉은 손 부인의 태도에 귀밑까지 후끈함을 깨달으면서 손을 따라나섰다. 안 올 것을 왔다, 아니 할 말을 했다, 하고 무슨 불길한 일을 저지른 것만 같아서 찜찜하였다.

손은 사직골서부터 야주개 전찻길까지 마치 곁에 금봉이 따라오는 것도 잊어버린 것처럼 고개를 푹 숙이고 두 손을 외투 주머니에 집어넣고, 한편 어깨를 다른 편 어깨보다 좀 더 높이 으쓱 웅숭그리고, 마치 길 가는 것까지도 잊어버리고 무슨 생각에 취한 사람과 같았다.

이것을 볼 때에 금봉은 손 부인에게 들은 손 선생의 흠담이 모두 거짓말인 것 같았다. 곁에 여자가 있더라도 눈도 거들떠보지 않는 인격자인

손 선생을 병자인 부인이 공연히 오해하는 것만 같았다. 그래서 좀 마음이 놓였다.

집 앞에 다다르니, 금봉의 아버지 정규는 웬 자전거에 잔뜩 짐 실은 사람 하나를 붙들고 김 서방과 함께 힐난하고 있었다.

"글쎄, 이녁은 돈 남길 장사 한다고 물건은 사 오면서 남의 돈은 안 내인단 말요?"

하고 정규는 어성을 높였다.

"이 그믐 안으로는 꼭 들여놓겠습니다. 이것을 갖다가 설 대목을 보아야 아니 합니까?"

하고 그 자전거 남자는 빌었다.

"안 되오. 이 짐 여기 두고 가서 돈 가지고 와서 찾아가오."

하고 정규는 단정적으로 말하였다.

금봉은 아버지의 이렇게 천착스러운 꼴을 손 선생에게 보이는 것이 부끄러워서 아버지 곁으로 가서 아버지의 소매를 끌며,

"아버지, 우리 학교 손 이사 선생님이 오셨어요."

하고 정규의 주의를 끌었다.

이때에 손이 정규 앞으로 와서 모자를 벗고 극히 공손하게 정규에게,

"안녕하십시오?"

하고 인사를 하였다.

정규는 손 선생을 잘 알아보지 못하는 듯이 싱겁게 고개를 끄떡하며,

"네, 내가 이정규입니다. 어떻게 선생께서 이렇게 왕림해 계시오니까?"

하고 아주 점잖게, 아주 귀족적으로 인사를 하였다. 정규는 근년에 돈냥이 생기고 낫살이 먹게 되면서부터 돈에 손해 없는 한도 내에서 양반 행

세를 하는 습관이 생겼다. 정규는 무론 손 선생이 누구인지를 알아보았다. 손 선생은 학교 기금, 기타 문제로 두어 번 정규를 찾아왔던 일이 있다. 그렇지마는 정규는 별로 이해관계가 없는 사람에게 대하여서는 아무쪼록 아는 체 아니 하는 버릇이 있었다. 버릇이라는 것보다도 그것은 이해관계를 따진 정책이었다. 그래서 돈 내라는 일로밖에는 오지 아니하는 손 선생에게 대하여서는 초면 인사를 한 것이었다.

"이리 들어오시지요."

하고 정규는 손을 인도하여 사랑이라고 일컫는 가게 옆방을 향하고 몇 걸음을 걷다가, 다시 그 자전거 있는 곳으로 가서 김 서방에게 몇 마디 신칙을 하고 왔다. 그동안에 손 선생은 가게에 벌여놓은 곡물, 어물 등속을 바라보고 서서 기다릴 수밖에 없었다.

"이리 들어오시지요."

하고 정규는 손 선생을 방으로 인도하였다. 방은 단칸방이요, 방바닥은 얼음장같이 찼다.

"돌쇠야, 담배 사 오나라."

하고 정규는 지갑에서 백동전 두 푼을 내어들고 소리를 쳤다.

"조일 한 갑 사 오나라."

"담배 안 먹습니다."

하고 손은 사양하였다.

"그 어떻게 담배를 안 잡수시오?"

하고 정규는 내어들었던 돈을 도로 지갑에 넣어서 조끼 주머니에 넣었다. 도배도 검고 장판도 검은 방에 십 촉 전등은 유난히 어두운 것 같았다.

"큰따님이 졸업을 하게 되어서 얼마나 기쁘시오니까?"

"네에. 저 미거한 것을 가르치시노라고."

하고 정규는 특별히 감사하다고 일컬을 것도 없다는 듯이 이만하고 끊었다. 또 졸업을 기회로 돈이나 내라는 것이 아닌가 하고 마음에 잔뜩 귀찮다.

"큰따님을 동경으로 유학을 보내시지요."

하고 손은 본문제에 들어가서,

"학교에서도 큰따님의 재주를 아껴서 교비생으로라도 보내고 싶지마는, 작금년래로는 학교 재정 형편이 전 같지를 못해서 유감입니다. 그렇지마는 큰따님과 같은 재주를 그냥 썩히기는 아깝지 않습니까?"

하고 정규를 바라보았다.

정규는 잠깐 눈살을 찌푸리고 금봉을 노려보았다. 그리고 손 선생의 말에 대답하기 전에 금봉을 향하여,

"넌 들어가려무나. 왜 학교 파하는 대로 와서 부엌일, 바느질 배우라고 그렇게 일렀는데도 말을 안 듣고 커단 계집애가 어디를 늦도록 돌아다니기만 한단 말이냐? 어서 들어가!"

하여 아주 양반다운 어조로 금봉을 책망하여 들여 쫓아놓은 뒤에,

"여자가 그만큼 공부를 했으면 넉넉하지요. 인제 그만하면 음식 만들고 옷 꿰어매는 것이나 배워가지고 시집살이를 해야지요. 그것이 아직 철이 안 나서 음악을 배우네, 무엇을 배우네 하고 공연히 마음이 들떠서 그러니, 선생께서도 그래서 못쓴다고 좀 단단히 훈계를 하여줍시오."

하고 손의 말문을 미리 꽉 막아버린다.

그래도 손은,

"글쎄 범상한 사람이면야 영감 말씀대로 하는 것도 좋지마는, 큰따님 금봉이로 말씀하면 천에 하나, 만에 하나 있기 어려운 재질을 타고난 사람입니다. 그러니까……."

하고 구변과 뱃심을 부리려 할 때에 정규는 손의 말을 가로막고,

"말씀하시는데 미안합니다마는, 그것은 다 쓸데없는 말씀이지요. 지자(知子)는 막여부(莫如父)라고, 그 애가 그렇게 뛰어난 애도 못 되구요……."

"아니 천만에, 그것은 영감께서 잘못 아시거나 너무 겸사를 하시는 말씀이시지. 큰따님으로 말씀하면 참으로……."

"천만에, 천만에! 애비가 제 자식을 모르겠습니까? 선생 같으신 이가 그렇게 추어주신다고 기뻐할 내가 아니구요, 어쨌으나 내 자식은 내가 가장 잘 알고요, 또 내 마음대로 할 터이니, 더 말씀 아니 하시는 것이 좋을 듯합니다."

하고 뚝 잡아뗀다.

손은 대체 이런 사람도 있나, 이런 말법도 있나, 하고 한참은 하도 어이가 없어서 물끄러미 정규를 바라보고만 있었다. 정규는 인제 할 말 다 하였다는 듯이 장죽에 담배를 꾹꾹 눌러 담아서 피워 물고 몸을 돌려서 손에게 등을 향하고 유리창으로 바깥을 바라본다. 그 자전거꾼이 어찌 되었나 하는 것이 궁금도 하거니와, 손에게 더 말대꾸하기 싫다는 빛을 보이고 싶었던 것이다.

보통 사람 같으면 이만큼 핀잔을 당했으면 자리를 차고 일어나서 가버렸을 것이지마는, 손은 그렇게 만만한 사람은 아니었다. 그는 성내는 것이 매양 불리한 줄을 아는 동시에, 아무러한 장애가 있더라도 하려던 말,

하려던 일은 다 하고야 마는 뱃심이 있다.

인제는 창피해서라도 일어나 가려니 하고 정규가 손이 간다고 작별할 때에 할 인사말까지도 다 마련해놓고 있을 때에, 의외에도 손은 태연하게,

"만일 학비가 문제가 되신다면 내가 대어주겠습니다. 아모렇게 해서라도 금봉이는 동경 유학을 꼭 시켜야 하겠습니다."

하고 정규에게는 천만의외인 새 제안을 하였다.

정규는 하도 의외여서 담뱃대를 입에서 빼어 들고 한참이나 어안이 벙벙하였다. 그러다가 담뱃대를 재떨이에 얹어놓고, 단단히 차리고 손에게로 돌아앉으며,

"노형은 대관절 얼마나 돈이 많으시길래 남의 집 딸자식 학비까지 대어주신다고 하시오?"

하고 이제는 손더러 사뭇 '노형'이라고 부르고 존대하는 것도 반쯤 낮추었다.

"내가 돈이 많아서 그러는 것이 아닙니다. 따님의 재주를 아껴서, 따님의 전정을 위해서 그러는 것이지요."

하고 손은 열성과 힘을 들여서 선언하였다.

"대단히 고맙소이다. 그처럼 내 자식의 전정을 위해주시니."

할 뿐, 정규는 다시 담뱃대를 집어 물고 창밖을 바라보았다.

"그럼 허락하십니까?"

하고 손은 다졌다.

"무얼 허락해요?"

하고 정규는 고개도 돌리지 아니하고 비웃는 어조로 묻는다.

"내가 학비를 대어서 따님을 유학시키는 것 말씀야요."

그제야 정규는 손에게로 돌아앉으면서,

"글쎄 이런 성화할 말씀이 있나, 원. 애비 된 사람이 안 시킨다는데 왜 노형이 그다지 성화를 하시오?"

하고 담뱃대 든 손으로 삿대질을 한다.

"왜 그리 고집을 하십니까?"

하고 손은 아직도 공격을 그치지 아니한다.

"고집이라니? 고집은 이녁이 하면서 날더러 한다고 그러오?"

하고 정규의 말은 점점 존대를 잃는다.

"그럼 영감께서는 기어이 따님을 더 공부를 아니 시키시고 시집을 보내서야 하겠단 말씀입니까?"

하고 손은 적에게 대하여 마구 폭탄을 던졌다.

"내 딸을 시집을 보내든지 혼자 늙히든지 그것까지 학교에서 아랑곳할 것이야 없지 않습니까?"

하고 정규의 말에는 다시 존대가 붙는다. 손의 말에 세 번째 나온 그 '영감께서'라는 문자가 퍽 정규의 마음에 들었던 것이다. 군대에서 정교 노릇밖에 못 해본 정규는 남에게 '영감'이라는 말을 듣는 것이 대단히 기뻤다.

그러나 손은 이 이상 더 말할 필요가 없음을 깨달았다. 그래서 말없이 일어나서 외투를 입고 말뚝에 걸린 모자를 벗겨 쓰고,

"갑니다."

하고 구두를 신고 나섰다.

손은 일생에 이처럼 망신을 한 일이 없다고 생각하였다. 정규는 따라 나오지도 아니하고 잘 가라는 인사도 아니 하고, 혼잣말로 마치 손이 들어라 하는 듯이,

"어, 미친 녀석이로군. 내 그런 추근추근한 녀석은 처음 보는군."

하고 중얼거렸다.

문밖에 숨어서 자초지종을 다 엿듣고 섰던 금봉은 어쩔 줄을 모르고 손 선생의 뒤를 따라 나갔다. 대문을 나서서 몇 걸음을 가서야 금봉은 한 걸음 빨리 걸어 손의 곁으로 바싹 다가서며,

"아이, 선생님 괜히 오셨어요. 저는 어쩌면 좋을지 모르겠어요. 아이, 선생님."

하고 미안한 뜻을 표하였다.

손은 금봉의 말을 들은 체도 아니 하고 금봉이 곁에 따라오는 것을 아는 체도 아니 하고, 몇 걸음을 가다가 우뚝 서서 고개를 쑥 내밀어 어두운 속에 금봉의 얼굴을 들여다보며,

"금봉이, 염려 말어. 금봉이 학비는 내 당해주께. 일본 가! 금봉이, 마음만 변치 말어!"

하고는 금봉의 손을 더듬어 악수를 하였다. 금봉은 미안과 감사와 아울러서 손 선생의 솥뚜껑 같은 손을 힘껏 쥐었다.

금봉은 애오개 마루터기에서 손과 작별하고 집에 돌아오는 길로 아버지에게 호출을 당하였다.

"너 이년! 그래 그 미친 녀석헌테 가서, 응, 애비가 학비를 주느니 안 주느니, 응, 시집을 가라느니 어쩌느니 하고, 그 녀석더러 나를 좀 훈계를 해달라고, 응, 하소연을 하였단 말이냐. 응, 이년! 애비 꼴은 무엇이 되고? 고이한 년 같으니! 그도 사람이나 사람 놈 같으면 모르지. 도야지 주둥이에 두꺼비 상바닥을 해가지고. 원, 이건 인사를 아나, 체면을 아나, 핀잔을 아나. 흥, 학비를 당해주어? 그놈이 왜 네 학비를 당해주어?

네 친삼촌이란 말이냐, 외삼촌이란 말이냐? 그놈이 속이 음충맞아서 딴 생각을 두고 그러지. 그래 요새 세상에 제 돈 가지고 남의 딸자식 학비 대주는 부처님 어디 있다던? 아모리 철 한 푼어치 없는 년이기로 그것에 속아? 원 그따윗놈이 학교 이사야? 학교는 잘되겠다. 그런 놈들 밑에서 배우니까 자식들이 애비 말도 안 듣게 되는 것이야. 이년, 다시 그런 녀석을 따라다녔단 보아라. 어서 딴전 말고 애비 시키는 대로만 해!"

하고 정규는 의외에 온화하게 금봉을 훈계하고 말았다. 이만하면 온화한 것이었다.

"오, 들으니깐……."

하고 김 씨가 곁에 있다가,

"네가 학교에 갑네 하고 어떤 사내 집에 놀러 댕긴다는 소문이 있더니 아마 그게 그 녀석인가 보구나. 아직 귀밑에 피도 아니 마른 계집애가 왜 밤중에 남의 사내를 따라댕겨?"

하고 꾸중을 하였다.

"아이, 어머니두. 그 어른은 교장 다음가는 우리 학교 이사 선생이랍니다."

하고 금봉은 분통이 터지려 하였다.

"교장 다음 아니라, 교장 한애비로 간대도 행사가 불상놈이지. 왜 과년한 남의 집 계집애를 끌고 댕겨? 또 따라는 왜 댕기고? 기생이더냐, 줄줄 남의 사내를 따라다니게?"

하고 김 씨는 바르르 떨었다.

금봉은 '기생이냐' 말에 제 입술이 문드러져라 하고 깨물고 분함을 참았다. 그리고 졸업식 하는 날로 이 집을 뛰어나리라 하고 굳게 굳게 결심하였다.

졸업식 날이 왔다. 금봉은 예상한 바와 같이 우등 첫째로 졸업을 하게 되어 졸업식 날에 졸업생을 대표하여 답사를 하는 직분을 맡았다. 이날 금봉은 연분홍 치마에 연분홍 저고리를 입고 흰 스타킹에 검은 구두를 신었다. 졸업 증서가 수여되고 교장의 훈사와 내빈의 축사가 끝난 뒤에 금봉은 여러 백 명 손님의 주목을 함빡 한 몸에 받으면서 연단 앞에 나섰다. 금봉의 모양은 바로 꽃 한 송이였다. 금봉은 약간 떨리는 음성으로 미리 준비하였던 답사를 말하였다. 그의 음성은 음악이요, 그의 말은 시였다. 금봉은 시 짓기를 좋아하였거니와, 이날의 답사는 결코 일장 형식적인 인사가 아니요, 모교와 여러 선생의 은혜를 생각하고 그 은혜 깊은 모교와 여러 선생과 또 정든 동창을 떠나는 가슴 아픈 정을 간곡하게 발표한 서정시였다. 그것은 낭독이 아니요 연설이었다.

금봉의 답사가 끝나매 늙은 교장 아울러 일동은 일제히 박수하였다. 여자들 중에는 눈물이 글썽글썽하는 이조차 있었다.

그러나 답사를 마치고 돌아서는 금봉의 눈에서는 눈물이 흘렀다. 자기의 일생의 이 첫 번의 영광스러운 자리를 보아주는 이가 누구냐. 어머니는 죽어서 못 오고, 아버지는 살아 있으면서도 계모의 눈치를 봄인지, 진실로 자기를 미워함인지 오지 아니하였고, 오빠는 도무지 사람 모이는 데를 가지 않는다 하여 오지 아니하고, 어디 대리할 사람이 없어서 서사 김 서방이 구지레한 꼴을 하고 학부형석에 와 앉았나, 이런 생각을 하고 금봉은 자리에 돌아와 앉기도 전에 울음이 터져서 식이 다 끝나기를 기다리지 못하고 밖으로 나와버리고 말았다.

강당 밖에서 김 서방이 앞서 나와서 지키고 섰다가,

"오늘 참말 잘하셨소. 천상 선녀 같았소."

하고 싱글싱글하며 반말지거리를 붙였다.

금봉은 김 서방을 보고,

"무엇 하러 왔소?"

하고 날카롭게 바락 소리를 질렀다. 그렇지 않아도 화가 나는 이 자리에 김 서방이 가장 남편인 체하는 꼴이 더욱 금봉의 화를 돋우었다.

김 서방은 머쓱하여 물러서면서,

"아버니께서 가보고 같이 오라고 그러십데다."

하였다. 김 서방의 기쁨으로 울렁거리던 심장은 이 견디지 못할 핀잔으로 아주 뛰기를 그쳐버리는 듯하였다.

이윽고 졸업식이 파하여 손님들은 다과회석으로 들어가고, 졸업생과 학생들은 우르르 마당으로 밀려 나왔다.

"아이구 언니, 인제 떠나면 언제 만나?"

"아이 금봉아, 오늘 참 잘했어. 어쩌면!"

"너 일본 간대두구나. 넌 좋아."

금봉을 붙들고 동무들은 이러한 소리들을 하였다. 여자들이 한번 떠나면 다시 만나기는 심히 어려운 것같이 생각되어서, 평소에 그리 정답게 지내지 아니하던 동무들까지도 서로 손을 잡고 서로 껴안고 작별하기를 섭섭하게 여겼다.

"저이가 누구야? 네 오빠? 네 하스?"

하고 어떤 동무가 김 서방을 눈으로 가리키며 이렇게 물을 때에는 금봉은 등골에 식은땀이 흘렀다.

'저 망할 녀석이 왜 가지를 아니하고 아직도 여기서 기웃거려?'

하고 흙이라도 한 줌 집어던지고 싶은 마음으로 금봉은,

"망할 것, 우리 집 상노야."

하고 가볍게 대답하였다.

"얘야, 너의 집에선 시집가라고 안 하니?"

하고 어떤 동무는 걱정이다 하는 듯이 고개를 흔들며,

"자꾸만 시집을 가라니, 부모들은 왜 그리 시집에 상성이냐? 가고 싶다는 학교에는 안 된다고, 가기 싫다는 시집만 한사코 가라니. 너는 안그래, 금봉아?"

하는 이도 있었다.

"집에 두면 구찮으니깐 그러시지들."

하고 한 애가 깔깔 웃었다.

"시집 안 가는 여자 어디 있나? 여자로 생긴 건 다 시집을 가나 보더라야."

하는 이도 있었다.

"그럼, 시집가서 잘 사는 사람도 있고, 쫓겨나는 사람도 있고, 과부 되는 사람도 있고, 소박데기로 지지리 천대받는 사람도 있고, 가지각색이지. 그중에는 의초 좋게 잘 사는 내외도 있겠지마는."

하고 어떤 키 작은 애가 말을 하니, 곁에서 누가,

"망할 것, 아주 시집이나 여남은 번 다녀온 것처럼 말하네."

하고 깔깔 웃는다.

"형님, 형님, 사촌 형님,

시집살이 어떱데까.

고추 당추 맵다 해도

시집에서 더 매우리.

란다. 얘. 난 시집 안 가!"

하고 한 애가 가슴을 쑥 내민다.

금봉은 동무들의 이런 모든 소리가 자기 하나를 두고 하는 말만 같았다. 그래서 다만 인사성으로 상긋상긋 웃을 따름이요, 더 대꾸를 아니 하였다.

"금봉이, 금봉이!"

하고 부르는 이가 있었다. 그는 금봉보다 두 반 앞서서 졸업한 이 학교 동창으로, 지금 이 학교 교비생으로 동경여자고등사범학교에 가 있는 강영자(姜英子)라는 이였다. 그는 봄방학에 집에 돌아왔다가 모교의 졸업식에 참예한 것이었다.

강영자도 손명규 선생의 알선으로 교비생이 된 여자였다. 그도 재주는 있으나 본래 그리 좋지 못한 가문의 딸로 태어나서 손 선생의 추천이 아니면 도저히 이 학교 교비생이 될 자격은 없었다. 손 선생은 이 학교에서는 마치 대원군 모양으로 양반 타파에는 큰 공로자였고, 또 강영자를 교비생으로 추천할 때까지에는 제가 가르치는 제자에게 손을 댈 생각까지는 나지 아니하였었다.

금봉은 영자에게 불려 들어갔다. 그것은 손 선생이 있는 이사실이었다. 손 선생은 없고, 거기는 영자보다도 한 해 전 졸업생으로, 역시 이 학교 교비생인 최을남도 있었다. 최을남도 손 선생의 추천을 받은 교비생으로, 그도 영자와 같이 동경여자고등사범학교에 있었다.

금봉은 처음에는 을남의 사랑을 받았고, 을남이 졸업한 뒤에는 영자의 사랑을 받아서, 두 사람을 다 언니라고 부르고, 영자도 을남을 언니라고 불렀다. 그들은 그처럼 사이가 좋았다.

"요오 오메데도우(おめでとう, 축하하오)!"

하고 을남은 금봉의 손을 잡아 옆에 있는 교의에 앉혔다.

을남은 금봉을 옆에 앉혀놓고 마치 어머니가 귀여운 딸이나 바라보듯이 말없이 한참이나 바라보고 있다가,

"아이 언니두, 왜 그리 바라보시우?"

하고 금봉은 붉힌 낯을 두 손으로 싼다. 열서너 살 때에 을남에게 귀염받던 심리 상태에 들어간 것이었다.

"참 미인야."

하고 을남은 황홀하였던 끝에 비로소 정신을 차린 듯이,

"어쩌면 금봉이가 그렇게 미인이 되었어? 어렸을 적에도 이뻤지마는 우리가 학교에 있을 적보다는 열 갑절은 더 이뻐진 것 같애. 안 그래, 영자?"

하고 빙긋빙긋 웃고 앉았는 영자를 본다.

"참 이뻐."

하고 영자는 오직 한마디로 인사를 치를 뿐이었다. 그는 수줍고 말이 적었다.

"샘이 나서 어떡허나?"

하고 을남은 시치미를 떼고,

"인제 금봉이가 동경을 가면 남학생들이 지랄을 할 것이다. 우리 따위가 가도 한 타스 두 타스씩은 꽁무니를 줄줄 따라당기는데, 글쎄 요것이 동경 바닥에 가보아요. 모두들 정신이 빠질 터이니. 안 그래 영자? 내가 사내 같으면 그야말로 부귀와 생명을 다 희생하고라도 금봉이를 사랑할 테야. 왕국과 제국을 다 희생하고라도. 그까진 왕국은 무엇이고 제국은

다 무엇이야. 이런 미인이 천 년에 하나가 날지 만 년에 하나가 날지 아

나? 이 우주가 벨르고 벨러서 요것을 하나 낳아놓았지."

하고 손으로 금봉의 뽀얀 턱을 만지면서,

"남자는 모름지기 이금봉이를 사랑할지어다."

한다.

영자는 입을 싸고 웃으면서,

"참 언니는 구변도 좋소. 마치 셰익스피어의 연극에 나오는 세리후(ㄿ
ㆍﬗ) 한 구절 같구려!"

하고 웃음소리를 아니 내려고 애를 쓴다. 영자는 얼굴이 좁음하고 몸이

강강하게 생기고 얌전한 타입의 여자인 데 대하여, 을남은 육체가 풍부

하고 눈이 빛나고 입이 좀 넓은, 약간 헤벌어진 듯한 쾌활한 여자였다.

을남은 영문학을, 영자는 가사과를 배우고 있었다.

"아이 언니두!"

하고 금봉은 벌떡 일어나며,

"이렇게 놀려먹으랴고 나를 불렀어요? 난 갈 테야요."

하고 성난 모양을 보인다. 그러나 속으로는 자기가 그처럼 미인이라는

것이 듣기 싫지는 아니하였다.

"아냐, 정말이다."

하고 을남은 금봉을 붙들어 앉히며,

"정말야. 동경 바닥에 너를 내다 놓아도 너보다 더 이쁜 여자는 일천구

백삼십년까지는 없을 것이다. 앞으로 십오 년은."

하고 끝끝내 금봉을 칭찬하다가,

"그런데 이 손 선생이 웬일이야? 어디 갔다가 우리 여기 두고 간 줄을

잊었나 보다. 족히 잊을 위인이어든."

하고 금봉의 미인 타령을 뚝 끊고, 새로 각설로,

"그런데 말이야. 왜 금봉이를 불렀는고 하니 말야, 손 선생이 금봉이를 일본을 못 보내서 아주 허겁지겁이시거든. 그래 날보고 의논을 하시길래, 내가 이랬지. 손 선생이 금봉이를 학비를 당해준다는 것이 세상에 말썽이 될 것 같아서 혐의쩍거든 내가 금봉이를 학비를 당해주는 것으로 하자고. 그랬더니 말야, 손 선생이 어째 찜찜해하시거든. 내 곧 알아차렸지. 그것은 무엇인고 하니, 우리 오빠가 금봉이를 가까이할 핑계를 줄까 봐서 그러는 모양이어든."

"설마."

하고 영자가 항의를 한다.

"그야 그럼. 강영자 씨가 계시니깐 우리 오빠가 언감생심 그럴 염려는 없지마는, 손 선생이야 그것을 아나? 그래서⋯⋯."

하고 을남이 영자를 보고 윙크를 하는 것을 영자가 얼굴을 고추같이 빨갛게 물들이며,

"아이 언니두! 그 무슨 말을 그렇게 하우?"

하고 고개를 돌린다.

"영자, 농담이니 노여지 말라구."

하고 을남은 영자의 어깨를 두어 번 두드리고 나서,

"그래 내가 이랬지. 그러면 영자가 학비를 당해주는 것으로 하시지요, 영자는 오빠도 없으니, 하고 그랬더니, 손 선생이 그 큰 눈을 뒤룩뒤룩하시겠지. 하하하하, 어떻게 우스운지."

하고 한참 웃고 난 뒤에,

"어때, 그러면 괜찮지? 그러면 금봉이 아버지도 아모 반대도 없으실 터이지?"

하고 금봉을 바라본다.

"그래두 아버지는 안 허하서."

하고 금봉은 수심을 띤 눈으로 허공을 바라보며 고개를 살살 흔든다.

"왜?"

"학비 줄 돈이 없어서 그러시나, 공부하는 것을 못마땅하게 생각하시니깐 그러시지. 남의 학비를 얻어 쓴다면 아버지 망신 된다고 야단하서."

하고 또 고개를 살랑살랑 흔든다.

을남은 금봉의 말에 낙심한 듯이 눈을 껌벅껌벅하더니,

"학비를 주시지도 않구, 남이 준다는 것을 받지도 못하게 하구. 그 아버지 어디 쓰겠나. 갖다가 조선호텔 앞 고물상에나 팔아버리지. 서양 사람이나 골동품으로 사 가라구."

하고 웃지도 않는다.

영자는 허리가 끊어지도록 웃는다. 금봉도 기가 막혀서 웃었다. 아직도 손 선생은 안 들어온다.

"그럼 별수 없네."

하고 을남은,

"금봉이도 달아나지. 일본으로 달아나. 난 안 달아나구, 영자는 안 달아났나? 조선에서 딸 일본 가거라, 하고 선선히 허락할 아버지가 몇이나 될라구."

하고 동의를 구하는 듯이 영자를 바라본다.

"글쎄, 금봉이 아버지가 여간 극성패시야지. 달아나면 붙들러나 아니 오시까?"

하고 영자는 근심하는 빛을 보인다.

"그보다도 걱정이 있어."

하고 을남이 갑자기 침울해진다.

영자와 금봉은 을남을 바라본다.

"요새에 손 선생의 평판이 대단히 좋지 못한 모양이야."

하고 을남은 어성을 낮추어서,

"우리 있을 적에 그런 말이 없었는데, 이번에 와서 들어보니깐 손 선생이 학교 아이들을 많이 건드렸다. 세상에서 하는 말을 다 믿을 수는 없지마는, 우리가 알기에도 족히 그럴 위인 아니야? 사람이 좀 이상하지, 안 그래 영자? 내가 알기에는 그이가 남 학비 당해줄 재산이 있을 것 같지 아니한데, 어떻게 금봉이 학비를 당해주라는지 모르지. 시골집에서 벼 백이나 한대야 그것은 부모와 여러 형제서 근근이 계량이나 하고, 학교에서 받는 월급이라야 백 원이나 되나? 게다가 부인은 앓구, 무슨 돈으로 금봉이 학비를 당해준다는지 모르지. 돈보다도 글쎄, 왜 그다지, 글쎄, 금봉이를 일본을 보내랴고 애를 쓸까. 무슨 딴생각이 있는 것이나 아닐까. 금봉이, 손 선생이 금봉이게 무슨 수상한 것 없어? 말로라도 말야."

하고 미안한 듯이 금봉을 바라본다.

"아니!"

하고 금봉은 확실히 부인하였다. 그 순간에는 마치 노성한 여자와 같았다. 그러나 금봉은 손 부인이 하던 말을 한 번 더 기억에서 끌어낼 때에 불쾌한 생각이 없지도 아니하였다.

"설마 어떻겠어요?"

하고 영자가 한마디 넣는다.

"그야 금봉이만 마음을 단단히 먹으면야 염려 없지마는, 그래도 남의 식은 밥 한술이라도 받으면 어렵거든. 금봉이, 정신 차려! 사내가 여자에게 친절히 할 때에는 대개는 제 욕심이 있어서 그러는 줄만 알아요. 여자가 한번 사내헌테 넘어가면 그다음엔 넝마야."

하고 을남은 자기가 아내 있는 다른 남자를 사랑하게 되어서 받는 고통을 생각해본다.

영자도 을남과 같이 침울해진다. 금봉도 길게 한숨을 쉰다.

기어이 금봉은 손명규의 학비를 받기로 하고 아버지 몰래 동경을 향해서 떠나기로 되었다. 우에노 음악학교 입학 시기는 이미 놓쳐버렸으니 일 년 동안은 동경 어떤 사립 음악학교에서 준비를 하기로 되었다.

을남과 영자는 방학 동안에 하루라도 더 집에 있는다고 해서 사월이 되거든 가기로 하였으나, 금봉과 김 서방과의 혼인날인 음력 이월 이십이일은 양력으로 삼월 이십팔일이었으므로 그전에 도망하지 아니할 수 없었다.

금봉은 삼월 이십오일 밤차로 남대문을 떠나기로 작정하고 집에 있는 며칠 동안은 아주 얌전하게, 아버지 뜻을 받아서 앞치마를 입고 부엌일도 보고 또 바느질도 배우는 체하였다. 김 서방이 저를 보고 싱글벙글하더라도 핀잔도 아니 주었다.

그러다가 예정한 날짜보다 하루 늦어서 이십육일, 즉 혼인날 전전날에 금봉은 저녁상을 치르고 영자 집에 다녀온다고 당당하게 아버지한테 말미를 얻어가지고, 인현에게만 귓속으로 일본 간단 말을 하고, 자기의 혼인을 위해서 잔치를 차리느라고 북적북적하는 집을 빠져나왔다. 정규는 금봉이 마음을 잡은 것을 기뻐하여 안심하고 말미를 준 것이었다. 그뿐 아니라, 정규는 딸을 찾아오는 동무 중에 강영자를 가장 얌전하게 보았던 것이다.

금봉은 집을 떠나는 것이 섭섭한 것도 모르고 그저 일본으로 가게 된 것만 기뻤다. 지금까지 괴롭고 쓰리던 집 생활이 이것으로 다 청산된 것 같았다.

남대문역을 피하여 용산에서 차를 타기로 하였다. 영자의 집에서 손 선생과 을남을 만나서 손 선생은 먼저 표도 사고 짐도 부치느라고 정거장으로 나가고, 금봉은 을남과 영자 두 언니와 함께 차 시간 임박해서 정거장으로 나갔다. 금봉의 짐이란 것은 손 선생이 준비한 이부자리, 기타 여자의 일용품 등속이었다.

용산역에서 금봉은 손 선생과 두 언니에게 작별 인사를 하였다.

"나도 평택까지 갈 일이 있어서."

하고 손 선생도 같이 차를 탄다는 뜻을 표할 때에는, 금봉은 한끝 겁도 나고 한끝 부끄럽기도 하였다. 더구나 을남이 금봉을,

"아까 일른 말을 잊지 말어!"

하는 듯이 눈을 끔적할 때에는 차에서 뛰어내리고 싶은 생각까지도 났다.

그러나 금봉은 가다가 죽을지언정 다시 집에는 아니 들어가리라고 결심하였다.

'죽으면 고만이지.'

하고 금봉은 처녀성을 죽기로써 지키리라는, 처녀다운 결심을 하였다.

"동경서 만나, 응?"

"우리도 사월 초닷새 전으론 가게."

이러한 말로 을남과 영자는 금봉에게 작별 인사를 주고 차가 플랫폼을 벗어나기까지 두 사람이 자기를 바라보고 섰는 것을 금봉은 눈물 어린 눈으로 바라보았다.

금봉의 눈에는 아직 을남과 영자 두 사람의 모양이 보이는데, 그 두 사람의 눈에는 금봉이 아니 보이는지, 둘이서 돌아서서 빠른 걸음으로 출구를 향하고 나가는 것이 금봉에게는 퍽 섭섭했다.

금봉이 창으로 내밀었던 고개를 돌이키고 손수건으로 눈물을 씻을 때에 손 선생은,

"여기 앉어."

하고 다른 사람에게 빼앗길까 보아서 점령하고 있던 창 밑에 자리를 금봉에게 사양하였다.

"선생님, 여기 앉으시지요."

하고 금봉은 이웃 사람이 다 들을 만한 큰소리로 사양하는 말을 하였다. 금봉은 이웃 사람에게 자기와 손과는 사제 간이다, 하는 것을 선언하여 두는 것이 필요하다고 생각한 것이다.

"어서 앉어."

하고 다시 권할 때에야 금봉은 비로소 손 선생이 주는 자리에 앉았다.

차는 우렁찬 소리를 내며 한강의 철교를 건넌다.

금봉은 아무것도 아니 보이는 허공에 빨가숭이 몸이 혼자 둥실 나뜬 것

과 같은 불안을 느꼈다. 더구나 도무지 같이 간다는 뜻을 보이지도 아니 하던 손 선생이 곁에 같이 타고 오는 것이 의심도 스럽고 겁도 났다.

'나는 어디로 가나?'

하고 금봉은 어두운 창밖을 바라보았다.

차는 심히 좁았다. 한 자리를 혼자 잡아가지고 누워서 자는 체하는 사람도 있지마는, 대개는 한 자리에 셋씩 앉고도 서서 가는 사람도 있었다. 금봉이 앉은 자리에는 금봉과 뚱뚱한 손 선생이 앉고, 그리고 웬 동저고리 바람으로 캡을 쓴 이십 내외 된 청년이 궁둥이만을 조금 붙이고 가로 앉았다. 스팀이 어지간히 더운 데다가 손 선생의 몸이 금봉의 옆에 꼭 붙어서 금봉은 번열함을 느끼는 동시에, 비록 여러 겹의 옷으로 새를 막았다 하더라도 남자와 이렇게 몸을 마주 대고 있는 것이 마음에 불안하여 초조한 생각이 났다.

"벌써 수원이야."

하고 손 선생은 어깨로 금봉의 턱을 비비며 창으로 내다보았다. 금봉은 고개를 담벼락 쪽으로 돌려서 손 선생의 몸이 제 낯에 닿지 않도록 주의 하였다. 금봉의 생각에 얼굴은 더욱 남자의 몸에 닿을 수 없는 것 같았다.

금봉은 눈을 감았다. 그러나 영 졸리지는 아니하였다. 꼬빡 졸기만 하면 도적맞을 무엇이 있는 것만 같아서 눈을 감을수록 전신의 신경이 날카로워졌다.

"이바."

하고 또 얼마 후에 손 선생이 금봉을 불렀다.

"네."

하고 금봉은 자다가 깨는 모양으로 눈을 떴다.

"요담이 천안인데, 천안서 내려서 온양온천에 가 자고 내일 낮차로 갈까?"

하고 손 선생은 금봉의 눈치를 본다.

"아이, 바루 가세요!"

하고 금봉은 손 선생의 말을 거절하였다. 금봉은 여태껏 이처럼 선생의 말을 단박에 거절한 일이 없었다. 그러나 금봉의 속에 있는 무슨 힘이, 또 혹은 금봉의 밖에, 위에 있는 무슨 명령이 이 단호한 처치를 취하게 하는 것 같았다.

"괜찮어. 이 차로 가면 낮 배를 타게 된단 말야. 낮 배는 밤배보다 배도 작고 또 낮 배는 멀미가 더 나. 그러니께 온양 가서 자고 내일 낮차를 타면 밤배를 타게 되거든."

하고 손 선생은 자기의 제안에 이유를 주었다.

"싫어요. 그냥 가요. 선생님은 평택에서 내리시지 않습니까. 전 낮 배라도 괜찮아요."

하고 다시는 그런 소리 말라는 듯이 금봉은 눈을 감아버렸다.

천안이 지났다.

'인제 살아났다.'

하고 금봉은 속으로 웃었다. 열일곱 살 되는 금봉도 이제 와서 손 선생의 속을 다 안 것 같았다. 저를 귀애주는 것, 애오개 마루터기에서 제 손을 잡은 것, 아무 말도 아니 하다가 오늘 밤에 같이 차를 탄 것, 이것들이 다 무슨 뜻인지를 안 것 같았다. 그렇게 생각하니 손 선생이란 사람이 저 천길만길 되는 지옥 밑에서 정욕에 주려서 싱글벙글하는 동물과 같았다. 한끝 불쾌하기도 하지마는, 또 자기가 이 동물의 꾀에 넘어가지 아니한 것이 유쾌하기도 하였다.

이 유쾌한 생각에 금봉은 꼬빡 졸았다.

"퍽 곤한 모양이야. 잘 자는데."

하고 손 선생이, 금봉이 눈을 번쩍 뜨고 두리번거리는 것을 웃으면서 말을 붙인다. 금봉은 깜짝 놀라는 듯이 팔뚝시계를 보았다. 새로 세 시!

"아이구, 내가 몇 시간을 잤어?"

하고 금봉은 낯을 붉혔다.

금봉은 아직 어린애였다. 금봉이 자는 동안에 맞은편에 앉았던 일본 사람이 내리고, 그 자리에 갓에 감투 받쳐 쓰고 깃 느슨한 두루마기 입은 노인이 앉아 있고, 그 곁에는 젖먹이 어린애 안은 젊은 부인이 있었다.

"세 시간이나 잤지."

하고 손 선생은 싱글벙글 웃는다.

"이다음이 어디야요?"

"대전이 얼마 안 남았어. 그러지 않아도 깨우려고 했어."

"선생님 평택서 왜 안 내리셨어요?"

하고 금봉은 책망하는 듯이 날카로운 어조로 물었다.

"금봉이가 자니깐 나릴 수가 있나?"

하고 손은 둘러대었다.

"왜 평택서 안 내리셨어요?"

하고 금봉은 한 번 더 손을 책망하였다.

금봉의 '왜 평택서 안 내렸느냐.'는 책망에 손은 잠깐 무안하여서 고개를 숙였다. 얼마 있다가 손은 답변할 재료를 꾸며내어서,

"아모려면, 밤에 내리기로 밤중에 일 보나. 자, 대전서 내리자구. 계

룡산 알지? 계룡산 구경할 겸 유성온천에서 목욕이나 하구 내일, 인제는 내일도 아니로구먼, 이따가 오후 네 시 차를 타고 부산 가면 밤배 시간이 되거든. 암만해도 밤배가 나아."

하였다.

"아니 싫어요. 계룡산은 이다음에 보지요. 선생님은 대전서 내리서요. 저는 바로 갈 테야요."

하고 금봉은 얼른 머릿속에 좋은 꾀가 하나 나는 것을 붙들어,

"그러다가 아버지가 찾아 떠나시든지 하면 어찌합니까. 어서 동경을 가버려야지."

하였다.

"괜찮어. 자, 내릴 준비 해."

하고 손은 시렁에 얹은 가방을 내리려 든다. 손의 것을 내릴 때까지는 가만두었다가 금봉의 것을 내리려 할 때에는 금봉은 일어나서 손 선생의 팔을 붙들었다.

"아이 선생님, 저는 대전서 안 내려요. 그냥 보내주세요."

하고 금봉은 애원하는 눈으로 손의 눈을 바라보았다.

손은 시렁에 손을 얹은 채로 잠깐 주저하였으나 부득부득 금봉의 바스켓도 내려놓았다.

마침 승객들은 대개 잠이 들어서 금봉과 손과의 이 연극을 주목하는 이가 적었지마는, 맞은편에 앉은 노인은 이 해괴한 꼴을 장히 괘씸하게 보는 듯이 가끔 손 선생과 금봉을 정면으로 바라보고는 외면하였다. 캡을 쓴 그 청년은 매우 흥미가 있는 듯이 곁눈으로 열심으로 사건의 발전을 주목하고 있었다. 젖먹이를 안은 젊은 부인은 차마 보지 못할 광경이라

하는 듯이 눈을 내리뜨고 있었다.

"다이덴(たいでん), 다이덴."

하는 역부의 소리가 들리며 차는 전깃불이 휘황한 대전역에 섰다. 개찰구에 자다가 나온 듯한 사람 오륙 인이 물끄러미 이쪽을 바라보고 있는 것이 보였다.

"자, 내려."

하고 손은 자기 외투를 떼어 입고 모자를 비뚜름히 머리 위에 던지고, 금봉의 외투를 벗겨서 금봉의 무릎 위에 놓아주고 자기는 두 손에 짐을 들고 서너 걸음 문을 향하고 걸었다.

"전 안 내려요!"

하고 금봉은 귀찮은 듯이 화를 내며 몸을 흔들었다. 그리고 창밖으로 플랫폼에 사람들이 다니는 것을 바라보고 있었다.

"어서 일어나! 그 왜 그리 말을 안 들어?"

하는 손 선생의 소리가 들려오지마는, 금봉은 모른 체하고 있었다. 그까짓 짐 가지고 갈 테면 가거라, 그까짓 차표도 안 주겠거든 말아라, 그까짓 학비도 싫거든 고만두어라, 하고 금봉은 손이 학비라는 미끼로 제 처녀성을 산 듯이 생각하는 꼴을 보고 분개하였다.

"왜 안 일어나, 글쎄?"

하고 손 선생은 성도 나고 무안도 한 얼굴로 금봉의 옆에 와 서서,

"글쎄 왜 안 일어나? 거, 원 그런 고집두 있나. 내렸다가 오후 차 타고 가면 마찬가지라니까 그러네. 자, 어서 일어나!"

하고 금봉의 무릎 위에 놓인 외투를 집어 들고,

"자, 일어나 입어."

86

하고 명령을 한다.

금봉은 소리소리 질러서 악을 써보고 싶었다. 그러나 찻간을 돌아보매 사람들이 부끄러워서 그도 못 하였다.

그리고 다만,

"전 안 내려요. 바로 가요. 선생님만 내리셔요."

하고 꼭 같은 몇 마디를 반복할 뿐이었다.

이렇게 승강하는 동안에 어느덧 대전 정거장의 정거 시간도 거의 다 가서 따르르하는 발차 전의 전기 신호가 울었다.

손 선생은 마침내 지갑을 꺼내어서 금봉의 차표를 내어 금봉의 무릎 위에 내던지고 자기의 짐만을 들고 뒤도 안 돌아보고 차에서 내려버렸다.

금봉은 뒤를 따라가 작별 인사라도 할 생각을 하였지마는 꾹 참고 가만히 창만 내다보고 있었다. 손이 터덜거리고, 나가는 데로 통한 지하도를 향하고 가는 모양이 보였다. 금봉은 그것도 보기 싫어서 눈을 창으로부터 차 안으로 돌렸다. 오랫동안 정거에 사람들은 반나마 잠을 깨어서 담배들을 피우고 있었다. 지금 지나간 한 막의 불쾌한 연극을 눈치챈 사람도 있으리라고 생각하면 화끈화끈하여 낯을 들 수가 없었다. 그러나 처녀 금봉은 이밖에 취할 길이 없음을 깨달았다.

차가 떠났다. 금봉은 손이 내어던지고 간 차표를 집어넣을 생각도 아니 하고 담벼락 구석에다 얼굴을 박고 울었다. 무엇인지 이름 지을 수는 없지마는 분하고 서러웠다.

날이 훤히 밝아서 세면소에서 세수를 하고 거울에 낯을 비출 때에는 눈에 충혈이 되고 통통 부었다.

차가 부산 부두에 닿아 금봉은 짐을 들고 혼자 내려서 어디로 가야 하는 것인가 하고 한참 어릿어릿하다가 부두에 서 있는 배를 보고는 그리로 향하여 발을 옮겨놓으려 할 적에 문득 뒤에서,

"금봉이!"

하고 부르는 소리가 들렸다. 금봉은 어떻게 놀랐는지 손에 들었던 바스켓을 땅바닥에 떨어트릴 뻔하였다. 그것은 대전서 분명히 내린 손명규 선생이었다. 그는 금봉이한테 그 핀잔을 당하고 차를 뛰어내려서 나가버리려 하였으나, 그래도 금봉이 못 잊어서 다른 찻간에 올라탔던 것이다.

금봉은 미처 무슨 말을 할지, 어떤 태도를 취할지 정신도 차리지 못하고 여러 해 동안에 이뤄진 습관대로,

"선생님!"

하고 허리를 굽히며 인사를 하였다.

"혼자 내버리니 마음이 놓여야지. 그래서 딴 찻간을 타고 따라왔지."

하고 손 선생은 반가운 듯이 웃으며 금봉의 짐을 받아 들었다. 이때, 아침 햇빛이 환하게 빛나는 이때의 손 선생의 웃음은 어젯밤 대전서와도 달라서 믿음성 있는 손 선생의 본모양이었다.

어디까지든지 친절하고, 제가 그만큼 망신을 주었건마는 노하지도 아니하고 여전히 친절한 손 선생이 금봉에게는 가엾게 보였다. 천안이나 대전서도 그저 아버지가 어린 딸을 생각하는 모양으로 그러시는 것이 아닌가, 그런 것을 내가 잘못 생각하고 은혜 높은 선생님께 버릇없이 한 것이 아닌가, 금봉은 이렇게도 생각하였다.

"아침 안 먹었지?"

하고 손을 배를 향하고 몇 걸음 가다가 멈칫 서며 금봉에게 물었다.

"안 먹었어요."

하고 금봉은 악의 없이 대답하였다.

　손은 물끄러미 금봉을 바라보더니 금봉의 눈에 아무 의심이나 악의가 없는 것을 보고는,

　"아직 배 떠날 시간이 한 시간이나 있으니, 우리, 저 정거장 호텔에 가서 아침이나 먹고 와. 걸어가도 고대지마는 자동차를 타고 가면 잠깐인 걸. 십오 분이면 먹고."

하고 청한다.

　금봉은 지난밤 일을 지나고 손 선생의 이 청까지 거절할 수는 없었다. 그래서 속으로 못마땅하게 생각하면서도 선선하게,

　"그럼, 그러세요."

하고 허락을 하였다.

　손 선생은 두 손에 든 짐을 덜렁거리면서 부리나케 달음박질을 쳐서 자동차 하나를 붙들어놓고 금봉을 바라보았다. 금봉은 손에게 대하여 불쌍하다는 생각을 가지면서, 그 자동차를 향하고 약간 빠른 걸음으로 걸어갔다. 지게꾼들이 수없이 금봉을 바라보고 섰는 것이 금봉에게는 이상하였다.

　금봉은 호텔에서 아침을 먹고 해운대온천을 향하고 달리는 자동차 속에서 처음 보는 부산의 경치를 바라보았다. 옆에 앉은 손 선생은 바깥 경치를 바라보지 아니하고 금봉만을 바라보고 있다가, 금봉이,

　"저 산 옆대기에 집들을 짓고 살아요? 왜 그래요?"

묻는 바람에 비로소 밖을 바라보며,

　"응, 경치가 좋으니껀 그렇지."

하고 웃는다.

"평지에는 땅값이 비싸니깐 그런 게지요."

하고 금봉이 손 선생의 말을 농담으로 돌린다.

"잘 아는구면."

하고 손 선생은 또 금봉만 바라본다.

"저 바다 보세요!"

하고 금봉이 소리를 친다.

"바다를 처음 보나, 왜?"

하고 손도 바른손 편으로 보이는 부산만을 힐끗 본다.

"바다가 아주 파아래요. 도무지 물결이 없구. 낮 배로 갔더면 좋을걸 그랬어."

하고 금봉은 잠깐 후회하는 빛을 보인다.

"그까진 거, 해운대를 가보면 어떡허게. 저쪽 등성이에 올라서면 일본까지 바라보일걸."

하고 손이 웃는다.

"네에? 설마 일본이야 바라보일라구. 대마도겠지."

하고 금봉도 처음 웃는다.

"대마도는 일본이 아니구 영국인가?"

하고 손은 농담을 한다.

"저것 보아, 벌써 풀이 포릇포릇했어요."

하고 금봉은 길가를 가리키나 손이 고개를 쑥 내어밀 때에는 벌써 지나가 버리고 말았다.

"여기는 서울보다 더우니껀."

하고 손이 설명을 한다.

"남쪽이니깐. 여기는 산 빛도 서울보다는 다른 것 같애. 어째 고동색이야?"

하고 금봉은 혼잣말을 한다.

"여름이 되면 퍼렇지."

하고 손이 킹 하고 웃는다.

금봉은 손 선생이 도무지 경치에 흥미가 없어 하는 것을 보고 이상히 여겨서,

"선생님은 바다 좋아 아니 하셔요? 강을 좋아하셔요?"

하고 손을 바라보았다.

"그저 다 그렇지. 별로 좋아할 것도 없구. 그까짓 거 늘 보는 거."

하고 손은 보이는 산과 바다를 일부러 안 보려는 듯이 고개를 숙여버린다.

'참 이상도 하다.'

하고 금봉은 손 선생이란 대체 어떠한 사람인가 하는 생각으로 손의 옆모양을 이윽히 바라본다. 하늘에 닿은 듯한 가슴이 불룩한 장산을 바라보고 또 해운대 고개를 넘을 때에 보이는 퍼어렇고 질펀한 동해 바다와 오류도의 기묘한 모양을 보고 금봉은 처음 보는 이 웅장한 경치에 취하면서도 손에게 대하여는 물어보려고도 아니 하고, 또 같이 감탄하기를 청하려고도 아니 하였다. 손에게는 금봉 자기가 가진 감각은 가지지 아니한 것 같았다. 손의 신경 작용이 금봉의 신경 작용과는 전혀 다른 것같이 생각했다.

자동차는 기운차게 소리를 내며 해운대온천 호텔에 닿았다.

'조용하고 경치 좋은 방'이라는 손 선생의 주문에 머리를 빗다가 말고 나오는 듯한 하녀가 잠깐 사무실에 들어가 물어보고 나와서는,

"사아 도우소(さあ どうぞ, '이리 오십쇼' 하는 뜻)."

하고 앞을 섰다.

　방은 아래층 남향이었다. 복도에서 방으로 들어가는데 문이 두 겹이요, 그러고도 오자시키(おざしき, 방)와 문과의 사이에는 조그마한 쓰기노마(つぎのま, 협실)가 있었다.

　방으로 두 사람을 인도한 하녀는 그 열인(閱人) 많이 한 눈으로 이 손님들이 어떤 손님인 것을 한번 보고 알아내려는 듯이 힐끗 한번 훑어보고는 위선 화로에 불을 가져오고, 김이 모락모락 오르는 무쇠 주전자를 화로에 갖다 놓고, 차와 과자를 가져오고, 그러고는 유카다(ゆかた)와 단젠(たんぜん)이라는 옷 두 벌을 갖다가 가지런히 놓고,

"자, 갈아입으세요."

하고 금봉을 한번 힐끗 본다.

"갈아입을까?"

하고 손은 외투를 벗고 저고리와 조끼를 벗을 때에 금봉은 외면하고 도꼬노마(とこのま)의 족자와 꽃을 보다가 마침내 살짝 일어나서 빛이 환히 비추인 툇마루에 나가서 마당과 담 너머로 보이는 영양 불량과 바람에 부대끼는 나무들을 바라보았다.

'잘못 왔다. 내가 왜 왔나?'

하고 금봉은 손을 따라서 이런 데 온 것을 후회하였다. 호텔 식당에서 손이 밥을 느리게 먹어서 배 시간을 놓쳐버렸으니 밤배까지 아니 기다릴 수는 없고, 손은 부득부득 그 감질난 온천에를 가자고 하고, 또 대낮이니 어떠랴 하여 따라오기는 왔지마는, 와본즉 아니 올 데를 왔구나 하는 후회가 난 것이다. 금봉은,

92

'딴 방이나 잡아달랄까.'

하고 생각도 해보았으나, 금봉의 돈으로 쓰는 것이 아니라, 손 선생의 돈을 얻어 쓰면서 그렇게 염치없는 소리를 할 수도 없고,

'나는 목욕 아니 하면 고만이지. 갈아입지도 아니하면 고만이지.'

하고 마음을 잡으려 하나, 첫째로 들어올 때마다 유심하게 경멸하는 눈으로 힐끗힐끗 보는 것이 부끄럽고, 둘째로는 손 선생 보기가 부끄럽고, 그보다도 금봉 자신이 부끄러웠다.

금봉이 이런 생각을 하고 섰을 때에,

"이바, 자 어서 갈아입어. 일본 여관에 들면 의례히 이것을 갈아입는 법이야."

하는 손 선생의 말이 들렸으나 금봉은 못 들은 체하고 툇마루 저편 더 먼 끝으로 가서 여전히 하늘을 바라보았다. 구름 한 점 없이 맑고 깨끗한 하늘이었다.

등 뒤로 사뿐사뿐 걸어오는 발자국 소리가 들리더니,

"아씨, 무얼 그리 보고 계셔요? 서방님께서는 벌써 갈아입으시고 기다리시는데, 어서 아씨도 갈아입으시고 두 분이 함께 목욕이나 하시지."

한다. 아주 친한 사람에게나 하는 말 같다.

금봉은 "옥상(おくさん, 아씨)", "단나상(だんなさん, 서방님)" 하는 하녀의 소리에 몸에 오싹 소름이 끼쳤다.

'왜 내가 머리를 틀어 얹었노.'

하고 차를 타기 전에 강영자의 집에서 머리를 튼 것을 후회하였다. 더구나 "두 분이 함께 목욕이나"라는 말에 이르러서는 금봉의 전신의 피가 머리로 몰려 올라오는 것 같아서 앞이 아뜩아뜩함을 깨달았다. 그래서

금봉은 몸을 팩 돌리며,

"아씨가 다 무어야? 그 어른은 우리 아저씨요."

하고 하녀를 노려보았다.

"아라 소우, 고멘나사이네(あら そう、ごめんなさいね、그러세요? 잘못되었습니다)."

하고 하녀는 금봉을 향하여 싱긋 웃고 방으로 들어가버렸다. 금봉은 하녀가 자기의 말을 믿지 아니할 것 같아서 애가 키웠다.

"어서 이리 와. 목욕해야지. 온천에 와서 목욕도 안 해?"

하고 이번에는 단젠을 입고 발을 벗은 손 선생이 금봉을 따라 나왔다.

"목욕하고, 그러고 나서도 실컷 구경할걸."

하며 금봉 곁에 와 선다.

"선생님 어서 목욕하세요. 전 이따가 하지요."

하고 금봉은 뒤도 돌아보지 아니하였다.

"그럼 내 먼저 목욕하고 오께, 옷이나 갈아입어요."

하고 손은 들어가버린다.

손 선생이 분명히 목간에를 가는 것을 귀 짐작으로 알고는 금봉은 방으로 들어와서 화로에 손을 쪼이며 두리번두리번 방을 둘러보았다.

'퍽 깨끗한 방이다.'

하였다. 금봉은 화로 옆에 놓인 그 단젠이라는 소매 넓은 두렁이를 만져보았다. 이것은 아마 남자만 입는 것이 아닌가, 이런 생각도 해보았다.

'혼자 달아날까 보다.'

이렇게 금봉은 양미간을 찡기며 중얼거렸다.

'기집애가 이게 무슨 짓이야?'

하고 혼자 책망도 해보았다.

　그렇지마는 금봉은 거미줄에 걸린 나비와 같아서 달아날 힘이 없었다.

　'나만 마음을 단단히 먹으면 설마 어떨라고.'

하고 금봉은 무엇인지 분명히는 몰라도 몰기 바로 앞에 다닥뜨린 듯한 위험에 대하여 싸워낼 결심을 하였다.

　이윽고 손 선생이 젖은 타월을 들고 들어왔다. 시커멓게 털이 난 손의 두 정강이가 눈에 뜨일 때에 금봉은 눈을 다른 데로 돌렸다.

　'저 군이 옷을 입으러 들거든 나가리라.'

하고 벼르고 있을 때에 손은 그냥 화로 옆으로 와서 펄썩 주저앉았다.

　"에, 시원하다."

하고 손 선생은 모가지, 팔뚝을 만지면서,

　"참 온천이란 좋은 게야."

하고 웃었다. 그리고,

　"어서 가서 목욕해. 아모도 없어."

하고 금봉을 본다.

　"네에."

하고 금봉은 일어서며,

　"목욕하는 데가 어디야요?"

하고 물었다.

　"이리 와. 바로 요기야."

하며 손은 앞서서 나간다. 금봉은,

　'하녀를 불러서 인도를 시키면 고만일걸.'

하고 못마땅하게 생각하면서 손 선생의 뒤를 따라섰다.

"여기야."

하고 손 선생은 손수 문을 열며,

"이게 옷 벗어 담는 데구, 이 저울은 체중 다는 데구, 저기, 저기가 물 아니야?"

하고는 나가버리고 만다.

금봉은 문고리를 걸려 하였으나 고리도 없고 잠글 아무 장치도 없었다.

금봉은 체경 앞에 가서 제 얼굴을 한번 비추어보고 돌아서서 저고리 고름을 끄르다가 마룻바닥에 젖은 발자국이 있는 것을 발견하였다. 솥뚜껑같이 큰 그 발자국은 분명히 손 선생의 발자국이었다. 그것을 보고 금봉은 끌렀던 저고리 고름을 다시 매었다. 금시 이 방에 어떤 남자가 목욕을 하고 나간 것을 생각할 때에 도저히 자기가 목욕을 할 수는 없었다.

금봉은 교의에 털썩 걸터앉아서 두 손으로 턱을 고이고 멍하니 있었다.

'내가 왜 집을 떠났던고?'

애오개 있는 집을 생각하였다. 비록 불화한 가정이라 하더라도 도무지 꺼리는 것도 없고 무서운 것도 없는 집, 더구나 오빠와 동생과 수원 마나님과(올케는 약간 남 같지마는) 같이 사는, 그 겨울이면 춥고, 여름이면 빈대, 벼룩 끓던 아랫방이 그리웠다. 모두 남, 모두 적인 속에 외톨이로 나선 자기의 신세가 퍽도 외롭고 퍽도 위태위태하였다.

"왜 목욕 안 하세요?"

하고 하녀가 그 주리하게 갈아입으라고 성화하는 옷을 가지고 들어와서,

"어디가 아프세요?"

하고 묻는다.

"아니, 인제 목욕할 양으로."

하고 금봉은 일어나 다시 옷고름을 끌렀다. 덥고 맑고 깨끗한 물에 몸을 잠그는 것은 유쾌한 일이었다. 더구나 애오개는 목간이 멀어서 겨우내 두세 번 셀 만하게밖에 목욕을 못 해본 금봉에게는 이 종용하고 깨끗한 목욕이 더욱 유쾌하였다. 사람이 불 때어서 끓이지 아니한, 이 자연히 샘솟는 더운물이라는 생각도 금봉에게 흥미를 주었다.

금봉은 처음에는 다른 사람이 들어오지나 아니할까 하고 마음이 오마조마하였으나, 차차 마음이 놓여서 실컷 전신에 때를 씻고 머리까지 감고, 그러고는 또 푹 목을 물에 잠그고 유쾌하게 목욕을 하였다. 그러고는 몸을 말리느라고 따뜻한 시멘트 바닥에 다리를 뻗고 앉아서 손으로 물장난을 하였다.

문득 금봉은 이상한 것, 지금까지에 보지 못한 것을 발견하였다. 그것은 제 몸의 아름다움이었다. 그 부드럽고 불그레한 살빛, 팔과 다리와 몸의 선, 불룩한 젖가슴, 금봉은 일생에 처음 제 몸의 아름다움을 발견하였다. 그리고 제 몸을 처음 보는 듯이 놀라는 눈으로 이리저리 자세히 살펴보았다. 보면 볼수록 아름다운 제 몸에 어린 듯이 금봉은 사르르 눈을 내리감았다.

금봉의 가슴은 까닭 모르게 뛰었다.

금봉은 감았던 눈을 다시 떠서 한 번 더 제 몸을 돌아보았다. 바로 일 분 전에 볼 때보다도 제 몸은 더 아름다워진 것 같았다. 지나간 일 분 동안에 제 아름다움이 더 자란 것 같았다.

'참 이뻐! 내가 어쩌면 이렇게 이쁠까?'

하고 금봉은 스스로 제 아름다움을 찬탄하고, 그러고는 부끄러운 듯이 상긋 웃었다.

'내 몸이 움직이는 모양은 어떨까.'

하고 금봉은 머릿속에 제 몸의 여러 가지 자세와 또 움직이는 선과 리듬을 그려보았다. 그는 지금까지 잡지책이나 그림에서 보던 여자의 여러 가지 포즈를 생각해보았다. 만일 금봉에게 희랍 조각에 관한 지식과 서양 명화를 많이 본 기억이 있다고 하면 자기를 거기도 비겨보았을 것이다.

금봉은 마침내 일어나서 지금까지 머리에 그리던 여러 가지 포즈와 움직임을 하여보았다. 그것이 다 아름답고 유쾌하였다. 혹은 부끄러워서 고개를 숙이고 몸을 꼬는 태도 지어보고, 모든 근육에서 힘을 빼고 시름없이 앉은 태도 지어보았다. 그러는 동안에 금봉의 머릿속에는 어려서 노 부령, 이 참령 같은 어른들에게 듣던 나란부인이니 약안부인이니 하는 애국적 여장부들이 어떤 태를 지었을까 하고 앞에 수만 명 병마를 놓고 싸우라는 명령을 내리는, 위엄 있고 무서운 태도도 지어보았다. 그러다 혼자 우스워서 거의 소리가 날 만하게 웃어버렸다.

한참 이 모양으로 감은 머리를 풀어서 뒤어늘이고 여러 가지 포즈와 동작을 하며 유쾌하게 목욕탕 가로 거닐다가 문득 광선의 방향이 알맞치 자기의 그림자를 고요한 물속에 비춘 것을 발견하였다.

금봉은 멈칫 서서 물속에 있는 자기의 그림자를 물끄러미 보았다. 그리고 반가운 듯이 웃었다. 그림자도 웃었다.

'아아, 어떻게나 아름다운 내 몸인고. 아직 그림자, 네 눈에밖에는 띄어본 일 없는 이 몸이다. 어떤 사람의 손은커녕 입김도 닿아본 일이 없는 이 숫색시의 몸이다. 어머니께서 낳아주신 대로 고대로 꽁꽁 싸가지고 온 내 몸이다. 하늘의 불로 닦인 마음, 땅의 맑은 물로 씻긴 몸, 봄날 아침 볕에 방싯 열리려는 꽃봉오리와 같은 내 깨끗하고 아름다운 몸과 마음이다.

　이 아름다움은 누구가 볼 아름다움인가. 이 보드라움은 누가 만질 보드라움인가.'

하고 금봉은 사르르 눈을 감았다.

　'당신은 누구요? 깨끗하고 아름다운 내 몸과 마음을 온통으로 가질 당신은 누구요? 당신의 성명은 무엇이며 살기는 어디요?'

하고 금봉은 혼자 묻는다.

　'나는 아직 당신을 본 적이 없어요. 당신의 얼굴은커녕 당신의 옷자락도 본 적이 없어요. 당신의 음성을 들은 적도 없습니다. 나를 가지실 당신이 어디 계신가 하고 생각해본 일도 없습니다. 나는 저 강남 더운 나라 깊은 산골 높은 벼랑 위에 혼자 핀 향기 높은 난초 모양으로 혼자 자라고 혼자 피었습니다. 아직 나를 찾아온 이는 없습니다. 혹시 벼랑 밑으로 지나간 사람들이 있어서 내 향기에 발을 멈추고 우러러본 사람은 있었겠지마는, 그것은 다 하잘것없는 초동들이었습니다. 정말이야요. 나는 아직 당신을 못 보았습니다.

　당신은 어디 계시오? 언제 나를 찾아오셔서 내 이 깨끗하고 아름다운 집에 사시려 합니까?

　당신은 내 집 앞으로 노 지나다니면서도 내가 여기 있는 줄을 모르십니까? 내가, 아모도 없이 고요한 황혼에, 또 천지만물이 다 깊이 잠든 재밤에 혼자 거문고를 울리고 앉았으면 당신께서 그 소리로 내가 있는 줄을 아시고 내 문을 두드리시렵니까.

　당신은 누구시며 어디 계십니까. 내가 이렇게 꽃봉오리를 열게 되어도 당신의 발자국 소리가 내 문전에 들리지를 아니합니까? 지금 생각하니

당신께서 오시마 한 기약이 다 된 것 같습니다.'

이것이 이때 금봉의 환상이었다.

금봉은 아직 성명도 모르고 한 번 본 일도 없는 어떤 사람이 그리워짐을 깨달았다. 혹은 그 사람이 지금 동경에서 기다리고 있는지도 모르는 것같이 생각되었다.

이런 공상을 하매, 금봉은 전에 모르던 일종의 그리움, 설운 듯한 애타는 듯한 일종의 그리움을 깨달았다. 금봉의 얼굴에서는 명랑하고 어린애다운 빛이 스러지고 졸리는 듯, 침울한 듯 빛이 돌았다.

그러나 다음 순간에는 가슴의 울렁거림과 전신의 피가 갑자기 온도와 속력을 높이는 듯함을 깨달았다. 그 '당신'이라는 사람을 금시에 이 자리에서 만나고 싶도록 초조함을 깨달았다. 금봉은 그 사람이 썩 잘나고 건강한 장부가 자기의 바로 앞에 섰는 것 같은 반가움을 깨달았다. 금봉은 괴로운 듯이 한 번 몸을 꼬고 길게 한숨을 쉬었다.

그러나 다음 순간에 금봉은 부끄러움이 생겨서 눈을 가리고 그 자리에 펄썩 주저앉았다. 자기가 지금까지 한 일이 모두 부끄러웠다. 비록 말은 없으나 저 담벼락까지도, 저 창으로 들여다보는 푸른 하늘까지도, 밝은 볕까지도 저를 보고 있지나 아니한가 하여 낯이 화끈함을 깨달았다. 더구나 맨 나중에 물속에 비치었던 자기의 그림자, 그때의 그림자의 몸의 포즈와 얼굴의 표정, 그 웃음에 어째 음탕한 빛이 있던 것 같아 낯을 들수가 없도록 부끄러웠다.

'양금을 좋아하지 말어라, 덕 있는 사람을 남편으로 삼아라, 군자다워라.'

이러한 금봉의 어머니의 말들이 날카로운 채찍을 들고 제 벌거벗은 몸을 후려갈기는 것 같았다.

금봉은 울고 싶었다. 만일 머리가 조금만 더 말랐으면 곧 뛰어나가고 싶었다.

'내가 머리는 왜 감았던고?'

하고 금봉은 입술을 깨물었다.

금봉은 문득 서정순을 생각하였다. 그의 청승맞다 하리만큼 엄숙한 표정을 생각하였다. 그는 기숙사에 있을 때에나, 또 손 선생 집 아랫방에 있을 때에나, 언제나 제 책상 뒷벽에는, 꿇어앉아서 두 손을 합장하여 눈만큼 치어들고 고개를 약간 뒤로 젖히고 눈으로 하늘을 바라보고 기도를 올리고 있는 예수를 그린 그림과, 또 그 밑에는 머리를 뒤로 풀어 늘이고 발까지 가리어지는 희고 얇은 옷을 입고 무릎을 꿇고, 위에 있는 예수 화상과 같이 합장하고 하늘을 우러러 기도하는 젊은 아름다운 여자의 그림이 붙어 있었다.

정순은 다른 애들이 비웃는 것도 무릅쓰고 자기 전에는 꼭 그 그림의 여자의 자세대로 하고 자기 전 기도를 올리고, 아침에는 다른 애들보다도 먼저 일어나서 또 그 모양으로 기도를 올린다는 말은 학생들은 대개 알고 있었다. 그래서 학생들은 정순을 '성모 마리아'니, '천주당 수녀'니 하고 놀려먹었다. 금봉은 문득 이 생각을 한 것이었다.

'만일 정순이가 나 모양으로 여기서 혼자 목욕을 하면 어떻게 할까?'

하는 생각을 할 때에 더욱 부끄러웠다.

그래서 금봉은 마치 지금까지 지은 죄를 회개나 하는 듯이, 그 자리에 무릎을 꿇고 정순의 벽에 붙인 기도하는 여자와 같은 자세를 지어보았다. 그 자세는 금봉의 마음을 엄숙한 데로 돌리는 효과가 있었다.

금봉은 그 자세가 대단히 마음에 들었다. 금봉은 언젠가 한번 천주교 당에서 미사 구경을 한 번 한 일이 있었다. 주교라는 사람이 금실과 자줏 빛 실로 짠 듯한 제복을 입고 흰 연기가 피어오르는 향로를 두드리면서 베이스와 같은 음성으로 제문을 외우고, 그 앞에는 머리에 눈과 같이 흰, 빳빳하게 풀 먹여 다린 네모난 헝겊을 쓰고, 몸에는 풀기 하나도 없어 발 뒤꿈치까지 축축 늘어진 검은 장삼을 입고 무릎을 꿇고 기도하는 양을 보 았다. 그것도 생각했다.

금봉은 일생에 처음 경험하는 경건한 마음으로 저도 모르게,

"하나님!"

하고 불렀다. 그러나 그 뒷말이 나오지 아니하였다.

금봉은 기도할 줄을 몰랐다. 그는 예배당에라고는 두어 번 정순에게 끌려서 크리스마스 구경을 가본 일밖에 없었고, 가정에서는 대다수의 조 선의 가정이 그러한 모양으로, 예수교나 불교나를 물론하고 종교란 것은 도무지 없었다. 만일 금봉의 가정의 멤버(아버지, 어머니, 오라비, 동생, 수 원 마님, 김 서방, 어멈, 돌쇠까지도)에 종교적 감정이나 관념이 있다 하면, 그것은 사람이란 길흉화복을 다 팔자에 타고난다, 사람이 죽으면 아마 귀신이 있나 보다, 그러나 죽어도 귀신 없는 사람도 있나 보다, 죄를 지 으면 벌을 받는다고 하나 경찰서에 안 잡혀갈 만한 일이면 염라대왕도 묻 지 않나 보다, 인생의 행복이란 돈에서 오는 것이요 가정의 불화는 팔자 에서 오는 것이다, 선심을 쓴다는 것은 좋은 일이지마는 아니 써도 괜찮 고, 남이나 세상이야 어찌 되든지 저만 돈이 있으면 그만이다, 동넷집이 다 불에 타면 내 물건 사줄 사람이 없는 것이 걱정이나 그 밖에는 별 관심 이 없다, 이 모양이요, 종교란 것은 도무지 없었다. 어디서 굴러온지 모

르는 금봉의 아버지 정규는 조상 제사까지도 지내는 일이 없었다. 종교적인 것이라고 금봉이 집에서 보았다면 그것은 무꾸리와 고사와 굿이었다. 이것도 귀신에게 빌지 아니하면 아니 될 특별한 필요가 있기 전에는 아무리 그 처가 졸라도 정규가 허락하지 아니하였다. 그것은 돈이 드는 때문이었다. 그리고 예수교 전도 부인이 전도를 오면 김 씨는,

"우리 집에선 절에 댕겨요."

하고 거절하고, 중이나 여승이 동냥을 오면은,

"우리는 예수 믿어."

하여서 쫓아버렸다. 이것이 금봉이 자라난 가정의 유일한 종교와의 관련이었다. 이러하기 때문에 금봉은 문득 하나님을 불렀지마는 더 말할 바를 몰랐다.

이때에 퉁퉁퉁퉁 하고 복도로 걸어오는 발자국 소리가 들렸다.

금봉은 지금 지었던 자세가 다른 사람의 눈에 뜨일까 부끄러운 듯이 얼른 예사로 앉아서 발에 묻은 물방울을 씻는 시늉을 하고 있었다. 아까 하녀가 다른 손님은 아침에 다 떠나고 한 사람도 없으니 염려 말고 실컷 목욕을 하라고 했으니, 들어온다면 하녀려니 하고 마음을 놓고 있었다. 문이 드르르 소리를 내고 열리더니,

"거 웬 목욕을 그리 오래 해? 응, 머리까지 감았구먼."

하고 손 선생이 고개를 쑥 들이밀면서,

"난 하도 오래 안 나오길래 무슨 일이나 생겼다구. 점심 들어왔어. 온천 좋지?"

하고 싱글싱글하며 물끄러미 보다가 금봉이 어쩔 줄을 모르고 몸을 오그리고 뭉개는 것을 보고는,

"얼른 나와서 밥 먹어."

하고 문을 벼락같이 닫고 나가버린다.

이 불의의 습격에 금봉은 숨이 막히고 피가 다 돌기를 그치는 듯하였다.

'망할 녀석, 사내 녀석이 왜 여자 목욕하는 데를 와? 더러운 녀석.'

하고 금봉은 혼자 종알대었다.

'그 녀석을 물을 한 바가지 탁 뒤집어씌워줄걸.'

하고 금봉은 너무나 분하여서 울었다. 제 그림자밖에는 일찍 본 일이 없는 제 몸을 손가에게 보인 것이 마치 지극히 소중한 무엇을 똥개천에 떨어트린 것 같았다. 그렇게도 깨끗하고 아름답던 몸이 손가의 눈살 한 번에 더럽혀지고 보기 싫어진 것 같았다.

"그 상판대기, 눈깔딱지, 주둥아리, 돼지, 두꺼비, 악마."

하고 금봉은 치를 떨면서 거의 곁에서 들릴 만하게 손 선생을 향하여 욕을 퍼부었다.

금봉은 분주히 뛰어나와서 옷을 입고 머리를 틀었다. 처음 배운 솜씨라 도무지 잘 틀어지지를 아니하여 화를 내면 낼수록 더 아니 되었다. 금봉은 머리채를 한 손으로 쥐고 마룻바닥에 펄썩 주저앉아서 울었다.

'내가 왜 그 녀석을 따라 여기를 왔을까?'

하고 금봉은 혼자 몸부림을 하였다.

손명규는 방에 앉아서 목욕탕에서 본 금봉의 몸을 수없이 여러 번 눈에 그려보았다. 그리고 마음속에 억제할 수 없는 충동을 느꼈다.

손명규는 비상히 건강한 몸을 가졌다. 그는 자기가 기억하는 한에서는 병을 앓아본 일이 없었다. 그가 병원에를 가거나 약을 먹는 것은 오직 화류병 때문이었다. 하나님이 그를 지을 때에는 감정이라든지 양심이라든지, 사람의 부드러운 부분이 될 재료를 전부 뼈와 근육에만 쓴 것 같았다. 그는 몸에 비겨서 머리가 작고, 머리가 작은 중에도 대뇌가 있어야 할 이마가 엄청나게 좁아서 고개를 숙이고 눈을 치뜰 때에는 눈썹과 이맛전이 마주 붙을 것 같았다.

손명규는 고등한 이성이나 감정 작용이 부족한 대신에 잘 먹고 잘 소화하고, 그러하고 성욕이 강하고 물욕도 많고, 남이 생각하기 어려운 여러 가지 꾀를 생각해낼 수가 있었다. 한번 하겠다 한 것은 기어이 하고야 마는 의지력도 있었다. 이러한 사람은 무슨 필요로 하나님이 세상에 내셨는지 그것은 알 수 없는 일이다.

손명규는 금봉을 꼭 제 것을 만들고야 말리라고 결심하였다. 손은 어떤 처녀를 완전히 제 것을 만드는 길이 무엇인지를 안다. 어떤 물건을 제 것을 만들자면 재판소에 소유권 등기를 하는 것이 가장 확실한 줄을 손이 알뿐더러 비록 값을 다 치르기 전에라도 파는 사람을 어떻게 속여 넘겨서라도 매도 증명서에 도장만 찍혀놓으면, 그리하고 재판소에 등기만 해놓으면, 잡히든지 팔든지 제 마음대로 할 수 있는 완전한 '제 것'이 되는 줄을 잘 안다. 그는 처갓집 재산을 제 소유로 만드는 데 이 실험을 하여서 확실한 결과를 얻은 것이다.

이 원리를 손명규는 처녀에게 사용한다.

잡힐 듯 안 잡힐 듯, 빠져나가려는 여자를 제 것을 만드는 데는 그의 몸을 빼앗는 것이 첩경이라고 믿고 있다. 몸만 한번 빼앗아버리면 싫다고 가라고 해도 여자 편에서 도리어 따라온다는 것이 손의 여자관이다. 그는 벌써 수십 명에게 이 방법을 시험해보았다. 그리고 확신을 얻었다. 금봉이 지금은 이 실험 재료가 된 것이었다.

'제가 아모리 도고하고 매끈거리기로 내 손에 걸린 담에야.'

하고 손은 혼자 웃었다.

'이거, 무얼 하고 아니 와?'

하고 손은 다시 목욕탕을 따라가려고 일어설 적에 금봉이 들어왔다.

"거, 웬 목욕을 그리 오래 해?"

하고 손은 다시 주저앉았다.

방에는 밥상 둘과 밥통이 들어와 놓여 있었다.

"자, 밥 먹어. 그리고 산보나 좀 허구. 저 동해 바다 바라보는 고개까지나 가보아야지. 그리고 한잠 자야지."

하고 손명규는 금봉의 뾰로통한 표정을 못 본 체하고 저 혼자 지껄였다.

금봉은 입맛도 안 나는 점심을 먹고 차를 마시면서 손 선생이 부시럭거리고 양복을 주워 입는 것을 귀로만 듣고 있었다. 며칠 동안 잠도 잘 못 자고 노심한 것도 있어서 목욕을 하고 나니 한잠 자고 싶은 생각밖에 없었다.

"자, 산보 나가. 좋은 바다 구경 시켜주께."

하고 손 선생이 외투까지 입고 서서 금봉을 재촉하였다.

"선생님 혼자 다녀오서요. 저는 몸이 곤해요."

하고 금봉은 지어서 웃었다.

"그러면 옷 입기 전에 그렇게 말을 할 것이지. 남 옷 다 입은 뒤에 그런 소리를 하는 법이 어디 있담."

하고 손은 성이 난 듯이 눈을 크게 떴다.

"옷 입으시기 전에 제가 안 간다면 선생님도 안 가실까 보아서 그랬지요. 선생님 산보 나가시거든 저는 집에서 한잠 자려고 그랬습니다. 선생님 꼭 한 시간만 댕겨오서요. 제가 그동안 한잠 자께요."

이것은 금봉이 밥을 먹는 동안에 궁리해낸 계책이었다.

"왜 내가 있으면 못 자나?"

하고 손은 외투를 다시 벗으려 든다.

"아이, 어서 다녀오셔요. 선생님 안 가시면 저는 안 자요."

하고 금봉은 몸을 흔들었다.

손은 찌뿟한 낮으로 벗으려던 외투를 다시 입고 미닫이를 탁 닫치고 나가버렸다.

손이 나가는 것을 보고 금봉은 거의 소리가 나도록 웃었다. 손이 저를 끌고 나가려다가 실패하고 혼자 성이 나서 나가는 것이 금봉에게는 퍽 유쾌하였다.

손이 나간 뒤에 금봉은 하녀를 불러서 자리를 깔아달라고, 문고리가 없는 것을 부족하게 생각하면서 윗간과 새에 있는 장지도 닫고 이불 속에 들어갔다.

금봉은 한참이나 눈을 감고 이런 생각 저런 생각 하느라고 좀체로 잠이 들지 아니하였다.

손명규는 혼자 밖으로 뛰어나왔으나 가고 싶은 곳이 없었다. 산에도 취미가 없고 바다에도 취미가 없는 손은 무안한 바람에 이 길로 한참 저 길로 한참 기웃거리고 돌아다녔다. 인제 들어갈까 하고 시계를 내어 보았으나 아직도 여관에서 나온 지 십 분도 다 넘지 아니하였다. 한 시간 후에 들어오라고 금봉이 부탁하였다고 그 한 시간을 꼭 지킬 필요도 없지마는, 그래도 곧 들어가기는 쑥스럽기도 할뿐더러, 이왕이면 금봉이 잠이 든 동안에 들어가는 것이 유리할 듯하여서 손명규는 마침 어선 두 척이 해운대온천에서 동쪽 코숭이에 있는 어촌을 향하고 돌아오는 것을 보고 그리로 발을 향하였다. 어선에 농어나 수조기나 좋은 생선이 있으면 사다가 끓여 먹을까 하는 생각도 있었다.

얼마를 어슬렁어슬렁 걸어가다가 손은 뒤에서 들리는 자동차 소리에 깜짝 놀라서 돌아섰다. 그것은 동래에서 해운대온천으로 오는 정기 차인지 모른다.

'요것이 혼자 쏙 빠져서 달아나지나 아니할까.'

하는 생각이 손의 머리에 번개같이 일어났다.

금봉의 그 뾰로통하던 표정, 자꾸만 다녀오라고 상그레 웃기까지 하던 것이 모두 저를 내어보내놓고 달아나려는 꾀인 것만 같이 손에게는 생각했다. 손은 명함집을 꺼내어서 금봉의 차표를 찾아보았다. 그것은 분명히 제자리에 있었다. 그렇지마는 고것이 제 야심의 눈치를 채고 서울로 도로 달아날 생각은 아닐까. 어디 가서 몸을 숨겨버리지나 아니할까. 그러면 그것은 모처럼 낚시에 걸린 큰 고기를 놓아버리는 것이었다. 금봉을 놓아버린다 하면, 학교 소유의 평택 논 삼천 석 나는 것을 팔아서 철원으로 옮겨 사는 것도 절반 이상의 의미를 잃어버린다.

발각되면 징역 질 모험 아니 하고라도 이 큰 흥정 하나에 오륙만 원은 제 것이 되는 것이요, 만일 콩밥 먹을는지 모를 각오를 한다면 십만 원 하나는 일없다고 생각하였고, 만일 운수가 좋아서 제 손으로 그 논값을 받게만 되면 삼십만은 가까운 돈을 몽땅 들고 상해나 하얼빈으로 달아날 수도 있다고 믿고 있다. 어디를 가든지 돈과 금봉만 가지고 가면 일생 향락은 그 손에 있는 것이지마는, 금봉이 달아난다면 일생의 계획은 다 틀려버리는 것이라고 생각하였다.

손 선생은 자동차가 금봉을 싣고 떠나기 전에 여관에를 갈 양으로, 외투 자락을 너풀거리고 씨근벌떡거리면서, 거의 구보로 하다시피 여관을 향하고 달려왔다.

손이 한 사오십 보나 못 미쳤을 때에 자동차는 도로 떠나버렸다. 손의 눈에는 분명히 자동차 뒤창으로 어떤 여자의 머리 쪽을 보았다. 그것이 금봉인 것만 같았다.

손은 하녀들이 이상한 눈으로 쳐다보는 것도 돌아볼 새 없이 쿵쿵거리고 방으로 갔다. 방 밖에 슬리퍼 한 켤레가 놓여 있는 것을 보고야 한숨을 내어쉬었다. 손의 이마와 등에 땀이 흘렀다. 손은 다른 건강은 좋아도 발이 두껍고 발바닥이 평바닥이 되어서 걷거나 뛰는 데는 꼭 질색이었다.

손은 문밖에 서서 시계를 내어 보았다. 나간 지 삼십오 분이었다.

손은 가만히 문을 열고 들어갔다. 샛장지가 닫힌 것을 보고 금봉이 어떻게 자기를 경계하는지를 알고 픽 웃으면서 가만히 샛장지를 열었다. 손은 겨우 제 몸이 모로 서서 들어갈 수 있을 만하게 장지를 방싯 열고, 도무지 소리가 아니 나도록 방에 들어가서 입을 방싯 열고 모로 누워서 잠이 든 금봉을 물끄러미 내려다보았다.

금봉의 자는 얼굴을 들여다보고 섰던 손명규는 본래 얼마 되지 아니하던 이성의 힘을 완전히 잃어버리고, 오직 불길 같은 충동만을 가진 동물로 화하여버렸다. 손은 잠깐 전신을 떨다가 몸을 금봉의 가슴에 던지듯이 하면서 금봉의 목을 꽉 껴안고 그 뒤둥그러진 검푸른 입술로 금봉의 뺨과 입과를 물어뜯듯이 빨았다.

"으악!"

하고 깜짝 놀라는 소리를 지르며 잠을 깬 금봉은 겨우 자유로운 한 손을 들어서 손의 따귀를 수없이 갈겼다.

그러나 입은 손명규의 입으로 막혀서 숨만 막힐 듯하고, 도무지 소리가 질러지지 아니하였다. 금봉은 가까스로 한 손으로 손 선생의 넥타이를 잡아서 힘껏 뒤로 잡아당기었다.

"금봉이, 소릴랑 지르지 말어. 내가 잘못했으니 소릴랑 지르지 말어."

하고 손명규는 금봉의 목을 놓고 뒤로 물러앉았다. 금봉은 몸이 자유를 얻자마자 이불을 차고 일어나는 길로 피 섞인 침을 퉤퉤하고 손명규의 낯바닥에다가 뱉었다. 금봉은 악을 쓰는 바람에 혀끝과 입술을 깨문 것이었다.

"아서, 이게 무슨 짓이야?"

하고 손 선생은 한 팔로 대드는 금봉을 막고 일변 고개를 돌려 금봉이 뱉는 피 섞인 침을 피하였다.

"자는 얼굴을 보니까 하도 귀엽길래 그랬지. 내가 잘못했어. 잘못했다니께."

하고 손명규는 얼굴이 파랗게 질리고 전신을 발발 떨고 덤비는 금봉을 향하여 빌었다. 금봉은 소리도 못 지르고 마치 침이나 뱉고 할퀴거나 하는 것으로 손명규의 폭행에 대한 원수를 갚거나 하려는 듯이 팔팔 뛰었다.

그러나 금봉의 입에서는 더 나올 침이 없었다. 혓바닥이 타고 목이 타는 것을 약간 적시는 것은 자기의 혀끝과 입술에서 솟아나는 빨간 피가 있을 뿐이었다.

"금봉이, 내가 잘못했어. 잘못했다니께. 다시는 안 그런단밖에 어떻게 하란 말야?"

하고 손 선생은 팔과 고개를 돌려 금봉의 손과 침을 막고 뭉개고 있다.

금봉을 마침내 기진하여 방바닥에 쓰러져서 목을 놓아 울기를 시작했다. 하녀가 장지를 방싯 열고 잠깐 엿보다가 도로 나가버린다.

손명규는 다시 금봉에게 덤벼들어서 기어이 야욕을 달해볼 생각도 해보았다. 방바닥에 쓰러져서 울고 있는 금봉의 몸 모양은 더구나 손의 충동에 불을 질렀다.

그러나 첫째는 금봉의 입에서 흐르는 피가 그를 무섭게 하였고, 둘째로는 모처럼 내 것이 다 된 금봉을 선불을 맞혀서 아주 제게서 달아나게 할 것이 겁이 났다. 그래서 손은 모든 것을 잠시 연기하고 금봉의 비위를 맞추기로 새로 결심을 하였다.

"금봉이, 보아요. 내가 이렇게 잘못했다고 비니, 나를 좀 보아요."
하고 손은 합장하고 고개를 숙이며,

"내가, 금봉이가 너무 귀여서 그랬지. 내가 그런 사람이 아니야. 내가 금봉이를 사랑은 하지마는 그렇게 불측한 마음을 가진 사람은 아니야. 내 속을 금봉이도 알지 않어? 내가 어디 그런 사람인가. 내가 잠깐 미친개 혼이 씌어서 그랬어. 금봉이 오해 말어. 내 다시는 안 그러께."
하고 몸을 움직여 금봉을 안아 일으키려 하였다.

금봉은 손의 팔을 확 뿌리치고 장지를 좍 열어젖히고 언제든지 달아날 준비를 하고 서서 비로소 입을 열어,

"엑, 이 더러운 녀석 같으니! 저를 선생이라고 아비같이 따르는 계집애들을 버려주기로 위업을 하는 개 같은 녀석 같으니! 남들이 다 누구도 버려주었다, 누구도 버려주었다 해도, 사모님까지 그렇게 말씀을 해도 나는 설마 인형을 끼고야 그러랴 하고, 그래도 너를 사람의 혼이 있는 놈으로만 알았다. 오늘 보니깐 그 말이 다 옳구나. 네 말과 같이 너는 사람이 아니라 미친개 혼을 쓰고 난 놈이다. 엑, 이 더러운 자식 같으니!

내 몸에 손가락 하나만 대어보아라. 내가 네 모가지를 물어뜯어 죽일 터이니."

하고 퉤하고 손 선생을 향하여 침을 한 번 뱉고는 밖으로 뛰어나가버린다.

금봉은 손 선생이 부르는 것도, 하녀들이 붙드는 것도 다 뿌리치고 구두끈도 매지 아니하고, 외투도 안 입은 채 여관에서 뛰어나와서 부산으로 향한 큰길로 달아났다.

늙숙한 하녀가, 눈을 멀뚱멀뚱하고, 가는 금봉의 뒷모양을 바라보고 섰는 손명규를 보고 어깨를 툭 치며,

"아직 애송인데, 그렇게 마구 다루면 되우? 영감도 죄 많은 양반야, 호호호호."

하고 웃는다.

금봉은 발이 어디 놓이는지도 모르고, 또 제가 어디로 가는지도 모르고 걸었다. 손명규의 검푸른 뒤둥그러진 입이 제 얼굴에 닿았던 것을 생각하면, 칼이 있으면 그 더러운 입이 닿았던 자리를 끊어버리고 싶었다. 손가 놈의 더러운 손이 닿았던 모가지도 끊어버리고 싶었다. 도무지 이 욕과 이 원통함을 어떻게 하면 씻을 수가 있을까.

'아아, 내 몸은 인제는 더러워졌고나. 고이고이 소중하게 간직하였다가 사랑하는 어떤 이에게 바치랴던 선물이 악마의 더러운 발에 짓밟혀버리고 말았고나.'

금봉은 가다가 말고 길바닥에 주저앉아서 몸부림을 하고 울어도 보고, 또 달음박질을 쳐도 보았다. 지나가는 행인들이 저를 미친년으로 여길 것도 꺼릴 여유가 없었다.

이날 밤, 하관 가는 연락선에 금봉은 혼자 탈 수가 있었다. 손 선생이 하관까지만 같이 간다는 것을 부두에서 야료를 하다시피 하여 가까스로 떼어놓았다.

금봉이 배에 올라서 선실에 들어가지 아니하고 사닥다리 곁에 배가 떠날 때까지 서 있는 것은 손 선생의 전송을 받기 위한 것은 아니었다. 제가 선실에 들어가 있는 동안에 손 선생이 슬며시 배를 타지나 아니할까 겁을 내어서 파수를 보는 것이었다.

손은 부두에 서서 배 위에 있는 금봉을 우러러보며,

"오늘 바람이 좀 있으니 얼른 자. 가다가 중로에 들르지 말고 바로 동경으로 가. 동경 가거든 잘 갔다고 전보하고 곧 편지해."

이런 소리를 하였다. 금봉은 듣는 둥 마는 둥 하고 여러 종류의 선객들이 배에 오르는 모양과 구경꾼, 전송객들이 왔다 갔다 하는 양을 보며, 손명규가 배에 오르지나 않나 하는 것만을 알기 위하여 가끔 시선을 손에게로 던졌다. 손은 그 시선이 올 때마다 고마운 듯이 싱글싱글 웃었다.

거의 배 떠날 시간이 다 되어서 청년 남녀 한 쌍이 바로 사닥다리 밑에서 경관에게 힐난을 받고 있었다. 경관은 두 청년 남녀가 입으로 부르는 대로 무엇을 분주히 받아썼다.

청년은 학생복에 다갈색 외투를 입고 검은 소프트를 쓰고, 여자는 일본 여학생 모양으로 하카마(はかま)와 하오리(はおり)를 입고 하얀 일본 버선에 일본 짚신을 신었다. 파란 맛이 나는 전기등 빛 때문인지 그들의 얼굴은 창백한 빛을 띠었으나 모두 준수하였다. 경관이 좀 우락부락하건마는 그 청년은 모자도 벗지 아니하고, 그렇다고 성도 내지 아니하고 침착하게 대답을 하고 있었다.

배에서는 사닥다리를 걷어 올린다는 딸랑딸랑 소리가 났다. 그래도 두 청년 남녀에게 대한 조사는 끝이 나지 아니하였다. 사람들의 시선은 이 두 남녀에게로 모였다. 금봉도 이 두 사람이 무사히 배를 타주었으면 하고 속이 졸였다.

한 경관은 청년의 팔을 꽉 붙들어 파출소로 끌고 가려는 모양으로 보였으나 나중에 온 역시 사복한 경관 하나가 그냥 보내라 하여 두 사람은 마지막으로 배에 올랐다.

금봉의 몸을 스치고 두 사람이 선실 쪽으로 걸어갈 때에 금봉은 가슴이 두근거림을 깨달았다. 그 남자는 금봉이 애오개서 학교에 다닐 때에 전차 속에서 가끔 보던, 성명 모르는 남자였다. 금봉은 두 남녀가 가는 뒤를 바라보았다. 그들은 뒤도 아니 돌아보고 선실 속으로 사라져버렸다.

배는 마지막으로 기다란 고동을 불고 투드럭투드럭 기관 도는 소리와 철철철철 물 헤치는 소리를 내면서 돌기 시작하였다.

"잘 가!"

하고 손 선생이 모자를 벗어서 내어두르는 것을 금봉은 잠깐 고개를 숙여서 대답하고 더 볼 것 없다는 듯이 선실로 들어가버렸다.

금봉은 배를 타는 것이 처음이었다. 쿵쿵쿵쿵 울리는 진동과 음향, 방 안이 깨끗은 하면서도 코에 들어오는 이상한 냄새, 배의 흔들림, 이러한 것이 모두 합하여 금봉의 가슴속에 대단히 불쾌한 어떤 감각을 주었다. 본래도 피곤한 몸과 마음이지마는 갑자기 갱신을 못 하게 맥이 풀려버리는 것 같고, 그러면서 생명의 위험이 목전에 박두한 듯한 어쩔 줄 모르는 불안이 있었다.

금봉은 선실 한편 구석에 자리를 잡고 싶었으나, 먼저 들어온 사람들이 다 자리를 잡아버리고 가운데밖에는 남은 데가 없었다. 금봉은 이리 저리 헤매다가 몸을 가눌 수가 없어서 아무 데나 빈자리를 잡고는 풍침을 꺼내어서 김도 다 불어넣을 새가 없이 드러누워버리고 말았다.

배는 점점 더 흔들리기를 시작하여서 금봉은 머리가 천 근이나 되고, 오장이 다 뒤집히는 것 같음을 깨달았다. 금봉은 참다못하여 손수건으로 입을 가리고 비틀비틀 토할 곳을 찾아 나섰다. 조선 옷 입은 여자 하나가 비틀거리고 걸어가는 것은 선실에 있는 사람들의 주의를 끌었다.

금봉이 이를 악물고 나오려는 것을 도로 삼키며 출입구 문어귀를 잡고 쓰러지려 할 때에 누가 나와서 붙들어주는 이가 있었다.

그 붙드는 손은 금봉을 안는 듯이 하여 토할 수 있는 곳으로 데리고 갔다. 금봉은 쓴 물이 나오도록 토하고 난 뒤에야 조금 정신이 들어서 사방을 돌아보았다. 그의 눈에 뜨인 것은 서너 걸음 뒤에 선 학생복 입은 청년이었다. 비록 모자를 벗고 외투를 벗었더라도 아까 배 탈 때에 보던 그 청년인 것이 분명하였다.

금봉은 외면하여 눈물과 입을 씻고 청년의 앞에 걸어와서 공손히 허리를 굽히고,

"고맙습니다."

하는 떨리는 말과 함께 낯을 붉혔다.

청년은 말없이 잠깐 고개만 숙여서 답례하고는 금봉의 팔을 붙들어서 자리로 데려다주고, 그러고는 또 토하는 타구와 입 가실 물 한 컵을 떠다 주고, 그러고는 또 인삼 한 뿌리를 가지고 와서,

"이걸 물고 계셔요. 내 동생도 이걸 물더니 좀 낫다고 그럽니다."

하고는 금봉이 고맙다는 말도 할 새 없이 가버리고 말았다.

금봉은 그 청년을 만난 것이 기쁘고, 이러한 인연으로라도 그 청년이 자기를 기억하게 된 것이 기뻤다.

'아, 그러면 그 젊은 여자는 그이의 아내나 애인이 아니라 누이동생이던가.'

할 때에 금봉은 형언할 수 없는 기쁨을 깨달았다.

그가 누굴까. 어떤 집 자손일까. 혼인을 했을까. 그 얼굴이나 몸가짐, 말씨를 보아서는 점잖은 가정에서 자라난 사람인 것이 추측되었다. 그 누이도 그러하였다.

만일 금봉이 멀미가 아니 났더면 이보다 많이 공상을 하였겠지마는, 배가 난바다에 나옴을 따라서 금봉은 자는 듯 어린 듯 거의 의식을 잃어버리고 말았다. 가다가 정신이 들면 행여나 그 청년이 머리맡에 섰지나 아니한가 하고 둘러보았다.

아침에 배가 시모노세키에 닿은 때에 그 청년과 그의 누이동생 둘이서 금봉을 찾아왔다. 그 누이라는 여자도 멀미에 퍽이나 볶인 듯하여 눈이 할딱하였다. 그러나 그는 세수도 하고 머리도 만진 것이 보였다.

"뱃멀미는 육지에만 내리면 곧 나아요."

하고 누이라는 여자가 금봉을 위로하였다. 그러고는 얼른 세수터에 가서 타월에 물을 적셔다가 금봉을 주어서 세수를 하게 하고, 그 청년은 금봉의 짐을 찾아서 자기네 짐과 함께 보이에게 맡겨주었다.

"동경까지 가세요?"

하고 누이가 물을 때에 금봉은,

"네, 동경까지 가세요?"

하고 금봉도 도로 물었다.

금봉은 새 친구 두 사람과 한차에 한자리에 탈 수가 있었다.

그 청년은 임학재(任學宰)라 하여 동경 모 대학에 다니는 이요, 그 누이는 숙희(淑姬)라 하여 역시 동경의 어떤 교회학교 전문부에 다니는 이였다.

"저는 전차 속에서 몇 번 선생님을 뵈온 것 같아요."

하고 금봉이 말할 만하게 된 것은 차가 오카야마를 지나서였다. 경치를 이야기하고, 점심을 같이 먹고 하는 동안에 이 초면의 세 청년은 자연 친숙하게 된 것이다.

금봉은 전차 속에서 임학재라는 이 청년이 언제나 두 발을 꼭 모으고 두 손을 읍하여서 아랫배에 드리우고 눈을 폭 내리깔고 몸을 꼿꼿이 하고 있던 모양을 회억한다. 기차를 타고서는 창밖 경치도 바라보고 숙희나 금봉을 향하여 이야기도 하고 웃기도 하지마는, 두 발을 꼭 모으고 몸을 꼿꼿이 하는 자세만은 도무지 변치를 아니하였다.

숙희는 눈어림에는 학재를 많이 닮았으나, 학재보다는 살이 좀 많고 좀 더 쾌활하고 장난꾸러기인 맛이 있었다.

학재는 소리를 내어서 웃는 일이 없지마는, 숙희는 깔깔대기도 하고 어리광도 부렸다. 이 둘도 아버지만 같고 어머니가 달라서 학재를 낳은 어머니는 돌아가고 계모로 들어온 유씨(柳氏) 부인이라는 이가 숙희를 낳았다는 말을 들은 금봉은, 자기 집 가정에 비겨서 한끝 놀랍고 한끝 슬펐다. 그것은 이 두 남매의 애정이 어떻게 아름다운지 동복동생 이상인 것을 본 까닭이었다.

"금봉이도 우리 학교에 들어와. 내가 명년에 졸업하더라도 일 년은 같이 있지 않어?"

"나도 언니 계신 학교에 들어가게 해주어."

차가 하코네를 넘을 때쯤 해서는 두 여자는 이렇게 말하도록 친숙해 졌다.

"에그, 언니두 왜 그렇게 나를 바라보시우?"

"어떻게 조렇게 이쁘게 생겼어? 오빠, 난 어떡허우? 금봉이 앞에서는 빛을 잃으니."

이러한 회화도 주고받게 되었다.

"우리 오빠는 나무로 깎아놓은 사람이란다. 여자는 도모지 사람으로 안 보시구. 안 그렇수, 오빠?"

이런 소리로, 숭굴숭굴하게 숙희는 사람을 웃겼다.

"내가 나무면 너도 나무지."

하고 학재는 빙그레 웃었다.

"왜 그래? 오빠는 나무구 나는 사람이야. 오빠의 피는 아마 개구리 피 모양으로 싸늘한가 봐."

숙희는 이러한 소리도 하였다. 숙희의 이 말에는 근거가 없지 아니하 였다.

그것은 학재가 어떤 여자한테서 사랑의 편지를 받으면,

"나 같은 사람을 그처럼 생각하여주심은 심히 감사하오나, 나는 그 호 의를 받지 못하겠사오니 용서하시옵소서."

하는 편지 한 장을 써넣어서 돌려보내는 것을 규칙으로 정한 것을 숙희가 아는 까닭이었다.

숙희는 학재를 사랑하기 때문에 제가 얌전하다고 보는 여자를 가끔 학 재의 하숙에 끌고 가기도 하였고, 또 숙희가 보기에 학재를 사랑하고 싶 어 하는 몇 여자가 있는 줄을 알지마는, 학재는 다만 인사를 할 뿐이요,

도무지 여자에게 흥미를 가지지 아니하는 줄을 아는 까닭에 "오빠는 나무로 깎은 사람야." 하는 것이 입버릇이 된 것이었다.

"우리 오빠 나무야. 금봉이도 우리 오빠는 사랑할 생각 말아요."

학재가 자리에 없는 동안에 숙희는 금봉에게 이런 말을 하고 웃었다.

금봉은 동경에 와서 숙희 남매의 진력으로 숙희가 다니는 전문과에 입학하고, 숙희와 같이 기숙사 한방에 있게 되었다.

숙희도 학교에서 신용이 없지 않지마는 학재는 기독교청년회 이사장, 학생회장 등으로 동경에 있는 조선 학생계뿐 아니라, 서양인 선교사 측에도 신용이 있었다. 모 정치적 사건으로 일 년간 금고를 치르고 나왔기 때문에 경찰에서는 주목을 하지마는, 다른 모든 방면에서는 존경을 받고 있었다. 일본말은 물론이거니와 영어도 잘하고, 연설도 잘하고, 글도 잘 쓰고, 품행 방정하고 점잖고, 일에 성의 있고, 이러한 인격의 빛으로 임학재라면 비록 시기하는 사람이 있을지언정 험담하는 사람은 없었다. 험담이 있다고 하면 그것은 편협하다는 것과 냅뜰성이 부족하고 너무 조촐하다는 것이다.

이 학교에는 음악을 전문으로 가르치는 과는 없고 서양 칼리지식으로 되어서 영어와 영문학을 중심으로 고등 상식을 가르치는 것이었다. 과정에는 철학도 있고 생물학도 있고 역사도 있고 일본 문학도 있었다. 성경을 가르치고, 날마다 채플에서 찬미를 부르고 기도를 하는 것은 말할 것도 없었다.

그리고 음악은 피아노와 풍금과 '고도'라는 일본 거문고 선생이 있어서 수의로 몇 시간이든지 배울 수가 있었다. 이 학교를 졸업하면 영어에 한하여 중등교원 자격이 있었다.

학교는 동경시의, 본래는 한편 구석이었지마는 지금은 시가의 가운데 있는 삼림 속이어서 밖에서 바라보면 거의 집이 보이지 아니할 만하였고, 건물도 일부분은 신축한 것도 있지마는, 대부분은 사십 년이나 전에 지은 고딕식 벽돌집인 데다가 벽에는 담쟁이덩굴이 덮여서 여름이 되면 지붕을 제하고는 집의 몸뚱이를 푸른 담쟁이 잎으로 감추어버릴 것 같았다.

기숙사만은 연전의 화재 때문에 새로 지어서 좀 명랑한 기분이 있지마는, 모두가 음침하고 깊숙하여서 서양 그림에서 보는 중세기식 수도원과 같았다.

금봉은 도무지 이런 환경이 처음이었으나, 그것이 퍽 마음에 들었다. 그러한 속에 모두 백발이 된 늙은 서양 선교사들이 엄숙한 표정으로 소리 없이 오락가락하는 것이 무슨 딴 세상과 같았다. 이런 것이 다 금봉의 마음에 들었다.

"학교가 모두 우중충하야 도깨비나 나올 것 같지? 그래도 있어보면 좋아, 딴 세상 같아서. 하하하하."

하고 숙희가 웃을 때에 금봉은 이 경건한 분위기 속에서 이런 소리를 하는 것이 황송한 것 같았다.

금봉은 학교에 들어온 지 삼사일이 지나서 좀 마음이 가라앉은 뒤에 아버지와 손 선생에게 편지를 썼다.

아버지에게는 제 불효를 용서해달라는 말을 누누이 빌고, 반드시 잘 공부하여서 아버지를 영광스럽게 할 염이니 안심하라 하고, 종교 속에서 교육하는 깨끗한 학교에 들어와 있으니 더구나 마음 놓으시라고 말하고, 김 서방에게도 미안하지마는 어찌할 수 없다는 것을 길게 써 부치고, 손 선생에게도 연락선에서 좋은 친구를 만나서 좋은 학교에 입학하였다는 말과, 비록 음악과는 없지마는 얼마든지 음악을 배울 수 있다는 말과, 학비를 주시는 것이 감사합니다, 하는 말을 여자답게 간절히 말하고, 공부가 끝나면 선생의 은혜를 생각하고 모교에서 교편을 잡고 일생을 깨끗하게 교육 사업에 바치고 싶다는 결심까지 말하였다.

금봉의 정신 상태는 이 두 편지를 아주 유쾌하게, 아주 정성스럽게 쓸 수가 있었다.

금봉이 동경으로 달아난 줄을 모르는 정규의 집에서는 밤을 새워가며 잔치를 차렸다. 김 씨도 계모 티를 아니 보일 양으로 몸소 사람들을 감독하느라고 들락날락하며 잔소리를 하였다.

정규도 새 옷을 갈아입고 사랑에 앉아서 치하 오는 손님들을 접대하였다.

"어, 참 이런 경사가 없소이다."

하고 동네 노인들이 치하하는 말을 하면, 정규는,

"고맙소이다. 무슨 경사랄 게 있습니까?"

이렇게 대답하였다.

김 서방은 넘치는 기쁨을 싸고, 그러나 밤까지는 신랑의 자격으로가 아니요, 이 집에서 일하는 사람의 자격으로 안팎으로 들락날락하며 일을 보았다. 늦도록 일을 보고 밤에는 친구들에게 붙들려,

"이놈, 여편네 생기고 재산 생기고…… 우선 한턱내라."

하여 동네 청요릿집에서 늦도록 술을 먹었다.

오직 무관심하게 있는 것이 인현과 은봉이었다. 인현의 처도 부엌에서 헤어날 새가 없고 수원 마나님도 앉아서 졸 새가 없으나, 인현과 은봉은

할 일이 없어서 아랫방에서 마주 보고 있었다.

"오빠, 시간이 되면 어떡허우?"

하고 은봉이 걱정을 하면 인현은,

"무얼 어떡해? 아버지는 야단을 하시구 김 서방 녀석은 헛물을 켤 테지."

이런 소리를 하고 웃었다.

"아이 그래두, 오빠가 아버지헌테 미리 말씀을 하우, 언니는 안 온다 구. 오늘 오시(午時)라는데, 오시면 오정이 아니우? 인제 두 시간밖에 없는데. 어여, 오빠."

하고 은봉은 신부 없는 초례청의 살풍경을 상상하고 마음을 졸였다.

"말하겠거든 네나 하려무나. 왜 날더러 하래? 나는 색시 없는 혼인이 란 것이 어떤 것인가 한번 구경이나 할란다. 그리구 김 서방 녀석이 사모 관대에 아주 거드럭거리고 왔다가 헛물을 켜고 돌아서는 꼴을 구경을 할 란다. 하하하하, 자식을 제 물건으로 알고 아모 년하구나 아모 놈하구나 제 마음대로 붙여주랴던 아버지가 망신을 하고 야단을 하시는 것도 역사 적 광경일걸, 하하하하. 너도 가만있다가 하나님이 배비해놓는 훌륭한 연극 구경이나 해, 하하하하."

하고 인현은 아주 유쾌한 듯이 웃는다.

이러한 말 속에는 인현이 마음에 있는 여자와 혼인을 못 하고 아버지가 자기가 고른 여자와 억지로 혼인을 하게 된 분풀이도 있는 것이었다.

"그래두, 오빠."

하고 은봉은 시간이 닥쳐올수록 애절을 하는 것을 인현은,

"그렇게 애가 타거든 네가 금봉이 대신 김 서방허구 혼인을 하려무나."

하고 성을 내었다.

"큰아가씨, 큰아가씨, 계셔요?"

하고 어멈이 창밖에서 찾는다.

"왜 그래?"

하고 인현이 쌍창을 열고 내다보았다.

"마님이 성적하는 사람 왔다구, 큰아가씨 얼른 안으로 들어오시라구 그러세요."

하고 어멈은 방 안을 휘 둘러보며,

"큰아가씨 안 계셔요?"

하고 눈이 둥글해진다.

인현은 쌍창을 벼락같이 닫치며,

"큰아가씨 어디 나갔습니다구. 들어오거든 안으로 들어가라지."

하고 어멈의 신 끄는 소리가 사라지기를 기다려서 인현은,

"흥, 큰아가씨 지금 대마도 다 지나갔겠다. 가만두어. 어서 오정이 안 되나?"

하고 시계를 본다.

은봉은 한숨을 쉬었다.

"오빠, 그렇게 마음이 착하시던 오빠가 어쩌면 저렇게 변하셨수?"

하고 은봉은 슬픈 눈으로 인현을 바라보았다.

인현은 동생의 이 중대한 말에 깜짝 놀랐다.

"오빠가 전에야 어디 한 마디나 그런 빈정거리는 말씀을 하셨수?"

하고 은봉은 눈물을 흘리며,

"요새에는 오빠가 입만 열면 빈정거리는 말을 하셔."

하고 고개를 숙였다.

금봉이 집에 있을 때에는 노상 어린애같이만 알았던 은봉의 입에서 이런 어른스러운 말이 나오는 것을 보고 인현은 또 한 번 놀랐다.

"그게 다 아버지 교훈이다."

하고 인현은 아주 무서운 표정으로,

"아버지가 날더러 그렇게 되라시니까, 내가 그대로 순종을 해야 효자란 말이다. 금봉이로 말해도 혼인날 달아났다는 누명을 쓰게 된 것이 다 아버지의 훈계대로 한 것이어든. 인제 보아라. 널더러는 돌쇠 녀석헌테 시집을 가라고 할 테니."

하고는 무서운 표정이 풀어진다.

"오빠두."

하고 은봉은 웃는다.

"오빠두는 왜? 인제 두구 보까? 메칠이 안 되어서 널더러 금봉이 대신 김 서방헌테로 시집을 가라고 하든지, 그렇지 아니하면 돌쇠 놈헌테 가라고 할 테니. 두구만 보아. 내기하까? 너는 그러면, 그때에는 아마 일본으로 뛰어갈 힘은 없으니까 아마 수녀원으로나 갈 테지, 저 종현 천주교당에 있는 수녀원 말야. 오, 정동에도 하나 있지, 영국 수녀원이. 너는 본시 우리 삼 남매 중에 제일 마음이 착하니까, 그리고 제일 종교적이니까, 너는 나 모양으로 빈정거리는 패도 안 되고 금봉이 모양으로 반항하고 제 마음대로 나가는 패도 안 되고 꼭 수녀가 될 것이다. 수녀가 좋다. 그까짓 시집은 가서 무얼 하니? 어디 김 서방 녀석이나 돌쇠 놈보다 나은 놈은 그리 있던? 가만히 생각해보니까 수녀가 제일 좋겠더라. 나도 중이 되고 싶은 때가 있어. 미치지 아니하면 중이 될는지 모르지. 네 올케 보러무나. 나 같은 놈헌테 걸려서 어떻게 고생을 하나. 생각하면 가엾지. 너는 별수 있더냐? 아아, 대관절 우리 삼 남매는 다 어떻게 되는 게야?"

하고 잠깐 멀거니 생각하다가,

"은봉아, 겉은 어머니라도 많이 닮기는 금봉인데 속으로 제일 많이 어머니를 닮은 것은 네야. 네 얼굴에는 아버지 모습이 많이 있다고 남들은 그러는데, 네게는 아버지 성질이 별로 없어. 인제 나이를 먹으면 나오려나?"

하고 은봉을 뚫어지게 본다. 아내에게 도무지 애정을 느끼지 못하는 인현은, 비록 발표는 하지 아니하여도 두 누이동생에게 있는 사랑을 다 쏟고 있었다. 인현은 제가 학생 적에 마음을 두었던 여자는 잃어버리고, 사랑하는 두 누이는 캄캄한 앞길을 향하고 미끄러져 들어가는 것만 같아서 그것이 가슴을 아프게 하였다.

"내가 어머니를 많이 닮았수?"

하고 은봉은 기쁨과 슬픔을 섞어서 물었다.

"응, 얼굴은 그런 것 같지 않지마는, 마음이, 성미가. 네가 마음이 퍽 매울 것이다."

하고 인현은 한 번 길게 한숨을 쉬고,

"아버지의 고집과 네 매운 마음과가 충돌하는 날이 오지 맙소사."

하고 눈을 내리감았다.

은봉도 인현의 기분에 물이 들어 시무룩하였다.

어멈이 두어 번 드나들고, 다음에는 수원 마나님이 나오더니, 오정이 가까워오매 정규가 몸소 아랫방에를 나와서 잔뜩 화가 난 어성으로,

"인현아!"

하고 불렀다.

인현은 누워서 뒹굴다가 벌떡 일어나서 마루에 나왔다.

정규는 머리에 빗질도 아니 하고 새 옷도 갈아입지 아니하고 풀대님으
로, 아마 세수도 아니 한 듯한 아들을 못마땅스럽게 훑어보며,

"집에 큰일이 있는데 나와서 일을 좀 보는 것이지, 너는 방구석에만 들
어박혀 있어? 그 꼴은 다 무에냐?"

하고 우선 책망을 한다.

"저 같은 것이 나가서 무엇을 해요? 하라시면 이따가 상 심부름이나
하지요."

하고 인현은 아버지의 모본단 마고자에 밀화단추가 번쩍거리는 것을 구
경하면서 대답하였다.

"그게 애비 앞에서 하는 말대답 법이야?"

인현은 대답이 없었다.

"이 금봉이란 년은 어디 갔단 말이냐? 초례 시간이 다 되어도 오지를
아니하니."

"어저께 나가서 안 들어왔어요."

"무어?"

"어저께 동무 집에 가서 안 들어왔어요."

"강영자 집에 간다더니 안 왔어?"

하고 정규는 자못 당황한다.

"네에."

"그런데 너는 찾아올 생각도 아니 하고 금봉이 년이 집에 없단 말도 아
니 하고 있어?"

"어디 있는 줄 알고 찾아와요? 어디 있는 줄 알기로니 김 서방헌테 시집가기 싫다고 나간 애가 제가 오란다고 오겠어요? 아버지가 불르시기로 오겠어요?"

"머시, 머시 어째?"

"아버지는 김 서방을 사위를 삼으시는 것이 장사에 필요하시니까 사위를 삼으시랴고 하시지마는, 금봉이는 김 서방헌테 시집가기가 싫으니까 아니 간단 말씀입니다."

"머시? 김 서방이 무엇이 부족해서?"

하고 정규는 분을 못 이기어서 벌벌 떤다.

"제가 알아요? 김 서방이 무엇이 좋은지는 아버지가 아시고, 무엇이 부족한지는 금봉이나 알겠지요. 돌아가신 어머니는 저희들이 보기에는 좋은 어머니언마는 아버지 눈에는 싫은 아내이던 것과 같이, 김 서방도 아버지 보시기에는 천하에 제일가는 사윗감이겠지요마는, 금봉의 눈에는 남편감으로 아니 보이는 것을 어찌합니까? 다 제 생각이 있으니까 그러지요."

하고 인현은 마치 법정에 서서 변론이나 하는 모양으로 아주 냉정하게 말하였다.

정규는 아들을 때려야 옳을지 자기가 땅바닥에 주저앉아서 울어야 옳을지 몰라서 터지려는 분통이 다 터지기를 기다리면서 아들의 변론을 들었다.

"이 집안 망할 자식 같으니. 이, 대역부도 놈 같으니. 아비를 무엇으로 알고. 이놈이."

하고 정규는 흉악한 상모를 보인다.

"아버지, 아버지."

하고 인현은 울음이 터지며,

"아버지, 제나 금봉이나 은봉이나 얼마나 아버지 말씀을 순종하고 싶어 하는지 아십니까? 아버지께서 저희들을 조곰이라도 자식으로 아시고 아버지의 사랑을 주신다면야, 저희 삼 남매는 아버지를 위해서는 불에라도 뛰어들고 물에라도 뛰어들겠습니다. 저희들은 고아나 다름없습니다. 아버지가 몇 해 만에나 이 아랫방에를 나오십니까? 아버지는 금봉이를 딸로 아시고 김 서방을 주시랴는 것입니까? 요다음에는 은봉이는 돌쇠 놈을 주시랍니까? 저는 아버지가 짝지어주시는 대로 순종하였습니다. 그러나 살아보니 못 살겠습니다. 저는 제 목숨을 끊어버리더라도 금봉이와 은봉이는 아버지 장사 밑천을 삼으시게 하고 싶지는 아니합니다. 아버지, 금봉이는 벌써 일본 갔습니다. 인제는 바다에 떠 있습니다. 어머니도 일즉 돌아가시고 아버지헌테는 미움받이 하던 불쌍한 자식들이니, 아버지, 이 이상 더 복지 마시고 저희들을 사랑해주시지 못하시겠거든 저희들 되는대로나 내버려두세요, 아버지."

하고 주먹으로 눈물을 씻었다.

"머시, 머시 어째?"

하고 정규는 펄펄 뛰었다.

"금봉이 년이 일본으로 달아나다니! 이거 집안 다 망했구나. 그년이 차라리 제 에미 모양으로 뒤어지지를 않고, 그래, 혼인날에 일본으로 달아나? 이런 집안 망할 자식들 보았나. 아이구."

하고 기가 막히는 듯이 마루 끝에 쿵 하고 걸터앉는다.

"그년이 제 어미 모양으로 뒤어지는 것이 낫구말구. 이런 망신을 하구 어떻게 산단 말이냐. 어떻게 갓을 쓰고 댕기느냐 말야. 되지 못한 자식들을 두었다가 머리가 허연 것이 이 망신을 당하다니. 아이구."

하고 정규는 참으로 고통을 이기지 못하는 모양이다.

인현은 아버지가 자기 망신을 시키는 것보다는 차라리 자식이 죽는 것이 낫다는 말에 분개하였다. 그래서,

"저희들이 죽는 것이 아버지 망신하시는 것만도 못합니까?"

하고 대들었다.

"그렇구말구. 애비 망신시키는 자식은 천 번 죽어도 아깝지 않지. 네 놈도 금봉이 년 모양으로 애비를 망신을 시키겠거든 차라리 죽어버려라, 죽어버려. 다 죽어도 좋다!"

하고 정규는 주먹이 으스러져라 하고 마룻바닥을 때렸다.

"아버지께서 금봉이를 사랑하시면야 금봉이가 달아날 리가 있어요? 아버지께서 딸을 팔아잡수려 드시니깐 금봉이가 달아났지요. 인제 은봉이도 그렇게 시집보내어봅시오. 은봉이는 달아나기만 하지 아니할 것입니다. 수도원에 가서 승이 되거나 죽어버립니다. 저도 아버지께서 시켜주시는 대로 혼인을 했습니다마는 저도 아버지께서 좀 더 아들로 알아주시지 아니하시면 저도 달아나거나 미치거나 죽거나 할 것입니다. 아마 미쳐서 달아나서 죽을는지도 모르지요. 저희 삼 남매는 이 음침한 아랫방 구석에서 천덕구니가 되어서 미칠 공론과 달아날 공론과 죽을 공론만 하고 있습니다. 어떻게 하면 아버지 집이 흉가가 되어서 집값이 떨어지지 않고 죽을까, 하는 공론만 하고 있습니다. 이후부터는 어떻게 하면 아버지 망신을 안 시키고 죽을까, 하는 것도 연구해보겠습니다."

하고 인현은 점점 말이 격렬하게 됨을 깨닫고 입을 다물었다. 그러나 인

현은 전신이 경련이나 되는 듯이 떨렸다.

그러나 정규는 인현의 말을 어디까지나 들었는지 알 수 없었다. 다만 "아이구, 아이구." 하는 소리만 수없이 하였다.

은봉은 방 안에서 쿨쩍쿨쩍 울고만 있었다.

시계가 열두 시를 치는 소리가 어디서 들린다.

"아이구, 어쩌면 좋은가!"

하고 정규는 참으로 어찌할 바를 모르는 절망적 상태에 있었다. 인현이 말하는 여러 가지 말은 귀에 들어오지도 아니하였다. 오직 이 망신의 난관을 어떻게 돌파할까가 문제였다.

인현은 싱그레 웃었다. 우습고 재미있는 생각이 난 까닭이었다. 그것은 김 서방이 어멈하고 좋아한다는 말을 수원 마나님의 입으로 들은 것이 생각난 까닭이었다.

"아버지, 좋은 수가 있어요."

하고 인현이 정규의 앞으로 한 걸음 나섰다.

"무슨 수?"

하고 정규는 물에 빠진 사람 모양으로 인현의 말에 살려달라는 듯이 고개를 돌렸다.

"들으니까 김 서방이 어멈허구 좋아한답니다. 오늘 다 차려놓은 잔치니, 어멈을 성적을 시켜서 신부 노릇을 시키면 어떱니까? 피차에 신분도 맞고, 또 서로 좋아하는 사이니, 아버지, 그렇게 하세요."

하고 인현은 웃음을 참았다.

정규는 인현을 향하여 한 번 눈을 흘기고는 말이 없었다.

"영감마님, 신랑 오신다구 어서 나오시십사구."

하고 돌쇠가 겅둥겅둥 뛰어나와서 말을 전하고는 도로 가버린다.

정규가 "아이구." 소리를 연발하면서 안으로 들어간 뒤에,

"다들 나오우. 방에 있으면 주당살이 무섭다우."

하고 수원 마나님이 나와서 인현과 은봉에게 고한다.

"신랑 왔소?"

하고 인현이 묻는다.

"모르지요, 온다고들 그러니껀."

하고 수원 마나님도 가버린다.

"은봉아."

하고 인현이 방문을 열었다. 은봉은 아직도 눈물을 흘리고 있었다.

"은봉아, 우리두 나가서 신랑 구경하자. 괜히 방에 있다가 주당살 맞을라."

"난 싫어. 구경이 다 무슨 구경이오?"

하고 은봉은 고개를 쌀래쌀래 흔들었다.

"왜? 이 좋은 구경이 구경이 아니냐. 김 서방 녀석이 떡 사모관복을 하고 말이다. 기러기를 안고 교배석으로 들어온단 말이다. 어멈이 앞치마에 손을 씻으면서 신부가 되어서, 하하하하. 은봉아, 내가 참 아버지한테 좋은 꾀 아르켜드렸지. 하하하하. 은봉아, 나와."

하고 인현은 두루마기를 떼어 입고 안마당으로 들어온다.

초례 구경을 한다고 여편네들, 아이들이 차일 친 마당에 가뜩 들어와섰다. 마당에는 멍석을 깔고 그 위에다가 화문석을 깔고 전안상을 놓고, 대청에는 평풍을 치고 교배상을 놓고 큰머리한 하님과 수모들이 오락가락한다. 그들은 다 신부가 아직 아랫방에 있는 줄만 알고 기다리고 있는

것이었다.

인현은 대문 밖에 나섰다. 과연 사린교 한 채가 애오개 마루터기로 넘어오는 것이 보였다. 함을 인 하님이 벙글벙글 웃고 앞을 섰다.

사린교가 대문 앞에 놓였다.

자줏빛 관복에 각대를 띠고 목화를 신고 사모를 쓴 김 서방이 노란 차면으로 코 아래를 가리고 나섰다. 그 뾰족한 코끝과 얇다란 입술을 가리니 김 서방의 상모가 훨씬 좋게 보였다. 그 칼끝으로 꼭 찌른 듯한 눈에는 감출 수 없는 기쁨의 웃음이 보였다.

인현은 차마 더 오래 보지 못하여 대문 안으로 먼저 들어와서 입을 막고 혼자 웃었다. 웃다가 아버지가 상을 찌푸리고 사랑에서 나오는 것을 보았다. 인현은 웃음을 참고 아버지를 위해서 길을 비켰다.

정규는 김 서방을 끌고 사랑으로 들어갔다. 사람들은 모두 웬일인가 하였다.

이럭저럭 한 시간이나 지체되어서 신랑과 신부가 초례청에 나타났다. 성적과 큰머리와 활옷으로 차린 어멈은 언간치 아니한 어여쁜 신부였다. 비록 겨우내 진일에 손이 텄다 하더라도 그것은 오늘만은 한삼으로 가릴 수가 있었다.

쑤군쑤군하는 소리가 이 구석 저 구석에서 들렸으나 혼인식은 무사하게 끝이 나고, 신랑은 신부를 데리고 사당도 없는 집으로 가버렸다.

정규는 인현의 제안대로 어멈과 김 서방을 타일러서 시흥 논 오십 석지기와 현금 오백 원으로 두 사람의 승낙을 얻은 것이었다. 김 서방은 후일에라도 두고두고 '장인'을 졸라서 돈을 더 빼앗을 권리를 보류한 것이었다.

논 오십 석지기, 현금 오백 원이란, 정규에게는 결코 적은 희생이 아니었다. 그것은 살을 깎아내는 듯이 아픈 일이었다. 게다가 정규의 아픔을 더하는 것이 있으니, 그것은 정들인 애인인 어멈을 빼앗기는 것이었다. 그러나 정규는, 속으로 금후라도 만나고 싶은 때에 만날 수 있는 권리를 보류한 것이었다.

"하하하, 하하핫하, 핫하."

하고 인현은 아랫방에 돌아와서 은봉과 수원 마나님을 보고 허리가 끊어지도록 웃었다.

"핫하핫하, 으하하."

하고 인현은 가만히 앉았다가도 웃고, 밥을 먹다가도 웃고, 잠을 자다가도 김 서방의 혼인을 생각하고는 웃었다.

금봉의 생활은 대단히 행복되었다. 학교도 좋고 선생들도 다 인격이 높은 것 같고, 또 동창들도 다 마음에 들었다. 서양 선교사들의 점잖음, 일본 학생들의 예절다움이 다 비위에 맞았다. 임숙희도 이따금 말괄량이같으면서도 퍽 정직하고 은근하고, 그리고 진정으로 금봉을 사랑하고 지도하여주었다.

학교의 종교적 기분은 금봉의 마음을 많이 끌었다. 마리아라는 처녀가 남편도 없이 예수를 낳았다든지, 예수께서 십자가에 못 박혀 돌아가셨다가 사흘 만에 다시 살아서 하늘로 올라가셨다든지, 모든 사람들도 죽었다가 예수께서 다시 오시는 나팔 소리에 다시 살아나서 심판을 받는다든지, 하나님이 엿새 동안에 천지를 만드셨다든지, 이러한 말은 다 믿어지지 아니하지마는, 하나님이라는 어른이 우리를 늘 보시고 계시다든지, 예수라는 어른이 우리를 죄에서 끌어내기 위하여 십자가의 아픔을 당하신 것이라든지, 기타 성경의 구절이 다 금봉의 마음에 들었고, 사람은 서로 미워할 것이 아니요 서로 용서하고 사랑할 것이라 하는 것이 더욱 좋았고, 아침에 일어나는 길로 무릎을 꿇고 하나님께 오늘 하루 동안 죄 안 짓게 하여달라고 기도를 올리고, 또 밤에 자리에 들어가기 전에 오늘 하루 지은 죄를 자복하고 받은 은혜를 감사하고 잠든 동안 평안히 보호하여 주시기를 비는 것도 다 금봉에게는 기쁨이 되었다. 금봉은 이 학교에 들어온 지 한 달이 다 못 되어서 벌써 진실한 크리스천이 되었다. 도리어 숙희보다도 믿음이 깊어졌다.

금봉은 기도를 올릴 때마다 부모와 인현과 은봉을 위하여 빌고, 또 손선생이 잘못된 생각을 버리고 하나님을 두려워하는 좋은 교육가가 되기를 빌었다.

그러나 하루 이틀 날이 지날수록 금봉의 기도에 자주 오르는 이름이 있었으니, 그것은 숙희의 오빠인 임학재였다.

금봉은 임학재의 건강을 위하여 빌고, 믿음을 위하여 빌고, 또 장차 조선을 위하여 큰일을 하는 일꾼이 되기를 위하여 빌었다. 임학재는 몸이 약하였고, 하나님의 존재에 대하여서는 믿노라고 말하지마는 성경의 어떤 부분이라든지, 오늘날 예수교회의 주장과 예식의 어떤 부분에 대하여서는 다만 아니 믿을뿐더러 도리어 날카롭게 공격하는 일이 많았다. 더구나 교회의 지도사들인 사람들에게 대하여서는 굳센 반감을 가진 모양이었다.

일요일이면 금봉은 숙희를 따라서 혼고(本鄕)라는 데 있는 학재의 집에 놀러 가고, 거기서 점심을 얻어먹고, 오후에는 학재를 따라서 조선 사람들끼리 모이는 예배당에 참석하고, 그러고는 예배가 파한 뒤에는 학재를 따라서, 혹은 학재의 다른 친구와 함께, 혹은 숙희의 다른 여자 동무도 함께, 날이 좋으면 교외나 공원으로 놀러 가고, 날이 궂으면 활동사진이나 연극장을 구경하고, 그리고 오후 여덟 시 문안까지에 학재의 호위를 받아서 기숙사에 돌아왔다.

학재가 모자를 벗고 금봉을 향하여 고개를 숙이고 작별 인사를 하고 돌아서서 가는 뒷모양을 볼 때에는 금봉은 가슴이 두근거리고 눈물이 쏟아짐을 깨달았다.

오월 어느 날, 아침에 일어나는 말에 아침 기도를 마치고 숙희는,

"금봉이, 내일이 우리 오빠 생신이야."

하고 금봉에게 말하였다.

"응응."

하고 금봉은 가볍게 대답은 하였지마는 가슴이 두근거리고 낯이 화끈함을 깨달았다. 숙희는 물끄러미 금봉을 바라보더니, 모두 알아차린 듯이 한숨을 한 번 짓고,

"오늘 우리, 우리 오빠 생일 선물 사러 나가, 응?"

하고 금봉의 목을 안고 뺨을 비볐다.

금봉의 눈에서는 눈물이 흘렀다.

"내가 어떻게 선물을 드리나?"

하고 금봉도 숙희의 허리를 안았다.

학재의 생일 선물 말을 숙희에게 듣고는 금봉은 상학하는 중에도 그 생각만 하였다. 무엇을 살까, 무엇이라고 쓸까, 하고.

그 선물 하나로 금봉이 학재를 사모한다는 뜻도 표시되고, 그러고도 그것은 학재만이 알고 숙희도 모르고, 또 그러고도 그것은 학재가 일생

에 몸에 지니고 다닐 것이기를 바랐다. 금봉은 시계도 생각해보았다. 그러나 그것은 학재가 몸에 지니고는 다니겠지마는 그 밖에는 별로 뜻이 없는 것 같았다. 시계도 병이 나지 않느냐, 못쓰게 되지도 않느냐. 그런 물건을 사랑하는 학재에게 선물로 보내기는 너무도 부족한 것 같았다. 만일 학재에게 손이나 발이나 무엇이 하나 부족한 것이 있다면 그런 것을 하나 선물로 보내고 싶었다. 금봉이 제 것을 끊어내어서라도 그것이 학재의 일생에 학재의 몸에 붙어 다니기만 한다면, 아깝지도 아프지도 아니할 것 같았다.

'만일에, 만일에, 이 몸과 마음을 왼통으로 학재에게 선물을 삼는다면 얼마나 좋을까.'

금봉은 이렇게 생각할 때에 가슴이 아픈 듯하였다. 금봉은 동래온천에서 보던 제 몸의 아름다움을 생각하였다. 그때에 이 몸을 뉘게다가 선물로 보낼까를 생각하던 것을 생각하였다. 또 그때에 금봉이 아는 모든 남자를 눈앞에 그려볼 때에 서대문 들어오던 전차 속에서 몇 번 본 청년, 지금 알고 보니 임학재를 가장 그립게 마음속에 그리던 것을 생각하였다.

'하나님의 뜻일까.'

이렇게 금봉은 혼자 생각하였다. 손 선생의 무서운 손아귀를 벗어나서 임학재를 만나게 되고, 또 숙희와 한 학교에 있게 되고, 내일은 학재에게 생일 선물을 하게 된 것이 다 하나님의 뜻이 아닐까.

'그러나.'

하고 금봉은 실망한다. 금봉이 생각하기에, 자기는 임학재에 비기면 도무지 한 푼어치 가치도 없는 버러지인 것 같았다. 금봉이 동래온천에서 그처럼 자랑스럽게 생각하던 제 아름다움도 학재를 놓고 생각하면 무슨 더럽고 썩은 물건 같았다.

　아아 별이여,

　하늘에 가장 빛나는 나의 별이여!

　내 손이 닿는 곳에 나려오소서.

　금봉은 이런 것을 쓴 일이 있다. 금봉이 보기에 학재는 하늘의 별이었다. 수없는 젊은 여자가 그 별을 보고 사모하는 중에 자기도 그중에 조그마한 하나다. 땅의 어두움 속에 두 손을 두고 사모하는 제 모양이 저 높은 하늘의 별에 보일 것 같지도 아니하였다.

　오후에 금봉은 숙희를 따라서 긴자라는 거리로 나갔다. 숙희는 학재가 어려서 즐겨하던 과자며 과일이며, 그러한 물건을 여러 봉지를 샀다. 농담으로 웃고 장난삼아 사는 것 같지마는 숙희가 그 오빠를 끔찍하게 사랑하는 것이 금봉에게 보였다.

　"오빠가 대추에 호도를 넣어서 먹는 것을 퍽 좋아했는데, 일본은 대추가 없어."

하고 호도와 마른 포도를 샀다. 그리고 내일 오빠를 끌고 교외로 놀러 나간다 하여 샌드위치를 만든다고 빵과 햄도 사고, 오빠가 좋아하는 것이라고 코코아도 한 통 샀다. 금봉은 숙희가 사는 것을 구경만 하고 다니면서도 그 속에서 학재에 관한 여러 가지 지식을 얻는 것이 기뻤다. 만일 '하나님이 허하셔서' 자기가 학재와 같이할 기회를 얻는다 하면 이 지식을 다 이용해서 학재를 놀라게 하고 기쁘게 할 것을 생각하였다. 그러나 이러한 행복된 예상 끝에는 반드시 낙심하는 슬픔이 왔다. 자기는 도저히 이 세상에서는 학재와 같이할 기회가 없을 것만 같았다. 그래서 숙희가 물건을 고르고 있는 동안에 혼자 고개를 돌리고 한숨을 지었다.

"금봉이두 무얼 사아. 왜 구경만 하고 따라다녀?"

하고 숙희가 여러 번 재촉하였다.

숙희가 살 것을 다 산 뒤에 금봉은 교문관이라는 예수교 서적 파는 집으로 가서 영문 성경하고, 영문 찬미가하고, 마하트마 간디의 전기하고 세 권을 샀다. 간디를 학재가 숭배한다는 말은 숙희에게서 들은 것이었다. 성경은 검은 가죽으로 껍데기를 하고 솔에는 금도금을 한 것이었다.

"참 좋은 것을 사네. 어린것이 어떻게 그런 생각이 나?"

하고 숙희는 놀려먹는 모양으로 감탄하였다.

학교에 돌아와서 숙희는 금봉더러 학재 위한 책들 속겉장에 무슨 말을 한마디 쓰라고 주장하였다.

"아이, 무엇을 쓰우! 언니두."

하고 금봉은 낯을 붉혔다.

무엇이라고 쓰고 싶은 마음은 산과 같지마는 쓸 자격과 자유가 없는 것만 같아서 거절하였다. 그 대신에 금봉이 두르던 삼팔 목도리로 책을 쌀 것만은 숙희의 말대로 승인하였다.

숙희는 오빠에게 애인을 하나 만들어주고 싶었다. 이것은 다만 누이동생으로의 본능뿐 아니라 학재가 매양 숙희가 사랑에 눈을 뜬 것을 경멸하는 보복을 하자는 뜻도 있었다.

숙희에게는 두 남자가 있었다. 하나는 숙희 편에서 사랑하는 남자로서 조병걸(趙秉傑)이라는 정치를 배우는 대학생이요, 하나는 심상태(沈相泰)라는 법률을 배우는 대학생인데, 이는 숙희 편에서는 좋아하지 아니

하나 저편에서 숙희를 따라다니는 사람이다. 그런데 이 두 사람은 다 학재가 원치 아니하는 사람들이었다.

조병걸을 숙희가 좋아하는 까닭은, 첫째로 그의 체격이 좋고 잘나고 성품이 걸걸한 것이요, 둘째로는 그가 돈을 잘 쓰는 것이었다. 병걸은 유학생 중에서 가장 회나 잡지에 돈을 잘 내고, 듣는 바에 의하면, 그는 만석을 가까이 하는 큰 부자의 외아들이었다. 다만 사랑하기에 걱정되는 것은 그가 아내가 있다는 것인데, 그것도 자기더러 물어보면 어떤 때에는 한 번도 혼인한 일 없는 총각이라고 하고, 어려서 약혼만 했다가 파혼했다고도 한다. 그는 아내가 있고 없는 것 같은 것은, 아니 도무지 아내 같은 것은 염두에도 없는 것 같았다.

"하하하하."

하고 병걸이 웃을 때에는 곁에 있는 사람까지도 속이 시원하였다. 그에게는 도무지 근심도 걱정도 없는 것 같았다. 학교 성적도 뛰어나지도 못하지마는, 그렇다고 꼴찌로도 가지 아니하는 모양이었다. 밤낮 돌아다니기만 하는 것 같으면서, 그래도 학교 성적이 중으로는 가는 것을 보면 재주가 상당한 모양이라고 숙희는 생각한다.

숙희는 그 오빠 학재를 존경도 하고 사랑도 하지마는 학재가 너무도 꽁하고 도무지 인생의 쾌락이라는 것에 흥미가 없는 것이 맞지 아니하였다.

밤낮 생각하는 것이 무슨 어렵고 큰 문제여서, 혹시 그 이야기를 들으면 골치만 아팠다. 그런 크고 어려운 생각만 하고 있는 것이 위대한 인물이 될 징조인 줄도 생각하지마는, 만일 그러한 남자를 남편으로 삼아가지고 일생을 살라면 심심해서 죽을 것만 같았다.

그 오빠 학재에게 대한 이러한 반감이 숙희로 하여금 병걸에게 마음을 보내게 되었을 것이다. 그리고 원체 학비가 넉넉지 못한 숙희는 부자 남편에게 시집가고 싶다는 생각이 속에 깊이 들어박혀 있었다.

조병걸과는 딴판으로 심상태라는 청년은 얼굴이 희고, 눈이 날카롭고, 빛나고, 잠깐 대해보아도 재주가 넘치는 사람이었다. 그는 예수를 아니 믿지마는 예수교회에를 다니고, 교인 아닌 사람이 모인 자리에서는 술도 먹고 담배도 먹지마는, 교인이 모인 자리에서는 "오오, 주여!" 하고 기도를 올리고 술과 담배를 공격하였다.

심상태는 학생 간에 말 잘하기와 재주 많기와 또 일에 부지런하기로 명망이 있어서 명망의 점에서는 거의 임학재와 어슷비슷하였다. 다만 사람의 인격을 아노라고 자신하는 사람들이 항상 심상태보다도 임학재에게 높은 인격의 평가를 줄 뿐이었다. 심상태는 어디를 가나 임학재를 내세웠다. 그러나 학재는 심상태를 신임하는 빛을 보이지 아니하였다. 조병걸과 심상태는 이러한 사람들이다.

숙희가 조병걸을 사랑하건마는, 조병걸은 숙희를 사랑하는지 아니 하는지 알 수가 없었다. 혹시 숙희가 병걸과 단둘이만 만날 기회가 있어도 병걸은 조금도 태도를 달리하지 아니하였다. 그저 "하하하하" 하고 웃고 떠들었다. 숙희가 보기에 병걸은 아직 이성이라는 것을 모르는 어린애인 것 같았다.

간혹 숙희가 구경터에를 가면 병걸이 다른 여자를 데리고 온 것을 만나는 일이 있었다. 숙희는 약간 질투로 불쾌감을 가지지마는 병걸은 마치 제 동생을 또한 동생에게나 소개하는 모양으로 "하하하하" 식으로 제 데리고 온 여자를 숙희에게 소개하였다. 그뿐더러 그 후에 다른 데서 만나면 또 다른 여자를 데리고 왔다. 마치 병걸은 어떤 여자든지 대할 때뿐이요, 작별하고 나면 다 잊어버리고 마는 것 같았다.

'한 사람만 두고두고 생각할 사람은 아니야.'

숙희는 병걸을 이렇게 속으로 비평하였다.

숙희 자신에게도 이러한 성질이 없지 아니하였다. 만약 병걸보다 더 잘나고 더 유쾌하고 더 돈 많은 사람만 있으면 금시에라도 병걸을 잊어버리고 새 사람을 사랑할 수 있을 것 같았다. 이 점이 학재나 금봉에 비겨서 숙희가 다른 점이었다.

조병걸이나 심상태나 숙희가 만나서 알게 되기는 무론 학재의 반연으로였다. 조와 심은 다 학재의 친구였다. 그중에도 심은 고등보통학교 시대의 동창이었다. 학재는 동생 숙희가 병걸에게 마음을 보내는 눈치를 안다. 그러나 원체 말이 적은 학재는 농담으로도 숙희에게 그런 말을 하지 아니한다.

이러한 관계에 있기 때문에(그것만이 이유는 아니지마는) 숙희는 오빠 학재에게 애인을 하나 구해주어서, 첫째로는 학재의 입을 틀어막고 둘째로 제 사랑의 의논 동무를 삼고 싶었다. 여기 걸린 것이 금봉이었다.

"무엇이라도 한마디 써어! 선물을 하면서 아모것도 안 쓰고 주는 사람이 어디 있어?"

하고 숙희는 금봉의 옆구리를 꼬집었다.

그들은 아침 일찍 학재의 방(주인하고 있는 집)에 와서 목욕 간 학재가 돌아오기를 기다리고 있었다.

"글쎄 무어라고 써요?"

하고 금봉은 낯을 붉혔다.

"나의 사랑하는 임학재 씨라든지, 무엇이라든지 쓸 말이 없어서 못

써? 내가 금봉이 속을 모르는 줄 알고? 내 이미 다 알고 있어."

하고 숙희는 턱을 치어든다.

"그럼, 이금봉은 근정이라, 하고 이름만이라도 써, 자."

하고 학재의 책상 위에 놓인 철필을 들어 잉크를 묻혀서 금봉의 손에 쥐여준다.

"아이, 참, 이 아가씬 이쁘셔."

하고 차를 가지고 올라온 주인 마나님이 금봉을 보고 칭찬한다.

"왜, 이 아가씨만 이쁘고 난 이쁘지 않수?"

하고 숙희가 성내는 체한다.

"아가씨도 이쁘시지마는 인제는 어른이시지."

하고 마나님은 얼른 방패막이를 하고 나서,

"어저께는 조 서방님이 늦도록 노시다가 가셨지요. 무슨 큰 문제나 의논하시는 것 같던데."

하고 마나님이 숙희의 비위를 긁는다.

"심 서방님은 안 왔습디까?"

하고 숙희가 묻는다.

"심 서방님은 오셨다가 먼저 가시고. 지금 변호사 시험 준비하시느라고 바쁘시다던데."

하고 마나님은 차를 따라서 두 사람의 앞에 놓는다.

"주인마누라헌테까지 변호사 시험에 바쁘다는 소리는 왜 해? 뱅충이라니깐."

하고 숙희가 조선말로 혼자 중얼거린다. 숙희는 심상태가 고등문관시험 치른다고 잘잘거리고 다니는 것이 미운 반면에, 조병걸은 고등문관이니,

졸업이니, 그따위는 도무지 염두에도 두지 아니하는 것이 더욱 갸륵하여 보였다.

심상태는 '나는 법률가다.' 하는 것을 간판으로 붙이고 다니지마는, 조병걸은 '나는 그저 사람이다.' 하는 듯이 도무지 구애가 없다고 숙희는 언젠가 학재를 보고 비평하였다.

학재가 기모노를 입고 손에 수건과 비누 주머니를 들고 방에 들어설 때에 숙희는 벌떡 일어나서,

"오빠, 캉그래출레이션스(congratulations, 축하하오)!"

하고 학재의 두 어깨에 손을 얹는다.

금봉이 일어나서 공손하게 인사하는 것을 학재가 답례하고,

"웬일이냐, 이렇게 일찍이?"

하고 의심스러운 듯이 웃는다.

"오늘이 오빠 생신이오."

하고 숙희가 눈을 크게 뜬다.

"응."

하고 학재는 웃는다.

"오빠 생신이자 노는 날이길래 이렇게 선물을 한 아름씩 사가지고 왔는데, 응이 다 무에유?"

하고 숙희는 입을 뾰죽 내민다.

"앉으세요."

하고 학재는 하나밖에 없는 방석을 금봉에게 권하고, 저는 책상 앞 다다미 위에 꿇어앉아서 무릎을 감춘다.

"무얼 사 왔니?"

하고 학재는 숙희를 보며 웃는다.

"내가 사온 게야 아모것도 아니지만, 이금봉 씨가 이렇게 정성된 프레젠트(present)를 사 오셨단 말이오."

하고 숙희는 금봉의 보퉁이를 끌러서 성경과 찬미가와 마하트마 간디의 전기와를 꺼내어 한 권씩 한 권씩 학재의 책상 위에 소리 나게 내어놓고, 성경 껍데기를 젖히면서,

"글쎄 오빠, 남에게 책을 선물을 보낼 때에는, 여기다가 받는 사람 이름허구 주는 사람 이름허구를 쓰는 법이 아니우? 그렇지, 오빠? 그런데 암만 내가 쓰라고 해두 이 양반이 안 쓴다누."

하고 금봉을 한번 흘겨보고,

"오빠, 이름 안 쓴 건 받지 말고 퇴하서요. 이름 안 쓴 걸 누가 받는담. 안 그래요, 오빠? 자 금봉이가 여기다가 무어라고 써."

하고 성경 책을 금봉의 무릎 앞에 놓는다.

"고맙습니다."

하고 학재는 엄숙하게 고맙다는 표정을 보이며,

"기념이 되게 이름을 써주시지요."

하고 금봉을 본다.

"자 보아, 오빠두 쓰라고 안 하서?"

하고 숙희가 이번에는 제 만년필을 꺼내어서 금봉의 손에 쥐여준다.

금봉은 의외로 서슴지 않고 그 만년필을 받아서,

"모세와 같이 되소서,

예수와 같이 되소서."

두 줄을 한글로 쓰고,

"一九二二, 五月 〇日 李金鳳 上(1922, 5월 〇일 이금봉 상)"

이라고 한문자로 썼다. 금봉은 차마 '임학재 씨께'라는 것은 쓸 용기가 없었던 것이다.

"고맙습니다."

하고 학재는 성경을 받아 들고 '모세와 같이 되소서, 예수와 같이 되소서.'를 속으로 몇 번 내리읽고 '이금봉 상'이라는 위 상 자가 좀 눈에 거슬린다고 생각하면서 책을 곱게 접어서 상 위에 놓고, 다음에는 마하트마 간디 전기를 들어서 금봉의 앞에 놓으며,

"여기도 한마디 써주서요."

한다.

금봉은 고개를 숙여서 수삽한 웃음을 소리 안 나게 한 번 웃고, 이번에는 제 만년필을 꺼내어서 간디 책 첫 장에다가,

"조선의 간디가 되소서."

한 줄을 쓰고는 제 이름은 쓰지 아니하였다.

그리고 고개를 들어 책상머리에 세워놓은 간디의 초상을 바라보았다. 반 이상이나 벌거벗은 간디는 이가 빠지고 뺨이 쪼그라지고 커단 눈에만 빛이 있었다. 금봉은 학재더러 조선의 간디가 되라고 한 것이 저처럼 마르고 쪼그라진 사람이 되란 것이나 아닌가 하여 마음에 미안하였다.

"우리 오늘 놀러 가요. 다마가와(多摩川)나 이노가시라(井の頭)나, 네? 오빠, 한턱내서요."

하고 숙희가 웃으면서,

"나 위해 내시는 것이 아니라 금봉이 위해서 한턱내서요. 금봉이가 잠

꼬대로 오빠 이름을 부르고 기도를 한답니다."
하여 금봉으로 하여금 어쩔 줄을 모르게 만든다.

금봉이 잠꼬대로 저를 위하여 기도한다는 숙희의 말에 학재는 미안한 듯이 고개를 숙였다. 학재가 다시 고개를 들 때에 금봉이 치뜨는 눈으로 자기를 힐끗 보는 것을 보았다. 학재는 금봉의 치뜨는 눈의 미력을 보았다. 그리고 그 몸의 선의 아름다움과 목덜미와 이마와 뺨과 턱이 심히 아름다움을 느꼈다. 학재는 전신에 어떤 찌르르하는 감각이 도는 것을 깨달았다.

그러나 학재는 다음 순간에 비틀거리려는 정신을 꽉 붙들었다.

'나는 혼인 아니 하기로 맹세한 사람이다!'

이렇게 학재는 속으로 한 번 다시 생각하였다. 혼인을 떠난 연애라는 것의 존재를 학재는 도덕적으로 부인한다.

예수도 장가를 안 들었다. 그는 서른세 살에 십자가에 못 박힐 때까지 총각이었다. 베드로, 바울도 한 번 장가든 일이 있는지 모르나, 성경에 기록한 대로 보면, 그들은 예수의 제자가 된 뒤로부터는 처자도 없고 집도 없는 생활을 하였다. 그리고 바울은 그 편지에 분명히 "장가 아니 든 자는 장가를 들지 말고 시집 아니 간 자는 시집가지 말라."고 하였다. 그로부터 예수교의 사도들은 독신 생활을 하였다. 지금도 구교의 신부들은 일생에 동정으로 간다. 예수와 베드로와 바울을 본받아 인류를 구제하기에 전력을 다하기 위하여 가정의 행복을 희생하는 것이다. 돈과 하나님을 같이 섬길 수 없는 것과 같이, 가정과 일을 같이 섬길 수도 없다.

마하트마 간디도 이억만 인도 민중을 건지기 위하여 나서려는 일꾼에게는 시집, 장가 아니 가기를 맹세시켰다. 시집, 장가가서 아들딸을 낳으면 집을 위해서 일생을 바치지 아니하면 안 되는 까닭이다. 나 한 몸이 받을 모든 향락, 연애, 혼인, 필요 이상의 먹을 것, 입을 것, 집, 한가를 희생하지 아니하고 어떻게 멸망을 향하고 나아가는 민중을 건지랴, 이것이 학재의 생각이다. 학재가 예수에서 특별히 배우는 것은 그의 민중을 사랑하는 진정과 정성에서 온 자기 희생의 정신이었다. 생활이었다. 간디에게서 배우려는 것도 그것이었다. 학재는 조선의 민중을 위하여 제 일생을 바치기로 결심하였다. 그의 여러 선배들과 친구들 중에 이와 같은 갸륵한 결심을 가진 사람이 많으면서도 조선의 민중과 사회가 전보다 많이 나아지지 못하는 까닭은, 이 결심을 한 사람들이 남들이 누리는 인생의 행복은 저희들도 꼭 같이 누리면서, 그러고 나서 일은 일대로 하자는 생각의 결과라고 믿는다.

그의 대단히 열렬하던 선배와 친구들이, 대개는 집을 가지고 처자를 가지게 되면 전에 가졌던 결심과 열정을 잃어버리고 그저 범상한 사람이 되는 것이 이 까닭이라고 학재는 믿는다.

또 학재는 그의 선배 중에 처자를 전연히 돌아보지 아니하고 마치 처자가 없는 사람 모양으로 오직 민중을 위하여서만 생각하고 일하고 사는 이를 안다. 학재는 그이를 존경한다. 그러나 그의 가족을 불쌍히 여긴다. 그러므로 처음부터 시집, 장가를 아니 들어서 집이라는 것을 만들지 아니하는 것이 지사의 정당한 길이라고 믿는다.

학재는 외아들이다. 그의 계모는 숙희와 또 누이 하나를 낳고는 남편을 잃어버렸다. 학재의 아버지는 십여 년간 집을 버리고 중국 방면으로 방랑하였다. 그러다가 그는 천진에서 관헌에게 붙들려서 조선으로 돌아왔으나, 돌아온 지 얼마 아니 하여 또 어떤 사건으로 감옥에 들어가서 아직도 복역 중에 있다.

이러한 사정으로 학재는 혼인과 자녀의 생산이 가족을 위한 제 의무인 줄을 안다. 그러나 학재는 그런 가족 중심의 도덕관에서 벗어나기로 결심하였다.

금봉이 설사 저를 사랑해주고 또 제 마음속에 금봉에게 대한 사랑이 일어난다 하더라도, 학재는 결심의 시퍼런 칼을 들어서 그 사랑을 밑동부터 잘라버릴 결심이다.

'죽더라도.'

하고, 학재는 금봉의 아름다움이 제 속에 일으키는 이상한 충동을 꾹 눌러버린다.

"오빠, 산보 한턱 내일 테요?"

하고 숙희는 고개를 숙이고 우두커니 생각에 잠겨 앉았는 학재에게 말을 붙인다.

"그러지. 다마가와 갈까?"

하고 학재는 고개를 번쩍 들고 유쾌한 웃음을 보였다.

"나는 이노가시라가 좋아."

하고 숙희는 이노가시라의 음침한 못가의 삼림과 그 주위의 광막한 풀밭과 나무숲을 눈앞에 그렸다.

"어디든지 원하는 데루."

하고 학재는 더욱 유쾌한 빛을 지었다.

"그럼 우리 이노가시라 갔다가 다마가와로 돌아올까?"

하고 숙희가 새 안을 내었다.

"네가 그렇게 걸을 듯싶으냐?"

하는 학재의 말에,

"그걸 못 걸어요? 나는 금강산 비로봉에를 다 올라간걸."

하고 숙희가 장담한다.

학재는 금봉을 돌아보았다. 금봉은 상긋 웃기만 하였다.

"금봉이가 다리가 아파서 못 가거든 오빠가 좀 업어주시구려."

하고 숙희가 시치미를 뗀다.

"너는 누가 업구?"

하고 학재가 웬일인지 오늘은 농담을 다 붙인다. 숙희는 그것이 이상해서 물끄러미 학재를 바라보다가,

"오빠, 어제저녁에 조병걸 씨 왔더라지요?"

하고 말을 해놓고도 부끄러웠다.

"왔었지."

"오늘 같이 가잘까? 안 됐을까?"

하고 숙희가 장히 어려워한다.

"같이 가도 좋지."

하고 학재는 농담을 옳지 않게 생각하여 다시 엄숙해진다.

"지금 하숙에 있을까? 그래도 오빠가 원하지 않거든 부르지 마셔요."

"하숙에 있겠지. 오늘 노는 날이니깐, 웬걸 일어났겠니? 아직도 자겠지."

이만하고는 숙희는 오빠의 처분만 기다리고 입을 다물어버렸다.

학재는 밖으로 나갔다. 반찬 가게에 전화를 빌러 간 것이었다.

이때 간다(神田)라는 곳 M이라는 커단 하숙집 삼 층 조병걸의 방에서는 병걸과 심상태가 아직도 이불 속에서 담배를 피우며 웃고 떠들고 있었

다. 그들은 오늘 학교가 쉬는 것을 다행으로 여겨서 어젯밤 늦도록 구경터와 술터로 돌아다니다가 자정이 훨씬 넘어서야 들어온 것이다. 심상태는 조병걸에게 학비를 한 부분 보조받아가지고 시외에 방을 잡고 있지마는, 가끔 병걸의 하숙에 와서는 한 이불 속에서 잤다. 그들의 화제는 여자에 관한 것이었다.

"너 이놈, 숙희 빼앗으면 안 돼."

상태는 이런 소리를 하였다.

"자, 이 사람, 내가 숙희를 마음에나 두나? 자네가 연애를 하겠거든 하고, 장가를 들겠거든 들고 마음대로 할 게지, 왜 나를 끌어넣어?"

하고 병걸은 쾌활하게 말하고 웃었다.

"그래도 자네가 암만해도 강적인 것 같애. 제일단 숙희가 자네를 사랑하는 모양이어든."

하고 상태는 자못 염려스러운 듯이 그 날카로운 눈으로 병걸의 신문을 보고 엎딘 얼굴을 옆으로 바라보았다. 마치 거기서 무슨 중대한 비밀이나 발견하려는 듯이.

"나보다도 강적이 있네."

하고 병걸은 신문에서 눈을 떼지 아니하고 말하였다.

"누구?"

하고 상태는 대사건이라는 듯이 벌떡 몸을 일으킨다.

"자네 본마누라 말일세."

하고 병걸은 고개를 돌려서 상태를 본다.

"그까짓 거야 이혼해버리지."

하고 상태는 가볍게 대답은 하였지마는 가슴이 무직함을 깨달았다.

"이 사람 일부지원(一婦之怨)이 고한삼년(枯旱三年)이라고, 여자의 원한 사지 마소."

하고 병걸은 신문을 밀어놓고 일어나 앉는다.

"자네 도덕관은 너무 구식이야."

하고 심상태는 항의를 한다.

"글쎄, 저편에서 하기 싫다는 이혼을 애써 할 것은 무엇이냐 말이야? 그냥 두고 천하 미인은 다 내 것이라 하고 바라만 보게그려. 하필 남의 가슴에 못을 박을 것은 없단 말일세. 얼마 사는 세상이라구. 또 그래 임숙희하고 자네가 혼인을 하기로니 무슨 끔찍한 행복이 올 줄 아나? 또 한 삼 년 살면 새 계집 생각이 날 테지. 그때에 또 이혼을 할 텐가? 앗게, 아서. 적선지가(積善之家)에 필유여경(必有餘慶)이라고 못 들었나? 나처럼 꾹 참고 있어. 그렇게 보기 싫거든 안 보면 고만 아닌가? 그거 민적에 이름만이라도 두어달라는 것을 그렇게 야멸치게 박찰 것은 없단 말야."

"하, 자네는 도모지 불철저하구 시대착오구."

하고 심상태는 입맛을 다신다.

"그런데 여보게, 자네, 저 이금봉이라고 보았나?"

하고 병걸이 불현듯 생각이 나는 듯이 상태를 돌아보며 묻는다.

"응, 보았지. 왜 우리 같이 안 보았나?"

하고 상태는 새 웃음으로 이혼 문제 토론의 불쾌함을 씻어버린다.

"난 그 애가 도모지 안 잊히는걸."

하고 병걸이 머리를 긁는다.

"오 자네, 그 애를 사랑하데그려?"

"아니! 사랑은 아니 하기로 작정이니까, 사랑할 리는 없지마는 도모지 안 잊힌단 말야. 과연 미인이거든. 어쩌면 고런 것이 생기나?"

하고 병걸은 금봉의 모양을 그리는 듯이 허공을 바라본다.

"응, 어지간해."

하고 상태도 허공을 바라본다.

이때에 하녀가 방싯 미닫이를 열고,

"죠오상 오뎅와(おでんわ, 조 서방님 전화 왔습니다)."

하고는,

"난 아직 주무신다구? 지금 몇 신 줄 아세요? 잠꾸러기들이시어."

하고 들어와 자리를 걷는다.

병걸은 전화를 받으러 나갔다. 상태는 자리를 걷는 하녀의 볼기짝을 손으로 쓸며,

"자네는 점점 미인이 되어가네그려. 우리 사랑이나 해볼까?"

하고 웃으나 하녀는,

"야아나 찐상."

하고 궁둥이에 있는 상태의 손을 버러지 붙은 것이나 떼어버리듯이 탁 쳐서 떼어버리고 몸의 방향을 바꾸어서 여전히 자리를 갠다.

"어디서 온 전화야?"

하고 상태는 방으로 돌아오는 병걸을 보고 묻는다.

"저어……."

하고 병걸은 실토를 할까 말까 하고 주저하는 빛을 보이다가 비밀을 속에 담아두지 못하는 겁겁한 성미라,

"저어, 거시기……."

하고 말이 시원히 안 나오는 것을 상태가,

"장히 말하기 어렵군. 관두게. 다 알았네. 어떤 애인헌테서 만나자는 전화가 왔단 말이지?"

하고 고개를 돌린다.

"아니야! 이 사람, 내가 애인이 무슨 애인야?"

하고 병걸은 성급한 어조로,

"저어 누구야, 저어 학재헌테서 전화가 왔는데, 오늘 교외로 놀러 안 가랴느냐고."

"그래서?"

"오늘이 학재 생일이라나. 그래서 아마 학재 누이가 온 모양이야. 아마 이금봉이두 왔겠지. 어때, 자네 안 가보랴나?"

하고 병걸은 상태에게 대하여 좀 미안한 빛을 보인다.

그것은 학재가 상태에게 대하여서는 그 누이를 위하여 좀 경계하는 빛이 있음을 아는 까닭이다.

"잘들 가게. 내가 오라지도 않는 데를 무엇 하러 간단 말인가?"

하고 상태는 좀 불쾌한 빛을 보인다.

남을 면대해서 불쾌하게 하기를 차마 못 하는 병걸은 애써서 상태의 비위를 가라앉혀서 같이 가기로 하였다. 상태도 말썽은 부리면서도 가고 싶은 길이라 병걸에게 못 이기는 체하고 따라나섰다. 오전 열한 시 오차노미즈(御茶ノ水)라는 정거장에서 만나자는 것이었다. 오차노미즈라는 정거장은 혼고와 간다를 잡아매는 다리로서, 동경시의 한복판에 있다.

병걸과 상태 두 사람은 부랴부랴 세수를 하고 옷을 갈아입고 아침도 먹을 새 없이 하숙을 뛰어나와서 스루가다이로 가는 전차를 잡아타고 오차노미즈 정거장에 왔다. 시계를 보니 아직도 십오 분이나 남았다.

"이럴 줄 알더면 밥이나 한 공기 먹고 올 걸 그랬지."

하고 상태는 속에도 없는 태연한 빛을 보인다.

"자네는 여자 있는 데만 간다면 허겁지겁이니까."

하고 병걸은 상태를 놀려먹기는 하면서 실상 저도 배가 고프고 등과 이마에 땀이 흘렀다.

"누가 헐 말인데? 자네 이마에 땀이나 씻소. 얼마나 허겁지겁이면 저렇게 땀이 흐를라고."

하고 상태가 원수를 갚는다.

"이렇게 땀을 흘리는 사람은 대개 선인이라데. 자네같이 오뉴월 염천에도 땀 한 방울 안 흘리는 사람은 범죄 타입이라던걸."

하고 병걸은 손수건으로 땀을 씻고 사각모자를 벗어서 부채질을 한다.

"사람이란 단단해야 쓰는 게지, 자네같이 그렇게 혜식어서 무엇에 쓴담."

하고 상태가 지지 아니한다.

"그렇긴 그래. 우리가 혜식긴 혜식어. 그 대신에 우리 같은 군은 죄는 못 지어."

하고 병걸이 항복을 한다. 그러나 땀을 다 씻고 나서 병걸은 다시 상태에게 대하여 표격을 시작한다.

"그렇지만 자네는 너무 독해. 내가 혜식은 것으로 인생에 실패를 한다면 자네는 독한 것으로 인생에 실패를 하리. 혜식은 사람의 실패는 후독은 없어도, 자네같이 독한 사람의 실패는 후독이 있을걸."

상태는 더 대답하지 아니하였다. 다만 속으로 병걸에게 대하여,

'너 같은 것이야.'

하고 숙보고 비웃었다. 상태는 제가 도무지 감정에 움직이지 아니하고, 제 속을 남에게 털어놓지 아니하고, 누가 무어라고 하든지 참으려면 얼마든지 참을 수 있는 것을, 또 맞추려 들면 어느 놈의 비위든지 다 맞출 수 있는 자신이 있는 것을 인생의 보배로, 제 인격의 힘으로 믿고 있다. 그와 반대로, 병걸이 남에게 싫은 소리 못 하고 남의 말에 거절 못 하고, 양심에 거리끼는 일 못 하고, 맺힌 데 없고 묽은 것을 큰 결함으로 보고 있다. 병걸과 같은 사람은 결국 제 이용물이요, 밥이라고 생각하고 있다.

또 병걸 편으로 보면, 상태는 마음이 표독하고, 양심보다 꾀가 많이 발달하여 결코 마음을 허할 사람이 되지 못하는 줄을 알지마는, 아무리 그러한 상태이기로, 만사에 저를 위하여 호의를 가지는 병걸 자신에게 대해서야 설마 일생에 저버리는 행동이야 하랴, 이렇게 믿고 있다.

오래 사귄 정이 이 두 사람의 성격의 틀림을 싸고 덮어온 것이었다.

"저기 오네."

하고 상태는 병걸의 팔을 끌면서,

"응, 자네가 사랑하는 이금봉 아가씨도 오는걸."

하고 병걸을 보고 웃는다.

병걸도 학재와 숙희와 금봉이 길에서 정거장으로 내려오는 층층대를 걸어오는 것을 보았다. 병걸의 눈이 금봉의 모양을 분명히 볼 거리에 그들이 다다랐을 때에 병걸은 가슴이 두근거림을 깨닫고, 속으로,

'허, 거 숭한 일이로군.'

하고 스스로 책망하였다.

"아, 학잰가? 나도 불속지객으로 따라왔네."

하고 심상태는 낯 가득 웃음을 띠고 층층대를 여남은 계단이나 마주 올라

가서 학재와 악수를 하고 숙희와 금봉에게도 다 적당하게 인사와 농담을 붙이고, 두 여자가 든 짐을 제가 받아 들고 두어 걸음 앞서서 뛰어 내려온다. 병걸은 상태의 기민한 행동을 탄복하였다.

일행이 이노가시라 공원에 다다른 것은 새로 한 시나 되어서였다. 금봉은 그 모래 한 알맹이 없는 검은 젖은 흙, 큰 체경을 땅바닥에 자빠쳐놓은 것 같은 못, 하늘에 솟은 검푸른 스기(すぎ, 杉) 나무의 숲이 다 조선의 경치와 딴판인 특색을 가진 것이 재미있었다. 그리고 그 사이로 단풍빛 고동색 등 간색 계통을 바탕으로 한 줄이나 무늬 있는 옷을 입은 여자들이 짜작짜작 걸어가는 것이 츠를로나 선으로나 리듬으로나 퍽 어울리는 것을 발견하였다.

오월의 하늘이 젖빛과 같이 흐리고 일광도 조선과 같이 강하지 아니한 이 일본의 자연에 어울리는 일본 옷, 그리고 파란 하늘, 획이 분명한 산, 맑은 대기, 너무 밝다고 할 만한 조선의 자연에는 역시 분홍이나 남이나 노랑이나 초록 같은 밝은 순백색이 아니면 햇빛 그 물건과 같은 순백색이 어울린다는 어떤 선생의 말을 금봉은 생각하였다.

일기는 땀이 촉촉이 나기에 합당하였다. 학재가 혼자 앞을 서고 그 뒤에 숙희를 가운데다 두고 병걸과 상태가 좌우에 늘어서고 맨 뒤에 서너 걸음 떨어져서 금봉이 걸음을 걸었다. 학재는 하늘도 바라보고 못도 들여다보면서 말없이 걸음을 걷지마는, 숙희, 병걸, 상태 세 사람은 웃고 떠들었다.

금봉은 뒤에서 귀로는 세 사람이 떠드는 소리를 들으면서 눈으로는 학재의 뒷모양을 바라보았다. 학재의 검은 서지 양복에 구김살이 보일 때에 그것을 다려서 펴주고 싶고, 때 묻어 번쩍거리는 것이 보일 때에 금봉은 그것을 입으로 빨아서 빼어주고 싶었다. 학재나 병걸이나 상태나 다 잘난 사람이건마는 금봉이 보기에는 학재의 몸에서는 거룩한 높은 빛이 나는 것만 같았다. 금봉은 학재의 옷을 오직 제 손으로만 거두고 학재의 먹는 것을 오직 제 손으로만 받들고 싶었다. 금봉의 마음속에는 학재라는 거룩한 이를 모시려는 생각뿐이지, 학재라는 남자와 짝이 되려는 생각은 없었다. 학재의 집에 침모나 찬모가 되더라도 일생에 학재의 곁에 있고 싶었다.

숙희는 병걸을 향하여 여러 가지를 물었다. 그것은 병걸의 입에서 나오는 말을 귀로 듣자는 뜻이었다. 그러나 열이면 아홉은 병걸이 대답하기 전에 상태가 대답해버렸다. 상태는 병걸보다 입도 빠르거니와 궁리도 빨랐다. 원치 아니하는 상태의 대답을 들은 숙희는 원하는 대답을 들을 양으로 병걸의 몸에 바싹 다가서서 그 입을 바라보았다.

그러나 병걸은 상태와 대답 경쟁을 원치 않는다는 듯이 웃거나 잠자코 있었다.

상태 편에서 숙희에게 먼저 말을 붙일 때에는 숙희는 사정없이 흥미 없다는 뜻을 표하였다. 그러면 상태는 제가 제 말에 대답을 우물쭈물하고는 동정을 구하는 듯이 고개를 돌려서 금봉을 바라보았다.

상태는 금봉을 돌아본 무안 막음으로,

"미스 리는 여기가 처음이시오?"

라든지,

"거기는 길이 집니다. 이쪽으로 걸으셔요."

하든지, 필요도 없는 말을 붙였다.

금봉은 이러한 말에는 상그레 웃으며,

“네.”

할 뿐이었다.

일행은 굽은 다리를 건너서 못 저편 쪽으로 갔다. 금봉이 좁은 널쪽 다리를 마지막으로 건너는 것을 상태는 마치 붙들어나 주려는 듯이 지키고 서서,

“다리가 놉니다.”

하고 있었다.

금봉을 가끔 돌아보던 상태는, 저를 쓴 외 보듯 하고 오늘은 병걸을 더 사랑한다는 뜻을 분명히 보이는 숙희를 내버리고 금봉과 나란히 서서 이야기를 시작하였다.

“이 벌판이 무사시노(武藏野)라는 벌판입니다.”

하고는 금봉을 한 번 힐끗 보고,

“무사시노에는 옛날 고구려 유민이 많이 와 살아서, 그래서 지금도 그 유적이 있다두군요.”

하고는 한 번 힐끗 보았다.

“네에, 네에!”

하고 금봉은 상태의 말을 감탄하는 태도로 들었다.

일행은 이노가시라 수풀을 벗어나서 늙은 소나무가 드문드문 박힌 으악새 벌판에 둘러앉았다. 도회에 있던 사람에게는 흙과 풀의 향기가 기뻤다.

“오빠, 시장하지 않으시우?”

하고 숙희는 지금까지 오빠를 잊어버리고 병걸에게만 취하였던 것이 미안하여, “오빠, 오빠.” 하고 열심히 학재의 비위를 맞추려 든다.

학재는 빙그레 웃으면서,

"어디 어떤 점심이냐? 좀 내놓아라."

하고 모자를 벗어서 풀 위에 잦혀놓는다.

"그런데 우리 두 사람 큰일 났네그려."

하고 상태가 커다란 음성으로,

"우리는 입만 들고 왔으니 무얼 먹어? 배는 꼬루룩거리는데."

"우리도 좀 주시겠지."

하고 병걸은 숙희와 금봉이 점심을 꺼내는 것을 보고 먹고 싶은 듯이 입맛을 다신다.

"숙희 씨, 우리도 좀 주시려오?"

하고 상태가 숙희를 부를 기회를 잡는다.

숙희는 대답이 없다. 속으로는,

'숙희 씨는 다 무엇이야?'

하고 도리어 토라진다.

숙희는 보자기를 풀 위에 펴고 그 위에 샌드위치를 벌여놓고, 그러고는 저는 병걸의 곁에 앉으면서, 앉을 곳을 몰라 헤매는 금봉을 보고 상태가,

"이리 와 앉으셔요."

하는 것을 숙희가 금봉의 손을 붙들어서,

"여기 앉아."

하고 학재의 곁에 앉힌다.

두 여자는 다 자줏빛 바탕의 기모노에 남빛 나는 하카마(はかま)를 입었다. 학재로부터 오른손 편으로 금봉, 그다음으로 숙희, 다음에는 병걸, 그리고 병걸과 학재와의 사이에 상태가 앉았다. 상태는 숙희나 금봉이 제 곁에 오기를 바라고 일부러 자리를 넉넉히 잡고 있었으나 숙희가

이 계획을 짓밟아버리고 말았다.

그러나 상태는 불쾌한 빛을 보이지 아니하였다. 숙희가 떨어져 나가거든 도리어 다행이다, 금봉을 손에 넣어보리라, 이렇게 생각하였다. 만일 숙희가 훼방을 놓아서 금봉도 마음대로 안 되면 최을남이라도 얼러보리라, 하였다. 최을남은 끌기만 하면 끌려올 것 같았다.

그러나 최을남보다는 강영자가 낫다고 상태는 생각해본다. 강영자는 부잣집 외딸이란 말을 들었다. 상태는 될 수만 있으면 부잣집, 재산 가지고 올 아내가 원이었다. 그러나 강영자는 너무도 찬물에 돌 같아서 손 붙일 틈을 주지 아니하였다.

상태는 샌드위치를 먹으면서 생각을 계속하였다. 숙희는 한때 저를 좋아한 적이 있었다. 편지 왕복도 있고 같이 산보 다닌 일도 있었다. 그러하던 것이 어찌어찌하여 병걸에게로 마음이 돌아섰다. 그러나 병걸은 연애를 할 사람도 아니요, 이혼을 할 사람도 아니었다. 병걸은 처녀가 오면 처녀, 기생이 오면 기생, 누구도 물리칠 사람도 아니지마는, 한 여자에게 정을 주어가지고 죽을지 살지를 모르는 그런 위인이 아닌 줄을 상태는 잘 안다.

'흥, 숙희 년이 잘못 걸렸지.'

하고 상태는 코웃음을 하였다.

상태는 또 생각한다.

'금봉이란 것이 고거 얌전한데.'

하고 그 날카로운 눈으로 금봉을 힐끗힐끗 본다.

'학재 녀석은 여자에게 대해서는 나무로 깎아놓은 등신이니까.'

하고 상태는 안심해본다. 그러나 만일 학재와 저와 둘이 경쟁을 한다면 학재에게 이길 기미가 많은 것을 그도 승인한다. 재주로나 얼굴로나 구변으로나 도무지 상태는 학재에게 지지 아니하건마는, 웬일인지 사람들은 저보다 학재를 더 존경하는 줄을 상태도 안다. 그것이 불쾌하지마는 또한 사실은 사실로 인정할 수밖에 없었다.

이야기, 이야기 하다가 상태의 입에서 연애 신성론이 나왔다.

"사랑이란 신성한 것이야. 사랑이란 절대여든."

하는 것이 그의 결론이었다.

"사랑이란 일종 욕심이지."

하고 병걸이 반대를 하였다.

"이 사람, 그것은 사랑의 신성을 모독하는 말일세. 취소하게, 취소해."

하고 상태는 회에서 하던 모양으로 들이셌다.

"아이가, 어쩌면!"

하고 숙희는 눈을 크게 뜨며,

"어쩌면 사랑을 욕심이라고 하서요? 하나님의 사랑, 예수 그리스도의 사랑이 욕심이야요? 사랑이 욕심 같으면 어찌해서 사랑하는 사람 위해서 제 몸을 희생하겠어요? 사랑은 욕심이 아니라 희생입니다."

하고 병걸에게 대들었다.

"옳소, 옳소! 숙희 씨 말씀이 옳소. 병걸 군 말은 다만 사랑을 모독하는 것이 아니라, 인성, 휴먼 네이처를 모독하는 것이오. 자 병걸이 어서 아싸리 사죄하고 항복해!"

하고 상태가 기뻐한다.

"이렇게들 들고날 게야 있나? 자네나 숙희 씨의 사랑은 신성한 게지. 우리네 같은 범인의 사랑은 애욕의 별명이란 말일세. 하하하하, 그만하면 되지 않았나?"

하고 병걸은 유쾌하게 웃어버린다. 그러나 웃어버리고 나서도 병걸은 그만하고 마는 것이 불만한 듯이 다시 말을 이어서,

"무엇이나 다 그렇지마는, 원체 사랑이란 것은 있는 것이 아니어든. 누구의 사랑, 그도 어느 때 누구에게 대한 사랑이란 것이 있지. 사랑, 그 물건이란 것은 없단 말야. 어떤 갑이라는 사람이 선한 동기로 어떤 을이라는 사람을 사랑하였다 하면 그 사랑은 신성이겠지. 그러나 어떤 선하지 못한 을이란 사람이 선하지 못한 동기로 누구를 사랑한다 하면 그것까지 신성할 수야 있겠나. 그러니까 사랑 중에는 신성한 사랑이 있겠지. 해도 보통 요새 청년 남녀들이 사랑입시오 하고, 오오 나는 당신을 사랑합니다, 하는 식은 나는 모르겠데. 사랑이라는 좋은 가면을 쓰고 일시 정욕의 만족을 구하는 것만 같데. 안 그런가, 학재?"

하고 학재나 이 뜻을 알아줄까 하는 듯이 학재를 바라본다.

학재는 말없이 빙그레 웃기만 하였다.

"그사 그렇지."

하고 상태가 병걸의 말에 찬성을 하였다.

"동기로나 결과로나 선할 것을 예정하고 나도 한 말이야. 동기가 불순하면 그것은 사랑이 아니어든."

하고 상태는 자기의 논지를 보충하였다.

"남자의 정조에 대하여서는 어떻게 생각하셔요?"

하고 숙희는 병걸의 말이 이긴 것을 기뻐하면서 새 문제를 꺼내었다.

"여자에게 정조가 필요하면 남자에게도 정조가 필요하지요. 그것이야 물론이지요."

하고 상태가 단언한다.

숙희는 병걸의 입에서 말이 나오기를 기다리다가, 기다리다 못하여,

"말씀하셔요."

하고 병걸을 재촉한다.

"글쎄, 우린 그런 어려운 문제는 모릅니다. 여보게 학재, 자네 대답하게."

하고 병걸은 웃으면서 학재에게 밀어버린다.

"아이!"

하고 숙희는 병걸에게 재촉하는 눈을 보낸다.

"글쎄, 우리는 벌써 정조를 여러 번 깨트린 놈이니까 말할 자격이 없지요. 내 아내는 정조를 꼭 지켜주기를 바랍니다, 하하하하."

하고 병걸은 웃어버린다.

"그런 불철저한 소리가 어디 있어?"

하고 상태는 그 빛나는 눈을 숙희와 금봉에게로 굴리며,

"저는 정조를 안 지키면서 상대방더러는 정조를 지켜라, 그런 이기주의가 어디 있어? 형법에는 남자의 정조라는 것이 문제가 안 되었지마는 그것은 구식 사상이어든. 본래 권리와 의무는 쌍방이 대등으로 지는 것이 법리상 원칙인데, 정조만이 편무적인 것이 불합리하단 말야."

하고 또 한 번 숙희와 금봉을 바라본다.

"말이야 자네 말이 옳지."

하고 병걸은,

"옳지마는 자네는 어디 그렇게 남자의 정조를 지켰나. 성경에 말씀이, 여인을 보고 음심만 품어도 간음을 범한 것이라는데, 자네는 모르겠네마는 나는 무수히 죄를 범한 사람이니까, 하하하하."

하고 부끄러운 듯이 고개를 숙인다.

"우리는 없어, 우리는 없지!"

하고 상태가 열이 나서 장담을 한다.

"글쎄, 난 모르겠네."

하고 병걸은 하늘을 우러러본다.

"거 무슨 소린가? 자네는 내 인격을 모욕하는 것이지, 내가 절대로 정조를 깨트린 일이 없다는데, '글쎄 난 모르겠네.'란 무슨 말인가? 자네 실언일세, 취소하게."

하고 심상치 아니한 태도로 대든다.

"이 사람, 이다지 이럴 거야 있나? 나는 양심에 물어보니까 죄가 많은 사람이니까 자네도 나와 같은 사람이려니 하고 한 말일세. 자네 그런 일이 없으면 갸륵하지 아니한가. 하나님이 다 아실 텐데 내가 그렇게 말했다고 염려될 것이 있나. 안 그런가, 학재? 하하하하."

하고 병걸은 귀찮은 듯이 안경을 벗어서 닦는다. 학재는 또 빙그레 웃는다.

"남자들은 그렇게 다 정조들을 우습게 아나 봐."

하고 숙희가 병걸의 대답이 좀 불만한 듯이,

"우리 여자들은 정조를 생명으로 알고 있는데, 안 그래, 금봉이!"

하고 길게 한숨을 쉰다. 금봉은 손 선생이라는 남자를 생각하고 자기가 정조를 보전하느라고 서울서부터 부산까지 오는 동안에 얼마나 애를 쓴 것을 생각하였다.

"어디, 남자라고 다 그런가요?"

하고 상태는 병걸을 가리키며,

"이런 필리스틴(philistine)이나 그렇지요."

하고 웃는다.

"글쎄."

하고 학재가 의외에 입을 연다.

"아마 정조란 지키기 어려운 것이길래 정조가 중대 문제가 되겠지. 그렇지만 남자나 여자나 세상에 문제가 드러난 사람을 제하고는 다 정조를 지키는 사람으로 보세그려. 결국 저마다 제 양심 문제니까."

한참 동안 침묵이 계속된다.

"학재, 자네야 설마 정조를 깨트린 일이 없겠지?"

하고 상태가 학재를 본다.

"없다고 믿어주니 고마워."

하고 학재가 웃는다.

"나는 없다고 믿지 않나? 자네까지도 날 안 믿나?"

하고 상태는 학재의 대답을 자기의 이익을 위하여 이용한다.

"내가 알겠나? 자네가 알지."

하고 학재는 상태를 물끄러미 바라본다.

"허, 이 사람들, 도모지 사람을 안 믿네그려."

하고 상태는 분개한 빛을 보이며,

"숙희 씨는 나를 믿어주겠지요?"

하고 묻는다.

"제가 어떻게 알아요?"

하고 숙희는 웃는다. 금봉도 고개를 숙이고 터지려는 웃음을 도로 삼킨다.

"자, 인제는 그런 어려운 문제는 고만두고 산보나 하자구."

하고 병걸은 접이 컵에 남은 물을 다 마시고 일어서면서,

"이런 좋은 자연 속에 와서 돌아댕기면서 구경이나 하지. 그런 토론 해서 쓸데 있나?"

하고 한 번 크게 기지개를 켠다.

"자, 앉어!"

하고 상태는 병걸을 끌어서 억지로 앉히며,

"사람이란 무엇에나 철저해야 쓰는 것이어든. 이야기를 시작했으면 끝을 막아야지. 지금 조선 유학생계를 돌아보면 다 이렇게 불철저하단 말야. 풍기가 문란한 것은 말할 것도 없고. 그러니까, 연애 문제라든지 정조 문제라든지 철저하게 연구해서 단안을 내릴 필요가 있거든. 안 그래요?"

하고 학재와 금봉과 숙희를 차례로 둘러본다.

병걸은 한 번 기지개를 켜고 나서 상태에게 붙들려 앉는다. 그러나 눈은 하늘에 피어오르는 구름만 바라본다.

상태는 민족주의자 모인 데 가면 민족주의자가 되고, 예수교인이 모인 데 가면 예수교인이 되고, 또 사회주의자 모인 데 가면 사회주의자가 되었다. 그는 유학생 감독부에 가면 온건한 현실 긍정주의자였다. 더구나 병걸이 말한 그 연설은 최을남의 비위를 맞추려는 것이었다.

최을남이 한번 상태와 단둘이 만났을 때에 연애, 이혼의 자유와 정조 무용론을 말할 적에 상태는 그 말이 옳다고 극구 찬양하였다. 그 값으로 을남에게 한 번의 포옹과 키스를 받았다. 여기 감격하여서 상태는 그로부터 며칠 후인 사회과학연구회에서 그러한 연설을 하여, 그때 한층 동

경 유학생의 일부에 일어나던 사회주의 경향을 가진 학생들에게 갈채를 받고 을남에게서는 한 번 더 키스와 포옹을 받았다.

그러나 상태는 을남의 키스와 포옹이 아무에게나 주는 것임을 안 때에 도리어 숙희가 더욱 그리워진 것이었다. 숙희는 어떤 방면으로는 퍽 자유주의자이면서도 정조 관념에 있어서는 대단히 완고하였다. 오늘 상태가 정조론과 연애 신성론을 꺼낸 것은 숙희와 금봉의 비위를 맞추려는 것이었다. 병걸은 처음부터 이 동기를 알았으나 모른 체하고 참고 있다가, 마침내 밉살스러운 생각이 나서 이 말을 폭로해버린 것이었다.

좌석이 흥이 깨어져서 일동은 일어나서 걷기를 시작하였다. 또 아까 모양으로 학재가 앞을 서고 그 뒤에 병걸과 숙희가 나란히 섰으나 상태는 금봉의 곁을 따랐다. 상태는 금봉에게,

"이것이 스스키(すすき, 으악새)라고, 일본서는 가을이 되면 퍽 좋아하는 풀입니다. 달밤에 보면 참 좋아요."

그런 말도 하고,

"동경 유학생계란 아주 부패하였습니다. 미스 리도 퍽 조심하지 아니하시면 유혹되십니다. 여자란 한번 유혹되면 버림의 사람이 되는 것이거든요. 참 주의하셔요."

이런 말도 하고,

"무슨 어려운 일이 있으시거든 제게 기별하셔요. 제 집은 이러한 뎁니다."

하고 명함에 주소도 적어주었다.

금봉은 무슨 말에나 "네에." "네에." 할 뿐이었다.

금봉은 상태와 떨어지려고 좀 빨리도 걸어보고 우뚝 걸음을 멈추어보

기도 하였다. 그러나 상태는 그림자 모양으로 금봉의 곁을 따랐다. 금봉은 자기가 그리워하는 학재의 곁을 따르지 못하고 마음에도 없는 상태와 가까이하는 것이 슬펐다. 세상이란 뜻대로 안 되는 것이로구나 하였다.

학재는 혼자 앞서가면서 아무쪼록 자연 경치에만 마음을 쏟으려고 애를 썼다. 그것은 오늘 아침 생일 선물에 적은 금봉의 글 구절이 야속하게도 머리에서 떠나지 아니하는 까닭이었다.

"금봉이는 잠꼬대로 오빠 이름을 부르고 기도한다우." 하던 숙희 말이 이상한 힘을 가지고 학재의 마음을 뒤흔들어놓은 까닭이었다. 밝히 말하면, 금봉은 학재의 마음에 꼭 들었다.

학재는 자신 있는 의지력을 가지고 이 설레는 마음을 눌러보려 하였다. 그러나 도무지 되지를 아니하였다. 이에 학재는,

'아직 속도 잘 모르는 사람, 외모로 사람을 취하지 마라. 회칠한 무덤, 사탄의 유혹, 더러운 정욕.'

이러한 문자를 많이 생각하여 금봉이 그리운 생각을 씻어버리려 하였다. 학재는 햄릿 왕자가 오필리아를 묻으려는 묘지에서 해골을 들고 하던 말을 생각하였다. 금봉이 비록 저렇게 아름답더라도 죽어서 썩어지면 냄새나는 송장이요 해골이 아니냐, 하는 생각으로 인생을 달관하려 하였다. 그러나,

"지기 전 꽃은 아름다운 것이 아니냐?"

하고 누가 곁에서 힘 있는 소리로 저를 꾸짖는 것 같았다.

학재는 잠깐 발을 멈추고 뒤를 돌아보았다. 금봉이 상태와 나란히 서서 오는 것이 보였다.

'내가 왜 담대하게, 정직하게 금봉이와 가지런히 서서 걷지를 못하나?'

하고 학재는 스스로 책망하였다.

"이 사람, 숙희가 노했네. 자네가 금봉이 곁에만 붙어 있다고."

하는 병걸의 말을 듣고 상태는 금봉 곁을 떠나서 숙희를 따랐다. 이래서 숙희와 병걸과 상태가 한패가 되고 학재와 금봉이 앞뒤에 외톨이로 걸었다.

학재는 야속히도 마음을 지배하려는 금봉의 모양을 뗄 양으로 동지들이 경영하고 있는 사업 계획을 생각하였다.

학재가 중심이 된 그 사업 계획이란 것은 기미년 사건에 흥분되었던 반동으로 청년의 마음이 이기적 개인주의로 흘러가는 경향이 있는 것을 바로잡아서 일종의 정신적인 청년운동을 일으키자는 것이었다. 그 계획의 내용을 다 말할 수는 없으나, 옛날 독일의 투겐트분트(Tugendbund, 덕을 닦는 회)와 간디의 사챠그라하(Satyagraha)의 장점을 취하고 거기다가 조선의 옛날 정신 운동인 국선도(國仙道)의 정신을 가미한 것으로, 학재 자신이 그리스도교 신자인 만큼 그리스도교적 색채를 띤 것이었다. 무론 직접 행동을 하려는 것도 아니요, 또 당장 정치적 색채를 띤 운동을 하려는 것도 아니요, 오직 정신적으로 참된 마음으로 조선의 장래를 위하여 일하겠다는 순결한 청년을 규합하여 훈련하자는 것이었다.

이것은 학재가 발명한 사상은 아니었다. 학재에게도 그러한 생각이 있기는 있었으나 그 생각을 체계화한 이는 따로 있었다. 학재는 어떠한 기회에 간접으로 그 사상을 받아가지고 공명하여 제 몸을 이 일을 위해서 내어놓기로 결심한 것이었다.

학재는 동경 유학생 중에서 삼십 명가량의 동지를 얻었다. 그때 유학생들로 말하면, 마르크시즘으로 기울어진 이가 한 부분, 민족적으로 과격한 사상을 가진 이가 한 부분, 그러고는 이럭저럭 지나는 이가 한 부분, 그 나머지는 제 개인의 일생만을 생각하거나 향락주의에 흐르려는 판이었다. 학재가 동지를 구한 곳은 이들 중에서 조선이라는 것을 생각하는 과격한 분자들 중에서였다.

학재의 이론에 의지하면, 과격한 사상이나 행동은 일시적으로 민중을 선동시키는 효과밖에는 없고, 힘없는 민중을 진실로 힘 있게 이끌고 훈련하는 길은 온건 착실한 데 있다는 것이다. 폭탄이나 육혈포를 던지는 것은 일시적 흥분만으로도 될 수 있지마는, 민중에게 통일한 정신을 주고 문화생활의 주체가 되고 창건자가 되는 힘을 주는 일은 오직 변치 않고 오래 참고 오래 견디는 용기가 있는 이라야 능히 할 수 있다고 한다. 이것을 학재는 잠긴 용기, 즉 침용(沈勇)이라고 불러서 조선의 중견이 될 청년은 모름지기 뛰어난 침용을 가지고 소리 없이 아무도 모르게 꾸준한 노력을 계속할 정신이 있어야 된다고 학재는 주장하고 있다.

이 시대에 있어서 이러한 이론은 너무 미지근하여서 청년들의 흥미를 끌기가 어렵다. 학재가 일 년 동안에 삼십 명이나 되는 동지를 모은 것은 그의 인격의 압력과 명철한 이론과 쉼 없는 정력에서 온 것이었다.

학재는 이 일을 생각하면서 벌판길을 걸었다. 연한 잎사귀가 야드를한 잡목 숲이 끝이 없을 듯한 벌판을 걸었다.

'연애할 새가 있나?'

하고 학재는 혼자 웃었다.

"오빠."

하고 숙희가 학재를 불렀다.

"누가 오빠더러 길잡이 하라우? 왜 혼자 자꾸만 가기만 허우. 금봉이는 저렇게 혼자 있는데. 좀 설명두 허구 이야기도 허시구려."

하고 책망하는 듯이 종알거린다.

　학재는 돌아서서 웃었다.

　"저 구름장이 수상한데."

하고 상태가 학재에게 구름장을 가리킨다.

　"비 좀 오면 어떤가. 좀 맞는 것도 좋아."

하고 병걸이 웃는다.

　구름장이 서남쪽으로 일어나 나오는 것이 보였다. 어떤 데는 까맣고 어떤 데는 햇빛을 받아서 희었다.

　"사미다레(さみだれ, 오월에 오는 비)."

하고 숙희가 하늘을 바라본다.

　숙희와 병걸과 상태 일행이 지나가기를 학재는 길을 비켜서 기다리다가 금봉과 나란히 걷기를 시작했다. 금봉은 천만의외에 학재의 곁에 걷게 된 것이 기뻤으나 가슴이 두근거리고 상기가 되어서 눈이 다 보이지를 아니하였다.

　"이게 조오스이라고 동경 사람의 벌으로 흘러들어가는 물입니다. 바로 이 위로 올라가면 다마가와라는 강이지요."

하고 학재는 꼿꼿이 뚫린 개천으로 잔잔한 소리를 내며 흘러가는 물을 가리켰다.

　"네에."

하고 금봉은 학재의 곁에 바싹 들어서서 학재가 가리키는 물을 굽어보았다. 그러고는 또 말이 없이 걸었다. 앞선 사람들은 나무숲에 가리어 보이지 아니하였다.

　"처음 오셔서 수토불복(水土不服)이나 아니 되셔요?"

하고 학재는 또 물었다.

"괜찮어요."

하고 금봉은 눈을 치떠서 학재를 보았다.

"성경을 좋아하셔요?"

하고 얼마 있다가 또 학재가 물었다.

"보면 압니까? 그래도 날마다 보기는 보지요."

하고 금봉은 한 걸음 빨리 걸어 학재와 나란히 선다.

"댕기시던 ○○학교에 졸업생이 많지요?"

하고 학재가 고개를 돌려서 금봉을 보면서 묻는다.

"한 삼백 명 되는지요. 본과만은 한 이백 명 되구요."

하고 금봉은 학재를 바라본다.

"여름방학에 댁에 가시지요?"

하는 학재의 묻는 말에 금봉의 머릿속에는 복잡한 가정과 손 선생의 일이 한꺼번에 떠 나와서 갑자기 대답이 아니 나와서 잠깐 머뭇머뭇하다가,

"보아야겠어요. 숙희 언니는 가시지요?"

하고 간접으로 학재가 가나 안 가나 하는 것을 알아내려는 계책을 쓴다.

"숙희는 해마당 가지요. 금년에도 유학생 강연단이 갈 것입니다. 숙희 도 작년에는 강연하러 돌아다녔지요. 숙희가 숫기가 좋아서 말을 잘한답 니다. 아는 것은 없지마는."

하고 학재는 웃는다.

"방학에 가시지요. 동경은 덥습니다. 해수욕이나 피서지도 있지마는 혼자 가실 만한 데는 없고. 조선 가서 동창들이나 찾아보시지요."

하는 학재의 말뜻을 금봉은 알아듣지 못하였다.

학재도 그 이상 더 설명도 아니 하였다.

"어학을 많이 배우서요. 그리고 일본 공부를 많이 하서요. 일본 사람 동무도 많이 사귀시고, 가정에도 될 수 있는 대로 자주 놀러 가시구. 어쨌든지 학교에 계신 동안에 일본과 일본 사람이란 것을 밑두리 아시도록 하서요."

학재는 금봉에게 이런 말도 하였다. 무슨 말이든지 학재가 하는 말은 다 진리인 것만 같았다. 그래서 오늘부터라도 학재의 말대로 일본에 관한 것을 힘써 배우고 또 여름방학에는 집에 가서 동창들을 될 수 있는 대로 많이 찾아보리라고 결심하였다. 그리고 용기를 내어서,

"무엇이든지 선생님께서 잘 지도해주서요. 힘껏은 시키시는 대로 하겠습니다."

하고 맹세하였다. 이것은 금봉이 일생에 처음으로 한 엄숙하고도 정성스러운 맹세를 한 것이었다. 마치 신하가 임금에게 충성을 다할 것을 서약한 것과 같았다. 금봉은 학재에게 대하여 이렇게 저를 맡겨버린다는 의사를 표시하게 된 것이 한량없이 기뻤다.

학재는 처녀 금봉의 이 말이 심상치 아니한 말인 줄을 알았다. 그래서 스스로 제가 그러한 자격이 있는가 반성하고, 금봉의 앞에서 함부로 말을 할 수 없다는 중대성을 깨달았다. 그래서 입을 다물고 하늘에 검은 구름이 퍼지는 것을 바라보았다.

"아, 무얼 하고 입때 안 와?"

하는 소리와 함께 상태의 빛나는 눈이 나타났다. 그는 두 사람을 향하고 걸어오면서,

"나는 길을 잃어버린 줄 알았지. 미스 리, 다리 안 아프십니까?"

하고 금봉을 보고 웃는다.

　이날의 이노가시라의 하루는 각 사람에게 각가지 변화를 일으켰다. 심상태의 마음은 완전히 숙희에게서 떠나서 금봉에게로 옮았다.

　"숙희는 금봉에게 비기면 문제도 안 돼!"

하고 상태는 혼잣말로 중얼거리고 그 빛나는 눈을 가늘게 하여 금봉을 내 것을 만들 계책을 생각하게 되었다. 금봉이 숙희보다도 넉넉한 집 딸이라는 것이 더욱 상태의 마음을 끌었다.

　병걸은 이날에 한 걸음 더 숙희와 가까워졌음을 깨달았다. 숙희가 곁에서 보는 사람도 꺼리지 않고 더욱더욱 병걸에게 호의를 가지는 모양을 보일 때에 병걸은 한끝 불쾌하게도 생각하면서도 숙희의 정을 가련하게도 생각하였다. 숙희는 아무도 안 보는 곳에서 담대하게도 병걸의 손을 더듬어서 쥐었다. 병걸은 숙희의 손이 심히 보드라운 것을 발견하였다.

　학재는 어떠한고 하면, 금봉에게 걷잡을 수 없이 마음이 끌리는 것을 발견하였다. 금봉이 제 곁에서 걷는 것을 생각하면 마음의 저울대가 흔들려서 혼란 상태에 빠지는 것 같았다. 금봉과 단둘이서 나무 사이로 걸어가는 것이 한없이 유쾌하였다. 가끔 금봉의 옷이 제 몸을 스칠 때에는 누를 수 없는 떨림을 깨달았다. 그럴 때에 상태가,

　"무엇을 하고 아직 안 와?"

하고 나서면, 질투에 가까운 불평까지도 깨달았다.

　'아아, 이거 안 되겠다.'

　하고 학재는 비칠거리는 의지력을 채찍질하여 날뛰는 열정의 고삐를 꽉 붙들게 하였으나 도무지 마음대로 되지를 아니하였다.

　금봉은 어떤고 하면, 이날 하루가 학재에게 대한 사랑과 사모의 정의

불길에 더욱 기름과 부채질을 더하였다. 학재의 곁에 서서 가노라면 가끔 상기하여 눈이 아뜩해짐을 깨달았다.

숙희는 금봉과도 달라서 이제는 처녀기를 지나고 원숙한 아내의 시기라, 금봉과 같이 꿈과 같은, 종교적 동정과 같은 사모와 사랑의 줄을 넘어 사랑하는 남자의 마음뿐 아니라 몸까지도 제 것을 만들고야 말겠다는 열정으로 탔다.

어느 스키야키(すきやき) 집에서 저녁을 사 먹고 기숙사로 돌아온 숙희와 금봉은 몸과 마음이 갱신을 못 하도록 피곤하였다.

"금봉이."

"응."

"오늘 재미있었지?"

"……."

"아아."

하고 숙희는 하품을 하였다.

숙희와 금봉은 침대에 누워서 저마다 제 생각을 하다가 잠이 들었다.

"금봉이."

"응?"

"조병걸 씨 어때?"

"좋은 사람이야."

"괜찮지?"

하고 숙희는 만족한 듯이 웃고는 한숨을 쉬었다.

"금봉이."

"응?"

"난 조병걸 씨를 사랑해요."

하고 숙희는 어떤 때에 금봉에게 밝히 말하였다.

하루는 금봉이 교실에서 기숙사로 돌아왔더니 숙희가 웃으면서 편지 한 장을 내어서 금봉에게 주면서,

"내가 떼어보았으니 노여 말어, 응?"

하였다.

그 편지는 심상태한테서 이금봉에게 온 편지였다. 글씨도 잘 쓰고 글도 잘되었다. 다만 상태의 말이 그러한 모양으로 글도 지어서 한 것이 많았다. 금봉은 편지를 다 읽고 나서 숙희의 책상에 집어 동댕이를 치며,

"아이 망측해!"

하고 낯을 붉혔다. '사랑하니 사랑해주오.' 하는, 소설에서 베껴낸 듯한 사랑 편지였다.

"답장이나 해주어."

하고 숙희가 금봉의 하는 양을 물끄러미 보다가 빙그레 웃었다.

"답장은? 미쳤나, 답장을 하게."

하고 금봉은 강한 반감을 보이면서,

"언니두, 그건 왜 떼었수? 그냥 봉한 대로 돌려보낼걸."

하고 숙희의 책상 위에 나자빠진 '이금봉 씨'라 한 사각봉투를 노려보았다. 금봉은 이노가시라에서 상태가 이상한 눈으로 추근추근하게 굴던 것과, 모처럼 학재와 단둘이 있을 때면 세 번이나 불쑥 뛰어나와서 훼사를 놓던 것을 생각하고 상태가 미웠다.

금봉은 숙희가 거의 매일 병걸에게 편지를 쓰는 것을 보았다. 숙희는

그것을 금봉에게 감추려고 아니 할뿐더러 어떤 때에는 써놓은 편지를 한 번 낭독하고는 금봉의 비평을 구하는 일도 있었다. 숙희의 편지에 대하여서는 병걸의 답장도 오는 모양이었다. 한번은 숙희가 병걸의 편지를 떼어 보고, 이런 편지가 어디 있담, 하고 화를 내며 책상 위에 내어던지고 울려 들었다. 어떤 편지인가 하고 금봉은 무심코 바라보았다. 그것은,

"편지 받았습니다. 이로부터는 그렇게 자조 편지 마시기 바랍니다."

이것뿐이었다. 과연 간단한 편지여서 숙희가 화를 내는 것도 당연한 일이라고 금봉은 생각하였다. 그리고 숙희가 그처럼 열정적으로 병걸을 사랑하건마는 병걸이 그처럼 냉정한 것이 숙희를 위하여서 퍽 미안하였다.

'나도 섣불리 내 심정을 말하였다가 임 선생에게서 저러한 대접을 받으면 어떡허게.'

하고 금봉은 학재를 사랑한다는 것이 더욱 어려움을 깨달았다.

그러나 숙희는 마치 억지로 병걸을 정복하려는 듯이 날마다 병걸에게 편지를 쓰는 모양이었다. 그리고 점점 숙희는 그 쾌활함을 잃어버리고 조금씩 조금씩 침울한 기운이 더하였다. 이따금 혼자서 물끄러미 벽을 바라보고는 한숨을 짓는 일도 있고, 또 밤에 잠을 이루지 못하여서 부시럭거리도 하고, 누웠다가 일어났다가 하는 일도 있었다.

"금봉이, 사랑이란 괴로운 것이야."

하고 숙희가 한번은 저녁을 먹고 학교 수풀 속으로 산보를 하면서 금봉에게 말을 붙였다.

"가슴이 아퍼. 도모지 살고 싶지를 않어."

"그럴까? 나는 사랑은 행복될 것 같애."

하고 금봉은 무심코 대답하고 낯이 화끈함을 깨달았다.

"좌우편이 사랑이 맞으면야 행복도 되겠지. 짝사랑은 못 할 게야."

하고 숙희는 나뭇잎 하나를 와락 잡아 뜯는다.

"왜 언니가 짝사랑이오? 조 선생도 언니를 사랑하시는 것이야 사실이지."

하고 금봉은 숙희를 위로하였다.

"아냐, 조는 남편으로는 좋아도 애인으로는 마땅치 아니해. 사랑이란 걸 그다지 소중하게는 알지 않는 모양이야. 사랑 같은 것은 시들방구로 아는 모양야. 무엇에나 그렇게 열중하는 사람은 아니어든. 그저 이것도 알고 저것도 알지마는 무엇 한 가지만에 집착하는 것은 구찮게 생각하나 봐."

하고 숙희는 병걸의 성격의 주석을 낸다.

"성미가 활달하시니깐 그러시겠지. 나오지 않는 사랑을 가장 생명이 타기나 하는 듯이 안달을 하는 따위들보다 조 선생같이 천연스러운 이가 도리어 믿음성이 있지 않우?"

하고 금봉은 은근히 상태를 걸었다.

"그야 그렇지. 그렇지만 조에게는 싸늘한 이성의 거울 하나밖에는 의지의 힘도 없고 열정의 불도 없는 것 같애. 머든지 알기는 다 알고 해야 된다고 말도 하면서도 저는 암것도 덤비어서 하지 아니하는 사람이 왜 조선에 많지 않어? 조도 그런 사람인 게야. 술도 안 먹지는 않으면서도 좋아는 아니 하거든. 담배도 이따금 먹어요. 그래도 꼭 먹고 싶지는 아니한 모양이야. 사랑도 알기야 알겠지. 이야기를 해보면 횅해요. 그래도 몸소 사랑을 하는 것은 구찮은 모양야. 어떻게 도무지 하리아이(はりあい)가 없어. 사랑할 재미가 없단 말야."

178

"아이 언니두. 정말 그러면 왜 사랑을 하시우? 무엇에 반한 데가 있길 래 저렇게 야단이시지."

하고 금봉은 깔깔 웃는다.

그래도 숙희는 웃지도 아니하고 여전히 큰 걱정 모양으로,

"그러기에 말이지. 나도 몰르겠어. 왜 내가 조를 사랑하게 되었는지 나도 모르겠어. 그렇게 불만이 많으면서도 아니 사랑할 수 없으니 걱정 아냐? 보고 싶어서 죽겠으니 걱정 아냐?"

하고 해결을 바라는 듯이 금봉을 바라본다.

"만나보고 싶거든 만나시구려. 나 같으면 만나겠네."

하고 금봉은 하늘을 바라본다. 그리고 제 말이 거짓말인 것을 생각한다. 저는 그렇게 보고 싶은 학재를 찾아갈 용기는커녕 그에게 편지 한 장 쓸 용기도 없는 것을 스스로 비웃는다.

여름방학이 되어서 학재와 병걸과 숙희와는 다른 여러 유학생들 모양 으로 조선으로 돌아갔다. 학재는 강연단 이십 명 일행을 인솔하고, 병걸 은 베이스볼단 일행 이십 명을 인솔하고 단체 할인으로 조선으로 가고, 그 밖에도 혹은 순회 음악단이니 혹은 순회 연극단이니 하는 것이 조직이 되어 조선으로 돌아갔다. 그들은 전 조선 십삼도 큼직큼직한 도시로 돌 아다니며 동포들에게 각 방면으로 새로운 지식도 줄 겸 구경도 하자는 것 이었다.

금봉만이 돌아갈 집도 없고, 또 손 선생을 만나는 것이 무서워서 어학 공부 하는 핑계로 동경에 남아 있게 되었다. 손 선생은 금봉에게 여비를 보내고 금강산 구경을 시킨다는 조건까지 제출하고 조선 오기를 졸랐으 나, 금봉은 영어 힘이 부쳐서 여름 동안에 영어 준비를 아니 하면 아니 된

다고 하여 뚝 잡아떼었다. 그리고 여름 동안에는 기숙사를 쓰지 않기 때문에 금봉은 학재가 있던 방을 지키기로 되었다.

금봉이 학재의 방에 있게 된 것이 기뻤음은 말할 것도 없다. 학재의 책상 앞에 학재의 방석을 깔고 앉는 것은 대단히 기쁜 일이었다. 금봉은 학재의 이불잇과 욧잇, 내복 등속을 깨끗이 빨아서 다려놓았다. 더 빨 것이 있는가 하고 뒤졌으나 아무것도 없어서 섭섭하게 생각하였다.

학재에게서는 한 주일에 한 번씩이나 그림엽서가 왔다.

"오늘은 평양을 떠납니다. 평양에서는 동포들의 열렬한 환영을 받았습니다. 평양은 왕검성입니다. 사천 년의 옛 서울입니다. 대동강 물결에 조상의 옛날 일을 묻습니다."

하는 것도 있고,

"대단히 덥습니다. 동경은 얼마나 더운가 하고 염려됩니다."

하는 것도 있었다. 금봉은 이 몇 마디 안 되는 학재의 편지를 보고 또 보고 가슴에 품었다. 그리고 금봉은, 학재가 이렇게 가는 곳마다 엽서라도 주는 것이 행여나 저를 사랑해주는 뜻이나 아닐까, 하는 희망도 품어보았다.

다들 조선에 돌아갔건마는 심상태만이 고등문관시험을 치른다고 동경에 있어서 가끔 금봉을 찾아왔다. 그는 산보를 가자고도 졸라보고 어디 이삼일 여행을 가자고도 졸라보았으나 금봉은 번번이 좋은 말로 거절을 하였다.

여름방학도 거의 끝이 되어서 금봉은 학재가 돌아올 날이 머지아니할 것을 기뻐하고 있을 때, 어느 비 오는 날 밤에 금봉은 잠이 아니 들어서 이런 생각, 저런 생각 하고 누워 있을 때, 아마 자정은 넘어서 상태가 찾아왔다.

"이 밤중에 저것이 찾아오니 어떡해."

하고 금봉이 짜증을 내고 있는 판에 상태가 층층대로 퉁퉁거리고 올라오는 소리가 들렸다.

금봉이 옷을 고쳐 입고 자리를 다 집어 치우기도 전에 상태는 방에 들어서며,

"큰일 났습니다."

하고, 그 날카로운 눈을 반짝거렸다.

"왜요? 무슨 일야요?"

하고, 그렇지 아니해도 가슴이 설레던 금봉은 거의 숨이 막힐 듯이 놀라면서 물었다.

"학재 군이 잡혔습니다그려."

"네?"

"앉으세요."

하고, 제가 먼저 앉으며 상태는 호주머니에서 전보 한 장을 내어서 금봉에게 준다.

금봉은 떨리는 손으로 그 전보를 받았다.

"임학재와 일행 다섯 사람은 오늘 새벽 ○○경찰서의 손에 체포되었다."

하는 것이었다.

금봉의 머릿속에는 '비밀결사'라는 생각이 번개같이 지나간다. 그것은 학재가 동경 유학생을 중심으로 어떤 비밀한 단체를 조직하고 있는 줄을 알뿐더러, 이번 강연단이나 베이스볼단 순회도 각 지방에 동지를 구하기 위함이란 것을 눈치로는 알고 있었기 때문이다.

"웬일일까요?"

하고 금봉은 아무것도 모르는 체하고 상태를 향하여 근심스럽게 물었다.

"글쎄, 이 전보만 가지고는 자세히 알 수 없지마는 아마 무슨 사건이 발각이 된 게지요. 나는 이런 전보를 받았길래 궁금하실 듯해 미스 리를 찾아왔습니다. 그럼 갑니다."

하고 의외에도 상태는 곧 일어나 가버렸다.

상태가 의외에 말썽 없이 돌아가준 것은 고마웠으나, 학재가 경찰에 잡혔다는 것은 금봉의 가슴을 아프게 하였다.

이튿날도 비가 오락가락하여서 금봉은 학재를 생각하고 집에만 박혀 있었다. 행여나 학재가 놓였다는 전보가 올까 하고 기다렸다. 그러나 소식이 없이 날이 저물었다.

밤이 들면서부터 폭풍우가 시작되어 집이 흔들렸다. 뒤꼍 양철 지붕에 비 떨어지는 소리에 곁에 사람의 말도 아니 들릴 지경이었다. 정전이 되어 전기등이 꺼지는 일도 있었다. 전기등이 꺼질 때에는 번개 빛이 유리 창을 통하여 번쩍거렸다.

"이리 내려오시구려."

하고 혼자 사는 주인마누라는 저도 무시무시해서 금봉을 아래층으로 불러 내렸다.

주인마누라는 보꾹에 모신 남편의 위패 앞에 조그마한 등불을 켜놓고 만수향을 피우고는 딱딱 손뼉을 두 번 치고는 합장하고 절하고, 이리하기를 수없이 하였다.

"오늘이 우리 남편 제삿날이라우."

하고 마누라는 금봉에게 말하였다.

"돌아가신 지가 얼마나 되셔요?"

하고 금봉은 슬픈 표정을 하였다.

"벌써 칠 년째랍니다."

하고 마누라는 남편에 관한 몇 가지 말을 하였다.

남편이 죽은 이듬해에 중학교 오 학년에 다니던 아들이 해수욕을 갔다가 물에 빠져서 죽고, 고등소학교를 졸업하고 집에 있던 딸 하나는 이 층에 기숙하고 있던 대학생의 유혹을 받아서 아이를 배고는 그 대학생이 종적을 감추어버려서 한 달 동안이나 날마다 울다가 철도 자살을 해버렸다고 이야기하였다. 남편의 위패 좌우에 있는 조그마한 두 위패가, 하나는 아들, 하나는 딸의 위패라고 가리키고 마누라는 눈물을 씻으며,

"실례했어요, 이런 슬픈 말씀을 드려서."

하고 미안한 뜻을 표하였다.

"아이, 어쩌면."

하고 금봉도 슬퍼졌다.

"그래두 내가 살아 있어야 위패 앞에 불이라도 켜놓지 않아요? 산소도 돌아보고, 염불이라도 해드리고. 나만 죽으면 아모도 없답니다. 시골 가면 친척도 있지마는 누가 동경까지 와서 산소나 돌아보아주겠어요? 돌아보니 무엇 하겠어요마는 그래도 내 마음이야 그런가요?"

낮에는 잔주름이 잡혔지마는 본래는 밉지 않던 다정스러운 얼굴을 가진 마누라였다. 금봉은 이 마누라가 이 슬픔을 가지고 어떻게 그렇게 평소에는 유쾌하게 웃는 낯으로 사람을 대하였던가 하고 일변 의심하고 일변 탄복하였다.

"임 서방님은 참 얌전하신 양반이야요."

하고 마누라는 손님에게 미안한 듯하여서 화제를 돌렸다.

금봉은 학재가 경찰에 붙들렸단 말을 차마 할 수가 없어서 잠자코 있었다.

마누라는 말을 이어서,

"임 서방님헌테 여러분이 놀러 오시지마는, 다들 좋은 양반이시지마는, 임 서방님은 참말 좋은 어른이야. 인제 장한 양반이 되시겠지요. 도모지 말이 없으시고, 마음이 착하시고, 인정이 많으시고, 그리고 술을 잡수시나 담배를 잡수시나. 우리 집에 와 계신 지가 벌써 삼 년째 되시지마는 한 번도 밖에 나가서 주무신 일이 없으시지. 자정을 넘기는 일도 없으시지. 어디 요새 학생님들이 그런가요. 한 달이면 서너 번은 밖에 나가서 자고……. 호호호, 아가씨 계신데 이런 말씀을 해서 안됐습니다. 그렇답니다, 요새 젊은 양반들은. 아가씨도 퍽 얌전하서. 두 분이 내외분이 되셨으면 얼마나 좋은 내외분이실까?"

이런 말도 하였다.

이 말에 금봉은 낯을 붉히고 고개를 숙였다.

마누라는 또 남편과 아들과 딸의 위패를 바라보고 소리 안 들리게 몇 번 나무아미타불을 부르는 모양이었다. 입이 오물오물하였다.

금봉에게는 주인마누라의 말이 모두 칼날이 되어서 가슴을 에는 듯하였다. 어머니가 물에 빠져서 돌아간 것을 생각하고, 인생이 이렇게 비참한 것을 생각하였다. 게다가 사랑하는 학재는 옥 속에 있는 것을 생각할 때에 울음이 터지려 하여서 금봉은 일어나서 제 방으로 올라왔다.

금봉은 주인마누라가 남편과 아들딸의 위패를 그처럼 소중히 하는 것에 감격하였다. 저는 집에 있을 때에도 한식, 추석날밖에는 어머니 산소에도 못 가고 집에는 위패조차 없던 것을 생각하고 슬펐다. 예수를 믿는 금봉으로는 주인마누라가 나무아미타불을 부르는 것이 못마땅하지마는, 남편과 아들과 딸의 위패와 산소를 돌아보기 위하여서 경건한 생활을 하고 있는 주인마누라의 심정이 무척 갸륵하게 생각히었다. 만일 학재가 옥 속에서 죽어버리는 일이 있다고 하면, 저도 어머니와 학재를 생각하고 그들을 위하여 기도하는 것을 위해서 깨끗하고 적막한 생활을 하리라고 속을 맹세하였다.

'내가 왜 왜 이런 방정맞은 생각을 할까.'

하고 금봉은 자리 속에서 오싹 소름이 끼침을 깨달았다.

그러나 금봉의 눈앞에는 인생에 모든 희망을 잃은 청승스러운 과부의 모양을 한 제 양자가 눈앞에 나타남을 금할 수가 없었다. 혹은 제 모양이 아직 떼도 입히지 아니한 새 무덤 앞에 엎드려 우는 것도 보이고, 혹은 아비 없는 어린것을 등에 지고 부칠 곳이 없어서 헤매는 것도 보이고, 혹은 청승스러운 승이 되어서 머리를 새파랗게 밀고 남복을 입고 암자를 찾아 들어가는 양도 보이고, 혹은 신발을 가지런히 벗어놓고 깊은 우물에 뛰어드는 양도 보였다.

금봉은 이러한 불길한 생각을 떼어버리고 번화한 생각을 해보려고 애를 썼다. 사랑하는 학재와 재미있는 가정을 이뤄가지고 마당 넓고 볕 잘 드는 집에서 피아노를 울리고 있을 때에 장난꾼 아들과 딸들이 "엄마." 하고 달려드는 양을 상상하려 하였다. 그러나 아무리 하여도 학재의 모양은 늘 희미하여 손에 잡히지 아니하였다.

그때에 불현듯 학재가 포승에 얽혀서 경관에게 끌려가는 양이 보이고, 또 감옥 속에 황토 물 들인 보기 흉한 전중이 옷을 입고 삽을 들고 땅을 파는 양이 보였다.

금봉은 아무리 하여도 이 모든 불길한 헛것을 물리칠 수가 없었다.

아래층에서 시계가 열두 시를 치는 소리가 들렸다.

'자야겠다.'

하고 금봉은 한편 귀를 베개에 딱 붙이고 눈을 감고 잠을 청하였다.

잠이 흐리마리 들려고 할 때에 문 두드리는 소리가 들렸다. 그리고 심상태의 말소리가 들렸다. 금봉은 벌떡 일어나서 머리를 만지고 옷을 갈아입고 자리를 걷어치웠다.

'저것이 왜 오까. 어젯밤에는 곧잘 가더니 저것이 무슨 생각을 품고 이 밤중에 찾아올까.'

하고 금봉은 화를 내었다.

상태가 쿵쿵거리고 이 층으로 올라왔다.

"아직 안 주무세요?"

하는 상태의 음성은 전과 같이 쾌활하지를 아니하였다.

"네, 자다가 선생님이 오시는 소리를 듣고서 일어났습니다."

하고 금봉은 왜 왔느냐 하는 뜻을 보이며,

"밤에 이렇게 늦게 찾아오시면 주인이 싫어합니다. 무슨 일로 오셨어요?"

하고 노골적으로 힐책하였다.

"그런 게 아니라, 큰일 났습니다."

하고 상태는 이렇게 늦게 찾아온 데는 충분한 이유가 있다는 자신을 보이면서,

"오늘 동경에 남아 있는 조선 학생이 이십여 명이 검거를 당했습니다.

나도 미구에 잡힐 모양인데, 내 하숙에도 세 번이나 형사대가 찾아왔더랍니다. 잡혀가는 것은 두렵지 않지마는, 잡혀가기 전에 할 일이 있습니다. 그래서 경관대의 눈을 피해서 천신만고를 해서 미스 리를 찾아왔습니다."

하고 금봉의 곁으로 바싹 다가앉았다.

"무슨 일로들 그렇게 잡혔어요?"

하고 금봉은 놀라면서 물었다.

"다 학재 군 사건과 관계가 있겠지요."

"선생님은 무슨 일인지 다 아시겠지요?"

하고 금봉은 상태의 속을 떠보았다. 금봉은 학재가 상태에게 속말을 아니 하는 줄을 잘 안다.

"그게사……."

하고 상태는 금봉을 눈으로 삼켜버릴 듯이 바라보며,

"묻지 아니하여도 알 일이 아니야요? 동경뿐 아니라 조선서도 아마 수백 명 붙들렸을 것입니다. 학재 군이 워낙 이상가가 되어서 공연히 되지도 아니할 일을 생각해가지고는……. 그래 다들 붙들려 가니 무슨 소용 있어요? 애매한 사람들까지도. 그야 학재 군의 동기야 모르는 바가 아니지마는."

하고 요령을 알 수 없는 소리를 지껄이고 있었다.

금봉은 상태가 학재를 공격하는 것이 싫어서, 상태의 말을 중동을 꺾고,

"그럼 선생님은 어떡허실 생각이셔요?"

하고 할 말이 있거든 어서 하고 가라는 뜻을 보였다.

상태는 손을 들어 뒤통수를 긁적긁적하고 입맛을 다시더니,

"그럼 말씀하겠습니다. 우선 저, 나는, 그야, 내사 나도 남아니까 잡혀 가기로 어떻겠어요? 남아가 일생 살아가노라면 잡혀도 가고 옥에도 들어가지요. 더구나 영웅의 일이라는 게 그런 것을 무서워할 것도 아니지마는, 오직 하나 염려되는 일이 있단 말요. 지금 미스 리의 신변이 위태합니다. 내일 새벽에는 미스 리도 경시청으로 끌려가실는지 모릅니다. 그런 낌새를 보고 내가 가만히 있을 수가 없단 말야요."

하고는 더 할 말이 있는 듯하면서도 말이 막힌다.

"저 같은 것이야 뭐 어떨라구요? 어서 선생님이나 몸을 피하시지요, 제 걱정은 마시고."

하고 금봉은 아직 아니 한 상태의 말에 먼저 대답을 하였다.

"아니요, 안 됩니다. 제가 미스 리를 보호할 책임이 있습니다."

하고 상태는 자신 있는 어조로,

"내 몸 하나를 희생을 하여서라도 미스 리를 보호할 신성한 책임이 있습니다. 그래서 내가 어떤 일본 사람 친구에게 부탁을 해서 피신할 곳을 마련을 해놓았습니다. 그 집은 어떤 집인고 하면, 어떤 백작의 별장인데, 동경서 얼마 아니 가서 있는 굉장한 양옥입니다. 거기만 가서 있으면 아무 염려가 없도록 다 해놓았으니 나하고 같이 가셔요. 아무쪼록 속히 하는 것이 좋습니다. 자, 가실 준비를 하셔요. 위험이 시시각각으로 가까워옵니다."

하고 자기가 먼저 일어나면서 재촉하였다.

상태의 말에 금봉은 어안이 벙벙하였다.

"아니요, 전 안 가요. 전 여기 있을 테야요."

하고 딱 버티었다.

"어서 고집 마시고 가셔요. 여기 계시다가는 날이 새기 전에 붙들려 가십니다. 붙들려만 가시면 언제 나오시게 될지 모릅니다. 그리고 옷을 벗기고 물을 먹이고 갖은 욕을 다 보입니다."

"그래도 좋아요. 잡혀가도 좋아요. 여기 있다가 잡혀갈 테야요."

하고 금봉은 굳은 결심을 보였다.

상태는 제가 꾸몄던 계획이 틀어져서 낙심하는 듯이 고개를 숙인다.

금봉은 상태의 기름 발라 반드르르한 머리를 미워하는 눈으로 노려보았다.

"금봉 씨."

하고 상태는 얼마 있다가 고개를 들었다. '미스 리'라고 아니 하고 '금봉 씨' 하고 부르는 것은 불쾌하게 생각하였다.

"왜 그러셔요?"

하는 금봉의 말에는 바늘이 있었다.

"금봉 씨, 내가 어떻게, 얼마나 금봉 씨를 사랑하는지 금봉 씨는 모르시지요?"

하고 상태는 애원하였다.

"저를 사랑하시지 마셔요. 저만 아니라 아무러한 여자도 사랑하시지 마셔요. 부인 있는 어른이 다른 여자를 사랑하려 드십니까?"

하고 금봉이 툭 쏘았다.

"사랑은 신성한 것이 아니야요?"

하고 상태가 심히 엄숙한 태도를 짓는다.

"신성한 사랑이면 신성하지요. 더러운 사랑이면 더럽구요. 선생님 같으신 양반은 사랑 아니 하시는 것이 신성하십니다."

하고 금봉은 상태를 잔뜩 내려다보았다.

"나는 금봉 씨하고 사랑 이론을 하러 온 것이 아닙니다. 나는 금봉 씨를 사랑하니까, 차마 금봉 씨를 버리지 못해서 내 몸의 위험을 무릅쓰고 금봉 씨가 몸 피하실 곳을 정해놓고 찾아온 것입니다."

하고 상태는 말 마디마디 정성을 보였다.

"고맙습니다. 그렇지만 저는 여기 있을 테야요. 어서 선생님이나 몸을 피하세요."

하고 금봉은 어서 가라는 뜻을 표하였다.

상태는 눈을 감고 고개를 푹 수그리고 심히 낙심되고 수심스러운 모양을 보이더니 고개를 번쩍 들며,

"미스 리."

하고 무서운 결심이나 한 듯한 표정을 가지고 금봉을 바라본다. 금봉은 이 사람에게 이러한 엄숙한 표정이 있을 것은 의외라고 생각하였다. 도무지 아무 주의도 주장도 없이 바람 부는 대로 사람의 눈치 보아가며 비위만 맞추려 드는 그러한 상태에게도 이러한 엄숙한 일면이 있는가 하고 놀랐다. 그래서 약간 무시무시한 생각을 가지면서,

"네."

하고 대답을 하였다.

"나는 미스 리를 혼자 두고는 갈 수 없습니다. 나는 이 자리를 떠나지 아니하겠습니다. 나는 잡혀가더라도 미스 리와 함께 잡혀가겠습니다. 만일 미스 리가 나를 사랑해주시지 않는다면 나는 차라리 죽어버리랍니다. 그러나 내가 죽기 전에 나는 미스 리를 그냥 두지 아니하랍니다. 나는 한 번 결심하면 하늘이 무너지더라도 그 결심을 관철하고야 마는 의지력을

가진 사람입니다. 내가 여러 번 편지를 드렸지마는 한 번도 답장을 아니 주셨지요? 그렇지만 그렇다고 내가 한번 먹은 뜻을 변할 사람이 아닙니다. 나는 생명을 내놓고라도 미스 리를 사랑하기로 결심했습니다. 미스 리가 나를 사랑하지 아니하시면 나는 정성과 힘을 가지고 미스 리를 정복하기로 결심하고 오늘 밤에 찾아온 것입니다."

하는 상태의 말에는 불같은 열이 있고 칼날 같은 날카로움이 있었다.

금봉은 몸이 오싹함을 깨달았다. 상태의 그 가느닿고 날카로운 눈에는 빨갛게 독이 오른 것 같았다. 손 선생은 상태에게 비기면 도리어 막아내기 쉬운 적이라고 생각하였다.

금봉은 주인마누라를 소리쳐 부를 생각도 해보았으나 그것은 차마 못하였다. 또 상태가 제게 대하여 폭행을 하리라고는 생각하지 아니하였다. 그러나 무엇이라고 대답할까, 무엇이라고든지 대답하지 아니하면 아니 될 처지였다.

상태는 말없이 고개를 숙이고 앉았는 금봉을 바라보고 잠깐 싱그레 웃고 나서는 다시 무서운 표정을 가지고,

"대답을 하셔요. 내 사랑을 받으십니까, 아니 받으십니까? 대답을 하셔요."

하고 재촉을 하였다.

"저는 선생님의 사랑을 못 받습니다."

하고 금봉은 늠름하게 대답하였다.

"못 받으셔요?"

하는 상태의 말은 의외에 부드러웠다. 그러나 그다음 마디는,

"왜 못 받으셔요? 어디 그 이유를 말씀하셔요."

하는 것은 심문하는 냉혹한 어조였다.

"저는 벌써 마음을 바친 이가 있습니다."

하고 금봉은 속으로 학재를 그렸다. 학재를 위하여 마음을 바쳤노라고 말하게 된 것을 스스로 만족하게 생각하였다.

"누구요?"

하고 상태는 놀라지도 아니하였다.

"누구라는 것을 말씀 못 드려요. 그렇지만 저는 마음으로 바친 이가 있어요."

하고 금봉은 용기를 얻어서 정면으로 상태를 바라보았다.

상태는 금봉의 시선을 피하는 듯이 고개를 숙였다. 얼마 동안 침묵이 있은 뒤에 상태는 고개를 들며,

"다 알았습니다. 미스 리가 누구라고 말씀을 아니 하더라도 내가 다 알지요. 임학재 군이지요? 그렇지마는 임 군은 벌써 마음으로 정한 곳이 있습니다. 미스 리가 아모리 혼자 사랑하셔도 안 될걸요."

하고 빈정대는 듯한 웃음을 웃는다.

상태의 말, 학재에게는 마음에 먹은 사람이 있다는 말은 금봉의 가슴을 칼로 푹 찌르는 듯하였다. 상태라는 사람의 말이 원래 믿기지 않지마는, 그래도 금봉은 이 말만은 무심코 들을 수가 없었다. 금봉은 천인절벽에서 거꾸로 떨어지는 듯한 어찔함을 깨달았다. 그 낙망과 슬픔을 얼굴에서 감추기에는 금봉은 너무도 약하고 어렸다. 그래서 금봉은 얼빠진 사람 모양으로 멀거니 상태를 바라보고 있었다.

상태는 속으로 제가 던진 돌이 바로 맞은 것을 기뻐하였다.

"미스 리, 그렇게 낙심하실 것 없습니다. 원체 학재란 겉으로 보기에

는 얌전하고 점잖은 상부르지마는 겉으로 보기에 얌전한 사람치고 속 흉하지 않은 사람 없습니다. 아마 학재가 마음에 먹은 사람이 한 사람만 아닐 것입니다. 내가 아는 것만 해도 두 사람은 되지요. 최을남하고 강영자하고. 처음에는 을남과 좋아하다가 지금은 영자하고 돌라붙었습니다. 영자가 돈이 있거든요. 아마 약혼까지도 했습니다. 나는 미스 리가 학재 군헌테 속아가지고 애를 쓰시는 양이 불쌍해서 못 견디겠어요. 그래서 아모리 하여서라도 미스 리를 건져드리고 싶습니다. 나는 참으로 내 생명을 희생해서라도 미스 리를 사랑해드리랴고 합니다. 내가 고등문관시험을 치르는 것도 미스 리가 있으니까 기운이 나지요. 이번에 치른 시험이파스가 되는지는 모릅니다마는, 미스 리가 나를 사랑만 해주신다면 나는 반드시 성공할 것을 믿습니다. 나는 감옥에 갈 일은 안 할 테야요. 미스 리는 어떡하고 감옥에를 가요? 나는 미스 리를 위해서만, 우리 스위트 홈을 위해서만 일생을 바칠 테야요. 그렇지만 만일 미스 리가 내 사랑을 안 받아주신다면 나 할 길이 있어요. 그리 아세요. 나는 꼭 한번 결심한 일을 하는 사람이오. 한번 한 말은 하고야 마는 사람이야요."
하고 상태는 일변 달래고 일변 위협하였다.

금봉은 상태의 말을 듣는지 안 듣는지 우두커니 앉았더니, 문득 미친 사람 모양으로,
"가세요! 더 말씀 마시고 가세요! 다실랑 오시지 마세요. 어서 가셔요!"
하고 벌떡 일어났다.

그래도 상태가 아니 일어나는 것을 보고 금봉은,
"심 선생 안 가시면 나는 내려가요."
하고 아래층으로 내려가려는 것을 상태는 얼른 일어나서 붙드는 핑계 삼

아 금봉을 껴안는다.

"노세요!"

하고 금봉은 소리를 치고 몸을 뿌리쳐서 도망하는 듯이 아래로 내려가버린다.

"웬일이오?"

하고 주인마누라가 모기장 속에서 눈을 뜨고 묻는다.

"마나님, 아직 안 주무세요?"

하고 금봉은 억지로 웃는 낯을 지으며,

"나 오늘 여기서 자요?"

하고 모기장 밖에 앉는다.

"응, 나도 어째 오늘은 잠이 안 오는구려, 이 생각 저 생각 하느라고."

하고 일어나 앉으며 금봉의 눈치를 본다.

"나 여기서 자요."

하고 금봉은 모기장 속으로 들어간다.

주인마누라는 무슨 말을 할 듯 할 듯 하다가 그만두고 금봉에게 누울 자리를 비켜주었다. 금봉은 방석을 접어서 베개를 삼고 마누라의 곁에 누웠다.

이 층에서는 아무 소리도 없었다.

금봉은 형언할 수 없는 괴로움으로 부대끼다가 잠이 들었다. 마누라는 가끔 고개를 들어서는 금봉의 자는 얼굴을 들여다보았다. 죽은 딸도 생각하고 금봉이 오늘 당한 일도 상상하여보았다. 그리고는 제 베개를 금봉에게 베워주고 저는 금봉이 베었던 방석을 베었다.

주인마누라는 금봉에게 대해서 딸에게 대한 듯한 애정을 느꼈다. 그

194

귀여운 얼굴과 볼록한 젖가슴을 보고 수없이 한숨을 쉬었다.

새벽에 금봉이 잠을 깨었을 때에는 마누라는 벌써 부엌에서 일을 하고 있었다.

"마나님, 심 선생 갔어요?"

하고 눈을 비비며 물었다.

주인마누라한테서 상태가 아직 가지 아니하였단 말을 듣고 금봉은 어쩔까 하고 머리를 긁었다. 그러나 세수 제구도 의복도 다 이 층에 있으니 어떡하나 하고 한참이나 주저하다가 햇발이 창에 비추이는 것을 보고 금봉은 용기를 내어서 이 층으로 올라갔다. 만일 상태가 버릇없는 모양을 하면 마누라를 불러서 톡톡히 망신을 주고 또 제 몸이 깨끗하다는 증거를 세우리라 하고,

"선생님 주무세요?"

하고 금봉은 미닫이를 방싯 열었다. 아직도 덧문을 열지 아니한 방은 캄캄하였으나 판장 덧문 틈으로 들이쏘는 동창의 햇발이 긴 리본 모양으로 방 안의 공기를 어룽어룽하게 만들고, 그 햇발이 가는 길에는 수없는 먼지들이 일곱 빛 스펙트럼을 반사하면서 오르락내리락 춤을 추고 있었다.

"아니, 깨어서 누웠습니다."

하고 상태는 벌떡 일어나 앉았다. 상태의 음성은 대단히 침울하였다.

금봉은 덧문 한 짝을 열어젖혔다. 아침 빛은 둑을 터놓은 물 모양으로 방으로 들어왔다. 금봉은 덧문을 활짝 열었다. 방 안은 환하게 되었다.

"미스 리, 이것을 보셔요."

하고 상태는 애원하는 음성으로 제가 베었던 베개를 가리켰다. 베갯잇이 젖었다.

"더우셔서 땀을 흘리셨어요?"

하고 금봉은 부석부석한 상태의 눈을 보았다.

"울었습니다. 눈물에 벼개가 이렇게 젖었습니다."

하는 상태의 눈에서는 또 눈물이 흘러내렸다. 금봉은 커다란 남자가 눈물을 흘리는 것을 처음 보았다.

상태의 눈물은 금봉을 슬프게 하였다. 금봉의 눈에도 눈물이 어리었다.

"미스 리."

하고 상태는 더욱 슬픈 표정을 하면서,

"나는 밤새도록 울었습니다. 아직도 한없이 울고 싶습니다. 미스 리! 남아의 눈물은 핍니다. 미스 리! 나를 사랑해주세요. 내 사랑을 받아주세요."

하고 상태는 절하는 모양으로 방바닥에 엎드린다. 그리고 한참이나 고개를 들지 아니한다.

금봉은 몸을 돌이켜서 벽을 향하고 소매로 눈물을 씻었다. 상태란 사람이, 숙희의 말을 들건댄, 온통 거짓으로만 빚어서 만든 사람 같다는데 그에게 이러한 진정이 있던가 하였다. 이렇게 눈물을 흘리도록 저를 사랑한다면 그런 끔찍한 일이 있는가 하고 가슴이 뻑뻑함을 깨달았다.

금봉은 마음이 흔들림을 깨달았다. 세상에서 나를 이처럼 사랑해주는 사람이 처음이 아닌가 하였다. 지금까지 상태를 멸시하고 밉게 본 것이 죄송하기도 하였다. 그렇게 생각하니 금봉은 억제할 수 없이 눈물이 터져 나왔다. 금봉의 어깨는 느낌으로 흔들리고 마침내는 울음소리가 터져 나왔다. 마침내 금봉은 두 손으로 낯을 가리고 벽에다가 이마를 대고 울었다.

상태는 가만히 금봉의 뒷모양으로 바라보고 있다가 잠깐 싱그레 웃고는 얼른 다시 아까 모양으로 침통한 표정을 지어가지고 일어나서 금봉의 뒤로 가서 금봉의 어깨에 한 팔을 걸고,

"우십니까? 울지 마세요. 왜 우십니까?"

하고 어깨에 얹었던 팔을 미끄려 내려서 금봉의 허리를 안았다.

"아스세요! 아스세요!"

하고 금봉은 몸을 빼어서 울음을 그치고 무슨 노래 곡조를 입으로 중얼거리면서 벽장에서 세수 제구와 갈아입을 의복을 내어가지고 상태는 보지도 아니하고, 상태가,

"여보세요, 미스 리!"

하고 부르는 것도 듣지 아니하고 아래층으로 내려가버렸다.

상태는 금봉이 나간 곳을 우두커니 바라보면서 입맛을 두어 번 다시고 알 수 없다는 듯이 서너 번 고개를 도리도리하였다.

상태는 썩 좋은 기회를 놓친 것이 분하였다. 왜 그 기회를 꼭 붙들지 아니하였던가, 하고 아까웠다. 그러나 금봉이 우는 뜻이 무엇일까, 과연 내 말과 내 눈물에 감동한 것일까, 또는 잠깐 감동하였다가 다시 이성의 힘으로 제 감정을 꼭꼭 묶어놓은 것일까, 하고 창밖을 내다보았다. 여러 날 오던 비는 개고, 동경에서는 보기 드물게 파란 하늘이 보이고, 포병공창 굴뚝에서는 기운차게 검은 연기가 솟고 있었다. 가을이 가까웠구나 하였다.

연애편(戀愛篇)

그로부터 상태는 거의 날마다 찾아왔다. 금봉은 처음에는 귀찮게 여겼으나 열흘, 보름 지나는 동안에 상태가 보고 싶은 생각이 나기 시작하였다. 저녁을 먹고 나서 올 만한 때에 상태가 오지 아니하면 기다리기까지 하게 되었다.

상태가 가자는 대로 산보도 두어 번 가보고 산보 갔던 길에 점심이나 저녁도 대접받은 일이 있게 되자 금봉은 상태에게 대하여 일종의 애착심을 느끼게 되었다.

'임 선생이 옥중에 계신데.'

하고 금봉은 혼자 책망하기도 하지마는 언제 돌아올지도 모르는 임학재, 그나 그뿐인가, 저를 사랑하는지 아니 하는지도 알지 못하는 임학재를 믿고 살아간다는 것이 우스운 일이라는 생각까지도 나게 되었다.

금봉이 보기에 상태는 마음에 안 드는 사내는 아니었다. 얼굴도 맑고, 그리 남아다운 얼굴은 아니지마는, 또 정신적으로 깊은 맛이 있는 얼굴

은 아니지마는, 영민한 미남자 타입이었다. 게다가 여자를 대하는 법이
아주 상냥하여서 가렵단 말을 아니 하여도 어디가 가려운지를 먼저 알고
긁어줄 듯하였다.

"안녕히 가세요."

하고 상태가 손을 내밀 때에는 금봉은 상태의 손을 잡았다. 손도 부드러
운 손이었다. 손 선생의 손 모양으로 나무로 깎은 듯한 손은 아니었다.

거의 날마다 상태를 만나게 된 금봉은 누르기 어려운 몸의 유혹을 깨달
았다. 상태의 심히 흰 이빨과 얄붉하고 빨간, 여자의 것 같은 입술이며,
얼굴과는 달라서 남성적으로 잘 발달이 된 육체며, 이러한 것이 몹시 금
봉의 흥미를 끌었다.

금봉은 학재를 대하거나 마음으로 생각할 때에는 마치 종교적인 듯한
사모하는 정이 간절해지지마는 육체의 충동은 받은 일이 없었다. 도리어
육체라는 것은 학재의 앞에서는 대단히 더러운 것같이 생각했다. 그래서
다만 학재의 곁에 늘 있고 싶고 학재의 얼굴을 늘 보고 싶기는 하지마는,
학재의 몸과 제 몸과를 가까이한다는 충동은 없었다. 그런데 상태에게
대하여서는 그와 반대로 정신적 사모는 생기지 아니하나 육체적으로 끌
리는 힘을 깨달았다.

새벽에 금봉이 잠이 깰 때에 학재는 엄숙한 선생과 같은 모양으로 금봉
의 앞에 나타나지마는 상태는 아름다운 육체를 가지고 금봉의 전신이 으
스러지도록 껴안는 모양으로 나타났다. 육체적으로 보아서는 학재는 몸
이 가냘프고 살에 윤택이 적어서 도저히 상태의 육체미를 당할 수 없는
것같이 생각했다.

금봉은 학재를 유일무이한 사랑과 숭배의 대상으로 삼던 신념을 잃어

버렸다. 만일 학재의 정신적 미와 상태의 육체적 미와 병걸의 쾌활과 재산과, 그러하고 손명규의 정복적인 욕심과를 뭉쳐놓았으면, 그러한 남자를 사랑하였으면, 하는 생각을 하게 되었다.

"나 필기시험 합격했다는 통지가 왔어요. 기뻐해주세요."

하고 어떤 날 아침 일찍이 상태가 웃으며 찾아왔을 때에,

"네에, 축하합니다."

하고 금봉은 진정으로 기뻤다. 상태가 장하다, 하는 생각을 가졌다.

"무슨 상을 안 주서요?"

하고 상태가 웃을 때에 금봉은,

"자요."

하고 손을 내밀었다.

상태는 금봉의 손을 꼭 잡아서 끌어다가 금봉의 손등에 키스하였다.

금봉은 손을 빼앗았으나 하얀 손등에는 상태의 침이 묻은 것이 보였다.

금봉은 지금까지 애써서 지키던 금 하나를 잃어버린 것 같아서 외면하면서 한숨을 길게 쉬었다.

상태는 아주 숙친한 어조로,

"자, 오늘 우리 가마쿠라(鎌倉) 놀러 가요. 가마쿠라 못 가보셨지요? 좋습니다. 절도 있고 큰 부처도 있고. 부처님 콧구멍에 편 우산이 들어갑니다. 그리고 해수욕장이 있고, 또 에노시마(江の島)라는 섬이 있지요. 그 섬에 가면 좋습니다. 부사산(富士山)도 보입니다. 멀지 않아요. 두 시간이면 가는걸요. 자, 우리 가세요."

하고 금봉의 손을 잡아 일으켰다.

금봉은 새뜩하면서 상태가 끄는 손을 뿌리쳤다. 그러나 벌써 금봉을

만만하게 본 상태는 두 팔을 뒤로 버티고 금봉의 성난 얼굴을 보면서,

"미인이란 아모렇게 하여도 미인이야. 그렇게 샐쭉하신 모양이 더 이쁘신데. 미인에도 여러 종류가 있답디다. 새침한 미인 있고, 웃는 미인 있고, 또 모으로 보는 미인 있고, 그리고 또 무에라더라. 그런데 금봉 씨는 어느 모으로 보아도 미인이어든. 옳지, 뒷맵시 미인 있고, 또 목소리 미인 있고, 그리곤 또 무에라더라, 옳지, 살 미인 있고. 살이 빛이 곱고 결이 고와야 미인이란 말야. 그런데 말요, 누구누구 하는 계집애들 보면 그중에 한 가지도 변변히 가진 애가 없거든, 정말입니다. 미스 리를 면대해서 이런 말을 하는 것이 안되었지마는, 나는 지금까지 미스 리 같은 완전한 미인을 처음 보았습니다. 정말요. 우리는 꼭 생각하는 대로 기탄없이 말하는 사람이어든. 속으로는 딴생각하고 입으로 딴소리하는 그런 사람들 우리는 미워합니다. 금봉 씨, 내가 그런 사람인 줄 아시지요? 우리는 너무 솔직해서 병이란 말야."

하고 쉴 새 없이 지껄인다.

금봉은 기뻐해야 할지 성을 내어야 할지 어리둥절해서 상태의 말을 듣고 있었다.

그러나 상태가 저를 만만하게 생각하는 데 대하여서는 불쾌한 뜻을 표함이 마땅하리라 하여 새뜩한 태도를 고치지 아니하였다.

"자, 어서 갑시다."

하고 상태가 시계를 내어 보면서,

"어, 벌써 아홉 시가 넘었구먼. 어서 가서 우리 에노시마 가서 점심 먹읍시다. 소라를 통으로 구운 것이 맛납니다. 둘이 먹다가 하나이 죽어도 모르지요. 자, 어서 가요. 너무 빼지 마시오. 우리 그러는 것 싫어. 자,

어서."

하고 재촉한다.

"전 안 가요."

하고 금봉은 거절하였다. 상태가 너무도 재재하게 지껄이는 것이 하도 천박한 것 같아서 반감이 났다.

"안 가요? 왜?"

하고 상태는 놀라는 양을 보인다.

"선생님만 가세요. 저는 집에 있을 테야요."

하고 금봉은 억지로 웃음을 지어 보인다. 금봉은 동래온천 사건을 생각하였다. 손 선생이 동래온천으로 저를 끌고 간 것이나 상태가 가마쿠라로 저를 끌고 가려는 것이나 꼭 같은 동기인 줄을 금봉은 잘 안다. 오직 다른 것은 손명규는 도무지 마음에 들지 아니하는 사내인데 심상태는 마음에 드는 사내라는 것이다. 재재하고 천박한 잔소리를 하는 것이나 학재와 같은 정신적인 깊고 높음이 없는 것이 천한 듯하지마는, 그래도 그 몸이, 상태의 몸이 금봉의 마음을 꽉 그러쥐는 듯하였다. 그러하기 때문에 금봉은 상태와 단둘이 여행을 하는 데 큰 위험을 깨달았다. 이번 상태에게 끌려가기만 하면 성한 몸으로는 돌아오지 못하리라는 것을 금봉은 분명히 알았다. 그러하기 때문에 금봉은 상태의 청을 거절하였다. 그러나 또 그러하기 때문에 억제하기 어려운 유혹도 깨달았다.

"압다, 퍽도 완고시오."

하고 상태는 그 가느단 눈이 다 파묻혀버리도록 웃으며,

"현대 여성이 그처럼 완고해서, 그처럼 용기가 없어서 무얼 하신단 말이오? 친구끼리 대낮에 좀 같이 구경을 가기로 그것이 무슨 큰일이란 말

202

요? 원, 나 알 수 없습니다. 그리고 어떻게 남자들과 함께 일을 하신단 말씀이오? 아모리 남자와 같이 밤중에 단둘이 가더라도 제 마음만 단단하면 고만이지, 또 그래야 정말 인격의 힘이지, 그렇게 소극적으로 남자와 같이할 기회를 피하기만 해서 무엇 한단 말씀이오? 여보시오, 나 원, 미스 리도 그렇게 못나신 줄은 몰랐어요. 어, 내가 사람을 잘못 보았군. 내가 사람을 잘못 보는 법은 없는데. 자, 그러지 말고 어서 일어나서요. 청한 내가 무안하지 않습니까. 내 낯도 보아주셔야지요. 자, 어서."

하면서 이번에는 나는 듯이 금봉의 뒤로 돌아가서 금봉의 두 겨드랑 밑으로 가슴을 껴안아서 번쩍 일으킨다.

금봉은 마침내 상태를 따라가기로 정하였다.

'에라 가보자.'

하는 것이었다. 상태가 저를 만만히 보는 것이 불쾌하지마는 상태가 자주 찾아오고 몸을 건드리고 하는 동안에 금봉의 몸에 이성을 그리워하는 충동이 일어난 것이다. 상태가 하는 대로 몸을 맡겨보자 하는 유혹을 느낀 것이다.

"어디 가시우?"

하고 주인마누라가 물을 때에 금봉은 좀 어색한 말로,

"어디 좀 댕겨와요."

하고 달아나는 모양으로 문을 나섰다.

상태는 의기양양하여 지껄이면서 걸었다. 수도교에서 전차를 타고 동경역을 피하여 일부러 품천 정거장으로 갔다.

상태가 차표를 사러 간 동안에 금봉은 대합실 한편 구석에 차 시간표를 보는 체하고 벽을 향하고 서 있었다. 모두 얼굴을 모르는 사람뿐이지마

는 다들 저를 보고,

"이년, 너 누구허구 어디를 가느냐?"

하고 책망하는 것만 같아서 이마와 등골에서 땀이 흘렀다.

'아니다. 내, 죄를 짓는구나.'

하고 금봉은 정거장에서 뛰어나와서 우산으로 낯을 가리고 한길 쪽으로 달아났다.

금봉은 전차를 탈 생각도 아니 하고 북으로 북으로 길 있는 데로만 걸었다. 등 뒤에는 상태가 칼을 빼어 들고 따라오는 것만 같았다.

금봉은 천악사라는 절로 들어가는 골목에서 발을 멈추고 뒤를 돌아보았다. 뒤에는 걷는 사람, 자전거 탄 사람이 많이 따라오지마는 상태의 모양은 보이지 아니하였다.

금봉은 손수건으로 이마와 코끝의 땀을 찍어내고 천악사라는 절 속으로 들어왔다. 고목 그늘에는 시원한 바람이 있고 매암의 소리가 들렸다. 수없는 무덤의 비석과 인도 글자로 쓴 목패들 사이로 금봉은 잃어버린 무덤이나 찾듯이 헤매었다. 금봉은 적수의사(赤穗義士) 마흔일곱 사람의 무덤 있는 곳을 지나서 백금(白金)이라는 데로 통한 문으로 빠져서 학교로 향하였다.

여름을 지난 학교 마당에는 풀이 많이 자랐다. 마치 금봉의 마음속에 방학 동안에 몸의 여러 가지 괴로움의 풀이 자란 것과 같았다.

금봉은 조용한 학교 뜰을 거닐었다. 개학이 며칠 아니 남은 때라 늙은 하인 부자가 학교 마당의 풀을 뽑고 있었다. 피서 갔다가 일찍 돌아온 랜디스 박사네 아이들이 조그마한 자전거를 타고 장난을 하다가 금봉을 보고 웃었다. 금봉은 기숙사를 돌아보고 학교 후원 수풀 속으로 거닐며 괴로운 마음을 진정하려 하였다.

죄의 유혹을 뿌리치고 온 것이 기쁘기도 하지마는, 상태에게 말도 아니 하고 도망한 것이 미안도 하고 비열하기도 하였다. 그것만 아니었다. 마치 청춘의 즐거움의 썩 좋은 기회를 놓쳐버린 것이 아깝기도 하였다.

금봉은 집으로 돌아가기가 싫었다. 집에는 상태가 와서 기다리고 있을 것만 같았다. 어떻게 상태를 만나나. 차마 다시 상태를 만날 수는 없었다.

금봉은 사감 선생의 집을 찾았다. 사감은 늙은 서양 부인이었다. 미세스 랜디스라는 부인으로, 그 남편 닥터 랜디스는 학교에서 성경과 영어를 가르치고 그의 큰딸 미스 랜디스는 영문학과 수사학을 가르치고 있었다. 랜디스 부인은,

"오우 금봉! 여름 동안 잘 있었소? 조선 갔다가 언제 왔소?"

하고 반갑게 인사하는 금봉을 맞았다.

"저는 조선 안 갔습니다."

"오우 참, 금봉 조선 안 갔지."

하고 랜디스 부인은 웃으며,

"여름 동안 동경 있었소?"

"네, 영어 공부 했습니다."

랜디스 부인은 고개를 흔들면서,

"그것 좋지 않소. 여름 방학, 잘 놀고 쉬라는 방학이오. 이 더운 여름에 산이나 바다에 여행하는 것 좋지마는 이 더운 동경 속에서 공부하는 것 옳지 않소. 공부하는 것 옳으면 방학 없는 것이 옳소. 여행하는 것도 큰 공부요. 네이처, 자연이라고 하는 하나님의 큰 책 공부하는 것, 그것

여름 방학에 할 일이오."

하고 책망하는 듯이 금봉을 본다.

금봉은 방학 동안에 공부하였다고 책망받는 것이 실로 의외였다. 그러나 이치를 들어보면 랜디스 부인의 말이 옳았다. 그러나 남자와 날마다 만나고 남자와 같이 구경을 가려다가 돌아온 제 일을 생각할 때에는 더욱 부끄러웠다.

"저 오늘부터 기숙사에 있게 해주세요."

하고 금봉은 상태의 유혹을 영영 끊어버리려는 제 결심을 만족하게 생각하면서 물었다.

"기숙사 규칙 있으니 개학하기 전에는 기숙사 쓸 수 없소. 앞에 일주일 있으면 개학이오. 일주일 기다릴 수 없소?"

하고 랜디스 부인은 이상히 여기는 듯이 금봉을 바라본다.

"지금까지 있던 집은 남의 하숙인데 더 있을 수가 없습니다."

"웅, 왜? 그 주인 왔소?"

"아직 오지는 아니했지마는……."

"그러나 기숙사 규칙 어길 수 없소. 렛 미 씨(글쎄)."

하고 한참 생각하더니,

"그러면 우리 집에 와 있으시오. 마가레트 선생 아직 일주일 가루이자와(피서 가는 땅 이름) 있겠으니 그동안 금봉이 마가레트 선생 방에 와 있어도 좋소."

마가레트 선생이란 그의 큰딸 미스 랜디스를 가리키는 말이다. 제 딸더러 '선생'이라는 것이 좀 우스웠다.

금봉은 곧 하숙으로 가서 주인마누라더러 학교 선생의 집으로 간다는 말을 하였다.

"왜 일주일이면 기숙사에 가신다 하더니 그동안을 못 참으시오?"

하고 주인마누라가 의심스러운 듯이 물었다.

금봉은 낮을 붉히면서,

"여기 있으면 위태한 것 같아요. 사감 선생네 집에 가서 있는 것이 걱정이 없을 것 같아요. 마나님을 떠나는 것은 섭섭하지마는."

하고 제 마음이 결백한 것을 보이려 하였다.

"네, 알았습니다. 아가씨는 참 마음이 단단하신 양반이시어."

하고 마누라는 웃으면서,

"인제니 말이지, 나도 아가씨 일을 좀 염려하였어요. 젊은이들에게 유혹이 많습니다. 내 딸년도 고만 그 유혹에 넘어가서 죽기까지 했지요. 그래도 지금 생각해보니깐 죽은 것이 갸륵한 것 같아요. 여자의 생명은 정조 아니야요? 참 용하시오. 장래 갸륵한 부인이 되시겠지."

하고 칭찬하였다.

금봉은 주인마누라의 말을 듣고 오늘 제가 상태의 유혹을 이긴 것이 기뻤다.

그러나 학재를 옥중에 두고 제가 학재의 방을 떠난 것이 슬펐다. 학재가 무사히 돌아와서 이 방에 있는 것을 보고 떠나면 얼마나 기쁠까. 금봉은 학재의 책상에 낮을 대고 울고, 학재의 이불에 낮을 대고 울고, 또 제가 빨아놓은 학재의 옷을 꺼내 보고 울었다. 그리고 그 방을 차마 떠나기가 어려워 층층대에 서서 울었다. 주인마누라는 금봉이 우는 뜻을 다 알아차리는 듯이, 왜 우느냐 묻지도 아니하고 어머니와 같이 애정이 가득한 눈으로 가끔 금봉을 바라보았다.

"안녕히 계셔요. 신세 많이 졌습니다. 잊어버리지 않습니다. 공일이면 올게요."

하고 금봉은 짐을 내어 실리고 나서 주인마누라에게 작별하는 인사를 하였다.

"또 오셔요. 임 서방님도 곧 오시겠지요. 아모것도 잘 대접도 못 해드려서 마음에 걸립니다. 적적하거든 언제나 놀러 오셔요. 맛난 것 해드릴게요."

하고 주인마누라는 수없이 절을 하였다.

금봉은 열 걸음에 한 번, 스무 걸음에 한 번 학재의 하숙집을 돌아보았다. 뒤창으로 학재가 내다보는 것만 같아서 금봉은 차마 발길이 돌아서지 아니하였다.

금봉은 랜디스 박사 집 이 층 마가레트 방에 자리를 잡았다. 비록 질소한 선교의 생활이라 하더라도 조선 사람인 금봉의 눈에는 모든 것이 다 으리으리하여서 감히 건드리기도 어려운 것 같았다. 마가레트는 삼십이 넘을락 말락 한 처녀 선생이었다.

저녁밥을 먹을 때에 랜디스 부인은 기도를 올리면서,

"사랑하는 딸 이금봉을 저의 집으로 보내셔서 저의 집을 빛나게 해주시니 감사합니다. 이 아기의 몸과 마음을 주께서 지켜 보호하여주시옵소서. 더욱이나 젊은 처녀로서 모든 인생의 유혹과 번뇌를 이기고 하나님의 영광을 조선 사람에게 나타내는 주의 딸이 되게 하여주시옵소서."

하였다. 그 말만 아니라, 그 음성의 정성스러움이 금봉의 마음을 깊이 감동시켰다.

"나도 조선 두 번 다녀왔소."

하고 랜디스 부인은 밥을 먹으며 이야기를 시작한다.

"조선, 대단히 아름다운 나라요. 그 산 모양 대단히 힘 있고 아름답소. 다만 나무 없소. 나무 많이 나면 더 아름다운 나라 되겠소."

"금강산 가셨어요?"

하고 금봉은 조선의 자랑으로 금강산밖에 생각나는 것이 없어서 물었다.

랜디스 부인은,

"금강산, 대단히 아름답단 말 들었소. 그러나 못 보았소. 금강산 그림, 조선 있는 친구가 보내어주어서 가지고 있소. 그러나 우리 선교사 좋은 경치 구경 다닐 시간 없소. 우리가 보기 원하는 것 경치 아니오, 사람이오. 하나님을 찾는 사람이오. 나 조선 갔을 적에 예배당에 부인들 많이 모이는 것 보고 기뻤으나 하나님 모르는 부인 더 많은 것 생각하였소. 마음에 소망 없고, 화평 없고, 주의 길 모르는 동포를 보면 우리 마음 슬프오. 금봉이 공부 잘해서 조선 형제자매 영혼에 소망 주고 화평 주는 일 하기 바라오. 지금 조선 형제자매 제 개인 생활 돌아볼 시간 조곰도 없는 때인 줄 믿소. 임학재 씨 젊은 사람이지마는 이 정신 많이 가졌소. 금봉이, 그런 사람 많이 아시오? 조선에 그런 사람 많이 나오면 조선 좋은 나라될 수 있소. 금봉이 좋은 사람 되시오. 하나님 믿으면 큰 힘 나오. 하나님안 믿으면 도모지 힘 날 수 없소."

하고 일본말 절반 영어 절반으로, 그러나 힘 있게 말하였다.

금봉은 식후에 제 방에 올라가서 창 밑에 교의를 놓고 뒷수풀 끝에 걸린 이른 가을의 초승달을 바라보았다.

금봉의 눈앞에는 달에 비추인 동해 바다의 물결이 보이고, 그 저편으로 어두움에 잠긴, 그러나 윤곽이 분명한 조선의 강산이 떠 나왔다.

'저 강산을 안기에는 너무도 좁은 내 가슴.'

하고 금봉은 일종의 슬픔을 깨달았다.

'남의 백성을 위해서 일생을 바치는 저들도 있거든.'

하고 금봉은 랜디스 부인의 말과 함께 선교사들의 일생을 생각하였다.

'저 흉용한 검은 물결을 가는 팔로 헤어 건널까. 이 어리고 약한 몸을 저 어두운 강산에 촛불 삼아 태울까.'

금봉은 제가 초승달이 비추인 동해 바다를 헤어 건너는 양을 보고 제 몸이 조선 강산의 가장 높은 봉에 올라서 큰 횃불을 들고 있다가 그 횃불이 다 타서 제 손이 타고 머리가 타고 온몸이 불기둥이 되어서 강산의 어두움과 동해의 물결을 비추고 섰는 양을 본다.

이 횃불 다 타거든
제 머리를 태오리다.
머리도 다 타거든
몸을 마자 태오리다.
이 몸이 불기둥 되어
저 강산을 비춰리라.

이렇게 금봉은 즉흥시를 지었다.

수풀 속으로서 서늘한 바람이 한 줄기가 불어와서 금봉의 홍분된 얼굴을 스쳤다. 금봉은 황홀에 가까운 심경을 경험하였다. 금봉은 이 첫가을의 초승달과 같고 저녁 바람과 같이 맑은 몸과 마음으로 일생을 지내는 것을 상상한다. 금봉이 백발이 되어서 일생에 지나온 길을 돌아보고 '하나님 감사합니다.' 하는 경건한 기도를 올리는 것을 생각한다.

'아, 내 왜 그랬던고?'

하고 금봉은 상태에게 대하여 느꼈던 번뇌를 완전히 뉘우쳤다.

금봉은 랜디스 부인의 집에 떠나온 뒤로 대단히 마음이 편안하였다. 경건한 종교적 가정의 분위기가 금봉의 마음을 깨끗이 하고 위로하였다. 저녁이면 랜디스 부인이 아이들을 데리고 취침 전에 축복하는 기도를 올리고, 그리고 아이들의 키스를 받고, 아이들을 침실에 넣고는 고요한 자장가의 곡조를 피아노로 울려주었다. 금봉도 침실에서 이 곡조를 듣고 누웠는 것이 퍽 행복스러웠다. 만일 어머니가 살아서 「영산회상」을 거문고로 쳐주었으면 얼마나 좋으랴 하고, 어린 때에 돌아가서 눈물을 흘렸다.

새벽이 되면 랜디스 부인이 자는 아이들을 깨우는 곡조를 피아노로 울려주고, 어떤 때에는 피아노에 맞추어 몸소 노래를 부르기도 하였다. 아침에 부르는 노래에는,

"Holy, holy, holy, Lord God Almighty."

하는 것을 즐겨 부르는 모양이었다. 금봉은 그 곡조가 퍽 힘 있고 거룩하다고 생각하였다.

취침은 밤 아홉 시, 깨는 것은 아침 여섯 시. 랜디스 부인은 마치 제가 시계인 것처럼 시간을 꼭 지켰다. 대청이라고 할 만한 넓은 방에서 유성기도 틀고 이야기도 하다가도 아홉 시가 땅땅 치면 랜디스 부인은 아이들(열두 살 된 딸과 아홉 살 된 막내아들)을 슬쩍 바라본다. 그러면 아이들은 벌써 알아차리고 보던 그림책, 장난하던 악기를 다 제자리에 갖다 놓고는 둥근 테이블 가에 제자리를 찾아서 앉는다. 그러면 랜디스 부인이 축

복하는 기도를 올리고, 기도가 끝나면 나 차례로 어머니의 이마에 키스를 하고,

"굿 나잇 마마(엄마 안녕히 주무세요)."

를 하고는 침실에 들어가서 자리옷을 갈아입고 손을 씻고 세수를 하고 양치를 하고, 그리고 침대 위에 엎디어서,

"하나님 안녕히 주무세요."

하는 기도를 간단히 하고, 그리고는 베개를 베고 누워서 눈을 깜박깜박하며 어머니가 울려주는 자장노래의 잔잔한 가락을 들으면서 잠이 드는 것이다.

아침에 일어날 때에도 마찬가지로 어머니의 피아노 소리에 일어나서 제 손으로 이 닦고 세수하고 머리를 빗고 옷을 갈아입고, 그리고는 간단히,

"하나님 안녕히 주무셨습니까."

하는 기도를 올리고, 그리고는 딸랑딸랑하는 일곱 시 종소리에 식당으로 들어와서,

"굿 모닝 마마(엄마 안녕히 주무셨어요)."

하고 어머니에게 키스하면 어머니는 웃으며 고개를 끄덕거려서 인사를 받고, 아이들의 머리 모양, 옷 모양, 손톱에 때가 없는가, 매무시가 어떤가, 구두가 잘 번적거리는가를 검사하고, 그런 뒤에는 아침 식탁의 기도가 있고, 우유와 달걀과 신선한 과일을 먹고⋯⋯.

랜디스 부인의 가정생활은 참으로 아름다웠다. 랜디스 박사와 마가레트 선생이 돌아오면 이 가정이 얼마나 더 행복스러울까, 하고 금봉은 제가 자라난 가정과 비교하여 부러움을 금하지 아니할 수 없었다. 짜증과

갈등과 성냄과 욕설과 꾸중과 불규칙과 무질서와, 아이들의 떼씀과 부모의 때림이 가득 찬 금봉의 집 가정이 슬펐다. 울고 싶었다.

랜디스 부인 집에 온 지 사흘 만에 어느 아침에 상태가 금봉을 찾아왔다. 응접실에 들어가기 전에 랜디스 부인이 금봉을 눈짓하여 불러서 상태의 명함을 가리키며,

"이 사람, 금봉이 잘 아는 사람이오?"

하고 물었다.

"네, 압니다."

"좋은 사람이오?"

"네, 좋은 사람입니다."

"무슨 일로, 이 사람 금봉이 찾아왔소?"

하고 랜디스 부인이 물을 때에 금봉은 잠깐 주저하다가,

"글쎄요, 모르겠어요."

하고 분명치 못한 대답을 하였다.

"젊은 여자가 아모 일 없이 젊은 남자와 만나는 것 좋은 일 하나도 없소. 거기 유혹 있소. 만일 금봉이 그 남자와 혼자 만나기 원치 아니하면 내가 함께하여도 좋소."

하고 랜디스 부인은 감독자의 위엄을 보였다.

잠깐 만나서 할 말을 듣고는 곧 돌려보낸다는 조건으로 금봉은 랜디스 부인에게서 상태와 면회하는 허가를 얻었다.

금봉이 응접실에 들어서자 상태는 자리에서 일어나서 얼굴 가득 웃음을 띠고 반가운 듯이 금봉의 곁으로 와서 금봉의 어깨에 손을 대려 하는 것을 금봉은 몸을 피해 한 교의에 앉고, 맞은편 교의를 가리키면서,

"여기 앉으셔요."

하였다.

상태는 무안하게 앉았다. 그의 흰 얼굴은 벌겋게 되었으나 곧 웃는 낯을 지을 수가 있었다.

"일전에는 실례했습니다."

하고 금봉은 상태의 무안해 벌겋게 된 낯빛이 회복되기를 기다려서,

"몸이 괴로워서, 메슥메슥해서 뛰어나왔어요."

하고 거짓말을 꾸며대었다. 그 거짓말이 부끄러워서, 또는 그날 정거장에서 한 일이 실상 면대하고 보니 미안하여서 금봉은 고개를 숙였다. 상태에게서 큰 원망과 큰 책망이 쏟아져 나오기를 기다렸다.

그러나 의외에도 상태는,

"무어, 미안하시게 생각하실 것은 없습니다마는, 난 퍽 염려하였습니다. 어떻게 염려가 되는지 쩔쩔매었습니다. 그러다가 그날 밤에, 아, 그이튿날인가, 학재 군 집 주인마누라한테서 미스 리가 무사하시더라는 말을 듣고야 마음을 놓았습니다. 어떻게 내가 마음을 졸였는지는 말씀을 마셔요. 살이 열 근은 내렸겠습니다. 아무려나 건강하신 양을 보니 안심이 됩니다."

하고 참으로 안심하는 모양으로 길게 숨을 내어쉬며 가슴을 편다.

"참으로 미안했습니다. 용서하셔요."

하고 금봉은 아까보다는 퍽 부드러운 호의적 어조로 사죄하는 뜻을 표하였다.

"압다, 용서가 무슨 용서야요? 그런 데면데면한 말을 마셔요."

하고 상태는 금봉의 부드러워짐을 이용하며 더욱 정다운 표정으로,

"사랑은 모든 것을 용서합니다. 금봉 씨가 만일, 만일 말씀이야요, 정말 그래서는 안 됩니다. 만일, 설사 말이오, 정말 그랬다가야 큰일 나게, 하하하하. 설사 말이야, 설사 금봉 씨가 칼을 들어서 내 가슴을 푹 찔러 주신다고 하더라도 나는 금봉 씨의 그 칼자루 잡은 손에 고맙다는 키스를 하렵니다. 만일 금봉 씨가 그 손마저 뿌리신다면 나는 금봉 씨의 손이 닿았던 칼자루에 키스를 하고 그 칼자루를 안고 죽을 것입니다. 그리고 내가 죽어서 만일 혼이 있다고 할 지경이면 그 혼은 금봉 씨를 따라서 하늘이면 하늘, 지옥이면 지옥으로, 지옥의 또 지옥, 또 또, 지옥이 있다고 하면 거기까지라도 따라갈 것입니다. 죽어서 혼이 따라다니는 것이야 누가 말리겠어요. 하하하하. 그리고 말이오, 그리고 만일, 이것도 만일입니다. 정말 그런 일이 있다면야 큰일 나게요. 그런 일이 있을 리도 없구요. 그러니까 설마, 그렇단 말씀이야요. 설사 금봉 씨가 나를 살려놓고 뿌리치신다면 나는 그때에는 내 손으로 내 목을 따거나 가슴을 찔러서 죽어버려서 혼이 되어서 금봉 씨를 따를 테야요. 정말입니다. 우리는 한번 하려고 결심한 일은 하늘이 두 조각이 나더라도 하고야 마는 사람이거든. 정말 우리 그런 사람입니다."

"아이 참 말씀도 잘도 하셔."

하고 금봉도 픽 웃지 아니할 수 없었다.

"말을 잘하다니, 그게 무슨 말씀야요?"

하고 상태가 분개하는 듯이 금봉을 노려본다.

"웅변이시란 말씀야요. 소설책이나 읽으시는 것을 듣는 것 같단 말씀야요."

하고 금봉은 더 웃는다.

"미스 리는 내가 하는 말을 보통 청년들이 하는 말과 같이 입에 발린 말로 들으십니까? 그렇게 알으시면 오해십니다."

"아니 그런 게 아니라요."

하고 금봉은 제가 무례한 말을 한 것을 깨달아서 미안한 듯이 부정하였다.

"만일 나를 입에 발린 말이나 하는 사람으로 아셨다가는 크게 후회하시리다."

하고 상태는 양복 속주머니를 부시럭거리고 찾더니 손수건에 싼 면도 하나를 꺼내어 번쩍하고 금봉의 앞에 내어민다. 금봉은 칼을 보고 깜짝 놀라 몸을 흠칫하고 뒤로 잦혔다. 그 면도는 손잡이를 등으로 감은, 야시 같은 데서 파는 물건이었다. 금봉의 가슴은 뛰었다.

"놀라지 마셔요."

하고 상태는 그 칼을 들어서 이리저리 돌리며,

"이 칼은 내 동맥을, 내 목숨을 끊기에 쓸 것이지 미스 리의 터럭 끝 하나 건드릴 리가 없습니다. 정말이야요."

하고 칼을 돌려 잡아서 날을 손에 쥐고 자루를 금봉에게로 향하며,

"지금 미스 리는 이 자루를 쥐셨습니다. 그리고 날을 내게 향하셨습니다. 이 날로 내 목숨을 끊고 안 끊는 것은 미스 리의 자유지요. 나는 몸을 피하지도 아니하고 또 반항하지도 아니할 테야요. 미스 리가 주시는 칼을 고맙게 받지요. 그리고 내 혼은 이금봉을 부르면서, 하늘로도 아니 가고 지옥으로도 아니 가고 꼭 미스 리의 몸에 붙어 다니거나, 그것이 못 되면 뒤를 따라다니지요. 정말입니다. 우리는 꼭 한번 마음에 먹은 것은 하늘이 두 조각이 나더라도 꼭 하고야 마는 사람이야요. 나를 나쁜 사람으

로 믿어서는 안 됩니다."

하고 군은 결심을 표시하는 듯이 입을 꼭 다물고 몸을 꼿꼿이 하였다. 그 때에 상태의 얼굴의 근육은 전체로 긴장하였다. 그리고 그 눈은 더욱 날카로워지고 빛이 났다.

금봉은 상태의 위엄에 좀 눌림을 깨달았다. 그러나 금봉은 이때가 상태를 이길 때라 하여 머릿속에, 제 몸에 불을 켜 들 것을 생각하였다. 그리고 정신을 가다듬어서,

"저는 사랑이라는 것을 도무지 아니 하기로 결심했어요. 저는 조선을 사랑해서, 조선을 위해서 일생을 바치기로 결심했어요. 저는 어떤 남자든지 사랑하지도 아니하고 혼인하지도 아니하기로 결심했어요. 그러니깐 선생님은 저를 찾아주시지 마세요."

하고 단단하게 말을 끊었다. 그러나 할 말을 다 한 것 같지 아니하였다. 제 구변이 도저히 상태를 따르지 못할 것을 생각하였다.

상태는 눈을 감고 가만히 말을 듣고 앉았더니 눈을 번쩍 뜨며,

"그거야 처녀들이 한 번씩은 다 생각하시는 일이지요. 또 그것이 좋은 생각입니다. 그만한 생각을 하실 만하신 줄 아니까 나도 생명을 바쳐서 미스 리를 사랑하는 것입니다. 보통 여자 같으면야, 나를 사랑해준다는 여자도 많습니다. 최을남, 강영자, 내가 이름까지 말씀하는 것은 잘못입니다. 지금 말씀은 취소합니다. 최을남, 강영자 두 사람은 이름만은 잊어버려주시오. 명예에 관계되니까. 꼭 잊어버려주신다고 말씀하셔요."

하고 중대 사건이나 되는 듯 표정을 한다.

"어떻게 억지로 잊습니까?"

"하아, 이거 큰일 났군. 어쨌으나 나는 취소했으니깐 책임은 아니 집

니다. 그런데 말씀이오."

하고 상태는 제가 하던 말끝을 잃어버려서 잠깐 머뭇거리다가,

"그러니까 말씀야요, 미스 리가 그만이나 하시니까 내가 생명을 내어놓고 사랑하는 것입니다. 나는 일생에 미스 리 한 분밖에는 다시 사랑하지 아니하렵니다. 정말이야요. 우리는 한번 한 말은 꼭 고대로 하는 사람입니다. 아, 어쩌면, 참."

하고 마치 금봉에게 예배나 하는 듯이 허리를 굽힌다.

금봉은 상태가 하는 양이 좀 우습기도 하였으나, 그래도 그의 진정을 의심할 수는 없는 것같이 생각하였다. 그러나 여기서 한 걸음을 물러서서는 안 된다는 것을 랜디스 부인의 말, "지금 조선 형제자매, 제 개인의 일 돌아볼 새 없소." 하던 말 한마디를 생각하고 기운을 얻어서,

"선생님, 제 생각에는 지금 우리 청년이 사랑이니 무엇이니 하고 저 한 몸을 생각하고 있을 시기가 아니라고 생각합니다. 저희 여자들도 그렇게 생각하는데, 선생님 같으신 어른은 더욱 그렇게 생각하셔야 되지 아니하겠습니까? 저 같은 사람이 그러한 마음을 내이더라도 선생님께서 도리어 못 하도록 막아주셔야 할 것이 아니야요? 들으니깐, 간디라는 이도 민족 사업을 하랴거든 독신을 지키라고 하였다고 합니다. 저는 그러니깐 조선만을 사랑해서 조선을 애인으로, 남편으로 알려고 작정하였습니다."

할 때에 저 자신도 몸에 소름이 끼침을 깨달았다.

금봉의 말을 듣고 상태는 속으로,

'이 계집애가 단단히 학재 녀석의 감화를 받았구나.'

하고 심히 불쾌하였다.

아니꼬움이 치밀어서 견딜 수가 없지마는, 상태는 아무러한 인정이나 의리에도 움직이지 아니하는 용기가 있는 동시에 아무러한 모욕이나 분함도 참아내는 뱃심이 있었다. 상태는 화를 낸다든지, 성을 내는 것이 매양 이롭지 아니함을 잘 안다. 만일 누구에게 욕을 당한다 하면 그 자리에서는 가느다란 눈만 깜짝거리고, 될 수만 있으면 저를 욕보이는, 혹은 때리는 저편을 향하여,

"이건 왜 이러시오? 좀 진정하시오. 하하하하."

하여 농쳐버리는 재주가 있다. 그 대신 비록 조그마한 원혐이라도 마음속에 꼭꼭 치부해두었다가 저편이 잊어버릴 만한 때에 제 손가락 하나 움직이지 아니하고 단단히 앙갚음을 하여 저편을 골리고야 마는 재주와 인내력이 있다. 일찍 아무도 상태가 성내는 양을 본 이가 없고, 더구나 누구하고 대들어 싸우는 양을 본 이가 없다. 몇 마디 언쟁을 하다가도 저편에 흥분한 빛이 있으면 웃고 화제를 돌리거나, 그것만으로도 안 되어서 저편이 바악바악 대들 지경이면, 그는 시계를 꺼내 보고,

"용서하셔요. 나는 이 시간에 어디 약속이 있습니다."

하고 웃으며 저편과 정답게 인사하고 나가버리고 만다. 그는 문밖에 나가서 몇 걸음을 걸은 뒤에 한 번 입술을 물고 주먹을 불끈 쥐고,

'이놈 두고 보아라.'

하고 한번 보복할 맹세를 하는 것이다.

만일 얼마 뒤에 저편이 그를 만나서,

"일전에는 내 말이 좀 과격해서 실례가 되었소이다."

하고 용서함을 청하면, 그는 무슨 뜻인지 모른다는 표정을 하다가 이윽고 비로소 생각이 나는 듯이,

"네에, 난 무슨 말씀이라구. 벌써 다 잊어버렸습니다. 우리는 그런 것을 이튿날까지도 기억하는 사람이 아닙니다."

하고 더욱 정답게 인사를 하는 것이다.

그러나 상태는 결코,

"내가 잘못했습니다."

하고 제 잘못을 승인하는 일은 없다. 그는 다만 가만있거나 그렇지 아니하면,

"오해시지요."

하여서 언제든지 책임은 저편에게 지운다. 그는 마치 절대로 잘못할 수 없는 사람과 같은 태도를 가진다. 이것이 저편을 퍽 괴롭게 하지마는 그것을 보는 것은 고소한 일이었다.

이러한 상태이기 때문에 금봉의 훈계하는 듯한 말에 감복할 리는 물론 없지마는, 성낸 양을 보일 리도 물론 없었다. 그러나 그는 이 경우에 이 감복한 모양을 보이는 것이 금봉의 마음을 끄는 데 효과 있을 것을 알기 때문에 상태는,

"아흐!"

하고 가장 감격 깊은 한숨을 쉬고 고개를 푹 수그렸다가 겨우 들면서,

"감격합니다. 감격이란밖에 더 할 말씀이 없습니다."

하고 또 한 번 고개를 숙였다가 다시 들며,

"미스 리, 지금까지 나는 다만 미스 리를 사랑하였을 뿐입니다. 그러나 오늘부터 나는 미스 리를 숭배하고 사모하겠습니다. 나는 미스 리를 따라가는 자, 섬기는 자가 되겠습니다. 그것까지는 물리치실 수가 없으시겠지요? 내가 미스 리에게 수종드는 것까지야 거절하실 수가 없으시

겠지요. 아흐, 나는 오늘 미스 리의 말씀과 태도로 하여서 잠에서 깬 것 같습니다. 정말입니다. 거짓말하겠어요? 나는 오늘부터 미스 리를 가슴에 안았던 것을 고쳐서 가슴에, 저어 속속 깊이 영혼의 가슴속에 모시겠습니다. 미스 리가 그것까지야 금하시겠어요? 미스 리는 심상태의 생명이니까 생명까지야 끊으라고 하시겠어요? 아흐, 오늘같이 감격 깊은 날은 내 일생에 처음입니다. 정말입니다. 내 말을 고대로 믿어주서요. 이 세상에 미스 리를 내가 사랑하고, 아니, 숭배하고 사모하는 십분지일만큼이라도 사랑하고 숭배하고 사모해드리는 이가 있다고 하면, 나는 이 자리에 죽어버리겠습니다. 정말입니다. 하나님이 내려다보십니다. 미스 리, 아아, 미스 리."

하고 두 손을 금봉의 앞에 내어민다.

"금봉! 금봉!"

하고 랜디스 부인이 부르는 소리가 들렸다. 금봉이 남자 방문객과 오래 이야기하고 있는 것을 못마땅하게 여기는 랜디스 부인의 어머니다운 걱정에서다.

"네에."

하고 금봉은 큰소리로 대답하고 나서 상태더러,

"인제는 가세요. 랜디스 선생이 부르시니 저는 가보아야겠어요."

하고 금봉은 의자에서 일어났다.

"가기는 가겠습니다."

하고 상태도 선뜻 자리에서 일어나서 한 걸음 금봉의 곁으로 걸어오면서,

"그래, 금봉 씨는 나를 그냥 돌려보내실 테야요?"

하고 한 팔을 금봉의 등 뒤로 돌려서 안으려는 기미를 보였다.

"아스세요. 어서 가세요."

하고 금봉은 상태의 팔을 벗어나서 문으로 비켜서며,

"저는 굳은 결심이 있으니 다시는 저를 찾지도 마시고 편지도 마세요. 저 같은 것을 생각도 마세요. 그럼 제가 먼저 나갑니다."

하고 얼른 문을 열고 나가버렸다.

상태는 금봉이 나가기 전에 금봉을 꼭 끼어안지 못한 것을 후회하였다.

적어도 금봉을 한번 안아보고 금봉의 입에서 키스 한 번만이라도 빼앗지 못한 것이 아까웠다.

"에익!"

하고 상태는 모욕을 당한 것을 느끼면서 랜디스의 집에서 나왔다. 뒤에서 금봉과 랜디스 부인이 자기를 손가락질하면서 비웃는 듯함을 느끼면서 학교 문을 나섰다. 등에는 식은땀이 흘렀다.

상태는 단장을 내어두르면서 한길을 향하고 얼마를 걸어가다가 시계를 내어 보았다. 오후 세 시 반.

'최을남이헌테나 가볼까, 어저께 동경을 왔다니. 강영자헌테나 가볼까. 강영자는 너무 빡빡하고. 최을남이는 너무 헤퍼서 재미가 있어야지. 새침데기 골로 빠진다고, 강영자가 도리어 유망할는지 몰라. 그렇지마는 그런 계집애는 한번 달라붙으면 떨어지지를 아니해서 걱정이려든. 아모러나 어디 이대로야 허전해서 쓰겠나. 어느 계집애든지 하나 붙들어야지. 온, 금봉이란 고런 쌀쌀한 계집애가 어디 있어? 꼭 고것을 내 것을 만들어야겠는데. 그런 줄 알았더면 숙희나 그냥 따라다녔더면 되었을 것을, 응.'

상태는 혼자 이렇게 속으로 중얼거렸다.

'허, 고 계집애 말법 보아. 대장부가 이 비상한 때에 무얼 연애를 하려드느냐고. 왜 천하를 위한 큰 생각을 못 하느냐고. 원, 고 말법 보겠지. 딴은 그렇지. 그렇지마는 금봉이 고것만은 안 잊히는걸. 맹랑한걸.'
하고 잠깐 걸음을 멈추었다가,

'서서히 두고 보지. 저도 계집이어든 제가 내 손에 아니 휘어들고 배겨? 안 될 말이지. 억지로라도, 속여서라도 한번 버려주고야 말걸.'
하고 새로 유쾌한 기분을 얻어가지고 전찻길을 향하여서 걸어 나갔다.

그 후에도 심상태로부터서는 금봉에게 자주 편지가 왔다. 열렬한 문구, 전번 만나서 말하던 것과 거의 같은 문구를 늘어놓은 편지가 왔으나 일절 답장도 아니 하고, 또 조선 사람들끼리 모이는 예배당에도 가지 아니하였다. 그리고 깨끗한 기도의 생활을 보내려 하였다.

그러나 금봉의 마음은 금봉의 말을 듣지 아니하였다. 처음으로 싹이 튼 금봉의 청춘의 괴로움은 무슨 큰일을 저지르고서나 말 것같이 서둘렀다. 교실에 앉아서 선생의 강연을 들을 때에도 학재나 상태의 모양이 번뜻거리고, 자려고 자리에 누운 때에는 더구나 이성이 그리운 생각이 나서 잠을 이루기가 어려웠다. 누구에게 힘껏 안겨보고 싶은 마음이다.

금봉은 이것이 무서운 육체의 유혹이란 것을 인식한다. 많은 젊은 여자들이 이 유혹 때문에, 이 본능 때문에 몸을 망치는 것도 어렴풋이 생각한다. 이것을 이기어야 한다 하고 금봉은 자리에서 일어나 꿇어 엎디어,

"주여, 하나님이시여, 이 어린 자식을 불쌍히 여기시와 죄를 이길 힘을 주시옵소서. 주여, 주여."
하고 기도를 올린다.

어떤 일요일 날 랜디스 부인은 금봉을 집으로 불러서 저녁을 먹였다.

숙희도 검사국에서 불기소가 되어서 학교로 돌아온 지 며칠 지나서다. 조선 사람에 대해서 깊은 관심을 가진 랜디스 부인은 번민기에 있는 두 조선 여성인 숙희와 금봉의 마음의 움직임을 어머니다운 세밀한 주의로 살피고 있었다. 더욱이 요새의 금봉의 얼굴과 눈찌에 드러난 고민을 비상한 근심을 가지고 살피고 있었다. 오늘 저녁밥을 먹이는 것도 이 때문이었다.

밥 먹는 동안에는 숙희의 잡혀 다니던 이야기로 판을 막았다. 숙희는 그 좋은 구변, 활발한 여자에게 흔히 있는 수다스러움으로 약간 조작과 과장을 섞어서 듣기에 재미있게 말하였다. 더구나 그 오빠 학재가 체포되던 순간에 보이던 태연한 태도와, 경찰과 검사정에서 취한 영웅적 태도와 당당한 답변, 이런 것들을 마치 늘 곁에서 보고 있거나 하였던 것처럼 확실성 있는 단안으로 말하였다. 금봉은 숙희의 말에 취하다가도 군데군데 숙희가 직접 보았을 수 없는 것을 직접 본 것처럼 말할 때에는 불쾌하고 부끄러움을 느꼈다. 그러나 임학재에게 관한 것만은 그럴 것이라고 생각하였다.

'경찰서 유치장에서나 감옥에서 학재 씨가 나를 생각하던가?'

금봉은 숙희에게 이런 말을 묻고 싶었다. 만일 묻는다 하면 숙희는 반드시 오빠의 속에 들어갔다 나온 듯이 대답하였을 것이다.

식후에 랜디스 부인은,

"금봉이 요새 얼굴빛 좋지 않소."

하고 금봉을 바라보면서,

"사람이 마음에 근심 걱정 있으면 얼굴빛 좋지 않소. 근심 걱정하는 것 예수 믿지 않는 사람들이 하는 일이오. 예수 잘 믿는 사람, 하나님 믿고 예수 공로 잘 믿는 사람 도모지 근심 걱정할 수 없는 것이오. 모든 것 하나님께서 알아 하시니 우리 무슨 근심 걱정 있소? 우리 걱정하고 근심함으로 우리 몸 병나고 우리 영혼 죄 짓는 일밖에 아모 소득 없소."
하고 일어나 가죽 껍데기 한 성경을 꺼내어서 「마태복음」 여섯째 장 스물다섯째 절을 손을 짚고 금봉더러 읽으라 한다.

금봉은 영어로 읽는 것을 부끄럽게 생각하면서 낱낱이 발음과 액센트에 주의를 하면서 읽는다.

　그러므로, 내 너희다려 이르노니, 너희는 목숨을 위하야 무엇을 먹을까, 무엇을 마실까, 또 몸에 무엇을 입을까 염려하지 말어라. 분명히 목숨이 먹고 마시는 것보다 중하고 몸이 입는 것보다 중하니라. 공중에 나는 새들을 보라. 심으지도 아니하고 거두지도 아니하고 고암에 쌓아두는 것도 없건마는, 하늘에 계신 아버지께서 그들을 먹여 살리지 아니하더냐. 아모도 걱정한다고 제 키를 한 터럭 두께만치도 높게 하지 못하거든 어찌하야 입을 것을 걱정하느냐. 들에 피는 백합꽃을 보아라. 그들은 일도 아니 하고 길삼도 아니 하되, 내 너희에게 이르노니, 솔로몬의 영화로도 백합 한 송이만 한 옷을 입어본 적이 없나니라. 오늘 피었다가 내일 아궁이에 던질 풀도 하나님께서 이렇게 입히시거든 하물며 너희야. 더구나 잘 입히시지 아니하겠느냐. 오, 사람들아, 너희는 어이 그리 하나님을 믿지 못하느냐. 그러므로 너희는 무엇을 먹을까, 무엇을 마실까, 무엇을 입을까고 걱정하고 부르짖지 말어라(하나님을 아니 믿는 무리들은 오직 사는 것만으로 목적을 삼나니라). 하늘에 계신 아버지께서는 너희가 쓸 것을 다 잘 아시나니라. 너희는 오직 하나님의 나라와 옳은 것을 구하라.

여기까지 읽었을 때에 랜디스 부인은 손을 들며,

"숙희, 금봉이, 인제 알았소? 아모 걱정도 말고, 오직 하나님만 믿고 오직 하나님의 나라와 옳은 것만을 구하라, 하나님을 믿는 사람 마땅히 이렇게 살 것이오. 하나님을 믿지 아니하는 어리석은 사람들 어떻게 사나, 먹나, 무엇을 입나, 이런 걱정 하지마는, 이런 걱정 다 부질없는 걱정이오. 사람이 아모리 살랴고 걱정하더라도 하나님 목숨 아니 주시면 살 수 없소. 하나님 나라와 옳은 것을 구하는 사람, 하나님께서 먹을 것, 입을 것, 다 주실 것이오. 금봉, 요새 마음에 걱정 많은 모양이오. 그 걱정 다 쓸데없는 걱정이오. 죄짓는 걱정이오. 걱정 생기거든 기도할 것이오. 주의 기도문 외울 것이오."

랜디스 부인은 많은 설명을 아니 하였다. 서양식으로 다만 깨달을 기회를 주어서 당자가 스스로 깨닫기를 바라는 것이었다.

그러나 금봉이나 숙희에게는 그 성경 구절이 똑바로 마음속에 들어오지를 아니하였다. 숙희의 마음은 조병걸에게 대한 사랑과 세속적인 여러 가지 욕망에 꽉 차서 진리를 받아들이는 근본 조건이 되는 '부인 마음'이 되지 못하였다. 하나님 나라와 옳음을 구하기 전에 병걸의 사랑을 구하지 아니하면 아니 될 것 같았다. 금봉의 마음은 비교적 비었으나 이 가르침을 받아들이기에는 너무도 어렸다. 그러나 모든 것을 하나님께 맡기라는 말과, 공중에 나는 새와 들에 피는 백합을 보라는 말은 퍽이나 아름다워서 눈물이 흐르도록 감격되었다.

"언니."

하고 금봉은 랜디스 부인의 집에서 방에 돌아오는 길로 숙희더러,

"나도 랜디스 부인처럼 하나님을 잘 믿었으면 좋겠어. 모든 근심 걱정을 다 하나님께 맡기고 오직 기도와 기쁨으로 살아가면 작히나 좋아."

하였다.

"흥."

하고 숙희는 코웃음을 하면서,

"우리도 랜디스 부인만 한 나이 되면 그렇게 하지. 랜디스 부인도 젊어서는 사랑도 했기에 남편도 있고 자식도 낳았지, 하하하하."

하고 자포자기하는 듯이 침대에 나가자빠진다.

"언니, 어째 그렇게 되셨소?"

하고 금봉은 숙희를 향하여 놀라는 빛을 보인다.

"왜? 내가 어떻게 되었니?"

하고 숙희는 싱글싱글 웃는다.

고 어린것이 어떻게 내 속을 들여다보나 하고 흥미를 느낀 것이다.

"언니가 방학 전에야 왜, 그랬수? 기도도 하고 좀 얌전했지."

"망할 것. 왜 지금은 내가 얌전하지를 않으냐?"

"어디 얌전하우?"

하고 금봉은 숙희가 네 활개 쭉 뻗고 침대 위에 자빠진 꼴을 본다.

"에그, 요것이 여우야."

하고 숙희는 금봉의 손을 끌어당기어 억지로 그 목을 끼어안고 수없이 입을 맞춘다. 마치 끓어오르는 열정을 못 이기는 것 같다. 숙희의 입김은 뜨거웠다.

얼마 이러다가 숙희는 금봉을 놓아주고 울기를 시작한다.

이번 방학에 조선에 돌아가서 숙희는 마침내 병걸에게 몸을 허하였다. 허하였다는 것보다는 숙희가 병걸을 정복하였다. 학재가 붙들려 간 뒤에 숙희는 병걸의 여관을 찾아가서 피신한다는 핑계로 병걸과 함께 석왕사에 가서 닷새 동안이나 한방 생활을 하였다. 그때에 숙희는 오직 열정 덩어리였으나, 병걸은 다만 숙희가 원하는 대로만 응하여주는 냉정한 사람이었다. 숙희는 병걸의 마음속에도 제 속에 타는 불과 같은 불을 붙여놓으려고 갖은 수단을 다 썼으나 그것은 모두 효과가 없었다. 병걸은 언제나 태연하고 언제나 냉정하였다.

"좀 힘껏 안아주어요."

하고 숙희가 보채면,

"그러지."

하고 병걸은 힘껏 안았다. 병걸이 으스러져라 하고 저를 안아줄 때에도 숙희는 병걸의 팔에 아무 열이 없음을 분명히 느꼈다.

"이 냉혈동물!"

하고 숙희는 병걸의 따귀를 붙였다.

"어허, 삼십칠 도 이상 체온이 올라가면 병이게."

병걸은 이런 소리를 하고 웃었다. 숙희가 보기에 병걸의 정은 절대로 삼십칠 도 이상은 아니 올라갈 것 같았다. 그것이 숙희의 불만이요 슬픔이었다. 그래서 숙희는 병걸에게 술 먹기를 권해보았다.

술이 취하면 좀 어눌해질 뿐이지, 그 태연 냉정함은 마찬가지였다.

"이 화상에게는 열정은 없나 보아."

하고 숙희는 병걸을 꼬집었다.

"열정이란 병이라니. 숙희야말로 해열제를 단단히 자서야겠소."

하고 병걸은 웃었다.

숙희는 이런 생각을 하고 울었다.

금봉은 숙희의 이 이상야릇한 행동이 가엾었다.

그날 밤부터 숙희와 금봉은 한 침대에서 잤다.

조병걸이 다시 동경에 오게 되매 숙희는 틈만 나면, 핑계만 생기면 병걸을 찾아갔다. 병걸에게서는 답장 하나 오지 아니하건마는 숙희는 거의 날마다 병걸에게 편지를 썼다. 번번이는 아니나 이따금 숙희는 병걸에게 보내는 편지를 금봉에게 보였다. 글재주가 있고 시인 될 소질을 가진 금봉의 눈에는 숙희의 편지는 퍽 유치하였다. 그러나 그 노골적이요, 열정적인 데는 금봉도 감복하지 아니할 수 없었다. 어떤 때에는 너무 노골적이어서 금봉은 낯을 붉히며,

"아이 언니두! 무얼 그런 소릴 다 쓰우?"

하였다.

"그 작자가 피부가 쇠두껍으로 되고 신경줄이 동아줄이란 말이다. 웬만해가지고야 감각이 생기나."

하고 숙희는 웃지도 아니한다.

금봉은 숙희가 연애병에 걸린 것이라고 생각하였다. 연애란 고약한 병이라고 생각하였다. 숙희는 공부에도 마음이 없고 기도에도 마음이 없고, 밤낮 생각하는 것이 병걸만인 것 같았다. 처음에는 금봉도 숙희 모양으로 이성을 사랑해보았으면 하는 생각도 없지 아니하였으나, 연애란 병인 것을 깨달을 때에 연애라는 것이 무서워졌다. 심상태도 연애병에 걸린 환자여니 하면, 그 추근추근하고 염치없는 것이 적이 용서가 되었다.

금봉은 랜디스 부인의 말을 들은 후로 「마태복음」 육 장 이십오 절에

서 끝 절까지를 날마다 한 번씩 읽고, 또 랜디스 부인 말대로 무슨 괴로운 생각이 나거나 이성이 그리운 생각이 날 때에는 주의 기도문을 외웠다. 그러면 그 시끄러운 생각들이 다 스러지는 것이 기뻤다.

"하나님 아버지시여, 이 어리고 연약한 딸을 불쌍히 여기시와 연애의 유혹에 빠지지 말게 하시옵소서. 연애는 병인 줄 깊이 믿사옵나이다."

하고 금봉은 이러한 기도를 올렸다.

그러나 기도 중에도 학재의 모양이 나타날 때에는 멈칫하지 아니할 수 없었다. 그렇지마는, 학재를 생각하는 것은 죄 되는 것 같지 아니하였다. 오직 걱정인 것은 밤에 자리에 누워 자려 할 때와 아침에 잠이 깰 때에 심상태의 품에 안기는 생각이 나는 것이었다. 학재의 모양이 보일 때에는 마음이 엄숙하여지지마는 상태의 모양을 생각할 때에는 그만 마음이 풀어져버려서 걷잡을 수가 없었다. 금봉은 상태의 무슨 무서운 예방에 걸린 것만 같았다. 그러할 때에는 금봉은 주의 기도문을 외웠다.

그러나 어떤 날, 금봉이 감기로 열이 좀 있던 날 밤에 상태를 따라 어느 시골 여관에 들어서 한자리에 자는 꿈을 꾸고 나서는 금봉은 울고 싶었다.

"하나님, 이 불쌍한 딸을 왜 버리십니까. 왜 꿈에도 저를 보호하야주시지 아니하시나이까?"

하고 눈물을 흘리며 기도하였다.

금봉은 지난 여름방학에 상태의 유혹을 받아서 가마쿠라라는 곳에 가는 차를 타려고 시나가와(品川)라는 정거장에까지 갔다가 상태가 차표 사러 간 동안에 슬며시 도망해 나온 일을 생각한다. 그때에 어렴풋이 마음에 먹었던 것이 꿈이 되어 나온 것이 무서웠다. 어렴풋이, 아주 어렴풋이 상태와 한자리에 자는 쾌락을, 아주 눈 한 번 깜짝할 동안, 그보다도 더 짧은 동안 생각하였던 것이, 그러고는 곧 아뿔싸 하고 칠판에 쓴 글씨를 지워버리듯이 빡빡 지워버렸던 것이, 그것이 혼의 어느 구석에 붙어 있다가 꿈이 되어 나왔구나, 하고 금봉은 무서워서 떨었다. 한 번, 두 번 상태에게 손을 잡혔던 촉각, 허리를 안겼던 촉각, 이런 것은 더구나 깊이 깊이 영혼에 박혀서 끝끝내 말썽을 부릴 것이 두려웠다.

"하나님, 하나님!"

하고 금봉은 힘써 불렀으나 그 흉한 꿈이 꾸기 전보다 하나님이 까맣게 멀어진 것만 같았다.

어느 눈 많이 오는 날. 동경치고는 꽤 많이 함박눈이 퍼붓는 날 밤. 마침 토요일인 것을 이용하여 금봉은 숙희와 같이 병걸과 상태를 따라서 어떤 극장에 『로미오와 줄리엣』이라는 셰익스피어의 극 구경을 갔다. 극이 셰익스피어의 명작이요, 또 출연하는 이가 어떤 대학 교수, 강사들이라는 말에 사감도 쾌히 허락한 것이었다. 이날은 숙희나 금봉이나 크리스마스에 입으려고 지어두었던 조선 옷을 입었다.

극장 앞에는 사람들이 표 살 차례가 돌아오기를 기다리느라고 기다랗게 줄을 지어 섰다. 일등, 이등, 삼등 표를 파는 창 구멍마다 기다란 사람의 줄이 뻗쳤다. 우산과 외투와 모자에는 하얀 눈이 소복소복 쌓였다. 그중에는 얼굴의 골격과 표정으로 보아 조선 학생인 듯한 이들도 보이고, 예배당이나 회석에서 낯익은 사람들도 보였다.

"숙희!"

하고, 부르기는 숙희를 부르면서 어깨는 금봉의 어깨를 치는 것은 최을남이었다. 검은 외투에 모자까지 쓰고 마치 직업 부인같이 차리고, 그 곁에는 강영자의 무표정한 새침한 얼굴이 있었다.

"누구허구 왔어?"

하고 을남은 좌우를 돌아보며,

"조병걸 씨허구 왔겠지?"

하고 숙회를 빈정거린 뒤에 금봉의 손을 잡으며,

"금봉아, 손 선생이 동경을 온다고 편지를 했더라."

하고 금봉의 얼굴을 들여다본다.

"손 선생이?"

하고 금봉은 놀라며 얼굴을 붉혔다.

"응, 그럼 안 와?"

하고 을남은 숙회와 금봉을 번갈아 보며 어성을 낮추어서,

"손 선생이 학교에서 미역국을 먹었대. 우리 오빠가 그러는데, 손 선생이 저 평택 논 말이야, 학교 논을 팔아서 철원에다가 옮겨 사는 데 십만 원인가 십이만 원인가를 먹은 것이 탄로가 되어서 학교 이사를 떼였고. 손 선생이 족히 그런 짓을 할 작자가 아니야? 그런데 모두들 손 선생을 콩밥을 먹인다는 것을 교장 선생이 그러지 말라고 해서 콩밥은 안 먹게 되고."

하고는 또 한 번 금봉을 본다.

금봉은 땅속에라도 들어가고 싶었다. 금봉은 지난봄 동경 올 때에 서울서 떠나는 차중에서 손 선생이 자기더러 하던 이야기를 기억한다. 그때에도 평택에 볼 일이 있노라고 평택까지만 동행하노라고 하고 부산까지 따라온 것이었다. 손 선생이 이런 부정한 일을 한 것이 다 저 때문인 줄을 금봉은 잘 안다. 가난한 사람이 금봉의 학비를 대려고, 또 재산으로

금봉의 마음을 끌려고 이런 짓을 함인 줄을 금봉은 잘 안다. 금봉은 지금까지 먹은 밥, 지금 몸에 감고 있는 옷이 다 손 선생이 보내어준 이러한 부정한 돈으로 된 것임을 생각할 때에 죽고 싶었다.

"그런데 동경은 무엇 하러 올까."

하고 숙희가 혼잣말 모양으로 한다.

"이 뚱딴지 보아."

하고 을남은 숙희의 옆구리를 푹 찌르며,

"손 선생이 몸은 서울에 있어도 마음은 동경에 있는 줄을 몰라? 이 아가씨 곁에."

하고 금봉의 턱을 만진다.

"아이, 언니두."

하고 금봉은 성이 나서 팩 돌아선다.

"오, 참."

하고 숙희는 또 뚱딴지 대답을 한다.

을남의 오빠가 표를 사가지고 온다. 그는 형식이라는 이름을 가진 사람으로서, 키가 후리후리하고, 얼른 보기에 싱거운 듯하면서도 맑은 눈이 그의 심상치 아니한 매력을 보이는 사람이다. 고등상업에 학적을 두었건마는, 정치에 많이 뜻을 두어서 정당 연설회에 다니기를 좋아하고 뱃심이 좋아서 동경에 있는 정치가들도 많이 찾아보아서 상당히 낯이 넓은 사람이다.

"응, 구경들 왔나?"

하고, 형식은 숙희와 금봉을 보고 반말로 인사를 하고,

"표를 샀나? 내 사줄까?"

하고 동생들을 대하는 태도다. 형식은 누이 을남의 동무에게 대하여서는 다 동생 대접으로, 반말하고 싶은 때에는 반말도 하고, 해라 하고 싶은 때에는 해라도 한다. 그는 별로 구애가 없는 사람이었다. 형식의 이 성격이 남녀를 물론하고 친구들의 호의를 끌었다.

손명규가 금봉의 학비를 을남에게 부탁하지 아니하는 까닭은 여자들 사이에 비상한 환영을 받는 형식을 꺼리는 것이었다. 그러나 형식은 결코 저를 신뢰하고 따르는 여자를 건드리지 아니하는 벽이 있었다.

이윽고 병걸과 상태가 표를 사가지고 왔다.

"요오."

"야아."

하고 병걸, 상태, 형식은 악수를 하였다.

극장은 만원이었다. 서울서 광무대나 단성사밖에 보지 못하던 금봉에게는 이 극장은 도무지 이 세상 것 같지 아니하였다. 그렇게 크고 화려하였다. 그 둥글고 크기 하늘 같은 천장이라든지, 그 천장에 그린 선녀의 그림이라든지, 밤하늘에 별과 같이 찬란한 전등 빛이라든지, 바닥에 깐 빨갛고 포근포근한 천이라든지, 또 세 층으로 된 관객석에 가뜩가뜩 찼으되, 종용한 남녀 관객이라든지, 모두 다 금봉에게는 놀라운 것이었다.

금봉은 이러한 놀라운 생각을 가지고 붉은 공단에 금으로 수를 놓은 막이 열리기를 초조하게 기다리고 있었다. 임성구(林聖九) 일행의 신파연극밖에 본 일이 없는 금봉에게는 장차 나올 대학 교수와 일본에 가장 이름이 높은 여배우가 연출한다는 『로미오와 줄리엣』의 연애극은 마치 무슨 큰 신비한 것이나 같이 생각했다.

어느 대학에서 영문학을 배운다는 문영(文榮)이라는 학생이 주로 을남과 형식을 향하여 열심으로 『로미오와 줄리엣』 극을 설명하고 있다. 이 학생은 요새에 새로 얻은 을남의 신하였다. 자유연애주의자인 을남은 누구나 마음에만 들면 얼마 동안 사랑하고 데리고 다니는 것이었다. 그렇다고 정조를 헤프게 허하는 것이 아니나, 혹은 눈찌까지만, 혹은 악수까지, 혹은 키스까지, 혹은 안겨주는 것까지를 허하여서 저편의 애를 태우는 것이 을남의 장난이었다. 그때에는 연애는 신성이라든지, 연애는 자유라든지 하는 생각이 문학을 통하여 청년 남녀 중에 많이 퍼진 때였으므로 연애를 하는 것은 마치 인생의 의무처럼 알고, 종교적 수련처럼 생각하는 생각이 많았었다. 을남은 이 주의자의 하나였다. 을남의 남자 친구 중에는 무론 연애지상주의가 많았지마는, 오늘 데리고 온 문영이라는 이 문학청년도 『학지광(學之光)』 잡지에 연애론을 한창 잘 쓰는 청년 중에 하나였다.

문은 학교에서 선생에게 들은 강의대로 셰익스피어 극의 연애 이야기를 하였다. 오필리아의 연애, 로미오와 줄리엣의 연애 등등. 문의 말을 들으면 마치 셰익스피어는 오직 연애를 위하여서만 일생에 문학을 쓴 것 같고, 이 인생이 전체로 연애만을 위하여서 된 것 같았다.

"오빠, 알아들으셨수?"

하고 을남은 가끔 형식의 옆구리를 찔렀다.

형식은 귀찮은 듯이,

"그게 다 무슨 소리야? 지금 구라파 서부 전선에서는 하로에도 몇만 명 사람이 각각 조국을 위해서 피를 흘리고 있는데 연애가 무슨 주리를 할 연애야?"

하고 빈정대면서 문이 열심으로 하는 설명을 아니 들으려는 듯이 고개를 휘휘 돌리고 두 주먹으로 망원경을 만들어서 관객석에 앉은 사람들 구경을 하고 있다. 잘생긴 여자도 보고, 못나고 잘 차린 여자도 보고, 특색 있는 남자들의 얼굴과 머리 모양도 구경하고 있다.

형식은 연애 반대자다.

"연애란 못난 연놈이 하는 유희다. 비싼 밥 먹고 하는 값없는 장난이다."

하는 것이 그의 연애론이다. 이 때문에 을남은 성화를 한다. 오빠에게 연애 교육을 하려고 을남은 애써서 어여쁜 동무들을 소개하지마는, 그 동무를 보고 난 뒤에 형식에게 감상을 물으면, 형식은 "피!" 하고 입을 뾰족하게 내어밀면서,

"응, 그 계집애는 사흘 굶은 고양이 새끼 같고나, 아이 보기 싫어."

한다든지,

"응, 그것은 꼭 동물원 원숭이 볼기짝처럼 생겼더라."

한다든지 험구를 하고 빈정거린다.

그래도 을남이 오빠 형식을 대하여 열심으로 연애론을 하면 형식은 흔히 강영자를 보고,

"영자, 영자는 을남이 물들지 말어. 저것은 미쳤다니깐, 미쳤어."

하고 시치미 뗐다. 그래도 을남이 형식에게,

"오빠는 사람이 아니야. 그렇다고 노상 여자를 싫어하는 것도 아니면서, 성인도 못 되면서 이상야릇해."

하고 대들면 형식은,

"너도 그 놈팽이들 줄줄 달고 댕기지 말고 어느 놈이나 한 놈 주둥이까지 아니한 놈을 붙들거든 일생 같이 살 도리를 해야지, 그 침을 개흘리

고 계집애 궁둥이나 따라다니는 놈들허고 오래 추축하다가는 소문이 나

빠져서 아모도 얻어가지도 않게 된다. 남들은 너를 헌계집이라고 아니

하니?"

하고 사정없이 몰아센다.

　이렇게 형식은 연애를 미워하면서도 누이 을남의 연애에 대하여서는

도무지 간섭을 하지 않는다. 그것은 형식의 인생과 정치 이론인 자유주

의에서 온 것이었다. 형식은 정치나 인생의 모든 것에 있어서 자유주의

자였다. 남을 간섭하기도 원치 아니하고 남의 간섭을 받기도 원치 아니

하였다. 게다가 그의 천품이 한편으로 보면 극히 타산적이요 명민하여

조그마한 이해관계나 조그마한 감정의 움직임까지도 놓치지 않고 다 알

아차리면서도, 한편으로는 느리고 오불관언하는 태도를 가져서 도무지

희로애락을 나타내지 아니하였다. 그래서 남의 속은 다 들여다보면서도

제 속은 남에게 보이지 아니하였다. 이 점이 그가 남에게 존경과 두려움

을 받는 점이었다.

　을남도 오빠 형식과 공통한 성질이 많았다. 그 뱃심 좋은 것이라든지,

사랑하는 체, 열성적인 체하면서도 속에나가는 딴 배포를 하는 것이라든

지, 다 그러하였다. 다만 형식에게 있어서는 정치상, 일반 도덕상의 자유

주의가, 을남에게 있어서는 국한된 연애의 자유주의가 되었을 뿐이었다.

　그런데 영문학생 문영으로 말하면, 일신이 도시 열정이요, 마음에는

지붕도 없고 문도 없는 듯한 사람이었다. 그는 감정이 움직이는 대로 살

아가려는 사람이다. 그러므로 잘 웃고 잘 울고 잘 성내고 잘 사랑한다.

그러나 하나님이 이 사람에게 모든 감정을 다 줄 때에 남을 미워하는 감

정 하나만은 주기를 잊어버린 것처럼, 그는 도무지 남을 미워할 줄을 모

른다. 남이 그를 욕을 보이면 그는 분노하지마는 돌아서서는 곧 풀어버린다. 이것을 그의 친구들은 뒷심이 없다고 하거니와, 실로 문영은 무엇이든지 한 가지 감정을 오래 끌고 가지는 못한다. 그때그때 즉흥적으로 살아가는 것 같았다.

문영은 이렇게 감정적 인물이기 때문에 앞뒤를 잰다든지, 이해를 타산한다든지 하는 생각은 별로 가지지를 아니하였다. 을남이 문영을 좋아하는 것은 이 점에 있었다.

"나는 열정적이요 순정적인 남자를 숭배해요."

하고 능한 을남이 문영의 손을 잡을 때에는 문영은 전신이 열정이 되고, 순정이 되고, 감격이 되어버려서, 낯은 붉어지고 가슴은 두근거리면서,

"을남 씨, 오늘이 내 영혼의 생일입니다. 사랑으로 다시 사는 기념일입니다."

하고 을남에게 절을 하였다.

을남은 그것이 좋아서 어머니가 어린애 귀애하듯 문영의 머리를 쓸면서,

"내 문영!"

하고 빙그레 웃었다.

을남이 요새에는 문영을 장난감으로 가지고 노는 줄을 형식은 잘 안다. 그렇지마는 형식은 그것도 무론 간섭하지를 아니한다. 오늘 을남이 형식더러 극장에를 오자고 조른 것도 문영을 위함인 줄을 알지마는, 자기와 강영자는 허수아비로 따라오는 줄을 알지마는, 못 견디는 체하고 을남을 따라온 것이었다. 대관절 누이 을남의 장난감이 되는 문영이라는 것이 대체 어떻게 생겨먹은 작자인가 좀 연구해보자 하는 호기심도 없지

는 아니하였으나, 을남의 장난감이 되는 것을 보면 애초부터 몇 푼어치 안 되는 작자인 줄은 잘 안다.

형식은 상태의 깐깐하고 표리부동한 것을 미워하지마는 겉으로 좋은 친구로 대접하였고, 병걸에 대하여서는 형식은 상당히 경의를 표하고 있다. 임학재를 장래에 극히 유망한 사람으로 존경하여서 을남과 혼인을 시킬 생각도 가지고 있었고, 또 을남과 학재와 서로 교제할 기회도 만들어주었지마는, 을남이 비뚜루 달아나는 것을 보고는 그만 그 희망을 버리고 말았다. 그리고 도리어, 얌전한 강영자와 임학재와를 맺어줄까 하는 생각까지 가졌으나, 워낙 불간섭주의, 자유주의자인 형식은 그것도 자기네의 자유에 맡겨버렸다.

병걸에게 대한 형식의 존경은 물론 학재에게 대한 것과는 성질이 다르다. 형식은 병걸의 부득요령이지마는 광풍제월같이 도무지 사물에 구애함도 없는 성질이 좋았다. 두 사람이 서로 만나더라도 별로 흉금을 열어 말하는 일도 없지마는, 특별히 흉금을 열 필요도 없는 것 같았다. 언제나 빙그레 웃는 낯인 병걸의 흉금에는 자물쇠도 빗장도 있는 것 같지 아니하였다. 그렇다고 속이 발딱한 것이 아니라, 그 속에 깊은 삼림과 같이 은은하고 깊숙함이 있는 것 같았다. 형식은 병걸의 이러한 성격이 좋았다. 형식 자신에도 이러한 유유한 기분이 없지 아니하지마는, 그래도 좀 갈피도 있고 야심도 있고 약간 심술도 있음을 저 스스로서도 잘 안다. 병걸의 광풍제월을 따라가자면 천리만리라고 형식은 병걸을 대할 때마다 늘 생각한다.

"상태 놈 따위야 쥐새끼지마는 병걸이 녀석은 사자의 기상이 있거든."

하고 형식은 가끔 찬탄한다.

지금 이 극장에 와 앉아서도 문영이 열심으로 자기의 박학과 예술에 대한 식견을 쏟아놓은 자리에 상태는 자기도 거기 대해서는 소매하지 않다는 것을 보이려고, 혹은 찬성으로 혹은 반대로 혹은 보첨으로 그 말에 참예하는 데 대하여 병걸은 듣는 듯 안 듣는 듯 그저 벙글벙글하고만 앉았는 것이, 빈정대고 앉았는 저보다 품격이 높은 듯하여 형식은 병걸을 찬탄하는 생각을 가졌다.

막이 열렸다. 관중의 우레 같은 박수가 일어났다.

금봉은 일변 문영의 영문학론을 듣고, 일변 아까 을남에게서 들은, 손선생이 학교에서 쫓겨나서 동경으로 온다는 말을 근심하고 있다가, 막이 드르르 걷히고 관객석의 전등이 꺼질 때에 눈과 마음을 무대로 돌렸다.

무대 면은 줄리엣의 아버지의 고대식 건물의 일부, 문에 접한 부분이었다. 로미오가 친구들과 함께 넓적다리까지 내어놓인 옷을 입고 망토를 어깨에 걸고 가느다란 칼을 차고 두리번거리는 광경이다. 창으로 불빛이 비추이는 밤경치다.

"인제는 이야기를 그만하고 구경이나 해."

하고 형식이 아직도 논쟁을 계속하고 있는 문영과 심상태를 책망했다.

로미오가 가장무도회장으로 들어가고, 또 로미오와 줄리엣이 창에 서로 사랑을 약속하고 등등의 장면이 지나, 결투하는 장면이 지나, 줄리엣이 집에서 뛰어나와, 신부의 집으로 가, 죽어, 무덤으로 가, 로미오가 무덤으로 찾아와, 줄리엣이 살아나, 반갑게 만나, 이러한 장면이 차례로 전개되었다.

금봉에게는 이 열렬한 연애의 장면들은 다만 연극으로만 볼 수가 없었다. 처음에는 다만 취하였을 뿐이었으나 차차 금봉은 객의 지위를 떠나서 극중의 인물이 되어버리고 말았다. 금봉 자신이 줄리엣이 되고 로미오는 임학재가 되었다. 자기도 약을 먹고 죽으면 임학재가 와서 도로 살려내어 줄 것만 같았다. 설사 그 약이 다시 살아날 수가 없는 약이라 하더라도 자기가 채 죽기 전에 한번 학재에게 안겨서 사랑하노란 말만 들어도 기쁠 것 같았다. 그것도 못 하더라도 자기가 다 죽어서 싸늘하게 몸이 식은 뒤에라도 학재가,

"내 사랑하던 금봉이."

라고 만져주고 울어주고 관을 붙들고 묘지까지 나가서 울어준다면 그 얼마나 행복될까.

금봉은 연극이 끝나기까지 같이 온 사람들이 무엇을 하였는지, 세상에 무슨 일이 있는지도 모른다. 막과 막 사이에 사람들이 담배 먹으려도 나가고 마실 것을 사 먹으려도 나가건마는, 금봉은 한자리에 꼭 앉았고만 싶었다. 혹시 끌려가더라도 마음에는 오직 로미오와 줄리엣뿐이었다.

'내가 약하다.'

하고 금봉은 줄리엣의 열정과 담대함을 보면서 스스로 책망한다.

'내 왜 학재 씨에게 담대하게 내 사랑을 고백하지 못하였던고. 왜 내가 몸에 타는 불로 학재 씨의 혼을 불사르지 못하였던고.'

'그러나 학재 씨도 나를 사랑할까. 로미오처럼 나를 사랑할까.'

'무론이다. 학재 씨는 나를 사랑하신다. 오직 사랑을 누르시는 것이다. 죽이시는 것이다.'

'그러니깐 내가 내 가슴의 불로 불만 붙여놓으면 학재 씨도 나와 함께 탔을 것이다. 그런데 그러지를 못하였으니. 내가 왜 그렇게 약하였던가.'

'이제는 학재 씨는 옥에 계시니 어찌하나? 언제나 나오시나? 옥에서만 나오시면, 내가 만나기만 하면, 만나는 맡에 나는 학재 씨의 가슴에 매어달리련다. 그럼 안 매어달려?'

'옥으로 편지라도 할까. 가서 면회라도 할까.'

'옳다! 나는 줄리엣이 되련다. 줄리엣과 같이 모든 것을 다 돌아보지 말고 사랑으로 타련다. 그것이 얼마나 아름다운 일인가. 연극으로 보아도 이렇게 아름답거든 하물며 내가 줄리엣이 되어 학재 씨를 로미오를 만들면……. 아아, 얼마나 더 아름다운 일일까.'

금봉은 연극을 보아가면서 혼자 이러한 생각을 한다. 마치 금봉의 몸과 마음이 온통 사랑으로 타오르는 것 같았다. 금봉의 두 뺨에는 홍훈이 돌고 코끝과 이맛전에는 땀방울이 맺혔다. 극장 안은 증기 기운과 사람 기운으로 후끈후끈하여 숨이 막힐 듯하였거니와, 금봉은 남달리 등과 두 뺨이 후끈거림을 깨달았다. 금봉의 어머니의 피와 함께 받은 열정이 깨어난 것이다. 줄리엣을 보고 깨어난 것이다.

"그렇게 재미있으셔요?"

하고 상태가 어느 기회에 금봉의 곁에 와 앉았던지, 금봉도 모르는 새에 금봉의 손을 더듬어 쥐었다가 막이 닫힐 때에 금봉의 귀에 입을 대고 묻는다.

금봉은 상태의 손에 쥐어진 손을 살그머니 빼어내며 괘씸한 눈으로 한번 상태를 노려보았다. 이 거룩한 줄리엣의 몸에 상태 같은 자의 손이 닿는 것은 큰 모욕인 것 같았다.

"가자구. 그거 어디 볼 것 있나?"

하고 형식은 끝막을 남겨놓고 가자는 것을 을남이,

"오빠, 남자의 기상이 그래서 쓰겠수? 무엇이나 시작했거든 끝장을 보아야 하는 게지."

하여서 붙들어서 커피를 먹으러 식당으로 갔다. 숙희도 병걸과 조금이라도 더 오래 있을 기회를 얻은 것을 고맙게 생각하였다.

식당에서는 화제는 물론 지금 본 연극에 관하여서였다. 영문학 공부를 하는 문영이 열심으로 배우의 잘잘못을 비평하였다. 그의 비평을 들으면, 모든 배우들의 한 사설이나 몸짓이 하나도 바로 된 것은 없는 것 같았다. 그리고 문영 자신은 지금 영문학을 배우는 학생이 아니라 영문학으로도 대가요, 셰익스피어는 혼자만 잘 알고, 더욱이 연극에 있어서는 세계에 가장 높은 권위인 것 같았다.

"일본의 무대예술은 아직 멀었거든."

하고 문영은 마치 세계의 극예술을 모조리 다 연구한 듯이 결론적으로 오늘 밤의 연극을 비평하고 아직 한 막 남은 데 대하여서도 예언하듯이 미리 비평을 하여버렸다.

문영이 제 앞에 놓인 커피도 마시기를 잊고 이렇게 혼자 떠드는 동안에 형식은 '나는 그런 소리 안 듣는다.' 하는 듯이 탐조등 모양으로 눈을 이리저리 돌려서 사람 구경을 하며 담배만 피우고, 을남은 문영의 말에는 무조건 찬성인 듯이 입을 반쯤 벌리고는 가끔 고개를 끄덕끄덕하고, 병걸은 문영의 말을 듣는지 아니 듣는지 모르지마는 눈만은 문영의 흥분된 긴 앞머리 갈기로 반이나 가리어진 얼굴을 물끄러미 바라보며 벙글벙글 웃고 앉았고, 숙희는 또 문영과 병걸과의 얼굴을 번갈아 바라보다가는 마치 불의에 돌아오는 병걸의 시선을 아깝게도 놓치지 않았다 하는 듯이, 또는 병걸의 시선이 잠깐이라도 돌아오기를 기다리는 듯이 이따금 물끄러미 병걸을 바라보고 있고, 강영자는 소구둠하고 숟가락으로 남은 커피를 저어가면서 문영의 건방지고 싱거운 것을 혼자 비판하고 있다. 오직 금봉이 문영의 말 가운데 제가 좋게 생각하던 대목의 연극을 악평하는 것이 있을 때에는 살짝 낯을 붉히고는 고개를 숙인다.

"대관절……."

하고 형식은 문영의 말의 중동을 끊으며,

"소설이니 극이니 시니 예술이니 하는 것을 자네네들은 무슨 끔찍이 크고 중요한 것처럼 생각하는 것이 잘못이란 말일세. 그까진 연극을 잘하고 못하는 것이 사회에 무슨 관계가 있느냐 말야? 그저 구경꾼들이 보고 심심소일이나 했으면 그만이지그려, 그것을 무얼 천하 대사나 되는 것처럼 떠드느냐 말일세. 그도 영웅 열사의 사적이라든지, 또는 일반 민중을 도덕적으로나 정치적으로 흥분시키는 무엇이라든지 하면 몰라도 그까진 로미온가 라미온가 한 부랑자 녀석과 줄리엣인가 달리엣인가 하는 방정맞고 음탕한 계집년이 배착지근한 사랑으로 죽네 사네 하는 것을 땀을 흘리며 지은 놈도 지은 놈, 탈 벙거지를 쓰고 무대에서 지랄 발광을 하는 놈도 하는 놈, 무엇을 먹겠다고 비싼 돈을 내고 눈비 맞어가며 구경 오는 놈도 후리아들 놈이란 말일세."

하고 막 내리부순다.

"이 사람, 자네는."

하고 문영은 형식의 말에 너무도 분개해서 손가락과 입술을 바르르 떤다.

문영은 떨리는 소리로,

"이 사람, 자네, 그래 자네는 예술을 부인하고 시성 셰익스피어도 부인한단 말인가? 자네 말은 예술과 예술가에 대한 모욕일세. 예술이 없고 인생이 있을 수 있겠는가. 예술의 신성을 모르는 사람은 동물일세, 동물야."

하고 싸움이라도 할 듯이 대든다. 정말 문영은 마치 낯바닥을 발길로 짓밟힌 것과 같은 불쾌와 분노를 깨달았고, 평소부터 형식이 천하 대사니 정의니 인도니 하고 높은 체, 큰 체, 달인인 체하는 데 대하여 가졌던 반감이 더욱 날카로워졌다.

"자네도."

하고 형식은 문영의 흥분하는 양을 보고,

'또 걸렸고나.'

하면서,

"자네도 이다음에 글을 쓰거든 좀 웅장한 것을 쓰지, 달착지근한 음담패설만은 제발 쓰지 말란 말야. 귀한 밥 먹고 왜 그런 값없는 글을 쓸게 무엇이냐 말일세. 이왕 셰익스피어를 배우랴거든 『줄리어스 시저』나 『킹 리어』나 『맥베드』 같은 것을 배우게그려."

하고, 인제는 더 말할 필요도 없다는 듯이 고개를 돌려서 사람 구경을 한다.

"자네가 무얼 아나?"

하고 문영은 더욱 분개하여,

"자네 따위야 주판이나 놓아. 모르거든 국으로 가만히 있고."

을남은 형세가 대단히 불온한 것에 쾌미를 느꼈다. 사람과 사람이 서로 갈등이 생기는 것을 보면 을남은 언제나 기뺐다. 길에서라도 싸움하는 것을 보면 갈 길을 잊고 끝까지 구경하다가 싸움이 끝이 나면 섭섭하였다. 을남은 집에 불붙는 것을 보기를 좋아하였다. 소방대가 달려오고

펌프에서 물발이 기운차게 올라가는 것은 보기 좋으나 불이 꺼지면 섭섭하였다. 병인을 위문 가면 그 병인이 금방 죽는 양을 보고 싶은 마음도 났다. 을남에게는 이러한 병적이라 할 호기심이 강하였다. 지금도 문영이 형식의 커다란 발에 모가지를 꼭 밟혀서 바둥바둥하는 것이 못 견디게 쾌하고 재미있었다. 그래서 형식이 좀 더 문영을 몰아세웠으면, 형식을 바라보았다.

그러나 형식은 지금까지 하던 논쟁은 다 잊어버린 듯이 사람들의 얼굴을 구경하느라고 두리번거리더니 문득,

"글쎄."

하고 일행 편으로 돌아앉으며,

"글쎄, 그 작자가 무엇 하러 동경을 와? 손명규가 말야. 금봉이헌테도 무슨 기별 있나?"

하고 금봉을 바라본다.

금봉은 깜짝 놀라는 듯이 공상에서 깨어났다. 그러나 말이 없다. 손명규라는 말은 금봉의 아름답던 모든 공상을 여지없이 깨뜨려버리고 말았다. 가슴이 답답해지고 낯이 후끈거림을 깨달았다.

"오빠두."

하고, 을남은 미처 예기하였던 쟁론의 흥미가 깨어진 것이 화가 나서,

"오빠두, 하던 말은 아니 하고 웬 뚱딴짓소리를 하우?"

하고 톡 쏘았다. 그리고 문영에게 눈짓을 하여 어서 전쟁을 계속할 것을 충동하였으나, 문영은 다시 일어날 기운을 잃어버린 것 같았다. 여지없이 형식의 기운에 눌려버리고 만 것이었다.

"에익!"

하는 한 소리를 남기고는 문영은 먼저 일어나서 어디로 가버린다.

형식이 문영의 기운 없이 가는 뒷모양을 보고 냉소하듯이,

"흥흥흥, 덜 익었어."

하는 것을 보고 일동은 웃었다. 지금까지 참고 참고 있던 웃음이 터져서 을남과 숙희는 참느라고 발발 떨며 킥킥대고 웃었다.

기숙사에 돌아온 금봉은 줄리엣 생각과 손 선생 생각으로 잠을 이루지 못하였다. 엎디어 기도를 하려 하나 도무지 기도가 나오지를 아니하였다. 새벽에야 눈을 붙였으나 불쾌한 꿈을 꾸었다. 그것은 심상태에게 욕을 보는 꿈이었다.

아침에 일어나서도 전과 같은 평화롭게 기도하는 마음을 얻기가 어려웠다. 산란한 마음이 수습되지 아니함이 마치 마음을 어지럽게 하는 무슨 독약이나 먹은 것 같았다.

어젯밤 내린 눈에 아침 햇빛이 비취어서 천지가 심히 맑았다. 파란 하늘, 흰 눈, 금빛 같은 빛, 이것은 동경에서는 얻어보기 어려운 경치였다. 사철 흐릿한 하늘 밑에 살던 이 고장 학생들은 이 보기 드문 경치를 즐겨서 모두 밖에 나섰다. 찬미를 부르는 이도 있고 웃고 떠드는 이도 있었다. 장난 좋아하는 학생들은 눈사람을 만드는 이도 있었다.

이러한 좋은 일요일이건마는 금봉의 마음은 흐리고 무거웠다.

"금봉아, 오늘 놀러 갈까?"

하고 숙희가 병걸을 찾아갈 생각으로 열심으로 화장을 하면서 불렀다.

"언니나 가시구려, 난 싫어."

하고 금봉은 창밖을 바라보던 눈을 돌리지도 아니하고 힘없이 대답하였다. 전 같으면 공일이 되어 숙희가 병걸을 찾아가는 것을 보면 미친년같

이 천하게 보였는데 오늘은 그것이 도리어 부러운 것 같았다.

"왜?"

하고 숙희는 석경을 들어 보고 두 손으로 분 바른 뺨을 처덕처덕 이리 치고 저리 치고 하면서,

"너 어째 오늘 아침에는 좀 이상하구나. 무슨 걱정이 생겼니? 우리 오빠가 그리워서 그러니?"

하고 웃는다.

"언니두."

하고 금봉은 자리에 돌아와 앉으면서,

"참 얼마나 치우실까. 동경이 이렇게 치우니."

하고 한숨을 쉰다.

"그래두 우리 오빠는 행복된 사람이다야."

"왜?"

"금봉이같이 얌전하고 이쁘고 착한 처녀의 사랑을 받고 있으니."

"아이, 언니두."

하고 금봉은 눈을 흘긴다.

숙희의 말에 금봉의 흐리고 무거웠던 마음이 좀 가뜬하여진다.

"오빠는 로미오구 너는 줄리엣이 되었으면 얼마나 좋을까."

하고 숙희는 시치미를 떼고 말한다.

"아이, 언니두. 난 싫어."

"아니, 줄리엣처럼 약 먹고 무덤에는 가지 말구, 사랑하는 것만 말야. 오빠가 옥에서 나오시기만 하면 내 어떻게 해서라도 서로 만나게 해 주께."

하며 숙희는 옷을 갈아입기 시작한다.

"아이, 언니두."

"아이 언니두, 다 머야. 속으로는 애가 타면서. 내가 모르는 줄 아남. 다 알아, 요것아. 금봉이 속이 지금 줄리엣 이상이거든."

"아이, 언니두. 난 몰라. 그래도 제법이오 언니두."

하고 금봉은 웃었다.

"왜? 제법이라니?"

"난 언니는 어젯밤에 연극은 조곰도 보지 않았다구? 그래도 조곰은 보았나 봐."

하고 숙희가 병걸만 바라보고 앉았던 양을 생각하고 우스웠다.

"망할 것!"

하고 숙희는 금봉의 다리를 꼬집었다.

바로 이때였다. 속달우편으로 엽서 한 장이 금봉에게 배달되었다. 그것은 손명규가 오늘 아침 차에 동경에 내려서 히비야공원 앞 어느 여관에 들었으니 곧 좀 오라는 것이었다. 오늘이 일요일인 것을 이용하려고 속달우편으로 편지를 한 것이었다.

이 엽서를 보자 금봉의 눈앞에는 지난봄 동경 오던 길에 해운대온천에서 당하던 광경이 눈앞에 떠올랐다. 금봉이 혼자 목욕을 하고 있을 때에 손 선생이 갑자기 목욕탕 문을 열던 것, 손 선생이 밖에 산보 나간 동안 금봉이 잠간 잠이 들었을 때에 손 선생이 자기에게 폭행하려고 하던 것, 자기가 발악을 하고 손 선생의 낯에 침을 뱉고 혼자 부산으로 달아나던 것, 손 선생이 헐떡거리고 따라오던 것 등등, 어느 것 하나도 유쾌한 기억은 없었다.

그러나 금봉은 손 선생을 찾아보지 아니할 수는 없었다. 동경 온 후에 지금까지 먹는 밥이 손 선생의 밥이요, 입은 옷도 손 선생의 돈으로 산 것이요, 임학재에게 준 생일 선물도 손 선생이 보내어준 돈으로 산 것이었다.

금봉은 무슨 불길한 예감을 가지면서 손명규의 여관을 찾았다. 손명규는 속여서 먹은 학교 돈으로 금봉에게 대한 시위운동으로 동경에서도 유명한 큰 호텔에 방을 잡았다.

금봉의 명함을 받고 나온 손명규는 서양식으로 금봉에게 손을 내어밀었다. 금봉도 거절할 수 없어서 손을 주었다. 손 선생은 극히 냉담한 듯이 잠깐 악수의 예를 하고는,

"이리 와."

하고 자기가 앞서서 걸었다. 금봉은 복도를 꼬불꼬불 돌아서 음침한 층층대를 올라서 이 층 한편 구석에 있는 손명규의 방에 들어갔다.

"앉어."

하고 손명규는 포근포근해 보이는 안락의자를 가리키고 자기가 먼저 맞은편 의자에 앉았다.

금봉은 요술장이 굴에 홀려 들어온 처녀 모양으로 마음을 졸이면서 손 선생이 앉으라는 자리에 앉았다. 방 안은 후끈후끈하였다.

"외투를 벗지."

하고 손 선생은 금봉의 회색 바탕에 자주 줄 있는 외투를 본다. 이것도 무론 손 선생이 보내준 돈으로 해 입은 것이었다.

"괜찮아요."

하고 금봉은 마치 외투 단추가 빼어진 데나 없는가 하는 듯이 외투 가슴

을 한번 만진다.

"어서 벗어! 방이 더워."

하고 손명규는 억지로라도 금봉의 외투를 벗길 듯이 일어난다.

"벗지요. 제가 벗어요."

하고 금봉은 외투를 벗는다. 손은 금봉의 외투를 받아서 의걸이 속에 건다.

"그동안 앓지나 않았어?"

하고 손 선생은 자리에 돌아와 앉으면서 금봉을 바라본다. 그 큰 입을 헤 벌려서 누렇고 커단 이빨을 있는 대로 다 보인다.

"앓지 않았어요."

하고 금봉은 테이블을 건너서 오는 손명규의 시선과 입김을 피하는 듯이 고개를 침대 쪽으로 돌린다. 침대에는 눈과 같이 흰 서양 덧이불이 덮이고 옥양목 잇으로 싼 불룩한 베개만이 보였다.

"학비가 부족했지? 왜 더 보내라고 아니 했어?"

"부족하지 않았어요. 너무 학비를 많이 써서 퍽으나 미안해요."

"원, 별말을 다 하지. 그게 어디 할 말인가."

금봉은 대답이 없었다. 다만 속으로 내가 왜 손 선생의 학비를 받았나 하고 후회할 뿐이었다.

"글쎄, 그게 다 무슨 소리야?"

하고 손 선생은 싱그레 웃으면서,

"내가 금봉이밖에 바라는 게 무엇이라구. 내게 있는 돈을 다 주어도 아깝지 아니할 터인데. 그까진 돈? 내 목숨까지라도 금봉이헌테 다 주어도 아깝지 아니할 터인데, 왜 그런 소리를 해. 헤, 헤, 허."

금봉은 손명규의 이 말과 이 웃음에 몸서리를 쳤다. 마치 두꺼비의 입 같은 손명규의 입에서 흉악한 냄새나는 독한, 눌한 기운이 나와서 저를 마취를 시키는 것 같았다. 갑자기 몸이 추워지는 것 같았다. 그래서 금봉은 손명규의 마음속에 양심의 소리를 깨울 양으로,

"사모님 병환은 어떠셔요! 좀 나으셔요?"

하고 물었다.

이 말은 금봉이 예기한 대로 손명규의 가슴을 찌른 모양이었다. 그는 그 몽롱한 눈을 크게 치뜨고 한참이나 말이 없었다. 마치 무엇에 머리를 부딪혀서 정신을 잃은 사람 모양으로 그는 숨도 쉬지 아니하는 듯하였다. 금봉은 속으로 통쾌하게 생각하였다.

그러나 손명규의 눈과 입에는 다시 생기가 돌면서,

"사모님이 어디 있나? 인제는 없어."

하고 히히하고 웃는다.

"사모님이 없으시다니?"

하고 금봉은 눈이 둥글했다.

"없어, 벌써 간 지가 언제라구."

하고 손명규는 아주 심상하다.

"어디를 가셔요, 사모님이? 앓으시는 어른이?"

하고 금봉은 번번이 사모님이라는 말에 힘을 준다.

"벌써 저 집으로 갔어. 벌써 천당으로 갔는지도 모르지. 지난가을에 갔어."

하고 손명규는 수수께끼 같은 소리를 한다. 금봉은 그것이 징그러웠다.

'이 작자가 사모님을 독약을 먹여서 죽이지나 아니하였나? 그렇지 아

252

니하면 무슨 감언이설로 속여서 이혼이나 아니 하였나?'

이렇게 금봉은 생각하였다.

금봉이 의심스러운 표정으로 있는 것을 보고 손 선생은 양복저고리 속주머니를 부시럭부시럭하더니 봉투 하나를 꺼내어서 금봉의 앞에 내밀며,

"이걸 보라구."

한다. 금봉은 그것이 무슨 흉한 것인가 싶어서 받지 아니한다.

손명규는 그 봉투를 한참이나 금봉 앞에 내어들고 있다가 금봉이 받지 아니하는 것을 보고 도로 팔을 움츠려서 제 손으로 그 봉투 속에 있는 종이를 꺼내어서 금봉의 앞에 펴놓는다. 금봉은 그것을 보는 것이 끔찍끔찍하였지마는 아니 볼 수 없었다. 그것은 민적등본(그때에는 호적이 아니요 민적이었다)이었다. 그 민적등본에 의하면, 손명규의 민적에는 오직 그 어머니와 손명규가 있을 뿐이요, 손명규의 아내는 없었다. 금봉은 놀랐다. 금봉은 제 민적등본에 돌아간 어머니가 붉은 줄로 에워졌던 것을 기억한다. 손 선생의 부인이 죽거나 이혼을 당하였다 하더라도 민적에 붉은 줄이 있을 터인데 웬일인가 하였다. 이 작자의 일이니까, 무슨 협잡을 한 것인가, 위조인가, 이렇게 생각하였다. 그래서 금봉은 좀 악의를 가지고,

"그럼, 사모님은 어떻게 되셨어요?"

하고 물었다.

"본래 민적에 안 들었었어."

하고 민적등본의 손명규 다음 줄을 그 굵다란 손가락으로 가리키면서,

"요거는 이금봉이라고 쓸 자리란 말이야. 그래서 내가 동경을 왔어."

하고 혼자 다 작정한 것같이 중얼거렸다.

손은 어안이 벙벙한 금봉을 귀여운 듯, 탐나는 듯한 눈으로 한참이나 물끄러미 바라보고 있더니, 문득 엄숙한 낯빛을 지으며,

"금봉이, 내가 이번에는 큰 결심을 하고 왔단 말야. 금봉의 허락을 받든지, 그렇지 못하면 내가 동경서 죽어버리고 말든지. 내가 짐 속에 죽는 데 쓰는 제구는 다 가지고 왔거든. 머, 약이 없겠나, 아편도 있고, 쥐 잡는 약도 있고, 양잿물도 있고, 또 칼도 있고. 조선 사람이께 육혈포만 없지, 칼도 가지고 왔단 말야. 금봉이가 허락 아니 하면 죽을 작정으로."

금봉은 이 말을 들을 때에 손 선생의 머리와 얼굴 가로 시퍼런 칼과 약 봉지와 목매는 바가 오락가락하는 것이 보이고, 바로 곁에 놓인 침대 위에 목에서 선지피를 흘리고 눈을 홉뜨고 자빠진 손 선생의 모양이 보였다. 그리고 몸에 소름이 끼침을 깨달았다.

손명규는 안경 위로 눈을 치떠서 깜짝거리지도 아니하고 마치 금봉의 혼이라도 달아날까 보아 지키려는 듯이 금봉을 노려보고 있더니 말을 이어,

"내가 학교에서 쫓겨난 것도 금봉이 때문이어든. 금봉이 일생을 편안하게 해주랴고, 지금 세상에는 돈이 제일이니께루, 돈을 만들랴고 학교에서는 쫓겨나고 세상과는 담을 쌓았단 말야. 금봉이 하나만 있고 보면, 그리고 돈만 있고 보면 그까짓 놈의 세상 다 망해버리기로 어때? 안 그래?"

금봉은 제 몸이 더욱더욱 굵은 철사로 얽힘을 깨닫는다. 팔다리 근육이 모두 마비되어 몸을 꿈쩍할 수도 없는 것 같았다.

손명규는 말을 이어,

"인제는 한 이십만 원 장만을 해놓고 집도 인사동에 한 사십 칸짜리, 예전 민 충정공 살던 집을 흥정해놓았단 말야. 집이 좋지. 고주대문에 육간대청에 안방이 사 칸이요, 머릿방, 세간방이 달리고, 건넌방이 이 칸에 머릿방 달리고, 그동안 셋집으로 내놓아서 좀 퇴락했지마는 목수 들여서 말짱 고쳤지. 모두 닦고 유리분합 들이고 화초담도 새로 하고, 오는 봄에는 꽃나무나 심그고. 이 집에서 말야. 그 대궐 같은 집 육간대청에 금봉이가 남치마를 끄는 양을 보면 얼마나 좋겠어. 그리고 금봉이 마음에 드는 대로 무엇이나 다 사놓을걸 머. 자동차까지도 살 테야. 마차도 좋고. 양복장도 사고, 이번 길에 유성기도 좋은 것을 하나 사랴고, 피아노하고."

하면서 조끼 단추를 끄르더니 속주머니에서 커다란 가죽 지갑을 내어서 백 원짜리, 십 원짜리 새 지전을 한 치 두께나 될 듯한 것을 꺼내어 금봉의 앞에 던지며,

"이걸로 우리 긴자에 나가서 사고 싶은 물건 사요."

하고는 다시 그 돈을 돈지갑에 넣어서,

"자, 금봉이가 가지고 있으라구."

하고 받으라고 한다.

금봉은 더욱 요술장이 굴에 들어온 듯함을 느끼지마는 민 충정공이 계시던 집이라든지, 손 선생 말마따나 그 넓은 육간대청에 제가 남치마를 질질 끄는 것이라든지, 이십만 원 재산이라든지, 또 백 원짜리, 십 원짜리가 득시글득시글하는 커다란 지갑이라든지, 모두 제 것이 된 것 같아서 일종 만족의 감정을 깨달았다.

"자, 어서 받으라고."

하고 손 선생이 들고 흔드는 지갑을 손으로 밀면서,

"어서 집어넣으세요."

하고 금봉은 비로소 입을 열었다.

금봉의 이 말 한마디에 손명규는 더욱 용기를 얻어서 벌떡 일어나더니 의걸이 문을 열고 거기 걸린 금봉의 외투 속주머니에 그 지갑을 넣고 싱글벙글 웃으면서 도로 제자리에 와 앉아서 담배 한 대를 피운다.

금봉은 멀거니 손명규를 바라보았다. 그 거무스레한 낯빛, 큰 입, 뒤둥그러진 두껍고 퍼런 입술 속에 보이는 누렇고 커다란 이빨, 언 고기 눈을 연상시키는, 입과 얼굴에 비겨서는 가늘고 작은 희미한 눈, 좁은 이마, 몇 대 없는 눈썹, 커다란 솥뚜껑 같은 손, 언제든지 금방 달음박질을 해 온 듯한 씨근거리는 숨소리와 숨쉴 때마다 벌룩거리는 넓적하고 큰 코, 이 둘하게 생긴 몸뚱이 속에 가득 찬 것이 돈과 계집에 대한 시커먼 욕심과, 그것을 얻기 위한 우멍한 꾀라고 금봉은 직각적으로 느낀다. 이 우멍을 가지고 손 선생은 그 후한 교장을 십 년이나 두고 속여왔고 여러 계집애들을 속여온 것이라고 느낀다. 지금 금봉 자신도 그 발톱에 걸릴 위험이 있는 것을 느낀다. 손명규라는 사람을 대할 때에 금봉은 징그럽고 무시무시함을 느끼지마는 그래도 금봉에게는,

"웬 소리요? 그런 소리 두 번도 마오. 나는 당신 같은 동물을 남편이라고 바라보고 살 사람은 아니오."

하고 대번에 똑 잡아뗄 용기는 없었다.

그것은 이십만 원이라는 돈에 탐이 나는, 아버지의 피의 유전 때문인가. 또는 지금까지 학비를 받아 쓰는 의리 때문인가. 그렇지 아니하면 자기 때문에 생명이라도 바친다고 하는 손 선생의 심정을 어여삐 여김인

가. 어느 것인지 분명치 아니하지마는 금봉은 단박에 손 선생의 청구를 거절할 용기도 없고, 또 마음의 어느 한구석에는 거절하고 싶은 마음도 없었다.

금봉은 손명규의 여관에서 저녁을 얻어먹고 내일 하학 후에 또 찾아온 다는 약속을 남기고 학교로 돌아왔다.

금봉은 친형과 같이 생각하고 무슨 일이나 의논하여오던 숙희에도 이 문제에 관하여서만은 의논할 용기가 없었다. 그래서 그날 밤에 잠도 이루지 못하고 여러 가지 궁리를 하다가,

"말이 되나. 내가 그까짓 손명규 같은 사람한테 시집을 가? 안 될 말이지!"

하고 임시적으로 결심을 하고는 옥중에 있는 학재를 위하여 기도를 올리고, 랜디스 부인의 말대로 「마태복음」 육 장 이십오 절 이하의, 무엇을 먹을까 무엇을 입을까 염려하지 말고, 오직 그 나라와 옳은 것을 구하라는 예수의 가르침을 생각하고, 그러고는 자려 하였다.

그러나 금봉의 생각에는 손 선생이 외투 속주머니에 넣어준 돈지갑을 생각하였다. 손 선생의 여관에서 나올 때에 그것을 잊어버린 것은 아니지마는 잊어버린 체하고 그냥 가지고 온 것이다. 그 돈지갑을 생각할 때에 금봉은 속이 울렁거렸다.

그래서 금봉은 가만히 일어나서 숙희를 깨우지 아니하도록 발끝으로만 사뿐사뿐 걸어가서 외투를 벗겨 입고 기도실로 갔다. 기도실은 안으로 걸 수 있는 가장 종용한 방이었다. 그 돈이 얼마나 되나 세어보려는 것이었다.

금봉은 외투 속주머니에서 지갑을 꺼내었다.

"백, 이백, 삼백……."

하고 백 원짜리를 세니 삼천 원, 그리고 십 원짜리를 세니 오백 원, 도합 삼천오백 원이었다.

금봉은 일생에 처음 보는 큰돈 삼천오백 원을 두 손에 갈라 들고 눈이 둥글하여 한참은 어찌할 줄을 몰랐다.

금봉은 눈을 들었다. 기도실 정면에 걸린, 가슴에 붉은 십자가를 그린 예수가 하늘을 우러러 기도하는 화상이 금봉의 흥분된 눈에 띄었다. 이 기도실은 누구나 기도하기를 원하는 때에 들어와서 쓰도록 된 방이다. 조그마한 방인데, 가운데는 무릎을 꿇고 가슴을 걸치고 예수의 화상을 우러러볼 수 있도록 판장으로 카운터처럼 만들어 세웠다. 한창 인생의 번민이 많을 이십 세 안팎 되는 여학생들 중에는 이 기도실에 들어와서 눈물을 흘려서 참회도 하고 빌기도 하였다. 금봉도 혹은 임학재를 위하여, 혹은 심상태 때문에 이 방에서 여러 번 기도도 하고 울기도 하였다. 그런데 이제 금봉은 삼천여 원의 지전을 들고 이 방에 있다.

예수의 화상이 눈에 띌 때에 금봉은 한참이나 망연하다가 문득 손에 들었던 지전 뭉치를 내어던지고 기도하는 자리에 꿇어앉았다.

"하나님! 이 어린 딸을 불쌍히 여기옵소서. 시험에 들지 말게 하옵소서. 믿을 곳 없는 어린 영을 손소 이끌어주시옵소서. 저를 위하야 십자가에 피를 흘리신 예수 그리스도께옵서 이 어린 영에게 굳센 힘을 주시옵소서. 모든 시험과 유혹을 이기고 천사와 같이 깨끗하게 일생을 보내게 하여주시옵소서. 하나님, 하나님! 지금 심상태는 육으로 저를 유혹하옵고, 손 선생은 돈으로 저를 유혹하옵나이다. 이 유혹에도 넘어갈 듯 넘어갈 듯, 저 유혹에도 넘어갈 듯 넘어갈 듯, 어리고 약한 이 딸을 붙들어주시옵소서. 저는 지금 제 앞에 시커먼 구렁텅이를 보나이다. 크게 입을 벌린 지옥을 보나이다. 제 육신과 영혼을 다 잡아 삼키고야 말랴는 두 마귀를 보나이다. 그러하오나 하나님! 이 어리고 약한 딸의 발은 마치 비스듬한 얼음판에 선 것 모양으로 그 시커멓고 무시무시한 지옥의 아가리를 향하고 조촘조촘 미끄러져 내려가나이다. 하나님, 어리고 약한 딸을 불쌍히 여기시와 자비의 손을 내밀어서 붙들어 올려주시옵소서. 오, 하나님……."

하고 금봉은 목이 메고 눈물이 흘렀다. 금봉의 눈에는 심상태와 손명규가 금봉을 끌고 이리 뛰고 저리 뛰고 할 때에 금봉의 옷은 갈기갈기 찢기고 몸은 피투성이가 된 양이 보이고, 또 어떤 진창에 금봉의 해골이 산산이 흩어져 있는 양도 보인다. 금봉의 몸에 소름이 끼치고 이마에서는 땀이 흘렀다.

"하나님, 고맙습니다. 저는 모든 유혹을 이길 테야요. 심상태의 유혹을 이긴 모양으로 손 선생의 유혹도 이길 테야요. 그리고 저는 깨끗이 깨끗이, 천사와 같이 깨끗이 이 세상을 살아갈 테야요. 아모리 고생이 되기로니 그것이 무엇이야요? 제가 깨끗이 깨끗이 살다가 죽으면 하나님께서 천국의 영광 속에 저를 받아주신다고 하셨지요? 저는 그 언약을 믿겠습니다. 그 언약만 믿겠습니다. 하나님은 저를 속이시거나 유혹하심이 없으시고, 하나님의 말씀은 참되십니다. 하나님! 저는 기뻐요. 힘을 얻었어요. 아모 걱정 없습니다."

이 모양으로 말하듯이 기도를 올렸다. 금봉의 눈에 눈물이 걷히고 몸에 소름 끼치던 것도 스러졌다.

금봉의 앞에는 문득 죽은 어머니 모양이 떠오른다. 그 불쌍한 어머니,

어려서는 가난으로 고생, 자라서는 이 사내 저 사내의 놀림감으로 고생, 남편이라고 만나서는 아들딸 낳아서 길러주고 재산과 청춘은 몽탕 빼앗기고, 그러고도 갖추갖추 구박 소박을 받다가 우물에 빠져 죽은 어머니, 그다지도 참되고 옳고 깨끗한 사람이 되어보려고, 어린 금봉이 보기에도 눈물겹도록 애를 썼지마는, 그 남편에게조차 알림받지 못하고 하늘에 사무친 한을 품고 죽은 어머니, 우물가에 놓인 신 한 켤레, 그러고는 어머니를 잃고 밤낮 "엄마, 엄마." 하고 울다가 울다가 말라 죽은 어린 동생 옥봉, 또 낫살 먹을수록 어머니 불쌍한 것이 느껴지고 아버지 무도한 것이 한 되어서 미치다시피 된 오빠 인현, 어머니가 그렇게 사랑하던 거문고를 고심참담하여 찾아내어서 사다 놓고 곡조도 없이 줄을 울리면서 눈물을 줄줄 흘리던 오빠 인현, 이런 모든 것이 생각이 나매 잠시 걷혔던 금봉의 눈물은 다시 솟아 흐르기 시작한다.

금봉은 기도대에 매어달려서,

"어머니, 어머니 유언대로 깨끗하게 살아갈게요."

하고 몸부림하고 울었다.

금봉은 땅땅 하고 시계가 새로 두 시를 치는 소리에 놀라서 기도대에서 일어나서 흩어진 지전을 주섬주섬 주워 모아서 지갑에 넣어 전 모양으로 외투 속주머니에 넣고 단추를 잠그고, 그러고는 가만히 방에 들어와서 자리에 누웠다.

이튿날 하학 후에 금봉은 약속대로 손명규의 여관을 찾았다. 손명규는 수염을 말끔하게 깎고 그 도야지 털같이 억센 머리를 기름을 발라서 갈라 붙이고 몸에서는 향수 냄새까지도 나는 듯하였다.

"히히, 얼마나 기다렸는지."

하고 손 선생은 금봉의 손을 덥석 잡아서 흔들고는 제 손으로 금봉의 외투 단추를 끌렀다. 금봉은 외투 속주머니에서 지갑을 꺼내어서 테이블 위에 놓으며,

"선생님, 어저께 제가 잊고 이 돈지갑을 가지고 갔어요."

하며 외투를 벗어서 제가 앉을 안락의자 등에 걸쳤다.

손명규는 좀 머쓱하여서 한 걸음 뒤로 물러서서, 그가 유심히 볼 때에 하는 버릇대로 눈을 치떠서 안경 위로 금봉의 유난히 새침한 얼굴을 바라보았다. 금봉의 얼굴과 눈에서 찬바람에 얼음 가루가 팔팔 날리는 듯하였다. 손명규는 속으로,

'이거 무슨 병통이 생겼군. 보통 수단으로는 안 되겠군. 단단히 족쳐대야겠는걸.'

하고 생각하면서 제 자리에 앉아서 눈을 감았다.

손명규가 가만히 눈을 감고 앉는 것은 무슨 계교를 내려는 징조다. 그는 마치 앞에 금봉이 있는 것도 잊고 앉아서 잠이 든 것과 같이 조용하였다.

금봉은 졸고 앉았는 듯한 손 선생을 물끄러미 바라보고 있다가,

'단단하게 먹고 온 마음이 풀어지기 전에 똑 잡아 끊어서 말을 해야.'

하고 입을 열었다.

"선생님?"

"응."

하고 손명규는 자다가 깨는 사람 모양으로 눈을 번쩍 뜨고 입을 우물거린다.

"선생님 은혜는 제가 죽어도 잊지 못해요."

하고 금봉은 억지로 허두를 내었다.

"천만에, 은혜가 무슨 은혜야."

하고 다시 눈을 감아버린다.

"그동안 저를 학비를 대어주시고, 또 어저께는 저 같은 것을 사랑하신다고까지 해주시니 무어라고 여쭐 말씀이 없어요. 그나 그뿐입니까. 저때문에 학교 일을 내어놓게까지 되시고, 또 세상에는 죄를 지으시고, 무에라고 참 여쭐 말씀이 없습니다. 제가 무엇이길래 선생님께 그처럼 폐를 끼쳐서까지 동경 유학을 하겠어요? 저는 어젯밤 밤새도록 생각해본 끝에 이렇게 작정했습니다. 저는 어떠한 일이 있더라도 이 작정대로 하기로 결심하였어요."

금봉이 말하는 동안 줄곧 조는 모양으로만 있던 손명규는 금봉의 '결심'이라는 힘 있는 말에 비로소 고개를 들면서,

"응? 무슨 결심?"

하고 눈을 크게 뜬다.

"저는 동경을 떠날 테야요, 학교를 고만두고."

"어디로 가게?"

"서울로 가지요, 집으로."

"그럼 그러라구. 인사동 집도 들게는 되었으니께. 그럼 같이 가지."

하고 손명규는 으레 건으로 대답한다.

"아냐요!"

하고 금봉은 소리를 빽 지르고,

"제가 선생님 댁으로 왜 가요? 아버지 집으로 가지. 저는 선생님헌테 학비 얻어 쓰기도 미안하고 또……."

하고는 말이 막힌다. 그 막힌 말은,

"또 선생님허구 혼인할 수도 없구요."

하는 것이었으나 이 말은 잘 나오지를 아니하였다. 그랬더니 의외에도 손명규는,

"마음대로 해. 싫다는 학비를 억지로 받으라고 할 수도 없고 또 나허구 혼인하기 싫다면 그것도 억지로 할 수는 없지. 금봉이 마음대로 해."

하고 아주 태연하다.

금봉은 "마음대로 해." 하고 아주 태연한 손명규의 태도에 놀라지 아니할 수 없었다. 그래서 손 선생의 진의를 알 수가 없어서 지금까지 제가 생각하고 있던 것이 모두 깨어진 것 같아서 멀거니 손명규를 바라보고 있었다. 손명규의 마음의 깊이를 헤아릴 수 없는 것 같았다.

"헐 수 없지."

하고 손명규는 더욱 냉정한 어조로,

"나는 금봉을 참 생명과 같이, 내 생명보다도 더 사랑하지마는, 정말이야. 우리는 말을 앞세울 줄은 모르니께. 나는 금봉을 나보다도 더 믿고 더 사랑하길래루 내 재산 전부를 금봉이 이름으루 옮길라구 벌써 서류를 다 작성해놓았단 말야. 자, 보아."

하고 손 선생은 바지 주머니에서 쩔렁거리는 열쇠 꾸러미를 내어서 손가방을 열더니 어떤 변호사 사무소라고 활자로 박은 커다란 봉투를 꺼내어 가지고 와서 테이블 위에 그 서류를 쏟아놓는다. 과연 그 서류들은 안성과 예산에 있는 토지를 손명규의 명의로부터 이금봉의 명의로 옮기는 수속이었다.

"또 이것 보아."

하고 손명규는 어떤 은행의 저금통장 하나를 꺼내었다. 그것은 인사동 몇 번지 이금봉 명의로 된 금 이만 원의 당좌예금이었다.

"내가 이렇게 금봉이 도장을 새겨서 인감을 내어서 이렇게 했단 말야. 자, 이 도장 받아."

하고 손 선생은 조끼 속주머니에서 조선식 주머니를 꺼내어서 그 속에 있는 도장집에서 수정 도장 하나를 꺼내어 금봉에게 보인다. 그것은 '이금봉'이라고 전자로 새긴 도장이었다.

"난 이렇게 금봉을 사랑한단 말야. 이를테면 나는 금봉 하나를 보고 사는 것이어든. 금봉을 일생을 편안히 살게 할까 하고 재산을 만드느라고 말이야, 바루 못 할 짓까지 했거든. 하마터면 가막소에 들어가서 콩밥 먹을 짓까지 했거든. 나 하나는 콩밥을 먹더라도 말야, 이만큼 재산이 있으면 금봉이 일생 살기에는 넉넉할까 하구. 그렇지 않으면 내가 자식이 있어, 무엇이 있어? 내가 재산은 해서 무얼 하느냐 말야. 금봉 하나를 마음 대로, 남부럽지 않게 살게 하자니게 이런 짓까지라도 해서 재산을 만들구, 또 그것두 부족할까 해서 인천에 기미 중매점두 하나 경영하랴고 다 마련해놓았단 말야, 이렇게. 그렇지만 헐 수 있나, 금봉이가……."

하고 손명규는 말을 그치고 실망한 듯이 눈을 치떠서 안경 위로 금봉을 물끄러미 바라본다.

금봉은 말문이 막혔다. 말문은커녕 숨도 쉬기 어려움을 깨달았다. 그처럼 금봉은 손 선생의 사랑에 감격한 것이었다. 세상이 넓고 사람이 많다 하기로니 이대도록 나를 사랑하여주는 이가 다시 있을 수가 있을까 하였다. 얼마 있다가 겨우 금봉은,

"선생님!"

하고 입을 열었다. 그러나 다음 말이 나오지를 아니하였다.

　손명규는 여전히 눈을 끔벅끔벅하고 금봉을 바라본다.

　"선생님!"

하고 두 번째 부르면서 금봉은 자리에서 일어나서 손명규의 가슴에 제 몸을 던졌다. 그러고는 말은 못 하고 울었다.

　손명규는 금봉을 껴안으려고도 하지 아니하고 손을 들어 금봉의 머리를 쓸면서,

　"울지 말어, 울지 말어."

하고 어린 딸을 달래듯 은근하게 말하였다.

　금봉은 두 손으로 손명규의 옷깃을 잡았다가 다시 어깨를 잡고 다음에는 목에 매어달렸다. 그러나 손 선생은 도무지 감정을 움직이는 빛이 없고 다만,

　"금봉이, 울지 말어."

할 뿐이었다.

　"선생님!"

하고 금봉은 손명규의 목을 꼭 껴안은 채로,

　"선생님! 저는 선생님 말씀대로 따라가요. 일생 버리지 말아주세요!"

하고 손명규의 조끼 가슴에 얼굴을 비볐다.

　"금봉이, 고마워."

하고 손명규는 잠깐 금봉을 안아보고는,

　"자 그만, 울지 말어."

　하였다.

혼인편(婚姻篇)

금봉이 손 선생을 따라 아버지의 집에 돌아온 지도 일주일이 지나서 양력설이 앞으로 며칠 남지 아니한 어느 날, 금봉의 집에는 큰 소동이 일어났다. 그것은 금봉의 아버지 정규가 서사 김 서방의 아내와 밀통한 것이 김 서방의 눈에 띄어서, 눈에 띈다는 것보다도 등시포착이 되어서 김 서방이 정규를 간통죄로 고소한다고 위협한 것이었다. 원래 김 서방은 미인 금봉을 아내로 삼을 줄로만 믿고 있다가 바로 초례날에 금봉을 잃어버리고 닭 대신에 거위로 정규 집 어멈한테 장가를 든 것이, 비록 정규가 부쳐주마 한 재산 때문에 참기는 하였지마는 매양 불평이었다. 금봉은 당연히 내 것이라 하는 생각이 김 서방의 가슴을 떠나지 아니하는 데다가 어멈이란 것이 얼굴은 예쁘장하지마는 도무지 해뜩거리기만 하고 아무리 하여도 좋은 아내로 믿어지지 아니할뿐더러 김 서방을 항상 넘보고 뾰롱뾰롱 대답질만 하여서 김 서방의 분을 더욱 돋웠다.

게다가 정규는 김 서방에게 주마 한 재산을 차일피일하고 명의를 옮겨

266

주지 아니할뿐더러 별로 필요도 없이 밤낮 출장만 보내는 것을 수상하게, 불쾌하게 여기다가 한번은 안성 다녀오라는 것을 그러마 하고 밤에 집에 돌아와 정규가 아내와 동침하고 있는 것을 발견하여 온 동네가 떠나가도록 소리를 질러서 후일의 증거를 삼고 정규의 의복을 증거품으로 몰수한 후에 톡톡히 망신을 주고는 간통죄로 고소를 한다고 날마다 정규 집에 와서 야료를 하게 된 것이었다.

김 서방의 야료보다도 정규의 처의 야료가 더욱 심하였다. 남편을 대하기만 하면 욕을 퍼붓고 매어달려서 옷을 찢고, 한번은 오줌 있는 요강을 남편에게 뒤집어씌운 일까지 생겼다.

또 김 서방의 아내는,

"나는 인제 주인 영감마님 때문에 이런 몸이 되었으니 살아도 이 집에서 살고 죽어도 이 집에서 죽는다."

하여 건넌방에 와서 드러누워서는 욕설을 하거나 때리거나 꼼짝도 아니하였다.

그런데 이정규는 금봉이 일본 간 후로 절반은 홧김에, 절반은 김 서방에게 주어야 할 재산을 생전에서 떼어내지 아니하고 공돈으로 벌어볼 양으로 인천서 기미에 손을 대어서 조촘조촘 집어넣는 것을 수만 원을 집어넣어버려서 이제는 김 서방한테 주고 싶어도 줄 길이 없었다. 나이 오십이 넘은 사람이 아무리 돈과 계집밖에 모른다 하기로니 성한 정신으로 김 서방의 아내를 건드릴 리는 없었다. 김 서방의 아내가 정규의 집에서 어멈으로 있는 동안에는 그런 마음도 먹고 있었고 눈도 서로 맞았으나 호랑이 같은 마누라가 무서울뿐더러 그 어멈이란 것이 또 호락호락하지를 아니하여 무슨 후환이 있을까 두려워하여서 삼갔으나 금봉 사건과 금전상의 실패로 화가 나게 되매 정규는 절제력을 잃어 술을 과음하고 이런 일을 저지른 것이었다.

　이러한 모든 원인, 정규의 이성을 흐리게 하는 모든 원인 중에는 또 한 가지 중요한 것이 있었다. 그것은 정규의 아내가 근래에 와서 시름시름 병을 앓게 되어 입맛이 젖히고 몸이 수척하여서 히스테리 증세가 나는 데다가 꿈에나 무꾸리에나 우물에 빠져 죽은 전실, 금봉의 어머니가 나타난다는 것이었다. 금봉의 어머니가 전신에 피와 물을 흘리면서 정규 부처가 자는 방으로 쑥 들어와서는 무서운 소리를 한다는 것이었다. 정규는 장정이 세어서 그런 것이 꿈에는 보이지 아니하지마는, 아내의 입으로써 그러한 말을 들을 때에는 마음에 두렵기도 하고 괴롭기도 하였다. 죽은 아내가 그립기도 하고 불쌍한 생각도 나고 자기가 그의 생전에 심히 잘못하였다는 후회도 가끔 생겼다. 그때에는 비록 처녀장가라는 맛에 일시 금봉의 어머니를 소박하였지마는, 지금 아내가 도무지 변변치 못한 데 진저리가 난 뒤로는 전 아내의 생각이 간절히 날 때가 많았다. 그가 일찍 남편에게 불공한 말을 한 일이 있는가, 집안을 불화케 한 일이 있는가, 그가 시앗을 본 줄 안 뒤에는 그는 불쾌한 빛을 드러낸 일이 있었는가. 그러하던 것이 오늘날 집 꼴은 무엇인가. 날마다 안방에서 큰소리요, 한 달에 몇 번씩은 큰 소동이 생겼다. 이것저것 하여 정규는 죽은 전실을 가끔 생각하던 차에 아내의 꿈마다 전실의 모양이 보인단 말을 듣고는 소름이 끼치지 아니할 수 없었다.

　이런 것이 모두 원인이 되어서 정규의 심사는 항상 불평하고, 심사가 불평하기 때문에 지혜가 흐렸다. 지혜가 흐리기 때문에 무엇이나 하면 다 예상과 틀린 결과를 낳았다.

'허, 내가 늙었군. 손에 풀이 죽었군.'

하고 정규는 혼자 한탄하였다.

'원, 이렇게 운수가 비색할 수가 있나?'

하고 화도 내었다.

가만히 앉았든지, 잠이 들려고 누웠든지 머릿속에 나는 생각은 모두 불쾌하고 불길한 것뿐이었다.

'이것도 모도 금봉이 년 때문야. 그년 때문에 내 집 운수가 쇠운으로 들어가고 말았어.'

하고 애꿎은 딸 금봉을 원망도 하였다. 그는 세상이 뜻과 같이 안 되는 세상임을 아프리만큼 절실하게 깨달았다.

'에라, 빌어먹을 것, 되는대로 되어라!'

하고 정규는 술을 취토록 마셨다. 술이 취하면 더구나 바른 정신이 흐려져서 마침내 김 서방의 아내를 건드린다는 일을 저질러버리고 만 것이었다. 그렇다고 그것은 정규의 취중에 나온 일시적인, 무의식적인 허물은 아니었다. 평소에 먹어오던 일념이 취중에 의지력의 마비라는 기회를 타서 실현된 것이었다.

'에익, 내가 왜 그 짓을 하였던고?'

하고 정규는 후회하였으나 무론 벌써 늦었다.

"자, 어떡헐 테요? 인제는 내 계집은 이 주사가 맡고 금봉은 나를 주시오."

하고 김 서방은 눈을 부라리고 대들었다.

"이건 왜 이 모양이오? 내가 팔자 기박해서 십수 년 동안 당신 집 서사 노릇은 했소마는 제 계집을 뺏기고도 암말도 못 할 낸 줄 아셨소? 그래 댁에서는 유부녀를 통간하고도 아모 일 없을 줄 아셨소? 이게 왜 이러우? 그래 이정규 집 주추뿌리에는 도끼가 못 들어가고, 그래 이정규 가슴에는 칼이 못 들어갈 줄 아시오? 아직도 이 주사 다릿마댕이가 성하고 모가지가 제 자리에 있는 것이 무엇인 줄 아시오? 나도 옛정을 생각하고 아모쪼록은 편히 해결하리라 하고 꿀떡꿀떡 오늘까지도 참아온 덕으로나 알란 말요. 내 발이 경찰서에만 가는 날이면 이 주사는 어떻게 될 줄 아시오? 모르시오?"

하고 평소에는 정규의 앞에서는 말대답도 못 하고 고개도 바로 들지 못한 김 서방이 이렇게 호기롭게 대들면, 정규는 다만 고개를 푹 수그리고 듣고 있다가,

"내가 미친 개혼이 씌어서 잘못했네."

할 뿐이었다.

정규는 차마 금봉더러, "얘, 너 김 서방허고 혼인해다우. 아비를 살려다우." 하는 말은 나오지 아니하였다. 생각하고 생각하던 끝에 평생 대면도 아니 하던 아들 인현을 불러서,

"얘, 이 일을 어찌하면 좋으냐?"

하고 애원하였다. 인현은 금봉이 달아난 때에, 정규가 쩔쩔맬 때에,

"아버지, 그러면 어멈으로 대신 신부를 삼으시지요."

하는 명안을 낸 사람인 까닭이었다.

인현은 아버지의 청을 듣고 아래채 제 방에 와서 금봉더러,

"얘, 금봉아."

하고 불렀다.

"오빠, 왜?"

270

하고 금봉은 인현의 근심스러운 얼굴을 보며,

"아버지가 무에라십디까? 좀 사람다운 참회나 하십디까?"

하고 빈정거렸다.

"얘, 그래도 아버지는 아버지지. 우리들은 아버지의 자식이지?"

하고 이상한 말을 묻는다.

"그럼, 아버지야 아버지지. 그런데 그런 소리는 왜 허우?"

"글쎄 말야."

하고 인현은 잠깐 생각하더니,

"아버지가 이번 일을 저지르구서 진지도 못 자시고, 밤에 주무시는지 못 주무시는지는 모르지만, 한숨만 휘휘 쉬시는 것을 볼 때에도 나는 자작지얼이지, 그만큼 죄를 지었으면 죗값을 받을 날이 올 때도 되었지, 하고 못 할 말로 고소하게도 생각하였지마는, 그래도 아버지는 아버지란 말야."

하고 잠깐 말을 끊는다.

"그럼, 아버지도 생각하면 불쌍하시지."

하고 금봉도 오빠의 감정의 전염을 받아 추연해진다.

"김 서방이 어멈 대신에 너를 아내로 달라고, 이를테면, 제 아내는 아버지가 가지고 널랑 저를 달라고 바꾸자고 지랄이란 말이다. 지금 아버지 말씀이 그러시는구나. 이를 어찌하느냐고. 저놈의 말대로 아니 하면 집안은 망하겠고, 그렇다고 너를 차마 그놈을 준다고 할 수도 없고. 그야 아버지란 사람은 저밖에 모르는 이기주의자시니까 너를 김 서방을 주고라도 콩밥을 모면하고도 싶겠지마는 네게는 한번 손을 데이셨거든. 아모리 자식이라도 부모 마음대로만 안 되는 세상인 것쯤은 배우셨거든. 그러니깐 걱정이란 말야."

하고 인현은 조심성스럽게 금봉을 바라본다.

금봉은 얼굴이 파랗게 질리며,

"그럼 오빠는 날더러 김 서방 녀석헌테루 시집을 가란 말씀이오?"

하고 대들었다.

"그러기만 하면야 작히나 좋아."

하고 인현은 싱그레 웃는다.

"웃긴 왜 웃소? 어쩌면 오빠가 그러우? 언제는 달아나라고까지 그러시구."

하고 금봉은 톡 쏜다.

"그게야 네가 행여나 좋은 사람이 될까구 그랬지. 손명규 같은 녀석한테 팔려 갈 바에야 김 서방허구 사는 것이 좋지 아니하냐. 김 서방은 그래두 손가보다는 인간 가치가 많거든. 적어도 협잡꾼은 아니란 말이다. 정직한 노동자는 된단 말이다. 정직이란 것이 사람에게 제일 귀한 것이어든. 너도 인제 손가허구 살아만 보아라. 손가헌테 전염되어서 너두 협잡꾼이 되고야 말 테니. 어디 안 그렇게 되나 볼까?"

"그럼 일전에는 왜 내가 손 선생허구 혼인한다구 했더니 그러려무나 그러셨수?"

"그럼 무에라구 허니? 벌써 다 작정해놓구 나헌테는 보고나 하는 것을 내가 무에라구 허니? 또 모두가 다 인연이구, 인연이라면 운명이란 말이다. 네가 전생에 손 선생허구 무슨 미진한 인연이 있던 게지. 무슨 크게 진 빚이 있어서 그것을 갚아야만 되겠는 게지. 그러길래 너같이 제가 미인인 줄도 알구, 도고하기가 짝 없는 것이 능구리 같은 손가헌테 홀딱 반

272

한 것이 아니냐. 도모지 보통 인정으루는 상상할 수 없는 일이어든. 금봉이가 손명규헌테 반하리라구는, 더구나 옛날 같으면 상피라고 큰 야단이 날 사제지간에, 게다가 첩으루."

하고 인현의 말에는 독이 품겼다.

"첩은 왜 첩이야?"

하고 금봉은 아픈 데를 건드려서 항의하였다.

"그럼 첩 아니구. 여편네가 시퍼렇게, 시퍼렇게는 못 되나 보더라마는 그래두 아직두 살아 있구."

"본래 호적에두 아니 올랐다던데. 그리구 벌써 친정으로 가버렸구."

하고 금봉은 어색한 제 변호를 한다.

"내가 다 알지, 빤히 알지."

하고 인현은 마치 늙은이가 젊은 사람에게 말하듯이,

"들어볼래? 손가가 말이다, 금봉이란 아가씨가 첩으로는 올 것 같지 않구, 보기 싫은 여편네는 밤낮 앓기만 하지, 도모지 죽지는 않구. 그래서 무슨 핑계를 꾸며서는 친정으로 쫓아버리구, 그러구는 요새 협잡으로 돈푼이나 생겼으니깐 아마 제 시굴 면서기 녀석들 술잔이나 먹이구 이혼이 된 것처럼 꾸며놓구, 설사 손가의 본 여편네가 알더라두 오늘내일하는 판에 들구날 것도 없겠지 그야. 또 들구난다손 치더라두 친정 오라비 녀석들 돈 원씩이나 쥐어주면 고만이겠지. 그런 것은 그렇게 중대 문제는 아니다마는, 네가 구태여 이렇게 무덕의 몰인정한 손가한테 꼭 시집을 가야 할 이유가 어디 있니? 그 부정한 수단으로 얻은 돈푼이나 바라고 그러는가 보다마는 사람이란 명 없어서 못 살지 먹을 것 없어서 못 사는 것은 아니다. 그러니까 다 인연이지, 인과야, 운명이야."

"그럼 손 선생허구 혼인 말란 말씀이유?"

"그게야 내가 아니?"

"그럼 어떡허란 말씀이유? 사람을 간지리기만 하니. 왜 남의 말 하듯 빈정거리기만 허우?"

"그저 한번 그래본 게지. 이왕이면 아버지 콩밥 잡숫는 것이나 면해드려서 효녀가 되어보았으면 어떨까 하고 한번 너를 건드려본 것이다."
하고 인현은 만족한 듯이 웃었다.

"허긴 매한가지야."

하고 인현은 한참 동안 계속하던 남매간의 침묵을 먼저 깨뜨리려고 입을 열었다. 평생 마음대로 살아보지 못하던 누이가 한번 돈이라도 마음대로 써보자 하고 손명규에게 몸을 팔려는 것이 불쌍도 하였고, 그래도 끝까지 누이의 편이 되어줄 사람이 저밖에 없다는 것을 인식할 때에 너무 날카로운 말로 금봉의 자존심을 벤 것이 미안하기도 하였다. 그래서 긴장한 무거운 장면을 좀 녹일 양으로,

"마찬가지는 마찬가지야. 사람이면 대개는 마찬가지거든. 세상에 손명규보다 나은 사람은 그렇게 흔한가. 다 그렇구 그렇지. 안 그러냐? 너도 지금은 미인이라구 사내들이 죽을지 살지를 모르고 덤비지마는 그 미인은 며칠 가니? 글쎄 한 십 년 갈까?"
하고 금봉의 얼굴을 바라본다.

"오빠두."

하고 금봉은 좀 누그러지며,

"내가 이제 열여덟 살인데 설마 스물여덟 살에 늙기야 할라구."
하고 웃는다.

"글쎄, 그럼 한 이십 년, 서른여덟 살까지는 미인 행세를 할 것 같으냐? 그동안에 아이나 쓸어 낳아, 이빨은 흔들려, 머리는 빠져……."
하고 인현은 자기 아내의 해산 후의 육체의 변천을 연상하였다. 또 돌아간 어머니의 변천도 연상하였다.

금봉도 오빠의 말에 자기의 눈초리에 잡힐 주름과 어머니 적에 본 것 모양으로 살빛이 변하고 살결이 거칠어질 것을 생각하고 무슨 끔찍끔찍한 발견이나 한 것처럼 휘, 한숨을 쉬었다.

"어찌 갔든지, 십 년이든지 고작 멀게 잡고 이십 년 치더라도 너는 늙을 사람이로구나. 김 서방두 네 나이 사십만 되면 도리어 지금 어멈을 취하지 아니할까. 그러니깐 말야, 나는 인생관을 고쳤다. 나는 사람이란 다 늙을 운명에 있고 죽을 운명에 있으니깐 다 그렇구 그런 것이라구, 그렇게 생각한 뒤로는 나는 네 올케허구 아주 금슬이 좋아졌다. 억지루라두 좋아할 만하게는 되었단 말야. 그러니깐……."

인현의 말이 끝나기 전에 금봉은,

"참말, 오빠허구 언니허구 아주 의가 좋아지셨어. 언니두 어떻게 기뻐하시는지."
하고 감탄하였다. 인현은 느릿느릿한 어조로,

"억지루라도 사랑해주면 그 사람이 좋아할 것을 그것쯤이야 못 할 것이 무엇이냐 말이다. 나는 무엇이길래. 나도 썩어질 고깃덩어리 아니냐. 불교 문자루, 속에는 오줌똥과 피고름이 꼴깍 찬, 흙과 물로 빚어 만든 고깃덩어리어든. 이 지구상에만 하더라도 하로에 몇백만 개씩이나 생기고 또 몇백만 개씩이나 부서지고 하는 고깃덩이어든. 그까짓 게 그다지 끔찍할 것은 무어 있나. 게다가 오늘 죽을지 내일 죽을지 모르는 처지에.

그렇게 생각하니깐 저를 사랑하고 아낄 생각도 안 나고, 누구는 특별히 사랑하고 누구는 특별히 미워할 생각도 아니 나더라. 그러길래 너 동경 간 지 얼마 후부터는 나는 아주 마음이 편안했다. 아버지, 어머니 원망도 안 허구 공부 못 하는 것 한탄두 안 허구, 그저 오늘이면 오늘인가, 또 한 밤 자고 나면 또 하로 살았나, 이러구 있으니깐 천하태평이란 말이다. 그 식으로 생각하면 네가 손가헌테 가기루 김 서방헌테 가기루 별 차이가 있는 것은 아니란 말야. 다 그렇구 그렇지. 네 생각엔 안 그러냐?"

하고 어이없는 듯이(금봉이 보기에) 웃는다.

"오빠, 그게 정말요?"

하고 금봉은 반신반의한다.

"정말 아니구, 왜?"

"아니, 이번 동경서 와 보니깐 오빠가 무척 변하셨어. 도모지 불평해 하시는 게 없구. 본래 침착은 하시지만 더 노성해지신 것 같구. 도모지 이상하시다 했는데 지금 말씀을 들어보니깐 참말 변하셨구려. 어쩌문!"

"그러냐?"

하고 인현은 시무룩하고 무슨 생각을 하고 있더니 고개를 번적 들면서,

"금봉아, 너 손가헌테 돈 몇천 원 얻을 수 없겠니?"

하고 금봉에게는 의외의 말을 한다.

"왜요?"

하고 금봉은 자기에게 삼천육백 원이 있는 것을 생각하면서 되묻는다.

"네가 김 서방허구 살아주지를 않는다면 돈으로 헐 수밖에 있니? 어떻게 해서라두 아버지를 구원해드려야지. 간통죄로 콩밥을 잡숫게 해서야 되겠니?"

"얼마면 되까?"

"글쎄, 한 이삼천 원 주면 듣겠지."

"그렇게 아버지헌테 돈이 없수?"

"흥, 인천에다 다 집어넣구 이 집마저 은행에 들어앉았나 보더라."

금봉은 제게 있는 돈 삼천육백 원을 내어놓을까 말까 하고 망설이다가, 이것으로 아버지의 곤경을 구해드리는 것보다도 오빠의 마음을 편안케 해주고 싶어서,

"그럼, 옛수."

하고 아직 은행에 예금도 아니 하고 손명규가 준 지갑대로 지니고 다니던 것을 내어서 인현에게 주었다. 인현은 그 지갑을 받아 들고,

"이게 무에냐?"

하고 의심한다.

"돈이야."

"얼마?"

"삼천육백 원. 손 선생이 사고 싶은 것 사라고 주는 것을, 혹 오빠가 학비에라도 보탤까 하고 그대로 가지고 왔지. 오빠 마음대로 쓰셔요."

할 때에 금봉은 많이 생색이 남을 깨달았다. 어떻게 해서라도 오빠를 마음대로 공부를 시켜드리리라 하는 생각을 가지고 있던 것은 사실이었으나, 이 돈 삼천육백 원을 오빠를 주려고 지니고 있었다는 것은 거짓말이다. 동경서 한 푼도 쓰지 아니하고 지금까지 지니고 온 것은 다만 처음 만져보는 큰돈이 아까운 때문이었다.

'내 아버지와 오빠의 곤경을 메워드리느라고 그 돈을 썼다고 하면 손 선생도 반대는 없겠지.'

이렇게 생각하고 금봉은 마음에 만족하였다.

인현은 지갑 속에 든 돈을 세어보고 그 금액이 많은 데 잠깐 놀라지 아니할 수 없었다.

"됐다."

하고 인현은 그 돈지갑을 품에 넣고 두루마기를 떼어 입고 나섰다.

인현은 위선 아버지를 찾았다. 사랑에는 없고, 안에 들어가니 안에서 와자지껄하고 또 내외 싸움을 하고 있는 모양이었다.

인현은 잠깐 주저하다가 뜰에 선 대로,

"아버지!"

하고 불렀다.

"왜 그래?"

하고 정규는 성가신 듯이 쌍창을 와락 열고 술 취한 듯한 얼굴을 내밀었다.

"아버지, 잠깐만 사랑으로 나오셔요."

하고 계모를 향하여,

"어머니, 무엇 좀 잡수셨어요?"

하고 인사를 하였다.

"나 무엇 먹구 안 먹는 게 네게 무슨 상관이냐? 내가 죽어 나간들 너희들이 알기나 할 테냐? 알면 춤이나 추겠지."

하고 소리를 지르고는 남편이 아들을 따라나서는 것을 다 보지도 아니하고 내다보려는 의현을 어디를 때리는지 절컥 때리면서,

"이 자식들 다 급살을 맞아 죽어라. 저 건넌방에 자빠졌는 어멈 년허구 함께 급살이나 맞아 죽어!"

278

하고 악담을 퍼붓는다.

정규는 인현의 입에서 무슨 살아날 소식이나 들을까 하고 마음으로 귀를 기울이며 몸으로 시들한 모양을 보이고 담뱃대에 담배를 담는다. 인현은 성냥을 그어서 아버지의 담뱃불을 붙여드리고, 정규가 몇 모금 빠는 양을 바라보았다. 지나간 며칠 동안에 아버지는 더 늙었다나 하고 인현은 마음이 비감하였다. 안에 들어가면 아내에게 쪼들리고, 사랑에 나오면 김 서방과 빚쟁이들한테 협박을 받고, 문밖에 나서면 동네 사람들한테 손가락질을 당하였다. 애오개만 해도 시골이어서 정규 집에 어떠한 일이 생겼다 하는 소문은 몇 시간이 못 하여서 짜하게 퍼졌다. 그것도 털을 붙이고 날개를 돋쳐서 아무쪼록 더욱 흉하게 불퀴서 소문이 퍼졌다.

'아버지도 불쌍한 사람이다.'

하고 인현은 울고 싶었다.

"아버지."

하고 인현은 진정으로 동정하는 어조로 정규를 불렀다.

정규는 대답 대신으로 눈만을 아들에게로 돌렸다.

"김 서방이 돈을 얼마나 받으면 말썽을 안 부릴 짓 같습니까?"

하고 인현은 정규에게 물었다.

"글쎄 돈이 어디 있니?"

하고 정규는 담뱃대를 입에서 빼어 든다.

"아니, 돈을 준다면 얼마나 주면 될 것 같습니까?"

정규는 손으로 목덜미를 만지더니,

"현금으로 이천 원만 주면 떨어질 것 같기는 하다마는 어디 이천 원이 있니?"

"이천 원만 내라구 김 서방이 그래요?"

"제 입으로야 큰소리를 하지마는 저도 우리 집 사정을 다 알거든. 그런
데 그 녀석이 저 임○○네 가게를 살 말을 비치는 것을 보니까, 한 이천
원만 더 주면 될 것 같단 말이다. 그래 돈 이천 원이 어디서 나와? 식산은
행 삼천 원 수형 기일이 어저께 지나가서 부도가 나고 안성 땅이 경매를
당하게 되어도 헐 수 없는데."

"그럼 아버지는 어떻게 하실 작정으로 계셔요?"

"무얼 어떻게 해? 고소를 허겠거든 허라지. 삼 년 징역밖에 더 지겠니?"
하고 담배를 퍽퍽 빨았다.

인현은 즉석에서 돈 이천 원을 내어서 정규를 줄까 하고 지갑에 손을
대었다가,

"그럼 아버지 여기 계시오. 제가 가서 김 서방을 불러가지고 오겠습
니다."
하고 인현은 일어나 나갔다.

김 서방은 마침 집에서 낮잠을 자고 있었다. 요새 홧김에, 또는 돈이
생기리라는 허욕에 밤늦도록 술 먹는 버릇이 생긴 김 서방은 아무도 없는
집에서 혼자 낮잠을 자고 있었다.

인현은 김 서방과 마주 앉는 맡에 단도직입적으로,

"여보 김 서방, 그래 아버지를 어떻게 할 생각이오?"
하고 물었다.

김 서방은 눈을 껌벅껌벅하더니,

"고소허지. 금봉이하구 혼인을 시켜준다면야 말할 것 없지마는."
하고 아직도 술기운이 남아서 뽐낸다.

280

"금봉이하구 혼인한단 말은 안 될 말이구."

"왜 안 될 말이야? 흥, 혼인날 달아난 신부야. 내가 그때에도 여러 가지 사정을 보구 참었으니깐두로 무사했지. 지금이라도 내가 혼인 약속 이행 청구 소송을 할 수가 있단 말야."

하고 대서소에서 얻어들은 지식을 쏟아놓는다.

"그것은 안 될 말이……."

하고 인현은,

"첫째에는 금봉이가 동경 간 뒤에 김 서방은 어멈하구 혼인을 하지 않았소? 김 서방이 딴 여자하구 혼인을 하였으니깐 금봉이하구의 혼인 계약은 김 서방 편에서 벌써 해제한 것이란 말야. 그러니깐 그런 억설은 말구. 또 내 아버지가 잘못하신 것은 나는 모르우? 크게 잘못하셨지. 그렇지만 그렇다구 김 서방이 우리 아버지를 징역을 보내기로 무슨 시언할 것이 있소? 안 그러우? 하니깐 말요. 김 서방도 대단히 분하겠지. 분한 줄 내가 몰르우? 그렇지만 그 분한 것 다 참구 말요, 내가 김 서방을 돈 얼마를 드릴 테니 김 서방 아주 입을 다물어주시오. 내가 여태껏 김 서방부구 한 번두 이 일에 대해서 가타부타 말한 일이 없어. 그렇지 않우? 내가 최초요, 최후로 하는 말이니 내 말대로 해주우."

하고 김 서방을 위협을 하는 듯이 노려보았다.

"안 돼요."

하고 김 서방은 고개를 흔들었다.

"안 돼?"

하고 인현은 입을 꽉 다물었다가,

"그래, 안 되면 어떡헐 테요?"

하고 대들었다.

"금봉이를 날 주든지, 그렇지 아니하면 고소하지."

하고 김 서방도 쉰다.

"응, 김 서방 마음대로 해봐. 내 아버지 감옥소에 가시기 전에 어떤 놈은 모가지가 달아나고 말걸. 이 죽일 놈 같으니, 네 가슴에는 칼 들어갈 줄도 모른단 말이냐. 이놈 네 뼉다귀가 뉘 밥으루 굵은 줄 아느냐!"

하고 인현은 호령하였다.

인현의 호령에 김 서방은 고개가 수그러졌다. 김 서방은 인현의 성미를 안다. 어려서부터 인현은 음울하고 말도 없고 하지마는, 한번 성이 나면 무서운 아버지한테라도 대어들어서 눈에서 피가 나오도록 우는 아이였었다. 더구나 근래에는 절반 미친 사람으로 가정 안에서나 친구 간에나 소문이 나서 아무도 그를 건드리기를 꺼리는 처지다. 이러한 인현이,

"네 가슴에는 칼 들어갈 줄도 모르느냐?"

하고 노려볼 때에는 김 서방은 제 가슴에 칼 들어올 것이 의심 없는 듯하여 무서웠다.

원체 아내가 아까워서 말썽을 일으키는 김 서방도 아니다. 금봉은 탐은 나지마는, 다만 하루라도 안아보고 싶은 마음이 불 일 듯하기는 하지마는, 금봉이 제 손에 아니 들어올 것을 모르는 김 서방도 아니다. 또 이정규를 징역을 보낸댔자 신통한 구석이 하나도 없는 줄을 모르는 김 서방도 아니다. 거의 다 망해가는 이정규의 집에 붙어 있어야 은사죽음으로 공 없는 심부름이나 할 것밖에 아무 소득이 없을 것 같고, 이제 나이가 사십을 바라보는 몸이 이런 통에나 한밑 떼어내지 못하면 일생 신세가 꺼벅꺼벅할 줄을 알 만한 지혜는 가진 김 서방이라, 한 푼이라도 돈을 더 얻으

려고 하는 것이 이 모든 난문제를 제출한 이유였다. 그런데 인현이 이처럼 나가다가는 저는 게도 구럭도 다 잃어버릴 듯하여서 인현의 위협에 고개가 수그러진 것이었다.

　인현은 김 서방의 수그러진 눈치를 보고 벌떡 일어나면서,

"어디 헐 대로 해보오."

하고 나오려 하였다.

"잠깐만 앉으우."

하고 김 서방은 인현의 소매를 붙들었다.

"왜 이러우?"

하고 인현은 소매를 뿌리쳤다.

"나를 돈을 얼마나 주시려우? 나도 십여 년을 댁에서 일을 보다가 이 망신까지 당했으니 이제 다시 뉘 집에 가서 서사 노릇을 할 수도 없구, 어떻게 여편네나 하나 얻어서 죽이라두 끓여 먹구 살아갈 밑천이나 주셔야 안 하겠소? 그러니 날 얼마를 주시려우?"

하고 김 서방은 애원하였다.

　인현은 도로 주저앉았다. 김 서방에게 대한 가여운 생각이 났다. 인현은 쾌히,

"나도 김 서방의 사정을 생각하길래 현금 이천 원을 마련해가지고 왔으니, 만일 김 서방이 다시는 고소를 하느니, 내 누이를 어쩌느니 하는 소리를 말겠다고 무슨 문적 하나만 써준다면 내가 당장에 돈 이천 원을 내어놓겠소. 만일 그렇지 아니한다면 김 서방이 고소를 하든지 무엇을 하든지 나는 나 할 일을 하려우."

하였다.

김 서방은 이리하여 간음죄로 이정규를 고소한다고 한 것은 전연 오해에서 나왔다는 것과 퇴직금으로 현금 이천 원을 받은 것을 심히 감사하다는 연유를 글로 써서 도장을 찍고 인현에게서 돈 이천 원을 받고, 또 간음이 오해라는 것을 증명하기 위하여 어멈을 다시 집으로 데려가기로 하였다.

인현이 이 교섭에 성공하여 김 서방을 끌고 사랑에서 기다리고 있는 아버지한테로 갔다.

이리해서 이 사건은 원만하게 끝이 났다. 그리고 금봉과 손명규와의 결혼도 정규가 인현의 공로를 보아서 쾌히 허락하였다. 인현은 내심으로는 금봉이 손명규와 결혼하는 것을 반대하였지마는 다 제 업보요 인연이라, 제삼자의 힘으로는 어찌할 수 없다고 단념해버렸다.

"헐 수 있니? 다 제 인연이지. 네 마음대로 하려무나."

하고 인현이 금봉에게 최후의 동의를 할 때에 금봉은 눈물을 흘리며,

"오빠, 나도 손 선생이 부정한 마음을 가진 사람인 줄은 알아. 그렇지만 자기가 하도 나를 사랑하니 나는 손 선생을 새사람을 만들어볼라우. 예수도 믿게 하고 예배당에도 잘 단기게 하고 다시는 협잡도 말게 하고, 그 재산 가지고 사회에 좋은 일을 하게 할라우."

하고 자신 있는 양을 보였다.

"네 마음만은 좋다마는 그리될까?"

하고 인현은 더 말하지 아니하였다.

수단이 능한 손명규는 파머라는 늙은 서양 선교사를 주례 목사로 하기에 성공하였다. 그는 선교사 중에 인격자로 상당히 존경을 받는 사람이었다. 손명규가 주례 목사를 서양 사람 중에서 택한 까닭은, 조선인 목사

중에는 자기의 내력을 알까 두려워함이었다. 아무리 명규의 일이 서울에 다소 소문이 높기로니 귀머거리 파머 목사에게까지 그 소문이 갈 것 같지는 아니하였다.

손명규는 혼인식장을 예배당으로 하기를 꺼렸다. 어떤 서양 사람의 집이나, 그렇지 아니하면 어느 교회학교의 조그마한 강당을 쓰고 싶었다. 만일 큰 예배당을 쓴다고 하면, 첫째는 모일 사람이 적을까 염려요, 둘째는 본 아내 집에서 누가 와서 혼인식장에서 야료를 할까 봐서 염려였다. 그러나 이 속도 잘 모르는 금봉은 일생에 다만 한 번 하는 이 좋은 일을 왜 구석에 숨어 하랴, 당당히 큰 예배당에서 할 것이라고 주장하였고, 또 주례할 목사 파머도,

"혼인식장, 하나님의 집, 예배당 좋소."

하고 예배당설을 주장하므로 명규는 무시무시한 것을 부득이 서울에서도 가장 이름 높은 어느 예배당으로 정하고 청첩을 발송하였다.

혼인날인 정월 어느 날.

그래도 혼인식장인 예배당에는 한가한 부인들과 또 미인 금봉을 구경하려는 사람들이 모였다. 더구나 어떤 신문에는 명규가 금봉을 후려낸 연애 기사까지도 씌었기 때문에 의외의 방면의 군중도 와서 좌석은 반이나 찼다. 그러나 금봉의 모교 방면에서는 한 사람도 오지 아니하고, 오직 방학에 돌아와서 아직 동경으로 가지 아니한 최을남과 강영자가 참석하였고, 조병걸과 심상태와 을남의 오빠 최형식도 참석하였다.

식장 정면에는 화환이 십여 틀이나 있고, 식장 천장은 만국기와 오색 줄로 장식이 되었다. 이 예배당에서 혼인식을 거행하던 중에 이처럼 찬란한 장식은 처음이라고들 수군거렸다.

"일등 미인이 일등 추물하고 결혼하는 날."이라고 아는 사람들은 수군 거리고 웃었다.

풍금 소리가 났다.

찬란한 옷을 입은 금봉의 모양이 나타날 때에는 군중의 눈은 모두 그리로 쏠렸다.

"참 미인이다!"

하고 소리를 내어서 찬탄하는 이조차 있었다.

밭음하고 뚱뚱하고 목이 대밭은 신랑이 고개를 수그리고 눈을 뒤룩거리며 들어오는 양이 보일 때에는 회중은 한숨을 쉬었다.

"신부가 아깝고나!"

하고 수군거리는 사람도 있었다.

신랑과 신부와 남녀 들러리가 죽 주례 목사 앞에 늘어섰다. 들러리들의 의복도 일습을 다 새로 장만하여서 주름 잡히고 누렇게 된 모양은 하나도 없었다.

키가 크고 머리가 벗어지고 코안경을 쓴 파머 목사가 회중을 한번 둘러보면서,

"오늘은 신랑 손명규, 신부 이금봉 혼례식을 거행합니다."

하고 간단한 기도를 마치고 문답을 하려 할 때에 회중에서 웬 조선 옷 입은 사람이 목사 앞으로 뛰어나가며,

"목사님, 이 혼인, 못 할 혼인입니다. 손명규는 앓는 아내가 있습니다. 나는 그 아내의 오라빕니다."

하고 소리를 지르고는, 신부의 앞에 바싹 들어가며,

"여보세요, 이 사람헌테 속지 마세요. 이 사람은 아내가 시퍼렇게 살

아 있는 사람이외다. 왜 얌전한 양반이 이런 몰인정한 협잡꾼의 첩으로 가신단 말씀이오?"

하고는, 들러리들이 붙드는 것도 뿌리치고 신랑의 어깨를 잡아서 사람들 있는 쪽으로 돌려 세우면서,

"여보, 내 누님이 아직 죽지 않고 살았는데 백주에 남의 처녀를 속여서 결혼을 한단 말요? 당신이 공부는 뉘 돈으로 하고 가는 뼈가 뉘 밥으로 굵었는데, 그래 협잡으로 내 누님을 민적에서 빼고, 자, 검사국으로 갈 길이나 차리시오."

하고 그 사람은 너무도 흥분이 되어서 소리도 잘 나오지 아니하였다.

"이 사람 미친 사람이오."

하고 손명규는 목사와 회중에게 대하여 변명하려 하였으나, 목사는 고개를 서너 번 설레설레 흔들더니 펴 들었던 책을 접어 들고,

"나 이 혼례 주장할 수 없습니다."

하고 나가버리고 만다.

"하하!"

하고 누가 크게 소리를 내어서 웃었다. 이 소리에 많은 사람들도 따라서 웃었다.

금봉은 정신이 아득하면서 그 자리에 쓰러졌다. 맨 앞줄에 앉았던 을남에게 붙들려서 우선 걸상에 앉았다. 신랑 손명규는 정신 잃은 사람 모양으로 멀거니 서 있었다.

을남의 오빠 최형식이 뛰어들어서 손명규의 처남이라는 사람을 끌고 밖으로 나가버린다. 그 사람은 두어 번 안 끌려 나가려고 반항하였으나 마치 형식의 앞에서는 기운을 쓰지 못하는 듯이 순순히 끌려 나갔다.

구경꾼들은 다들 더 볼 굿이 없다는 듯이 일어나 나갔다. 한 십오 분쯤 지나서는 끝까지 하회를 보지 아니하면 아니 될 사정에 있는 사람만 한 수십 명 남아 있었다. 최형식의 알선으로 이 남은 사람들끼리 호텔 피로 연회장으로 가서 우물쭈물 혼인을 해버리고, 신랑과 신부는 신혼여행하려던 것도 할 경황이 없어서 그냥 호텔에 숙소를 정해버렸다.

금봉은 일생에 처음 당하는 욕을 보아서 도무지 마음이 진정되지 아니하였으나, 이틀 사흘 지나는 동안에 이럭저럭 말도 하고 웃기도 하게 되었다.

을남 남매가 그래도 가끔 찾아와서 이야기도 하고 화투도 하고 마장도 하고 놀았으나, 그들마저 동경으로 간 뒤로는 금봉의 집에는 누구인지 알 수도 없는 손명규의 손님밖에 찾아오는 사람이 없었다.

손명규는 끔찍하게 금봉을 사랑하였다. 무슨 대단히 필요한 일이 있기 전에 도무지 대문 밖에도 나가지 아니하고 꼭 금봉과 이마를 마주 대고 있었다. 그러나 그 사랑함이 너무도 무식스러워서 금봉의 세련된 연애욕을 만족시킬 수는 없었다. 손명규의 끊임없는 육적 사랑은 혼인한 지 얼마가 못 되어서 도리어 금봉으로 하여금 멀미가 나고 진저리가 나게 하였다.

금봉은 남편과 잠시라도 떠나는 것이 좋아서 진고개로 종로로 돌아다니기를 시작하였다. 집에 둔 인력거를 타고 나가라고 남편 명규는 거의 명령하다시피 하지마는 청청하게 맑은 날 그런 것을 타기는 싫었다.

"기생이오? 밤낮 인력거만 타고 다니라니."

하고 뾰롱뾰롱 반대를 하였다.

금봉은 마음껏 단장을 하고 핸드백을 들고 길거리로 걸어가는 것이 즐거웠다. 길 다니는 사람은 누구나 저를 한번 바라보지 않는 사람이 없는 것이 기뻤다. 인사동 골목에는 벌써 금봉이 주의 인물이 되었다. 가끔 양장을 하고 다니므로, 또 그 시절에는 양장이 드문 까닭에 양장미인이라고도 하고, 또 가끔 자동차를 타고 다니기 때문에 자동차미인이라고도 하였다. 지금부터 십오륙 년 전인 그 시절에는 서울에도 자동차가 퍽 드물었다.

잠깐만 타도 사오 원 돈은 집어 주어야 할 때다. 이때에 자동차를 타는 사람은 민 부자쯤이나 되었을까? 그러한 자동차를 금봉은 거의 날마다 타고 다녔다.

명규가 퍽은 금봉과 동부인해서 다니고 싶어 하였으나 금봉은 번번이 뾰롱뾰롱 거절을 하였다. 명규는 금봉이 혼자만 나가 다니는 것이 염려도 못마땅하기도 하여 금봉이 어디 나간다면 노 눈살을 찌푸리며,

"무엇 하러 어딜 가?"

하고 항의를 하였다.

"그건 알아 무엇 해?"

하고 금봉은 더욱 뾰로통하였다.

"젊은 여편네가 무엇 하러 날마다 나가 돌아당겨? 남들이 미친년이라고 하게."

하고 명규는 강하게 항의를 한다.

"내 발로 나돌아다니는데 무슨 걱정야?"

하고 금봉은 톡 쏜다.

"남편의 말 안 듣고 고따위로 주둥아리 놀리다가는 다릿마댕이 부러지지, 다시는 쏘다니지도 못하게. 오늘은 나가지 말어!"

하고 명규는 남편의 권위를 세우려 한다.

"다릿마댕일 분질러보아. 못 분질러도 사람은 아니지."

하고 금봉은 더욱 반항적으로 나간다.

금봉이 인현을 보고 말한 바와 같이, 명규를 예배당에도 다니게 하고 협잡도 그만두게 하고 돈을 사회를 위해서 쓰게 한다고 하던 그러한 꿈은 혼인한 이튿날에 벌써 깨어지고 말았다. 명규는 종교라든지 도덕이라든지 예술이라든지 인정이라든지 이런 것에는 전혀 흥미가 없는 사람임을 금봉은 깨달았다. 금봉이 피아노를 치면서 남편의 눈치를 보면 남편은 골패로 오관을 떼거나 꾸벅꾸벅 졸고 있었다. 금봉이 진고개 가서 좋은 그림을 사다가 걸어도 한 번도 눈도 거들떠보는 일이 없었다.

남편을 찾아오는 사람은 대개 남편과 같은 종류의 인물이었다. 혹시 남편에게 긴한 친구라고 안방에 불러들여서 금봉을 소개하는 작자가 있으면, 그는 대개 명규가 안 보는 틈을 타서는 힐끔힐끔 금봉에게 음탕한 눈짓을 하는 것들이 있었다. 혹시 친구를 청해서 저녁을 대접할 때에 가만히 듣노라면, 한다는 소리가 모두 음담패설이 아니면 무식스러운 소리요, 극히 정당한 소리라야 돈에 관한 이야기였다.

"그까짓 녀석들을 무엇 하러 집에 불러들이시오? 밥을 먹이랴거든 요릿집에나 가서 멕이시구려."

하고 금봉은 손님이 아직 건넌방에 앉았는데도 듣겠건 들어라 하고 남편을 보고 앙탈을 하였다.

'이런 사내하고 어떻게 일생을 사나.'

하고 금봉은 한숨을 짓는다.

금봉은 기도하는 습관도 잃어버리고 말았다. 얌전하던 태도도 차차 없어지고 오직 전보다 발달된 것은 단장이었다. 옷감을 바꾸어 들이고, 구두를 맞추고, 화장품을 사들이고, 그러고는 날마다 눈썹을 짓고 연지를 찍고, 이런 것만이 발달되었다. 마치 거울에 비치는 제 자태의 아름다움에나 취해서 살자 하는 것 같았다.

남편에 대한 불만은 그것만으로는 그치지 아니하였다. 정신적으로 또 육체적으로나 (혼인 생활로 말미암아) 이성에게 대한 정열이 치열하게 된 금봉은 도저히 마음에 안 드는 손명규로는 만족할 수 없는 것 같았다. 손명규라는 남편과 같이 사는 것은 마치 남편 없이 사는 것과 같았다.

금봉은 길에 나서면 깨끗한 남자들이 눈에 띄었다. 세상에는 깨끗한 남자가 수없이 있는 것 같았다. 그 많은 깨끗한 남자 중에서 어떻게 나는 이따위(손명규)를 골라잡았는고 하면 울고 싶었다.

'흥, 손명규란 사람 하나를 구원한다고?'

하고 금봉은 어리석던 제 결심을 비웃었다.

금봉은 다시금 임학재를 생각하였다. 임학재는 지금 서대문형무소에 있지 아니한가.

금봉은 봄이라고 해도 아직도 쌀쌀한 어떤 날 혼자서 집을 나와서 인왕산을 향하였다. 사직단 뒤 솔숲 속으로, 비록 대낮이라도 혼자 가기는 무시무시한 길을 금봉은 정열에 타는 가슴을 안고 걸었다. 골짝에는 아직 다 녹지 아니한 눈이 얼음같이 남아 있었다.

삼월만세 통에 학교들이 휴학이 되어서 이날은 일요일도 아니지마는 깨끗한 남학생들이 둘씩 셋씩 인왕산으로 올라가는 것과 마주 내려오는 것을 만났다. 그들은 어디를 혼자 가는 아름다운 금봉을 걸음을 멈추고는 바라보았다. 금봉은 이 모르는 젊은 사내들도 다 반갑고 그리운 것 같았다.

그 남자들과 옷기슭이라도 한번 스쳤으면 이 고적한 마음이 조금이라도 위로가 될 것 같았다.

등성이를 다 올라서 인왕산을 향하고 성을 타고 얼마고 올라가다가 금봉은 무서운 생각이 났다. 길이 차차 험하여지고 호젓함이 더욱 심하여지매 금봉은 더 올라갈 용기를 잃고 비탈을 돌아서 백련암(白蓮庵)을 들러 잠깐 법당을 엿보고는 다시 비탈을 돌아서 서대문감옥(그때에는 형무소가 아니요 감옥이다)이 내려다보이는 곳에 갔다. 바윗돌에 걸터앉아서 수건으로 이마에 맺힌 땀을 씻으면서 형무소를 바라보았다. 석고 모형과 같이 보이는 그 속이 어디가 어딘지 알랴. 금봉은 다만 멍하니 그리운 학재의 모양을 그 감옥 속에 그리고 있었다.

저 속 어느 방에 학재가 있으리라 하면 못 견디게 더 그리웠다.

'내가 왜 동경서 좀 담대하게 그에게 내 사랑을 고백하고 매어달리지 아니하였던고.'

하고 금봉은 울고 싶었다.

동경 있을 때에는 금봉은 날마다 옥중에 있는 학재를 위하여서 하나님께 기도를 올렸지마는, 손명규의 사람이 된 뒤로는 학재를 생각할 새도 적었다. 도리어 생각 속에 들어오는 학재를 떠밀어 내쳤다. 남의 아내로서 다른 남자를 생각하는 것은 죄라고 하였다. 그러나 명규를 남편으로 생각할 수 없는 때에, 명규가 미울 때에 학재는 곧 금봉의 눈앞에 나섰다. 그러할 때마다 금봉은 굳세게 학재를 안지 못한 것을 후회하였다. 명규를 학재에게 비기면, 마치 도야지와 사슴과 같다고 금봉은 생각한다. 명규를 대할 때에는 북데기와 구린내 나는 진창 속에서 주둥이로 먹을 것만 찾느라고 꿀꿀거리는 도야지가 생각혔다. 그러나 학재는 마치 높은 산봉우리에 우뚝 서서 멀리 하늘가를 바라보는 숫사슴과 같았다. 그리고 금봉 자신은 마땅히 그의 뒤를 따를 암사슴이 아니었던가, 어찌하다가 이 구린내 나는 도야지우리에 빠졌는가, 하였다.

인사동의 그 화려한 집, 옛날에는 민 충정공이 계셨다는 집이 도야지 우리가 되었다고 금봉은 서대문형무소를 바라보며 생각한다. 만일 그 집에 임학재를 남편으로 삼고 살았으면 얼마나 좋을까 하고 생각한다.

그러다가 문득 금봉은 학재의 말을 기억한다. 그것이 어느 때이던가. 자기가 성경과 간디의 전기를 선물로 사다가 주던 학재의 생일날이던가, 또는 이노가시라에서 비를 만나던 날이던가, 또는 숙희하고 둘이 놀러 갔던 날이던가, 분명치 아니하나 학재는 특히 금봉을 보고 하는 말은 아니나, 이런 말을 하였다.

"우리는 일신의 행복을 찾아서는 안 되오. 우리는 여러 사람의 행복을 위하야서 우리 자신을 희생하는 데서 기쁨을 얻어야 하오. 인생은 풀이요, 그 영광은 풀잎에 이슬이니 우리는 스러지지 아니하는 영원한 영광을 찾아야 하오."

그 말을 들을 때에 금봉은 감격하였었다. 과연 옳은 말씀이다 하였다. 그리고,

'그런데 내가 임 선생을 연애로 사랑해서 쓰겠나? 내가 잘 수양해서 높은 인격자가 되어서 임 선생의 동지가 되도록 해야지.'

이렇게 생각하고 금봉은 가슴에 타오르는 사랑의 불길을 조그마한 두 손으로 꼭 덮었던 것이다.

그러나 금봉의 마음은 사랑의 불길에 대해서는 너무도 저항이 약하였

다. 밝히 말하면, 이성의 사랑이 없이는 살아갈 수 없는 것 같았다. 그 아버지의 음란한 성격을 받음일까. 그 어머니의 다정다감함을 받음일까.

'그러나.'

하고 금봉은 한숨을 짓는다.

'그러나 인제는 다 끝난 것이 아니냐. 인제는 내 몸은 명규에게 더럽혀졌고 명규의 몸에 붙여서 결박 지어진 몸이 아니냐. 인제는 내게는 깨끗한 처녀성도 없고 마음대로 임 선생을 사랑할 자유도 없지 아니하냐. 인제는 동창의 친하던 친구들조차 손가락질을 하는, 돈에 팔려 간 첩이 아니냐. 인제는 하나님을 부르고 기도도 못 할 몸이 아니냐.'

하고 금봉은 혼인식장의 대망신을 생각한다.

'차라리 내가 왜 그 자리에서 죽지를 아니하였던고!'

할 때에 지금의 자기의 모양이 차마 볼 수 없게 더럽고 수치스러움을 본다.

'오빠 말씀이 옳았다!'

하고 금봉은 인현이 자기의 혼인, 손명규를 바른길로 끌어보겠다던 공상을 비웃던 말을 기억한다. 아무리 변명하여보아도 제가 손명규한테로 간 것은 이십만 원의 재산을 탐낸 것밖에는 아무것도 없다!

그러나 그 이십만 원이 금봉의 것이 되었나? 금봉의 이름으로 옮겨준다던 소유권은 여지껏 감감이다. 그렇다고 내외가 된 오늘날에 어서어서 그 이름을 옮겨달라고 앙탈할 염치도 없었고, 또 하루건너 내외 싸움을 하는 오늘에 와서는 옮겨달랬자 옮겨줄 것 같지도 아니하였다.

'그까진 냄새나는 돈!'

하고 금봉은 혼자 뽐내어보지마는, 그것이 제 이름으로 옮아오지 아니하는 것이 몹시 아쉬워서 혹시나 남편의 마음을 돌릴까 하고 이삼일 연하여서 남편의 환심을 사려고 아양을 떨어도 보았으나, 그 구렁이 다 된 남편이 금봉의 고만한 얕은꾀에 넘어갈 것 같지도 아니하였다.

"돈이나 떼어내어!"

하고 을남은 싱글싱글 웃으며 금봉에게 훈수를 하였지마는, 원체 똑바로밖에 갈 줄 모르는 성격을 타고난 금봉에게는 그런 음모는 할 줄을 몰랐다.

'인제는 처녀성도 잃고 돈도 못 얻고, 다시는 임 선생을 사랑할 자격도 없고.'

하고 생각하면 금봉은 이생에 누릴 모든 것을 다 잃어버렸음을 느꼈다.

'저 속에는 임 선생이 계시다.'

하고 금봉은 다시금 형무소를 바라본다. 형무소 주위에는 황토 물 들인 옷을 입고 간수에게 끌려다니며 무슨 일을 하고 있는 양이 보인다. 그 속에 학재가 있는 것이 아닐까. 아마 재판소로 미결수를 실어 가는 것인가, 커다란 자동차가 시커먼 옥문에서 나오고는 옥문이 닫혀버린다. 그 속에는 임숙희가 있지나 아니한가. 삼월 초하룻날 변으로 많은 사람들이 옥에 붙들려 들어갔다. 그중에는 금봉의 동창들도 있다. 만일 누가 금봉더러도 만세를 부르러 가자든지, 비밀 인쇄물을 돌리라든지, 돈을 내라든지, 한마디만 하였더라도 금봉도 감옥에를 들어갔을 것이다. 그러나 금봉의 동무들은 금봉을 돌려내어서 이러한 의논에는 참예도 시키지 아니하였다. 금봉은 그것이 다 적막하였다. 마치 금봉은 모든 사람의 사회에서 쫓겨나서 인사동의 허울 좋은 도야지우리 속에 도야지 같은 손가의 육욕의 노리개가 되어 있는 듯함을 느꼈다.

이런 일이 있은 지 얼마 아니하여 금봉은 처음에는 종로경찰서에, 다음에는 서대문형무소에 수용이 되었다. 그것이 ○○부인회라는 불온 단체의 간부를 집에 숨겼다는 것과 그들에게 비밀 출판물을 인쇄하는 편의와 금전을 공급하였다는 것이었다. 그 간부라는 것은 다른 사람이 아니라, 서정희(徐廷姬)와 및 그 동지 두 사람이었다. 그들은 이리저리 쫓겨다니던 끝에 마침내 금봉의 집을 택하였던 것이다. 밤중에 금봉의 집이 경관대에게 포위 수색을 당할 때에는 마침 금봉의 집 아랫방에서 등사판으로 비밀 서류를 등사하는 중이었다. 그중에는 금봉도 섞여 있었다.

금봉은 서대문형무소에 수감되어서, 숙희, 기타의 동무들을 만났다. 한 감방에 수십 명이나 수용된 그들은 거의 유쾌하리만큼 이야기하고 떠들었다. 원체 수용자가 많기 때문에 일일이 단속을 못 함도 있지마는, 어떠한 정책상으로 자유방임하는 경향도 없지 아니하였다.

금봉은 첫째로 지긋지긋한 남편의 곁을 떠난 것이 기쁘고, 둘째로 지금까지 거의 파문의 상태에 있던 저를 동무들이 아랑곳해주는 것이 기뻤다. 금봉 일파가 공판에 회부되자 처음으로 금봉을 방문한 것은 새로 변호사를 개업한 심상태였다. 상태는 말쑥한 옥색 춘추복에 금테 안경을 쓰고 새로 산 접이 가방을 옆에 껴서 변호사의 위엄을 갖추었다. 학생복을 입었을 때보다도 더욱 날씬하고 더욱 살빛이 희고 더욱 눈이 빛나는 것 같았다.

"손 선생도 안녕하시고 댁내가 다 무고하시니 안심하셔요."

하고 상태는 극히 친절하게 말을 붙였다.

금봉은 자기 남편도 으레 잡혔으려니 하였는데, 손명규는 모든 책임을 금봉에게 지우고 자기는 모른다고만 버티어서 일주일 만에 놓여나온 것이었다. 금봉은 그와 반대로 경찰에서 동정적으로,

"너는 마음이 있어서 한 것은 아니지?"

하고 책임을 경하게 하려고 물을 때에도,

"내가 하고 싶으니깐 했지요."

하고 대답하였고,

"네 남편도 아느냐?"

할 때에는,

"그 사람은 하로 종일 집에만 있으니깐 몰라요."

하고 남편의 책임을 벗기는 답변을 하였다.

심상태 외에도 셋이나 변호사를 더 대었다. 그 때문은 아니겠지마는, 일심에서 정희만이 일 년의 체형을 받고 금봉과 기타는 징역 육 개월, 삼 년간 집행유예의 언도를 받고 여름 몹시 더운 어느 날 석양에 출옥하여서 인사동 집으로 돌아왔다.

"그건 다 무슨 철없는 짓이야?"

하고 명규는 금봉을 책망하였으나 싱글싱글하고 기쁨을 이기지 못하는 표정을 하였다. 금봉은 감옥에서 나온 것이 조금도 기쁘지 아니하였다.

이 모양으로 일 년의 세월이 지나간 어느 날, 손명규는 이삼일이나 소식이 없이 안 돌아오던 끝에 금봉 혼자서 동무들을 청해놓고 마장을 하고 있을 때에(그동안 금봉은 거의 매일 마장으로 소일을 하였던 것이다) 문득 다수의 정사복 경관이 달려와서 금봉을 앞을 세우고 가택수색을 행하였다. 반 시간 동안이나 법석을 한 끝에 명규의 금고와 책상에서 모든 서류를 압수해가지고 가버렸다.

"웬일이야?"

하고 겨우 숨을 돌린 동무들이 금봉을 향하여 물을 때에 금봉도 영문을 알지 못하고 어리둥절하였다.

그러나 금봉은 마음에 짚이는 바가 없는 것은 아니었다. 그것은 첫째로 근래에 남편의 태도가 매우 초조한 것이었다. 그는 집에 돌아오면(매양 자정이 넘어서야 돌아왔다) 아무 말도 아니 하고 이따금 짜증까지도 내고, 그러고는 아침에는 일찍 밥도 아니 먹고 어디를 나갔다. 이것을 보고 할멈은,

"영감마님이 어디 첩치가를 하셨나 보아요."

하고 근심까지 하였다.

둘째로 마음에 짚이는 것은, 근래에는 전화가 오면,

"안 계십니다."

하고 금봉이 대답하면 저편이 매우 불쾌한 소리로,

"밤낮 안 계시다니 언제나 계시단 말이오?"

하고 화를 내고 끊는 그러한 경우가 많고, 또 마침 남편이 집에 있을 때에 전화가 오더라도, 그것이 아침 일찍이라도 남편은 성가스러운 듯이,

"없다고 그래. 어디 시골 갔다고 그러라니까."

하고 도무지 전화를 받는 일이 없었다.

그러나 가장 마음에 걸리는 것은 한 십여 일 전 어느 날 밤 일이었다.

남편은 그날 웬일인지 일찍 돌아와서 매우 유쾌한 태도로,

"여보, 어서 세수하구 차리고 나서우."

하고 싱글벙글하였다.

이런 일은 근래에 드문 일이다. 금봉도 노상 불쾌하지는 아니하였다.

"왜? 어디 가우?"

"우리 저녁 먹으러나 나가."

"난아, 세숫물 놓아라."

하여 하인 계집애에게 명령을 하는 일변, 금봉은,

"오늘은 웬일이오? 해가 서쪽에서 뜨랴나, 원."

하고 한 번 상긋 웃었다.

"무에 웬일야? 자, 어서 차려."

하고 명규는 장문을 열고 옷을 고르고 섰는 금봉을 한 번 끼어안고 억지로 입을 맞추고는 자기 사무실인 안사랑으로 나가버렸다.

금봉은 세수하고 단장하고 옷을 갈아입기에 사십 분은 허비하여서,

"어서 나와, 어서 나와."

하는 남편의 재촉을 사오 차나 받고,

"그렇게 급하거든 혼자 가구려."

하여 한바탕 가네, 안 가네 하는 옥신각신이 있은 끝에 내외가 자동차를 타고 어디를 가는가 하였더니, 장충단 옆에 있는 일본 요릿집 ○○장이라는 데로 몰았다.

"일본 음식 오래 못 먹어보았지, 히히."

하고 명규는 칼라와 넥타이를 끄르면서,

"오늘은 일본 음식을 먹어, 응? 목욕이나 허구."

한다.

'어째 이런 데를 끌고 왔을까?'

하고 금봉은 근래에 심상치 아니한 남편의 태도를 생각하면서,

'무슨 꿍꿍이가 있나?'

하고 남편의 일동일정을 유심히 보았다.

그러나 명규는 그저 유쾌하게 평생 안 먹던 술도 먹고 계집 하인을 붙들고 농담도 하였다. 그러면서도 남편의 태도에는 금봉에게 대하여 좀 아첨하는 듯한 어색한 점이 있었다.

금봉은 가슴에 불안한 그림자를 품은 대로 저녁을 마치고 남편의 속을 떠도 볼 겸,

"인제는 활동사진 구경이나 갑시다."

하고 건드려보았다.

"활동사진? 활동사진은 훗날 보구, 오늘은 마누라가 좀 어려운 일을 해주어야겠어, 히히."

하고 고개를 숙였다.

'내, 그저.'

하고 금봉은 가슴이 뜨끔하였다.

'이 작자가 내게 무슨 어려운 청을 하노라고 이다지 요공(要功)인구?'

하고 금봉은 수그리고 앉은 남편의 고슴도치 같은 자세를 바라보았다.

"그런데……."

하고 명규는 장히 말하기 어려운 듯이 웃는 것도 같고 경련된 것도 같은 얼굴로,

"저, 김 알지?"

하고 금봉의 눈치를 본다.

"하구많은 김에 어느 김 말이오?"

하고 금봉은 좀 불쾌해져서 톡 쏘았다.

"에이, 저, 거시기, 김광진이 말야. ○○은행 지점장. 왜 우리 집에서 하로 마장도 했지."

하고 명규는 떠듬떠듬한다.

　금봉은 얼른 그 사람이 생각났다. 서울 가까운 어느 시골 부자. 수완보다도 돈으로 된 취체역으로서 지점장, 젊은 여자의 얼굴을 힐끗힐끗 보기 잘하고 코 밑에는 채플린 수염 있는 사람, 모닝 입고 왔던 사람, 깊이는 없으나 귀공자 타입으로 생긴 미남자.

　"그런데 그 김이 어찌했단 말이오?"

하고 금봉은 화나는 듯이, 남편은 바라도 아니 보고 먹으라고 내어온 멜론과 온실 포도를 이쑤시개로 긁적거린다.

　"그런 게 아니라, 이바, 좀 어려운 말이지만 꼭 들어주어야 되겠어. 무슨 말인구 허니 말야, 내일 안으로 돈 만 원을 꼭 써야 할 텐데 말야, 급한 수형이거든. 수형이 부도가 되면 내 신용은 꽉 막혀버리거든. 수형이 부도가 나면 신문에까지 나구, 은행 거래는 아주 막혀버리구 말아요. 실업가가 수형 부도가 나면 죽는 게나 마찬가지어든."

　"왜 그 숱한 재산 다 무엇 했수? 이십만 원이니 삼십만 원이니 하던 것은 다 누굴 갖다가 주었수? 난, 원, 돈이라구는 동경서 당신이 내 몸값으로 준 삼천육백 원밖에는 만져보기는커녕 구경도 못 했소."

하고 금봉은 재산을 제 이름으로 해주마 하던 명규의 거짓말에 대하여 평소에 속에만 두고 내놓지 못하던 불평을 이 기회에 한번 내쏘았다.

　"그게 그럭저럭 수속이 늦어서."

하고 명규는 좀 어색해서 어리광 모양으로 머리를 긁적긁적하며,

　"내일 일만 펴우게 해주면 얼른 수속을 마칠 테야."

하면서도 속으로는,

　'인제는 네 이름에 넘겨줄 것은 빚밖에 없다.'

하고 쓴웃음을 웃었다.

금봉도 자기 남편이 한다던 공장도 시시해지고 또 기미를 한다는 소문도 들어서 재산이 병이 든 줄은 짐작도 했지마는, 언제 물어도 늘 잘되노라고만 대답하고 얼마만 지나면 큰 수가 난다고만 하므로 기연가미연가 해왔지마는, 설마 그 이십만 원 재산이 다 없어졌으리라고는 생각지 아니하였다.

"그런데 말야, 어떻게 하는고 하니 말이지, 내가 이런 소리를 두 번 할 것도 아니구 허니 말야, 내외간에 어떡허나, 안 그래?"

"무엇이 안 그렇단 말요? 어떡허란 말요?"

하고 금봉은 남편을 노려보았다.

"다른 게 아니란 말야."

"말야는 좀 구만두고 헐 말만 해요. 왜 사내가 그렇게 비루허우? 목이 달아나더라도 헐 말은 분명허게 허지."

"그 말을 들으니께 안심이 되우. 다른 게 아니라 말야. 김광진이헌테 내가 말은 해놓았는데, 당신이 지금 김을 찾아가서 내가 담보할 테니 염려 말구 그 돈을 돌려주라구, 내게 말이지. 그 말 한마디만 허구 오란 말야. 날 살려주는 줄 알구."

하고 명규는 스스러운 사람에게 하는 모양으로 한 번 굽신하고 절을 한다. 그것은 명규가 근래에 돈 얻으러 금융기관이란 금융기관에는 다 돌아다니면서 애걸하는 통에 얻은 습관이었다. 아내에게 굽신 절을 하고 나서도 수줍은 생각이 나서,

"내 이렇게 절을 하게."

하고 또 한 번 일본식으로 이마가 방바닥에 닿도록 절을 하고는 히히 하

고 웃는다.

"그게 다 무슨 소리요? 내가 담보를 하다니?"

하고 금봉은 눈을 크게 떴다.

금봉은,

'우리 집이 망했고나.'

하는 생각과,

'미인계라는 것이로고나.'

하는 생각이 번개같이 일어났다. 그러나 금봉 자신도 놀란 것은 마음 한 구석에 김광진을 만나보고 싶은 호기심도 생김이었다. 그러나 금봉은 이 여자답지 못한 생각을 얼른 눌러버리고,

"날더러 왜 밤에 남의 사내를 찾아가란 말요?"

하고 가장 정당한 항의를 하였다.

"그렇지만 내가 죽고 사는 문제란 말야."

하고 명규는 시계를 내어 보면서 초조하였다.

"그럼, 나 혼자만 가란 말야?"

하고 금봉은 갈 결심을 보였다.

"그래, 내 그 집꺼정은 바라다 주게."

하고 모처럼 다 된 금봉의 결심을 깨뜨릴까 보아서 명규는 얼른,

"가면 김이 말을 꺼낼 테니, 그때에 당신이 담보하노라구, 책임을 지 노라구, 한마디만 하면 되는 것이야."

하고 애원하였다.

금봉은 여러 가지 의심도 있었으나 또한 여러 가지 호기심도 있어서,

"그럼, 당신 말대로 가긴 가우마는, 난 도모지 도깨비장난만 같수. 아

모려면 대수요?"

하고 나섰다.

명규는 셈을 치르고 십 원 한 장을 하인에게 행하하고 전화를 한 번 걸어보고는 자동차를 불러 타고 ○○장을 나섰다.

빗방울이 자동차의 창을 쳤다. 차는 신마치 창기촌 앞을 지났다. 창기들이 횟뎃박을 쓰고 입술은 쥐 잡아먹은 고양이 모양으로 빨갛게 칠을 하고 문밖에 나와 서서 지나가는 사람의 소매를 끌었다. 금봉은 밤의 창기집을 처음 보았다. 그리고 나도 창기의 신세가 되는 것이나 아닌가 하고 몸서리를 치고 한숨을 쉬었다.

차는 창경원 앞을 지나서 동소문을 나서서 성북동으로 돌았다. 커다란 소나무들이 헤드라이트에 비춰어서 번뜻번뜻하는 것이 금봉에게는 퍽 신선하게 보였다.

차는 어떤 대문 앞에 섰다.

"여긴가?"

하고 자다가 깬 듯이 명규는 밖을 내다보았다.

"네, 이것이 김 자작 댁 정자입니다."

하고 운전수가 자동차 문을 열었다.

명규도 내리고 금봉도 따라 내렸다. 길가로는 석축이 있고 석축 위에는 산울이 길게 뻗은 것이 정원이 넓다 하는 것을 보았다.

"그럼, 자동차는 여기 세워놓고 당겨와. 나는 저기 당겨서 집으로 가게."

하고 명규는 어둠 속으로 사라져버리고 만다. 이 어둠침침한 곳에 혼자 내버려진 금봉은 무서웠다. 그러나 운전수가 보는 앞에서 '여보, 여

보.' 하고 달아나는 남편을 부를 수도 없어서,

'될 대로 되어라.'

하고 마음을 굳게 먹었다.

자동차 소리를 듣고 나옴인지 웬 열칠팔 세 되어 보이는, 말쑥하게 생긴, 그러나 상노같이 보이는 남자가 문을 열고 금봉의 앞에 허리를 굽히며,

"인사동서 오셨에요?"

하고 위아래를 훑어본다. 말만은 경어를 쓰지마는 손님을 존경하지는 않는다는 눈치가 금봉에게도 보였다. 늙은 자작 대감의 아들인 김광진이 성북동 정자에를 나와 잘 때면 반드시 웬 못 보던 여자가 초저녁에 자동차를 타고 나왔다가는 아침에 들어가는 것을 늘 보는 상노는 금봉을 보고도,

'또 이게로고나.'

한 것이었다.

금봉은 '옙'을 할지, '해라'를 할지 몰라서 고개만 까딱해 보였다.

"이리 들어오시지요."

하고 상노가 우산을 금봉에게 주고 몇 걸음 앞서서 자갈 깐 길로 들어가다가 우뚝 서서 금봉을 돌아보며,

"자동차는 돌려보내시지요."

하였다.

이 말은 민감한 금봉에게 심한 모욕감을 주었다.

"기다리라고 했어."

하고 상노를 한번 노려보았다. 자동차가 다닐 만한 길을 휘임하게 걸어

서 뼈대는 조선집이나 내부 수장은 양식으로 한 집에 인도되어, 본래는 대청이던 응접실에 금봉은 선 채로 주인이 나타나기를 기다렸다.

응접실은 전부 서양식으로, 테이블이나 의자나 다 낡기는 낡았을망정 화려한 고급품이었다. 이 집 늙은 주인이 옛날은 공사로 외국도 다니고 대궐 안에도 자주 다니던 사람인 것이 방 차려놓은 것만으로도 보였다. 아까 그 상노가 차 한 잔을 갖다가 놓으며 앉으라고 자리를 권하였으나, 금봉은 여전히 버티고 서 있었다. 금봉은 서 있는 것을 무슨 큰 위험에 대한 준비인 것같이 생각하는 듯하였다.

이윽고 조선 옷에 항라 두루마기를 입은 주인이 나왔다. 한 번 보던 얼굴이라 금봉은 허리를 굽혔다. 주인도 공손하게 인사를 하고,

"이리 앉으시지요."

하고 주인의 자리일 듯한 큰 소파에 금봉더러 앉기를 권하고, 자기는 맞은편에 있는 교의에 앉았다. 금봉도 앉았다.

"비 오는데 어려이 오셨습니다."

하고 김은 전과 달리 대단히 점잖았다. 금봉은 김의 점잖은 태도에 얼마쯤 안심이 되었다.

"성북동은 처음이신가요?"

하고 김이 말머리를 잡으려는 듯이 묻는다.

"네에, 두어 번 원족은 나와보았습니다마는."

하고 금봉은 어려서 선생을 따라 나왔던 것을 생각하였다.

"산골짝이니까요. 그러나 물소리가 좋아요."

하고 대문 밖 개천에 흐르는 물소리를 들으려고 눈을 감는다. 대문 밖에는 폭포라고 할 만한 데가 있어서 오래 가문 끝이지마는 그래도 물소리가

들려온다.

"또 새소리도 들립니다. 오늘은 비가 와서 안 들립니다마는, 꾀꼬리도 울고 두견도 울지요, 허허."

하고 아직 삼십이 얼마 넘지 아니한 그연마는 마치 오륙십이나 된 노인과 같은 점잖은 어조다.

금봉은 다만 "네에." 할 뿐이었다. 금봉은 이런 귀족의 집에는 처음 오기 때문에 말을 어떻게 해야 옳은지 몰랐다.

"부인께서 재주가 많으시고 또 시를 잘 지으신다는 말씀도 들었지요. 나도 날마다 주판만 가지고 놀지마는 문학이나 음악이나 예술을 퍽 사랑은 합니다. 아모것도 할 줄은 모르지요. 내 누이는 음악 공부를 합니다마는."

또 금봉은 "네에." 할 뿐이었다. 어느 학교에를 다니느냐, 몇 살이나 났느냐, 이런 말도 묻고 싶었으나, 아직도 혀가 마음대로 돌지 아니할 뿐더러, 또 여러 말을 하는 것이 알 수 없는 어떤 위험을 더 부르는 것 같았다.

과사와 과일과 아이스크림이 나왔다. 특히 흰 실탕과 흰 크림을 친 빨간 딸기가 얼음 같은 컷글라스 대접에 담긴 것이 탐스러웠다.

"잡수셔요. 이 딸기는 집에서 재배한 것입니다. 신선하니 하나 잡수어 보셔요."

하고 김의 권하는 말이 더욱 탐스러웠다.

'어쩌면 사람이 저렇게 점잖고도 은근할까?'

하고 금봉은 철저하게 상스러운 자기 남편과 비겨서 김광진을 마치 이 세상 사람은 아닌 것같이 생각하였다.

금봉은 권하는 대로 딸기를 몇 개 집어 먹었다. 과연 신선하다.

"딸기란 미인이 잡수시기에 가장 합당한 과일이로고나, 하는 것을 지금 깨달았습니다. 붉은 입술 흰 이 새에 딸기가 물리는 것, 그것은 참 아름다운 색채의 조화입니다."

하고 가장 감탄하는 모양으로 김은 고개를 약간 끄덕거렸다.

금봉은 잠깐 부끄러웠으나 그 말까지도 듣기에 좋았다. 그 말하는 목청과 억양이 마치 음악 같다고 생각하였다. 때로 자기를 뚫어지게 바라볼 때도 있고, 싱그레 웃을 때도 있으나, 그것이 다 버르장머리 없다거나 음탕해 보이지 아니하고 다 법도가 있는 것 같았다. 영국, 법국 물을 먹은 사람이라 과연 다르구나 하였다.

이때에 상노가,

"운전수가 얼마나 기다리리까 여쭙니다."

하고 주인과 금봉을 절반 절반 향하여서 여쭙는다. 그 상노의 태도와 말법까지도 아까와는 다르게 법도가 있는 것 같았다.

"자동차를 세워두셨던가요?"

하고 김은 잠깐 금봉을 바라보더니,

"얘, 자동차 가라고. 얼마냐고 물어보아서 차비는 주고, 차는 가라고."

하고 상노에게 명한 뒤에,

"가실 때에는 집의 차로 모셔다 드리겠습니다."

하며 금봉을 안심을 시킨다.

이렇게 거의 한 시간이나, 그 한 시간이 언제 지나는지 모르게 그처럼 능란하게 유쾌하게 김은 금봉을 접대하였다. 어떻게 그렇게 이억이억 화제를 끌어내는지, 그것도 조금도 억지로 하는 빛 없이 극히 자연스럽게 이야기를 끌어내어서 어느 새에 그리된지 모르게 금봉도 말도 하고 웃기도 하였다. 도무지 스스럽거나 어려운 생각이 없고 턱 마음이 놓이도록 김은 금봉을 얼렀다.

"그런데……."

하고 김은 잡담을 뚝 끊으며,

"오늘 좀 오십시사 한 것은……."

하고 말을 하려다가 멈칫하더니,

"미안합니다마는 잠깐 저를 따라오세요. 좀 보여드릴 것도 있고."

하고 먼저 일어나서 앞선다.

금봉은 서슴지 않고 따라 일어나서 김의 뒤를 따랐다. 금봉은 김의 뒤를 따라서 복도를 몇 굽이 돌았다. 어떤 곳에서는 김은,

"여기는 층층대가 있습니다. 온, 전등이 꺼져서."

하고 금봉의 허리를 한 팔로 살짝 안아서 끌어 올리고, 어떤 곳에서는,

"여기는 화분들이 있어서 발에 채이시리다."

하고 금봉의 팔을 껴서 인도하였다.

마침내 어느 방에 들어갔다. 그것은 조선 가옥을 양식으로 꾸민 것이 아니요, 순전히 양옥이었다. 창에는 자주로 꽃무늬 놓인 커튼이 늘여지고, 방 한옆에는 금빛이 번적번적하고, 침대에 하얀 서양 침구가 덮여 있고, 벌써 서양식 하얀 망사 모기장을 천장에 달아서 침대 머리에 모아 걸었고, 벽과 방바닥은 초록빛 많은 것으로 꾸몄다. 그리고 침대 바로 옆에 전화를 놓은 작은 탁자가 하나, 침대에서 먼 쪽에는 창을 향하여서 큰 라이팅 데스크(writing desk)가 있고, 그 곁에는 서양 선교사의 집에서 흔히 보는, 빙빙 돌리는 책장 하나가 놓였다. 이 방이 서재 겸 침실로 쓰이는

방임을 알 수 있었다.

여기서도 큰 안락의자에 금봉을 앉히고 자기는 보통 의자에 앉으면서,

"이 방은 가친이 법국 공사를 다녀오셔서 지으신 방입니다. 이 침대는 그때 위로서 하사하신 것인데, 덕수궁 석조전 안에 놓으셨던 것이라고 합니다. 보세요, 여기 이렇게 이화표가 있지요? 헤헤. 앉으신 이 교의도 하사하신 것이어서 여기 이렇게 이화표가 있습니다. 그러나 인제는 다 낡고, 그것도 옛날이니까요."

하면서 김은 일어나 책상에서 반대편 구석에 놓인 장에 든 양주 병 두 병을 내오고, 또 금봉이 보기에 빙수 그릇 비슷한 벌떡한 유리잔 두 개와, 좁고 기다란 유리잔 두 개를 내다 놓더니 침대 곁에 있는 전화 탁자를, 전화는 방바닥에 내려놓고 끌어다가 금봉의 앞에 놓고, 처음에 조선 소주 병같이 생긴 병에서 노란 술을 좁은 유리잔에 따르고 다음에는 자기 잔에 따라서 들면서,

"약주는 안 잡수시겠지만 이것 한 잔만 잡수어보세요."

한다.

금봉이 한 모금을 먹고 도로 놓는 것을 보고 김은 연방 권해서 기어이 그 한 잔을 다 먹이고는 이번에는 새 병을 펑 하는 소리를 내면서 뽑아서 거품이 부그르르 이는 것을 벌떡한 잔에 따르며,

"이것은 샴페인이라고, 사이다 같은 것입니다. 한 잔만 잡수어보세요."

하고 제가 먼저 들며,

"아시겠지마는, 이 술은 서양서는 무슨 축하할 일이 있을 때에 먹는 것입니다. 그저 시언한 것이니 잡수어보세요."

하고 잔을 높이 든다.

금봉은 이것이 다 옳지 아니한 일인 줄은 알면서도 웬일인지 도무지 저항할 수가 없었다. 그래서 김이 권하는 대로 샴페인 한 잔을 마셨다. 위스키 한 잔과 샴페인 한 잔은 금봉의 정신을 어릿어릿하게 하기에 충분하였다. 금봉은 두 뺨이 후끈거림을 깨달았다. 김은 차차 더 홍훈이 되는 금봉의 얼굴을 빙그레 웃는 낯으로 바라보면서,

'과연 미인이다!'

하고 속으로 부르짖었다.

김은 금봉에게 더 술을 권하지 아니하고 자기만 위스키 한두 잔을 더 따라 먹고는 병을 다 치우고 여송연 한 개를 붙이면서,

"용서하세요."

하였다.

"어서 잡수세요."

하고 금봉도 어이없는 듯이 웃었다. 자기도 근래에 손가락이 노랗도록 담배를 피우게 된 까닭이었다.

"그런데……."

하고 김은 푸른 연기가 여러 가지 모양의 곡선을 그리면서 피어오르는 여송연을 재떨이에 놓고 벌떡 일어서더니, 책장 곁에 놓였던 검은 가죽으로 된 서류 가방을 갖다가 재떨이를 한쪽으로 밀고 펴놓으며,

"오늘 오십시사고 한 뜻은……."

하고 사무적 교섭으로 들어간다.

금봉은 김의 이 방향 전환에 깜짝 놀라리만큼 정신이 들었다. 마치 꿈의 세계에서 갑자기 깨어난 것 같았다. 금봉은 제가 온 뜻을 잠깐 잊고 분홍 안개 속에 둥둥 떠 있었던 것이다.

'내가 어쩌면 이렇게 마음 풀어놓았을까?'

하고 자기의 몸가짐, 맘가짐이 처녀 적과 달리 방탕함을 깨달았다.

"네."

하고 금봉은 얼굴의 근육을 수축시키고 김의 입에서 나오는 말에 정신을 집중하였다.

"다름이 아니라, 어, 손 선생에 관해서 여쭈어볼 말씀도 있고, 또, 어, 이를테면 부인의 승낙을 청할 것도 있어서……."

하면서 손명규에 관한 서류를 골라 내어놓는다.

"첫째로, 무론 내외간이시니까는 다 아시겠지마는 이야기의 순서상, 응, 손 선생의 재산 상태를 제가 안다고 할 수 있습니까마는, 손 선생의 신용 상태, 적어도 제가 관계하는 한에서는 말씀입니다, 신용 상태에 관해서 먼저 여쭐 말씀이 있는데, 에, 일언이폐지하면 손 선생은 지금, 은행 거래상으로 보면 중대한 위기에 계십니다. 자세히 설명하자면 말이 길겠지마는, 일언이폐지하면, 손 형은, 에, 손 선생은 금액 만 원에 달하는 헛절수를 뗀 것이 판명되었습니다."

하며 헛절수를 뗀다는 것이 무엇인지를 설명하고 나서 연필 머리로 테이블을 똑똑 두드리면서,

"이러한 부정한 수단, 이를테면 사기지요, 그것을 내가, 어, 제가 발견한 것은 벌써 오래지마는 아모조록 내 힘껏은 뒤를 보아드리려고 했지마는, 어디 무한량으로 그럴 수야 있어요? 그래서 부득이 단호한 처분을 아니 할 수 없는데, 그리하자면 내일 오정 안으로 손 선생이 현금 만 원만은 입금을 아니 하시면 도저히 구제할 길이 없습니다. 내 책임도 책임이니까."

하고 한참 금봉을 바라보다가,

"부인께서 한 만 원 내일 오정 안으로 만드실 수 있겠습니까?"

하고 여송연을 들어서 몇 모금 빤다.

"제가 만 원이 어디서 납니까? 무엇을 잡히기 전에야, 집이라도 잡히기 전에야."

하고 금봉은 못 견딜 수치를 느끼면서 고개를 숙였다.

"그것이 말씀야요."

하고 김은 사무적인 어조에서 동정을 품은 예사 사람의 어조로 변하여서,

"내가 조사시킨 바에 의하면 말씀야요, 손명규 씨 명의에 있는 재산은 다 은행이나 금융조합이나 또는 사채로 이 번, 삼 번까지 저당이 되고 더 돈이 나올 데가 없습니다. 혹시 부인 명의로 있는 재산이나 있는지요? 무론 있으시겠지마는."

하고 또 연필 장단을 치면서 금봉을 바라본다.

금봉은 더욱 낯에 모닥불을 붓는 듯한 수치를 깨닫는 동시에, 손명규가 제 이름으로 옮겨주마 하던 재산을 제게는 한마디 알리지도 아니하고 다 없애버린 것을 남의 입을 통해서 듣는 분함을 강하게 깨달았다.

"저는 몰라요."

하는 금봉의 대답은 떨렸다. 금봉은 손끝과 발끝이 싸늘하게 식어 올라옴을 느꼈다.

"네에."

하고 김은 의심스러운 듯이 고개를 끄덕끄덕하며,

"허, 그럼 부인 명의로는 재산이 없으십니다그려?"

하고 눈을 감는다.

무론 금봉의 명의로는 집 한 채도 없는 것을 모르는 김이 아니다. 다만 금봉의 대답을 좀 들어보고 싶어서 물은 말이었다.

　　금봉은 머리가 혼란하여졌다. 그래도 조만간 이십만 원 재산의 절반 십만 원이라도 제 이름으로 넘어오려니 하고 내심으로는 기다리고 있었던 것이다. 그 꿈이 김의 말로 다 깨어지고 보니 처지가 캄캄해졌다. 이제는 금봉에게 무엇이 남았나? 처녀도 없고 애인도 없고 돈도 없다.

　　'아아, 나는 인생의 거지로고나.'

하고 금봉은 한탄하지 않을 수 없다.

　　"그런데 말씀야요."

하고 김은 금봉의 괴로운 시간을 단축하려는 듯이 먼저 입을 연다.

　　"그런데 말씀이지요, 인제는 손 형으로는 돈 한 푼 돌릴 수 없는 형편이고, 내일 오정 안으로 돈 만 원이 안 되면 손 형은 감옥으로 갈 수밖에 없는 형편이고, 사세가 이렇게 되었단 말씀이지요. 그런데 손 형이, 손 선생이 연일 나를 찾아와서 그야말로 눈물을 흘려가며 조르시니, 암만 조르시더라도 말씀야요, 받을 수 없는 돈을 꾸어드린다는 것도 말이 아니요, 또 그것도 생산 자금이면 몰라도 도모지 다시 살아나지 못할 돈이란 말이지요. 그러나 나도 시하에 달린 사람이 만 원 돈을, 그야 쓸 만한 데면 쓰지요마는. 그래서 좀 말씀하기도 어떠합니다마는 이렇게 말씀했지요. 내가 손 선생을 신용할 수는 없으니 부인께서 책임을 지신다면 그 돈을 돌려드리마고요. 그래서 오늘 저녁에 부인께서 내 집에를 오시게 된 것입니다."

하고 잠깐 말을 그치고 금봉의 무표정한 낯빛을 바라보더니,

　　"일이 이렇게 된 것인데, 어찌하시겠습니까? 부인께서 책임을 지시겠

습니까?"

하고 말을 끊는다.

"제가 책임을 지다니요?"

하고 금봉은 어쩐 영문을 몰라서 묻는다.

"일언이폐지하면, 부인께서 저헌테 돈 만 원을 차용하신다는 표를 써 놓으시는 게지요."

하고 김은 아주 수월하게 말한다.

'어떡하잔 말인가, 날더러 책임을 지라니 나를 어떡하잔 말인가?'

하고 금봉은 매 맞은 사람 모양으로 물끄러미 김을 바라보았다.

'설마 손이 돈 만 원을 받고 나를 팔아먹기야 할라구.'

이러한 생각도 해보았다.

'그렇다면 무얼 보고 내게 돈 만 원을 준달까? 아모리 해도 수상하다.'

하고 의심도 해보았다.

그렇지만 내일 오정 안으로 돈 만 원이 아니 되면 남편은 징역을 산다고 한다.

'밉거나 곱거나 남편은 남편이지.'

이렇게도 생각하였다. 이러한 끝에 금봉은 확실한 해결도 마음에 짓지 못하고,

"그럼 제가 책임을 지겠습니다."

하고 대답해버렸다.

"그러면."

하고 김은 약속수형 용지를 내어 만년필로 쓸 것을 다 쓰고는,

"여기다가 서명 날인을 하셔요."

하고 금봉의 앞에 내어놓는다.

금봉은 김의 만년필을 받아서 고운 글씨로 분명하게 주소와 이금봉(李金鳳)이라는 씨명을 쓰고는,

"도장은 안 가지고 왔는데요."

하였다.

"안 가지고 오셨거든 내일 찍으시지요."

하고 김은 그 수형을 접어 넣고 곧 소절수첩을 내어서, '一金 壹萬圓也(일금 일만원야)'라고 쓰고 수취인을 이금봉으로 지정한 소절수 한 장을 써서 봉투에 넣어서 금봉의 앞에 놓고,

"인제 보실 일은 다 끝났습니다. 인제 손 선생은 살아났습니다."

하고 일어나서 아까 뽑았던 샴페인 병을 들고 와서 두 잔에 가득 부어놓으며,

"자, 축배로 한 잔 드시지요. 저도 어째 시름을 놓아서 기쁜 것 같습니다."

하였다.

열한 시나 지나서 김이 자기 집 자동차로 금봉을 안동하여 인사동까지 바래다주었다. 금봉이 내릴 때에 김이 내어미는 손을 금봉은 힘껏 잡았다. 지극히 부드러운 손이었다.

금봉이 집에 돌아와 보니 남편은 눈이 멀뚱멀뚱하니 대청에 앉았다가 금봉을 안경 위로 바라보며,

"되었어?"

하고 물었다.

"되긴 무엇이 돼?"

하고 금봉은 화를 내면서 문을 벼락같이 닫고 안방으로 들어왔다. 김의 세련된 모양을 보고 온 금봉의 눈에는 명규는 더욱이나 사람 같지 아니하였다.

명규는 한참이나 있다가 어슬렁어슬렁 아내를 따라서 안방으로 들어왔다. 부모에게 얻어맞기를 두려워하는, 일 저지른 아이 모양으로.

명규는 슬슬 눈치를 보면서 깔아놓은 자리를 밀어놓고 금봉과 어깨가 스치리만큼 가까이 앉는다. 금봉의 입김에서 술 냄새가 맡겼다.

"술 먹었어?"

하고 명규는 문득 불쾌한 질투심을 느꼈다. 명규는 아내를 김의 집 문전에 데려다 두고 집에 돌아와서는 아내의 정절을 믿기는 믿으면서도 마음에는 불쾌한 의심과 질투가 복받쳐 오름을 깨달았던 것이다. 한편으로는 비록 아내가 훼절을 하여서라도 돈 만 원을 얻어 왔으면 하는 생각이 없지도 아니하였지마는.

"술만 먹어?"

하고 금봉은 남편에게 등을 향하고 팩 돌아앉는다.

"술을 왜 먹어?"

하고 명규는 책망하는 어조였다.

"뻔뻔스럽게, 아가리가 열이기루 무슨 소리야? 괜히 칼부림 나기 전에 저리 가!"

하고 금봉은 명규 편으로 돌아앉으면서 소리소리 질렀다.

"저, 저 하인들 듣겠구면. 그런데 돈은 됐어?"

하고 명규는 어떠한 욕이라도 참을 뜻을 보였다.

"하인들 들으면 어때? 동네방네 다 떠나가도록 악을 쓸걸. 말짱한 남

의 계집애 속여서 꾀어다가는 집 한 칸 안 남겨두고 돈 다 없애고, 그러고
는 몸 팔아서 돈 벌어들이라고 한다구. 세상에 이런 사내놈은 나무 작두
에 모가지를 잘라 죽여야 한다구. 흥, 내가 못 그럴 줄 알고.”

하고 금봉은 평생에 입에 담아보지도 못하던 하등 욕설을 퍼부었다. 그
것은 동네에서 내외 싸움 할 때에 들은 소리와 금봉의 계모가 남편에게
대들 때에 하던 어조를 배운 것이었다.

“그게 다 무슨 소리야? 내가 누구를 속였어?”

하고 명규는 끙끙댄다.

“누구를 속였어? 내가 누구를 속였어? 누구 앞에서 그런 빤빤한 소리
를 해? 동경 와서 날 꼬일 때에 무에라고 했어? 좀 생각해보아. 집이랑
땅이랑 다 내 이름으로 문서 내주마고 했지? 서류까지 다 맨들어놓았노
라고 했지? 어디 말 좀 해보아! 내! 내! 그 재산 다 내! 내! 왜 안 내? 그
러구는 날더러 몸을 팔아서 돈을 얻어 오라구? 에이 퉤! 똥물에 튀길 녀
석 같으니!”

하고 금봉은 남편의 낯에 침을 뱉는다. 그 침이 명규의 콧등에 붙어서 부
르르 흘러내린다.

“누가 몸을 팔랬나?”

하고 명규는 그 침을 씻으려고도 아니 한다.

“그럼 팔라는 게 아니구 무에야? 밤중에 계집을 남의 사내 혼자 있는
외딴 정자에 갖다 맡기고 슬며시 빠져오는 게 몸 팔라는 게 아니구 무에
야, 무에야?”

하고 금봉은 남편의 따귀를 붙이고 싶은 것을 참았다. 그리고 다만 이를
갈았다.

"그래, 몸을 팔았나?"

하고 명규는 좀 견딜 수 없다는 듯이 눈을 크게 떴다. 그리고 입을 크게 벌렸다.

"그럼, 안 팔아? 젊은 계집, 젊은 사내가 자정이 넘도록 한방에 있었으면 다 알겠지. 술 실컷 먹고 실컷 놀구 왔지. 왜 못 놀아, 누가 무서워서 못 놀아?"

하고 금봉은 분과 술이 한꺼번에 취한 듯 독이 오름을 깨달으면서,

"내가 무엇 하러 이놈의 집에를 또 왔어?"

하고 울었다.

"그러지 말어."

하고 명규는 금봉의 등을 어루만지며,

"내가 다 잘못했어. 잘못했지만 나도 다 생각이 있어. 이번에 다 정리만 되면 모두 금봉이 이름으로 해주께."

"내 이름으로 해줄 것은 무엇이 있던가? 한 푼어치도 남은 것이 없다던데."

"그건 누가 그래? 광진이가 그래?"

"왜, 세상이 모르나? 다들 알지."

"그 미친 녀석이 그런 소리는 왜 해? 망할 녀석. 그러나저러나 그건 됐어?"

"그저 그거야?"

하여 금봉은 명규 편으로 돌아앉으면서,

"돈 만 원에 제 계집을 팔아먹으러 들어?"

하고 노려보았다.

"응, 점잖지 못하게 그게 다 무슨 소리야?"

"점잔? 요 꼴에 또 점잔?"

"하인들 듣는다니께. 그건 됐어? 돈 말야."

금봉은 김광진이 준 만 원 소절수를 남편에게 줄까 말까 하고 망설였다. 망설였다기보다도 아까웠다. 이 일만 원은 제가 가지고 싶었다. 남편이 다 거덜이 났다니 이것마저 놓쳐버리면 다시는 그만한 돈도 구경할 것 같지 아니하였다. 그러나 그것을 남편에게 아니 줄 수는 없어서,

"그럼, 여보, 그 만 원 중에서 나를 삼천 원만 떼어 주오."

하고 조건을 제출하였다.

"그러지, 내 삼천 원은 주께."

하고 명규는 선선히 대답하고 나가더니 삼천 원 소절수 한 장을 써가지고 들어와서,

"자, 받으라구."

하고 금봉에게 주었다.

"오, 이것이 헛절수라는 것이구먼, 은행에 가두 돈 안 주는 절수."

하고 금봉은 김광진이 하던 말을 생각하고 명규의 소절수를 내어던졌다. '헛절수'라는 말에 명규의 눈은 번적 빛났다. 김이 금봉에게 이런 소리까지 다 하였다 할 때에 질투와 모욕당하였다는 감정이 복받쳐 오른 것이었다. 그러나 명규는 다시 꾹 참고,

"아니, 이건 받아두어. 내일이라도 가지고 가면 돈 될 테니."

하고 방바닥에 던져진 소절수를 집어서 금봉의 손에 쥐여주었다.

금봉은 문득 명규가 불쌍한 생각이 났다. 성낼 만한 말을 그렇게 많이 해도, 김광진과 실컷 놀고 왔다는 말까지 해도 성을 내지 못하는 남편이

불쌍했다. 그 눈을 뒤룩뒤룩하고 죽여줍시오 하고 앉았는 꼴이 측은하였다. 애, 재, 하고 콧물을 씻겨주던 어린 여자 앞에 고개를 들지도 못하게 된 남편을 더 못 견디게 구는 것은 차마 못 할 일이었다. 그래서 금봉은 독살을 거두고 김광진의 만 원 소절수를 내어서 남편의 앞에 던졌다. 그러고는 베개 위에 엎드려서 느껴 울었다.

금봉이 다시 고개를 번쩍 든 때에는 명규는 그 만 원 소절수를 두 손으로 든 채 정신없이 멀거니 허공을 바라보고 있었다.

이튿날 조반도 먹는 듯 마는 듯 명규는 나가버렸다. 그러고는 삼사일을 도무지 소식이 없더니 이렇게 경찰이 가택수색을 온 것이었다. 그래서 금봉은 남편이 붙들린 것이 혹시나 이 만 원 관계나 아닌가 하였다.

경관들이 다녀간 뒤에 마장하러 왔던 동무들은 슬몃슬몃 다 가버리고 집에는 금봉 혼자만 남았다. 방이나 마루나 경관들이 어질러놓은 서류들이 넘너른하였다.

시계가 세 시를 치는 소리에 금봉은 정신이 들어서 친정 오빠 인현한테, 급한 일이 있으니 좀 와달라는 편지를 써서 하인을 보내었다. 금봉이 명규하고 혼인(?)을 한 뒤에는 인현은 한 번 잠깐 다녀가고는 다시는 발그림자도 아니 하였다.

"오빠, 왜 좀 안 오우?"

하고 금봉이 불평을 하면,

"손가 보기 싫어서 안 간다."

하고 금봉에게 대해서까지 냉담하였다. 그래서 금봉도 인현을 야속하게 생각하여서 친정에도 아니 갔지마는, 그래도 급한 일이 있을 때에는 형제밖에 믿을 데가 없어서 오라는 편지를 한 것이었다.

금봉이 하인에게 편지를 주어 보낸 지 한 시간이나 되었을까 한 때에 인현이 왔다. 인현은 머리를 협수룩하게 기르고 루바시카(아라사 남자가 입는 적삼)를 입었다. 인현의 눈은 마치 미친 사람의 눈 모양으로 허공을 바라보았다.

"오빠!"

하고 금봉은 이 변상된 인현을 껴안을 듯이 마주 내달아서 구두끈을 끌러 주었다. 인현의 양말은 때가 묻고 발가락이 나왔다.

인현은 아주 무표정으로 도무지 세상만사에 내 마음을 끄는 일이라고 는 하나도 없다는 듯이 마루에 올라와서는 명규의 책상 앞 회전의자에 걸 터앉아서 콧등까지 내려온 머리를 끌어올리고 루바시카 소매로 이마의 땀을 씻었다. 금봉은 냉수에 짠 수건을 갖다가 인현에게 주며,

"오빠, 세수하세요?"

하고 인현의 자라는 대로 내버려둔 손톱에 까맣게 때가 낀 것을 보았다.

"괜찮다."

하고 누이를 한번 슬쩍 보고는 미친 사람 모양으로 허공을 바라보았다. 그러다가 나체의 미인화의 액이 걸린 것을 보고는 못 볼 것을 보았다는 듯이 고개를 픽 돌렸다.

"오빠!"

하고 금봉은 교의를 끌고 와서 인현과 마주 앉으며,

"오빠! 어쩌면, 왜 오라고 했느냐, 무슨 급한 일이 생겼느냐, 한마디 묻지도 아니하우?"

하고 원망스럽게 인현을 바라보았다.

인현은 대답은 없이 누이의 눈을 물끄러미 들여다보았다.

"그리고, 어쩌면 글쎄 한 번도 안 오우?"

하고 금봉은 둘째 원망을 말하였다.

"손가 보기 싫어서 안 왔지."

하고 인현은 처음으로 한마디를 던졌다.

"난 밉지 않수?"

"너도 밉지."

"왜?"

"손가 놈과 마찬가지어든. 마찬가지길래 함께 살지."

"어쩌면 오빠두. 그밖에는 할 말이 없수?"

"……."

"내가 못살게 되었다우, 오빠."

"……."

"손가는 경찰서에 붙들려 가구. 재산은 한 푼어치도 없어지구. 다 없어졌대, 김광진이가 그러는데. 김광진이라구 아우, 오빠? 저 김 자작 아들 말야. 영국인가 불란선가 오래 있다가 온 부자 말야, 그 사람이 그러는데, 우리 집은 아주 쫄딱 망하구 말았내. 그리구 손은 붙들려 가구."

하고 금봉은 울먹울먹한다.

"하하하하."

하고 인현은 유쾌한 듯이 웃는다.

인현이 웃는 것을 보고 울먹울먹하던 금봉은 눈이 세모가 나도록 분하여서,

"왜 웃수? 고소해서 웃수? 남은 설운 사정을 허는데 웃는 데가 어디 있단 말이오?"

하고 소리를 질렀다.

인현은 웃음을 그치고 금봉의 노연 얼굴을 물끄러미 보고 있더니, 또 한 번 참을 수 없다는 듯이, 그러나 입은 다문 채로,

"흠흠흠흠."

하고 웃는다.

금봉은 어이가 없어서 인현을 바라만 보다가,

"오빠, 어쩌면 좋수?"

하고 다시 애원하는 태도로 묻는다.

인현은 길게, 휘파람을 불듯이 한숨을 쉬더니,

"그래도 아직도 세상에는 이치라는 것이 남아 있는 모양이다. 나는 누구 말마따나 세상은 왼통 허무한 줄만 알았더니 그래도 아직도 이치라는 것이 남아 있어. 그러다가는 하나님까지도 잊게 될는지 모르겠다. 그래서 웃었어."

하고 또 빙그레, 그러나 적막하게 웃는다.

"그건 다 무슨 소리요?"

하고 금봉은 항의한다.

"손가가 콩밥을 먹는 것이 그래도 세상에 이치란 것이 있는 증거가 아니냐? 또 네가 모든 것을 다 잃어버리고 슬퍼하게 된 것이 그래도 아직 세상에 이치란 것이 있는 표적이 아니냐? 그러다가는 하나님도 잊게 되겠는걸."

하고 인현은 또 웃는다.

"어쩌면 오빠두 그렇게 무정허우?"

하고 금봉은 마침내 성을 내어서,

"동생이 우는 것을 보고 같이 울어주지는 못하더라도 어쩌면 씩씩 웃고 앉았수?"

하고 낯을 붉힌다.

"금봉아."

하고 그제야 인현은 부드럽고 다정한 음성으로,

"먼저 웃을 일을 웃고 나서 울 일을 울자꾸나. 어디 울 일이 이 세상에 한두 가지만이냐? 허지만 말이다. 네가 우는 일은 조그마한 일이고, 세상에, 그래도, 아직도 인과의 원리가 살아 있다고 하는 것은 큰일이어든. 인과의 이치가 아주 죽어버리는 날이면 우리에게 전연 희망이 끊어지는 날이란 말이다. 하나님이 망령이 나신단 말이 있거니와, 정말 하나님이 망령이 나서 잘하는 놈을 못되게 하고, 잘못하는 놈을 잘되게 하게, 그처럼 하나님이 망령이 나셨다고 하면 우리는 볼일 다 본 것이어든. 그런데 말이다. 우리 아버지 되시는 꼴을 보고, 또 손가가 되는 꼴을 보면 하늘이 아주 망령이 난 것도 아니란 말야. 그러니까 당장 내 아버지가 망하고, 매부, 그것도 매부는 매부지, 매부가 망하는 것을 보는 것이 가슴이 아픈 일이지. 더구나 아직 어린애 같은 네가, 내가 이 세상에서 오늘까지는 가장 사랑하고 아끼는 네가, 네 말대로 쫄딱 망하는 양을 보는 것이야 피눈물이 날 일이 아니냐? 그렇지만 세상 이치만 아주 죽거나 미쳐버리지만 아니하면 너나 나나 이제부터라도 잘하면 잘될 수 있다는 희망이 있단 말이야, 세상도 바로 될 희망이 있고. 그러니깐 내가 우선 웃은 것야. 기뻐서 웃었단 말이다."

하고 인현은 마치 울 준비를 하는 모양으로 눈을 감고 고개를 수그린다.

인현의 말을 듣고 금봉은 지금까지 오빠에게 대하여 노염을 품었던 제

천박함을 뉘우쳤다. 비록 절반 미친 사람의 말 같은 인현의 말이지마는, 그 속에는 깊은 진리가 품겨 있는 것같이 금봉은 느꼈다. 남편이 벌을 받는 것도 당연한 일이요, 금봉 자신이 벌을 받는 것도 또한 당연한 일이라는 것을 승인하지 아니할 수 없었다. 무슨 염치로, 무슨 자세로 금봉이 이 불행을 당하는 것을 앙탈하랴, 이렇게 금봉은 깨달았다.

"오빠, 오빠. 내가 잘못했수. 내가 오빠에게 성을 내어서 잘못했수."
하고 사죄하는 진정을 표하려는 듯이 손길을 마주 비틀었다.

인현은 고개를 끄덕끄덕하더니,

"어쨌으나 기막힌 일이다. 아버지는 저 꼴이시고 너는 또 저 꼴이 되고."
하고 또 휘파람 불듯이 한숨을 내어쉰다. 그는 한숨을 휘파람 불듯 쉬는 습관이 된 것이었다.

"왜, 아버지가 또 어떻게 되셨수?"
하고 금봉도 새로운 근심을 더하였다.

"흥, 아버지는 하나님이 망령이 나신 줄로 꼭 믿으시는 모양이어든. 하나님이 망령이 나셨으니깐 죄를 짓더라도 하나님이 그것을 벌할 생각을 잊어버리거나, 혹시는 죗값으로 복을 주는 수도 있는 것같이 생각하시는 모양이야. 아버지가 망령 난 하나님이니깐 좋은 일을 하는 사람에게 벌도 곧잘 주고, 아버지 자기 모양으로 말야. 그러길래 도모지 고칠 줄을 모르시지."

"왜? 아버지가 또 어느 여편네를 건드리셨수?"
하고 금봉은 아버지의 버릇을 생각하여 묻는다.

"왜 아냐? 어멈을 또 건드렸단다."

"어느 어멈? 다른 어멈?"

"김 서방 여편네를 건드리다가 또 김 서방한테 들켰어."

"언제?"

"한 열흘 되었지."

"그래서?"

"또 고소한다구 별르고 있지."

"고소도 안 하구?"

"아직은 어르기만 허구 있지. 집안은 난가구."

"아이, 저를 어째?"

"무얼 어째?"

"아버지가 붙들려 가면 어떡허우?"

"붙들려 가는 게 옳은 것 같어. 전번에도 괜히 네 돈만 없애구. 나는 그때에 무사하게 해결한 것을 도리어 후회하고 있다. 물 빚은 물고 받을 벌은 받고, 그러는 게야. 그래야 이치가 살지 않니? 벌 받을 사람이 벌을 안 받고 있으면 세상이 침침해."

하고 인현은 고개를 설레설레 흔든다.

"아버지두, 늙은이가 그게 무슨 채신머리야?"

하고 금봉은 짜증을 낸다.

"사람이란 두 가지만 없어지면 할 수 없나 보더라. 무엇이 두 가진고 하니, 첫째는 양심이라는 혼이 없어지고, 둘째는 명예라든가 체면이라든가 하는, 세상 두려워하는 마음이 없어지고 보면 아버지처럼 된단 말이다. 나이를 암만 먹어도 쓸데없는 모양야. 너두 양심과 명예감, 이 두 가지만 다 잃어버리는 날이면 무슨 일은 못 할 줄 아니?"

하고 인현은 누이를 물끄러미 바라보더니,

"너는 아직 그것이 좀 남았지?"

하고 휘파람 한숨을 쉰다.

"아이, 오빠두."

하고 말로는 항의를 하면서도 속으로는 바로 명치끝을 찔린 듯함을 느꼈다. 그래서 고개를 숙여버리고 말았다.

"사람이란 양심과 명예감을 팔아서 사는 것이 두 가지가 있어. 그것은 먼고 하니, 돈과 계집! 사내로 치면 말이다. 아버지도 보니까 이 두 가지가 관계 안 된 때에는 점잔도 있고, 염치도 남만 못지않거든. 헌데 돈이나 계집이라면 고만 변심이 되고 마신단 말야. 나는 행인지 불행인지 어머니가 돈 욕심이나 계집 욕심은 없이 낳아주셨으니까 크게 지옥 갈 일은 못 해보고 말 것 같다마는."

하고 잠깐 주저하다가,

"너는, 너는 웬 미인으로는 태어나서, 또 돈 욕심도 아버지를 좀 닮아서 늘 마음이 안 놓인다."

하고 금봉의 실심한 얼굴을 바라본다.

금봉은 숨이 가쁘고 얼굴이 화끈거림을 깨달았다. 인현의 말이 수없는 바늘이 되어서 전신을 속속들이 꼭꼭 찌르는 것같이 아팠다.

"쓸데없는 말을 많이 했다."

하고 인현은 헙수룩한 머리를 긁적거리더니,

"그런데 대관절 네 남편은 무얼 하다가 붙들려 갔단 말이냐? 인제는 돈도 수십만 원 있다니 더 사기를 할 필요도 없을 것이고, 정치 운동으로 붙들려 갈 위인도 못 되고, 대관절 어찌 된 일이냐?"

하고 말머리를 돌린다.

"나도 몰라요."

하고 금봉은 곤경에서 빠져나온 것만 다행히 여겨서 마음을 펴며,

"재산은 한 푼 안 남기고 다 없어졌대."

하고 제가 김광진한테서 만 원 얻어 오던 전말을 말할까 말할까 하다가
양심에 걸려서 그만두고, 따라서 생긴 내외 싸움에 관한 것도 건드리지
아니하고, 다만 명규가 며칠 동안 근심하는 빛이 있더니, 그러고는 며칠
집에를 안 들어오더니, 경찰에서 가택수색을 왔더란 말을 하고,

"그러니 오빠, 내가 어떡허면 좋아요?"

하고 의논을 하였다.

"재산이 다 없어졌어?"

하고 인현이 뜻있는 듯이 묻는다.

"으응, 다 없어졌대."

"다 없어지는 것도 모르고 있었어?"

"몰라. 내가 어떻게 아우?"

"네 명의로 있는 재산을 네가 몰라?"

"웬, 내 명의로 해주었나, 날 속였지."

하고 금봉은 김광진의 별장에 갔다 온 날 밤에 명규와 싸우던 것을 기억
한다.

"그 돈은 무엇에다 다 썼어?"

"몰르지, 누가 아우?"

"물어보지도 못해? 손가헌테."

"말을 하나?"

"그럼 어떻게 알았어?"

"김광진이가 그러더라니깐."

"김광진이?"

"그, 저, 김 자작 아들 말야. 성북동."

하다가 금봉은 멈칫 말을 끊는다.

"김광진 네가 어떻게 아니?"

"우리 집에 놀러두 왔어."

"집에 놀러 와서 그런 소리를 해?"

"아니, 내가 그 집에 간 일두 있지."

"네가 그 집에?"

하고 인현은 의심스러운 듯이 눈을 크게 뜬다.

"응, 손이 갔다 오라고 해서 갔어요."

"손이? 무엇 하러?"

"돈 꾸러. 난 왜 가라는지 몰랐지마는 가보니깐 그 일이야. 돈 만 원."

하고 금봉은 한숨을 쉬며 고개를 숙이고 치마꼬리를 만적거린다.

"그래, 김광진이헌테 네 집 재산이 다 없어졌다는 말을 들었단 말이로구나?"

금봉은 고개를 숙인 채로 끄덕끄덕하였다. 인현도 '미인계'라는 생각을 하였다.

"그래 김광진이가, 김 자작의 아들이 네게 친절하게 하던?"

"네에."

"왜?"

"그건 내가 어떻게 아우? 그이가 본래 친절한 사람이 되어서 내게도 친절하게 하겠지."

"그래, 그 사람이, 김광진이가 네 마음에 들던?"

"오빠두……."

하고 금봉은 잠깐 고개를 돌려서 눈을 흘겼다.

인현은 누이의 그 눈이 도무지 위험성을 띤 것이라고 이번에도 생각하였다. 금봉이 '다정한 여자'라는 것을 인현은 그 눈에서도 늘 본다. 그 눈이 여러 남자를 죽이기도 하려니와, 필경은 눈 임자인 저까지도 죽여버릴 눈인 것같이 생각했다. 누이를 불쌍히 여기는 마음이 간절한 인현은 누이의 그 눈을 변하게 할 수만 있으면 변하여주고도 싶었다. 금봉도 제 눈의 힘을 자각하였다. 이 눈으로 한번 흘려 보는 날에는 어떠한 남자라도 제 앞에 무릎을 꿇지 아니치 못할 것을 믿고 있다.

'하나님이 왜, 무엇하랴고, 저런 아름다운 매력 있는 눈을 만들었을까. 어찌하였으나 그것은 상서로운 일은 아니다.'

이처럼 인현은 금봉의 눈을 볼 때에는 생각하였다. 인현은 지금은 비록 희미하지마는 죽은 어머니도 눈은 도저히 금봉을 따르지 못하였다. 금봉의 눈은 누구를 닮은 것일까. 기어 다닐 때부터 보는 사람마다,

"아이, 눈두 이쁘기도 하다."

하는 칭찬을 하였다. 손명규도 그 눈에서 나오는 무서운 금줄 은줄에 팔다리를 찬찬 감긴 사내라고 인현은 생각한다. 만일 김광진이 누이의 이 눈을 보았으면, 누이가 김광진에게 이 눈의 힘을 한 번만 썼으면 반드시 벌써 꽁꽁 옭였으리라고 인현은 생각한다. 그렇다 하면 금봉의 눈은 또 한 막의 희비극을 연출하고야 말 것이라고 생각한다. 그래서 인현은,

"금봉아, 너 다시는 김광진을 만나지 말아라."

하고 명령조로 말하였다.

　금봉은 인현이 제 속을 꿰뚫고 들여다보는 것 같아서 무서웠다. 인현의 말뜻을 알았다.

　"안 만나지요."

하고 금봉은 시무룩하였다.

　인현은 정색하고,

　"김광진뿐 아니라, 너는 도모지 젊은 남자를 안 만나는 것이 좋을 것 같다. 왜 그런고 하니, 너는 너무 미인으로 태어났다. 더구나 네 눈에는 무서운 힘이 있어. 남자를 고혹하는 무서운 매력이 있단 말이다. 네가 동경 갈 때까지는, 처음 손가하고 혼인할 때만 해도 그닥지는 않더니, 지난 일 년 동안에 너는 더욱 변하였어. 네 눈에는 더욱 무서운 힘이 생겼어. 그것이 너를 대하는 남자들헌테만 화근이 아니라, 필경은 네게 화근이 될 것 같단 말이다. 손가를 만난 것만 해도 네 눈 때문이지마는, 그것은 서막이란 말이다. 나는 직각적으로 김광진이라는 인물이 비극 배우로 등단을 한 것만같이 느껴지는구나. 까딱 잘못하면 너는 여러 남자를 파멸시키고, 대단히 방정맞은 말 같다마는, 마침내는 너 자신을 파멸시킬 것 같이만 생각이 된다. 네 미가 네게 복이 되는 것보담 화가 되기가 쉽단 말야. 어머니는 안 그러시냐?"

하고 마치 상장이가 상을 볼 때에 하는 모양으로 눈도 끔적하지 아니하고 금봉을 바라본다.

　금봉은 오빠가 제 어여쁨을 찬양하는 것만은 기뻤으나, 그 어여쁨이 화의 원인이 되리라는 말이 마치 꼭 들어맞을 예언만 같아서 몸이 오싹함을 깨달았다. 김광진이 어떠한 의미를 가지고 무대에 나선 것도 부인할 수 없었다. 왜 그런고 하면, 김광진과 밤늦도록 이야기한 뒤로부터는 금봉의 마음에 그 그림자가 사라지지 아니하고, 저항하기 어려운 유혹의 힘을 가지고 저를 끌고 있는 것이 사실이기 때문이다. 그 밖에도 인현의 말대로 하면, 심상태, 조병걸, 임학재 같은 인물들이 다 금봉이 주연하는 연극에 각기 한 소임씩 맡을 것만 같았다.

금봉은 자기가 주연 배우가 되고, 임학재, 김광진, 심상태, 이러한 인물, 그 밖에도 아직 나타나지 아니한 여러 인물들이 들며 날며 한 비극을 연출할 것을 상상하는 것이 유쾌하기도 하였다. 이제는 손명규 따위는 한 어릿광대로 한바탕 구경꾼의 웃음을 받고는 무대에서 스러지고, 금봉 혼자만 무대에 서서 관중의 주목을 일신에 모으고 있는 것 같았다. 비극 으로 파멸될 때에는 파멸되더라도 관중의 주목의 표적이 되는 것만은 기쁜 일이었다. 천하의 주목 속에서 자기가 비극 주인공으로 최후의 막을 닫칠 것을 상상하는 것도 퍽 유쾌한 일인 것 같았다. 여자로 태어나서 모든 남자들을 마음대로 놀릴 수 있는 미인으로 태어나서, 한 사람의 아내로 가정 구석에서 늙어 썩는 것보다 만 사람의 주목 속에 비극 주인공으로 스러지는 것이 빛나는 일이 아닌가, 이렇게도 생각하였다.

'내가 어째 이런 무서운 생각을 할까.'
하고 금봉은 동경 학교에 있을 때의 경건하고 정결하던 기도의 생활을 회상하였다. 합장하고 하늘을 우러러 기도하는 제 자세를 생각하면 그것은 말할 수 없이 거룩하고 아름다웠다.

'나는 그 거룩하던 생애를 버리고 음탕한 생애에 발을 들여놓으려는 것인가. 하나님의 나라를 떠나서 사탄의 나라로 즐겨 들어가랴는 것인가. 나는 지금 갈림길에 섰나?'

하고, 금봉의 눈앞에 '오른편은 하늘 길, 왼편은 지옥 길' 하고 써 붙인 패목을 보았다. 그리고 두 편으로 갈라져서 끝없이 구름 속에 사라진 두 길을 보았다.

'나는 어느새에 왼편 길에 발을 들여놓았고나.'

할 때에는 금봉은 소름이 끼쳤다.

"오빠, 내가 어떡허면 좋수?"

하고 금봉은 진정으로 인현의 지혜를 빌고 싶었다. 반쯤 미친 듯한 오빠의 머릿속에는 금봉이 헤아릴 수 없는 깊은 지혜가 있는 것 같았다.

"수녀가 되려무나."

하고 인현은 거의 소리 지르다시피 큰 음성을 내었다.

"수녀?"

"너 예수 믿노라고 했지? 내게도 전도를 했지? 그러니까 수녀 되는 것이 네게는 가장 안전한 길이란 말이다."

"수녀가 되다니? 수녀가 되면 무얼 하우?"

하고 금봉은 낙심하는 어조였다.

"수녀 몰라? 저 종현 천주교당에랑, 또 정동 영국 성공회랑 왜 수녀들 안 있니? 길다란 검은 치마에 하얀 고깔을 쓰고, 염주를, 아니 염주가 아니라, 저 십자가를 늘이고, 왜 그런 수녀들 안 있어?"

금봉은 전에도 인현한테서 수녀 되라는 말을 한두 번 들은 일이 있는 것을 기억한다. 그러나 자기가 수녀가 되어서 검정 치마에 흰 고깔을 쓴 그런 청승맞은(금봉은 청승맞다고 본다) 꼴을 할 생각은 꿈에도 그려본 일이 없었다.

"아니 오빠두, 내가 수녀가 왜 되우?"

하고 금봉은 어이없이 웃었다.

"왜, 수녀는 너만 못한 사람이 되는 줄 아니?"

"난 잘은 모르지마는 청년 과수가 되거나, 무슨 큰 실연을 하거나, 이 세상에서는 살 수가 없는 사람들이 수녀가 되지, 내가 왜 수녀가 되우? 아이 참."

하고 금봉은 이번에는 소리를 내어서 웃는다.

"그럼 금강산 들어가서 승이나 되렴."

하고 인현은 좀 불쾌한 듯이 말한다.

"승?"

하고 금봉은 머리를 깎고 사내 옷을 입고 바랑을 지고 동냥 오는 승들을 생각하고 너무나 어이가 없어서 눈을 크게 뜬다.

"응, 참, 햄릿에 그런 데가 있지. 오필리아더러 그랬나? 너는 수녀가 되어라, 하고. 오빠도 그것을 보고 그러시우?"

하고 깔깔대고 웃는다.

"수녀 되고 승 되라는 것이 그렇게 우서우냐?"

"그럼 우섭지 않구. 오빠더러 중이 되라면 우섭지 않겠수? 오빠가 이렇게 장삼을 입구, 가사를 메구, 목탁을 두드리면서, 나무아미타불, 옴 아로늑계 사바하, 이러면 우섭지 않겠수?"

하고 금봉은 참말 우스워 못 견딜 듯이 허리를 굽힐락 펼락 하고 웃었다.

금봉이 웃는 것을 인현은 가여운 듯이 물끄러미 보고 있었다. 그리고 '알 수 없다.' 하는 듯이 두어 번 고개를 흔들었다. 인현은 누이의 총명함을 아직까지도 믿고 있었다가, 이제 그 총명에 의심이 난 것이었다. 인현은,

'여자의 얕은 총명이라는 것인가.'

하고 한 번 한숨을 쉬었다. 그리고 금봉더러,

"나는 마지막으로 말했다. 나는 비극과 파멸로 끝나는 네 앞길을 내 눈 앞에 분명히 보는데, 너는 네 욕심이, 네 탐욕이, 네 어리석음이 네 눈을 가리워서 그것을 못 보는 모양이다. 너는 필경 흉악한 네 운명, 불교에서 말하는 네 전생 다생의 업보로 결정된 길을 끝끝내 걸어가고야 말 모양이 로고나."

하고 한 번 더 휘파람 한숨을 쉰다.

인현의 말에 금봉은 무서웠다. 운명의 길, 업보의 길, 비극과 파멸의 끝이란 것이 다 몸서리치게 무서운 힘을 가지고 금봉의 혼을 때렸다.

그러나 금봉은 행복되고 영화로운 생활의 소망을 버릴 수가 없었다. 비록 손명규와의 혼인 생활이 쇠통 실패에 돌아가고 말았더라도, 앞길에 한량없는 쾌락의 꽃동산이 저를 기다리고 있는 것만 같았다.

손명규와의 생활이 실패였기 때문에, 거기서 예기하였던 쾌락과 만족을 얻지 못하였기 때문에, 도리어 쾌락에 주리고, 만족에 주림만 날카로 워진 것이었다.

'내가 이 생활만 깨트리고 나서면야 이보다 즐거운 생활이야 수두룩 허지.'

하는 신념이 금봉에게 있었다.

인현은 금봉에게 아무 실제적인, 금봉의 마음에 맞는 지혜를 주지 못 하고 가버렸다. 금봉은 다시는 오빠의 지혜를 빌 생각을 버리고 제 지혜 대로 해나갈 생각을 하였다.

'날더러 수녀가 되라구, 날더러 승이 되라구?'

하고 금봉은 아침 단장을 하면서 거울에 비추인 혈색 좋은 제 얼굴을 보고 혼자 웃었다. 오빠의 말과 같이 제 웃는 눈이 대단히 맘에 들어서 여러 가지로 이쁜 눈을 해보았다. 가느스름하게 떠보기도 하고, 우심하게 허공을 바라보는 눈도 해보고, 성내는 눈도 해보고, 지친 눈도 해보고, 애원하는 눈도 해보고, 추파를 흘리는 눈도 해보았다. 그리고 상그레 웃는 눈도 해보았다. 그것들이 다 마음에 들었다.

'김광진이가 만일 내 뒤에 섰다 하면.'

하고 금봉은 가정하여본다. 김광진은 필시 그 귀족적인 체면을 다 집어치우고 덥석 저를 껴안을 것이라고 단정할 때에, 금봉은 혼자 만족하게 웃었다. 김광진은 아무 때에나 마음대로 꺼내어가지고 놀 수 있는, 장 안에 넣어둔 장난감같이 생각했다. 이러한 생각을 하면 금봉은 이상한 충동을 받았다.

'그러기로 어쩌면 임학재는 그 모양야.'

하고 금봉은 동경 시대의 임학재를 그려보았다. 지금 생각하면 그때의 임학재는 좀 유치하고 단순한 것 같지마는, 그래도 임학재를 생각하면 언제나 그립고 정다웠다. 그 임학재가 어쩌면 자기의 아름다움에 반하지 아니하였을까. 그는, 임학재는 예사 사람과 달라서 제 몸보다도 조선이란 것을 소중히 여기고, 행복보다도 정의를 동경함도 있었겠지마는, 그렇기로 남자가 어쩌면 그렇게도 꼬장꼬장할까. 임학재가 출옥하였다는 말만 들으면 금봉은 기어이 한번 만나리라 하였다.

손이 공판에 회부되어서부터 금봉의 집에 자주 출입하는 남자가 있었으니, 그것은 물을 것도 없이 변호사 심상태였다. 새로 변호사를 개업하여 아직 일도 많지 아니한 그는 손명규 사건을 자진하여 담임하여가지고 그 사건에 대한 의논을 핑계로 평소에 보고 싶던 금봉의 집에 출입하게 된 것이었다.

자진 변호로 말하면, 심상태는 개업 이래로 거의 전부가 자진 무료 변호였다. 만세사건 피고들에 대한 자진 변호가 그의 유일한 사무였고, 돈 될 사건이라고도 어떤 젊은 과부의 남편의 유산을 상속하는 사건에 관한 것인데, 이 사건은 상태가 특별히 흥미를 가진 사건으로서, 역시 시초에는 자진 변호를 하였던 것이 차차 젊은 과부의 눈에 들어서 상태는 마침내 주임 변호사가 되어 일심에서는 벌써 이기었다.

"너, 수 났구나."

하고 상태의 친구들이 놀려먹을 때에는 상태는 노상 듣기 싫지도 아니하였다.

이 상태가 금봉의 집에 출입을 하게 된 것이었다. 심상태는 벌써 금시곗줄을 늘이고 값가는 양복을 입었다. 그것이 다 저 젊은 과부의 손에서 나온 것임은 말할 것도 없었다.

'이 송사를 이겨만 놓으면 돈과 계집이 한꺼번에 생긴다.'

하고 상태는 요새에 한창 기쁜 판이었다. 게다가 금봉의 남편 사건이 생겨서, 하루는 한 씨라는 젊은 과부의 집에, 하루는 금봉의 집에 다닐 수 있게 된 상태의 기쁨은 비길 데가 없었다.

상태는 마치 학생 시대를 지난 지 벌써 수십 년이나 된 사람같이 차리고, 말하고, 행하였다. 그의 말에 의하건대, 조선 법조계에는 지식으로나 변론으로 자기 이상 가는 사람이 없는 것 같았다.

상태는 몇 번이 안 되어서부터 금봉의 집에 올 때에는 대문 중문에서 찾지도 아니하고 안으로 들어왔다. 어떤 때에는 세수하는 금봉도 보고,

어떤 때에는 자리옷만 입은 금봉도 보고, 한번은 웃통을 벗고 머리 감는 금봉을 본 일도 있었다. 만일 금봉이 아니 보이면 상태는,

"아씨 어디 가셨니?"

하고 제집 모양으로 대청에 올라앉아서 양복저고리를 벗어놓고 칼라를 떼고 세숫물을 떠 오라고 호령을 하였다.

금봉과 말할 때에는,

"금봉 씨!"

하고 이름도 부르고,

"웬일인지 금봉 씨가 점점 더 미인이 되어간다니 정말이오."

하고 반말지거리로 금봉에게 농담을 붙이게까지 되었다.

금봉 편에서도,

"저리 나가요! 남 벗고 세수하는데 왜 들어와?"

하고 손으로 물을 떠서 상태에게 끼얹게까지 되었다. 속으로 '축축한 사내' 하는 멸시하는 생각을 가지면서도 상태가 허물없이 구는 것이 싫지도 아니하였다.

"남편은 감옥살이를 하고 있는데 아씨는 집에서 단장만 하고 있어?"

하고 상태가, 금봉이 체경 앞에서 모양을 내고 있는 것을 들여다보면서 빈정대면, 금봉은 상태의 팔이나 옆구리를 꼬집기까지 하였다.

금봉은 이제는 소중하게 지킬 아무것도 없는 것 같았다. 동경 있을 때에 금봉이 있는 힘을 다하여서, 목숨을 다하여서까지 지키려던 것은 그의 처녀성이었다. 그러나 지금은 그것도 없다. 아내로의 정조라 하면, 자기는 호적에도 들지 못한 허울 좋은 첩이었다. 손명규는 금봉과 혼인(?)을 할 때에 민적등본을 위조하였지마는, 본마누라의 동생이 혼인식장에

서 야료를 한 때에 발각이 나고, 그 후로는 그것을 위조할 필요도 없었고, 또 쭉정밤송이 모양으로 그 본마누라는 죽을 듯 죽을 듯하면서도 도무지 죽지를 아니하여 금봉은 아직도 입적할 기회를 얻지 못하였다. 설사 입적할 기회가 생긴다손 치더라도, 이제는 손명규의 아내로 법률적 보장을 받고 싶은 욕망조차 없어지고 말았다. 무엇을 보고? 돈도 없는 명규, 전중이 명규. 애초에 사랑 있어 만났더냐? 생각하면 제 일생을 망쳐준 원수의 명규 녀석, 이렇게 금봉은 생각하게 되었다.

그러면 더 지킬 것이 무엇인고? 깨끗한 생활? 하늘을 우러러 합장하고 기도하는 생활? 그것도 집어치운 지가 오랜 오늘날에는 처녀 적에 남달리 많이 가졌던 수치심조차도 이제는 거의 다 날아가고 말았다.

이 모양으로 지킬 것이 없어지며 점점 날카로워지는 것은 본능적 충동뿐이었다. 그중에도 스무 살 된 여자의 새로 깨어가는 성욕, 예절 없는 음탕한 사내와 일 년 나마 동거하는 동안에 훈련된 동물적인 모든 욕망. 그리고는 돈. 그리고는 화투나 마장이나 활동사진이나 음담. 젊은 사내와 시시대고 싶은 생각.

게다가 상태는 가장 능란하고 세련된 수단으로 금봉의 이 정욕의 불길에 기름을 붓고 부채질을 하였다. 만일 상태가 남성적인 의지력을 가진 인물이었던들 금봉은 벌써 상태에게 몸을 허하였을 것이다. 행이랄까 불행이랄까, 상태는 입으로만, 또 눈으로만 금봉을 긁을 뿐이요, 손을 내어밀 용기를 못 가진 인물이었다. 금봉 편에서 손을 내어밀기를 고대하고 있는 인물이었다.

"못난 사내!"

하고 밤늦게 상태가 돌아간 뒤에는 금봉은 무엇을 잃은 듯이 상태를 욕설하였다.

상태의 말과 눈으로 정욕의 자극만 받고 만족을 못 한 금봉은 김광진을 생각하지 아니할 수 없었다. 남편이 붙들려 간 뒤에 금봉은 김광진을 찾아서 남편에 관한 것을 더 물으려 하였으나, 이럭저럭, 이럭저럭이라는 것보다는 용기가 없어서 그것을 못 하였다. 그러다가 공판 날을 앞둔 지 몇 날 전에 금봉은 은행으로 전화를 걸어서,

"잠깐 뵈옵고 여쭐 말씀이 있는데요."

하고 광진에게 만나고 싶다는 의사를 통하였다.

"오시지요."

하는 것이 광진의 대답이었다.

금봉은 유월이라 하여도 어지간히 더운 날 밤에 성북동 김광진의 별장으로 갔다. 전번에 처음으로 여기를 찾아올 때에는 유혹을 받을까 겁을 내면서 찾아왔지만, 이번에는 김의 유혹을 받기를 바라면서 찾아왔다. 금봉은 여러 가지 유탕적인 장면을 마음속에 그리면서 상기한 얼굴로 김을 만났다.

금봉의 표면 이유는 김이 알선하여 공판 전에 남편의 사기 등 죄에 관한 고소를 취하게 할 수가 없을까 하는 의논을 함이었다. 김은 금봉에게 대하여서 깊이 동정하는 뜻을 표하나, 이것은 개인의 문제가 아니요 은행이나 금융조합 같은 법인 관계니까 고소를 취하하기가 어려우리라고 근심하는 말을 하였다.

처음 왔을 때와 마찬가지로 금봉은 여러 가지 대접을 받고 마침내 술대접도 받았다. 금봉은 술이 취할 필요를 느꼈다. 술이 취하는 것이 제 소원을 성취하는 첩경이라고 생각하고, 한 잔만으로도 취하던 위스키를 석

잔이나 먹고 김에게도 세 번이나 술을 따라 주었다.

　열한 시나 되어서(꼭 요전 모양으로) 금봉은 집으로 돌아왔다.

　"영감마님께서 기다리셔요."

하고 문 여는 어멈이 말할 때에는 금봉은 깜짝 놀라면서,

　"영감마님이라니?"

하였다.

　"노 오시는, 그 변호사 어른."

하는 대답을 듣고야 금봉은 안심이 되었다.

　"어딜 그리 늦도록 돌아다니오?"

하여 상태는 마치 남편이 아내나 책망하는 어조로 말을 붙인다.

　"놀러 댕기지."

하고 금봉은 관자놀이가 쑥쑥 쑤시고 눈이 무거움을 느끼면서 상태에게
는 인사도 아니 하고 방으로 들어가더니,

　"오순아, 냉수 한 그릇 떠 온. 왜 자리끼를 안 놓아!"

하고 소리를 지른다.

　상태는 씩 웃으면서 혼잣말 절반으로,

　"어디서 약주를 단단히 자셨군."

하고 "흥." 하는 소리를 일부러 크게 한다.

　금봉은 매우 목이 마른 듯이 냉수를 벌꺽벌꺽 들이켜더니 안방에 앉은
채로,

　"난, 영감마님이 기다리신다길래 깜짝 놀랐지."

하고 혀가 꼬인 소리로 중얼거린다.

　"왜, 영감마님한테 야단 만날 짓을 하고 왔나 보구료."

하고 상태가, 금봉이 앉아 있는 안방을 기웃하고 들여다본다.

안방에는 생초 모기장이 방에 가득하게 치어 있고, 금봉은 기다란 베개 한편 끝을 베고 누워 있었다. 후끈후끈한 바람결이 모기장을 흔들었다.

"굿 나잇. 난 가오."

하고 상태는 일부러 쿵쿵거리고 마루를 울렸다.

"가지 말어."

하는 조르는 소리가 방에서 나왔다.

"지금 아씨께서는 약주가 취하신 모양이니까, 내 내일 오리다."

하면서도 상태는 무엇을 찾는 것처럼 어름어름하고 신발은 신지 아니하였다.

"가지 말아요, 할 말이 있다니깐."

하고 이번에는 금봉의 음성이 좀 컸다.

상태는 이튿날 아침에도 금봉의 집에 있었다. 하인들은 부엌에서 입을 삐죽거렸다.

상태가 간 뒤에도 금봉은 일어나지도 아니하고 밥도 안 먹고 울었다.

"술김이야, 술김이야!"

하고 금봉은 어젯밤 하룻밤 흘린 눈물을 지워버리려는 듯이 베개에 낯을 비비며 울었다.

그 후에는 상태가 찾아와도, "없다."고, "어디 시골 가셨다."고 하여서 금봉은 상태를 따버렸다. 전화통에는 솜으로 벨이 울리지 않게 막아 놓고 도무지 받지 아니하였다.

"내가 어쩌다가 이 꼬락서니가 되었어."

하고 금봉은 그날 밤의 일을 뉘우치고는 울었다.

"쾌락? 아아, 몇백, 몇천 갑절의 고통을 가지고 오는 쾌락."

하는 금봉은 혼자서 몸부림을 하였다.

"누가 알리라구. 김인들 그런 광고 하며, 심인들 그런 광고 할라구."

하고 스스로 위로도 하여보나 그것은 쓸데없는 일이었다. 금봉 자신이 그날 밤을 아주 잊어버리기 전에는 그 젖은 옷 입은 듯한 고통을 면할 수 없었다.

"하인들에게 면목이 없어서 어떡해."

하고 금봉은 아무쪼록 하인들과 눈을 마주치기를 피하였다.

더구나 공판 날 피고석에 초초하게 앉은 남편이 연해 고개를 방청석으로 돌려서 저를 찾는 양을 보고는 금봉은 기절할 듯하였다. 무에라고 변론을 하고 있는 심상태가 칼로 찔러 죽이고 싶도록 미웠다.

남편이 징역 일 년의 판결을 받고 간수에게 끌려 나가면서 눈을 멀뚱멀뚱하고 한 번이라도 더 사랑하는 금봉을 보려고 고개를 뒤로 돌리다가 간수에게 핀잔을 당하고 등덜미를 밀려서 몰려나가 스러지는 남편의 뒷모양을 보고는 금봉은 소리를 내어 울고 방청석에 쓰러졌다.

금봉은 남편을 감옥으로 보내고는 지극히 근신하는 생활을 하였다. 집안 하인들이 걱정을 하리만치 입맛을 잃고 얼굴이 초췌하였다.

"하나님, 하나님. 이 죄인을 용서하셔요, 네?"

하고 미친 사람 모양으로 울었다.

그러나 어떤 때에는,

'에라, 내친걸음이다.'

하는 생각도 나서 김광진과 심상태를 찾을까 하기도 하였으나, 그럭저럭

지리한 장마도 지나가고 찌는 더위도 겪는 동안에 금봉은 놀라운 것을 발견하였다.

그것은 달마다 있을 것이 두 달째 끊어진 것이었다. 처음에는 심화로 입맛이 없는 줄로만 알았던 것이 마침내 그것이 입덧이라는 것이 판명되었다.

금봉은 어릴 때 어머니가 입덧이 나면 도무지 아무것도 못 먹고 구역질만 하고 중병인같이 되던 것을 어렴풋이 기억하고, 어머니가 그때에,

"전생에 죄가 많으면 입덧이 심하대. 전생에 선공덕을 잘 닦은 사람은 애기를 수월히 선대."

하고 수원 마나님보고 말하던 것을 기억한다.

"입덧은 유전한다는데 우리 금봉이도 후제 이렇게 고생을 하면 어떡해?"

하고 어머니가 제 머리를 쓸어줄 때에,

"숭해라, 난 아이 안 낳아요."

하고 어른들을 웃긴 것을 금봉은 생각한다.

'그러나 어머니는 내가 아비 모를 자식을 배고 입덧이 나서 이 고생을 하리라고는 생각지 아니하였을 것이다. 무론 바라지도 아니하였을 것이다. 이 배 속에 든 아이가 뉘 아일까? 김광진의 아일까, 심상태의 아일까? 아무리 하여도 남편의 아이가 아닌 것은 분명하건마는.'

금봉은 이런 생각을 하는 신세가 되었다.

입덧은 어떤 날은 더하고 어떤 날은 덜하였다. 심한 날은 머리를 풀어헤치고 하루 종일 일어나지를 못하여 호구조사 왔던 순사가 장질부사 환자가 아니냐고 딱딱거렸다.

여름도 다 지나고 가을도 반이나 지난 어떤 날 아침에 금봉은 배 속에서 무엇이 꼬물거림을 느꼈다.

'아이가 논다.'는 말을 들어서 아는 금봉은 이것이 배 속에 든 아이의 태동이란 것인 줄 알았다. 배 속에 든 한 방울의 생명, 현미경으로 보아야 보이는 조그마한 한 알갱이 세포가 자라고 자라서 이제는 꼬물꼬물 팔다리를 움직이는 것을 생각하면 무척 신비하고 또 반갑기도 하였다.

'이것이 어미의 본능인가.'

하고, 금봉은,

'나도 어미가 되려는구나.'

하는 무서움 절반, 반가움 절반의 야릇한 느낌을 가졌다.

'이것이 만일 사랑하는, 그러고도 정당한 남편의 씨라고 하면 얼마나 기쁠까.'

하고 금봉은 한숨을 쉬었다.

금봉은 가끔 제 배에 손을 대었다. 배 속에 있는 생명은 날로 활발하여지고 체경에 비추인 제 모양은 날로 변하였다. 아무쪼록 배가 홀쭉하도록 하느라고 저고리 품을 넓게도 해보고 몸을 앞으로 숙여도 보지마는, 나날이 커지는 배는 도저히 감출 수도 없었다. 그럴 때마다 금봉은 한숨을 쉬었다.

죄의 씨를 배 속에 넣고 있는 금봉은 더욱 히스테리성이 되어서 금방 웃었다가 울었다가 공연히 화를 내었다가, 집안사람도 견디어낼 수가 없을 지경이었다.

'이것을 떼어버리고 말까.'

하는 생각도 해보았다.

'벌써 떼어버렸더면 좋을 것을.'

해보기도 하였다.

'저절로 녹아버렸으면, 이것이 왜 자꾸 자라.'

하고 제 주먹으로 배를 쥐어지르기도 하지마는, 또 어떤 때에는 이것이 나오면 어떻게 생겼을까, 김광진이나 심상태를 뒤집어쓰고 나오면 어떡 하나, 김광진이처럼 머리가 남북이 내어밀면 어떡하나, 심상태 모양으로 눈이 할딱하면 어떡하나, 애비는 안 닮고 꼭 어미인 나만 닮아주었으면, 이러한 생각도 하였다.

또 어떤 때에는 남편이 무얼 날짜를 꼽아보리, 제 자식으로 알고 좋아 하려니, 그러면 아무 걱정도 없을 것이다, 이런 생각도 해보았다.

그러나 또 어떤 때에는, 그게 무슨 못난 소리야, 남편이 나오거든 바로 말하지, 바로 말하고 받을 것을 받지, 이렇게도 생각하였다.

남편이 나올 기약이 아직도 두 달이 남았거니 하는 이월 어느 눈 내리 는 날. 금봉은 배가 뜨끔뜨끔 아픔을 깨닫고 미리 말하여두었던 산파를 불렀다. 병원에 입원할 형세도 못 되고, 친정에서 누구를 청해 올 사람도 없었다.

젊은 산파는 위권을 가지고 집안사람들에게 여러 가지 명령을 내렸다. 그래서 해산에 쓰일 제구를 마련케 하였다.

"애기 옷은 어떻게 해요?"

하고 산파가 물을 때에 금봉은 안간힘을 쓰면서도 손으로 장을 가리키 면서,

"저 삼층장 맨 밑층에 어린애 옷을 지어두었어요. 포대기도 있고."

하고는 낯을 붉혔다. 어린애가 자랄 대로 자라서 입덧이 가신 서너 달 동

안 금봉은 울며불며 저주를 하면서도 새로 나올 어린애의 옷을 장만하였다. 보들보들한 난목과, 포근포근한 햇솜과, 그리고 남편이 주고 간 삼천원 나머지에서 어린애 담요, 처네 등등, 살 것은 사고 값 줄 것은 값 주고 제 손수 할 것은 손수 하여서 차곡차곡 장에 쌓아놓았다. 잘 할 줄도 모르는 바느질도 한숨 섞어 정성 섞어 한 뜸 한 뜸 뜨다가 하인만 들어와도 집어 감추면서 지은 것들이었다.

배는 띄엄띄엄 아팠다. 아침부터 아프기 시작한 것이 다 저녁때가 되도록 재우치지를 아니하였다.

"저녁을 많이 잡수셔요."

하고 산파는 심심파적으로 소설을 보다가는 한마디씩 하면서,

'난산인가 보군.'

하고 속으로 중얼거렸다.

"많이 잡수셔서 기운을 내어야 합니다."

하고 이제 스물두서넛밖에 안 된 산파는 제가 아기를 여럿 낳아나 본 듯이 가끔 산부의 배를 만져보았다.

'얼마나 아프랴는고?'

하면 금봉은 무서웠다. 아이를 낳다가 죽었다는 사람들의 이야기를 생각하였다.

"아이가 거꾸로 앉지나 않았어요? 한 번 더 잘 보아주세요."

하는 금봉은 아이가 거꾸로 앉아서 다리가 먼저 나오면 어렵다는 것도 생각하고, 아이가 나오다가 걸리면 골을 깨트리고 각을 떠서 꺼낸다는 말도 생각하였다. 그리고 잡지에서 본 자간이라는 것도 생각하였다. 아이를 비롯다가 졸아버리고 죽는다는 것도 생각되었다. 이런 것을 생각하면

도무지 정신을 안정할 수가 없고, 마치 몸이 허공중에서 곤두박질을 치는 것같이 붙접할 데가 없는 것 같았다.

'내가 왜 겁을 집어먹어. 죽어버리면 고만이지. 오래 살면 무슨 좋은 일이 있겠다고. 꺼벅꺼벅한 신세밖에 남은 것이 무엇이길래.'

이런 생각도 해보았다.

이때에,

"에그머니, 영감마님이!"

하는 어멈의 외치는 소리가 들렸다.

금봉은 배가 뜨끔하고 아프려 할 때 "에그머니, 영감마님이!" 하는 소리를 들었다.

"지금 아씨는 애기를 비롯으십니다."

"애기?"

이렇게 남편과 어멈의 문답하는 소리도 들렸다.

금봉은 정신이 아뜩해짐을 깨달았다.

명규는 금봉이 누워 있는 안방에 들어섰다. 어디서 얻어 입었는지 고의적삼 바람으로 대님도 안 치고 허연 양말을 신었다.

금봉은 눈을 뜰 수가 없었다. 자는 체하고 눈을 감고 있었다.

명규는 곁에 선 젊은 여자, 산파를 보고 아마 산파려니 하고,

"괜찮겠어요? 순산이 되겠어요?"

하고 물었다.

"순산하시겠지요."

하고 산파는 '웬 녀석이야.' 하는 듯이 탐탁지 않게 대답한다.

"여봐, 내가 왔어. 가출옥이 되어서 나왔어."

하고 명규는 금봉의 머리맡에 수그리고 앉아서 마치 감기로 앓는 사람 위문이나 온 듯이 금봉의 머리를 만져본다. 이맛전에는 식은땀이 흘렀다.

금봉은 울렁거리는 가슴을 가까스로 진정하고,

"아이고 배야, 아이고 배야."

하고 몸을 틀면서 눈을 떴다.

금봉의 눈에서는 눈물이 쏟아졌다.

"왜 울어? 울지 말어."

하고 명규는 금봉의 손을 더듬어서 잡았다.

"왜 기별도 안 하셨수?"

하고 금봉은 남편의 품도 안 맞는 광목 바지저고리를 바라보면서 물었다.

"기별할 새가 있나? 누가 미리 알았나?"

"그 옷은 어디서 났소?"

"간수장더러 한 벌 사다 달라고 했더니, 그놈의 애가 이걸 사 왔구먼."

하고 앞섶이 버는 저고리를 한번 고개를 숙여서 보고 픽 웃는다.

"여보, 노마 어머니."

하고 금봉은 침모를 부른다.

"네에."

하는 노마 어머니의 대답은 얌전한 구식 며느리의 어조다.

"이리 들어와요."

하는 금봉의 말에 긴 모시 치마나 머리를 금방 빗고 난 듯이 깨끗하게 쪽 지고 눈을 폭 내리깐 침모가 사뿐사뿐 들어와서 명규에게 대하여 인사하는 모양인지 아닌지 분명치 아니한 인사를 하고, 아마 여기 일이 있으리라 하는 장 앞에 선다.

"나으리 옷 내드려요. 그 회색 삼팔 바지저고리허구 모본단 조끼허구. 아이구 배야, 또 그 저, 마구자 안 있소? 아이구, 그리구 저 두루마기두, 버선두 가운데 층에 있수."

하고 금봉은 배가 아파서 더 말할 수 없다는 표정을 한다.

"입원을 해야지."

하고 명규는 대님을 치면서 금봉을 본다.

"어디 입원할……."

하다가 금봉은 집 사람들 들을 것을 꺼려서 돈 없단 말은 아니 하고,

"집에서 낳지요. 저이가 받아주시니까."

하고, 남편이 자기가 집을 떠난 지가 이백팔십 일 하고도 사십여 일이나 더 지난 줄을 아나 모르나 하고 눈을 감았다. 원체 자상할 줄을 모르는 남편이라 그런 것은 모를 것도 같고, 또 겉으로는 아무것도 모르는 체하면서도 속으로는 갖은 꿍꿍이를 다 하는 것을 보면 다 아는 것도 같았다. 아직까지는 자기가 집 떠난 날짜를 꼽아보지 아니하였다 하더라도 무슨 기회로 그것을 꼽아볼 생각이 나면 어떡하나 하였다.

그러나 배 아픔이 점점 재쳐서 오 분의 진통의 간격이 삼 분으로, 이 분으로 몰아칠 때에는 오직 천지가 흑암하여지는 듯한 아픔뿐이요, 다른 생각은 아무것도 없었다.

'세상에 이런 아픔도 또 있나?'

금봉은 진통과 진통과 사이에 잠깐 빤한 동안에 이런 생각을 한다.

'어서 죽여주어요!'

실로 죽기보다도 더 아픔이었다.

깜박깜박 정신을 잃었다가 정신이 들어서 눈을 떠보면 남편이 눈을 뒤

룩뒤룩하고 제 손을 꼭 붙들고 앉았는 것을 금봉은 보았다. 남편의 눈에는 분명히 동정과 불안이 있었다. 그 이마에는 땀방울까지 맺혔다.

'아아, 미안해라. 이번에 살아만 나면 정숙한 아내가 되어드리리다.'

하고, 금봉은 기운 없는 손으로 남편의 손을 쥐었다. 금봉의 눈에서는 눈물이 흘렀다.

"아서, 왜 울어? 잠깐만 참어, 심 의사 불렀어."

하고 명규는 그 커다란 손으로 금봉의 눈물을 씻겼다.

다시 진통이 온다. 잠깐 늦추었다가 오는 진통은 더욱 심하였다. 마치 몸이 캄캄한 허공중에서 천길만길 떨어지는 듯하다가는 또 환한 빛밖에는 아무것도 없는 허공으로 둥실둥실 떠오르는 것도 같았다. 그러다가는 아뜩 의식을 잃어버리고, 그러다가는 씻은 듯 부신 듯 눈이 번쩍 뜨였다. 그래서 눈을 떠보면 남편과 산파가 마치 한 천 년 만에 서로 만나는 사람 모양으로 눈앞에 나섰다.

'사람이 나고 죽고 하는 것이 이런 것이 아닌가?'

하고 금봉이 이 엄숙하고 크고 깊은 의식 상태를 재인식하려 할 때에는 또 다음번 진통이 왔다.

그동안 몇 시간이 지났는지 몇천 년이 지났는지 알 수 없었다. 한 번 진통을 겪는 동안에 하늘과 땅이 몇 번을 번복하는 것 같았다. 또 제 몸이 몇천만 리 먼 허공 길을 날아 건너 딴 세상에 내려앉은 것도 같았다. 그러나 눈을 떠보면 이마에 땀을 흘리고 눈을 뒤룩거리고 앉았는 남편이 있었다.

'한 생명이 나오기가 이렇게 어려운가.'

하고 금봉은 생명의 신비를 느꼈다.

허리가 끊어지고 배가 온통 갈가리 찢어지는 듯이 아프고 구만리 허공을 이번에야말로 다시는 못 내려올 듯이 몸이 부살같이 날아올라가는 것을 느끼는 마지막 진통이 왔다.

"힘을 써요! 힘을 써요!"

하는 소리가 어디서 모기 소리처럼 들렸다. 그 소리에 금봉은 이를 악물고 두 주먹을 불끈 쥐는 것같이 생각하였다. 그러고는 오직 환한 빛의 세계에 둥실둥실 떠 있었다. 마치 인생의 힘드는 일을 다 마치고 하늘에 올라버린 모양으로.

"으아! 으아!"

하는 처음 듣는 소리에 금봉은 하늘로서부터 다시 세상으로 내려왔다. 눈을 번적 뜨니, 남편이 있고 심 의사가 있고, 산파가 있었다.

"따님입니다."

하고 산파가 웃으면서 금봉에게 보고하였다.

'따님'이란 말이 금봉에게 본능적으로 섭섭하였다. 그리고 다음 순간에는,

'또, 내 팔자와 같은 생명이면 어떡하나. 더구나 정당치 아니한 향락의 씨!'

하고 금봉은 앞이 캄캄해지는 것 같았다.

다시 정신을 차린 때에는 의사도 제 맥을 보고 남편은 대단히 근심하는 눈으로 씨근씨근하고 앉았었다.

"정신 채려!"

하는 남편의 굵다란 목소리가 들렸다.

금봉이 눈을 뜨는 것을 보고 의사는 잡았던 금봉의 팔목을 놓으며,

"괜찮으십니다. 산후에 흔히 이렇게 뇌빈혈이 오지요. 아모 염려 없습니다."

하였다.

산파는 갓난이를 싸서 안아다가 금봉의 옆에 누이며,

"자, 애기 보셔요. 어쩌면 이렇게 잘나고 크셔요. 이 머리 보셔요. 삼칠일은 지난 애기 같아, 어쩌면. 어머니께서 미인이시니깐 이 애기는 더 미인 될걸 머, 그렇지?"

하고 어린애를 또닥또닥하는 시늉을 한다.

'미인! 저주받을 미인!'

하고 금봉은 보기가 무시무시하면서도 곁에 누운 새 생명을 본다.

'누구를 닮았을까.'

하는 생각이 마치 철편으로 등덜미를 얻어맞은 것같이 아팠다.

'빨간 핏덩이다.'

하고 금봉은 고개를 좀 들어서 보려다가 그만두고 눈을 감았다. 그러다가 김광진과 같은 이마가 보이면 어쩌나, 심상태와 같은 눈 모습이 보이면 어쩌나, 하고 금봉은 영원히 어린애의 얼굴을 보고 싶지 않았다.

기나긴 겨울밤이 다 지나고 처마 끝에서 참새 지저귀는 소리가 들리기 시작했다. 의사도 가고, 산파도 아침에 또 오마 하고 가버렸다.

"좀 자!"

하고 명규는 금봉을 위로하였다. 어린애는 잠시도 쉬지 아니하고 줄곧 울었다.

"어, 요년이 왜 이리 울어?"

하고 명규는 싱글벙글하고, 볼 줄도 모르고 들을 줄도 모르는 어린애를 들여다보면서 중얼거렸다.

자기는커녕 금봉의 신경은 갈수록 흥분하였다.

"내 잘 테니 가 주무시우."

하고 금봉은 진정으로 남편이 가엾어서 빙그레 웃으며,

"감옥에서 짓고생을 하시다가 집이라구 나오니 이 꼴이구."

"왜, 무슨 꼴이야? 이쁜 딸이 하나 생겼는데. 게서 더 좋은 일이 어디

있어?"

"이것이 귀여우우?"

"그럼, 귀엽지 않구? 나이 사십에 첫 자식인데 안 귀여워? 인제 아버

지가 되었는데."

하고 명규는 웃지도 아니하고 아주 정색으로 말한다.

"어서 가서 주무시우. 나도 자리다."

하고 금봉은 더 말하기가 마음이 괴로워서 눈을 감고 자는 체하였다.

"어서 자. 난 자는 걸 보고야 갈 테야."

하고 명규는, 이제 겨우 울음을 그치고 자는 어린애를 물끄러미 들여다

보고 있었다.

명규는 어떤 날 금봉을 보고,

"이름을 무엇이라고 지을꼬?"

하고 물었다.

"아모렇게나 지으시구려."

하고 금봉은 어린애를 젖을 빨리면서 대수롭지 않게 대답하였다.

"제 항렬은 착할 선 잔데, 계집애도 항렬을 다나, 원? 안 달아도 상관

없지만."

하고 명규는 금봉의 대답을 기다린다.

"항렬이나마나 착할 선 자면 좋구려. 어미도 악하고 아비도 악하니까 착할 선 자가 당하지는 않지마는."

"악하기는 왜? 세상에 어디 착한 사람 있나? 다 그렇구 그렇지."

"당신은 착하신지 모르겠소마는, 나는 아모리 생각하여도 악한 계집이외다. ……아가, 넌 왜 착한 어미를 못 만나고 나 같은 악한 어미를 만났니? 하고많은 어미 아비, 하고많은 집에 이런 데를 왜 태어났니?"
하고 금봉은 벌써 애틋한 정이 든 어린 자식을 흔들며 울고 싶었다.

"원 쓸데없는 소리를 다 하지. 어린애 이름이나 지으라니께."
하고 명규는 못마땅한 듯이 혀를 찬다.

"나는 내 마음에 괴로워서 그래요."
하고 금봉은 또 눈물을 흘린다.

"또 운다. 울면 몸도 안 추서고 젖도 안 난다고 안 그래, 의사가? 글쎄 울기는 왜 밤낮 울어? 집안 경사가 났는데 울기는 왜 울어, 방정맞게. 마음이 괴롭다니 괴로울 건 무에야? 나 원 괜스레."

"경사가 무슨 경사요?"

"자식이 나, 변변치 못한 남편이라두 남편이 감옥살이를 하다가 죽지 않고 돌아와, 그만하면 경사지 무에야?"

"난 내가 이것을 배 속에 둔 대로 죽어버렸다면 경사일 뻔했소. 내가 왜 안 죽고 살았어? 하도 죄가 많아서 그 죗값을 다 하기 전에는 죽지도 말라는가 보아."
하고 금봉은 더욱 느껴서 운다.

"원, 별 요사스러운 소리를 다 하네. 전에는 안 그러더니 왜 저 모양

356

일까.”

하고 명규는 대단히 못마땅하여 일어나 나가버린다.

남편이 친절히 하면 친절히 할수록, 어린애를 귀애하면 귀애할수록 금봉은 괴로웠다. 차라리 남편이,

“이년! 이 죽일 년, 서방질한 년!”

하고 발길로 차주었으면, 종로 네거리로 머리채를 끌고 돌려주었으면, 그것이 도리어 더 편할 듯하였다.

“곧을 정 자, 정선이라구 지을까?”

하고 명규는 또 어린애 이름 짓는 문제를 가지고 금봉의 방으로 들어왔다.

금봉은 마침 어린애 똥기저귀를 갈리고 있었다. 명규는 그 기저귀를 집어서 노란 똥을 유심히 보더니,

“똥빛이 좋구면.”

하고 밖으로 내어놓으며,

“아따, 애기 똥기저귀 빨아라!”

하였다.

“별 챙견을 다 하시우.”

하고 금봉은 웃었다.

“곧을 정 자가 어때? 여자란 정조가 제일이니께.”

하고 명규는 노란 똥기저귀를 본 것이 유쾌하였다.

“정조는 여자에게만 제일이구 남자에게 제몇이오?”

하고 금봉은 아무쪼록 남편의 흥을 깨트리기를 원치 아니하였다.

“정렬부인이란 말이 있지, 정렬장부란 말 어디 있나? 남자면 충신이

나 영웅이구, 여자면 양모현처, 열녀, 그렇지."

하고 명규는 금봉이 유쾌한 것을 보고 더욱 유쾌하여진다.

"마음대로 하시구려."

하고 또 금봉의 낯은 흐린다. 정 자나 선 자나 다 제 가슴을 찌르는 글자이지마는, 제발 어린 딸만은 정하고 선하기를 바라고 싶었다. 선 자가 남편의 집 항렬이든지 말든지.

"정선이, 손정선이, 부르기 좋은데. 정선아, 손정선 씨, 손데이젠 상, 일본말로도 부르기 좋은데. 그래, 정선이라고 짓고 출생신고를 해야지."

하고 명규는 퍽 기뻐한다.

"흥, 어머니는 뉘 이름으로 허우?"

하고 금봉은 문득 불쾌해진다.

"뉘 이름이라니?"

하고 명규는 다 알면서도 뚱딴지를 부린다.

"첩년의 속에서 나왔으니 어떡허느냐 말요."

하고 금봉의 말소리에는 칼이 있었다.

"원, 딴소리."

하기는 하나, 명규는 할 대답이 없었다.

"무엇이 딴소리야? 이혼했노라고 나를 속여 다려오고는 무엇이 딴소리란 말요?"

"원, 그것이 메칠 살겠길래 그래?"

"난 남 죽기 바라고 싶지는 않소. 내가 그렇지 않아도 죄가 많은 년이 첩으로 들어왔으면, 알고 들어왔거나 속아서 들어왔거나 국으로 있지, 본마누라, 본마누란가 왜 큰마누란가, 큰마님이시지, 큰마님인가 아씬가 남 죽기를 바라요? 난 싫어요, 싫어요! 이 어린애는 당신 부인이 낳으신 것으로 민적에 넣기도 싫고 또 당신 자식으로 민적에 넣기도 싫으니, 내 사생녀로 민적에 넣어주어요. 성명두 손정선이라구 말구 이정선으루. 왜 손간가 무어? 내가 낳았으니깐 이가지."

하고 금봉은 또 울기를 시작하였다.

금봉은 애초부터 명규에게, "이것은 당신의 씨가 아니오." 하고 말을 분명히 일러주려고 하였다. 이번에 남편이 방에 들어오면 그 말을 하리라, 하리라 하고 결심은 하건마는, 차마 그 말이 아니 나와서 지금까지도 못 하였다. 첫 번에 남편이 어린애 이름 지을 문제를 낼 때에는 이번에야말로 똑바로 말하리라 하고 결심하였으나, 남편이 어린애를 귀애하는 것을 보고는 차마 그런 말이 아니 나와서 못 하고, 이번에도 단단히 마음을 먹었건마는 엇대 두고밖에는 말을 못 하였다. 만일 정선을 제 사생자로만 입적을 시키면 얼마쯤은 마음이 가뿐할 것도 같아서 죽을 기를 쓰고 이 문제를 끄집어낸 것이었다.

그러나 명규는,

"괜히 말 같지 않은 소리만 하는군."

하고 정선을 자기의 장녀로 입적을 시켰다.

금봉은 의외에 일찍 몸이 추서서 어린애가 백날을 바라볼 때에는 거의 전 모습을 회복하였다. 그러나 어린애를 배기 전보다 세 살은 더 먹은 것 같이 노성한 태가 생기고, 언어 동작까지도 눈에 뜨이게 노성하여졌다. 어머니 본능이 눈뜬 것도 눈뜬 것이거니와, 아이 난 뒤로 계속해온 깨끗한 슬픔의 생활이 그의 몸에 종교적인 빛을 더한 것이었다.

"인제는 협잡은 마시우. 굶거나 먹거나 똑바로 살아갑시다."

금봉은 남편을 보고 이런 소리도 하였다.

"성경이나 좀 보시구려. 어째서 책이라고는 도모지 손에 들지를 아니하시우?"

하고 금봉은 남편에게 정신생활을 가지기를 권하여도 보았다. 그러면 명규는,

"우리는 책을 들고 앉으면 졸려서."

하고 책 말만 들어도 졸리는 듯이 눈을 끔적끔적하였다.

"그리고 선생 노릇은 어떻게 하셨소?"

하고 금봉이 책망하면, 명규는,

"그러니까 가르치기는 싫었지."

하고 시치미를 뗀다.

"계집애나 버려주고 협잡이나 해야 신이 나시는구려."

하고 금봉은 불쾌한 듯이 눈을 흘긴다.

"다 괜한 소리야. 내가 미우니게 모두들 그런 소리를 지어내지. 내 마음에야 당신밖에 있었나?"

"고맙소이다. 황송하외다."

하고 금봉은 어이없는 듯이 웃으면서,

"어쩌면 그렇게 영절스럽게 뚝 잡아떼우? 허긴 그만이나 하길래 협잡꾼이라지."

하고 빈정대었다.

"어떤 놈이 나를 협잡꾼이래? 그놈을 붙잡으면 혓바닥을 빼어줄테니!"

하고 명규는 분개하는 양을 보인다.

"그건 안 될걸. 당신더러 협잡꾼이라는 사람의 혀를 다 뽑으려 들면 당신이 천 년은 살아야 되리다. 후후후후."

하고 금봉은 소리를 내어서 웃는다.

명규는 금봉의 말뜻을 잘못 알아듣는 듯이 물끄러미 금봉의 웃는 양을 바라보고 있더니, 문득 좋은 생각이 난 모양이어서 싱그레 웃으면서,

"날더러 남의 계집애를 버려주느니, 협잡을 하느니 하는 것은 마치 금봉이더러 서방질을 한다는 말과 다름이 없단 말야."

하고 제 말에 매우 만족해서 껄껄대고 웃는다.

명규는 금봉만은 절대로 정조를 깨뜨리는 일이 없을 것을 굳게 믿었다. 그것은 금봉이 도무지 만만히 떨어지지 않던 제 경험으로 보아서 그런 것이었다.

그러나 명규의 말은 천 근 되는 몽둥이가 되어 금봉의 정수리를 내리갈겼다. 금봉은 아뜩하는 것 같았다. 그리고 다시 입을 열 용기가 없어서 정선을 들고 둥개둥개를 하며 마루로 나가버렸다.

어두운 비밀을 가슴에 감추고 살아가기가 어떻게 못 할 일임을 금봉은 아프게 느꼈다. 하루바삐 이 비밀을 남편의 앞에 툭 털어버리고 매를 맞거나 칼을 맞거나 쫓겨나거나 하여, 받을 것을 받아버리지 아니하고는 못 견딜 것 같았다.

정선의 백날이라고 명규는 집에서 떡을 하고 국을 끓이고 나물을 만드는 이외에 요릿집에서 음식을 가져오고 손님을 청하였다. 이것은 다만 딸의 백날을 축하하는 것뿐 아니라, 또 옥에 다녀 나온 후로 한 백 날 지났으니 세상에 대한 창피함도 좀 가시어서 다시 세상에 참예하려는 기회를 만드는 것도 되고, 겸하여 김광진이라든지 심상태라든지 자기가 특별

한 호의를 받은 사람에게 대한 사례의 뜻도 겸하고, 또 손명규는 아직도 아주 못살게 되지는 아니하고 이러한 기구가 있다, 하는 것을 보이자는 뜻도 있었다.

"오늘 술 따를 계집애 몇 개 부를 테야."

하고 명규는 금봉에게 동의를 청하였다.

"술 따를 계집애를 어디서 불러오우?"

"기생 말야. 기생을 술 따를 계집애라고 하지."

"마음대로 하시구려. 그렇게 돈이 있수?"

"그럼 돈 없어? 내가 누군데."

하고 명규는 싱그레 웃고 뽐내었다.

"거, 장하시구려. 돈이 어디서 났수?"

하고 금봉은 빈정대는 태도였다.

"좋은 일이 하나 생겼어. 상해에다가 무슨 사업을 하나 벌이게 되었는데, 조선 물산 갖다 팔고 중국 물산 조선으로 사 보내고. 가만있어, 그 말은 천천히 하고. 저, 광대 하나 부를까. 박춘재 불러서 재담이나 들을까, 무당 소리도 듣고. 그 왜 「제석풀이」 안 있어? 당신 좋아하지?"

"아모려나 하시구려, 그렇게 돈이 많거든."

하고 금봉은 여전히 뽀로통한 것을 풀지 아니하였다.

"또 누구를 보자기를 씌웠누?"

하고 금봉은 남편이 오늘 호기를 부리는 것을 보고 마음이 괴로웠다.

"우리 인제는 굶으나 먹으나 똑바르게 삽시다."

하는 금봉의 말도 명규에게는 별로 힘 있는 인상을 주는 것 같지 아니하였다. 명규는 자고 나면 세수도 하기를 잊고 무슨 꿍꿍이를 꾸미는지 눈

을 감았다 떴다, 마치 점치는 장님 모양을 하였다. 그럴 때에 금봉이,

"무슨 생각 하시우?"

하고 물으면, 명규는 귀찮다는 듯이 양미간을 찡그리며,

"일할 생각 허지."

하고는 또 눈을 감고 몸을 흔들흔들 흔들었다.

"거, 무얼, 그리 궁상을 떠우? 똑바른 길로 살아나가는 무슨 궁리가 그리 많수? 그 경칠 협잡할 궁리 좀 말아요. 반찬 가게라도 하나 내고, 담배 가게라도 하나 내고, 정직하게 살아갈 생각이나 해요. 난 그 협잡으로 벌어들인 밥은 구역질이 나서 못 먹어요. 한번 감옥살이까지 했으면 고만이지 무엇이 부족해서 아직도 협잡할 생각만 꾸미고 있수? 하나님이 무섭지 않수?"

하고 금봉은 화를 내어 방 안에 놓인 것을 이리저리 집어던진다.

"글쎄, 왜 이래? 괜스레."

하고 명규도 마주 화를 내어 금봉을 한번 노려보고는,

"하나님 다 늙어 돌아가시구, 벌써 소상 대상 다 치렀어."

하고는 제 재담이 잘된 것을 만족히 여겨서 씩 웃는 것이었다.

'상해에다가 사업을 벌인다?'

하고 금봉은 상해란 말이 퍽 좋았다. 이 조선에서 가슴을 졸이고 있는 것보다는 상해로 가는 것이 어떻게 좋을지 몰랐다. 그러면 오늘 결심을 중지할까 하고 금봉은 멀거니 허공을 바라보았다.

오늘 결심이란 것은 손님이 다 모인 자리에서, 김광진이랑 심상태랑 다 모인 자리에서, 금봉은 자기의 가슴속에 묻었던 비밀을 다 말하고 정선이 손명규의 자식이 아니라는 것을 선언하려는 것이었다. 이것을 다

선언해버리고 자기는 집을 뛰어나와 오빠 인현의 말대로 수녀가 되든지 여승이 되든지 또는 간호부가 되든지 하여 이 부자연하고 부도덕하고 불쾌한 생활을 청산해버리자는 것이었다.

동시에 이 선언으로 손명규와 김광진과 심상태와 및 이러한 거짓의 껍데기를 씌우고 탐욕의 껍데기를 씌운 무리의 가면을 벗겨보리란 것이었다. 이것은 정선의 백날을 차린다는 것이 작정된 이래로 줄곧 생각해오던 문제였다.

'회칠한 무덤', '양의 껍데기를 쓴 이리', 금봉은 짧은 일생에나마 접해본 사람은 다 그러한 사람들인 것 같았다.

'참'이란 것을 어디서 보았나?

'옳음'이란 것이 어디 있던가?

사람들은 돈과 음욕과 시기와 중상과 음모와, 이것으로 일생을 살지 아니하는가. 남만 그러한 것이 아니라 금봉 자신이 오늘까지 걸어온 길도 그것이 아닌가. 왜 금봉은 명규한테 시집을 갔나? 돈 때문이 아닌가. 왜 금봉은 명규를 싫어하게 되었나? 역시 돈 때문이 아닌가. 왜 금봉은 아비 모를 자식을 낳았나? 음욕 때문이 아닌가. 명규의 정성에 움직였다는 둥, 그 사랑에 감복하였다는 둥, 명규를 깨끗한 생활로 인도하려 함이라는 둥, 이런 것은 모두 다 거짓의 껍데기가 아니었던가.

'흥, 무엇 하자는 거짓의 껍데기야?'

하고 금봉은 혼자서 제가 썼던 거짓의 껍데기를 차버리려 하였다.

'제가 심은 씨는 제가 거둔다!'

금봉은 벌써 제가 심은 씨를 거둘 때가 된 것을 느꼈다. 저만 아니라, 손명규나 김광진이나 심상태나 기타 누구나 다 저희들이 심은 씨를 저희들이 거두고야 말 것이다.

'하나님은 과연 죽었다. 손의 말과 같이 소상 대상까지 다 치러버렸을까? 선한 사람이 악한 사람의 발에 밟히고 악인이 심은 엉경퀴에서 무화과를 따는 세상이 되었을까? 이것을 보기 위해서 나는 자살은 아니 하고 살 수 있는 대로 살아보리라.'

금봉은 이렇게 생각한다.

오후 네 시가 지나서 금봉의 집에는 손님들이 오기를 시작한다.

손명규 집 사랑에서는 기생의 소리와 취한 손님들의 떠드는 소리가 들렸다. 처음에는 김광진은 귀족답게, 심상태는 신귀족답게, 다른 손님들도 다 각각 제 문벌과 제 지위를 대단히 높은 것으로 보아서 다들 체면을 차렸으나, 차차 술이 취해감을 따라서 말이 어눌해지고 체면이 비틀거리기를 시작하여 기생을 껴안고 점잖지 못한 모양을 하는 이도 생기고, 이놈아, 저놈아, 하고 말도 차차 상스러워지기 시작하였다.

"글쎄, 이 옴두꺼비같이 생긴 놈이 어떻게 그런 미인을 후려냈느냐 말이야."

하고 어느 금융조합 이사라는 사람이 손명규의 등을 두드리며,

"이놈. 내가 네 애비다. 그 양반은 네 어머니시구."

하고 손명규가 제법 대꾸를 하였다.

"이놈아, 앵, 우리 며느리, 네 처 이리 나오래라. 손녀 안고 이리 나오래. 시아버니께 나붓이 절을 해야 안 하느냐. 어, 이거 남 숭보겠다. 이놈아, 얘."

하고 ○○ 사장이라는 고리대금하는 조합의 사장이 말을 가로챈다.

"허, 이런 변이 있나?"

하고 처음에 손명규를 아들이라 하고, 금봉을 며느리라고 부른 금융조합 이사가 심상태를 바라보며,

"여보시오, 영감. 허 이런 변이 있소? 백주에 이놈이 내 아들 며느리를 제 것이라고 하니 이런 변이 있소? 이건 무에란 말인가. 소유권 확인 소송을 해야 한단 말인가? 여보시오, 심 변호사 영감, 우선 사건 감정을 좀 해줍시오. 자, 감정비론."

하고 술잔을 상태에게 준다.

"허, 그거 대단히 어려운 사건인데요."

하고 상태는 술을 받아먹고 잔을 돌려주며,

"아마, 저 박 의사가 이 사건에는 중요하겠는걸요."

하고 웃는다.

"왜, 혈액 감정을 하게?"

하고 금융조합 이사가 아는 체한다.

"그렇지요. 혈액 감정을 해야지요."

하고 심 변호사는 직업적인 권위를 보인다.

"아니 그럼, 피를 뽑아야 하게. 따끔하겠는걸."

하고 ○○ 사장이라는 사람이 당장 피를 뽑기나 할 것처럼 팔을 내어 민다.

"허, 버르장 없는 것들 같으니!"

하고 손명규가 기생을 시켜 술을 들러치게 한다.

"그거 피를 뽑을 것까지 없지요. 낳으신 어머니는 아실 테니까."

하고 김광진이 한마디를 던진다.

"어 참, 그 말씀이 옳으시오."

하고 사람들은 모두 웃어버렸다.

이러는 판에 금봉이 산뜻한 모시 치마 적삼에 하얀 양말을 신고 흰 하부다이 처네에 정선을 싸서 안고 나왔다.

사람들은 다 이 젊은 어머니에게 경의를 표하여서 자리에서 일어났다. 그러나 대개는 와이셔츠까지 벗어붙이고 있었다. 김광진만이 얼른 양복 저고리를 주워 입었다.

"어, 우리 딸 나왔나? 이리 주어."

하고 명규가 금봉 곁으로 가며 팔을 내어밀었다.

"아스세요."

하고 금봉은 어린애를 남편에게 주지 아니하였다. 명규는 무료하여,

"자, 다들 앉어요."

하고 제가 먼저 술상 앞에 펄썩 앉았다. 다들 앉았다.

"유도는 넉넉하신가요? 아직 좀 수척하신 것 같으십니다."

하고 심상태가 친숙한 듯이 먼저 금봉에게 말을 붙인다. 금봉은 약간 고개만 숙일 따름이요 대답이 없었다. 금봉은 빨갛게 상기되었던 얼굴이 차차 해쓱해지고 현기가 나는지 봄이 두어 번 흔들렸다.

금봉은 이 방에 들어설 때에 번쩍 눈에 띈 김광진의 얼굴이 곧 정선의 얼굴임을 직각하였다. 금봉은,

"엇습니다. 이것이 당신의 자식입니다."

하고 정선을 광진에게 안겨주고, 남편더러는,

"미안하지마는 정선은 당신의 기출이 아니외다."

하고 선언할 결심이었다.

그러나, 우리 딸 나오나, 하고 명규가 어린애를 받으려 할 때에 금봉은

아뜩함을 깨달은 것이다.

금봉은 몸이 한편으로 쏠리며 어린애를 떨어뜨리려 하였다. 곁에 앉았던 광진이 얼른 한 팔로 어린애를 받고 한 팔로 금봉의 허리를 붙들었다.

"현기가 나시는 모양이로군."

하고 광진은 그제야 일어나는 듯한 명규에게 금봉을 맡기고, 어린애는 제가 안은 채로 안마당으로 들어가다가 하인에게 주었다.

술 먹던 사람들은 파흥이 되어서 서로 바라만 보고 앉았다.

"어, 내가 갈 시간이 지났는걸."

하고 맨 먼저 일어난 것은 김광진이었다.

"같이 가세. 주인이나 나오거든 같이 가."

하고 붙드는 것도 듣지 아니하고 김광진은 명규의 집에서 나왔다.

광진은 사동 골목을 안국동 쪽으로 향하고 걸어 올라오면서 생각하였다.

'금봉이가 문을 열고 들어오는 길로 제일 먼저 눈이 마조친 것은 낸데. 내 눈과 마조칠 때에 금봉의 눈이 어떻게 그렇게 날카로왔을까. 날카롭기보다는 마치, 오, 이제야 너를 만났구나, 하는 눈이었을까. 그리고 그 어린애를 받아 안을 때에 내 가슴의 설렘, 그 어린애는 내 자식이다, 하는 직감! 허, 이상도 한 일이로군.'

김광진은 자식이 없었다. 본처는 소박으로 서양 다녀온 후로 한 번도 방을 같이한 일이 없고, 서양 여자 하나를 데리고 왔던 것도 일 년 동안 참다가 울고 상해로 달아나버리고 말았다. 그러면 본처는 왜 이혼을 안 하느냐 하면, 그것은 양반의 체면이라는 것을 앞세우는 가풍 때문이요, 첩장가를 왜 안 드느냐 하면, 그것은 영국식 신사도에 어그러진다는 이유로써였다. 그는 도리어 특별히 아내나 첩이라고 이름 지어놓지 아니하고 마음에 드는 여자를 하루 이틀 희롱하는 데 재미와 자유를 느꼈다. 금봉에게 대한 것도 그것이었다. 그에게는 사랑이란 일종의 유흥이었다.

그러나 만일 금봉이 낳은 어린애가 제 자식이라 하면, 여기는 심상치 아니한 문제가 있는 것 같다.

'그거 모른 체하면 그만이지. 야종에 금봉의 입으로 무슨 말이 나오더라도 나는 모른다 하면 고만이지.'

광진은 이렇게도 생각해보았지마는 '내 자식', '아비와 딸, 그러하고 딸의 어미', 이러한 관계는 도저히 인력으로 끊어버릴 수 없는 신비한 힘이 있는 것 같았다. 아비의 본능이라고 할까.

평소에 인생이란 것을 깊이 생각해볼 필요도 없는 것으로 알고, 호의호식에 있는 술 먹고, 생기는 계집 희롱하고, 힘들지 않게 병도 없이, 걱정도 없이, 애쓰는 일도 없이, 의심나는 일도 없이 순탄하게 공원에 산보하는 모양으로 일생을 살아가던 광진에게도 정선이라는 조그마한 생명의 존재는 마치 간장이나 쓸개주머니에 맺힌 돌 모양으로 가끔 가다가 뜨끔하고 견디기 어려운 아픔을 주었다.

'남의 아내의 속에서 나온 내 딸'이라는 생각은 광진에게 일종의 모욕감을 주었다.

서양의 문학을 읽은 광진은 '운명'이란 말을 생각하였다. 만일 정선이라는 어린애가 진실로 제 씨라고 하면, 그것은 무서운 운명의 작희였다. 그 아이는 일생에 아비 아닌 사람을 아비라고 부르고, 정말 아비를 같은 장안에 두고도 아비인 줄 모르고 일생을 갈 것인가. 제 딸인 줄 분명히 알면서도 아비로라, 못 할 것인가.

만일 이 어린애가 난 것이 운명의 작희라 하면, 이것은 앞의 몇 막의 희비극의 서막인 것도 같았다. 손명규, 이금봉, 김광진, 정선, 이렇게 생각하면, 그 속에는 반드시 무슨 운명이 꾸며놓은 무대에 출연할 배우인 것만 같아서 광진은 무슨 검은 손이 뒤통수를 내리누르려는 것을 느끼는 것같아서 몸에 소름이 끼쳤다.

광진은 안동 네거리를 지나서 재동을 향하고 걸음을 빨리 걸었다. 이 불쾌한 생각을 떨어버릴 양으로 고개를 흔들고 다른 생각을 하려고 하였다.

그러나 아까 우연히 팔에 안았던 그 어린애가 골목이 어두울수록 더 눈에 밟혔다.

광진의 머릿속에는, 'Sin, Punishment, Curse, Catastrophe(죄, 벌, 저주, 파멸)', 이러한 영어 단자가 떠올랐다.

'내가 이렇게 마음이 약한가.'

하고 광진은 단장을 내어두르며 혼자 중얼거렸다.

정선의 백날에 선언의 목적을 달하지 못한 금봉은,

'이대로 가보자.'

하고 마음을 가라앉히려 하였다.

금봉의 무겁고 흐린 마음을 위로하는 것은 정선의 웃음과, 또 동생 은봉이 금봉의 집에 와 있게 된 것이었다. 정선은 제 운명이 무엇인 줄도 모르고 모락모락 자랐다. 방긋방긋 웃기도 하고 팔다리도 바둥거리고 주먹도 빨았다.

"아이, 요것이 낯을 가리네."

"요것이 엄마를 알아보네."

"글쎄 이것 보아요. 젖을 찾느라고 가슴으로 파고들어가니."

하고 금봉은 솟아오르는 어미의 사랑에 만사를 잊는 순간이 있었다.

은봉은 조카를 사랑하여 업어도 주고 안아도 주었다. 처음에는 한 번 두 번 놀러 다니던 것이 집에서 계모의 눈총, 아버지의 밤낮 찌푸린 상밖에 없는 지옥 같은 집에 있기보다 정든 형의 집에서 갓난이 동무를 하여 주는 것이 유쾌하였다. 그래서 아주 금봉의 집에 와 있게 된 것이었다.

명규가 밖에서 들어올 때면,

"정선아!"

하고 한 번 부르고, 그러고는 대문 안이나 중문 안에서 누구를 만나든지,

"애기 아모 일 없나!"

하고 묻고, 그러고는 대청에 올라서기 전에 가만히 창으로 방을 엿보아서 정선이 깨어 있는 것을 보고야 퉁퉁거리고 들어오지, 만일 정선이 자는 것을 보면 발자국 소리를 내지 아니하려고 애를 썼다.

"오늘은 똥 몇 번 누었어?"

하고 묻고, 노란 똥을 한 번만 누었다고 하면 벙글벙글 웃었다. 그러고는 정선을 안고,

"오줌 싸라, 오줌 싸라. 아빠 옷에 오줌 싸."

하다가 정말 오줌을 싸면 좋아라고 웃었다.

금봉은 명규가 이렇게 정선을 귀애하는 것을 보면 가슴이 아팠다. 그러나 희로애락 간에 도무지 감정을 발표하지 아니하는 남편이 정선을 위하여서는 차마 볼 수 없으리만치 슬픔과 기쁨을 발표하는 것을 보고는 남편에게서 기쁨을 빼앗을 용기가 없었다.

"모든 것이 다 인연이지요. 전생 인연으로 금생에 사랑도 되고 원수도 되는 것이지요."

하는 동냥 온 승의 말을 듣고 금봉은,

'이것도 다 인연이라는 것인가.'

하여 적이 안심을 얻었다.

하루는 명규가 대단히 기쁜 모양으로 싱글벙글하고 들어왔다. 금봉은,

"무슨 좋은 일이 있소?"

하고 물었다.

명규는 양복 속 호주머니에서,

"이것 보아."

하고 봉투 하나를 내어놓았다.

"그게 무엇이오?"

"글쎄 보아!"

하고 명규는 봉투 속에 종이를 꺼내어서 금봉의 앞에 펴놓았다. 그것은 명규의 호적등본이었다. 금봉은 놀랐다. 거기는 분명히 처에 '이금봉'이라고 쓰이고, 또 장녀에 정선, 부에 손명규, 모에 이금봉이라고 쓰고, 한 달 전에 혼인한 것으로 되어 있었다. 금봉은 가슴이 울렁거리도록 기뻤다.

그러나 다음 순간에,

'내가 남이 죽은 것을 기뻐하는구나.'

하는 생각에 양심이 괴로웠다. 그러나 기뻤다. 비록 원만한 기쁨은 못 되더라도 역시 기뻤다.

'첩이 아니다.' 하는 생각은 여자에게는 여간 큰 자존심이 아니었다.

'그까진 호적면에야' 하는 것은 할 수 없어서 하는 어색한 버팀이었다.

그렇지만 금봉은 슬픈 모양을 보이지 아니하면 아니 될 것을 느끼고, 기쁨을 아주 감추어버리고,

"그이는 어떻게 되셨소?"

하고 남편에게 물을 필요를 느꼈다.

"죽었어."

하고 명규는 만족한 듯이 대답하였다.

"언제 돌아가셨소?"

"두어 달 되었어."

"아이, 가엾으셔라!"

하고 금봉은 연전에 효자동 집에서 끙끙 앓으며,

"손 선생 믿지 말어."

하던 해골만 남은 '사모님'을 생각하였다.

'그이야 어차피 죽을 사람이지.'

하고 금봉은 불쌍한 사모님을 생각하였다. 그러나 역지사지하면 그가 얼마나 금봉을 원망하고 명규를 원망하였을까. 이런 생각을 하련 금봉은 머리가 쭈뼛거렸다.

"그래 장례에 가보셨소?"

하고 금봉은 물었다.

"아니."

하고 명규는 대답하고 고개를 숙인다.

"어쩌면 장례에를 안 가우? 당신이 상젠데."

하고 금봉은 담대하게 말하였다.

명규는 한참이나 안 가보았노라고 버티다가 마침내 갔단 말을 자백하였다.

"가구서 왜 속이우?"

하고 금봉은 울고 싶도록 불쾌하였다.

"죽었다는데 안 가볼 수가 있어야지."

하고 명규는 큰 죄나 지은 듯이 변명하였다.

"누가 가본 것이 잘못이래? 가고도 안 갔다고 속이는 것이 잘못이란 말이지. 그래, 부인이 돌아가셨는데 안 가? 가서 눈도 감겨드리고, 굴건제복 하고 상제 노릇을 해야지."

"아니, 제복은 안 입었어."

이것도 명규의 거짓말이었다. 명규는 처가에서 해준 제복을 입고 상여 뒤를 따랐다. 죽은 아내에게 대한 미안한 마음이 북받쳐서 하관할 때에 눈물도 흘렸다.

"그래, 언제 그이가 돌아가셨단 말요?"

하고 금봉은 심문하는 재판관이었다.

"벌써 오랬어. 벌써 졸곡도 지났어."

하고 명규는 괜히 불집을 일으켰다 하는 듯이 눈을 뒤룩거렸다.

"졸곡에도 갔다 왔소?"

"아니."

"졸곡을 친정에서 지내나. 당신 집에서 지내야지. 졸곡이 언제요? 집에서 지내게."

하고 금봉의 얼굴은 푸르락누르락하였다.

"원, 별소리를 다 하는군."

하고 명규는 몸을 떨었다.

"어째 별소리요? 어째 별소리야?"

하고 금봉은 어린애 기저귀로 삿대질을 하며 남편에게 대들더니, 방바닥에 놓인 호적등본을 집어서 가리가리 찢어서 명규의 상판대기에 던지며,

"이건 다 무에야? 누가 혼인신고하랬어? 전처 졸곡 전에 혼인신고하는 법이 어디 있어? 또 내 허락도 없이 혼인신고는 왜 해? 내가 왜 당신의 아내야? 내가 변호사헌테 가서 그놈의 혼인신고 정정해달라고 그럴걸."

하고 금봉은 발악을 하였다.

"허, 이건 생트집을 잡네."

하고 명규는 일어나 나가버렸다.

그날 밤 금봉은 무서운 꿈을 꾸었다.

어딘지 모르나 금봉과 명규가 한자리에 누웠는데, 죽은 손명규의 처가 문 여는 소리도 없이 쓰윽 방에 들어섰다. 그 모양은 효자동 집에서 앓을 때의 모양이었다. 머리는 흩어지고 몸에는 때가 끼고, 그리고 치마 대신 때 묻은 처네를 두르고, 그러고는 심히 슬픈 표정으로 금봉을 굽어보면서,

"금봉이, 금봉이."

하고 불렀다.

"아이, 사모님! 돌아가신 사모님이 왜 오셨어요?"

하고 금봉은 일어나 몸을 피하려 하였으나 몸을 꼼짝할 수가 없고, 남편이 도와주기를 기다리나 남편은 눈만 뒤룩거리고 있었다.

"금봉이, 그런 법이 없어. 그런 법이 없어."

하고 사모님은 그 손톱이 긴 손으로 금봉의 몸을 할퀴기나 하려는 것처럼 어름어름하는 것을 보고는 어찌 되었는지 모르게 깨었다.

"이거 바, 왜 그래? 정신 차려!"

하고 남편이 금봉의 몸을 흔들었다.

금봉은 정신이 든 뒤에도 얼마 동안은 몸을 꼼짝할 수 없었다.

"왜 그래? 가위 눌렸어?"

하고 남편은 전기를 켰다.

방 안이 환해진 뒤에야 금봉의 눈앞에서 그 무서운 사모님의 그림자가 사라졌다.

"아이, 꿈자리 고약하다."

하고 금봉은 남편을 등을 지고 돌아누웠다.

어느 날, 금봉은 옥에서 나온 임학재와 임숙희와 서정희를 초대하여 저녁을 대접할 때에 을남과 그 오빠 형식과 또 조병걸과 강영자와 심상태와, 말하자면 동경 적 친구들을 다 청하였다. 그들은 모두 다 학교를 졸업하고 서울에 와 있었던 것이었다. 그날에 저녁을 먹고 나서 남자들은 남자들 따로, 여자들은 여자들 따로 모여 앉아서 한담을 할 때에 금봉이 양심으로 고민하는 자백을 듣고 을남은 이런 말을 하였다.

"그런 케케묵은 봉건적 인습적 도덕관은 다 집어치워요. 첫째 정조라는 것이 남자들이 경제적 절대권을 가지고 여자를 노예화하려고 만들어 놓은 질곡이란 말야. 남녀 간에 서로 마음 맞으면 같이 살고, 싫어지면 헤어지고 그러는 것이지, 정조가 다 무슨 빌어먹다 죽을 게야. 그야 우리가 인습에 젖었으니깐 이성 간에 서로 만나고 떠날 때에 슬픈 수도 있고 괴로운 수도 있지, 어디 시원한 일만이야 있을 수 있나. 그렇지마는 그것만은 부스럼이나 생채기와 같아서 세월이 약이어든. 얼마 지나면 다 잊어버린단 말야. 미쳤다고 묵은 기억을 가지고 울고불고해? 그것은 마치 몸에 때를 내 것이라고 아껴서 씻어버리지 못하는 것과 마찬가지어든. 그러니깐 금봉의 마음을 꼭꼭 찌르는 가시도 때야 때. 묵은 때가 껴서 그런 것이니간, 그 때를 활활 비누질을 해서 닦아버려요, 시원할 테니. 며칠 살지 못할 세상에 쾌락이 제일이지 양심의 가책이란 다 무엇이야?"

이런 말을 을남이 할 때에 강영자는,

"원 언니두, 말두 잘두 허우. 어쩜 그렇게 청산유수야."

하고 웃었거니와, 금봉도 을남의 이 말을 들으니까 마음이 가뿐하여지는 것 같았다.

"너는 그것두 말이라구 지껄이구 있니?"

하고 을남의 오빠 형식이 곁에서 듣다가 을남을 노려본다.

"왜요? 난 이것두 오빠헌테 배운 것이라나?"

하고 을남은 빈정대는 듯이 고개를 끄덕인다.

"어떤 미친 오빠가 너헌테 그런 소리를 했어?"

하고 형식은 기막힌 웃음을 웃으며,

"내가 연애의 자유를 말하면, 너는 연애란 아모런 놈허구나 마구 하는 자유로 알고, 내가 인습 타파를 말하면, 너는 좋은 일이구 궂은 일이구 옛것이면 깡그리 집어치우려 들구, 어째 그 모양으로 극단으로만 달아나느냐? 네 말 같아서야 어디 세상에 법률이니 도덕이니 하나나 남겠니?"

"누가 그깟 놈에게 남으래? 사내들이 저에게 편하도록만 만들어놓은 걸. 오빠도 인제는 도루 구식이 다 되어버렸구려?"

"아서라, 그런 생각을 하겠거든 혼자나 하고 있지, 남 듣는 데서는 그런 소리 말어! 저러구두 남의 계집애들을 가르치는 선생 노릇을 해? 어서 사직해라, 큰일 나겠다. 조선 다 망허구 말겠다. 그래 영자두 을남이 말에 찬성야?"

하고 형식은 강영자를 바라본다.

"우리끼리, 여자들끼리 말하는데 오빠는 왜 뛰어드시우?"

하고 강영자가 을남을 두호한다.

"그럼, 을남 언니 말이 옳지 머."

하고 금봉도 참견을 하였다.

"크리스천두 그런 소리를 해?"

하고 형식이 금봉을 보고 웃는다.

"모두 오빠가 그렇게 지도하시구는."

하고 금봉이 형식에게 눈을 흘긴다.

"옳아, 모두 형식이 책임야. 정말야."

하고 상태도 이쪽으로 와 앉는다.

"허, 이게 내가 자살할 일 생겼군."

하고 형식이 웃는다.

숙희는 병걸만 바라보고 학재는 허공만 바라보고 가만히 앉았다.

마리아라는 서정희는,

"나는 먼저 가요."

하고 일어선다.

서정희가 중문으로 걸어 나가는 것을 보고,

"정희는 수녀 곁애."

하고 을남이 한숨을 쉬었다.

정희는 금봉에게는 알 수 없는 무슨 힘이었다. 정희를 그렇게 부러워하는 것도 아니지마는, 정희를 대하기만 하면 이 세상에는 먹고 입고 남녀 간에 사랑하고, 이러한 것 밖에 무슨 거룩한 것이 있는 것만 같아서 저절로 합장을 하고 하늘을 우러러보고 싶은 마음이 생겼다. 지금도 정희가 중문간으로 걸어 나가는 것을 볼 때에 금봉은 그러한 느낌을 얻었다. 그리고 정희의 가슴속 어느 한편 구석에는 분명 정희와 비슷한 금봉이 싸늘하고 단정하고 경건한 얼굴로 무엇에 기도를 올리고 꿇어앉은 양이 보였다.

'임학재 씨도 정희와 같은 사람이 아닐까.'

금봉은 이러한 생각을 하고 고개를 들어서 저편에 꼿꼿하게 앉았는 학재를 바라보았다. 그리고 금봉은 제 속에 여러 금봉이 있는 것을 생각하였다. 하나는 임학재를 존경하고 그리워하는 정희 같은 금봉, 하나는 김광진 같은 잘생긴 부자 귀족을 그리워하는 허영에 뜬 금봉, 또 하나는 심상태거나 누구거나 저를 따르는 남자면 누구하고나 하루 이틀 희롱을 해보자는 을남과 같은 금봉, 그리고 돈 있고 저를 잘 위해주는 어리숙한 손명규 같은 남자를 따르려 하는 금봉, 이 수두룩한 금봉이 제 속에 있어서 때를 따라서 이런 금봉도 나오고 저런 금봉도 나오는 것을 생각하면, 어떤 그림책에서 본, 인도 신화의 몸은 하나에 머리 여럿 가진 배암이 생각혀서 몸에 소름이 끼쳤다.

'사람은 전생에 여러 가지 모양으로 태어나서, 업을 짓는 대로 도를 닦는 대로 이런 사람으로도 태어나고 저런 사람으로도 태어난다던데. 나는 아마 전생 여러 생에 정희같이도 태어나보고 을남 언니같이도 태어나보

고, 그랬던가 바.'

하고 금봉은 동냥 왔던 탑골 승방 노장의 이야기를 생각하였다.

그리고 금봉은 을남이랑 영자랑 숙희랑을 바라보며,

"난 암만해도 정희 언니가 제일 바른길을 걷는 것 같애. 도모지 모든 정욕을 다 떼고 세상을 멀리멀리 떠난 듯한 얼굴이 그렇게 좋아. 그리고 정희 언니를 보면 내 마음이 다 엄숙해져. 암만해도 정희 언니가 우리보다 높은 세상에 사는 것 같애. 글쎄 이게 무에요, 우리 산다는 게? 밤낮 돈이니 사랑이니 하고? 도모지 추접스러운 것뿐이야. 그렇지 않우?"

하고 한숨을 쉬었다.

"원, 별 시조를 다 하고 있네."

하고 을남이 깜짝 놀라는 듯이 눈을 크게 뜨며,

"그게 다 무슨 소리야? 원 야종엔 별 청승을 다 안 떨까?"

하고 웃어버린다.

학재가 금봉의 말을 듣고 놀라운 듯이 금봉 쪽을 바라본다. 숙희가 제 차례로구나 하고,

"쟤는 동경서 학교에 다닐 때에도 곧잘 저런 소리를 했다우. 아주 기도도 열심으로 했지. 그 침침한 기도실에 가서는 우리 오빠……."

하고 학재의 출옥하기를 빌던 말을 하려다가 손명규를 힐끗 보고는 영자들 편으로 고개를 돌리고 웃음을 삼키며 혀를 뺀다.

"왜, 걔는 기도하던 패 아니던가?"

하고 을남이 숙희를 놀려먹는다.

"그럼, 나도 그때에야 기도도 하노라고 했지. 그래도 저 금봉 아가씨가 원체 열렬하게 신앙을 가지고 기도를 하니깐 나는 되려 식어졌다

니깐."

하고 숙희는 병걸을 바라본다. 마치,

　"그게 다 너 때문에야."

하는 듯하였다.

　사실 그러하였다. 숙희도 병걸과 석왕사에서 깨끗하지 못한 쾌락에 빠지기까지는 별로 신앙심은 깊지 못하였건마는, 잘 때, 깰 때, 밥 먹을 때에 기도를 올렸다. 그러나 석왕사 사건 이래로 숙희는 몇 번 기도를 올려 보려고 했지마는, 고개도 숙여지지 아니하고 입도 벌어지지 아니하였다. 그리고 정조 문제에 있어서는 을남의 의견을 옳게 여겼다. 그러나 그의 학재 닮은 유일한 점, 한곳으로만 나가는 점이, 그의 실천에 있어서는 언제까지든지 둘째 첩이나 셋째 첩으로라도 맹세코 조병걸을 따르게 한 것이었다.

　"숙희 언니나 내나 학교 시대에 먹었던 마음이 옳았지, 지금은 타락이고."

하고 금봉은 우는 정선을 들고 벽을 향하고 돌아앉아서 젖을 물렸다.

　"저게 무슨 지랄이야? 어린애는 왜 때려."

하고 명규는 주먹을 불끈 쥔다.

　"무슨 상관야? 내 자식 나 때리기로 무슨 상관야?"

하고 금봉은 더욱 뾰롱뾰롱한다.

　"자식은 어미 자식만 돼? 아비 자식은 아니구?"

하고 명규는 항의한다.

　"내 자식이야. 당신 자식은 아니야!"

하고 금봉은 홧김인 듯 바른말을 했다.

"그게 다 무슨 소리야? 계집년들이라는 게."

하고 또 명규는 여성 공격이다.

"말끝마다 계집년들이라지. 사내 녀석들은 장하더라."

하고 금봉이 빈정댄다.

"사내들이 어때?"

하고 명규는 애들 모양으로 대든다.

"오늘 우리 집에 왔던 사내들두 보아."

하고 금봉은,

"심상태라는 녀석도 남의 계집의 궁둥이만 따라다니고 주둥이에 발린 가짓말만 쩰쩔 하지. 조병걸이란 것도 싱글벙글, 싱글벙글, 희미(稀微) 중이 같은 것이 남의 계집이나 버려주지. 을남 언니는 말할 것도 없지마는, 숙희 언니도 석왕사에 끌고 가서 버려주었지. 제 계집이 눈깔이 시퍼렇게 살았는데 말야. 손명규란 작자는 여학교 선생입네 하고 제 딸 같은 어린 계집애들을 모주리……."

하는 금봉의 말이 끝이 나기도 전에 명규가,

"에, 그 말버릇 고약하다! 주둥아리 그렇게 놀리지 말어."

하고 남편이요, 어른인 체 위풍을 보이려는 듯이 몸을 쭉 펴고 눈을 크게 뜬다.

"아이 무섭군. 위엄 있는데, 정말 성난 두꺼비 같은데. 배때기까지 좀 불룩거려보구려."

"허, 그 주둥아리를!"

하고 명규는 주먹이 불끈거리는 것을 참는다.

"왜 좀 듣기 싫어? 그래도 양심 부스러기가 조금은 남았구면, 그런 옳은 말이 듣기가 거북하니."

하고 금봉은 질투와 의분과의 섞인 감정으로 가슴이 잦은 방망이질을 하고 숨이 찼다. 도무지 이 세상이 부정한 것이 한 시각도 참을 수 없는 것 같아서 설설 드는 칼을 들고 손명규, 심상태 할 것 없이 모조리 모가지를 잘라주고 싶었다. 그러고 나서 더러워진 금봉 자신의 가슴에 그 피 묻은 칼을 찌르고 푹 엎어지고 싶었다.

얼마 후에 손명규는 예정하였던 계획이 뜻대로 되었다 하여 상해로 갔다. 상해에 가서 자리를 잡고는 가족을 그리로 데려간다는 것이었다. 어디서 돈이 생겼는지 금봉은 알 수 없지마는, 명규는 상해 떠날 때에 돈 천 원 예금통장을 금봉에게 주고, 이것으로 아직 생활비를 삼으라고 일렀다.

"이번 가면 광동으로, 한구로, 어찌 되면 북경, 천진으로 시찰을 다녀야 하겠으니께 아마 겨울께나 올 것 같어. 겨울께 와서 같이 가지."

하고 명규는 대단히 큰 계획이나 있는 것같이 말하지마는, 금봉의 귀에는,

'또 무슨 꿍꿍이를 꾸미는고? 아모려나 남편이 어디 가고 없는 것만 다행이다.'

이러한 생각을 하였다.

"정선아, 우리 딸."

하고 차 떠나기 전에 정거장에서 명규는 정선을 금봉의 팔에서 받아 안고 둥둥이를 하며,

"잘 있어. 아빠 맛난 것, 이쁜 것, 많이 사가지고 오게."

하며 뺨을 대었다.

그리고 배웅 나온 친구들을 보고는,

"이번 계획은 확실하니께, 후원이나 많이 해주어. 굿빠이."

하고 서투른 영어 인사까지 하였다.

차가 떠날 때에 금봉은 남편 탄 차를 바라보지도 아니하고 정선을 안고 집으로 돌아왔다.

하루는 웬일인지 인현이 왔다.

"손 선생 상해 갔다우."

하고 금봉이 보고를 하였더니 인현은,

"무엇 하러 간대?"

하고는, 그 대답은 더 들으려고도 아니 하고,

"손가 상해 갔단 말을 어디서 듣고, 또 다른 말도 들은 것이 있어서 내가 오늘 왔다."

하고 차마 하기 어려운 말이 있는 듯이 고개를 수그린다.

"왜, 무슨 말요?"

하고 금봉은 가슴에 짚이는 것이 있는지라, 도리어 태연한 태도를 지었다.

"너……."

하고 인현은 잠깐 주저하다가,

"너 하루바삐 이 살림 고만두고 사람다운 생활을 해보아라."

하고 금봉을 물끄러미 보나, 금봉은 대답이 없이 고개만 숙이고 있었다.

"가만히 생각해보니까, 네 과거도 말이 아니어니와 네 전정이 퍽 위태해. 내 들으니까 어느 술자리에서 김광진이허구 심상태허구 저 애를 저마다 제 자식이라고 다토더라더라. 그리고 너를 마치 기생이나 갈보처럼 서로 제 것이라고 떠들고, 돌아가신 어머니까지 거들더라니, 그만하면 너도 생각나는 것이 있겠지? 내 무에라던? 네 눈이 고약하다고, 너는 네 눈 때문에 큰 화를 당하고야 만다고. 그런데 벌써 큰 화를 당했거든……."

하고 인현은 금봉의 더욱 수그러지는 고개를 보고 잠깐 말을 그쳤다가,

"그런데 네 남편이 상해로 갔단 말이다. 가만히 생각해보니, 그래도 네 남편이란 것이 집에 있어야 네가 죄를 안 짓지, 네 남편만 뚝 뜨는 날이면 네 앞에는 맨 유혹이란 말이다. 김광진은 안 오며, 심상탠들 안 오겠느냐? 그러면 너는 네 눈 때문에 고만 죄에 빠진단 말이다. 나는 차마 네 그 꼴을 보고 있을 수는 없거든. 제 누이동생이 애비 모르는 자식을 끼고 이 사내 저 사내 놀림감이 되는 꼴을 볼 수는 없단 말이다."

하고 인현은 더욱 흥분해지며,

"차라리 내가 먼저 죽어버리든지, 그렇지 아니하면 너를 내 손으로 죽여 없애든지."

하고 제 말이 너무 과도한 것을 깨달아 말을 끊는다.

"오빠는 나를 무얼로 알고 그렇게 모욕을 하시우?"

하고 금봉은 고개를 번적 들며 성내는 빛을 보인다.

"응, 그것이 여자의 허영심이라는 것이다. 속으로는 제가 잘못한 줄을 누구보다 잘 알면서도 한번 뽐내어보는 것이. 그러나 금봉아, 인제는 벌써 그런 말재조 부릴 때가 아니다. 네 소문이 세상에 어떻게 나쁘게 났는지 아니? 세상 사람이란 뒷공론으로는 못 할 말 없이 다 하다가도 당자

앞에서는 듣기 좋은 소리만 하는 법이니까, 아마 너보고 면대해서 네 시비를 하는 사람은 없을 것이다. 그렇지만 세상에서는 너를 점잖은 가정에 받자할 수 없는 추하고 더러운 계집으로 알고 있어. 딴은 그렇지 않으냐? 그 사람들 말이 옳지 않으냐?"

"누가 그래요? 어떤 연놈이 무에라고 오빠헌테 내 말을 해요?"

하고 금봉은 발악을 한다.

"하, 그러지 말라니까."

"무얼 그러지 말아요?"

"오라비니까 이런 피눈물 나는 말을 하는 것이다. 돌아가신 불쌍한 어머니를 생각하고, 어머니의 피눈물로 쓰신 유서를 생각하고, 네가 지옥으로 지옥으로 달음질치는 것을 내 목숨을 주고라도 붙들어주랴고. 금봉아, 이 세상에는 네 용모를 탐해서 장난감을 만들랴는 사람은 많겠지마는, 제 목숨을 내어놓고 너를 건져내려고 할 사람은 천하가 넓다 해도 이 못생긴 오라비 한 놈밖에는 없을 것이다. 금봉아."

하고 인현은 눈물을 흘린다.

동기의 참다운 이 말에 금봉은 더 뻗댈 용기가 없었다. 그래서 무릎에 엎드려 울었다. 한참 울다가 금봉은,

"오빠, 나를 동생으로 알지 마세요. 내가 어떻게 되거나 내버려두어주세요."

하고 애원하는 듯이 인현을 쳐다보았다.

"그럴 수 없어, 그럴 수 없지!"

하고 인현은 비통한 낯으로 고개를 설레설레 흔들더니,

"내가 그럴 수 없다. 나는 이 세상에 아모 소망도 없는 사람이야. 나는

부모도 없고, 처자도 없고, 재산도 없고, 세상 사업 욕심도 없고, 살고 싶은 욕심조차 잃어버린 사람이다. 나는 이 세상에 도모지 소망은 없고, 소용도 없는 사람이다. 가만히 생각해보면 너 하나를 죄에서 끌어내기 위해서 내가 오늘날까지 살아 있는 것 같단 말이다. 금봉아."

하고 금봉의 손을 잡고 운다.

"오빠! 오빠!"

하고 금봉은 인현의 두 어깨에 팔을 걸고 매어달려서 느껴 울었다. 금봉은 자기의 신세를 생각하고, 또 돌아가신 어머니의 일생을 생각한 것이었다. 금봉이 삼 년 전 동경을 향하고 떠날 때에는 자기의 전정에는 오직 광명만 있는 것 같았다. 그러나 그때와 오늘과 어떻게 변하였는가. 세상이 자기를 향하여 손가락질하고 자기를 가정에 들여놓지 못할 사람으로 여긴다는 인현의 말이 옳은 것 같았다.

통통통 잔걸음을 쳐서 뛰어와서 무르팍에 매달리며 "엄마." 하고 낯선 외삼촌을 힐끗 보는 정선을 대하기도 가슴이 아팠다.

"그럼, 오빠."

하고 금봉은 눈물을 씻고 정선에게 젖꼭지를 물리며 물었다.

"그럼 오빠, 내가 어떡허면 좋아요?"

"사람다운 일을 하는 생활을 하란 말이다."

"사람다운 일이 무엇이오?"

"교사 노릇을 하는 것이 제일 좋겠지마는 몇 해 후에는 몰라도 지금은 안 될 것이고. 간호부도 좋지. 산파를 배와도 좋고. 그리고 접때에 말한 대로 수녀나 승이 되는 것도 한 길이고. 무엇이나 인생에 조곰이라도 도움되는 일을 하란 말야. 가만히 생각해보아라. 농부들이 피땀 흘려서 지은 쌀을 먹고, 직공들이 피땀 흘려서 짠 옷을 입고, 집안에 사람을 삼사 인씩 두어서 시중을 들리고, 그리고 앉아서 네가 하는 일이 무엇이냐 말이다. 한 가지도 인생에 이로운 일은 하지 못하고 밤낮 생각하고 하는 것이, 무에라고 할까, 노골적으로 말하면, 죄짓는 일밖에 하는 것이 무엇이냐 말이다. 이 점에 있어서는 나부터 마찬가지지. 네나 내나 외모도 괜찮고, 재조도 남에게 지지 않고, 마음이 남달리 악한 것도 아니언마는, 무슨 결함이 있어서 그러한지 도모지 저 자신으로는 불행한 사람이요, 세상에 대하여서는 유해무익한 사람이란 말이다. 그것 참 이상한 일이야. 우리보다 못해 보이는 사람들도 다 유쾌하게 각각 신념을 가지고 저 갈 길을 걸어가고 있는데, 어째 우리 남매만 이 꼴일까? 아마 이것이 운명이란 것인가 봐. 중들 말대로다 하면, 전생의 업보란 것인가 봐. 네나 내나 무슨 비극적 배우 노릇을 할, 그것도 비장한 비극이 아니라, 아주 지지한 비극의 주인공이 될 운명을 타고난 것 같애. 너는 성품이 퍽 명랑하기나 하지마는 나는 게다가 침울하지. 너는 향락을 바라고 나가는 모양이다마는 나는 밤낮에 생각하는 것이 도모지 뒤숭숭하고 이 세상과는 떠난 일만이란 말이다. 내 또래 젊은 패들도 요새에 민족주의니 사회주의니 청년회니 신문이니 실업이니 하고들 날치고 하지마는, 나는 그것도 다 시들하고, 하고 싶다면 경성부 소제 인부가 되어서 똥통을 메고 뒷간이나 치러 다니거나 도로를 쓸러 다니거나, 그렇지 아니하면 고만 산으로 들어가서 중이 되고 싶어. 아이 쓸데없는 소리를, 곁길로 달아나고 말았다."

하고 인현은 아까 하던 말길을 찾느라고 잠깐 눈을 감는다.

　금봉은 인현의 말이 마치 무슨 슬픈 음악을 듣는 것 같아서 전신에 기운이 다 빠지고 말았다. 몸이 땅속으로 들어가는 것 같았다. 그러나 오빠나 제나 다 비극적 인물로 태어났다는 말은 몹시도 분명하게, 강하게 금봉의 가슴을 두드렸다.

인현은 얼마 있다가 다시 눈을 뜨며,

"내 말을 좀 더 하자. 좀 무시무시한 말 같지마는 나는 가끔 허깨비를 보아. 내가 피 묻은 칼을 들고 여러 사람을 찔러 죽이고 미쳐 날뛰는 허깨비를 본단 말야. 꿈도 아니요, 생신데 그렇단 말야. 그 죽는 사람들의 의복과 얼굴까지 분명히 보이거든. 그리고 내가 피 흐르는 칼을 들고 날칠 때에 내 심리, 내 감정, 그것이 아조 소상하게, 아조 분명하게 느껴지거든. 그렇지만 그게 누군가. 내가 무슨 일로 그 사람들을 죽이는가 하는 것을, 그 허깨비가 지나간 뒤에 다시 생각해보면, 그 기억이 분명하고 소상한 듯하면서도 알 수는 없단 말야."

하고 인현은 불쾌한 기억을 흔들어 떨어트리려는 듯이 고개를 두어 번 흔들더니,

"그래서 내가 어떤 중헌테 그 말을 물어보지 않았니? 태허라는 늙은 중인데, 저, 왜, 송월동, 아마 너는 모르겠다, 내 학교 동무."

하고 잠깐 말을 끊는다.

"알아요. 그 이상한 학생 말이지? 늘 시무룩하고 있는 이 아니오. 그 부잣집 아들이라는?"

하고 금봉도 인현이 고등보통학교에 다닐 때에 이따금 놀러 오던, 살빛 대단히 희고 눈 가늘고 빛나던 학생을 기억한다. 그는 부모가 서양 유학까지 시켜준다는 것도 마다하고 웬 누더기 입은 늙은 중을 작은사랑으로 불러들여서는 침식을 같이한다 하여 그 부모가 성화를 한다던 말을 들은

것도 기억하고, 썩 잘난 어떤 부잣집 딸한테 장가들라는 것도 싫다고 한다던 말을 들은 것도 기억한다.

"응, 그 사람 말이다. 황기현이 말이다. 내가 그동안 한 일 년째 황기현이와 자조 만나지. 그 집에 오는 늙은 중헌테 그 말을 물어보았어. 내가 칼을 들고 사람을 죽이는 허깨비를 본다는 말을 물어보았지. 요새에 와서는 그 허깨비가 더 자조 보여서."

"그래, 그 늙은 중이 무에라고 해요?"

하고 금봉도 인현의 그 무시무시한 헛것을 눈앞에 그려보면서 묻는다.

"그랬더니 그 늙은 중 말이, 어, 그거 안되었구려, 그것은 가까운 전생에 당신이 그런 일을 저지른 일이 있거나 또 가까운 장래에 그런 업보를 받을 일이 있거나 한 것이오, 그런단 말야. 내 생각에도 암만해도 그런 것 같아. 그 헛것이 전보다 자조 보이는 것은 그때가 가까웠다는 뜻인 것 같아."

하고 인현은 또 그 헛것을 보는지 멍하니 허공을 바라보고 있다.

"아이, 오빠도. 왜 그런 무서운 생각을 하시우? 난 듣기만 해도 소름이 끼치는데."

하고 금봉은 몸을 한 번 떨며,

"그래, 그것을 피하는 길은 없대요?"

하고 염려스러운 듯이 물었다.

"없대. 머 인과 관계라나 업보 관계로 꼭 짜놓았다니까."

"무어 그럴라고."

하고 금봉은 의심스러운 듯이 웃는다.

"그래도 가만 보니까 인과응보가 있기는 있나 보더라. 아버지를 보렴.

아버지가 남의 재산을 속여서 빼앗은 심 아니냐? 이 참령이랑 노 부령이 맡기고 간 것을 그냥 먹어버리고 말았으니. 그리더니 재물을 못 지녔지. 지금 말 아니다. 또 어머니 덕을 그렇게 많이 입고서 어머니를 그렇게 소박하시더니 지금 어떤가 보아. 말 아니다. 지금 어머니하고 사시는 것이 지옥 생활이어든. 그리고 자식들은 다 이 꼴이고. 또 네 남편 보려무나, 어떤가. 내 생각에는 상해를 가도 잘되지는 아니할 것만 같다. 그야 악한 짓을 하고도 잘되는 듯한 사람도 있지마는, 태허 말마따나 길게길게 두고 보면 다 제가 심근 씨는 제가 거둔단 말이다. 나도 가만히 생각해보니까 도모지 이 세상에 와서 하나도 마음대로 되는 것은 없고, 밤낮 마음을 지글지글 끓일 일만 생기고, 게다가 그 뒤숭숭한 헷것이 보여, 도모지 앞날에 큰 비극이 올 것만 같구나.”

“오빠, 왜 그런 소리를 하시오? 설마 그럴라고. 다 미신이지.”

“글쎄, 요새 세상에 나같이 젊은 놈이, 또 신교육을 받았다고 하는 놈이 이런 소리를 하고 다니면, 다 저놈 미쳤다고, 미신의 소리 하고 다닌다고 할 줄도 알지마는 생각이 꼭 그렇게 들어가는 것을 어찌하니?”

“그렇거든 그 태헌가 하는 늙은 중더러 면할 길을 가르쳐달라지.”
하고 금봉의 생각도 점점 인현의 불길한 생각에 끌려 들어간다.

“태허 말은, 지금 생활을 버리고 깊은 산속에 들어가서 수도나 해보라고. 도의 힘이 업의 힘을 이긴다나. 업보의 약속을 깨트리는 것은 도의 힘밖에 없다고.”

“그럼 그렇게라도 해보시구려. 오빠 마음만 편하게 되겠거든.”

“그겐들 쉬우냐? 아버지 재산 상태가 저 꼴이니 식구들은 어찌하니? 내가 있다고 쇠전 한 푼 벌어들이는 것도 없지마는 굶어도 같이 굶어야지. 그래서 전차 차장이라도 되어볼까, 그보다도 경성부 소제 인부라도 되어볼까, 이런 생각도 해보았지."

"그렇게 어렵게 되었소?"

하는 금봉의 말에 인현은,

"아직 밥을 굶을 지경이야 아니지. 아버지가 또 이럭저럭 남을 속이기도 하고 그러는 모양이니까. 아버지가 구변이 좋으시다. 그 구변이 병이지만."

"그럼 오빠는 오빠 마음대로 하시구려. 설마 언니랑 아이들이랑 굶겨 죽이겠소? 은봉이는 내가 맡고."

하고 금봉은 인현의 절박한 운명이 더욱더욱 무서워짐을 깨달았다.

인현은 말없이 한참 동안 눈을 감고 앉았더니,

"그런데 내 운명은 네 운명과 한데 붙은 것 같다. 내가 오라비로, 네가 누이로 태어난 것이 다 깊은 뜻이 있는 것 같아. 내가 만일 피 묻은 칼을 든다고 하면 그것은 네게 관련된 것만 같거든. 왜 그런고 하니, 내 마음속에서 도모지 네 그림자가 떠나지를 아니하거든. 그러니까 내 생각에, 옳지, 내가 너를 건져내어야만 우리 남매의 악업보를 깨트릴 수가 있고나, 이렇게 생각이 된단 말이야. 그래서 내가 그 언젠가도 너를 찾아왔다가 차마 그 말이 나오지를 아니하야 중간까지 말하고는 돌아가고 말았다. 내가 이 말을 해서 네 마음을 괴롭게 하기가 애처로워서 그랬지. 하지만 아모리 생각해보아도 네가 지금 하여가는 생활은 당장도 불행이지만 종단은 큰 비극으로 끝막음을 할 것 같단 말이다. 그래서, 아모렇게 해서라도 내가 네 생활에 방향 전환을 시켜야겠다, 이렇게 결심을 한 것이야."

하고 인현은 휘파람 소리 나는 한숨을 쉰다.

"그럼 내가 어떡허면 좋아요?"

하고 금봉은 처분을 기다리는 모양으로 고개를 뒤로 잦힌다.

"어디나 죄 안 지을 데로 가!"

하고 인현은 명령적이었다.

"어디?"

"성당이나 절이나. 그렇지 아니하면 어느 시골이나. 네가 몸에서 비단옷을 벗어던지고 광목이나 광당포를 감고 네 그 고운 손이 진일에 보기 숭없게 될 데로 가!"

"그럼 오빠는?"

"오빠는 어디로 가지. 너만 좋은 길을 밟아서 옳은 생활을 하게 된다면 나는 고대 죽어도 아무 한 될 것이 없다. 어머니 유언에 널랑은 깨끗하게 깨끗하게 일생을 보내게 하라고 아니 하셨니? 내가 손허고 혼인하는 것을 반대하지 아니한 것도 그 때문이었다. 너를 손헌테 보내는 것이 죽기보다 싫지마는 가만히 보니까 네가 벌써 손헌테 모든 것을 허해버린 것 같고, 내가 반대를 하면 네 깨끗함을 깨트리게 하는 깃 같아서 그것이 두려워서 반대를 아니 했다마는, 이제 생각해보면 그것이, 손허고 혼인한 것이 네 인생의 첫 잘못이야. 말하자면 네 모든 불행의 시초요, 비극의 시초란 말이다. 그렇지만 그게 다 운명인 게지. 인제부터나 운명 몰래 걸어갈 도리를 할 수밖에 있나. 도의 힘이 업의 힘을 이긴다니, 네가 깨끗한 종교적 생활, 신앙생활을 하면 운의 줄을 끊어버릴 수도 있겠지. 도리어 네 생활에도 행복이 오고 세상에서도 존경을 받을 수도 있겠지."

이때에 우편이 배달되었다. 그것은 향항(香港)의 일부인이 맞은 손명규의 시커먼 글씨였다. 그 사연은 대강 이러하였다.

그동안 집에 별일이나 없소? 동사로 온 사람이 상해에 와서는 마음이 변하야 상해에서 영업하자던 목적은 틀어지고 나는 남양으로 가오. 아마 왕복 한 일 년은 될 모양이오. 오스트레일리아까지 가면 좀 더 오래 될는지 모르거니와, 만일 그동안에 내가 미처 돈을 보내지 못하거든 김광진헌테 생활을 의뢰하시오. 만일 남양서 자리를 잡거든 속히 가족을 다려가리다.

"흥."

"어머나!"

명규의 편지를 보고 나서 인현과 금봉은 이런 외마디 탄식을 하였다.

"동사라는 게 누구냐?"

하고 인현이 묻는 말에,

"모르지요. 나헌테 말하나요?"

하고 금봉은 울음을 참느라고 입을 꼭 다물었다.

방랑편(放浪篇)

"언니."

하고 은봉이 학교에서 돌아오는 맡에 금봉을 불렀다.

"왜? 너 어째 늦었니?"

하고 금봉이 문을 연다.

은봉은 방 안에 아무도 없는 것을 보고 안심한 듯이 뛰어 들어오면서,

"오빠가 사흘 전 이디로 나가고 소식이 없대. 그래 집에선 야단났어."

하고 눈이 둥글했다.

"오빠가? 사흘 전에?"

하고 금봉도 놀랐다.

사흘 전이라면 인현이 금봉의 결심을 재촉하기 위하여 왔던 날이다. 그날 인현은,

"만일 네가 이 생활을 계속한다면 나는 어디로 가서 없어져버리고 말란다."

하고 대단히 흥분해서 가버렸다. 인현은 금봉더러 김광진, 심상태는 물론이요, 최을남 같은 여자까지와도 교제를 끊고 이 살림을 걷어치우고, 만일 수녀나 여승이 되기 싫거든 어디 먼 시골 가서 숨어 살라는 것이었다.

인현은 분명히 김광진이나 심상태에게 대한 위험을 느꼈다. 또 기미년 만세운동이 지나고 사회주의 사상이 만연되면서부터 청년 남녀의 마음이 모두 들떠서 마치 성욕과 향락의 난무 시대를 현출한 이때에 금봉이 그 난무극에 중요한 광대가 될 것을 인현은 직감하였던 것이었다.

금봉은 비록 인현의 우애지정과 또 그의 인생관에 경의를 표하지 아니함은 아니지마는, 이 좋은 청춘을 두고 절 구석이나 시골 구석으로 들어가 숨는 것은 죽기보다 더 괴로운 일이었다. 그래서,

"글쎄, 오빠."

하기만 하고 인현의 말에 '네.' 하는 시원한 대답을 할 수가 없었다.

"오빠가 나 때문에 집을 떠나셨구나!"

하고 금봉은 눈물을 흘렸다.

"왜, 왜, 오빠가 언니 때문에 집을 떠났수?"

하고 은봉이 이상한 듯 묻는다.

"넌 모르는 일야!"

하고 금봉은 은봉을 핀잔을 주었다.

"나도 다 알어."

하고 은봉은 샐쭉해서 건넌방으로 가버렸다. 은봉도 형과 김광진과 자주 만나는 것을 이상하게 여길 나이가 된 것이다.

"그래도 할 수 없지. 오빠 말마따나 오빠는 오빠 운명대로 가고 나는

내 운명대로 갈 수밖에."

하고 금봉은 혼자 단념하려 하다가, 문득 생각이 나서,

"은봉아, 은봉아."

하고 건넌방으로 가버린 은봉을 불렀다.

"왜?"

하고 은봉의 대답은 퉁명스러웠다. 형의 근일에 하는 방탕한 생활이 못마땅한 까닭이었다.

"이리 와, 누가 무어랬길래 저것이 골이 났어?"

"왜?"

하고 은봉이 안방으로 건너왔다.

"저어, 오빠가 말이야. 오빠를 찾아보아야 아니 하니?"

"오빠가 어디 간 줄 알고 내가 찾수?"

"저어, 송월동, 왜 오빠 친구 안 있니? 저 황기현이라든가 하는 그 사람 말야. 너도 보았지?"

은봉은 말없이 고개만 끄덕거린다. 황기현이란, 한 번만 보아도 여자의 기억에 남을 사람이었다.

"오빠가 요새 송월동 황 씨 집에를 놀러 다니는 모양인데, 너 그 집에 좀 다녀오렴. 오빠가 거기 안 갔나, 그 집에서는 알 듯싶으니."

"내가 알지도 못하는 집에 어떻게 가우?"

"저 순이 다리고 갔다 오너라. 순아, 어린애 침모더러 좀 보라고 하고 너는 이 아가씨 좀 모시고 갔다 온."

"그 집이 어디?"

하고 은봉이 일어서며 묻는다.

"송월동이래. 송월동 알지? 새문 밖 성 밑으로 돌아가서 말야. 거기 가서 황 부령 집이라면 다 안다더라. 그중 큰 집이래."

은봉은 간 지 한 시간도 못 하여서 돌아와서, 금봉더러,

"갔더니, 그 집에서도 서방님이 사흘 전에 어디로 나가고 안 들어온다고, 애오개 이 서방허구 그 흉물스러운 늙은 중 녀석이 후려내어서 어디로 빼돌렸다구, 황 부령인가 한 영감이 사랑에서 뛰어 들어오더니 그 늙은 중놈을 붙들어 오라고 사람을 사방으로 보내구 야단입디다. 경찰서에 수사 청원을 한다구. 그러니깐 그 뚱뚱보 마나님이, 아스라구, 경찰서에는 말을 말라구, 그래서 야단만 만나구 왔소."

하였다.

금봉은 은봉의 보고를 듣고,

'아아, 내가 잘못했다. 오빠의 말이 옳은 것을 내가 죄악의 길에서 벗어날 최후의 기회가 지나갔다. 나는 한량없이 깊은 죄악의 벌판으로 헤매게 되는구나.'

이렇게 생각하였다.

이때에 대문 밖에서,

"이리 오너라."

하는 소리가 들렸다.

은봉은 낯을 찡기며,

"그 녀석이 또 오는군."

하고 종알대었다. 오후 네 시가 지나면 거의 날마다 찾아오는 김광진의 음성을 은봉은 잘 기억하였다.

"그 녀석이라니? 그게 말버릇이냐?"

하고 금봉은 은봉을 책망하였다.

"그 녀석 아니구! 무엇 하러 그 녀석이 남의 집 아낙네만 있는 집에 코를 줄줄 끌고 날마다 와? 개수통을 뒤집어씌울까 보다!"

하고 은봉은 독살을 부리며 형을 노려보았다.

"저것이 아모것도 모르고."

하고 금봉이 곁에 있는 자막대기를 들다가 도로 놓고,

"주둥아리 꼭 닥쳐!"

하고 마주 눈을 흘겼다.

"정선아."

하고 광진이 마루 끝에 올라서다가 은봉이 뾰로통하고 안방에서 튀어나와서 인사도 아니 하고 건넌방으로 가려는 것을 보고,

"어, 은봉 씨. 내가 오늘은 은봉 씨한테 선물을 하나 사 왔는데, 사내 눈으로 고른 것이라 원체 은봉 씨 눈에 들까? 어디 좀 보시오."

하고 미쓰코시라는 봉함 붙은 뭉텅이를 은봉에게 내어민다.

초겨울이 다 되어도 나들이옷 한 벌도 없는 은봉의 눈에는 미쓰코시 물건이라는 것이 흥미를 아니 끌 수가 없었다. 그것은 끌러보지 아니하여도 옷감인 것이 분명하였다.

은봉은 광진에게서 그 뭉텅이를 받아서는,

"이건 왜 주세요?"

하고 어찌할 줄을 모르고 들고는 있었다.

"내 누이동생이 혼인을 하게 되었지요. 그래서 혼수 흥정을 갔다가 은봉 씨 생각이 나길래 변변치 못한 것을 한 감 바꾸었지요. 내 누이 혼인 날짜가 오는 시월 삼일이니 그때에 혼인 구경이나 오시라구."

하며 마루에 놓인 명규 책상 앞 회전의자에 앉는다.

금봉은 그동안에 머리도 고치고 매무시도 고치고 마루로 나오면서,

"오셨어요?"

하고 고개를 숙인다.

"네, 정선이 잘 있어요?"

하고 광진은 자리에서 일어나 점잖게 인사를 하고 도로 앉으며 다른 뭉텅이 하나를 금봉에게 주며,

"이것은 정선이에게 주는 선물이야요."

하고 금시 은봉에게 말한 대로 누이동생 혼인날이 음력으로 시월 삼일인 것을 말하고, 청첩은 다시 보내겠지마는 그때에 꼭 출석하여달라는 부탁을 한다.

"언니, 내게도 이것을 주셨는데."

하고 은봉이 아직도 광진이 준 물건을 들고 섰다가 형의 처분을 기다리는 듯이 묻는다.

"그건 왜 그렇게 하세요?"

하고 금봉이 또 한 번 고개를 숙여 광진에게 고맙다는 뜻을 표한다.

"원, 천만에. 무얼 그런 것을."

하고 광진은,

"그런데 오늘 온 것은, 참 손 선생헌테서 무슨 기별 또 있어요?"

하고 금봉을 바라본다.

"없습니다. 남양으로 간다는 편지가 오고."

하고 금봉은 수색을 띤다.

"그러세요? 오늘 내게 손 선생헌테서 편지가 왔는데, 역시 남양으로

떠나노라고 하고, 또 가족을 부탁하니 돌아보아드리라고 하고, 또 돈 이천 원만 향항 삼정물산으로 보내어달라고 하기로 바로 전보환으로 부쳐 드렸습니다. 친구를 믿고 부탁하신 것을 범연히 할 수가 있습니까? 그러니 생활에 관하여서 조곰도 염려 마셔요."

하고 광진은 금봉을 바라본다.

금봉은 남편에게서 온 편지와 광진의 말과 부합하는 것을 보고 적이 안심이 되었다. 그러나 까닭 없는 사람에게 생활비를 받는다는 것은 부끄러운 일이었다. 그래서 금봉은,

"고맙습니다. 그렇지만 무슨 염치로 선생님의 도움을 받고 있어요?"

하고 속에도 없는 사양을 하였다.

"원, 천만에. 그렇게 생각하신다면 내가 도리어 미안하지요. 그도 돈을 그저 드리는 것이 아니라, 일시 돌려드리는 것이니까. 어디 세상에 빚 안 지고 사는 사람이 있나요? 애어 그런 말씀을 마시고 무엇이나 아수운 것이 있거든 말씀하셔요."

"우리 오빠가 절더러 어디 시굴로 가라고 하셨는데, 아마 그렇게 하는 것이 옳겠어요."

하고 금봉은 광진의 도움을 사양하는 이유를 보이려 한다.

"어느 시굴?"

"어디나 먼 시굴로요. 서울은 있지 말라고요."

"그건 또 무슨 이유실까."

"젊은 여편네가 혼자서 번화한 데 사는 것이 마음이 안 놓이는 게지요. 실상 그렇기도 하고. 암만해도 오빠 말씀대로 시굴로 가는 게야요."

하고 시무룩한 표정을 한다.

"옳은 말씀이지요. 과연 지당한 말씀이야요."

하고 광진은 칭찬하고 나서,

"허, 나도 그 양반을 한번 뵈었으면 좋을 텐데. 그래 오라버니께서는 무엇을 하시나요?"

하고 탐탁하게 묻는다.

"하아."

하고 금봉은 한숨을 짓고,

"오라버니께서……."

하고 그 말을 할까 말까 하고 잠깐 주저하다가,

"글쎄, 오라버니께서 사흘 전에 어디로 가셨는지 행방불명이 되셨어요."

하고 또 한 번 한숨을 쉰다.

"행방불명? 대관절 무슨 일을 하셨는데?"

"아무것도 하는 것은 없었어요. 그저 집에 계셨지요, 집을 보시고."

"그런데 왜 행방불명이 되셔요?"

하고 광진은 놀라는 빛과 동정하는 빛을 보인다.

"아마 저 때문인가 보아요."

"왜요? 부인께서 무슨 일이 있으시길래?"

하고 광진은 마치 금봉을 티끌만 한 흠절도 없는 사람같이 생각한다는 태도다.

"제가 죄짓는 생활을 하는가 보아서 그러시지요. 우리 오라버니는 아주 종교가셔요."

"예수 믿으시나요?"

"그런 것도 아니지마는."

"그럼 무슨 종교가실까? 설마 불교는 안 믿으실 터이고."

"왜 불교는 믿어서 안 되나요?"

"지금 세상에 불교를 믿는 사람이 어디 있어요? 하물며 청년이. 또 만일 부인 같으시면 무섭게 총명하실 텐데. 그런 총명하시고 신교육 받으신 청년이 불교야 믿으시겠어요, 그런 미신을?"

"예수교는 미신이라고 생각 아니 하셔요?"

하고 금봉은 광진의 인생관을 건드려본다.

"우리는 예수도 아니 믿습니다마는, 나도 서양에 오래 있었으니깐 성경 이야기도 많이 듣고 그 고장 예배당 구경도 다녔지만, 또 내가 하숙하고 있던 집 늙은 부인이 아주 골예수가 되어서 참 구찮을 지경이었지요. 기도를 하자고, 설교 들으러 가자고, 그 덕에 설교도 많이 들었지요 마는 도모지 우리 귀에는 들어오지를 아니하겠지요. 그래 어리석은 늙은 과부들 같은 사람에게는 예수를 믿는 것도 좋을 것 같아요. 장래에 소망을 두니까. 하늘이 물렁물렁한 기체로 화한 오늘날 과학 시대에 천당이 있을 데가 있나요? 하나님이 발붙일 하늘이 있어야 말이지, 하하하하. 아 참, 실례했습니다. 부인께서는 예수를 잘 믿으셨더라지요? 용서하십시오."

하고 광진은 예수를 믿는다는 금봉이 제 남편의 눈을 속여서 다른 남자의 품에 드는 것을 생각하는 것이 우스웠다.

"그럼, 선생님은 하나님도 안 믿으셔요?"

하고 금봉은 분개하는 모양을 보인다.

"글쎄요. 아직은 하나님을 믿을 필요가 없는걸요, 하하. 그렇지만 부인께서 믿으라고 하시면 믿어도 좋지요. 우리도 예배당에 가서 찬미가 듣는 것은 과히 싫지는 아니하니까."

하고 광진은 유쾌한 듯이 웃는다.

"선선해요. 방으로 들어오시지요."

하고 금봉은 광진을 안방으로 끌어들인다.

"어디 저녁 잡수러나 가시지요. 은봉 씨도."

하고 광진은 건넌방 쪽을 바라본다.

"잠깐 들어오셔요."

하고 금봉은 굳이 광진을 안방으로 끌어들여서 아랫목에 앉히고 나서,

"그럼 선생님은 죄도 무서워하지 아니하셔요?"

하고 아까 하던 이야기를 계속한다.

"죄가 무섭지요. 잡혀가니까."

하고 광진은 웃는다.

"경찰에 잡혀가지만 아니하면 죄는 무섭지 아니할까요?"

"죄라니, 대관절 무엇을 말씀이셔요?"

"죄 아니 있어요? 여러 가지 죄가 있지요. 남을 속인다든가, 미워한다든가, 또 옳지 아니한 모든 일을 하는 것 말씀야요."

"그런 건 하기 싫거든 안 하면 좋지요."

"하면?"

"해도 상관이야 없지요. 좀 체면 관계가 있지만."

"그럼, 선생님은 아모리 죄를 지은 사람이라도 벌은 아니 받는단 말씀입니다그려, 생전에나 사후에나?"

"벌? 벌을 누가 주어요?"

하고 광진은 빙그레 웃으며,

"하나님이나 부처님이나 신장님이 벌을 주신단 말씀야요?"

하고 참을 수 없다는 듯이 하하거리고 웃고 나서,

"그렇게 총명하시고 신교육을 받으신 부인께서 어떻게 그런 구식 생각을 하셔요? 우리가 하고 싶은 일을 우리 힘이 믿는 데까지 한다, 이것이 현대인의 철학이지요. 이것이 문명이란 것이구요. 아직 이 철학을 이해할 만한 정도에 못 달한 사람들이 무꾸리도 하고 살풀이도 하고 기도도 하지요. 종교? 하하하하. 어느 하나님이 내 뜻을 막아요? 내 자유를 막아요?"

하고 광진은 불의에 금봉을 껴안으려 한다.

금봉은 광진의 귀에 입을 대고,

"남의 유부녀를 이렇게 해도 하늘이 무섭지 않수?"

하고 소곤거렸다.

"하늘이란 푸른 광선이 먼지와 물방울에 반사하는 것이어든. 조금도 무서울 것이 없으나."

까지는 큰소리로 하고 그다음은 소리를 감추고 손가락으로 금봉의 눈을 만지면서,

"요 눈이야말로 무서워."

하였다. 은봉은 어느 틈에 안방 문밖에 와서 광진과 금봉의 말을 엿들었다.

금봉이 눈치를 채고 문을 와락 열고 나오면서 은봉을 보고 눈을 흘겼다.

광진이 간 뒤에 금봉은 은봉을 불러놓고,

"무얼 엿들어? 계집애 년이!"

하고 닦아세웠다.

"엿듣는 게 죄요? 엿들릴 일을 하는 게 죄지."

하고 은봉은 대들었다.

"이년이! 귀밑에 피도 안 마른 년이!"

하고 금봉은 주먹으로 은봉의 머리를 쥐어박았다.

"언니가 잘했소? 잘했어? 왜 남의 사내를 안방으로 불러들여가지고 는 그게 다 무슨 행사요?"

하고 은봉은 울었다.

"무엇이 무슨 행사야? 이야기도 못 해?"

하고 금봉은 또 한 번 은봉의 머리를 때리며,

"가거라 이년, 그럴 테면 집으로 가!"

하고 소리를 질렀다.

"갈 테야. 이런 더러운 집에서 그 더러운 밥은 안 먹을 테야."

하고 은봉은 건넌방으로 들어가서 제 옷과 책을 싸고 아까 광진이 사다 준 옷감을 마루로 홱 내어 동댕이를 쳤다.

"어서 가거라, 어서 가!"

하고 금봉은 발을 구르며 소리를 질렀다.

"갈 테야! 누가 있을 줄 알구? 어머니 생각을 좀 해보우. 하늘이 안 무섭다구? 흥, 그런 녀석의 대가리에 벼락이 떨어지는 것을 내가 보고야 말걸."

하고 은봉은 종알거리면서 쌍창을 열고 나섰다.

"아지마! 아지마!"

하고 정선이 침모 방 창을 열고 은봉을 보고 뛰어나오려고 들었다.

은봉이 돌아보지도 않고 중문을 나설 적에,

"아지마 이유와, 아지마 이유와."

하고 정선의 우는 소리가 들렸다.

은봉은 잠깐 멈칫하고 섰다가 정선의 울음소리를 따라서 들어왔다.

"아지마, 아지마."

하고 매어달리는 정선을 꺼안을 때에 은봉은 눈물이 쏟아졌다. 정선이 아직 낯가림을 할 줄도 모를 때부터 은봉은 정선을 업어주고 안아주었다.

그것이 자라서 이제는 세 살, 쉬운 말도 하고 많은 재롱도 피우고, 아지마, 아지마, 하고 저를 따르는 것을 보면, 은봉은 이 아이가 다만 제 조카딸이라고만 생각하지 아니하고 그보다 더 깊이 생명에 관계가 붙은 것 같았다. 은봉은 본래 금봉과 달라서 감정이 그처럼 예민한 편도 아니었건마는, 이십을 바라보는 처녀로는 노상 센티멘탈한 기분이 없을 수가 없었다.

'어쩌면 이렇게도 못 닮을 사람을 닮았을까?'

하고 은봉은 정선을 안아줄 때마다 생각한다. 아무리 찾아보아도 닮아야만 할 아재 손명규를 닮은 데는 하나도 없고 그야말로 다식판에 박아낸 것같이 김광진의 모습이었다. 차차 자랄수록 그 음성까지도 김광진을 닮은 것 같았다.

이러한 정선을 손명규가 안고 귀여워하며,

"내 딸, 어구 내 딸."

하고 좋아하는 것을 볼 때에는 은봉은 고개를 돌리지 아니할 수 없었다.

손명규는 제 말마따나 평생에 처음으로 자식이라고 부를 사람이 생긴 것을 무척 기뻐하는 모양이었다. 상해로 떠날 때에도 돈이 중해서 가기는 가면서도 제일 떠나기 어려운 것이 정선인가 싶었다.

"정선이 울리지 말어, 배탈 내지 말구."

하고 아내를 바라보고 눈을 껌벅껌벅하면서 신신당부하는 정경은 은봉에게는 애끓을 일이었고, 그때에 금봉이,

"무슨 상관요? 내 딸이지 당신 딸이오?"

하고 명규의 품에서 정선을 빼앗아 갈 때에는 은봉은 형이 밉기가 그지없었다. 그러나 형도 제 양심에 걸리는 바가 있어서 그러려니 하면, 형도 미운 중에 불쌍도 하였다.

"정선아, 아주머니 갔다 오께. 외할아바지랑 아자씨랑 가보고 맛난 것 많이 사가지고 오께."

하고 정선을 떼어놓으려고 하나, 정선은 은봉의 목을 그 조그마한 팔로 껴안고 달라붙어서 떨어지지 아니하였다.

"어부바, 어부바."

하고 정선은 은봉더러 업어달라고 졸랐다.

"아이, 가시지 마세요."

하고 침모가 이 정경을 보다 못하여 툇마루에 놓은 은봉의 보퉁이를 집어서 제 등 뒤에 감추며,

"이 아기가 어머니보다도 아가씨를 더 따르는데. 학교에서 오실 때쯤 되면, 아지마, 아지마, 하고 대문 소리만 나면 내다본다우. 그리다가 안 오시면 울구. 어서 안으로 들어가세요. 형제분이 다투신 걸 무얼. 나는 형님이나 동생이 있으면 밤낮 욕을 먹고 얻어맞아도 좋겠는데."

하고 은봉을 붙든다.

　은봉은 이 침모를 존경한다. 시골 친정은 넉넉하건마는, 양오라버니 내외에게 끼치기 싫다고 안 가고 소년 과수로 자식도 없이 바느질 품을 팔아서 늙은 시어머니와 어린 시동생의 치다꺼리를 하면서 언제나 만족해하는 이 침모를 은봉은 철이 날수록, 오래 사귈수록 존경하지 아니할 수 없었다.

　"침모는 이렇게 혼자 무슨 재미로 사시우?"

하고 어떤 때에 은봉이 침모에게 물은 일이 있었다. 그때에 침모는 빙그레 웃으며 바느질감을 내어밀면서,

　"이 재미로 살지요. 이렇게 호고 감치고 하노라면 모든 것을 다 잊어버리지 않아요? 그러다가 옷 한 가지가 마음대로 되면은 기쁘지요."

　이렇게 대답하였다. 역시 침모도 '잊어야 할 것'이 있구나, 하고 은봉은 생각하였다. 그러나 처녀인 저는 젊은 과부의 심리를 알 수는 없으리라고 은봉은 생각하였다.

　은봉이 정선에게 붙들려서 섰는 것을 보고 금봉이 안방에서,

　"은봉아."

하고 불렀다. 그도 마음이 서글퍼진 것이었다.

　은봉은 못 들은 체하였다.

　"아가씨, 대답하세요."

하고 침모가 은봉의 대답 없는 것을 보고 은봉에게 눈찌를 한다.

　"은봉아, 젖이 불었으니 정선이 데리고 이리 들어와!"

하는 금봉의 말은 정다웠다.

　"어서 애기 다리고 들어가셔요, 네?"

하고 침모가 웃으며 자막대기를 들어서 때릴 것처럼 위협하였다.

은봉은 실상 침모의 정신에 감동이 되어서 정선을 안고 방으로 들어갔다.

"엄마."

하고 부르기는 부르면서도 정선은 눈치를 본다. 요새에 금봉은 가끔 화를 내어서 정선을 때리는 까닭이었다.

"젖 머."

하고 젖을 내어 흔드는 것을 보고야 정선은 달음박질을 쳐서 엄마에게로 달려가서 젖을 물고 조그마한 손으로 엄마의 등을 또닥거리고 한 손으로는 다른 쪽 젖꼭지를 만진다.

"아이고, 아퍼."

하고 금봉은 몸서리를 치며,

"요년아, 가만가만 빨어."

하고 금봉은 요새에 제 몸과 신경에 이상이 있음을 의식한다. 그것은 벌써 경도가 두 달째 거르고 또 어린애 젖 물리기가 싫어진 것이다. 금봉은 또 겪을 입덧과 또 생길 새 생명을 생각하면 진저리가 났다. 만일 이번에 손명규를 닮은 아이가 난다면 문제도 없겠지마는, 그럴 까닭은 없었다. 이것은 김광진의 둘째 아이였다. 그렇다고 정선을 배었을 때와 같이 하늘이 무섭고 세상이 무서운 마음은 없었다. 그만큼 양심에 좋은 살이 박힌 것이었다. 다만 귀찮음이 있을 뿐이었다.

이러한 퇴폐된 심리는 정선에 대해서도 그러하고 은봉에게 대해서도 그러하였다. 새 자식이 나게 되면 먼저 난 자식이 미워지는 것은 암탉이나 여자나 마찬가지라고, 금봉이 정선에게 대한 살뜰한 애정이 감하고 귀찮은 생각이 나는 것은 동물적 본능이라 하더라도, 또 은봉에게 대한 금봉의 감정이 여자 형제간에 있는 반발력이 원인이라 하더라도 그보다 더 금봉이 은봉을 대할 때에는 미워할 이유가 있었다. 그것은 금봉 자신은 이제 더러워진 인생이건마는, 은봉은 아직도 마귀의 손이 닿아보지 아니한 깨끗한 처녀라는 것과, 둘째로는 은봉이 금년에는 전문학교의 학생이 되어서 지식으로나 사회적 지위로나 금봉 자신보다 높아지는 것이었다. 은봉은 금봉이 동경 유학할 때 모양으로 종교적 신앙이 굳고, 또 학교 성적이 좋아서 학교에서 상당히 이름이 높았다. 그의 성악의 재주는 벌써 글리 클럽에서도 중요 인물이 되었고, 어학의 재주와 글 짓는 재주도 선생들과 동창들 사이에 평판이 되어서 금년 학교 창립 기념식에 부를 노래의 현상 모집에 당선이 되었다. 이런 것을 기뻐해야 할 형의 처지로서 도리어 시기하지 아니하면 아니 될 제 신세를 금봉은 슬프게도 생각하지마는, 방탕한 생활은 오직 열등한 감정을 자극하고 양성하는 것이었다.

"이년아, 그럴 테면 집에 가거라."

하고 은봉에게 말한 것은 결코 일시적 감정만이 아니었다.

'나보다 나아지려는 저'에 대한 뿌리 깊은 시기였다.

"은봉아, 내가 잘못했다."

하고 금봉은 목덜미라든지 젖가슴이라든지 뒷모양이라든지 벌써 걸이 아니요, 우먼이 다 된 동생을 바라보면서 솔직하게 사죄를 하였다.

"은봉아, 나를 미워하지 말고 불쌍히 여겨다오. 나도 너와 같이 깨끗하고 도고하던 것이 엊그제야. 그런 것이 이렇게 동생한테도 업수이여김을 받는 천덕꿍이 신세가 되었구나. 은봉아, 내가 내 잘못을 모르는 줄 아니? 남의 사내를 안방으로 끌어들여서 가까이하는 것이 잘못인 줄 모르는 줄 알어? 다 안다. 그렇지만 병신더러 병신이라면 듣기 싫은 모양으로, 깨끗한 네 양심의 빛으로 내 마음의 다크 사이드(dark side), 어두운 구석을 꼭 집어내면 내가 견딜 수가 없이 부끄럽고 화가 나는구나. 그러니깐 은봉아, 너는 내가 무슨 짓을 하든지 못 본 체, 내가 지옥으로 가든지 천당으로 가든지 못 본 체만 해주려무나. 그리고 너는 네 몸이나 깨끗이 거두고 공부를 잘해서 어머니 소원을 이뤄드리려무나. 죄의 생활이란 한 발만 들여놓으면 머리까지 들어가고야 마는 것이다. 한 발을 들여놓았다가 빠져나오는 사람도 있나? 퀵샌드(quicksand)라고 영어에 있지? 죄라는 게 그런 것이야. 한번 빠지면 고만이란 말이야."

"그렇게 잘 알면서 왜 못 나오우?"

하고 은봉은 금봉에게 항의한다.

"퀵샌드거든. 한번 빠져놓으면 몸을 꿈지럭거리는 대로 자꾸만 더 깊이깊이 들어가는 것이어든. 또 죄의 쾌락이란 것이 술이나 아편 마찬가지가 되어서, 되려 술이나 아편보다 더해요, 대번에 인이 박이고 마는걸. 그러니깐 너는 시작을 말어. 키프 알루프(keep aloof)라고 안 그러던! 멀찍이 물러서라구."

"글쎄 그렇게 소상히 잘 알면서 왜 헤어나지를 못해요? 오빠 말씀대로 왜 수녀가 못 되우? 먼 시굴로 가든지."

하고 은봉은 형의 머리와 구변이 좋은 데 한껏 탄복하였다.

"이건 어떻게 하고 수녀가 되니?"

하고 금봉은 젖을 빨다가 꼭지를 문 채로 잠이 든 정선을 가리킨다.

"정선이는 내가 맡아드리께."

하고 은봉은 형을 건진다는 의협심을 느꼈다.

"네가 어떻게 맡어? 맡기려면 저 아버지를 맡기지. 그럼, 공부하는 네가 어떻게 맡어?"

하고 금봉은 정선의 늘어뜨린 손을 집어다가 제 입에 댄다.

"아재가 언제 오실 줄 알구? 아재가 오시면 언니를 잘 놓아주시겠소?"

하고 은봉은 일어나서 정선의 잘 자리를 깔고 베개를 놓고 도로 앉는다.

"아재가 왜 정선이 아빤가?"

하고는 금봉은 한숨을 지으면서 정선을 자리에 누인다. 금봉은 은봉이 성난 것을 눅인 것만을 다행으로 알고는 더 말하려 하지 아니하였다. 은봉도 아무 말 없이 건넌방으로 왔다.

'내 장래는 어찌 되려는고?'

하고 은봉도 형의 신세에 비추어서 도무지 마음이 놓이지 아니하였다.

은봉도 나이가 이십을 바라보니 이성 그리운 생각이 없지 아니하였다. 희미하게나마 누가 기다려지는 것 같았다. 혹시 젊은 남성이 자기에게 주목을 하거나 무슨 기회에 친절히 하여줄 때에는 그것이 노상 싫지는 아니하게 되었다. 그러나 감정보다도 냉정한 이성을 다분으로 가진 은봉은 남자에게 대한 위험을 고려하지 아니할 수 없었다. 형의 신세를 보건댄, 남자는 여자를 잡아먹는 맹수와 같아서, 교실에서 남자 선생의 강의를 들을 때에도, '저 선생도 우리들 젊은 여자를 잡아먹으려 드는 맹수가 아닌가?' 하는 생각이 났다.

그렇다고 학교에 있는 여러 여자 선생 모양으로 나이가 사십, 오십이 되도록 혼자 늙을 것 같지도 아니하였다.

'아직 그 문제는 집어치우자.'

하고 은봉은 이런 문제를 집어치우지마는, 다른 아이들이 남자의 방문도 받고 편지도 받고 무슨 핑계를 만들어가지고는 남자와 함께 다니기도 하는 것을 보면 그것이 부러웠다.

'나는 어떤 남자가 찾아주지 아니하나? 편지라도 주는 이가 있었으면.'

이러한 생각이 났다. 그러나 은봉의 외모가 대단히 쌀쌀해 보이는 탓인지 아직 아무도 은봉에게 지근대는 남자가 없었다. 실상 은봉은 얼른 보면 도무지 감정이라고는 조금도 없는 싸늘한 여자인 것 같았다. 학교 선생들도 '어떻게 형제가 저렇게 딴판일까. 은봉이만은 연애 사건으로 몸을 망칠 염려는 없다.'고들 생각할 정도였다.

"혈족 관계 없는 남녀가 오빠니 누나니 하는 것도 옳지 않소. 그것도 연애요."

하고 교장 선생이 하던 말을 다른 아이들은 많이 반대하여도 은봉은 그것이 옳은 말인 줄 깨달았다. 은봉은 학교에서 연애라는 점에서 더욱 신임을 받는 학생이었다.

어느 날 최을남과 임숙회가 금봉 집에 찾아왔다. 은봉도 학교에서 돌아온 뒤였다.

"금봉이, 들러리 좀 서주어야겠네."

하고 을남은 마치 남자가 남자에게 대한 말투로 방에 들어와 앉는 맡에 말을 떼었다.

"웬 들러리?"

하고 금봉은 호기심으로 을남과 숙회를 번갈아 보면서,

"을남 언니 혼인허우?"

하고 점을 쳤다.

"내가?"

하고 을남은 천만의외의 말이라는 듯이,

"내가 시집갈 사람인가?"

하고 사내 모양으로 허허하고 웃는다.

"그럼 숙희 언니가 시집을 가우?"

하고 금봉은 숙희를 본다.

"아니야."

하고 숙희도 어이없이 웃는다. 사실상 숙희는 혼인 예식을 할 길은 망연하였다. 병결과는 거의 내어놓다시피 부부 생활 비슷한 짓을 하고 있지마는 너울 쓰고 웨딩마치 치고 할 기회는 영원히 올 것 같지도 아니한 까닭이었다. 그것을 생각하면 숙희는 적막하였다.

"그럼 웬 들러리야? 이 언니들이 날 놀려먹나, 원."

하고 금봉은 눈치를 채어볼 양으로 을남과 숙희를 연해 본다. 은봉도 호기심과 흥미를 가지고, 그러나 표정에 보이지는 아니하고 듣고 있었다.

"어디 알아맞혀보아."

하고 을남은 간질이는 웃음을 낯에 띠고,

"당대 제일 재원 이금봉 씨가 그것을 못 알아맞혀서 쓰겠나?"

"글쎄, 누굴까?"

하고 금봉은 여러 사람을 머릿속에 그려본다.

"영자 언니."

하고 성미 급한 숙희가 통통증이 나서 그만 폭로해버린다.

"영자 언니가?"

하고 금봉은 강영자의 새침데기, 얌전빼기, 발끈이를 눈앞에 그려본다. 그리고 강영자를 조선에 제일가는 얌전한 여자라고 노 칭찬하는, 을남의 오빠 최형식을 눈앞에 그려본다. 동경 생활 오륙 년에 도무지 한 번도 연애 풍설을 내지 아니한 강영자, 서울 오는 길로 ○○여자고보의 교원으로, 역시 혼인이라는 '혼' 자 소문도 내지 않던 강영자가 급전직하로 웬 혼인인가 하고, 금봉은,

"영자 언니가 누구허구 혼인을 허우? 도모지 그런 말도 없었는데."

하고 금봉은 또 한 번 놀라는 표정을 한다.

"신랑이 누구겠나, 그게나 맞혀보아. 숙희 좀 가만있어. 왜 그리 입설이 얇아?"

하고 을남이 숙희를 노려본다.

원체 좀 묽은 편인 숙희는 참기가 어려웠다. 더구나 그 신랑이란 사람이 금봉에게는 특별한 관계가 있는 사람이니만큼 더욱 참기가 어렵기도 하고 미안하기도 하였다.

"심 변호사?"

하고 금봉은 자신을 가지고 말하였다. 원체 영자를, 얌전은 할는지 몰라도 속된 사람으로 낮춰 보는 금봉은 심상태가 가장 그럴듯한 배필로 생각한 것이었다.

"아니야. 쾌가 잘못 났어."

하고 을남은 고개를 설레설레 흔들었다.

"그럼, 누굴까?"

하고 금봉은 애타는 듯이 양미간을 찌푸린다.

"왜, 금봉이는 심 변호사밖에는 아는 사람이 없어? 심 변호사는 시어미와 송사하는 젊은 과부 년허구 산다는데 혼인이 무슨 경을 칠 혼인이야?"

하고 을남은 분개한 모양이다.

"그럼, 누구요?"

하고 금봉은 마침내 항복하는 표를 보인다.

"우리 오빠."

하고 참다못하여 숙희가 발표를 한다.

"망할 것! 좀 더 금봉이를 애를 먹이지 않고."

하고 을남은 숙희를 쥐어지른다.

"오빠?"

하고 금봉은 앞이 아뜩함을 깨달았다. 태중의 신경과민 관계도 있겠지마는, 이 소식은 금봉에게는 실로 청천벽력이었다. 제가 먼저 임학재를 배반하고(배반이라고 할 것도 없을는지 모르지마는) 다른 남자한테 시집을 가고, 그나 그뿐인가, 또 다른 남자와는 아이까지 낳고 또 배기까지 한 처지건마는, 그래도 금봉은 마음속 어느 한편 구석에 학재의 모양을 감추고 있었다. '학재는 내 사랑하는 사람'이라고 혼자 학재의 그림자를 안고 있었던 것이다. 그런데 학재가 혼인을 해? 게다가 강영자와 같이 얌전하다는 것밖에 아무 빛도 없는 여자하고? 하면 천지가 캄캄해짐을 깨닫고 심장과 호흡이 한꺼번에 막혀버렸다.

"금봉이, 금봉이."

하고 무엇을 미리 기다렸던 숙희는 낯이 해쓱해져서 쓰러지려는 금봉을 한 팔로 안으면서 을남 편을 바라보았다.

금봉은 숙희의 팔에 얼마 동안 안겨서 눈을 감고 있었다. 얼마 후에 금봉은 정신을 차려서 억지로 웃음을 지으면서,

"내가 뇌빈혈증이 있어서."

하고 꾸며대었다.

"역시 금봉이가 학재 씨를 못 잊고 있는군."

하고 을남이 혀를 찬다.

"아니야, 그런 게 아니야. 뇌빈혈이야요."

하고 금봉은 무료한 듯이 웃고 고개를 숙인다. 그러나 금봉이 다시 고개를 들 때에는 눈물이 빛났다.

"역시 영자가 바로 알았군."

하고 을남이 고개를 끄덕끄덕한다.

"영자 언니가 무얼 알아요?"

하고 금봉이 울음을 삼키느라고 낯 근육을 씰룩거린다. 을남이,

"영자 말이 그런단 말야. 금봉이가 지금도 학재 씨를 사랑한다고. 그러니깐 학재 씨하고 혼인하는 것이 꺼림칙하다고. 학재 씨도 필시 금봉이를 잊지 못하리라고 그런단 말야. 그래서 내가, 원 별소리를 다 하네, 금봉이는 벌써 손 선생한테 시집을 가서 아이까지 낳았는데, 별소릴 다 하네. 그렇지만 영자가 역시 바로 알았어. 고것이 말은 안 해도 눈이 밝아요."

하고 숙희를 본다.

"나도 금봉이는……."

하고 잠깐 주춤하다가,

"나도 금봉이는 우리 오빠하고 혼인을 하게 되려니 그랬어. 그렇지만

418

오빠가 원체 나무로 깎아놓은 사람이니깐 웬걸 하기도 했지만. 을남 언니는 다 모르리다, 금봉이가 어떻게 우리 오빠를 사모했는지. 기숙사에서도 자는 체하고 가만 보느라면 자다가 일어나서는 기도실로 나간단 말야. 몇 번 따라 나가보니깐, 임 선생, 임 선생, 하고 글쎄 오빠 이름을 부르고 기도를 하겠지! 안 그랬어, 금봉이?"

하고 금봉의 속도 모르고 사정없이 아픈 자리를 건드린다.

"아이, 그런 소리를 말아요."

하고 금봉은 화를 낸다.

"스꼬시 장꼬꾸다네(すこし ざんこくだね, 좀 무참한 일인걸)."

하고 을남이,

"임학재 씨허구 영자허구 혼인하는데 금봉이더러 들러리를 서달라는 것은 좀 장꼬꾸하지?"

하고 숙희에게 묻는 것처럼 말한다.

"혼인날은 언제요?"

하고 금봉이 정신과 몸을 다 수습하면서 묻는다.

"혼인날은 시월 삼일로 하라고 했는데, 그날은 저 김 자작의 딸인가가 혼인식이 있어서 정동예배당을 쓴다고. 그래서 그날 오후 네 시에 할는지 다음 날로 할는지 아직 미정이라고."

하고 을남이 슬슬 금봉의 눈치를 본다. 금봉은 그 김 자작의 딸이라는 것이 김광진의 누이인 줄을 잘 안다.

김광진이 시월 삼일에 누이의 혼인식이 있으니 은봉까지도 참예해달라던 그 혼인이다.

금봉이 아무 말 없이 멍하니 앉은 것을 보고 을남은 잼처,

"금봉이 어떡할 테야? 나허구 금봉이허구 또 하나는 서정희더러 해달 랄까 하는데, 천주교인이니깐 잘 안 서줄 테지?"

하고 숙희를 본다.

"제아모리 천주교인이라도 내가 서라면 설 테지."

하고 숙희가 장담한다.

"하긴 그래, 같이 감옥에서 고생까지 했다니깐. 그래도 고것은 원체 너무 빡빡하니깐, 성모 마리아니깐."

하고 을남은 웃는다.

"남자 들러리는 누구누구요?"

하고 금봉은 가슴속을 감추느라고 마음에도 없는 소리를 자꾸 묻는다.

"남자는 잘 모르지만, 아마 그 축들이겠지. 우리 오빠허고 숙희네 영 감허구, 그리고 심 변호사나허구, 대개 그럴걸."

하고 을남은 숙희에게 꼬집어 뜯기면서,

"그럼, 조병걸 씨가 숙희네 영감 아니면 뉘 영감인고?"

하고 시치미를 뗀다.

금봉은 임학재의 혼인에 이러한 사람들이 들러리를 선다는 것이 슬펐 다. 그렇게 깨끗한 사람의 혼인에 모두 깨끗하지 못한 사람들이 들러리 를 선다는 것이 놀라운 것 같았다.

그래서 금봉은 자기 자신에 대하여서 일종의 반감을 일으키면서,

"좀 깨끗한 사람들을 골라서 들러리를 세우지."

하고 톡 쏘았다.

이 말은 을남과 숙희를 때리는 것 같았다. 그러나 을남은 곧,

"목욕이나 잘하고 속속들이 새 옷이나 갈아입고 가면 깨끗하지 않어?"

하고 빙그레 웃는다.

　금봉은 더욱 반항적으로,

　"겉이나 깨끗하면 무엇 하오? 속이 깨끗해야지. 피가 더럽고 혼이 더
러운 것이 목욕한다고 깨끗해지겠수? 회칠한 무덤이지."

하고 입을 꼭 다물었다. 자기가 '나는 깨끗하다.' 하고 천지간에 우뚝 서
서 뽐낼 수 있던 날이 어제런 듯하기도 하고, 억만겁 전인 듯하기도 하
였다.

　"그럼, 금봉이 혼자서 들러리를 서지."

하고 숙희가 좀 분개한 어조로 쏜다.

　"나도 깨끗하던 날을 다 잊어버렸으니 말이오. 세상에 그렇게도 깨끗
한 사람이 동이 났느냐 말이오?"

　"그렇게 피까지 혼까지 깨끗한 사람을 골라서야 들러리를 세운다면
이 세상에서는 혼인은 영 못 하게 되겠지. 들러리커녕 주례할 목산들 어
디 고를 수가 있다구? 다 목욕이나 하고 새 옷이나 갈아입으면 깨끗한
게야."

하고 을남은 늙은이 모양으로 타이른다.

　"임 선생도 깨끗지 못할까?"

하고 금봉이 화두를 돌린다.

　"우리 오빠는 깨끗하리다."

하고 숙희가 을남의 동의를 구한다.

　"아직 총각인 것만은 사실이겠지."

하고 을남은 학재의 도무지 건드려지지 않던 것을 생각하며,

　"아직 정남인 것만은 사실일걸. 그러니깐 금봉의 말대로 피까지 깨끗

한 것만은 사실일 것일세, 혼까지는 알 수 없지마는. 그렇지만 금봉이헌 테는 적어도 혼만이라도 끌렸었을걸. 이번에도 우리 오빠가 아모리 혼인 을 권해도 도모지 안 듣더라니깐. 혼인할 마음이 도모지 없노라고 하더 라니깐. 그게야 간디식 사상도 사상이겠지마는, 암만해도 생각하는 여자 가 있는 표여든. 만일 학재 씨가 생각하고 있는 여자가 있다고 하면 그게 야 금봉이밖에 다른 사람이 있을 리가 있나? 안 그래, 숙희?"

하고 숙희를 바라본다.

"아이, 언니도 왜 금봉이 마음 괴로우라고 자꾸 그런 소릴 하우? 괜히 금봉이헌테를 왔다!"

하고 숙희가 화를 낸다.

"그럼 임 선생허구 영자 언니허구 서로 사랑해서 혼인하는 것은 아 니오?"

하고 금봉은 알고는 싶으면서도 차마 묻지는 못하던 말이 을남의 입으로 저절로 알려진 것이 기뻤다.

"몰르지. 웬걸 연애를 했을라구. 우리 오빠 중매로 된 게지. 안 그래, 숙희?"

"그럼, 우리 오빠 그 돌부처님이 연애가 무슨 연애야. 을남 언니 오빠 가 자꾸 권하니깐, 또 어머니두 자꾸만 혼인을 하라구 졸르시니깐 그런 게지. 금봉이허구 연애 못 한 사람이 영자 언니허구 연애하겠소? 금봉이 허구 영자 언니허구 비기면 그야말로 봉황이허구 닭인데."

하는 숙희 말은 사실도 사실이지마는 낙담하는 금봉을 위로하려는 뜻이 다분으로 품겨진 것도 사실이었다. 숙희는 금봉에게 대하여 동성연애라 고 할 만한 애정을 가졌던 이인 만큼, 학재의 혼인설을 듣는 금봉의 심경이 무척 가엾었다.

"그래두 영자 언니는 임 선생을 사랑하길래."

하고 금봉은 말을 하다가, 그것이 부질없음을 깨닫고 뚝 끊어버린다.

금봉은 마침내 학재와 영자의 혼인에 들러리를 허락하고, 을남과 숙희를 저녁을 먹여서 돌려보내었다.

학재의 혼인날인 음력 시월 삼일은 양력 십일월 보름이었다. 금년 철 치고는 아마 마지막으로 따뜻한 날, 버러지들까지도 더러 기어 나오는 놈이 있는 따뜻한 날, 금봉은 하얀 하부다이로 내리 감고 오후 두 시 김광진의 누이 혼인식장인 정동예배당으로 갔다. 한다하는 양반집이요, 부잣집 따님의 혼인날이라고 점잖은 손님이 그득 모이고 머리에 첩지 붙인 궁부인들도 보였다.

광진은 곧 금봉을 알아보고 은근하게 인사하고는 자기의 가족석으로 안내하였다.

김광진이 안내하는 가족석에는 늙은이, 중늙은이, 젊은이, 여학생 등 여러 여성들이 있었다. 광진은 그중에 좀 뚱뚱하고 허우대 좋은 늙은 부인을 보고,

"제 친고의 부인입니다."

하고 금봉을 보고는,

"내 어머니야요."

하고는 가버린다. 그 노인은 곁에 빈자리를 가리키며 금봉더러,

"이리 앉으시오."

하고 아들의 친고의 부인에 대한 경의를 표한다. 그 음성이 거만하다 하리만큼 느리고 위엄이 있었다.

금봉은 광진의 어머니에게 한 번 깍듯이 인사를 하고 그 곁에 앉은 다른 부인들께도 한 번 인사를 하고, 그러고는 어머니가 앉으라는 자리에 앉았다.

　바로 어머니 저편에 앉았다가 금봉을 한번 힐끗 보고는 고개를 돌리는 젊은 부인의 눈이 금봉에게는 심상치 아니하였다. 독살을 품은 눈은 아니나 호의는 품지 아니한 듯한 빛이 있었다. 금봉은 그것이 광진의 부인인가, 할 때에 앉은 자리가 바늘방석인 것 같았다. 그 부인의 얼굴이 여승을 상상시키리만큼 적막한 빛이 있는 것이 더구나 남편에게 소박받는 젊은 아내다웠다. 금봉이 살짝 곁눈으로 그 부인을 한 번 더 보려 할 때에 그 부인도 금봉 쪽에 눈을 돌려서 눈들이 서로 마주쳤다. 금봉은 무안한 듯이 고개를 숙여버렸으나 그 부인은 무안해하는 금봉을 이윽히 바라보았다.

　금봉은 자기가 이 여러 부인들의 호기심의 거리가 된 것을 깨달았다. 어디로 향하여도 금봉 편을 보는 눈이었다. 하얀 옷으로 내리 감은 금봉, 비록 임신 중이라 약간 초췌하고 낮에 분이 잘 먹지 아니하였다 하여도 금봉은 온 예배당 안에 빛을 발하는 아름다움이었다.

　뒤로 보더라도 상아로 깎은 듯한 목덜미와 수수한 듯하면서도 무척 어울리는 머리 쪽과 알맞은 어깨 폭이며 커브, 만일 앞으로 본다면 그 그린 듯한 입술이며 좀 깊은 듯한 눈썹, 비단으로 싼 듯한 알맞은 코, 무엇보다도 금봉을 뛰어나게 하는 그 크고 빛나면서도 안개 속에 있는 듯한 눈, 이런 것은 남자보다도 같은 여자들의 주목을 끌지 아니할 수 없었다. 광진의 부인이 금봉의 눈을 볼 때에 위험을 직감한 것은 다만 아내로서의 본능적 직감력뿐만은 아니었고, 아들의 소행을 아는 어머니도 금봉을 심상하게 보지 아니하는 것은 물론이었다.

이윽고 웨딩마치가 시작되어서 사람들의 호기심 가득한 눈이 금봉의 몸을 떠나서, 금봉은 비로소 마음이 가라앉았다.

신부는 바로 금봉의 옆으로 지나갔다. 키가 후리후리하고 너울과 화장 때문에 그 본얼굴을 잘 알 수는 없었으나, 얼굴 모습이 광진 닮아서 약간 갸름한 것과 몸매가 대단히 노블하다고 금봉은 생각하였다.

혼인 예식이 순탄하게 진행될 때에 금봉은 삼 년 전 제 혼인 예식을 생각하고 가슴이 아팠다. 바로 저 자리, 신랑 신부가 지금 인생에 가장 높은 행복을 느끼면서 맹세하고 지환을 주고받는 바로 저 자리에서 금봉은 그 못 당할 망신을 당하고 기절하였다. 혼인 반지도 끼일 새 없이 금봉은 천지가 캄캄하여 숨이 끊어져서 다시 쉬어지지 말기를 바라면서 기절하였다. 주례 목사가,

"나는 이 혼인 주례할 수 없소."

하고 달아나버렸으니 말할 것이 있는가?

그때에 이 예배당에 가득 모였던 사람들이 얼마나 손가락질을 하고 웃었을까? 금봉은 그 후에는 이 예배당이라면 진절머리가 나서 다시 발길을 아니 하였다. 그러하였거늘 오늘 신랑 신부는 어떻게 저렇게 화평하게 행복되게 순탄하게 혼례를 진행하는고?

'여기서도 무슨 분란이 일어났으면.'

하는 생각이 금봉의 마음에 일어날 때에 금봉은 소름이 끼쳤다.

저 신랑 신부가 식을 다 그치고 되돌아 나갈 때에 사방에서는 오색 종이 줄과 쌀이 신랑 신부를 향하고 뿌려졌다. 그 오색 종이 줄은 팔을 끼고 왕과 왕후와 같은 행복을 느끼면서 행진곡에 맞추어 발을 옮기고 있는 신

랑 신부의 머리와 어깨를 칭칭 감았다. 두 사람이 부디부디 잘 사랑하고 잘살라는 축복이다.

혼인날! 이날은 여자의 일생에 가장 남의 부러움을 받는 날이 아니냐? 지금 저 신부는 바로 그러한 처지에 있지 아니하냐? 그런데 내 혼인날은 어떠하였던고? 천당 문지방에 한 발을 들여놓았다가 곤두박질로 지옥으로 떨어지지 아니하였더냐? 처녀의 날이 다시 내게로 돌아오지 못할 것과 같이, 이러한 기쁜 혼인의 날도 내게는 영원히 다시는 없는 것이다. 이렇게 생각할 때에 금봉의 가슴속에는 원한이 가득 찼다. 그러나 그 원한은 누구에게 대한 원한인가?

금봉은 가까스로 정신을 수습하여가지고 광진의 어머니와 그 곁에 있는 광진의 아내라고 상상되는 부인에게도 목례하고 식장에서 나왔다. 신랑 신부와 그 가족들은 기념 촬영을 하느라고 아직 나오지 아니하고 손님들과 구경꾼들만 모두 밀려 나왔다.

"이금봉이야, 금봉이야."

하고 수군거리는 소리가 금봉의 귀에 들렸다.

"딸 낳은 게 제 남편의 딸이 아니고 다른 사내의 딸이라나."

하는 소리도 들리고,

"무슨 낯을 들고 이런 자리엘 와!"

하고, 금봉더러 들어보라는 듯이 떠드는 여자도 있었다.

"요오, 이금봉이!"

하고 놀려먹는 심술궂은 사내도 있었다.

금봉은 누가 등덜미를 미는 것처럼 종종걸음으로 미국 영사관 골목으로 들어서 영성문 고개를 넘었다. 눈에 보이지 아니하는 주먹과 손가락이 사면으로 자기를 놀려대는 것 같아서 몸은 오싹오싹 추우면서도 등골과 이마에서는 땀이 흘렀다.

금봉은 약속대로 강영자의 집에를 갔다. 대문 밖에부터 이 경사 난 집의 웅성거림이 보였다.

"금봉이 왔어!"

하고 대청에서 보던 을남이 안방을 향하고 외치고는,

"자, 이리 올라와. 왜 머뭇거리기는."

하고 을남은 금봉의 손을 잡아 구두도 채 벗기 전에 마루로 끌어 올리면서, 그러는 줄 모르게 금봉의 귀에 입을 대고,

"오늘은 유쾌하게 하란 말야."

하고 금봉의 등을 밀어서 안방으로 향하게 한다.

"아, 금봉이냐?"

하고 영자의 어머니가 술이 좀 취한 모양으로,

"이리 들어와. 원, 늙은이란, 벌써 딸이 커다란 사람더러 금봉이냐는다 무어야. 그래도 내 작은딸로만 아니깐두루. 그럼."

하고 반가워하는 것을 금봉은 공손하게 허리를 굽히며,

"아주머니 기쁘시겠어요. 그동안 오래 와 뵈옵지도 못하고."

하고 치를 인사도 치렀다.

"기쁘고말고. 이바, 이 아씨 무얼 좀, 장국이라도 드려야지. 여간 기뻐. 인제는 죽어도 눈을 감지. 또 사위가 아주 얌전해. 저 임학재라구, 아조 무슨, 얘, 영자야, 무슨 회장, 네 남편이?"

하고 영자 어머니는 대단히 흥분하였다.

"금봉이가 어머니보다 임 서방을 더 잘 알아요."

하고 영자가 머리를 트느라고 끙끙거리면서 한마디 쏜다.

　"응, 금봉이도 우리 사위를 아나?"

하고 영자 어머니는 서성서성하면서,

　"알겠지. 금봉이, 우리 사위가 아주 썩 잘나고 유명한 사람이라니깐두루. 장안에 우리 사위 모르는 사람은 없다니깐두루. 금봉이도 알겠지?"

하고 자랑에 정신이 없는 것을 영자는,

　"아이 어머니두, 좀 가만계셔요. 금봉이가 그 사람을 잘 알아요. 사랑까지 했는데 그러시네."

하고 불쾌한 듯이 어머니를 핀잔을 준다.

　"사랑을 하다니? 그게 다 무슨 소리냐?"

하고 영자의 어머니가 눈이 둥그레진다.

　"아니야요."

하고 을남이 가로막아서 나서며,

　"사위님이 동경 계실 때에 사위님 누이 숙희허구 금봉이허구 한 기숙사에 있었거든요. 그래서 금봉이두 사위님을 잘 안단 말야요."

하고 설명을 한다.

　"응, 그래? 그 말이야?"

하고 의심을 푸는 듯하면서도 '사랑'이라는 해괴한 말이 영자 어머니에게 준 불쾌함은 스러지지를 아니하는 모양이었다.

　"도모지 너희들은 사랑이란 말을 함부로 쓰더라."

하고 영자의 어머니는 딸에게 핀잔당한 분풀이로 짜증을 내면서,

　"원, 우리네 젊었을 적에야 계집애가 어디라고 사랑이란 말을 함부로 써? 요새 계집애들은 건뜻하면 사랑, 사랑 하니 모두들 기생이 되었단

말이냐, 갈보가 되었단 말이냐? 원 그런 해괴한 말법이 어디 있어? 설사 내외간에라도 아내는 남편을 공경하고 받드는 것이요, 남편은 처가속을 돌아본다고 하지, 사랑이라는 말을 어디다 써?"

하고 분개하는 것을 을남이,

"원, 아주머니두. 아주머니 젊으셨을 때에는 아직 사랑이 없었지요. 요새 세상에는 사랑이 눈깔사탕 모양으로 왼 장안에 넘너른하답디다."

하고 웃어버리고 만다.

"을남이는 구변도 좋아, 청산유수지. 사내 녀석이어든."

하고 영자 어머니는 껄껄 웃고 성미가 풀려버리고 말아서, 체경 앞에서 끙끙대는 딸을 보고,

"무얼 그리 꿈지럭거리느냐? 벌써 석 점을 쳤는데, 어서 옷을 입어."

하고 대단히 만족한 기분을 회복해서 긴 담뱃대에다 담배를 한 대 피우면서,

"원, 새색시가 제 손으로 단장을 하는 데가 어디 있어? 모두 수모가 와서 성적하고, 연지 찍고, 곤지 찍고, 원삼 입히고, 활옷 입히고, 눈 봉하고, 어디 새색시가 세 손으로 하는 것이야 하나 있나? 그런데 저건 제 손으로 단장을 하고 있으니."

하고 옛날 자기가 시집갈 때 생각을 한다. 그에게는 그 옛날이 그리웠다.

혈육이라고는 단 하나인 금싸라기 같은 외딸을 성적시켜서 초례청에 들여보내고 사모관대하고 전안하는 사위의 모양을 못 보는 것이나, 집에서 술 하고, 떡 하고, 한다하는 숙수 들어서 한번 푼더분하게 잔치를 못하는 것이 한이었다. 초례는 예배당에서 양고자식으로 하고, 피로연인가 무언가는 요릿집에서 하고, 집 안은 이렇게 쓸쓸한 것이 영자 어머니에

게는 대불만이었다.

"어머니는 저 술 취한 꼴을 하고 식장에를 가실 테요?"

하고 영자가 체경에 비추인 어머니의 붉은 얼굴을 보면서 종알대었다.

"그럼 어때?"

하고 영자 어머니는 타구에 가래침을 고슬라 뱉으면서,

"잔칫날이라도 집 안이 쓸쓸허니 술 한잔 사다가 먹은 것도 병이냐?"

하고 후끈후끈하는 주름살 잡힌 낯을 손으로 쓸어본다.

"그러기로 술 냄새를 푸푸 피우면서 그게 무에요? 무엇 하러 오늘 술을 잡수어?"

"먹은 술을 어떡허란 말이야? 토해버리란 말이냐?"

"좀 잡수셨으면 어때, 노인이."

하고 을남이 중재를 붙인다.

"식장에는 점잖은 손님이 많이 올 텐데, 신문사 사람들이랑, 또 학교에서랑 교회에서랑, 모두 올 텐데, 글쎄 어머니 저게 무에요? 저렇게 낯이 뻘개서. 기생 어미 모양으로."

하고 영자는 '기생 어미'란 말로 금봉에게 대한 분풀이를 한다. 영자의 '기생 어미 모양으로'란 말은 금봉의 마음속에 영자가 예기한 이상의 효과를 내었다.

"저년, 저 말버릇 보았나?"

하고 영자 어머니가 눈을 크게 뜨고 사네발이 날 것같이 담뱃대를 흔들며,

"저게 대핵교까지 졸업한 년의 말버릇이야? 저게 학교 선생 년의 말버릇이야? 그게 어미게다 하는 말버릇이야?"

하고 영자 어머니는 자기가 과수로 영자 하나를 받아 기를 때에 어떻게

애를 써서 길렀고, 어떻게 그리움을 참으면서 동경 유학을 시킨 공을 생각한다.

"아주머니…… 영자."

하고 을남이 중재를 하느라고 야단이다.

"아주머니, 어서 옷이나 입으세요. 자동차 올 때가 되었는데."

하며 을남은 영자 어머니를 머릿방으로 끌어다 놓고 다시 영자한테로 와서,

"영자, 오늘은 웬일이야? 왜 독살이 났어?"

하고 영자가 옷 입는 것을 거들어준다.

"남의 애인을 빼앗아서 혼인하는 년의 심사가 편하겠소?"

하고 영자는 고개를 돌려서 윗목에 시무룩하고 앉았는 금봉을 힐끗 본다.

"그건 다 무슨 소리야? 혼인날, 기쁜 날, 그런 소리는 왜 해?"

하고 을남이 영자의 치마 허리를 치켜준다.

"무엇이 무슨 소리요? 임이 금봉이 애인 아니오?"

"에잉, 그게 다 무슨 소리야?"

"왜, 언니도 안 그랬소? 임허구 나허구 혼인한다는 말을 듣더니 금봉이가 기절을 하더라구. 무얼 우물쭈물 속이우?"

"에잉, 그런 소리 말라니깐!"

"왜 말어? 난 아직도 마음이 작정이 안 되는데, 오늘 내가 식장에 가서 신부가 될까, 들러리를 설까."

"원, 별소리를 다 하네."

하고 을남은 금봉을 돌아본다. 금봉은 무르팍만 들여다보고 앉았다.

영자는 금봉을 힐끗 돌아보면서,

"금봉이가 날더러 임허구 혼인 말라면 인제라도 그만둘 테야. 내가 왜 평생을 두고 남헌테 원망을 들어. 괜히들 형식 오빠랑 을남 언니랑 서둘러서들 그러지, 내야 이 혼인을 꿈이나 꾸었나. 안 그렇수, 언니? 그러니깐 금봉이가 말라면 나는 말 테야. 또 오빠도 돌아가시구 어머니 혼자만 남으시구. 나는 도모지 시집갈 마음이 없어. 게다가 금봉이가 저렇게 기절을 하도록 설워하고 한평생 두고 날 원망을 할 테니 내가 어떻게 편안하겠어? 안 그래, 언니?"

하고 눈에 날이 서고 얼굴에는 파란 기운이 돈다.

"언니, 왜 날 가지고 그리시우?"

하고 금봉은 그제서야 고개를 들면서,

"내가 무에라기에 그러시우? 언니가 그러시면 난 어떡허면 좋아?"

하고 기막힌 듯이 몸을 튼다.

"아, 이거 무엇들 하구 있어? 시간이 다 되었는데."

하고 형식이 중절모를 비스듬하게 젖혀 쓰고 단장을 두르고 들어오며,

"신부 어디 있어? 무얼 꾸물거려, 어서 나와."

하고는 또 좀 더 소리를 높여서,

"아주머니, 아주머니, 시간 되었습니다."

하고 쾌활하게 외친다.

영자 어머니는 머릿방에서 영자와 금봉 사이에 왔다 갔다 하는 말을 다 엿듣고 대단히 입맛이 썼다. 그의 생각에는 사위와 금봉과 사이에는 벌써 있을 일은 다 있은 것같이 작정을 하였다. 이 생각은 새 사위 임학재에게 대한 신임을 많이 떨어뜨렸다. 사주단자와 치마 양단을 지붕 위로 넘긴다는 옛날 일도 생각하였다. 그러하던 차에 형식이 쾌활하게 부르는

소리를 듣고는 마음이 좀 풀려서 뛰어나왔다.

"응, 형식이 왔나? 벌써 시간이 되었나? 얘, 자동차 왔느냐? 다들 무엇들 하느냐?"

하고 영자 어머니는 불쾌한 생각을 떨어버리려고 일부러 바쁘게 서두른다.

"자동차는 벌써 와서 기다리나 보던데요. 운전수는 한잠 자고 난 모양이야요."

하고 형식은 단장으로 마루 끝을 두드리면서,

"아, 이, 무엇들 해?"

하고 재촉을 한다.

방에서는 영자와 금봉과 을남과의 사이에 바늘 품고 칼 품은 말이 왔다 갔다 하는 모양이요, 이따금 영자의 쨍쨍하는 성난 소리가 한마디씩 들렸다.

"또 무슨 변괴가 났어? 어서 나와."

하고 형식은 영자의 도무지 어거하기 어려운 성질을 상상하였다. 필시 금봉에게 대한 질투거니 하고 형식은 알아차렸다. 그러나 금봉에게 대한 질투 이외에 다른 원인, 이번 혼인에 대하여 짜증을 내는 다른 원인 하나가 있는 줄은 오직 형식만이 안다. 그것은 영자의 형식에게 대한 감정이었다.

형식은 영자가 십삼사 세 적부터 그 죽은 오라비의 절친한 친구로 영자의 집에 통내외하고 다닐 때에 영자는 형식에게 대하여 오빠라는 정도 이상으로 사모하는 정을 가지고 있었다. 형식도 그것을 잘 안다. 그러나 형식이 비록 남녀 관계에 깨끗한 인물은 아니면서도 결코 저를 믿고 따르는 이를 건드리는 사람은 아니었으므로, 혼인할 처지도 못 되는 영자에게 대한 관계를 형제의 문지방 너머로 넘기지는 아니하였던 것이다.

"오빠, 나는 시집 안 가요."

하고 영자가 형식에게 대하여 버티는 이면이 여기 있는 줄을 형식은 잘 알지마는, 형식은 그러하기 때문에 도리어 반강제적으로 이번 혼인을 맺어놓은 것이었다. 영자와 학재의 새에는 아무 연애 관계도 없었다. 학재도 연애로 장가들 사람이 아닌 동시에 영자도 연애로 시집갈 사람이 아닌 것을 형식은 잘 알았다. 게다가 매우 어거하기 어려운 성품을 가진 영자는 대단히 인격이 높은 사람허구 혼인하기 전에는 부부 생활을 무사히 하기가 어려울 것 같았고, 또 도무지 제 몸과 제 집을 돌아볼 줄 모르는 학재에게는 약간 인간적이요, 심한 편이지마는 조촐하고 매진 영자 같은 아내가 필요할 것 같았다. 이래서 형식은,

"어서 영자허구 혼인을 해. 자네두 인제 청년회 일을 해가려면 여자 교제도 많을 텐데 늙은 총각으로 다니면 세상 의심도 없지 아니하거든."

하며 학재에게 그럴듯한 이유를 만들어가지고 이 혼인을 붙여놓은 것이었다.

영자는 이왕 혼인할 바이면 임학재보다는 심상태가 낫지 아니할까 하는 눈치도 보였다.

"그게야 비교가 되나? 임학재가 금이면 심상태는 함석이야."

이렇게 형식은 영자의 잘못된 인식을 정정하여주었다. 그러나 원체 실제적이요 현실적인 영자에게는 학재의 지사적, 영웅적 기질보다는 상태의 변호사라는 직업이 더 귀하였다. 어딘지 모르게 학재에게 대하여서는 영자는 불만을 품었던 데다가 금봉이 학재를 아직도 못 잊거니 하면 심사

가 나는 것이었다.

그래도 마침내 영자는 신부로 차리고 자동차를 타고 식장으로 갔다. 금봉도 화장을 고쳐 하고 들러리로 따라갔다.

식장에는 아까 김광진의 누이 혼인식 적과는 유다른 손님으로 가득 찼다. 노인이라고는 신랑 신부 두 집 친족뿐이요, 다들 신식 청년들이었다. 학재가 조선청년회의 중심 인물인 만큼 기미년 이후에 새로 생긴 중견 계급의 거의 총출동이었다. 비록 청년들이라고는 하지마는 모두들 새 조선의 주인을 자처할 사람들이어서, 새로 된 신문사의 사장입시오, 주필입시오, 기잡시오, 새로 된 회사의 중역입시오, 무슨 회의 회장입시오, 집행위원입시오, 그러한 이들이었다. 이 회중을 아까 보던, 머리가 허옇고 구한국 시대에 참판이니 승지니 대감이니 영감이니 정경부인이니 정부인이니 하는 회중에 비기면 외양이나 기분이나 전혀 딴 나라, 딴 세상이었다. 저들 속에는 공자 맹자가 들어앉았다 하면, 이들 속에는 루소와 볼테르가 들어앉았고, 간혹 마르크스와 레닌도 들어앉았다. 저들이 가버린 옛날의 영화를 돌아보는 무리라 하면, 이들은 앞에 올 영광을 내다보는 무리였다.

신랑 되는 임학재는 이날도 다른 날과 다름없이 거의 무표정이라 할 만하게 정면만 바라보고 걷고, 정면만 바라보고 서 있었다. 목사가 서약하는 말을 물을 때에는 그는 매우 분명한 어조로,

"네."

하고 대답하였다.

신부의 손에 가락지를 끼울 때에도 그의 얼굴은 엄숙 그 물건이었다.

그와는 반대로, 신부는 매우 흥분한 모양이었다. 두 번이나 발을 헛디

디고, 목사 앞에 서서도 고개와 몸을 움직였다. 들러리를 선 심상태는 빙글빙글 웃는 낮으로 그의 쉴 줄 모르는 눈은 연해 회중 위로 헤매고, 안하에 무인한 듯한 형식의 시치미 뗀 태도와, 얌전과 수삽, 그 물건인 듯한 금봉의 태도가 가장 주목을 끌었다. 체통으로 보면 형식이 학재보다 나았고, 아름다움을 보면 금봉이야말로 신부인 듯하였다. 사람들의 눈도 매양 신부에게보다는 금봉에게로 자주 굴렀다. 할머니가 다 된 듯이 도무지 수삽한 빛이 없는 을남은 연해 신부의 옷자락을 거두어주었다.

식이 끝나고 축사판이 벌어지매, 젊은 지사들은 이것을 연설회장만큼 여기고 소리를 지르고 제스처를 하면서 열변을 토하였다. 그들은 임학재의 조선에 대한 책임이 중대한 것을 역설하고, 그 남편을 도울 신부의 책임이 따라서 중한 것을 역설하였다. 회중의 이 신랑 신부에 대한 열렬한 축하의 감정은 식이 파하고 신랑 신부가 물러 나올 때에 수없는 오색 줄과 쌀 소나기와 우렁찬 만세 소리로 표현되었다.

신랑 신부가 출입문에 다다랐을 때에는 사방으로서 악수의 총공격이 있었고, 금봉의 혼인에는 하나도 아니 왔던 ○○여자고보 직원들과 교우들과 학생들까지 모두 떨어 오고, 교우 대표의 축사 낭독까지 있었다. 을남과 숙희와 서정희에 대하여서도 다 반가워하고 존경하는 표를 보이지마는, 금봉에게 대하여서는 더러 마지못하여 인사하는 사람이 있을 뿐이었다. 여자들은 마치 무슨 더러운 전염병자를 대하는 모양으로 금봉과 눈이 마주치면 고개를 돌리고 몸을 비켰다. 그 깨끗한 몸들이 어떻게 차마 금봉과 같은 더러운 것과 접촉하랴 하는 듯하였다.

'저희들은 무엇이길래.'

하고 금봉은 강하게 반감을 일으켜도 보았다.

금봉은 도저히 피로연에 참예할 용기가 없어서 형식더러 아프다고 말하고 집으로 돌아왔다.

밤에 형식이 술이 거나하게 취하여서 금봉을 찾아왔다.

"대단히 아파?"

하고 마루 끝에 앉아서 금봉에게 물었다.

"괜찮아요, 치운데 들어오시지요."

하고 금봉은 쓰고 드러누웠던 자리를 밀어놓고 문을 열었다.

"어서 문을 닫어. 나는 피로연 끝내고 가는 길에 들렀어, 어떤가 하고."

하고 방에는 들어오지 아니하고,

"너무 마음고생 말어. 영자가 좀 샘이 나서 그러지마는 이제 혼인까지 했으니깐 어떨라구. 또 세상 사람들이 금봉을 보고 환영을 아니 하기로 그것이 대순가? 저희들은 다 백로같이 깨끗한 체하지마는 속들을 들쳐 보면 까마귀들이어든. 금봉이가 저희들보다 아름다우니깐 모두들 샘이 나서 그러는 게지. 원체 세상이란 환영한다고 기쁠 것도 없고 배척한다고 슬플 것도 없는 것이야. 그러니깐 마음을 단단히 먹으라구."

이 모양으로 혼자 지껄이고는,

"괜히 쓸데없는 걱정 말고 잘 자."

하고 가버렸다.

금봉은 형식의 친절이 고마웠다. 언제나 그렇지마는, 그는 사람의 속을 잘 알아주고, 알고는 동정하여주는 사람이었다. 사람들은 흔히 형식을 이현령비현령이라고 하기도 하고 건달같이 생각하는 이도 없지 아니하지마는, 그는 언제나 정확한 판단을 가지고 또 언제나 대의를 잊지 아니하는 사람이라고 금봉은 믿는다. 을남은 미친년이라고 생각하는 때도 있지마는, 형식만은 마음 놓고 믿을 수 있는, 또 믿는 보람 있는 사람이라고 생각하였다. 허량한 듯하면서도 찾을 제는 다 찾고, 희미(稀微) 중인 체하면서도 볼 것은 다 보고, 별로 누구하고 논쟁을 하거나 제 고집을 세우려는 빛도 없으면서도 세상을 내려다보는 사람이었다.

그러나 형식의 위로하는 말로도 금봉은 위로가 되지 아니하였다. 오늘 하루에 겪은 일이 천년만년 두고 겪을, 못 겪을 일을 다 겪은 듯하였다. 일찍은 세상에서 칭찬과 부러움의 목표가 되었던 그가 이제는 세상의 멸시와 조롱의 웃음거리가 되고 만 것을 아프게도 깨달았다.

'흥, 저희들은 무엇이길래.'

하여보지마는, 세상이라는 무정하고도 어마어마하게 큰 물건의 압박은 금봉을 등심뼈와 갈빗대가 우그러져라 하도록 내리누르는 것 같았고, 그 것은 마치 악악 소리를 내고 불어오는 바람과 같이, 또는 물결과 같이 도 저히 개인의 힘으로는 배겨내지 못할 것 같았다. 이, 몽둥이로 얻어맞은 듯한 아픔과, 그러고도 다음번으로 내려올 몽둥이가 머리 위에 들려 있 는 듯한 느낌은 도무지 금봉에게 잠들기를 허하지 아니하였다.

'인제는 임 선생도 가고 세상도 갔다. 나 혼자만 죽어버린 전염 환자의 자리옷 모양으로 흉가 된 비인 집에 남아 있고나.'

이렇게 금봉은 생각하였다.

이러한 정신적 타격은 임신 중인 금봉을 생리적, 심리적으로 더욱 괴롭게 하였다. 입맛은 더욱 떨어지고 구역은 더 나고 팔다리는 더 쑤시고 잠은 안 오고, 어찌어찌 잠이 들면 뒤숭숭한 꿈만 많았다.

학재가 혼인한 지 한 십여 일 후에 을남이 와서, 영자가 내외 싸움을 하고 울며 친정으로 뛰어왔다는 말을 하였다. 을남의 말에 의하건댄, 을남이 영자의 하소연을 들은 말이란 것은 이러하였다. 학재는 도무지 아내를 위하는 마음이 없다는 것이 영자의 원망의 주지였다. 을남의 말대로 적으면,

"글쎄 이런단 말야, 영자 말이. 임이란 사람이 도모지 나무로 깎아놓은 사람이라고. 도모지 신혼한 신랑 같지를 아니하고, 그게 무슨 소린지 모르지마는, 그렇게 무정한 사내허구는 남편이라고 믿고 살 수가 없다고. 아마 가정에도 그렇게 점잔을 빼나 봐. 어디 빼는 겐가, 그렇게 생겨먹었지. 그러고는 또 영자 말이, 밤낮 회 일만 생각하니 집에 들어와서까지 그럴 게 무에냐구. 그러구 사람들이 찾아와서는 밤이 깊으니 깊는 줄을 아나, 그러구는 사랑에서들 자구 간다고. 그럴 게 아니야? 임이 어디 집안사람 생각할 사람인가? 그런데 영자는 그게 다 불만이어든. 꼭 남편이 제 생각만 해주어야 만족할 모양이니, 영자 성질이 왜 그렇지 않는가 베. 퍽이나 다심하거든. 그래서 영자 말도 차라리 심상태 같은 사람이 나을 것 같다고 그랬지. 말하자면 영자는 아기자기한 내외 재미로만 살 사람이어든. 사람이야 알뜰하지 않은가? 그런데 임 같은 사람의 심경이나 사업을 이해할 사람은 아니란 말야. 그래 우리 오빠가 가끔 가서 설교를 했다나. 잘난 남편을 돕는 아내의 도리가 어쩌니 어쩌니 하고. 계집의 궁둥이나 달라붙어서 계집의 비위나 맞추어주는 사내를 무엇에다 쓰느냐고. 너는 조선에 일등 가는 인물의 아내가 되었으니, 그를 잘 위로하고 도와서 큰 사업을 이루게 하라고. 그래도 그런 말은 영자의 귀에는 안 들어가더래. 그러고는 말야, 영자 말이, 금봉이 또 어떻게 듣지 말어. 금봉이는 너무 신경질야. 내가 하는 말을 그저 예사 지나가는 말로만 들으라구. 인생이란 너무 그렇게 구소마지메(くそまじめ)하게 생각할 것은 아니

어든. 그런데 말야, 영자 말이 무슨 사내가 그런 사내가 있겠느냐고, 이건 필시 임이 금봉이를 못 잊어서 제게는 사랑이 없는 때문이라고. 그러구는 말야, 참 우스운 일도 다 있지. 우리 오빠도 앉아 있는 자리에서 영자가 임을 보고 아주 마지메(まじめ)하게 질문을 하더라는구먼."

하고 을남은 참을 수 없다는 듯이 한바탕 웃고 나서,

"영자가 무에라고 질문을 하려고 하니, 들어보아요 금봉이. 여보시오, 영자 말이 말야, 여보시오, 당신이 이금봉이를 사랑하였소, 아니 하였소? 이러더래. 그러니깐 임이 또 목곧이가 아니야? 사랑했지, 그러더라나. 그러니깐 영자가 눈이 샐쭉해지면서, 지금도 사랑하시오, 아니 하시오? 이러더라고. 그러니깐, 지금도 글쎄, 이 임이라는 탯덩이가 지금도 사랑하지, 그러더라는구먼. 그러니깐 영자가 입술이 파랗게 질리면서, 발발 떨면서 하는 말이, 그럼 왜 나허구 혼인하셨소? 사랑하는 다른 여자가 있으면서 왜 나를 버려주셨소? 그게 인격자의 행사요? 글쎄 이러구 날뛰더래. 그러는 걸 우리 오빠가 능청스럽게 말하기를, 영자, 나를 사랑했나, 아니 했나? 지금도 사랑하나, 아니 하나? 이렇게 물어서 영자의 예기를 질러버리니깐, 어디 그와 같아요, 어디 그와 같아요? 하기는 하면서도 수그러지더래. 그랬는데 그다음에도 이 문제 저 문제로 밤낮 내외간에 옥신각신했던 모양야. 영자가 그러는데, 임의 말이, 나는 조선보다도 아내를 더 사랑할 수는 없고, 옳은 일보다도 아내를 더 사랑할 수는 없고, 옳은 사람보다도 아내를 더 사랑할 수가 없다고 그랬다나. 아마 영자헌테 쪼들리던 끝에 무슨 말 계제에 그런 말이 나왔겠지. 그랬다고 영자는 그런 남편하고 살 수는 없소, 이 세상에서 나 하나만을 무엇보다도 고작으로 사랑해주는 남편 아니면 부부 생활 할 수 없소, 그랬다나.

그리고 뛰어나왔노라네, 글쎄. 그러고는 보는 사람마다 붙잡고 이런 분한 일이 있느냐고 울고불고 야단야. 왜 그래 글쎄, 영자가? 난 그런 줄까지는 몰랐어."

하고 을남은 한숨을 짓는다.

금봉은 가만히 듣고 앉았다가 빙그레 쓴웃음을 웃으며 할 말 없다는 듯이,

"거, 큰일 났구려."

하고 말았다.

"큰일 났어. 벌써 소문이 짜아헌데. 임이 사회에서 주목받는 사람이 아니야? 수천 명 회원의 지도자가 아니야? 지금 청년들의 임 숭배가 여간이 아니야요. 그런데 영자가 저 모양이니 어떡해?"

하고 을남은 냉수를 마신다.

"영자 언니가 왜 그러까?"

하고 금봉은, 영자가 그 좋은 남편, 임학재와 같은 남편을 만나가지고도 무엇이 불만해서 그러나, 하였다.

"왜 그러까는 무엇이 왜 그러까야?"

하고 을남은 신이 나서,

"도야지에게 구슬을 준 심이란 말야. 영자가 제게는 분에 넘는 남편을 만났거든. 영자헌테는 심상태 따위가 꼭 알맞는단 말야. 짚신에는 제 날이 격이라고. 그런데 오빠는 웬일인지 과대평가를 해요. 영자를 무슨 끔찍이 좋은 여자로 알아요. 날보고도 저 영자를 보아라, 어떻게 얌전한가 하고. 그야 내가 미친년이고 영자야 얌전이야 하지만도, 얌전이면 그만인가, 왜? 그까진 얌전이야 날더러 피우라면 몇 갑절 더 피울걸 무어. 안

그래, 금봉이? 그런데 오빠는 영자를 과대평가를 해가지고는 좋은 신랑 하나 망쳐버렸지. 임이 아모리 잘났기로니 저런 여편네를 데리고 행세를 한담."

"왜, 언니도 그 혼인을 권하였다면서?"

하고 금봉은 을남의 말이 더 듣고 싶었다.

"권하긴? 내야 심상태나 주라고 그랬지. 그러다가 이왕 혼인이 다 되고 보니 할 수 있나? 그래서 덜렁대고 한참 심부름을 해주었지."

하고 을남은 속에도 없는 말을 한다, 하고 잠깐 양심에 부끄러웠다.

"날더러 잠깐만 하나님 노릇을 하랬으면 바로잡아놓을 일이 많건마는."

하고 웃지도 아니하고 한숨을 쉰다.

금봉은 웃으면서,

"언니가 하나님이 되면 무엇을 바로잡겠소?"

하였다.

"바로잡을 게 수수 만만하지마는 그중에도 당장에 바로잡을 것이 있단 말야."

하고 저도 제 생각이 우스워서 한바탕 웃고 나서,

"자, 들어봐요. 우선 임허고 영자허고는 떼어서, 영자는 상태나 우리 오빠를 주고, 임학재는 이금봉허고 혼인을 시키고, 숙희는 조병걸허고 부부가 되게 하고, 심상태는 도로 제 어미 배 속에 집어넣고, 손 선생은…… 에, 그만두어."

하고 쓴웃음을 웃어버린다.

"그리고 언니는?"

하고 금봉도 킥킥 웃었다.

"나는? 내야 이대로 두지 어떻게 하나?"

하고 한참 생각하다가,

"글쎄, 나? 나는 서정희하고 둘을 한데 뭉쳐서 반에 갈라나 놓으까?"

하고는 마음이 괴로운 듯이 시무룩한다.

한참이나 두 사람이 다 입이 써서 말이 없다가 금봉이,

"그런데 언니는 인제 어떻게 하려우?"

하고 정성스럽게, 또 근심스럽게 묻는다.

"나?"

하고 을남은 눈으로 어디 먼 곳을 바라본다. 을남의 눈은 결코 심상한 눈이 아니었다. 가느스름하고 쌍꺼풀이 지고 사람을 꿰뚫는 빛이 있었다. 더구나 그가 시무룩해서 허공을 바라볼 때에는 그 눈에 위엄이 있었다. 그 얼굴도 아기자기하게 예쁘지는 아니하다 하더라도, 빛도 희고 흠할 곳은 없는 편이었다. 다만 오랫동안 여성답지 아니한 생활을 하였기 때문에 처녀다운 야릿야릿한 맛이 없고 늙은 총각과 같이 엉그럭스러운 빛이 있지마는 그래도 어느 구석엔지 모르게 엄전하고 의젓한 데가 있었다. 이제는 비록 금봉이나 다름없이 제 말에 팔리는 신세가 되었지마는, 금봉이 보기에는 을남은 다른 여자 동무들 모양으로 야멸차지도 않고 야살스럽지도 아니하고, 인정이 있고, 칼로 벨 때에는 베어도, 상냥스러울 때에는 무척 상냥스럽고 믿음성 있는 사람이었다.

"나? 나도 무엇이 될지 모르지. 그저 아이들헌테 싫은 소리나 하고 이럭저럭 살아가지."

하고 담배 한 대를 피운다.

"언니는 마음에 먹은 남자가 없으시우?"

하고 금봉은 한 걸음 더 파서 묻는다.

"흥, 그런 소린 왜 물어?"

"아니, 언니같이 저렇게 좋은 여자가 왜 아직도……."

하다가 금봉은 뒷말을 무엇이라고 댈지 몰라서 말을 끊어버렸다.

"낸들 왜 마음에 먹는 남자가 없겠나?"

하고 을남은 이제야 속에 먹은 말을 꺼내어야 할 것을 깨달았다.

"그러나 다 허사란 말야. 다 허사니깐 이렇게 미친년이 되어버렸거든."

하고 늙은이 모양을 한다.

"미치기는?"

하고 금봉은 을남을 진정으로 두남을 둔다.

"미친년이지, 내가 생각해도 미친년이야. 날마다 학교에서 계집애들을 대하면, 고것들이야 금봉이 문자로 깨끗한 생명들이 아닌가. 우리도 고만 때에는 천사 볼쥐어지르게 깨끗했거든. 지금 이렇게 개차반이 되었지……. 고 깨끗한 계집애들을 앞에 놓고 선생이랍시고 칠판 앞에 서면 등골에 땀이 흘러요. 고것들이 부럽기도 하고 부끄럽기도 하고, 또 나 같은 개차반이 선생이랍시고 나같이 되어라, 하게 된 것이 미안도 해서. 그래서 어떤 때에는 분필 갑을 탁 둘러메치고 울고 뛰어나오고도 싶지."

"어디, 언니보다 나은 선생은 있던가?"

하고 금봉은 자기 위로 겸 을남을 위로한다.

"그럴 리가 있나? 선생들이 다 나 같은 사람이면 조선 망하게. 그런데 말야, 금봉이도 나를 음탕한 년으로까지 알는지 모르지마는, 또 말로도 내가 일상 정조가 무슨 다 거지발싸개야, 하고 흰소리를 하지마는, 그

게 다 결국은 할 수 없어서, 자포자기로 하는 소리야. 역시 사람이란 남
녀 관계가 깨끗한 게 제일야. 물론 여자만을 가리키는 것이야 아니지, 남
자나 여자나 이 깨끗이란 문제에서는 평등이지마는. 도모지 한번 정조를
헐어버리면 뻗댈 심이 없어진단 말야. 어째 때 묻은 옷을 입고 나선 것 같
아서 사람을 대하면 저절로 움츠러지거든. 우리가 깨끗한 처녀 적에야
어디 겁이 있었어? 그야말로 하늘을 우러러도 부끄러울 것이 없고 사람
을 보아도 두려울 것이 없지 않았어? 그랬더니 한번 아차 정조를 헐고 부
정한 비밀을 가슴에 품게 되니깐 처녀 적 도고하던 것이 쑥 들어가고 만
단 말이야. 그래서 저를 변호하노라고 연애의 자유니 연애의 신성이니
개성의 해방이니 인습 타파니 하고 그럴듯한 철학을 꾸며대지마는, 그것
이 다 야세가만(やせがまん)이란 말야. 임학재가 누구헌테나 존경을 받는
것이나, 또 강영자가 젠체하고 도고한 것이나 다 그 때문이어든. 세상 사
람들은 저희는 깨끗하지 못해도, 저희가 깨끗하지 못하니깐 그런지 모르
지만, 남이 깨끗한 것은 시기는 하면서도 무척 존경하는 것이어든."

　금봉은 을남의 말을 들으면서 절절히 옳다고 생각하였다. 그리고 그렇
게 성 문제에 있어서는 되는대로 주의로 가는 것같이 보이던 을남이 속으
로는 이런 생각을 하고 있었나 하면 놀랍고, 또 을남이 이러한 생각을 가
지고 있음을 발견할 때에 더욱 존경하는 마음이 생겼다.

　을남은 다시 말을 이어서,

　"우리 오빠도 사람이야 괜찮지. 아주 머리가 좋고 서글서글하고 시언
시언하고, 또 너그럽고, 또 대의에 버스러지는 일은 안 하지만 보헤미안
이란 말야. 좀 방탕하거든. 그것이 오빠가 제 가치를 낮추는 것이야. 나
도 오빠와 같이 보헤미안식 아버지 피도 받았지마는 오빠의 나쁜 본을 받

은 것이 더 많지. 그것이 내 일생을 망쳤어. 그 연유를 들어보려나? 내가 동경 갈 때까지야 말괄량이 소리를 들었지마는 여간 도고했어?"

"그럼, 언니야 도고하다고 들리우기까지 했지."

"그런 것이 동경 가서 오빠랑 또 오빠만도 못한 선떡부스러기들이 연 앱시오, 무엇입시오 하는 꼴들을 보니깐 그만 물이 들었단 말야. 그래서 어떤 놈팽이헌테 정조를 빼앗겼거든. 빼앗겼나, 바로 말하면 내가 주었지. 여자들이 정조를 빼앗겼느라는 것은 다 비열한 거짓말이어든. 글쎄 그 일이 있은 뒤에 어떤 남자를 만났단 말야, 마음에 드는 남자를. 그러니 기가 막히겠어, 안 막히겠어?"

"기막힐 일이지. 그 남자가 누구요?"

"글쎄 그 남자가 누군 건 둘째 문제로 하고. 그러니 겁겁한 내 성미에 죽어버리고 싶단 말야."

"응, 그래서 언니가 물에 빠져 죽는다고 아다미로 달아나는 문제가 생겼구려?"

"그럼. 그래도 오빠도 그 이유가 무엇인지는 모르지. 남자관계인 줄은 아시겠지마는 꼭 어떤 남자인지도 모르시지. 그러니 내 몸이 깨끗지 못하고 보니 어디 감히 그 남자를 바랄 수가 있나. 그러면서 단념은 안 되고. 그래서 에라 빌어먹을 것, 이왕 독약을 마시랴거든 찌끼까지 마셔라 하고 나간 것이 이 꼴이란 말야."

"그래서?"

하고 금봉은 을남의 말에 깊은 흥미를 느끼면서,

"그런데 그 남자가 누구요?"

하고 을남의 못 이룬 사랑의 대수를 알고 싶어 한다.

446

"그런데 말야……."

하고 을남은 말을 이어서,

"그러니 죽지도 못하고 마음에 먹은 남자는 그림의 떡이란 말이지. 잊자니 잊어를 지나……."

"잊어질 게면 무슨 걱정야?"

하고 금봉이 대꾸를 높인다.

"그럼. 사람이란 잊길 곧잘 하는 동물이지마는 잊으려 들면 더 생각이 나는걸. 그래서 에라 내 몸을 버린 바이니 그 사내를 한번 후려내어나 볼까, 글쎄 이런 생각을 다 했어."

"에그머니! 언니도."

"그럼 어떡해? 그야 내가 악이 오른 것이지. 그래 그 사람을 자꾸 찾아갔지. 가서는 울어보고 웃어보고, 무엇은 안 했겠어? 그렇지만 이 사내는 돌부처님이라, 암만 지근덕거려도 눈이나 거들떠보나. 괜히 내 속만 다 보이고 말았지."

"그래서?"

"그래서, 그러고 말았지, 어떡하나? 소설을 보면 사랑하는 사람을 혼자서 마음속에 그리고, 그 그리움을 품고 그 애틋한 마음으로 양식을 삼으면서 일생을 보내는 사람도 있지 않어? 저 에반젤린같이 말야. 남자로 치면 이노크 아덴도 그랬지만. 서양 사람들은 곧잘 그 짓을 하나 봐. 그렇지만 나는 그게 안 돼, 내가 장년이 돼서 그런지."

하고 을남은 한숨을 쉰다.

"참 그랬으면 좋기는 좋을 테야. 그까진 혼인이니 부부 생활이니, 그런 추접스러운 것 다 말고 마음속으로만 깨끗하게 사랑을 품고 갔으면 얼마나 좋을까?"

하고 금봉도 한숨을 쉰다.

얼마 잠잠하다가 금봉이,

"그래 그 남자, 언니가 사랑하던 그 남자는 도모지 언니를 사랑하는 기색을 안 보여?"

하고 그 문제를 계속한다.

"왜, 호의야 가지지."

"그래 언니가 지근지근 졸르면 무에라고 해요?"

"하하, 그렇게 알고 싶어?"

금봉은 낯을 붉힌다. 을남은 금봉에게 미안한 듯이 곧 말을 이어,

"인생이 왜 연애뿐이냐고, 연애가 죄는 아니지마는 연애를 이기는 것이 더 거룩한 일이라고, 예수도 일생 독신으로 지내시고 베드로랑 바울이랑도 일생을 독신으로 지내지 않았느냐고, 그이들도 사람이니깐 이성 그리운 정이 없었을 리야 있느냐고, 그렇지마는 연애와 같은 자기 일신의 욕망보다 더 크고 거룩한 사명을 자각하고 목숨까지 희생을 하였으니, 그까진 연애 따위냐고, 우리 조선 청년들도 연애 이상의 남녀가 많이 생기지 아니하면 아니 된다고, 그저 이 말이지. 그러니 아모리 나 같은 잡년이기로니 이런 말을 듣고야 다시 무에라고 하나? 선생님 말씀이 옳습니다, 하고 물러날밖에."

하고 유심하게 금봉의 눈치를 본다.

금봉은 을남의 말을 듣고는 이야기 듣던 흥미도 다 깨어지고 전신을 칼로 에어내는 듯한 아픔을 깨달으면서,

"언니, 그이가 누구요? 언니, 그게 모두 정말이오? 나 들으라고 꾸며

대는 말이 아니오?"

하고 의심스러운 눈으로 을남을 유심히 본다.

"꾸며대기는?"

하고 을남은 거의 비창하다고 할 만한 표정으로,

"내가 왜 꾸며대나? 인제는 다 말해도 괜찮을 때가 되었으니깐 금봉이 보고 한번 설파해야 될 말이니깐 말한 게지."

하고 마치 솟는 눈물을 삭이려는 사람 모양으로 눈을 끔적끔적하면서,

"그만큼 말하면 내가 더 말하지 아니해도 금봉이가 다 알았지?"

"무얼요?"

"그래도 몰라? 그 사람이 누군고 하니 임학재란 말이오."

금봉은 말이 없이 고개를 숙인다.

"금봉이가 임을 사랑하는 줄을 알고는 내가 샘이 났어요. 그것도 인제 자백하지. 그래서 금봉이의 사랑을 훼방을 놓느라고, 금봉이 용서해요. 나는 오늘 금봉이헌테 내 죄를 자백하고 용서를 빌러 왔어. 나는 금봉이 가 샘이 나서……."

하고 차마 말할 수 없는 듯이 입을 다문다.

을남은 한참 동안 고개를 숙이고 말이 없다가 다시 고개를 들 때에는 두 눈에 눈물이 가득하였다.

"금봉이, 용서해요."

"아이, 언니도. 용서가 무슨 용서요?"

"아니야, 내가 죽일 년이야. 금봉이를 일생을 망치게 한 년이 내어든. 그래서 내가 금봉이헌테 사죄하러 왔어요. 금봉이, 용서해, 응?"

하고 을남은 걷잡을 수 없이 느껴 운다.

금봉은 을남의 할 말이 무엇인지 모르나 역시 눈물을 흘리면서,

"언니, 왜 우우? 내가 언니헌테 용서해드릴 게 있으면 무엇이나 용서할 테니 우시지 말아요."

하고 을남의 어깨를 만진다.

금봉은 을남이 우는 양을 처음 본다. 남자 같은 을남이 우는 것을 볼 때에는 더욱 처량하였다.

"고맙소. 금봉이, 고마워."

하고 을남은 으스러져라 하고 금봉을 껴안고 눈물에 젖은 뺨을 비빈다. 찬물과 같아 보이던 을남도 이러한 열정을 가슴속에 감추고 있었던가, 하고 금봉은 더욱 슬펐다.

둘이서 한참 동안 서로 안고 울다가 을남이,

"금봉이, 나 냉수."

하여 냉수 한 그릇을 반이나 마시고 나서 어룽어룽한 눈물을 씻으면서,

"그러니……."

하고 말을 계속한다.

"그러니 나는 실패했는데 금봉이가 나선단 말야. 내 생각에는 그때까지 금봉이는 어린애 같고 동생으로 보아도 셋째 동생이나 되는데, 금봉이가 나서고 보니 어디 나하고야 경쟁이 되느냐 말야. 금봉이는 그야말로 함 속에 넣어두었던 깨끗한 숫처녀야, 미인이야, 재주가 있어, 어디 무엇 하나 부족한 데가 있나? 게다가 가만히 눈치를 보니깐 임이 금봉을 못 잊는 모양이란 말야. 그 사람은 솔직하거든. 그러니깐 못 견디게 샘이 난단 말야. 그래서 어떻게 해서든지 훼사를 놓으랴고 결심을 하고는…… 아니 부끄러워서 이 말을 다 어떻게 해? 금봉이 용서해요."

하고 두 손에 얼굴을 묻는다.

"어서 말해요."

"그래서는 임을 보고는 금봉이 흠담을 막 했지, 있는 소리 없는 소리. 그래도 안 되니깐 심상태를 추겨서 금봉을 후려내라고 하고, 그것도 안 되니깐 야종에는 손 선생헌테 편지질을 했지. 금봉이가 임이랑 심이랑허구 좋아한다구, 어서 혼인을 해버리지 아니하면 영영 놓쳐버리리라고. 그러고는 내 계획대로 되는 것을 보고 나는 좋아서 혼자 웃었지. 그러고도 부족해서 이번에는 오빠를 추겨서 영자허구 임허구 혼인을 시켜놓고. 그러고는 금봉이 괴로워하는 것을 볼 양으로 금봉이더러 들러리까지 서라고 하고. 금봉이, 내가 이렇게 괴악한 년인 줄은 몰랐지? 금봉이는 그래도 나를 믿고 언니, 언니, 하고 따랐지?"

하고 애원하는 눈으로 금봉을 본다.

금봉은 이 말을 듣고 파랗게 질렸다. 앞이 캄캄해지고 전신이 풍 맞은 사람 모양으로 떨렸다. 입에는 침이 마르고 손발 끝이 금시에 싸늘하게 식는다.

금봉은 단박에 을남에게 대들어서 그 아가리를 찢고 눈깔을 후벼주고 싶었다. 칼로 그 가슴통을 우비어주고 싶었다. 그러나 전신이 얼어붙어서 손가락 하나 옴짝할 수가 없었다.

을남은 금봉의 이런 모양을 보고 머리가 쭈뼛하도록 무서웠다. 그러나 제 한 간이 그만 것은 당연하다고 생각하고 말을 계속하였다.

"금봉이, 내 할 말을 마자 하게. 그 말까지 듣고는 나를 때리든지 발길로 차든지 칼로 찔러 죽이든지 마음대로 해요. 실컷 분풀이를 해요. 내가 그 분풀이를 받아 쌀 년이니깐. 그렇지만 내 말이나 마저 들어주어, 응?

내가, 이런 몹쓸 년이 이렇게, 그래도 금봉이 앞에 와서 제 죄를 자백할 생각이 났는지, 그 말까지나 들어주어, 응?"

하고 금봉에게서 올 무슨 보복이든지, 그것이 설사 칼로 가슴을 찔리는 일이라 하더라도 다 달게 받으리라 하는 결심을 하고는 태연하게 대접에 남은 냉수를 마저 마시고, 금봉의 눈이 제게로 향하기를 기다린다. 금봉의 눈은 마치 운명하려는 사람의 눈 모양으로 허공에 박혀서 움직이지를 아니한다.

을남은 금봉의 눈이 들리고 입이 열리기를 기다리다 못하여 금봉이야 듣거나 말거나 하려던 말이나 다 쏟아버리리라 하고,

"금봉이, 듣기 거북하더라도 내 말을 다 들어. 그래, 그런데…….."

하고 두서를 찾지 못해서 잠깐 머뭇거리다가,

"그런데 어저께 영자헌테서 오빠허구 나허구 좀 오라고 기별이 왔단 말야. 대단히 시급한 일이 있으니 곧 오라고, 편지도 아니구 사람이 와서 전갈을 하거든. 그래서 오빠는 마침 안 계시고, 그래 나 혼자 달려가 보았지, 영자 집으로. 그래 갔더니 글쎄 영자가 어머니허구 앉아서 도저히 임허구는 살 수 없다고 독이 올라서 야단이란 말야. 마치 히스테리 들린 여편네 모양으로 울고불고 짜징을 내고. 내가 영자 마음을 돌리노라고 별의별 소리를 다 해도 막무가내야. 임이 자기에게 대해서는 사랑이 없다는 것이어든. 너무 냉담하다는 것이어든. 그리고 금봉이를 사랑하노라고 자백했다는 것이어든. 어머니더러 이혼해내라고 야단이야 글쎄. 그러다가 할 수 없이 집에 돌아왔지. 오빠가 들어오시길래 그 말을 했더니, 오빠야 상투 끝에 벼락이 떨어지기로니 눈이나 깜작하는 사람이야? 내 버려두라고, 혼인 초에는 그런 일이 있느니라고, 가만두면 낫는 병이요

건드릴수록 더하는 병이라고. 그러고는 혼자 중얼거리는 말이, 망할 것이 분에 넘는 남편을 만난 것을 고마운 줄을 모르고서, 이러시겠지. 영자를 두고 하는 말이지. 오빠 말씀을 들으니깐 또 그럴듯도 하지마는, 밤에 혼자 가만히 생각해보니 어디 잠이 와야지. 모두 내 잘못으로, 내 질투로 몇 사람을 불행에 빠지게 했나 하고 생각을 하니 견딜 수가 없단 말야. 금봉이를 망쳤지, 임 씨를 망쳤지, 영자를 망쳤지, 손 선생인들 망친 게 아니고 무엇이야? 금봉이나 임이나 영자나 이 앞에 어떠한 장면을 전개하랴는고, 하고 생각하면 소름이 끼쳐요. 그래서 밤새도록 한잠 못 자고 오늘 학교에를 가기는 갔지마는, 교실에서 무슨 소리를 했는지 모르지. 그러고는 금봉이를 찾아온 게야. 와서 내 죄를 자백하고 금봉이 손에서 받아 쌀 벌을 받든지 용서함을 받든지 하리라 하고. 금봉이, 용서해주어요. 내가 어디 본래 이렇게 요사스럽기야 했나? 미친년 같다는 말은 들어도 악인이라는 말은 안 들었지. 그런데 임에 대한 샘으로 그만 마음이 뒤집혔단 말야. 미친개 혼이 씌었단 말야. 그런데 인제는 운명으로 정해진 죄를 다 지어서 그런지는 몰라도 그 씌었던 미친개 혼이 벗겨져서 도로 본심에 돌아왔으니 금봉이 용서해주어요. 금봉이만 망쳤나? 나 자신은 더 망쳐놓았지. 그야 나는 자작지얼이지. 애매하고 불쌍한 것은 금봉이야. 금봉이가 나보다 아름답다, 나보다도 남자를 끄는 힘이 더 많다, 하는 것이 내 마음속에 지독한 질투의 불을 붙여놓았단 말야."

여기까지 말하고 을남은 말을 그치고 금봉을 바라보았다.

금봉의 얼굴에는 다시 피가 돌고 거의 끊어진 듯하였던 숨소리가 나기 시작하였다.

"언니하고 나하고 무슨 업원이오?"

하는 말이 금봉의 입술에서 흘러나왔다. 다음 순간에 금봉은,

"언니, 그런 말씀은 내게 안 들려주셨더면 좋을 뻔했어. 그야 내 마음만 단단했으면야 아모리 언니가 책동을 하시기로 까딱도 없었겠지마는, 그래도 약한 인생이라 언니가 원망스럽구려. 아직 언니를 용서한다고는 못 하겠어."

하고는 더 말하지 아니하였다.

을남은 금봉의 이 말에 숭배하고 싶도록 높은 무엇을 느꼈다. 을남은 한참이나 무료한 듯이 앉았다가,

"금봉이, 나는 요새에 내 마음보다 더 힘 있고 높은 무엇이 있는 것만 같이 느껴져. 금봉이도 아다시피, 내야 유물론자 아니야? 그런데 비록 짧은 일생이지만 지나간 일을 생각하면 암만해도 내가 내 마음대로 살아온 것 같지를 않어. 이 우주에도 나보다 큰 힘이 있어서 나를 이리저리로 조종을 하는 것 같어. 내 마음속에도 미친개 혼허구, 퍽 깨끗하고 높은 무엇허구 둘이 싸우고 있는 것 같고. 그게 하나님과 마귀라는 것인지, 조병걸 씨 문자로 모도 다 전생의 업보라는 것인지는 모르지마는, 무엇이 있는 것만은 사실인 것 같애. 그것이 없다고 뻗대고 온 것이 내 모든 죄와 실패의 원인인 것 같어. 금봉이, 내 인제부터는 좋은 길로 가도록 힘을 쓰께."

하였다.

'퀵샌드! 퀵샌드!'

하고 금봉은 삼청동 새로 떠나온 집 마루 끝에 앉아서 김장에 바쁜 하인들을 바라보면서 생각하였다.

'을남 언니는 좋은 길을 걷겠다고? 홍, 헌털뱅이가 다 되어서 인제는 넝마전에도 못 나가게 되니깐.'

하고 며칠 전에 을남이 하던 이야기를 생각한다.

'좋은 길을 가라지. 퀵샌드에 빠진 나는 점점 더 깊이 들어갈 뿐이다. 밑창까지 들어가서 바닥을 보고야 말 작정이다.'

하고 금봉은 오늘부터 꼬물거리기 시작한 배 속에 든 아이를 생각하고, 이제는 침모의 딸이 다 되어서 침모 방에서 종알대는 정선의 소리를 듣는다.

'이것들이 나를 한량없이 깊은 곳으로 끌고 들어가는고나.'

하고 금봉은 한숨을 쉰다.

금봉은 이제는 아주 내놓은 광진의 마마님이 되어버렸다. 은봉은 차라리 계모의 눈총을 맞고 살지언정 첩살이하는 형 집에는 아니 있는다고 삼청동 형의 집에는 와보지도 아니하고 애오개 집으로 가버리고 말았다.

호적은 손명규의 처로 있는 채 김광진의 첩이 된 것이다. 광진은 은행 시간이 끝나면 큰집으로 갔다가 큰집에서 저녁상을 받고 곧 금봉의 집으로 왔다. 아침을 금봉의 집에서 먹고 저녁을 가회동 큰집에서 먹는 것이 격식이 되었다. 삼청동에 온 지 얼마 아니 하여서 벌써 가회동 집 하인들이 염탐 겸 다니기를 시작하고, 이따금 뉘가 보내는 것인지 반찬거리와 제사 음식 분깃도 왔다. 처음에는 그런 것을 받는 것이 침모랑 하인들 소시에서 뭐하기도 하였지마는, 그것도 얼마 아니 하여서 예사가 되고 말았다. 김장도 가회동 하인들이 사들이고, 지금 이 마당에서 배추를 다듬고 무를 씻는 것도 가회동서 온 사람이었다. 문패만은 '김광진'이라고 붙이지 아니하고 침모의 이름으로 '어소사'라고 붙였다.

'그래도 이것이 아들이 되어서 입적만 되면.'

하고 금봉은 광진의 약속을 생각한다. 광진은 정선을 입적시키지 못한 것을 유감으로 생각하고 이번에 낳는 애가 아들이면 적자로 입적을 시킨다고 약속을 하였다.

"그러나 대감께서 허락하시겠어요?"

하고 금봉이 물을 때에,

"그건 염려 말어. 아버지도 지금 나이 칠순에 손자를 어떻게 기다리시는데."

하고 광진이 다지기까지 하였다.

'이것이나 낳아서 다행히 아들이고 또 맏아들로 입적이나 되면, 그게나 길러놓고.'

하고 금봉은 이런 것으로 희망을 삼게 되었다.

세상에서 손가락질을 받는 금봉은 차라리 세상에서 잊혀지기를 원하였다. 추운 겨울과 부른 배도 배지마는, 금봉은 조금도 대문 밖에 나서는 욕망이 없었다. 후끈후끈하게 난로를 피워놓은 대청에 앉았노라면 눈을 소복소복 이고 섰는 백악의 소나무들이 보이고, 취운정 뒤에 식전 산보 다니는 학생들이 목이 찢어져라 하고 외치는 소리도 들리고, 산꼭대기에 서서 정말체조를 하는 모양도 보였다.

'에라 될 대로 되어라.'

하고 몸을 탁 내어던지니 도리어 편안하였다. 비록 몸이 던져진 데가 구린내 나는 시궁치라 하더라도 뭇사람의 눈총에서 조바심하는 것보다는 도리어 마음이 편한 것 같았다. '지옥의 편안'이라고 금봉은 생각하고 혼자 웃었다. 시나브로 책장을 들춰볼 여유조차 있었다.

광진은 퍽이나 금봉을 위하였다. 저녁에 올 때마다 무엇이나 먹을 것도 싸가지고 오고, 커다란 빅터 유성기도 갖다 놓고, 성북동 정자에서 광진이 금봉을 처음 만날 때에 보던 침대와 탁자도 갖다 놓고, 레코드도 가끔 새것을 사 오고, 설 명절에는 라디오도 사다 놓았다. 손명규가 사준 피아노를 갖다주고 그보다 더 좋은 피아노를 사다 놓았다. 때때로 금봉이 피아노를 치는 소리도 한길에 울어 나왔다.

"우리 정선이는 여섯 살만 되면 피아노를 가르쳐야."

하고 광진은 정선을 이제는 내놓고 제 자식으로 안고 앉아서 그 팔목을 잡고 피아노를 치게 하였다. 광진도 피커딜리(piccadilly) 곡조쯤은 칠 줄을 알았다.

'그럭저럭 살아가지.'

할 만하게 된 때에 금봉에게는 새 괴로움이 또 왔다.

금봉에게 온 새 괴로움이란 무엇인가. 그것은 광진의 부인이 잉태하였다는 것이다. 십오륙 년 전에 아이 하나를 낳아서 젖 끝에서 잃어버리고는 영 잉태해보지 못하던 '아씨께서' 태기가 있다는 것은 김광진의 집에는 여간 경사가 아니었다. 광진이 서양 다녀온 후로는 도무지 본처와 동침하지 아니한다고 해서 두 집, 광진의 집과 그 처갓집의 큰 걱정거리가 되던 것이 이제 광진의 부인이 잉태한 것이 확실한 것은 두 집에 큰 경사일 것이 아닌가.

"아씨께서도 나이가 사십에 웬 앨까 하고 여태껏 감초고 계셨다구요. 그래도 영 입맛이 없으시구 몸이 수척하시구 하니깐은 정경부인마냄께서 노 걱정을 하셔서, 아가, 웬일이냐, 어디가 아프냐, 하시고 애를 쓰셨답니다. 정경부인마냄께서 어떻게 그 아씨를 귀애하신다구요. 또 영국 서방님께서 도모지 가까이하시지를 아니하시니깐은 그것이 가엾으셔도 노 불쌍하다고 그리셨답니다. 그래서, 의사를 불러오랴, 아가, 병원에를 가보려무나, 그러시던 끝에 무슨 박산가 한 의사 양반이 와 보시더니 애기라구요, 벌써 다섯 달이나 되었다구요. 그러니 정경부인마냄께서 얼마나 기쁘시겠어요? 대감마냄께서도 이거 경사라구, 인삼을 들여라, 녹용을 들여라, 하시고 야단이신데요."

하고 가회동 집 수다스러운 어멈이 금봉 집에 와서 침모를 보고 묻지 않는 말을 한바탕 늘어놓고 간 것이었다.

'그래도 본부인헌테를 댕기는군.'

하고 금봉은 이 말을 들을 때에 질투가 일어났다. 금봉이 삼청동 온 뒤에도 광진은 삼사 차 큰집에서 자고 왔다. 혹은 제사라 하고, 혹은 시골서 손님이 와서 성북동서 잤노라고 하였다. 그러나 금봉은 본마누라하고 동침은 하리라고는 생각도 아니 하였다.

'다섯 달이라, 이 애보다 석 달 나종이로고나.'

하고 금봉은 한숨을 쉬었다.

그러나 금봉을 괴롭게 하는 것은 광진의 본마누라에 대한 질투뿐이 아니었다. 그보다도 더 큰 것이 있었다. 만일 광진의 부인이 아들을 낳는다면 금봉의 배 속에 있는 아들이 광진의 상속자가 될 수는 없다는 것이다. 그렇고 보면 금봉의 지금까지의 꿈은 헛꿈이 되고 마는 것이다. 광진의 부인이 딸을 낳고 금봉이 아들을 낳으면, 둘이 다 아들을 낳으면, 이러한 생각을 뇌고 뇌었다.

그날 광진이 삼청동 집에 왔을 때에는 광진은 술이 취하였다. 금봉은 광진을 만나는 대로,

"그런 경사가 어디 있어요?"

하고 빈정대는 모양으로 웃었다.

"무슨 경사?"

하고 광진은 취한 눈을 크게 뜨고 입을 우물거렸다.

"부인께서 태기가 계시다고요? 참 그런 경사가 없어요."

하고 금봉은 바르르 떨리는 몸을 억지로 진정하였다.

"누가 그래? 어느 미친년이 와서 또 무에라고 지껄였어?"

하고 광진은 좀 낭패하여 일부러 더 취한 양을 보인다.

"그런 기쁜 소식을 내가 알면 큰일 나나요?"

하고 금봉은 새침해진다.

"큰일 나지, 큰일 나."

하고 겸연쩍은 듯이 금봉의 허리를 껴안으려고 하는 것을 금봉은 몸을 뿌리쳐 물러앉으면서,

"점잖은 양반이 무얼 이러시오?"

하고 북받쳐 오르는 분통을 꾹꾹 내리누르면서,

"오늘은 어째 오셨어요? 부인한테시 주무시지."

하고 똑바른 화살을 광진에게로 쏘았다.

"이건 머야, 질투를 하시는 게야?"

하고 광진은 멸시하는 듯이 금봉을 향하여 픽픽 웃는다.

"원 천만에 말씀이오. 내가 무에라고 남의 내외 의좋게 사시는 것을 질투를 해요? 벼락 맞게. 그러지 아니해도 밤낮 저주를 받고 있는걸. 부인께서 기다리실 테니 어서 가보시란 말이지."

하고 금봉은 일어나서 마루로 나가버린다.

정선이 자다가 엄마와 '아저씨'의 큰소리에 깨어서 운다.

이로부터 금봉에게는 다시 입덧이 돌아오는 것 같았다. 아주 구미를 잃고 몸은 날로 수척하였다. 책장도 안 들춰보고 피아노도 안 울렸다. 광진이 와도 웃음판이 벌어지는 일이 없었다.

만삭을 바라보는 금봉은 귀신이 다 되었다. 아침마다 하던 단장조차 폐해버리니, 그렇게 곱던 살빛도 누르스름하게 되고 얼굴에는 여기저기 주근깨조차 보였다.

"요년, 요년. 요 웬수엣년이!"

하고 어쩌다가 어미 곁에 오는 정선을 욕설하고 때리는 일도 종종 있었다.

배 속에서 더욱 기운차게 펄떡펄떡 노는 아이도 금봉에게는 무슨 징그러운 원수만 같았다. 왜 이것은 떼어버리지를 못했던고, 하고 금봉은 혼자 몸부림을 하며 화를 내었다.

'이것들이 자라기로 무엇을 하나. 일생을 천덕구니로 지날 것을.'

하고 금봉은 자기가 학교에서 '기생 딸, 기생 딸', '첩년의 딸, 첩년의 딸'하고 아이들한테 가슴 쓰린 수모를 당하던 일을 생각한다.

'그 여편네 애가 떨어지기나 했으면.'

하는 생각이 날 때에 금봉은 몸서리가 쳤다. 내가 첩년이 다 되었고나, 악한 계집이 다 되었고나, 하고 하늘이 무서웠다.

세상을 다 등진 금봉을 찾아올 사람은 하나도 없었다. 가끔 가회동 집 수다스러운 어멈이 와서는 듣기 싫은 소리를 골라가지고 나온 것같이 늘 어놓고 갈 뿐이었다.

"우리 아씨께서는 삼청동 아씨 어떠시냐고, 무얼 좀 잡수시느냐고 노 걱정을 하신답니다."

이런 소리까지 하였다.

"참, 우리 아씨는 인자하셔요. 삼청동 아씨도 인자하시지만."

이런 소리도 하였다.

"그년이 요담에 오거든 아가리를 찢어주어야."

하고 금봉네 할멈은 금봉을 대신하여 분개하였다.

"식은 밥덩이 얻어먹기는 제나 내나 매한가진데, 무얼 어쩝지 않게 큰집 하인이로라고 사람을 깔보고."

하고 할멈은 혼자 게두덜거렸다.

금봉을 찾아오는 친구가 하나 생겼다. 그것은 동네에 사는 어떤 늙은 부자의 마마님이었다. 그는 나이 사십을 바라보는 사람으로, 한참은 기생으로 이름이 높았고, 지금은 부자로 이름이 높았다. 그는 자식 없는 늙은 부자에게 아들을 낳아주었고, 또 여러 일가들의 반대를 물리치고, 양자 후보자인 조카를 물리치고, 제가 낳은 아들을 적자로 입적하는 데 성공하였다. 그리고 그는 어찌어찌하여 남편에게 수천 석을 제 명의로 옮기는 데도 성공하였다. 그는 매우 큰 수완가였다. 그는 넉넉한 재산을 가지고 여러 가지 부인 단체와 자선사업에 돈을 내어서 중요한 인물이 되었다. 그는 처음에는 피아노 소리에 금봉의 집에 흥미를 가졌고, 나중에는 하인들의 염탐으로 그 피아노 소리가 유명한 이금봉의 손에서 나오는 것임을 알고, 하루는 집 구경이라 칭하고 찾아 들어왔다.

몇 번 내왕에 금봉은 '종태 어머니'라는 이 부인과 친하게 되어서 금봉은 그를 '형님'이라고 부르고 그는 금봉을 '동생'이라고 부르게까지 되었다.

"내가 아오님 어머니를 여러 번 뵈었다우. 어렸을 때지마는 그 아주머니야 거문고 잘 타시기로 유명하셨다우. 나도 그 아주머니 거문고 타시는 걸 들어보았지마는 참 잘 타셨거든. 나도 배우긴 그때에 거문고를 배웠지. 바루 아오님 어머니 선생이 내 선생이야. 아오님은 모르시겠지마는, 성경산인이라고 이름이 서광옥 씨지. 우리 배울 때에는 아주 늙은이야, 파파노인이야. 그래도 거문고에는 오백 년에 제일이라거든. 그 어른 말씀이, 당신이 거문고를 여러 사람 가르쳐보았지만 민계향(閔桂香), 아차 실례, 아주머니 성함이 그러시지 않소? 그 어른만 하신 이는 처음 보았노라고. 아까운 재조가 고만 거문고를 놓았다고 우리보고 노 그러셨다우. 얼굴도 잘나시구. 그랬는데, 어쩌면 글쎄 이렇게 아오님을 만나게 되었어."

하고 진정으로 반가운 태도를 보였다.

금봉은 어머니를 존경하기 때문에 종태 어머니도 기생 중에는 또 어머니 같은 인격자나 아닌가 하는 호기심을 가졌었다.

"인생이란 꿈이야. 한바탕 꿈이거든. 괴로워도 꿈이요, 즐거워도 꿈인데 무어 그리 애를 쓸 것 있나. 그럭저럭 살아가지요."

하고 종태 어머니는 시원시원한 소리로 금봉을 위로하여주었다.

그러나 종태 어머니가 돌아가면 금봉의 마음은 여전히 괴로웠다. 더구나 근래에 광진의 발이 점점 떠져서 오지 않는 날이 많고, 혹시 오더라도 전과 같이 금봉을 위해주는 것이 박한 것 같았다. 광진 편으로 보면, 요새에는 금봉을 보는 것이 고통이었다. 그 귀신 같은 모양, 밤낮 짜그리고 불쾌한 소리만 하고 재미있는 일은 하나도 없는 금봉 집에를 오고 싶을 리가 없었다. 더구나 금봉이 광진의 아내 잉태한 것을 샘내는 것을 볼 때에는 퍽 불쾌하였다. 광진에게 있어서는 아무리 본처에게 정이 없다 하더라도 본처의 몸에서 아들이 나는 것만은 좋은 일이었다. 더구나 십여 년을 안 돌아보아도 도무지 불쾌한 빛을 보이지 아니하고 정성껏 옷을 지어주고, 혹시 대하면 언제나 웃는 낯으로 대하고, 금봉을 첩으로 얻어서 잉태하였다는 말을 듣고도,

"그것이 아들이나 되었으면 좋겠어요."

하고 진정으로 아들 낳기를 바라는 표정을 하는 것을 볼 때에는 광진은 그 아내가 성인 같고 천사같이 생각혀서 도리어 동정이 솟아올랐다. 혹시 옷 한 가지라도 끊어다 주면, 그 기뻐하고 고마워함이 말은 아니 하면서도 눈물겨웠다.

"왜 한 번도 친정에를 아니 가오?"

하면 광진의 아내는,

"남편을 잘못 받들어서 소박을 받는 년이 무슨 면목으로 친정에를 가요?"

하고 눈물을 흘렸다. 그리고,

"이번에 하나님과 조상님 은혜로 아들이나 낳으면 친정에도 가고 일가 댁에도 가지요."

하였다. 광진은 아내의 이런 말을 들을 때마다 금봉과 비겼다. 아내는 현부인이요, 금봉은 음탕한 창녀였다.

'서방 두고 딴 서방 보는 년.'

하면 금봉은 더럽기 짝이 없었다. 본래 정부의 하나로 일시 장난으로 사귄 것이지마는, 그런 계집과 오래 가까이하는 것은 몸이 더러워지는 것 같았다.

'그 속에서 자식이 나기로 오죽할라고.'

광진은 이런 생각도 하게 되었다.

'정선이가 제 어미를 닮았으면 어찌하나?'

이런 걱정도 하게 되었다.

더구나 금봉이 만삭이 되어서 꼴이 귀신같이 되고 보니 광진의 마음이 끌리는 것은 하나도 없었다.

'미인은 미인이거든.'

하고 광진은 예전 금봉을 생각하면 못 견디게 그립던 기억을 일으켜본다. 은행에서 사무를 보다가도 금봉 생각이 나면 곧 뛰어나가 찾아가고 싶도록 그립던 것을 생각한다. 만년필로 무심코 '이금봉, 이금봉' 하고 금봉의 이름을 수없이 쓰다가 급사의 눈에 뜨이고는 낯이 후끈거리던 일을 생각한다.

'인제 해산이나 하고 몸이 추서면 또 그때 아름다움이 돌아오겠지.'

이렇게 생각하면 금봉이 아까웠다. 아직 그냥 두고 보다 싫어지거든 내버리면 고만이지, 하고 마음을 놓았다.

사쿠라가 피기 시작할 때 금봉은 아이를 낳으려고 입원하였다. 광진이 입원을 시킨 것이었다. 방도 특등실 종용하고 널따랗다. 침대에 누워서도 고개만 들면 뜰에 섰는 사쿠라 나무가 보였다.

간호부 한 사람, 쓰키소이(つきそい) 한 사람, 그리고도 순이라는 계집아이 하나까지 집에서 밥 먹고 날마다 와 있기로 하였다. 틀은 틀대로 부잣집 아씨가 할 것은 다 하였다. 병실 문에는 까만 패에 흰 분으로 '이금봉 도노(との, 씨)'라고 써 달았다. 오래 세상에 숨었던 이금봉의 이름은 이리하여 다시 세상의 눈에 띄게 되었다.

입원한 지 사흘이나 되어서야 금봉은 또 이십여 시간의 진통을 겪고 아

들을 낳아놓았다. 남의 눈을 꺼리는 광진은 아침에 일찍이 병원으로 찾아와서 어린애를 들여다보고는 간호부가,

"아드님이 나서서 그런 경사가 없습니다."

하는 인사도 들은 체 만 체하고 은행으로 가버렸다. 금봉은 난산 끝에 비몽사몽하면서도 광진의 얼굴에 나타나는 표정을 읽어보기를 잊지 아니하였다. 광진은 차릴 인사는 다 차리면서도 기뻐한다는 것보다도 '걱정이다.' 하는 것 같았다.

광진이 간 뒤에 금봉은 울었다.

'아비 없는 자식이로고나.'

하고, 우는 갓난이 소리를 가슴 아프게 들었다. 그리고 정선을 낳을 때에 손 선생이 밤새도록 들락날락 애를 쓰고는 낳은 어린애를 보고 기뻐하던 양을 생각하였다. 이것이 남편의 아들이면 얼마나 기뻐할까. 이 아이가 한 달만 일찍 났어도 손의 씨라고 할 수도 있지마는, 손의 씨라기에는 넘기어도 너무 늦었다.

하루 종일 누구 하나 들여다보는 사람도 없었다. 오직 간호부와 쓰키소이가 소곤소곤 이야기를 하고 있을 따름이었다.

금봉은 학교에 있는 동생 은봉을 부를까 생각하였으나 은봉은 벌써 졸업식을 마치고 어디로 갔는지를 모른다. 신문에는 졸업식 날 은봉이 졸업반을 대표하여서 답사를 하였다는 말이 나고, 야릇한 모자에 가운을 입은 은봉을 졸업생 일동의 사진에서 찾아내어서 울던 것을 생각한다. 이제는 금봉은 은봉에게 비겨서 말이 못 되게 천하여지고 성명 없어진 것을 생각할 때에 금봉은 동생에게 대하여서도 일종의 질투를 느꼈다.

'오빠는 어디로 가셨나?'

하고 금봉은 인현을 생각한다. 수녀가 되거나 시골로 가거나 하라던 인현의 말이 생각한다. 그 사랑과 그 정성, 그것을 생각하면 금봉은 한량없이 슬펐다.

'오빠 말씀이 옳았던 것을.'

하고 금봉은 그 후 일 년간에 자기가 얼마나 더 지옥을 향하고 떨어졌나를 생각해본다.

'불의의 일시적 쾌락과 뼈가 녹는 지옥의 고통.'

하고 금봉은 지나간 일 년의 생활을 돌아볼 때에 지긋지긋하고 소름이 끼친다. 후회와 원망과 질투와 허욕과, 거기서 오는 실망과 불안과, 이러한 감정으로 지글지글하는 생활이 지옥 생활이 아니면 무엇이랴. 게다가 아무리 앞을 내다보아도 희망의 빛은 하나도 없었다. 모두 흑암, 참으로 흑암지옥이었다.

'오빠는 선지자시다.'

금봉은 이렇게 생각한다.

'오빠는 내 앞길이 이러한 줄을 미리 아시고서 나를 이 지옥에서 건지려고 하셨건마는, 내가 이 세상에 온 것이 너 하나를 건지거나, 그렇지 아니하면 너 때문에 여러 사람의 피를 흘리게 할 운명이라고까지 하시던 것을.'

하고 금봉은 인현의 말을 듣지 아니한 것을 후회하였다.

"오빠, 오빠!"

하고 금봉은 반무의식적으로 소리를 내어서 불렀다. 간호부가 깜짝 놀라서 금봉을 흔들었다. 금봉이 눈을 뜨는 것을 보고야 간호부는 안심한 듯이 머리를 만져보고 제자리에 돌아가 앉았다.

금봉은 다시 눈을 감았다. 몸은 푹 가라앉아서 땅속으로 들어가는 것만 같은데, 정신은 흥분한 것도 아니요 희미한 것도 아니면서 꿈과 상시와 사이로 오락가락하였다.

인현이 머리를 새파랗게 밀고 검은 장삼을 입고 합장하고 섰는 양도 보이고, 손 선생이 눈을 멀뚱멀뚱하고 금봉의 머리맡에 섰는 양도 보이고, 어머니가 전신에 물을 쪼르르 흘리면서 우물에서 나오는 양도 보이고, 또 금봉이 동경 ○○학원 기숙사 기도실에서 자리옷 바람으로 꿇어앉아서 옥중에 있는 임학재를 위하여 기도하는 양도 보였다.

'나는 어디로 가는고? 장차 어디로 갈 것인고?'

하는 생각이 번개같이, 벼락같이 금봉에게 덤벼들기도 하였다.

사흘이 되어도 젖이 한 방울도 서지 아니하였다. 다니러 왔던 할멈은,

"미역국을 안 잡수서서 그래요. 미역국을 잡숫고 미역국으로 젖을 씻어야 젖이 도는데."

하고 미역국을 끓여 오기도 하였다.

사흘째 되는 날 아침에 또 광진이 왔다. 소나무와 시네라리아(cineraria) 화분을 들리고, 백합은 제가 들고 와서 방을 장식해놓았다. 이날은 어린애를 쳐들어도 보고 웃고 이야기도 하였다. 그리고 유모를 구할 걱정도 하였다. 그러나 한 십 분이나 있다가 가버리고 말았다.

금봉은 간호부에 대한 면목이 좀 섰다. 그래도,

"이 애기 할아버지, 할머니께서는 안 계셔요?"

하고 물을 때에는 금봉은 낯에 모닥불을 담아 붓는 듯하였다.

"금봉이."

하고 을남이 부를 때에 금봉은 깜짝 놀라서 눈을 떴다. 게다가 을남 뒤에

정희가 따르는 것을 보고는 더 놀라지 아니할 수 없었다. 그래서 일변 억하기도 하고 일변 부끄럽기도 하여 금봉은 한참 동안 어리둥절하여 말이 나오지 아니하였다.

"애기 낳았다고?"

하고 을남은 조그마한 침대 곁으로 가만히 걸어가서 어린애를 들여다 보며,

"이쁜데, 잘났는데."

하고 탐스럽게 칭찬을 하고는 부러운 듯이,

"아들이야?"

하고 금봉의 침대 곁에 놓인 의자에 앉았다가, 정희더러,

"정희, 이리 와 앉아."

하고 제가 앉았던 자리를 정희에게 내어주고 저는 다른 의자 하나를 끌어 다가 앉으며,

"괜찮어?"

하고 금봉의 여윈 얼굴을 들여다본다. 금봉의 모양이 모나리자 같다고 생각하였다.

"괜찮아요. 그런데 언니는 웬일이야요?"

하고 금봉은 빙그레 웃으며,

"정희 언니는 또 웬일이고? 어떻게 내가 여기 입원한 줄을 알고들 오 셨어?"

하고 반가워하는 빛을 지었다. 사실로 오래간만에 만나는 옛 친고들이 반갑기도 하지마는 어엿하지 못한 제 꼴을 보이는 것이 본의도 아니었 다. 더구나 남편의 씨 아닌 아이를 낳아놓고 병원에 드러누웠는 것이 염

치없었다.

"숙희가 입원을 했다누."

하고 을남이 쓴 듯이 입을 다신다.

"숙희 언니가? 왜, 무슨 병으로?"

"흥."

하고 을남은 간호부와 쓰키소이에게 꺼리는 눈을 던진다. 간호부와 쓰키소이가 슬쩍 나가버린다.

그제야 을남은 안심한 듯이,

"숙희가 유산을 했지요. 그러고는 출혈이 많이 되어서 죽는다고 야단이었다누. 그래서 이 병원에 입원한 지가 사흘째인가?"

하고 동의를 구하는 듯이 정희를 본다.

"유산? 숙희 언니가 유산을?"

하고 금봉은 놀랐다.

"아마 어떤 섣부른 의사헌테 떼어달랬던가 봐. 그런 걸 그 놈팽이가 잘못 손질을 해서 그랬나 봐. 나도 처음 볼 때에는 숙희가 아조 백지장이야요, 피가 다 빠져서."

"그래 무에더래? 그 뗀 애가 사내더래, 계집애더래?"

하고 금봉은 호기심으로 묻는다.

"사내더래. 숙희가 그러는데, 벌써 사람 모양이 다 되고 떼낸 뒤에도 한참이나 숨을 쉬고 움질거리더라는걸."

"에그머니나, 어쩌문 그걸 떼었어?"

하고 금봉이 끔찍끔찍해서 몸을 떤다.

"그러기에 말야. 처녀로 다른 사내하고 가까이할 뱃심이 있거든 왜 처녀로 아이를 낳아서 기를 뱃심이 없어?"

하고 을남은 분개한 듯이,

"숙희가 철저하지를 못해. 거 어떻게 제 오빠허구는 그렇게도 딴판이야? 어머니도 한 어머니라는데. 글쎄 어린애를 떼고는 그것이 후회가 나서 밤낮 우는군. 그렇게 울 것을 떼긴 왜 떼었느냐고 하니깐, 남이 부끄럽고 오빠가 망신이 될까 봐 그랬다고. 그랬거든 울긴 왜 울어? 하고 몰아세니깐, 그 떼인 애가 눈에 밟히고, 불쌍하고, 그래서 운다고. 자꾸 그것이 눈에 보인대, 그 퍼떡퍼떡하는 꼴이. 눈을 감아도 보이고 떠도 보이고 그런대. 자꾸 꿈에 보이고. 딴은 무섭긴 무서울 게야."

하고 을남은 서양 사람이 하는 모양으로 어깨를 으쓱한다.

"에그, 얼마나 무서우까!"

하고 금봉은 자기가 어린애를 떼어버릴까 하던 생각을 하고 아래윗입술을 빨았다.

"무서울 테지. 저게 일생에 두고두고 마음에 케울 게 아니야? 살인이어든. 제 자식을 죽인 것이어든. 그래서 지금은 숙희를 보면 무시무시해요. 징그럽기도 하고. 정희는 안 그래?"

하고 을남은 잠자코 앉았는 정희를 건드린다.

"숙희가 잘못이지."

하고 정희는 부득이 입을 열어서,

"하나님이 계신 줄을 모르고 영혼이 안 죽는 줄을 모르니깐 그런 일을 하는 것이 아니오? 아무리 몰래 죄를 짓기로 하나님 몰래 할 수야 있어?"

하고 고개를 숙인다. 기도를 하는 모양이었다.

"그야 그렇지. 하나님이 꼭 계시고 사람이 죽은 뒤에 꼭 영혼이 남아서 생전에 한 대로 보를 받는 줄을 믿으면야 죄는 못 짓지마는."

하고 을남은 제 일생을 돌아보느라고 멍하니 허공을 바라본다.

금봉도 자기가 하나님과 영혼을 믿을 때와, 손과 김광진의 영향으로 '하나님이 다 무에야.' 할 때와를 비겨보았다. 그리고,

'정말 하나님이 계신가.'

하고 속으로 무서운 생각을 하면서 정희를 바라보았다.

"하나님이 안 계시면……."

하고 정희가 고개를 들면서,

"하나님이 안 계시면 어떻게 이 우주가 있고 우리 인생이 있겠어요? 이 우주에 법칙이 있고, 우리 인생에 양심이 있겠어요? 숙희도 양심이 있길래 죄지은 것을 후회하고 괴로워하지. 이 괴로워하는 마음이 영혼이 아니고 무엇이오?"

하고 확신 있게 말한다.

전 같으면 을남은,

"이, 또, 성모 마리아가 나오는군."

하고 정희를 놀려먹을 것이지마는 숙희를 보고 금봉을 본 오늘에는 그럴 생각이 아니 나고 도리어 정희의 꾸밈없고 힘 있는 말에 저항할 수 없는 위엄을 느꼈다.

"나도 정희 언니처럼 굳은 믿음을 가졌으면."

하고 금봉은 자기의 심경을 솔직하게 자백하였다.

정희는 손 선생한테 한번 몸을 더럽힘이 되고는 스스로 제 몸이 더러운 몸이라 하여 수녀로도 안 가고, 시집도 안 가고, 천주교에서 세운 다른

학교의 교사로 가라고 해도 안 가고, 교당 안에 있는 고아원에서 부모 없는 아이, 내다 버린 아이들의 보모가 되어서 깨끗한 봉사의 생활을 하고 있다. 이렇게 몸소 깨끗한 생활을 실행하는 정희기 때문에, 그의 말은 입으로만 진리를 말하는 종교가들의 말과 달라서 힘이 있었다. 을남과 금봉도 그 힘에 눌린 것이었다.

그러나 정희는 그 이상 더 말하지 아니하였다. 금봉도 정희의 입에서 무슨 말이 더 나올 것이 무서웠다. 어차피 구원받지 못할 제 몸이거니 하면, 양심 찔리는 말을 들어서 공연히 마음고생을 할 필요도 없는 것 같았다. 그래서 금봉은 정희의 말이 끊어진 것을 기회로 말끝을 다른 데로 돌리려고,

"그런데 영자 언니는 어떻게 되었어요?"

하고 을남에게 물었다.

"영자?"

하고 을남은 딴생각을 하다가 금봉의 묻는 말에 외마디 대답을 하고는 여전히 제가 하던 생각을 계속한다.

을남은 하나님을 생각하고 죄를 생각하였던 것이다. 을남은 요전 금봉에게 "내 좋게 되도록 힘을 쓰게." 한 뒤로도 별로 좋게 된 것도 없었고, 거의 그 생각을 잊어버릴 지경으로 있었지마는, 지금 정희의 말에 문득 그때에, 금봉에게 제 잘못을 자백하고 사죄를 청할 때에 먹었던 마음을 생각한 것이다. 아무리 하여도 정희가 걸어가는 길이 바른길 같았다. 을남이 제 과거를 생각하매, 제가 하여놓은 일이 없는 것은 말할 것도 없지마는, 세상에, 이웃 사람에게 좋도록 한 일이 없는 것은 말할 것도 없지마는, 제 한 몸의 낙인들 얻은 것이 무엇인고? 이성과 난잡한 말을 하

거나 육체적 접촉을 할 때에 어떤 관능적 쾌미? 그것은 너무도 순간적일 뿐더러 그 쾌미보다 몇백 배나 되는 회한의 고통과 심신의 피로와 불쾌를 값으로 가져오는 것이었다. 그 관능적 쾌미를 따라서 마음으로나 몸으로나 헤매는 꼴, 그리고 그것이 얻어지지 아니할 때에 목마르고 주린 듯이 괴로워하는 꼴, 그리고 거기 따르는 허욕과 질투와 원망과 아첨과 거짓 등 모든 감정의 소용돌이와 회오리바람, 이 모든 것을 돌아보면 지긋지긋하게 더럽고 괴로운 것이었다. 더구나 정희와 자기와를 비길 때에 마음의 안정이나 고결함은 제쳐놓고라도 외모에 나타난 것으로 보더라도 얼마나 큰 차이가 있나. 겨우 두 살 터울밖에 안 되는 제 용모와 정희의 용모의 엄청난 차이. 을남이 보기에, 정희는 제 나이보다 다섯 살은 젊어 보이고 자기는 다섯 살은 더 먹어 보였다.

"부정한 생활은 고생스러운 생활과 같이 사람을 늙게 한다."던, 어떤 책에서 본 말이 옳다 하였다. 게다가 정희의 얼굴에는 숫처녀의 맑음이 있고 자기의 얼굴에는 마치 놀아먹던 계집과 같은 흐림이 있었다. 마음의 생활은 속일 수 없는 것이라고 을남도 말로는 들었지마는, 깨닫기는 오늘이 처음인 것 같았다. 누가 보더라도 하나는 말짱한 것, 하나는 다 헌 것이라고 집어낼 것 같았다. 더구나 여기 눈앞에 누워 있는 금봉과 저쪽 방에서 회한의 눈물을 흘리고 있는 숙희를 생각할 때에, 이른바 자유주의자라는 가장 새로운 사상을 가진 선구자라는 자기네의 인생관이, 끝이 어떠한 것을 보는 것 같았다. 행인지 불행인지 을남은 아직도 한 번도 잉태한 일은 없었다. 만일 숙희나 금봉과 같이 잉태까지 하였던들 자기도 숙희나 금봉이 받는 괴로움을 아니 받을 수 없었을 것이다. 이렇게 생각하고 을남은 혼자 무서웠다.

"을남 언니, 무슨 생각을 그리 하고 있어요? 영자 언니가 어떻게 살아가느냐니깐."

하고 금봉은 을남이 제게 관한 무슨 생각을 하는가 보아서 대답을 재촉하였다. 을남이 줄곧 금봉의 얼굴을 바라보고 있었기 때문에 금봉이 그렇게 생각한 것이었다.

"응, 영자?"

하고 그제야 을남은 몸을 한번 움직이고 나서 빙그레 웃으면서,

"영자 말이지? 그저 그렇게 살아."

"인제는 쌈도 아니 하고?"

"싸움? 싸움을 할 새도 없겠지. 요새에는 임은 줄창 시골로 돌아다니니깐. 강연으로, 지회 설치로, 또 싸움 말리기로."

"그럼, 영자 언니는 더 짜증을 낼걸. 동부인해서 다니지."

"하하, 동부인을 어떻게 해!"

하고 그제야 을남은 전과 같이 쾌활한 기분을 회복하고 말문도 열린다.

"또 우리 오빠가 그러는데, 임이 인제는 곧잘 아내 조종술을 아는 모양이라고. 혹시 집에서 만나면 매우 원만해 보이더라고. 그러길래 내가 오빠더러, 아내 조종술이란 무엇이오? 여자를 모욕하는 말 아니오? 하고 대들었더니, 오빠 대답이 장관이겠지. 무어라는고 하니, 여자 조종술이란 그리 어려운 것이 아니라고. 그저 고양이 달래듯만 하면 된다고 그러겠지. 그게 무슨 소리요? 하고 내가 골을 냈지. 그러니깐 이 양반 수작보아요. 고양이란 대단히 독하고 패려궂은 즘생이 되어서 맞서기만 하면 앙앙거리고 할퀴지마는 먹을 것이나 잘 주고 속으로는 밉더라도 슬슬 쓸어만 주면 좋아하는 법이라고, 여자도 그러니라고, 더구나 요새 학교께

나 댕긴 계집애란 더욱 그러니라고, 글쎄 그런단 말야. 하도 어이가 없어서 내가, 오빠는 남자 조종술은 아우? 그랬지. 그러니깐 오빠 말이, 그럼 몰라? 그러기에, 무에요? 어디 아시나 봅시다, 그러니깐, 오빠 말이, 사내야 여자들헌테 칭찬만 받고, 아이고 이 일을 어쩌해요, 어떻게 좀 해주세요, 하고 제게 의논하는 모양만 보이면 죽을지 살지를 모르고 허겁지겁하느니라고. 사내란 여편네가 우거지 오만상을 해가지고 찌드럭거리고 앙절대면 앙절거릴수록 짓밟아줄 생각이 나는 법이니라고. 그래서 영자더러도 그런 비결을 일러주었건마는 그것이 원체 도고해서 잘 안 듣는 모양이지마는, 학재는 그래도 알아들은 모양이더라고. 그리고는 말야, 오빠가 또 하는 말이, 학재가 아직 여편네 조종술에는 초대가 되어서 여자를 자기와 평등으로만 여기고 진리니 의리니 하고 이론을 캐는 모양이라고. 여자란 희랍 사람 문자로 이성은 없는 동물이니깐, 진리니 의리니 하는 것은 여자에게는 당치도 않은 이론이라고. 그러니깐 여편네 조종하는 법이 그저 고양이 달래듯 귀애주거나 그렇지 아니하면 고양이 으르듯 을러주거나 두 가지 길밖에 없느니라고. 그런데 학재더러 그 말을 했더니 학재가 픽픽 웃기만 하는 모양이지마는 결국은 내 말이 진리로고나, 하는 것을 터득할 날이 있으리라고, 이렇게 뽐낸단 말야. 그러니 내가 가만있겠어? 그래서…….”

하고 을남은 픽 웃고 잠깐 쉰다.

“그래서?”

하고 금봉도 이 불의의 방문객을 만날 적 불안도 부끄러움도 다 일소해버리고, 가벼운, 유쾌한 기분으로 을남의 말을 재촉한다. 정희도 을남의 말이 재미있는 듯이 빙그레하고 듣고 앉았다.

"그래 내가 오빠는 어디서 그런 나쁜 계집들만 사귀고 다니셨소? 왜 여자가 그렇단 말이오? 어디서 케케묵은 남존여비의 사상을 아직도 가지고 다니시오? 하고 항의를 했지. 그랬더니 이것 바요. 오빠 말이 무에라는고 하니, 그럼 어디 그렇지 아니한 여자를 좀 대보라고, 너 아는 여자에 돈과 사내의 유혹에 줄줄 끌려다니지 아니하는 사람이 몇이나 되느냐고, 서정희 하나밖에 제정신으로 사는 여자가 어디 있느냐고, 금봉이도 장래성이 있다고 믿었더니 저 꼴이 되지 않았느냐고. 그리고 숙희 꼴은 무엇이고 네 꼴은 무엇이냐고, 너는 괜 듯싶으냐고, 막 이렇게 나온단 말야. 딴은 가만히 생각해보니깐 그렇기도 하거든. 그러니 할 말이 있나? 그래서, 그것도 사내들이 악해서 그렇지요! 하고 악을 쓰고 말았지. 숙희도 조병걸이 때문이 아니오? 오빠는 계집애들을 얼마나 버려주었소? 막 몰아셌지. 그러니깐 오빠가 그럼 계집년들이 잡아잡수우 하고 덤비는 것을 가만두어? 가만두기로 쓸 계집 되겠기에, 글쎄 이런단 말야. 그런 줄 몰랐더니 오빠가 아주 대단한 미소지니스트(misogynist)란 말야. 여자는 도모지 사람으로 안 알아요."

하고 말을 끊으며,

"내가 너무 오래 말을 하였어. 금봉이 아직도 신경이 약할 텐데, 안정해야 될걸."

하고 금봉의 이마를 한번 만져보고는 일어선다. 금봉의 이마에는 촉촉이 땀이 났다. '금봉이는 장래를 믿었더니 그 꼴'이라는 말이 대단히 금봉을 괴롭게 한 것이었다.

"정희 언니도 숙희 언니 보러 오셨소?"

하고 금봉은 정희를 바라본다.

"아니, 나는 다른 이 위문이야."

하고 정희도 일어선다.

"다른 이 누구?"

하고 금봉은 두 사람을 잠시라도 더 붙들려는 듯이 침대에서 일어나 앉으며 묻는다.

"우리 선생님인데, 저 불란서 수녀야. 지아느라는 한 오십 된 인데 맹장염으로 입원한 지가 한 사오일 되었어요."

수녀라는 말에 금봉은 자기더러 수녀가 되라던 인현을 생각하였다.

"수녀면 아직도 처녀겠네?"

"그럼, 수녀는 다 처녀지."

금봉은 그 오십이 되도록 처녀로 수도한다는 지아느 수녀를 한번 만나 보고 싶은 생각이 났으나 더 말하지는 아니하고 을남을 향하여,

"숙희 언니는 그래 대단치는 않소?"

하고 말끝을 돌린다.

"그럼, 인제는 죽지는 않는대. 아직도 출혈은 이따금 되지마는. 그 많은 욕설과 고생은 누구를 주고 죽어?"

하고 을남은 픽 웃는다.

"그래, 조병걸 씨는 와 보아요?"

"그럼, 아까도 와 앉았던데. 그 군이 오길래 내가 비켰는데."

"어떡헐 작정인고?"

하고 금봉이 미간을 찌푸린다.

"무얼 어떻게 해?"

하고 을남은 경멸하는 듯이,

"인제 숙희가 추서면 또 아이를 배고, 그러고는 또 떼고 그럴 테지. 숙희도 김 애도가 다 되었어요. 애도가 아이를 다섯을 떼지 않았나베. ○○동에 처녀 애 떼기 전문 하는 의사가 다 있는걸. 숙희도 그 녀석헌테 걸려서 경을 쳤지마는."

"인제는 그 노릇 좀 고만두지, 무어 그리 좋은 게라고 애만 낳아."

하고 금봉은 정희를 보며,

"정희 언니, 나 같은 건 시집도 가고 애도 낳고 했으니깐 수녀도 못 되지?"

하고 묻는다.

"처녀 아니고는 수녀가 못 된다면서?"

하고 을남이 정희를 바라본다.

정희는 빙그레 웃을 뿐이요 대답이 없다.

밖에서 퉁퉁거리는 발자국 소리가 나더니 간호부가 문을 와락 열고 들어오면서,

"과장 선생 회진이야요."

하고 을남과 정희를 흘어본다.

금봉이 어린애를 낳은 지 열흘째 되던 날 마침 찾아온 광진을 보고 금봉은,

"어린애는 이름도 짓고 출생신고도 해야 아니 해요?"

하고 그 마음을 떠보았다. 분명히 제 아들로 입적을 시키려는가 어떤가를 알자는 것이었다.

"그거 그리 바쁜가?"

하고 광진은 머리를 빗고 앉았는 금봉을 탐나는 듯이 바라보고 빙그레 웃

으면서,

"어서 몸이나 추설 도리를 해야지. 유모도 하나 좋은 것이 있다고 해서 데불러 갔으니 아모 걱정 말고 몸 생각이나 해."

하고는 또 어린애를 들여다본다. 광진은 어린애의 얼굴에서 저와 닮은 곳을 찾으려고 눈이며, 코며, 입모습이며, 귓바퀴며, 유심히 들여다본다.

아직 갓난이를 보기에 눈이 익지 아니한 광진은 어린애 얼굴이 모두 그럴듯도 하고 안 그럴듯도 해도 과연 저를 닮았는지 안 닮았는지 알 수가 없었다.

"오늘이 아이가 난 지 며칠쩬 줄 아시우?"

하고 금봉은 아직도 마음이 놓이지 아니하여서 광진의 속을 알려 한다.

"며칠 되었나?"

하고 광진은 정말 몰라서 묻는 것도 같고, 또는 알고도 그러는 것도 같이 한마디 되묻고는 제 생각을 계속한다. 그 생각이란,

'이것이 과연 내 아들일까?'

하는 것이다.

'그래도 정선이는 분명 나를 닮았는데.'

하고 광진은 이 어린애가 제 씨라는 것을 믿으려고 애를 쓴다.

'그러나 어찌 아나?'

하고 광진이 믿으려고 할수록 의심이 들어온다. 삼청동에 온 뒤에 밴 아이라면 믿을 수도 있지마는 인사동에서 밴 것이고 보니 믿을 만한 근거가 심히 박약하였다.

광진은 영국 있을 때에 읽은 메러디스(Meredith)의 소설이 생각혔다.

아비란 제 자식의 진부를 알 힘이 없다는, 어미의 비밀은 오직 어미만이 안다는. 그리고 심상태가 금봉의 집에 다니던 것을 아는 광진에게는 더욱 의심이 나지 아니할 수 없었다.

'이것을 입적을 시켰다가 내 자식이 아닌 것이 판명이 된다면.' 하는 의문은 금봉이 해산한 날부터 광진을 괴롭게 한 문제였다. 광진의 아버지나 어머니의 의견도 지금 광진의 처가 태중에 있으니 그 아이가 나기를 기다려서, 만일 그 아이가 사내면 그 아이를 장자로 하고, 또 그때가 되면 금봉의 몸에서 낳은 아이도 백날이나 되어서 얼굴 모습이나 울음소리도 알아보게 될 것이니 그때를 기다려서 입적을 시키는 것이 좋겠고, 또 광진의 처가 낳는 아이가 계집애고 보면 다시는 생산하기를 바랄 수 없으니 금봉의 몸에서 낳은 아이를 장자로 입적을 시키자는 것이었다.

"광진아, 그래 너는 확실히 믿니?"

하고 일전에도 광진의 어머니는 또 밤낮 하던 말을 물었다.

"무얼 믿느냐 그러시오?"

하고 광진이 약간 귀찮은 빛을 보일 때에, 그 어머니는,

"얘야, 그런 계집을 어떻게 믿니? 제 본남편 두고 딴 사내의 애 낳는 계집을 어떻게 믿느냐 말이다. 그러니깐 그 애가 꼭 네나 우리 집안 모습을 닮은 데나 있으면 몰라도, 그렇지 아니하면 그게 누구 자식인 줄 알고 입적을 시킨단 말이냐? 옛날 같으면……."

하고 양반의 가문에서 그런 천한 계집의 몸에 난 자식에게 봉제사를 맡길 수 없다는 것을 한바탕 푸념하려 할 때에 광진은,

"그러기에 어머님 말씀대로 그 애가 백날이 되거든 입적을 시킨다는데 왜 성화십니까?"

하고 불쾌하게 대답한 일이 있는 것을 생각하였다.

금봉은 금봉대로,

"오늘이 열흘이야요. 열흘 안에 출생신고를 아니 하면 벌을 받는다던 데요."

하고 정선을 낳았을 때에 손명규가 하던 말을 생각한다.

"글쎄, 염려 말라니까."

하고 광진은 어린애의 얼굴 연구를 쉬지 아니한다.

"그렇게 당신네 집 호적에 넣기가 싫거든 고만두세요."

하고 금봉은 머리를 아무렇게나 틀고 나서 화를 내고 일어나서 어린애 누인 침대를 광진의 앞에서 와락 잡아당기며,

"나 같은 천한 계집이 낳은 새끼를 어떻게 양반 댁 호적에 넣겠어요? 내가 내 마음대로 기르거나, 남을 주거나, 엎어놓아서 죽여버리거나, 내 마음대로 하지요. 오죽한 것이 내 몸에 태어날라고."

하고 침대를 밀어다가 저쪽 벽에 탁 부딪친다. 잠들었던 아이가 깜짝 놀라서 바람이 날 듯이 울기를 시작한다.

"글쎄 왜 이 모양이야? 그런 말법이 어디 있어?"

하고 광진이 분개한 듯이 벌떡 일어난다.

"양반집에서나 말법을 찾지, 나 같은 천한 상년이 말법이 무슨 말법 이오?"

하고 금봉은 우는 어린애를 들여다보며 운다.

"어, 그럴 게 아니라니까."

하고 광진은 금봉의 어깨를 만지며,

"누가 입적을 안 시킨다나? 집안 사정이 있으니까 내게 다 맡기고 좀

기다리란 말야. 어서 어린애 젖이나 좀 물려요, 우는데 그러네."

하고 금봉을 무마하려 한다.

"울어라. 어서 울어서 울다가 죽어버려. 난 지가 십여 일이 되니 들여다보는 사람이 있나, 이름 짓고 출생신고하여줄 아비가 있나? 그런 것이 살면 무엇 해!"

하면서, 우는 것이 가여운 생각이 나서 아이를 치어들어서 젖꼭지를 물리면서,

"어서 가세요. 다시는 오시지도 마세요. 나는 나대로 있다가 아모 데로나 가버릴 테니. 삼청동 집으로 나가려니 생각도 마셔요. 인제는 그 더러운 죄의 생활을 다 청산해버립시다. 당신도 당신 부인이나 잘 사랑하시고 남의 계집 애어 건드리지 마시오. 나도 인제는 속죄를 할 때가 되었어요. 어서 가세요!"

하고 곁방에서 들리리만큼 악을 쓴다.

"응, 쯔쯔."

하고 광진은 괴로운 듯이 병실 안으로 왔다 갔다 하면서 금봉의 말을 듣다가 우뚝 서서,

"글쎄, 그게 다 무슨 소리야? 죄는 무슨 죄고 가기는 어디로 간단 말야?"

하고 미간을 찌푸렸다.

"유부녀 통간해서 자식을 둘씩 낳았으니, 그만해도 당신네 양반 집안에서는 죄로 안 아시오?"

하고 금봉은 광진을 향하고 눈을 딱 바로 뜬다.

"난센스! 그게가 무슨 소리야?"

하고 광진은 고개를 흔든다.

"난센스? 내 말이 난센스요? 흥, 딴은 당신은 하늘 무서운 줄도 모른 다고 하였것다. 그래도 당신도 아아, 죄로고나, 내가 천벌을 받는고나, 하고 가슴을 칠 날이 있으리라. 응! 나를 이 꼴을 만들어놓고, 그리고 죄 없는 핏덩이까지 붙접할 곳이 없이 스러지게 하고도 천벌이 없을 줄 아시 오? 어디 두고 보시오. 오늘 해가 다 가기 전에 당신이 끔찍끔찍한 꼴을 보고야 말 테니."

하고 금봉은 이를 득 갈았다.

금봉의 이 말에 광진은 전신에 쪽 소름이 끼쳤다. 금봉의 말속에는 무 슨 피비린내 나는 무서운 것이 있었다.

광진은 말없이 물끄러미 금봉을 바라보았다. 금봉의 입술이 파랗게 되 고 얼굴의 근육이 매섭게 긴장된 것이 보였다.

광진은 겁이 났다. 그래서 부드러운 음성으로,

"여보, 나를 믿으우. 나를 믿어요. 이 어린애가 내 혈육이 분명한데, 애비 된 내가 작히나 다 알아서 하겠소? 나를 믿어. 그리고 그런 독한 생 각은 에어 마우. 그렇게 신경이 흥분하면 몸에 해로워. 아직 가만히 누워 서 정양할 땐데, 애어 그렇게 흥분하지 말고 나만 믿어요."

하고 아무리 하여서라도, 거짓말을 하여서라도, 당장은 모면할 필요를 느꼈다.

"난 벌써 이럴 줄을 다 알고 혼자 결심한 것이 있어요."

하고 금봉은 잠도 채 들지 아니한 아이를 고이 자리에 누이고 나서,

"난 내 결심이 있으니깐, 아모 걱정 마시고 어서 가세요."

하고 병실 밖으로 나가버리고 만다.

금봉이 독한 말을 쏘고 뛰어나가는 뒷모양을 보고 광진은 병실 한복판에 우두커니 서서 눈살을 찌푸리고 입맛을 다셨다.

　'배우지 못한 계집이! 천한 집에서 자란 계집이!'

하고 광진은 자기의 아내와 금봉을 비교해보았다. 자기의 아내는 이런 경우를 당하더라도 결코 그런 불공한 말을 할 것 같지 아니하였다. 욕설을 하거나 때리거나 짓밟거나 아무러한 감정도 표하지 아니하고 어디까지든지 참고 예절을 지키는 자기 아내. 그의 입에서는 일찍이 이렇게 뾰롱뾰롱한 반항하는 말이 나온 일이 없었다.

　'응, 그런 말법이 어디 있어?'

하고 광진은 한 번 더 금봉을 미워하여보았다.

　"그렇지만 자식을 낳은 지 열흘이 되어도 이름 지어줄 아비도 없고."

하던 금봉의 말에는 사람의 가슴을 찌르는 무엇이 있었다. 그러나 유부녀를 통간하여 자식을 둘씩 낳게 하고도 하늘 무서운 줄을 모르느냐 말은 광진에게는 참을 수 없는 모욕인 것 같았다.

　'고약한 년의 입버릇이로군!'

하고 금봉을 미워하는 생각을 억지로 더 내려 하였다.

　그러나 금봉의 아름다움은 이 모든 것을 이기고도 남은 끄는 힘을 가지고 있었다. 만삭이 된 때에 보기 흉하던 금봉의 몸이 이제는 비록 수척은 하였지마는 본디 모양을 가지게 되고, 또 수척한 모양에는 다른 때에는 볼 수 없는 새로운 매력이 있었다. 이것은 그의 본아내에서는 볼 수 없는 것이었다. 그뿐 아니라 '내 아들'이라는 생각은 도저히 그전에는 상상할 수도 없는 인력을 발하였다.

　'그것이 정말 내 아들일까?'

하는 의문을 가지면서도, 그래도 그것이 이 세상에 나온 뒤로는 잠시도 잊혀지지 않는 존재였다.

'파터널 인스팅트(paternal instinct, 어버이 본능)로고나!'
하고 광진은 영어로 생각하였다. 만일 이 어린애가 백날이 되어서 제 모습이 완전히 드러나기만 하면 더욱 귀여워서 건딜 수 없을 것 같다.

그래서 광진은 침대 위에 누워 자는 어린애를 한번 안아볼까 하고 침대 곁으로 갔다가 편안히 자는 것을 놀라게 할까 봐서 겁이 나서 가만히 들여다보고만 있었다.

아까 금봉이 하던 말이 마음에 걸렸다. 그 말은 어린애를 데리고 어디로 달아난다는 뜻 같기도 하고, 어린애 안고 어디 가서 죽겠다는 뜻 같기도 하였다. 그것은 안 될 말이었다. 아무리 하여서라도 금봉을 무마하지 아니하면 아니 되겠고, 또 그러고도 금봉의 행동을 감시하지 아니하면 아니 되겠다고 생각하였다.

금봉은 어디를 갔는지 꽤 오래되어도 돌아오지 아니하였다. 광진은 기다리다 못하여 쓰키소이를 불러서 찾아보라 하였다.

이때에 금봉은 숙희 방에 가 있었다. 오늘 처음 일어나 앉아서 머리를 빗고 숙희를 찾아보려 하던 끝에 마침 광진에게 대한 분풀이 겸 아무 말도 없이 숙희를 찾은 것이었다. 마침 숙희 방에는 아무도 없는 것을 다행히 여겨서,

"언니!"
하고 부르며 금봉이 병실 문을 열고 들어설 때에 숙희는 너무 억해서 한참 동안 말이 나오지 아니하였다.

"언니 좀 어떠우? 난 오늘에야 일어났어."

하고 금봉이 숙희의 머리를 만질 때에야 숙희는 금봉의 손을 덥석 잡고 울었다. 숙희는 아직 열이 있었다. 머리는 흐트러지고 부석부석했던 것조차 다 내려서 눈은 움쑥 들어가고 관골까지도 두드러졌다. 본디 숙희가 미인은 아니었지마는, 푹실푹실한 맛까지 없어져서 아주 보기 흉하게 되었다.

금봉은 그래도 제 얼굴이 아직 숙희 얼굴보다는 나은 모양으로 제 신세도 숙희 신세보다는 나은 것 같았다.

"금봉이, 고마워. 내가 무슨 낯으로 금봉이를 보아."

하고 숙희는 수건으로 눈물 콧물을 씻으면서 비로소 입을 열었다.

"나는 언니보다도 더하지."

하고 금봉은 고개를 숙였다.

"그래도 금봉이는 자식은 안 죽였지."

하고 숙희는 다시 울기를 시작하며,

"퍼떡퍼떡하는 것을 내 손으로 죽였으니. 나 같은 이기 많은 년이 천하에 어디 있어? 자꾸만 꿈에 보이는구먼. 퍼떡퍼떡, 씰룩씰룩 노는 피 묻은 그 모양이 눈만 감으면 보이는구먼."

하고 몸을 흔든다.

"무얼 그러우?"

하고 금봉은 수건으로 숙희의 눈물을 씻겨주며,

"이왕 그렇게 된 것을 생각하면 무엇 해? 새로 살아나갈 길이나 생각하셔야지. 자꾸 그런 생각만 하시면 병이 낫수?"

하고 측은한 빛을 보이면, 숙희는 더욱 반가운 듯이 금봉의 손을 만지면서,

"새로 살아나갈 길? 내게는 인제는 새로, 새로 살아나갈 길이 없어요. 나는 이대로 얼마 동안 더 벌을 받다가 지옥으로 들어가는 길밖에 없어. 다시 살아나기를 바라지도 않고. 설사 살아나기로니 이 쓰라린 기억을 품고 어떻게 살어? 자, 보아요, 지금도 이렇게 눈앞에 그 핏덩어리 모양이 어른거리는걸. 한 번 울어도 못 보고 '엄마'라고 불러도 못 보고 픽픽, 퍼떡퍼떡하다가 죽어버린 그 모양이, 아이, 무서워! 아이 무서워!"

하고 두 손으로 제 낯을 가리어버린다.

'정신에 이상이 생겼나?'

하고 금봉의 몸에 소름이 끼침을 깨달았다.

"언니, 세상에는 그런 일을 하고도 사는 사람이 많은데."

하고 금봉은 아무렇게 하여서라도 숙희의 마음을 좀 안정시켜보려고 말을 생각하여가며,

"그게 죄라 하더라도 말야, 우리네 연약한 사람이 할 길이야 뉘우치는 것밖에 더 있소? 죄를 짓고는 뉘우치고 짓고는 뉘우치고 하는 것이 우리 인생이 아니오? 그 밖에 무슨 길이 있나? 없지. 죄를 안 짓는 사람이 어디 있소? 짓고는 뉘우치면 고만이지. 다시는 아니 그러겠다 하고 맹세하고 힘써가며 살 수밖에 어떡허오? 언니가 그것을 큰 죄로 아시거든 얼른 건강을 회복하여서서 그 죄를 속할 만한 좋은 일을 하시구려. 이렇게 밤낮 울고만 있으면 무슨 소용이 있어? 자, 언니 그만 울어요. 언니나 내나 다 같이 불행한 죄인들이니 우리 이 앞으로는 서로 붙들고 서로 도와서 새로운 길을 걸어보아요. 응, 언니 그래요. 정 괴롭거든 기도를 하시구려. 하나님께 기도를 올리시구려. 진정으로 뉘우치는 기도는 하나님께서 가장 즐거하시는 향기로운 제물이라고 안 그랬어? 아서요, 그렇게 마음을 괴

롭게 하지 말아요. 응, 언니?"

하고 다짐을 받으려는 듯이 그 손을 잡아 흔든다. 핏기 없이 싸늘한 그 손 끝은 마치 죽은 사람의 손을 만지는 것 같았다.

"고마워. 금봉이, 고마워. 금봉이 말은 금봉이 손과 같이 그렇게 따뜻하고 부드러워. 나 같은 것은 이런 고생을 해서 싸지마는 금봉이같이 이렇게 보드랍고 향기로운 영혼이 어찌해서 그 고생을 할까?"

하고 숙희는 금봉의 말에 얼마쯤 안위를 받은 듯이 금봉에게 동정하는 뜻을 표한다. 사실상 금봉의 말에는 숙희의 아픈 혼을 유하게 하는 힘이 있었다. 마치 불에 데어서 조이는 살에 기름을 바른 듯하였다.

금봉이 바로 숙희의 방에서 나가려고 숙희의 손을 잡을 때에 똑똑 하고 문을 두드리는 소리가 나며 문이 열렸다.

그것은 학재였다. 학재는 금봉을 보고 잠깐 주춤하였다. 금봉은 낯을 붉히며 자리에 일어났다. 금봉은 가슴이 설레어서 인사할 경황도 없을 때에 학재가 먼저 고개를 숙여서 인사하였다. 금봉은 마치 사 년 전 처녀 시대에 돌아간 것같이 수줍어졌다. 학재는 코밑에 조금 수염을 붙였다.

학재는 삼 주일 동안이나 삼남 지방으로 순회하다가 오늘 아침에 돌아와서 처음으로 누이를 찾은 것이었다. 숙희는 두 손으로 낯을 싸고,

"오빠, 오시지 마셔요. 뵈올 면목이 없어요."

하고 울었다.

"그런 소리 말어!"

하고 학재는 힘 있게 숙희를 책망하고 머리를 만져보면서,

"아직 신열이 있고나."

하고 동생의 눈을 들여다보았다.

"오빠, 면목이 없어요."

하고 숙희는 입술을 문다.

"그런 생각 말어. 연약한 사람에게 허하여진 힘은 회개다. 면목이 없
거든 앞으로 고칠 생각이나 하고 쓸데없이 괴로워 말어. 괴로움은 마귀
의 일이다. 회개와 기도로 하나님께 새 은혜를 구하여라."

하고 금봉을 돌아보았다.

학재가 저를 돌아보는 것이 '이것은 네게도 하는 말이다.' 하는 것같이
금봉에게는 생각했다. 금봉은 고개를 푹 수그려버리고 말았다. 금봉은
이 방에서 나가는 것이 옳은 줄을 알면서도 발이 방바닥에 붙어서 떨어
지지를 아니하였다. 일생에 떠날 수 없는 사람을 만난 것 같아서, 학재의
뒷모양을 바라보기만 하여도 가슴이 울렁거리고 그 자리에서 영원히 떠
나고 싶지를 아니하였다. 더구나 이제는 언제 다시 만날지 모르는 학재,
천리만리 갈수록 멀어지는 듯한 학재, 멀어질수록 더욱더욱 그리워지는
학재, 이번에 놓치면 다시는 못 만날 듯도 한 학재라 하면, 인사체면 불
고하고 달려들어 어깨에 늘어진 채 그만 죽어버리고도 싶었다. 이제는
학재는 그저 깨끗하기만 하던 젊은 학생이 아니요, 온 조선이 다 아는 청
년 운동가다. 그의 몸이 부대해진 것은 없으나 천근 무게가 있을 듯이 틀
지고 그 얼굴에는 세상 풍파를 많이 겪은 듯한 노성한 빛이 있었다. 이런
모든 것은 금봉에게는 새로 보는 힘이었다. 김광진의 아무 알맹이 없이
번지르르하게 발라맞추는 것으로만 인생을 삼는 사내만 바라보던 금봉
의 눈에는 학재의 주의와 신앙과 분투와 극기와 자기희생으로 살아가는
생활이 한없이 그리웠다.

"오빠, 언제 오셨어요?"

하고 숙희가 물을 때에 학재는,

"아침 차에 왔어."

하고는 무엇을 생각하는 모양으로 눈을 감았다.

"언니, 잘 있어요?"

언니라 함은 영자 말이다. 영자는 남이 부끄럽다 하여 한 번도 숙희를 찾지 아니하였다.

"계집애가 애를 배어서 그것을 떼다가 입원한 사람을 남이 부끄러워서 어떻게 찾아다녀."

하더라고 을남이 와서 숙희에게 일러바쳤다.

"별일 없어."

하고는 학재는 화두를 돌리려는 듯이,

"병원비는 어찌 되었느냐. 얼마나 밀렸어?"

"십 일분은 내구 그 나마지허구 수술비허구 남았지요."

"그럼, 모두 얼마나 돼?"

"병원비는 걱정 마세요."

"누가 걱정허구?"

학재의 이 말에 숙희는 말문이 막혀서 눈만 끔쩍거리다가,

"조가 내요."

하고는 눈을 감아버린다.

"아직도 조허구 불의의 관계를 계속할 작정이냐?"

하는 학재의 어성은 날카로웠다.

숙희는 말이 없었다.

학재는 명령하는 어조로,

"그것은 안 될 말이다. 내가 여기 돈 백 원을 구해가지고 왔으니 이것으로 병원비를 물고 조 군헌테는 한 푼도 받지 말어. 조 군이 찾아오더라도 만나지도 말고. 회개란 지금까지 잘못한 것을 칼로 끊어버리는 데서 시작되는 것이다. 인제부터는 조 군허구는 일절 교제를 끊고 새사람이 될 각오를 하여라. 아직 늦지 않았어."

하고 양복 속주머니에서 지갑을 꺼내어 십 원짜리 열 장을 내어서 숙희의 베개 밑에 밀어 넣는다.

"오빠가 웬 돈이 있어요?"

하는 숙희 말에는 대답도 아니 하고,

"난 회 시간이 있어서 가겠다. 내 말대로 회개와 기도의 생활을 하고 조 군과는 단연히 관계를 끊어버린다는 대답을 해라."

하고 학재는 울음을 참는 사람같이 얼굴을 씰룩씰룩하였다. 숙희는 오빠의 그 비통한 표정을 차마 볼 수가 없었다. 그 비통한 표정이 말로 번역하면 몇천만 마딘지 모를 것 같았다.

"오빠, 용서하셔요."

하고 숙희는 다시 울먹울먹하였다.

"그런 말이 다 쓸데 있네? 네가 앞으로 똑바른 길을 힘 있게 걸어나가기만 하면야 세상이 너를 용서만 해? 숭배하겐들 안 되랴? 진창에 빠진 사람이 할 첫 일은 진창에서 나와서 더러운 옷을 벗어버리고 몸을 씻는 것이 아니냐? 그러니까 어서 진창에서 나오란 말이다."

"오빠, 나는 살아날 것 같지도 않고 또 살아나고 싶지 않아요. 내게는 도모지 희망이 없어요. 오빠, 이 동생을 잊어버려주셔요."

하고 숙희는 느껴 울었다.

이러할 적에 쓰키소이가 어떻게 알았던지 숙희 방에 금봉을 찾아와서,

"애기 아버니께서 여쭈세요."

하고 금봉을 불렀다.

금봉은 학재에게 인사를 하고 나가려 할 때에 학재가,

"손 선생 돌아오셨어요?"

하고 놀라는 듯이 물었다.

금봉은 제가 무슨 말을 하는지도 모르게,

"네? 아니요."

하고 병실에서 나와버렸다.

학재는 나중에 숙희한테서 금봉이 김광진의 아들을 낳아놓았다는 말을 듣고 말없이 깊은 한숨을 쉬었다. 학재에게는 금봉은 사라지지 않는 그림자였다. 영자와의 혼인 생활이 너무도 공허함을 느낄수록 금봉의 그림자는 자주 마음속에 떠올랐다. 그 금봉이 갈수록 부정한 구렁텅이에 빠져 들어가는 것을 보면 가슴이 아팠다. 학재는 만일 금봉이 자기와 함께 되었던들 일없이 행복되게 살았으리라고, 이런 생각도 하게 되었다. 그러나 그 생각 뒤미처서는,

'아아, 나는 이런 생각을 하여서는 안 된다.'

하고 꾹꾹 눌러버렸다. 그러나 그 생각은 누르면 누르는 지지마는 아주 뿌리를 빼어버릴 수는 없는 것 같았다. 그래서 학재는 이 스러지지 않는 금봉의 그림자에 일종의 무서움을 느꼈다.

광진은 금봉이 돌아오는 것을 보고 아주 다정하게 유쾌하게 위로하는 말을 주었다. 그리고 은행 시간이 끝나거든 또 찾아올 것까지 약속하

였다.

과연 그날 오후에 광진이 정선을 안고 금봉을 찾아왔다. 금봉이 창밖에 펄펄 날리는 사쿠라를 바라보고 앉았을 때에,

"엄마!"

하고 정선이 광진의 품에서 내려서 통통통 금봉에게로 달려왔다.

금봉은 반가운 김에 정선을 껴안았다. 그런 뒤에야 정선이 새로 이발을 하고 초록 외투에 분홍 하부다이 양복을 입고 새 스타킹에, 새 구두에, 일습을 새로 차린 것이 눈에 띄었다. 딸이 이쁜 새 옷을 얻어 입은 것은 어미의 마음에 가장 기쁜 것이었다.

"이 꼬까 누가 사주셨니?"

하고 금봉은 새로 가뜬히 자른 딸의 머리를 만지면서 아니 물을 수 없었다.

정선은 한 손가락을 입에다 물고 말하기는 어려운 듯이 몸을 비꼬면서 광진을 바라보았다. 요새에는 정선이 광진더러 '아자씨'라는 말을 아니 하게 되었다. 어린 그도 광진이 아저씨만은 아닌 것을 알아차린 모양이요, 그렇다고 달리 무엇이라고 부를 이름도 없어서 광진을 지명할 일이 있으면 다만 치어다만 보거나, 그렇지 아니하면 미처 볼 새도 없으리만큼 빠르게 손가락질을 할 뿐이었다. 이번에도 옷을 사주고 이발을 시켜준 것이 광진이라는 것을 표하기 위하여 정선은 구두 신은 발을 들어보고는 광진을 바라보고 머리를 만져보고는 광진을 바라보았다. 광진은 그 모양이 귀여워서 웃기만 하지마는, 금봉은 그것이 가슴을 에는 듯이 슬펐다. 더구나 광진과 정선을 함께 놓고 볼 때에 어찌도 그렇게도 닮았을까, 하면 더욱 견딜 수가 없었다.

그러나 이때는 슬픈 빛을 보일 때가 아니라 하고 금봉은 웃음을 지으며,

"누가 고르셨길래 이렇게 꼭 맞아요?"

하고 정선의 옷의 품과 기장과 화장을 한 번씩 잡아당기어본다.

"내 누이가 골랐지. 외투는 누이가 사주고."

하고 광진도 만족한 듯이 대답하였다. 외투라는 말에 정선은 외투 호주머니에 손을 넣어서 그 속에서 꽃놓은 콧수건과 미루쿠(ミルク) 갑을 꺼내었다.

금봉은 속으로,

'이를테면 고모님이로구나!'

하고 입이 썼다. 그리고 광진 누이 혼례식하던 때를 생각하고, 어찌해서 광진이 누이를 데리고 정선 양복 사러를 갔을까 하고 생각해보았다.

"누이가 어린애를 본다고 병원까지 왔다가 다음번에 본다고 갔지."

하고 광진은 정선을 바라보았다.

"나, 아주머니가 안구, 뚜뚜 타구, 응응, 또, 응, 과자랑 따랑 사 먹구 우 왔어."

하고 정선은 자랑을 하였다.

금봉에게는 광진의 의사가 대강 짐작되었다. 이번에 낳은 아이가 제 씨가 분명하다는 것을 증거하기 위하여 우선 제 누이에게 정선의 선을 보인 것이었다. 이것이 금봉에게 유쾌한 일은 아니었지마는, 그래도 광진의 성의만은 인정되어서 기뻤다. 그래서 어린애 이름을 짓는 것이나 출생신고를 하는 것이나 다 광진에게 맡겨버리고 금봉은 가만히 있기로 마음을 작정하였다.

금봉은 병원에서 이 주일을 지내어서 삼청동 집으로 돌아와서 전과 같

이 세월을 보내고 있었다. 유모도 젊고 깨끗한 사람 하나가 오고 광진도 자주 와서 잤다.

세이레가 지나도 어린애의 이름을 짓지 아니하였다. 금봉은 제 마음대로 이 어린애를 '아담'이라고 불렀다. 그것은 아비가 없다는 뜻이었다. 어린애는 투실투실하고 이뻤다.

백날은 며칠 안 남긴 어떤 날 광진은,

"집에서 어른들이 이 애를 좀 보자고 하시는데……."

하는 말을 비치고 은행으로 간 지 얼마 아니 하여서 가회동에서 과연 인력거와 사람이 왔다. 대감과 정경부인께서 애기를 보고 싶으니 보내시라고, 그동안에도 보고 싶었지마는 소중한 애기가 감기가 들까 보아서 날이 더워지기를 기다리신 것이라고, 애기를 유모에게 안겨서 바람 안 쏘이도록 폭 싸서 인력거를 태워서 보내라는 것이었다.

금봉은 한편으로는, 옳지 이제는 되었구나 하면서도, 한편으로는 잠시도 곁을 떠나지 않던 어린것을 비록 잠시라도 내어놓기가 섭뜨레하였지마는, 아니 보낼 수도 없어서 물을 끓여서 목욕을 시키고 머리까지 말짱히 감기고 전신에 향기로운 분을 바르고 새 옷을 갈아입혀서,

'이만하면 누가 본들 잘난 아이라고 아니 하랴?'

하고 만족과 자랑을 느끼면서 그대로 유모에게 내어주었다가 다시 빼앗아서 젖을 물리고 차마 놓지 못하였다. 떼어버리려고까지 하던 원수의 아이건마는 낳아놓고 보면 세상에 제일 귀여운 것이었다. 벙싯벙싯 웃는 양이나 팔다리를 가둥가둥하는 양이나 보드라운 그 입이 젖꼭지를 무는 양이나 모두 견딜 수 없이 사랑스러웠다.

"아담아, 할아버지 할머니 가 뵙고 칭찬 많이 듣고 와!"

하고 금봉은 다시금 어린애를 들여다보고 입을 맞추고 뺨을 대고 껴안고 하다가 마침내 유모에게 안겨서 인력거를 태워 보내었다.

아담을 보내고 나니 금봉은 정신을 잃은 것같이 텅 빈 것을 깨달았다. 대문으로 뛰어나가서 아담이 타고 가는 인력거를 바라보려 하였으나 벌써 모퉁이를 돌아서 보이지 아니하였다. 금봉은 눈에 뜨거운 눈물이 그뜩하여서 안으로 뛰어 들어왔다.

정선이 동생한테 빼앗겼던 어머니를 독차지하게 된 것이 기뻐서,

"엄마!"

하고 금봉에게 매어달렸다. 금봉은 오래간만에 정선을 안아주었다. 정선은 만족한 듯이 엄마의 젖꼭지를 물고 한 손으로는 다른 젖꼭지를 만적거리고 한 손으로는 엄마의 등을 또닥거렸다. 그립던 어머니를 오늘이야 만났구나 하는 듯하였다.

금봉은 정선의 나풀나풀한 머리를 만져주고 포근포근한 볼기짝을 두드려주었다. 그리고 어미를 그리워하는 딸의 정경에 눈물이 흘렀다.

젖먹이를 잃은 금봉은 마음을 붙일 곳이 없어서,

"어째 아직도 우리 아담이가 안 올까?"

하고 자리를 잡지 못하고 서성거렸다.

"그렇게 수이 보내시겠어요?"

하고 할멈이 곁에서 중얼거렸다.

금봉은 장도 뒤져서 여름살이도 만져보고 피아노도 닦아보고 다락 세간도 뒤져보고 아담의 기저귀도 개어보았다.

"네 시를 치는데."

하고 금봉은 아담이 벗어놓은 옷을 코에 대고 그 젖내 섞인 살내, 어머니

만이 아는 그 자식 냄새를 맡았다.

불현듯 상해로 갔다가 향항을 거쳐서 남양으로 간다던 남편 생각이 나고, 황 씨와 함께 태허법사를 따라간 뒤에 소식이 망연한 오빠 인현의 생각도 났다. 다들 어떻게나 되었는지, 하고 금봉은 무릎 위에 빨래를 올려놓은 채 멀거니 허공을 바라보고 있었다.

기나긴 여름날이다. 저물도록 가회동 간 아담은 돌아오지를 아니하였다.

금봉은 저녁도 먹을 생각이 없이 여러 가지로 아담에게 관한 걱정을 하였다. 밤이 깊어도 광진도 오지 아니하고 천둥이 일어나며 비가 쏟아지기 시작하였다. 금봉은 한잠도 이루지 못하고, 어린 아들을 생각하는 어머니의 마음 졸임으로 빗소리를 들으면서 밤을 새웠다.

이날 밤에 가회동 광진의 집에서도 밤을 새워가면서 웅성거렸다. 그것은 광진의 처가 애기를 비롯은 까닭이었다. 광진의 처 홍 씨는 아침도 먹는 듯 마는 듯 배가 아프단 말을 시어머니에게 보고하였다. 시어머니는 이 말을 대감께 보고하여, 대감이 안으로 들어와서 내외가 며느리 해산시킬 공론을 하고 일변 성북동에 전화를 걸어서 광진을 불렀다.

이렇게 온 집안이 의논하고 연구한 결과로 금봉이 낳은 아들을 급작스러이 데려오게 된 것이다. 그 이유는 이러하다.

만일 광진의 처가 딸을 낳으면 아담을 장자로 입적을 시키고 만일 아들을 낳으면 그 아들과 아담을 쌍태로 출생신고를 하되 본처의 아들을 장자로 하고 금봉의 몸에 낳은 것을 둘째로 하자는 것이다. 그리고 또 하나, 밖에 내어 말은 아니 하여도 속에 먹은 뜻이 있으니, 그것은 만일 광진의 처가 죽은 아이를 낳는 경우면 금봉의 몸에서 낳은 것을 광진의 처가 낳

은 것으로 하자는 것이었다. 집안사람들이 어떤 걱정을 하게 된 까닭이
있다. 그것은 광진의 처가 두어 달 전부터 발등이 붓기 시작한 것이 지금
은 손등과 눈등까지 붓고, 무릎 아래는 수종다리같이 부어서 거의 행보
를 못 할 지경인 때문이었다.

"붓는 게 좋지 않다는데."

하고 모두들 수군거리게 되고, 홍 씨 자신도,

"내가 왜 이렇게 부을까?"

하고 다리를 손가락 끝으로 찔러서 쑥쑥 들어가는 자리를 보고는 한숨을
지었다.

의사도 매우 염려가 된다는 말을 비치어서 입원하기를 권하고 광진도
입원설을 주장하였지마는, 어디서 들은 말인지 모르나 병원에서 해산을
하면 어린애가 바뀌는 일이 있다는 둥, 쥐한테 자지를 뜯겨서 죽는 일이
있다는 둥, 뭇놈이 들어와서 보고 만진다는 둥, 미역국밥을 못 먹어서 젖
이 아니 난다는 둥 하고 정경부인이 듣지를 아니하여 집에서 해산을 하
기로 작정이 된 것이었다. 이렇게 작정이 되고는 광진이 삼청동에 들러
서 금봉에게 어린애를 가회동에 보내라는 말을 이르고 은행으로 간 것이
었다.

정경부인은 일변 사람을 할미당과 절로 보내어서 삼신님과 부처님께
빌게 하고, 일변 방과 마당을 깨끗이 쓸게 하고, 일변 사당을 깨끗이 소
제하여 조상님의 돌아보심을 축원하고, 일변 정경부인 자신이 하나님도
불러보고 삼신님도 불러보고, 부처님 보살님네며 이름 아는 신장님네도
불러보고, 일변 부엌에 신칙하여 비린 것을 들이지 말라 하고, 또 일변
녹용을 달여서 산모를 먹이게 하고, 또 일변 의사와 산파를 부르고, 또

일변 애기받이 잘한다는 일갓집 마누라를 부르고, 이 모양으로 좋다는 것은 다 하면서 며느리 방에 들락날락, 이제나저제나 하고 오래 기다리던 손주 새끼가 으아 하고 나오기를 기다리고 있었다.

"애, 삼청동 애기 아직 안 왔느냐?"

하고, 금봉 집에 사람을 보낸 지가 십 분이 다 되지 못해서부터 정경부인은 재촉하기를 시작하였다.

"아직 안 오셨어요."

하고 어떤 하인이 대답하면,

"인력거 보냈지?"

"네에."

"그, 원, 삼청동이 지척인데 무엇 하구 아직도 안 와?"

하고 삼청동에서도 들으라는 듯이 화를 내었다.

시어머니가 삼청동 애기를 기다리는 소리를 듣는 며느리의 마음은 평안할 수가 없었다.

'아이구, 내가 이 자식을 낳아보기나 할려나?'

하고 홍 씨는 웬일인지 죽을 것만 같았다. 그러다가도 배 속에서 꿈틀하고 다 자란 아이가 노는 것을 느낄 때에는 빙그레하고 웃었다.

'나는 죽더라도 배 속의 아이나 나서 살았으면. 이것 아들이나 되었으면.'

하고 한숨을 쉬었다.

"다리가 저려요. 허리가 끊어오고."

하고 홍 씨는 낯선 젊은 산파더러 하소하였다.

"몇 시간만 참으셔요."

하고 산파는 동정하는 듯이 홍 씨의 다리를 주물렀다. 주무르는 대로 손가락 자국이 났다.

"다리가 이렇게 부었어요."

하고 홍 씨는 산파를 향하여 웃었다.

"네, 좀 부으셨어요."

하고 산파는 할 말 없는 대답을 한다.

"이렇게 붓는 게 좋지 않다던데."

하고 홍 씨는 제 운명을 한 시각이라도 미리 알아보려고 애를 쓴다.

"무얼요, 이보다 더 붓는 이도 있는데요."

하고 산파는 위로를 주려 한다.

"예서 더 부으면 얼마나 부어요?"

하고 홍 씨는 소복소복한 제 손등을 본다.

"오줌을 좀 누여드릴까요?"

하고 산파가 물을 때에 홍 씨는,

"마려운 줄 모르겠는데요."

하고 낯을 붉힌다. 나이 사십이 되었건마는 시하에 얌전한 며느리로 살아온 홍 씨는 마치 새색시 같은 수줍음을 가지고 있다.

"이제 순산만 하시면 부은 것도 다 내리시고 몸이 거뜬해지십니다."

"글쎄요. 죽지 않고 살아날까?"

"왜 그런 말씀을 하셔요? 애기를 처음 낳으시나요?"

"한 이십 년 전에 하나 낳았다가 잃어버렸어요."

하고 희미한 지옥 속에 떠오르는 죽은 아이를 생각한다. 그래도 홍 씨의 일평생에 그것밖에는 그리운 기억이라고 없었다. 그것이 돌을 바라볼 때에 홍역을 하다가 잘 내뿜지를 못해서 쌔근쌔근하고 젖도 못 빨고 눈을 홉뜨고 하던 생각은 단조한 홍 씨의 정신생활의 중심이었다. 그것이 죽을 적에 시부모님 앞이라 소리를 내어서 울지도 못하던 그 슬픔, 이렇게 눌려진 슬픔이 가슴에 못이 되어서 스러질 날이 없었다.

"그러고는 영 못 낳아보셨어요?"

하고 산파가 눈을 크게 뜬다.

홍 씨는 말없이 고개만 끄덕여 보였다. 그동안 이십 년 가까이 남편은 외국에 가지 아니하면 소박을 하여서 아이를 밸 기회가 없었다는 말은 아무에게도 발설할 말이 아니었다. 다만 그동안에 제 속이 어떻게 썩었을까는 오직 천지신명만 알고 세상에는 알 사람이 없었다.

"아이구, 허리가 끊어져와."

하고 홍 씨는 몸을 비틀고 낯을 찌푸렸다.

"삼청동 애기 오셨어요."

하는 소리가 들렸다.

"어디? 이리 다려와!"

하는 정경부인의 허겁지겁하는 소리가 들렸다. 마당에는 발자국 소리가 많이 들린다.

홍 씨는 일어나려다가 도로 눕는다.

"어쩌면 글쎄 이 애기가 이렇게도 서방님을 닮으셨어요?"

하는 간사한 소리가 들린다.

"아이, 잘도 나셨어!"

하는 소리도 들린다.

"아직 졸린 모양이다. 떠들지를 말어!"

하는 정경부인의 소리도 들린다.

"아이 코가 오똑하시구."

"또 저 이맛전은."

"아이 살갗도! 어쩌믄 이렇게 옥이시까."

으아 으아 하고 우는 소리.

"저 울음소리!"

"응, 내 손주가 어련하겠니? 아따, 젖 좀 먹여라. 기저귀 갈구."

하는 극히 만족하여하는 정경부인의 소리가 들린다.

'응, 받아 안았다가 도로 유모에게 주는군.'

하고 홍 씨는 혼자 생각하였다.

산파는 웬일인가, 그것이 웬 아인가, 하고 어리둥절하여 일변 안방에서 나는 소리에 귀를 기울이고, 일변 홍 씨의 눈치를 엿보았다.

"이리 온, 애기 다리고 이리 와. 네 어미헌테 가거라."

하는 정경부인의 거벽스러운 소리가 들린다.

유모가 아담을 안고 홍 씨 방으로 들어온다. 정경부인도 뒤따라와서 며느리를 들여다보며,

"아가, 네 아들 보아라. 남편의 혈육이니 네 혈육과 꼭 같이 생각하는 법이야."

하고 생각하는 법을 명령하였다.

시어머니가 들여다보는 것을 보고 며느리는 허리 아픈 것도 잊어버린 듯이 벌떡 일어났다.

"왜 일어나느냐? 어서 누워 있거라."

하고 시어머니는 정답게 말한다. 시집온 지 이십여 년에 일찍 한 번도 시

502

어머니 말을 거역해본 일이 없는 홍 씨다. 그래도 시어머니의 본능으로 며느리가 미운 적도 있지마는 속으로는 내 며느리밖에 없다고 생각하지 아니치 못하는 그다. 그 며느리가 손자를 낳아주려고 저처럼 고생을 하는 것이 불쌍하다고 생각하였다.

홍 씨는 일어나서 유모가 안고 온 어린애를 받아서 껴안았다. 그리고 귀여운 듯이 머리를 만지고 볼기짝을 또닥거렸다. 비록 속에서는 형언할 수 없는 감정이 물결을 쳐서 무엇에 놀란 것 모양으로 떨리기까지 하지마는, 그래도 이 아이는 사랑해줄 의무가 있다고 그는 믿는다. 자기는 어머니요, 이 아이는 아들이라고 믿는다.

이렇게 제도에 순종하는 것이 일생의 습관이 된 그에게는, 그것이 그렇게 어려운 일은 아니었지마는, 그보다도 남의 집 장손며느리로 아들을 못 낳았다는 책임감이 그에게는 가장 무겁게 마음을 내리누르는 짐이었기 때문에 남편의 아들이라고 이름 지을 아들이 생기는 것을 진정으로 기다리지 아니치 못하였다. 아들을 못 낳은 것이 자기의 책임이 아니라고 할 수 있지마는, 그래도 남편에게 소박을 맞게 된 것이 제 책임이요, 비록 제가 무엇을 잘못하였는지 모른다 하더라도 제 전생의 책임이라도 된다고 생각하는 홍 씨다. 홍 씨는 이러한 옛 조선의 딸들의 덕행을 학자님이라고 존경을 받던 그 아버지와, 현부인이라고 일컬음이 되던 그 어머니에게 배워서 일생을 지켜온 것이었다. 『소학』, 『효경』, 『오륜행실』만을 배우고 학교 물을 먹지 아니한 까닭이었다.

어린애는 홍 씨의 품에 안겨서 낯가림도 아니 하고 입을 내어둘러서 젖을 찾았다. 홍 씨는 까맣게 된 제 젖꼭지를 한번 물리는 것이 또한 제 의무인 줄을 생각하고 손으로 제 젖을 잡아서 어린애에게 물렸다. 어린애는 다리를 버둥거리면서도 좋아라고 그 젖을 빨았다.

"아이, 어쩌면 이 애기가 도모지 다른 사람의 젖은 안 먹는데."

하고 유모가 아첨 겸 놀라는 빛을 보였다.

"핏줄이 켕긴다는 게야. 어미를 알아보는 게지."

하고 정경부인은 며느리가 하는 일에 크게 만족하였다.

그래서 서성서성하면서,

"다 조상님 덕이요, 또 네 복이지. 인제 네가 아들이나 낳으면 그런 경사가 또 있느냐. 김씨 문중에 꽃이 피는 게다."

하고 이 빠진 입에 웃음을 가뜩 담았다.

홍 씨는 배 아픈 것을 참다 참다 못하여 어린애를 유모에게 주었다.

"어서 드러누워라. 그리고 애 약 먹어야지. 녹용 달인 것 어찌 되었느냐? 애기 낳기에는 젖 먹은 기운까지 다 든다는데 약을 먹고 또 밥도 잘 먹어야 한다."

하고 정경부인은 안방으로 가버린다. 산파가,

"어서 드러누우세요."

하고 홍 씨를 안아 누인다. 홍 씨는 고통을 참느라고 이마와 콧등에 구슬땀이 맺힌 것을 산파가 가제 조각으로 씻기며 속으로 홍 씨의 참는 힘과 예절다운 것에 놀랐다.

식전부터 비롯는 아이가 밤이 되어도 나오지 아니하고 산모의 고통만 시각 시각으로 더하였다. 애기가 거꾸로 앉은 것이나 아닌가, 어떠한 것이나 아닌가, 하고 산파가 산모의 정경을 보다 못하여 사랑에 와서 대령하고 있는 의사에게 때때로 보고를 하였으나, 대감이란 이가 의사더러 들어가보라는 말이 내리기 전에는 그리할 수도 없어서 의사는,

"좀 더 기다려보오."

하고 담배만 피우고 있었다.

홍 씨는 약 달인 것은 먹었으나 점심도 저녁도 뜨는 체만 하고는 넘어가지를 않는다고 먹지를 못하고, 밤이 들어서부터 가끔 졸기를 시작하였다.

산모가 꼬박꼬박 조는 것을 보고는 산파는,

"자간!"

하고 혼자 놀랐다. 신장에 고장이 있어서 부은 산모로서 졸아, 이렇게 생각하면 산파는 겁이 났다. 산모가 도무지 겁을 내는 빛도 없고, 괴로워하는 모양도 없고 진통의 발작이 올 때에도 가볍게 "아이구." 하는 소리를 내지마는 그것도 문밖에 있는 사람에게도 안 들리리만큼 또 입을 꼭 다물고 눈쌀을 찌푸리지마는, 그래도 유심히 보지 아니하면 괴로워하는 줄을 모르리만큼, 고만큼밖에 괴로움을 표현하지 아니하고, 이 괴롭고 아픈 중에서도 마치 어려운 어른이나 손님 앞에 있는 때와 같이 태연하고도 조심성스러운 태도를 잃지 아니하려고 애쓰는 것을 볼 때에 산파는 더욱 산모에게 동정이 가고, 어떻게 해시라도 이 산모의 고통의 시간을 줄이고 기다리는 아들을 순순하게 낳도록 하여주고 싶었다.

밤 열 시가 지나도 아이는 아니 나오고, 자정이 되어서는 산모는 아주 정신을 잃어버리는 때가 많아지고 그 동안도 길어졌다. 산파의 이 보고에 의하여 광진은 의사를 데리고 산실로 들어왔다. 정경부인도 왔다. 산모도 혼몽 중에 있어서 전신에 아무 기운도 없었다. 의사는 맥을 보고 눈을 까보고 고개를 흔들고 나서 광진을 보고,

"자간의 염려가 있습니다."

하고 통통 부은 다리를 손가락 끝으로 찔러 보이며,

"신장염 기운이 있으니까 염려가 되는군요."

"선생님, 잘 순산하게 해주세요. 그 어떻게 소중한 애기라구요."

하고 산모와 의사의 얼굴을 번갈아 보았다.

"네, 제 힘껏은 하지요마는……."

하고 의사는 산모의 배에 귀를 대어보기도 하고 배를 만져 어린애의 위치를 알아보기도 한다.

"어린애는 아모 일 없지요?"

하고 정경부인은 약간 체머리를 흔들면서 보통보다 높은 음성을 낸다.

산모가 한 번 길게 한숨을 쉰다.

의사는 산모의 곁에 꿇어앉은 대로 고개를 기울이고 잠깐 눈을 감는다.

의사가 무슨 하기 어려운 말이 있어 하는 눈치를 보고 광진은,

"어머니는 가서서 주무세요. 무슨 일이 있으면 알려드리겠습니다."

하고 눈으로 가라는 뜻을 표한다.

"자기는 내가 어떻게 잔단 말이냐. 거, 원, 웬일이야?"

하고 광진의 어머니는 중얼거리면서 나간다.

"어떻겠어요?"

하고 광진이 의사의 말이 나오기를 재촉한다.

"기계를 써보시지요."

하고 의사는 마침내 선언하였다.

"기계를?"

"네, 산모가 이렇게 위험한 상태에 계시니까."

광진은 말없이 눈을 감고 고개를 숙인다. 아내의 심중을 생각해본 것

이다. 아내가 수십 년 만에 자기와 동침하던 날 아내가 자기에게 울며 하던 말을 광진은 생각한다.

"내 나이 사십이 아닙니까? 아이 하나만 낳게 해주시면 그 후에는 영영 안 돌아보셔도 괜찮아요."

하던 말.

광진은 아내의 이 말에 터럭 끝만 한 거짓도 없음을 믿는다.

"기계를 쓰면 어린애가 성할까요?"

하고 광진은 고개를 들어서 의사를 본다.

"성할 수도 있지요. 그렇지마는 최악의 경우도 생각하지 아니할 수 없습니다. 두 생명을 다 건지지 못할 경우가 생긴다면."

광진은 어린애가 죽고 아내만 살아날 경우를 생각한다. 그것은 차마 생각할 수 없는 일이었다. 그때에는 아내에게서는 모든 희망의 광명이 다 스러지고 아주 암흑세계가 되고 말 것이다. 다시는 배어보기도 어려운 아이. 이 정경을 생각하면 광진은 그동안 이 정숙한 아내를 소박한 것이 아프게 뉘우쳤다. 아내에게 무슨 허물이 있어서 한 소박은 아니었다. 광진은 아내의 도덕적 완전(실로 완전에 가까운 덕성을 가진 아내라고 광진은 믿는다)이 싫어서 소박한 것인가. 왜 광진은 이 흠할 데 없는 아내를 소박하였나?

"웬일야? 그렇게 인물 잘나고 맘씨 곱고 공손하고 그런 사람을 왜 광진이가 싫어할까?"

하는 것은, 광진의 친척은 말할 것도 없고 며느리라면 이쁜 것조차 밉다는 시어머니까지도 노 말하였다. 광진 자신도 그 이유를 분명히 설명할 수가 없었다. 본래 여자를 좋아하는 성질을 가진 광진으로서 한 여편네에게 오래 정을 들일 수가 없는 것도 한 이유요, 말쑥말쑥한 여학생들의 모양이나 기생들의 도발적이요 아양스러운 데 마음이 끌린 것도 한 이유요, 구식 교육을 받은 아내의 무변화하여 진력이 나는 것도 한 이유겠지마는, 가장 주요한 이유는 그저 싫은 것이었다. 대하면 싫고 살이 닿으면 싫고, 그저 못 견디게 싫은 것이었다. 궁합이 안 맞는다거나 인연이 안 맞는다거나 하는 알 수 없는 말로 설명하는 그러한 싫음이었다. 그러나 이 계집 저 계집 여러 가지 여자를 접해본 광진(광진은 거의 전 세계 인류의 여성을 골고루 접해보았다), 게다가 나이가 사십이 다 된 광진에게는 어느 계집이나 별로 신통한 것은 없는 것 같아서 지금 같았으면 아내를 그처럼 소박하지 않고라도 견딜 것 같았다. 지난 일 년 동안 금봉을 사랑하면서도 그 아내에게 대하여 꽤 많이 애정을 줄 수 있는 것도 이 때문이었다. 또 젊었을 때에는 여자를 사랑하는 것을 무슨 큰일같이 알아서 한번 잘, 정말, 생명을 바쳐서 사랑해보고 싶은 마음도 있었지마는, 청춘의 순결함을 잃어버린 중년의 광진에게는 여자란 더운 날 얼음에 채운 맥주나 보들한 옷 모양으로, 또는 커피나 홍차 모양으로 한 기호품에 불과하였다. 성적 욕구쯤은 어떤 여자로나 만족할 수 있는 것이요, 눈의 욕구를 채우자면 길에 다니는 여자들을 바라보거나 요릿집에서 기생을 부르면 그만이었다. 여자란 그다지 생명을 바쳐서까지 사랑할 물건은 아닌 것 같았다. 또 꼭 어느 여자라야만 될 것도 아닌 것 같았다. 하, 그리 흉업지나 않고 꺼칠꺼칠하지나 않고 냄새나 안 나면 어느 것이나 다 쓸 것 같았고 잠시 잠시 쓰다가 버리는 넥타이, 단장 같은 물건 같았다. 정신적 생활이 없어진 광진에게는 여자에게서 어떤 정신적 만족을 얻으려는 생각은 없었다. 그는 친구들 간에 혹시 정신적인 신성한 연애라는 말이 날 때에는 대학에서 배운 키케로와 에머슨의 말을 인용하여서 가장 높은 사랑은 오직 남자끼리의 친구 간에만 성립되는 것이라고 주장하고,

"정신적 감화를 받으려거든 성현이나 위인의 말을 볼 게지, 그것을 여자에게서 구해? 그게 연목구어란 말야. 희랍 사람의 말과 같이, 여자에게는 정신이란 것은 없거든. 아름다운 것하고, 애 낳는 것하고, 바느질, 밥 짓는 것하고, 이것이 여자의 전체여든. 여자는 남자의 노예로 자연이 예비한 것이란 말야."

이렇게 말하였다.

실상 광진에게는 여자뿐 아니라, 저 이외에 다른 사람은 누구나 그리 소중한 이는 없었다. 가족이나 친구도 그리 소중할 것은 없었다. 제게 필요한 때에만 일시 소중하였고, 그 필요가 지나면 전연 무관심이었다. 하물며 세상에 필요한 사람을 소중히 여긴다는 것은 광진으로서는 도저히 인식할 수 없는 일이었다. 공익사업을 위하여서 돈 십 원 낸 일도 있으나, 그것은 졸리기가 어려워서이지 그 사업을 위해서는 아니었다. 그가 보기에 그의 주위에 있는 사람들도 다 나와 같은 생각을 가진 것 같았다. 세상을 위하거나 남을 위하여서 돌아다니며 애쓴다는 인물들을 볼 때에 광진은 웃었다. 그것은 먹을 것이 없어서 돌아다니는 과객으로밖에는 아니 보이는 까닭이요, 극히 호의로 해석한다면 일종의 퍼내틱(fanatic, 무엇에 미친 사람)이라고밖에 생각하지 않는다. 그러므로 그의 아내가 보기 싫으니까 소박하였고, 또 근래에는 견딜 만하니까 좀 가까이하여준 것이었다. 그런데 이러한 생각을 가진 그에게도 아내의 정숙한 것을 감탄하는 생각과 생명이 경각에 달린 아내를 볼 때에 불쌍한 생각이 나고, 겸하여 뉘우치는 생각이 나는 것은 수상한 일이다. 본능이라고 할 것이다.

"하, 어서 손을 써야 하겠는걸요."

하고, 의사가 광진에게 결정하기를 재촉하였다.

광진은 아버지와 어머니께 여쭈라고 하인에게 명령하였다. 산파는 의사의 명령을 받아가지고 수술 기구를 가지러 병원으로 달려갔다.

대청에서 가족의 회의가 열렸다. 광진은,

"의사 말씀이 산모가 위태하다고 합니다. 기계를 써서 인공으로 분만을 시킬 수밖에 없는데, 그렇지 아니하면 두 목숨이 다 위태하다구요."

하고 개회하는 취지를 설명하였다.

"기계를 쓰다니? 그러면 애는 죽여서 꺼낸단 말이냐?"

하고 대감도 놀라는 표정을 보였다.

"어린애도 안 죽을 수도 있다구요. 그렇지마는 두 목숨을 다 못 건질 바이면 한 목숨이라도 건지잔 말씀이지요."

하고 광진이 설명하였다.

"그거 원 무슨 일이란 말인고?"

하고 대감은 옛날 벼슬할 때에 하던 버릇으로 책임질 말은 아니 한다.

"안 된다. 기계가 무슨 기계냐? 그러다가 순산하는 수도 있지. 기운이 없어지면 잠깐 졸기도 하는 것이야. 기계가 다 무엇이냐?"

하고 정경부인만은 솔직하게 태도를 표명하였다.

며느리 백이 죽더라도 손자 하나만을 살리려는 생각이다. 며느리는 암만이라도 얻어 들일 수 있는 것이지마는 손자는 마음대로 얻을 수 없다는 생각이다. 마누라의 말이 옳은 것도 같으나 며느리의 생명이 가엾어도 보이는 것이 대감의 태도였다. 그러나 이런 경우에는 아무 말도 아니 하는 것이 대감의 처세술이었다.

광진도 이 자리에서 어느 편으로나 힘 있게 주장할 뜻이 없었다. 아내가 죽으면 젊은 새 아내를 얻어 들일 수 있다는 생각이 일어났다. 그는 누구 딸, 누구 딸, 어떤 계집애하고 제 눈에 들었던 여자들과 말로 들었던 여자들을 생각하고 마음에 기뻤다. 조선 안에서 제일 잘난 여자가 제 아내가 될 것 같았다. 그러나 금봉은 그 후보자의 말석에도 참예하지 못하였다.

광진은 의사를 불러내었다.

"그렇게 위험허오?"

하고 대감이 위엄을 갖추어서 물었다.

"네, 제가 보기에는 매우 위험합니다."

"그래, 기계를 안 쓰고는 순산이 안 된단 말씀이오?"

하고 정경부인이 묻는다.

"그럴 것 같습니다."

하고 의사가 조심조심하여 대답한다. 의사는 산모의 생명을 구하려는 직업의식이 강하지마는 원체 괴까다로워서 상식으로 판단할 수 없는 이면경계와 인사체면이 많은 양반집 일이라 함부로 무엇을 말하기도 어려웠다.

이리하는 동안에 산파가 기계를 가지고 돌아왔다. 그래도 문제는 결정이 되지를 아니하였다. 의사는 사람의 생명이 경각에 달린 이때에 대감이니 정경부인이니 하는 사람들이 각각 좀스러운 생각으로 판단을 내리지 못하고 서로 저편의 비위를 거스를까, 서로 제 속의 약점을 책잡힐까 하여 아름아름하는 것을 볼 때에 속으로 분개한 마음이 생겨서 혼자 일어나 산실로 들어가서 산모의 오줌도 빼고 주사도 놓았다. 만일 필요하면 제 마음대로 수술을 할까 하는 생각까지 하였다.

'인제 경련만 일어나면 이 사람은 죽는다.'

하면 젊은 의사는 산부의 약간 떨리기 시작한 듯한 입술을 들여다보았다.

'이 집안에 이 사람의 생명을 꼭 살려야 한다고 생각하는 사람은 하나도 없고나!'

할 때에 의사는 얼마 전에 어떤 행랑살이하는 사람이 이와 같은 상태에 있는 제 아내를 놓고,

"선생님, 아모렇게 해서라도 이것을 살려주세요."

하고 벌벌 떨던 것과, 그 곁에는 여남은 살 된 계집애 하나와 사내 하나가 엄마, 어머니, 하고 울었던 것을 생각하였다.

"리솔 풀어!"

하고 의사는 양복저고리를 벗고 와이셔츠 소매를 걷어 올렸다.

시계가 한 시를 땅 쳤다.

의사는 주사 한 대를 더 놓았다. 산모는 아픈 것을 감각하는 듯이 몸을 흠칫하였다. 그러고는 눈을 떴다. 산모는 눈을 떠서 제가 아이를 낳았나, 어찌 되었나, 하는 듯이 한번 휘 둘러보고는 다시 눈을 감았다. 얼마 있다가 다시 눈을 뜨고 산모는,

"선생님!"

하고 의사를 불렀다.

"네?"

하고 의사가 산모의 입 가까이 귀를 귀울였다. 무슨 무서운 말이나 기다리는 듯이 눈을 크게 떴다.

"암만해도 제 힘으로는 낳을 수 없는 것 같으니 제 배를 갈르고 아이를

꺼내주세요. 저는 죽더라도 아이만 성하게."

이렇게 산모는 안간힘을 써가며 있는 힘을 다하여 말하였다.

정경부인이 말소리를 듣고 들어오고, 광진도 들어왔다. 산모는 광진을 힐끗 바라보고는 기운 없이 눈을 감았다.

"아가, 정신을 차려서 배에 힘을 주어라."

하고 정경부인이 낯을 찡기면서 말하였다.

산모는 시어머니 말에 순종하려는 듯이 입을 다물고 두어 번 힘을 써보다가,

"힘이 안 써집니다."

하고 길게 한숨을 쉬었다.

"선생님, 저는 죽어도 아이만 살게 해주세요."

하고 산모는 한 번 더 안간힘을 써보았으나 기운이 없었다. 산모의 두 눈에서는 눈물이 흘러내렸다. 산파는 눈물을 감추려고 고개를 돌리고 의사는 머리를 긁고 입맛을 다셨다.

산모는 다시 정신을 잃고 시계는 두 시를 쳤다.

"인제 바람만 나면 못 건집니다."

하고 의사는 최후 통고를 하였다.

그러나 그때에는 대감은 첩의 방에 나가 잠이 들고 정경부인도 보이지 아니하였다. 광진만이 그래도 대청에 놓인 교의에 기대어서 졸고 있었다. 광진은 마침내 의사에게 모든 것을 맡긴다는 승낙을 아니 할 수 없었다. 의사는 감자를 써서 아이를 꺼내었다. 아이는 사내였다. 가사 상태로 낳은 아이가 첫울음을 울 때에 산모는 한 번 눈을 떴다.

"아드님을 낳으셨어요."

하고 산파가 크게 소리를 쳤다.

　산모는 그 말을 알아들었는지 빙그레 웃는 것도 같았으나 이내 정신을 차리지 못하고 그 후 일주야 만에 소원대로 아이만 살리고 저는 세상을 떠나버리고 말았다. 그는, 시집에는 아들을 낳아 바치고 새 계집 좋아하는 남편에게는 새로 장가들 자유를 주고, 누구 하나 아껴주는 사람도 없이, 울어주는 사람도 없이 세상을 떠나버리고 말았다.

　그러나 아들을 낳아놓고 죽었다는 공으로 홍 씨는 좋은 장례를 받았다. 그뿐 아니라, 대감이나 정경부인이나 또 광진이나 그 사람이 죽고 보니 생전에 잘못한 것이 미안하기도 하고, 꿈자리가 사나울 것도 두려워서 돈을 아끼지 아니하고 장례를 지냈고, 대감도 예대로 제복을 입었다. 겉으로 하는 것만은 극진하게 하였다고 할 만하게 하였다. 그리고 집가심이니 지노귀에 죽은 사람의 살에 닿았던 옷은 대부분 무당의 손으로 불살라서 저승에 있는 홍 씨에게로 보내고, 더러는 무당이 가져가고, 또 더러는 하인들에게 노나도 주고 또 하인들이 훔쳐내기도 하였다. 그저 죽은 사람으로 하여 동티만 아니 나기를 원하였다.

　금봉은 아담을 잃은 날부터 밥맛과 잠을 잃었다. 젖이 불을 때마다 울었다. 대접에 불은 젖을 짤 때에는 말할 수 없이 슬펐다. 광진의 부인이 아들을 낳았단 말을 들어도 아무 감각이 없으리만큼 금봉은 잃어버린 아담에게 골똘하였다. 비록 아담이 되돌아오지 않는 것이 그 애의 장래를 위하여 좋은 일이라고 마음을 지어먹어도 제 새끼를 남의 손에 내어놓지 아니치 못하는 어미의 슬픔은, 그 일을 당해본 어미가 아니고는 상상할 수 없는 일이었다. 광진의 부인이 아들을 낳고 죽었다는 기별은 금봉에

게 이상한 충동을 주었다. 그것은 지극한 비극을 보는 것이요, 그 비극에
는 금봉 자신도 관련되는 것 같았다.

'나는 어찌할까?'

하고 금봉은 밤을 새우고 밤을 새웠다.

어떤 날 밤에 삼청동 금봉 집에 웬 노파 하나가 들어와서 지나다가 집
구경을 들어왔노라고 두리번거리다가 나가버렸다.

"미친년이로군."

하고 할멈이 대문을 걸면서 중얼거렸다.

"거, 웬 여편네야?"

하고 금봉이 안방에서 나서면서 물었다.

"모르지요. 무얼 훔치러 들어왔던 게지요."

하고 할멈은 대단히 불쾌한 모양이었다.

"나가보아요, 어디로 갔나?"

하고 금봉도 마음이 안 놓였다.

할멈이 대문을 열고 나갔다가 한참 만에 들어오더니,

"어디로 갔는지 모르겠어요. 저 위로 올라가는 것도 같고."

하고 말했다.

어린애도 잃고 광진도 아니 오고 하는 이 집에서는 고양이가 하나 지나
가도 큰 사건인 것 같았다. 이 집이야말로 모든 것이 초상난 집 같았다.

홍 씨의 장례가 끝난 이튿날 광진이 술이 취하여서 금봉의 집에를 왔
다. 그는 친구들에게 졸려서 득남례와 상처한 축하 턱을 낸 것이었다.

"광진이는 상처할 팔자까지 탔네그려."

하고 그 친고들은 광진을 놀렸다.

금봉은 무엇이라고 인사할 말을 찾지 못하여 잠자코 있었다. 광진은 집에 들어오는 대로 금봉을 희롱하기 시작하였다. 금봉은 그것이 심히 불쾌하였다. 제 아내를 파묻은 것이 어젠데, 하면 구역이 나도록 광진의 음탕한 행동이 싫었다. 그래서,

"어린애는 왜 안 보내시오?"

하고 노기를 띠고 소리를 질렀다.

"어린애? 우리 아들? 어머니가 내노시나. 한 시각도 안 보시고는 못 사신대. 허허."

하고 광진은 무슨 좋은 수나 난 것처럼 기뻐하였다. 금봉은 더 말하고 싶지도 아니하였다. 광진은,

"금봉이, 우리 마누라, 허허, 우리 금봉이가 왜 오늘은 새침했어? 고게 더 예쁘지."

하고 실없는 소리를 중얼대면서 칼라, 넥타이, 양말은 이리저리 벗어던졌다. 금봉은 전과 같이 그것을 받아서 양복장에 차곡차곡 넣을 생각도 없었다. 광진의 입김에서 나는 술냄새와, 그가 쉴 새 없이 중얼거리고 껄껄대는 실없는 소리가 모두 불쾌하기만 하였다.

'나를 무얼로 알어!'

하고 금봉은 속으로만 괘씸하게 생각하였다.

광진은 냉수를 두 대접이나 마시고 금봉더러 다리를 밟으라는 둥, 어깨를 주무르라는 둥 갖은 지랄을 하다가 마침내 잠이 들어버렸다.

금봉도 어슴푸레 잠이 들려고 할 즈음에,

"문 열어주우."

하는 여편네의 소리가 들렸다.

"자정이 지났는데 누가 왔어?"

하고 할멈이 중얼거리며 대문으로 나가는 발자국 소리를 들으면서 금봉은,

"가회동서 왔나 보군."

하고 혹시 어린애가, 아담이 무슨 병이 나지나 않았나 하고 가슴이 울렁거렸다. 삐걱하고 문 여는 소리가 나자 통통 통통하는 사내 발자국 소리가 들렸다. 금봉은 누굴까 하고 고개를 들어서 귀를 기울일 때에 벌써 안방 지게문을 와락 열어젖히고 들어선 것은 금봉의 남편 손명규였다.

금봉은 모시 겹이불을 막써 머리를 감추었다.

명규는 초록 생초 모기장을 떨리는 손으로 잔뜩 잡아당기었다. 그러고는 덜덜덜덜 떨면서 세상모르고 자는 광진의 얼굴을 물끄러미 들여다보았다. 명규의 눈과 입은 찌그러지고 씰룩씰룩하였다. 털이 많이 난 큰 손에는 번쩍번쩍하는 칼이 떨고 있었다.

명규는 향항으로 싱가포르로 일 년 나마 헤매다가 모두 다 실패하고 아편쟁이가 되어가지고 일주일쯤 전에 서울에 굴러들어 왔다. 아내 금봉과 딸 정선을 안아보리라는 유일한 회망을 품고. 그러나 그는 아내가 광진의 것이 된 사정을 듣고는 연놈이 한방에 들기를 기다리고 노파 하나를 사서 염탐을 시키다가 오늘이야 그 기회를 찾은 것이었다.

"이놈, 이놈, 이놈!"

하고 손명규는 광진의 가슴을 타고 앉으며 한 손으로 광진의 가른 머리를 거머쥐고 한 손으로는 칼을 높이 들었다.

광진이 깜짝 놀라며 눈을 떴다. 광진은 뜬 눈을 다 감지도 못하고 다만,

"어, 어, 어, 어!"

하고 전신에 얼음물을 끼얹을 때에 나는 소리를 할 뿐이었다.

"이놈! 이놈!"

하고 명규의 칼은 허공에서 오르락내리락하였다. 광진의 눈에는 명규의 얼굴이 하늘만치 크고 그 두 눈은 번갯불 같았다. 바로 눈 위에서 떨리는 시퍼런 칼날, 그 빛!

"소, 소, 소, 소, 손 선생, 사, 사, 살, 살려주."

하는 소리가 들릴락 말락 광진의 목에서 나왔다.

일 초, 오 초, 십 초, 일 분.

"무엇이든지 손 선생 소원대로 다 할 테니 목숨만 살려주."

명규는 물론 애초부터 광진을 죽이려는 생각은 아니었다. 유부녀 통간 중에 등시포착하여서 광진에게서 돈을 떼어내려는 것이었다. 그처럼 명규에게는 벌써 사람의 염치는 없었다. 그러나 사랑하던 제 아내가 다른 사내와 한자리에 있는 것을 볼 때에는 명규도 보통 사람의 감정이 나서 눈이 벌꺽 뒤집혔다. 이것은 죽여도 살인죄가 안 되는 경우다. 손에 들린 칼이 여러 번 광진을 향하고 내려가려 하였다. 어차피 전도에 소망이 다 없어진 몸이라, 간부, 간부를 한칼에 죽여버리고 피 흐르는 칼을 휘두르며 한길로 날뛸 생각도 없지 아니하였다. 그러나 일 초, 일 초 참는 동안에 아편쟁이 손명규가 돌아오고, 돈을 한번 크게 벌어보려는 손명규가 돌아왔다.

명규는,

"이놈, 내가 너를 친구라고 믿고 처가속을 맡겼거든. 이놈, 내가, 내가 너를 살려?"

하고 한 번 더 뽐내었으나 마침내 칼을 집에 꽂아서 양복 주머니에 넣고

광진에게서 내려앉으며,

"일어나 옷들이나 입어라."

하고 이불을 잡아 젖힌다.

태 속에 든 아이 모양으로 웅크리고 있던 금봉이 이불로 몸을 싸고,

"나를 죽여주세요. 아까 그 칼로 나를 죽여주세요."

하고 명규를 향하여 엎더진다.

명규는 킁킁하고 두어 번 코웃음을 웃고는 아무 말이 없었다.

광진이 옷을 다 입고 나서 손명규를 보고,

"우리는 성북동 내 집으로 갑시다."

하고 모자를 들고 나섰다.

명규는 광진을 이윽히 바라보더니,

"가자!"

하고 따라나섰다.

택시를 기다리는 동안에 명규는 정선을 찾았다. 침모 방에서 자는 정선을 물끄러미 들여다보더니 눈물을 흘렸다. 아비의 정이 움직인 것이었다.

명규와 광진이 나간 뒤에 금봉은 옷을 입고 체경 앞에서 머리를 빗고 화장을 하고, 그러고는 핸드백 하나와 우산 하나를 들고 나섰다.

"아씨, 지금 어디 가세요?"

하고 할멈과 침모와 순이가 나와서 붙들었다. 그들은 금봉이 필경 한강으로 죽으러 나가는 줄만 안 것이었다.

"내 얼른 다녀오께."

하고 금봉은 붙드는 것도 뿌리치고 대문 밖으로 뛰어나갔다. 하늘에는

별이 총총하였다. 순이가 동십자각까지 금봉의 뒤를 밟아 온 때에 금봉이 알고 돌아서며,

"요년, 따라오지 말어!"

하고 발을 굴렀다.

순이는 궁장 그늘로 몸을 비켜섰으나 돌아갈 생각은 아니 하였다.

금봉은 두어 걸음 육조 앞께를 향하고 몇 걸음 가더니 되돌아서서,

"순아, 순아!"

하고 불렀다.

순이가 궁장 그림자에서 튀어나와서 금봉의 곁으로 왔다. 곁에 가까이 온 순이의 머리를 만지며 금봉은,

"순아, 너의 집이 어디?"

하고 정답게 물었다.

"자하골이야요. 남의 행랑입니다."

하고 순이는 부끄러운 듯이 고개를 숙였다.

"너 집으루 가자."

하고 금봉은 순이를 앞세우고 경복궁 앞으로 지나서 자하골로 향하였다.

"나, 오늘 밤 너의 집에서 잘 테다."

하고 금봉은 길을 가면서 순이에게 청하였다.

순이는 대답이 없었다. 순이도 금봉이 다른 서방하고 살다가 본남편한테 들켜서 야단 만난 줄을 알기 때문에 금봉의 정경을 모르는 것이 아니지마는, 그렇더라도 그렇게 호강하던 금봉이 냄새나고 빈대 끓는 행랑방에서 잘까가 의문이었다.

순이는 어떤 허름한 집 찌그러진 대문 앞에 섰다. 그러고는 대문에 입

을 대고 안에 들릴까 봐 조심하는 목소리로,

"어머니이, 어머니이!"

하고 두어 소리 불렀다. 그래도 대답이 없어서 순이는 대문을 달깍달깍 흔들었다.

안팎 고달픈 일에 곯아떨어진 순이 어머니는 좀처럼 잠이 깨지 아니하였다. 더구나 뙤약볕에 비지땀을 흘리며 모군을 서던 순이 아버지는 누가 묶어가도 모를 지경이었다.

얼마 만에야 여편네의 졸리는 소리로,

"거, 누구야?"

하는 소리가 들렸다.

"어머니, 문 좀 열어요."

하는 소리를 그제야 알아듣고,

"순이냐? 웬일이냐? 주인집에서 쫓겨났니?"

하고 문을 열고 일어나 나와서 소리 안 나게 대문 빗장을 열면서,

"밤중에 웬일이냐? 무슨 짓을 했길래 이 밤중에 쫓겨났어?"

하다가 금봉을 보고,

"아씨, 웬일이세요?"

하고 놀라서 뒤로 물러선다. 금봉은 대문 안에 들어서면서,

"오늘 밤 좀 재와주우."

하였다.

"웬일이세요?"

하고 순이 어머니가 어리둥절하는 것을 순이가 가만히 어머니의 옆구리를 찌른다.

"어떻게 이런 데서 주무시나?"

하고 순이 어머니는 방으로 들어가서 성냥을 찾아서 석유 등잔에 불을 켜놓는다. 금봉의 눈앞에 전개된 광경은 이러하였다.

오십이 넘은, 수염 조금 나고 수척한 사내가 웃통을 벗어 홀쭉한 배를 들먹거리며 코를 골고, 그 곁에는 전신에 먹칠을 한 듯이 시커먼 팔구 세 되는 사내아이가 배만 가리고 드러누웠고, 또 그담에는 젖먹이 하나가 베개에서 떨어져 자고, 벽은 자세히 들여다보면 종이를 발랐으나 종이가 모두 흙빛이 되었다. 그러고도 성냥 상자, 석유 상자 같은 궤짝이, 이를 테면 장 대신으로 구석에 포개 놓였다.

"여보, 여보!"

하고 순이 어머니가 남편을 흔들어 깨우는 것을 금봉은 손을 흔들어서 막고 방으로 들어갔다. 순이 어머니가 빠져나온 자리도 안 보이던 방이건 마는 그래도 금봉과 순이가 다 드러누울 수는 있었다.

축축한 장판은 찼다. 금봉은 특별 대우로 주는 때 묻은 베개 위에 핸드백을 놓고 손수건을 덮어서 베개를 삼았다. 모기가 무서워서 문을 닫아 놓으니 냄새나는 공기에 숨이 턱턱 막힐 것 같고, 이따금 뚜껑 없는 요강에서 지린내가 금봉의 코를 찔렀다.

그러나 그것도 약과였다. 불을 끄고 한참 누웠노라니 모기는 귀밑으로 왕왕거리고 빈대는 목덜미를 물어 떼었다. 금봉의 등으로 다리로 배로 스멀거리는 것은 벼룩인지 그리마인지 모르지마는, 처음에는 손으로 쓸어도 보았으나 나중에는 단념해버리고 말았다.

빈대 벼룩이 아니기로 잠이 들 금봉은 무론 아니다. 자정 넘은 밤중에 갈 곳이 없으니 밤이 새기를 기다리잔 말이다. 그런 중에도 금봉은 어느

덧 눈이 붙었다. 깨어보니 순이 아버지가 벌써 밥상을 받았다. 무쪽 씹는 소리를 들어서 밥 먹는 줄을 짐작하리만큼 아직도 어두웠다.

'어느새에 일어나서 남편의 밥을 지었노?'

하고 금봉은, 어린애를 뒤쳐 업고 남편 숭늉 심부름을 하는 순이 어머니의 모양을 보고 믿기지 아니하리만큼 생각하였다. 저 사내, 오십이 넘고 몸은 살이 말라서 갈빗대가 드러나고 배가 움쑥 들어간 저 사내는 여름날이 밝기도 전에 이른 조반을 먹고 지게를 지고 나가는 것이었다. 그래서 뼈가 휘도록(정말 그의 등은 휘었다) 벌어서 처자를 먹이는 것이다.

금봉은 일어날까 하다가 도리어 주인이 미안해할 것 같아서 자는 체하고 가만히 있었다. 순이와 순이 동생도 그냥 자고 있었다.

"오날은 어디로 가우?"

하고 순이 어머니가 문지방을 한 손으로 붙들고 서서 보채는 아이를 허리만으로 흔들면서 묻는다.

"조선은행 앞으로 가보아야 알지."

하고 대답하는 사람은 숭늉 찌끼를 숟가락으로 벅벅 긁었다.

"왜 자문 안 흙 지는 일은 다 끝났소?"

하고 아내는 다시 물었다.

"기운 없다고 붙여주어야지."

하고 남편은 숟가락을 소반에 놓는다.

"망할 놈들! 저희 기운은 황소만 하던가?"

하고 아내는 분개하였다.

영감은 곰방이에 담배를 담아서 피우려다가 마누라가 금봉을 가리키는 것을 보고 한 손으로 밥상을 들고 대문간으로 나가버린다. 성냥을 긋

는 소리가 나고 뻑뻑 빼는 소리가 나더니 대문이 스르르 열리고 대문 밖
에 나선 사람이 걸어가는 소리가 들린다. 안에서 안 들리도록 조심조심
하여 대문을 여는 소리가 금봉에게는 퍽 슬펐다.

그제야 금봉이 일어났다. 머리는 무겁고 눈은 텁텁하고 귓속이 웅웅거
렸다.

"어느새에 일어나셔요, 아씨? 좀 더 주무시지. 이맘때가 되면 빈대도
들어가는데. 방이 누추해서, 어디 아씨야 이런 누추한 방이야 보시기나
했겠어요? 저희는 한평생 이런 데서 산답니다. 어디 요새 세상에야 행랑
을 그냥 빌려주시는 댁이 많습니까? 이것도 한 달에 사글세가 이 원이나
된답니다. 그러고도 안대청 걸레 치고 물 길어대고, 또 잔심부름도 해드
립지요. 순아, 이년아 일어나거라. 그나 그뿐인가요? 아범이 저렇게 늙
고 또 지난봄에 그 몹쓸 염병을 앓고 나서는 참 아씨 덕분에 약첩이나 사
먹고 낫기는 낫습지요마는 도무지 추서지지를 아니한답니다. 그러니 하
로도 일 안 나갈 수는 없고, 다만 열 냥, 스무 냥이라도 벌어야 자식새끼
를 멕이지를 않습니까? 그저 어디 방세 안 내는 행랑방이라도 한 칸 얻었
으면 살겠는뎁시오."

하고 순이 어멈은 세수하란 말도 없이 밥상을 차려다가 금봉 앞에 놓는
다. 그러고는 자는 아들은 마치 무슨 물건 모양으로 방 한편 구석으로 밀
어놓고 방에 깔았던 누더기들을 이리저리 밀어놓는다.

잠을 깬 순이는 아씨가 집에서 같으면 아직 한잠을 잘 것이요, 아홉 시
나 열 시가 되어서 화로에 놓은 찌개 국물이 다 졸아붙을 때쯤 해서 일어
나면 비누라 무엇이라 한 마루 벌여놓고 더운물 찬물을 양동이로 하나씩
들여서 세수를 하고, 그러고는 머리를 빗고 단장을 하고 담배를 먹고, 그

러고 나서도 밥맛이 없다는 둥, 속이 좋지 못하다는 둥, 새로 지은 밥을 다시 끓이라는 둥 법석을 하다가, 열 시 열한 시나 되어서야 상이 나오던 것을 생각하고,

"어머니, 아씨 세수도 안 하시고."

하였다.

"무엇에 세수를 하시나? 대야도 없고."

하고 순이 어머니는 그제야 점잖은 양반들은 아침에 일어나면 양치하고 세수하는 법이 있는 것을 생각하였다. 양치를 하자니 소금이 있나? 소금이 있기로니 시커먼 호렴을 쓸 것 같지도 아니하고.

"괜찮다. 이따가 하지."

하고 금봉은 밥상이란 것을 들여다보았다. 밥 한 그릇하고 아까 순이 아버지가 우적우적 먹던 그 풋김치 한 그릇, 그리고 물 한 그릇, 그것뿐이다. 오직 그것뿐이었다.

금봉은 주인의 호의를 무시하기가 미안하여서 물 한 모금을 먼저 마시고는 밥 한 숟가락을 떠서 입에 넣었다. 금봉은 그 냄새에 오장이 뒤집히는 것 같았다. 안남미에 만주 좁쌀을 섞은 밥이었다. 묵고 묵은 쌀, 장마통에 곰팡이 난 쌀, 한 말 이상 사는 사람에게도 팔 수 없는 쌀, 싸전에서 썩혀내는 이 쌀은 종이 주머니에 한 되, 반 되 팔아 가는 사람의 입으로 들어가는 것이었다. 만일 집에서 같으면 금봉은 우엑질을 하고 밥상을 둘러메어쳤을 것이다. 그렇지마는 금봉은 마치 뜨거운 것을 삼키는 모양으로 입에 문 밥을 억지로 삼키고 물을 마셨다.

"빈대 끓고 냄새나는 방 한 칸과 곰팡냄새 나는 호좁쌀밥, 이것도 없어서 걱정인 사람이 조선 백성의 절반은 된다. 하루 종일 땀 흘려 벌어도

그러하거든 땀을 흘려서 일하고 싶어도 일할 자리도 없는 사람이 또 몇 백만……."

금봉은 이 비슷한 말을 쓴 책을 보던 기억을 한다. 설마 그러랴 하였더니 바로 장안 안에 금봉은 그것을 본 것이었다.

금봉은 순이 어머니에게 돈 몇 원을 집어주고 순이더러는 삼청동 집으로 먼저 가라고 이르고, 사직골 어귀에서 인력거 하나를 잡아타고 남대문 정거장으로 가자고 일렀다.

금봉은 부칠 곳 없는 몸이 오빠 인현을 찾아가려는 것이었다. 인현이 태허대사라는 중을 따라간 것은 분명하고, 태허대사란 이름난 중이라고 하니 태허대사만 찾으면 인현을 찾을 수 있으리라고 생각한 것이다.

금봉은 정거장 앞에서 인력거에서 내려서 원산으로 가는 차 시간표를 보았다. 아직도 한 시간이나 동안이 있었다. 금봉은 그동안에 삼청동에 들어가서 정선을 한 번 더 볼까, 동생 은봉이나 마지막으로 한 번 더 찾아볼까, 하고 망설였다. 가회동에 가 있는 아담은 볼 수 없으나 아담이 있는 집이라도 한 번 바라볼까, 이런 생각도 해보았다.

그러나 이제 다시 서울 안에 고개를 들고 다닐 면목도 없고, 또 혹시 손명규에게 붙들리나 아니할까 하는 것도 염려가 되어서,

'다 고만두자.'

하고 대합실 한편 구석에 눈에 뜨이지 않도록 고개를 벽으로 돌리고 앉았다. 순시하는 순사의 칼 소리가 날 때마다 공연히 속이 울렁거렸다. 누가 저를 붙들려고 찾는 것만 같아서 발자국 소리가 가까이 올 때마다 조바심을 하였다. 그 한 시간이라는 것이 무척 길어서 시계를 치어다보면 늘 그 자리에 바늘이 섰는 것만 같았다.

'인제 가면 다시는 이 세상에는 아니 나온다.'

하고 금봉은 같은 결심을 뇌고 뇌었다. 지금 금봉의 생각에는 모든 것이 뉘우침뿐이요, 부끄러운 것뿐이요, 귀찮은 것뿐이었다.

'한강에 나가서 빠져 죽어버릴까?'

이렇게 생각하고 벤치에서 일어서 보기도 하였다. 철교에서 풍덩실 몸을 던지면 고만이다, 이렇게도 생각하였으나, 내 생활을 이렇게 망쳐버린 것이 무슨 까닭인가, 하는 것을 알고 나서 죽더라도 죽고도 싶었다. 그래서 도로 벤치에 앉았다. 그러고는 또 시계를 치어다보았다. 아직도 멀었다.

금봉은 지리한 것을 참다 못하여 자동전화에 가서 ○○학교 기숙사에 전화를 걸어서 은봉을 불렀다. 은봉은 교사가 되어서도 기숙사에 있었다. 그러나 아직 일곱 시밖에 안 된 학교에서는 전화를 받는 사람이 없었다. 자동전화실에서 나와서 시계를 바라보았다. 아직도 시간이 있었다. 금봉은 다시 삼청동 집으로 전화를 걸었다.

"누구요?"

하는 것은 남편 손명규의 소리였다. 금봉은 수화기를 탁 걸고 뛰어나오고 말았다.

금봉은 원산 표를 사가지고 함흥행 차를 탔다. 차에서도 사람의 이목을 피하는 사람 모양으로 창으로 바라보고만 있었다. 남산, 한강, 왕십리를 지나서 차가 청량리를 향하고 달릴 때에는, 그래도 금봉은 고개를 들어서 멀리 서울을 바라보지 아니할 수 없었다. 천주교당, 뾰족집, 인왕산, 북악. 그러나 차는 금봉의 마음에 생각의 실마리를 끌어낼 여유를 주지 않고 달렸다. 금봉의 낯은 붉고, 눈에서는 눈물이 흘렀다.

금봉은 그리 힘들이지 아니하고 오빠 인현을 만날 수가 있었다. 금봉은 마하연에 가서 사람 하나를 사서 선암(船庵)에 있는 인현에게 편지를 보냈더니 인현은 곧 달려왔다.

금봉은 처음 보고는 인현인 줄을 몰라보았다. 인현은 머리를 파랗게 밀고 회색 장삼을 입고 지팡이를 짚고 맨발에 피신을 신었다. 얼굴빛은 파란 것 같고 눈은 가늘어지고 움직이지를 아니하였다. 그렇게 동탕하고도 변화 많고 빛나던 눈과 얼굴의 표정이 어쩌면 그리도 변하였을까. 인현은 금봉을 보고도 도무지 표정이 움직이지 아니하였다. 금봉은 방에서 내다보다가 이윽고야 그것이 인현인 줄을 알고 뛰어나가며,

"오빠!"

하고 울었다.

인현은 자기에게 편지를 전해준 사람에게 말없이 합장으로 고맙다는 뜻을 표하고 툇마루에 올라앉았다. 방 앞으로 중들이 지나갈 때마다 인현과 서로 합장하고 국궁하였다. 그러나 도무지 말도 없고 웃는 법도 없었다. 금봉은 이 처음 보는 광경을 무시무시하게 생각하였다. 올 때 생각에는 오빠를 만나면 매달려서 실컷 울려고, 오래 떠났던 사랑하는 동기의 반가운 정을 실컷 향락하려고 하였던 기대는 어그러지고, 마치 스스러운 어른의 앞에 나온 것과 같이 조심스러웠다.

"오빠!"

하고 금봉은 조심조심하여 인현을 바라보았다.

"정선이 잘 자라니?"

하는 것이 인현의 첫말이었다.

"잘 자라지요."

"네 남편한테서는 기별 있니?"

"왔어요."

"서울을 왔어?"

하고 인현은 약간 눈썹을 움직였다.

"네."

하고 금봉은 고개를 까닥까닥하고 한숨을 쉬었다. 제가 당한 일을 어떻게 차마 말하랴, 하였다.

'오빠는 또 아이 하나를 낳은 것은 모르시는구나!'

하였다.

"은봉은 만났느냐?"

"도무지 안 와요."

"아버지는 가 뵈었니?"

"안 가 뵈었어요."

인현은 잠깐 눈을 감고 무엇을 생각하는 모양이더니 다시 눈을 뜨며,

"그래 어째 금강산에를 왔니?"

하고 금봉을 바라보았다. 여러 날 여행에 금봉의 모시 치마 적삼이 꾸김살이 가고 후줄근하여서 퍽 초라하였다.

"말이 길어요."

하고 금봉은 쏟아지는 눈물을 고개를 수그리고 방바닥에 떨어버렸다.

인현은 무슨 일이 생겼구나, 하고 속으로 금봉에게 생길 만한 일을 생각하면서, 그 일에 대하여서는 더 묻지 아니하고,

"그래 며칠이나 있다가 가련?"

하고 물었다. 인현의 말은 차차 떨리는 듯하였다. 누이, 그렇게 사랑하던

누이에게 대한 가긍한 정이 솟아오르는 것을 인현은 눈을 감고 꾹 눌러버
렸다.

"오빠!"

하고 금봉은 눈물이 어룽어룽한 얼굴을 들어서 인현을 보며,

"오빠, 나는 집을 아주 떠났어요. 오빠를 따라왔어요. 다시는 세상에
는 안 나가요. 안 나가는 게 아니라 못 나가요. 나는 다시 세상 사람은 대
하지 아니할 테야요."

하고 수건을 코와 눈에 번갈아 대며 느꼈다.

"울지 말지."

하고 인현도 고개를 숙이더니,

"너, 금강산 처음 오느냐?"

하고 딴 곳으로 화제를 돌린다.

금봉은 말없이 고개만 끄덕인다.

"세상이 싫거든 나가지 말려무나. 나가게 되는 때에 나가고."

하고 인현은 금봉을 어디 가서 있게 할까 하고 생각해보았다. 그리고 금봉
을 한 번 다시 훑어보았다. 이 산속에 들어와 있기에는 너무 아름다웠다.

회광편(回光篇)

인현은 금봉을 데리고 표훈사로 도로 내려와서 돈도암이라는 산속 조그마한 승방으로 데려다 두었다. 이 암자는 신라 적부터 있던 오랜 절로, 신라 마지막 임금 경순왕의 왕후와 마의태자의 부인이 일생을 숨어 있던 곳이다.

돈도암에는 한 육십 된 노장이 주장이 되고, 젊은 여승이 칠팔 인 있었다. 그 인현은 그 노장에게 반갑게 인사하고 금봉을 소개하였다. 그들은 미리부터 다 알고 있던 것 모양으로 금봉에게 대해서는 별로 물어보는 것도 없었다.

"그럼, 여기 있거라."

하고 인현은 가버렸다.

어떻게 있으란 말도, 언제 오마는 말도, 아무 지시도 없이 그저 데려다 두고만 가고 말았다.

인현이 간 뒤에도 금봉은 아무 질문도 받지 아니하였다. 으레 있을 듯한, 어째 왔느냐, 나이가 몇 살이냐, 이러한 질문도 없었다. 그들은 모두 금봉이란 사람이 곁에 있는지 없는지 모르는 것 같았다. 금봉은 마음대로 들락날락하고 그들이 하는 양만 보고 있었다.

노장이나 젊은 중이나 하루 종일 도무지 말이 없었다. 혹은 쌀을 고르고, 혹은 산에서 도라지를 캐어 오고, 혹은 빨래를 하고, 잠시도 몸을 쉬는 일이 없지마는 도무지 말하는 양을 보지 못하였다. 이 말없이 일만 하는 세상이라는 것은 금봉이 여기 와서 얻은 첫인상이었다.

그들은 모두 굵다란 무명으로 지은 사내 고의적삼을 입고, 대님을 무릎 밑에다 매고 발을 벗었다. 적삼은 품이 넓고 깃은 늦고 길이는 허리를 지나서 축 늘어지게 지어서 엉덩이를 감추게 되었다.

낡은 집이지마는 마루나 장판이나 말짱하게 걸레로 닦아서 윤이 흐르고, 부엌과 마당에도 티끌 하나 없었다. '깨끗'이란 이런 것이로구나 하였다.

큰방 정면에는 도금한 조그마한 부처 한 분을 모시고, 그 앞에는 향로와 향합과 목탁이 놓이고, 횃대에는 혹은 검은, 혹은 회색 장삼과 빨간 가사들이 걸렸다.

이렇게 말은 없고 몸만 움직이는 중에 저녁때가 되어 쌀을 씻고 반찬을 만들었다. 그러는 중에도 사람들의 팔과 다리가 움직이는 것이 보일 뿐이요, 도무지 말소리는 들을 수 없고, 눈도 보는 데밖에는 보이지 아니하였다.

이윽고 큰절에서 종소리가 울었다. 그것을 따라 이 조그마한 암자의 조그마한 종도 울었다.

"땅, 땅, 땅."

하고 처음에는 느리게 치다가 차차 잦아져서,

"땅땅땅땅."

하고 아주 자지러지다가는 다시 또 느리게 치다가 다시 자지러지고 마는
그러한 소리였다.

종소리가 날 때에 사람들은 일하던 것도 쉬고 눈을 감고 합장하였다.

"큰방으로 가지."

하고 노장이 금봉에게 말하였다. 이것이 오늘 여기 와서 처음 들은 사람
의 소리였다.

금봉은 노장을 따라 큰방으로 갔다. 거기는 벌써 부처 앞에 '공양'이
라는 밥이 놋으로 만든 밥소래에 담기어 놓이고 향로에서는 향연이 올랐
다. 사람들은 장삼과 가사를 입었다. 그중에는 장삼 가사가 없는 사람도
있었다.

노장이 목탁을 들고 딱딱 칠 때마다 사람들은 절을 하였다. 이때에도
다른 절에서 모양으로 중얼거리는 것은 없었다. 다만 절을 할 뿐이었다.
부처 앞에서 하는 절이 끝나고는 그 밥을 툇마루에 있는 신중단으로 옮기
고 또 목탁에 맞추어서 절을 하였다.

그러고는 다들 가사와 장삼을 벗어서 제자리에 걸고, 그러고는 벽에
들려 얹은 선반 위에서 저마다 '좌복'이라는 방석 하나와 바리때들을 내
려서 방바닥에 놓고 돌아앉았다. 금봉 앞에도 방석과 바리때를 갖다주었
다. 노장만은 제 손으로 하지 아니하고 그중 젊은 여승 하나가 방석과 바
리때를 내려놓아드렸다.

그 바리때는 네 개를 포개놓은 것이어서, 맨 위의 것이 제일 작고 맨 밑
의 것이 제일 컸다. 사람들은 소리 아니 나게 그 대접 같은 나무 그릇들을

꺼내어서 제 앞에 둘씩 두 줄로 벌여놓았다. 그런 뒤에 한 사람이 구리 주전자를 들고 돌면 그 사람이 제 앞에 와서 선 때에 그 사람을 향하여 합장하고 고개를 숙인 뒤에 네 개 중에 그중 큰 그릇을 두 손으로 들어서 눈높이만치 내어밀면 주전자 든 사람은 그 그릇에 물을 따랐다.

물 돌리는 사람은 물을 돌리고는 제자리에 앉고, 다음에는 밥소래를 든 사람이 사람마다의 앞에 와서 밥소래를 옆에 놓고 꿇어앉으며 밥 받을 사람에게 합장하고 고개를 숙이면, 밥 받을 사람도 합장하고 고개를 숙여 답례한 뒤에 물 받은 그릇 다음 그릇을 두 손으로 받들어 내어민다. 그러면 밥 돌리는 사람은 주걱으로 그 그릇에 밥을 푸다가 밥 받을 사람이 먼저 합장을 하면 '그만'이라는 뜻으로 알고 그 밥그릇을 밥 받을 사람에게 돌린다. 받을 사람은 제 밥그릇을 받아서 제자리에 놓고 밥 돌리는 사람을 향하여 합장하여 고맙다는 뜻을 표하면 밥 돌리는 사람도 합장하여 답례하고, 그러고는 밥소래를 들고 다음 사람 앞에 가서 또 그 모양으로 한다.

금봉은 맨 끝에 앉았기 때문에 남들이 하는 것을 유심하게 보고는 남들이 하는 대로 흉내를 내었다.

다음에 국 돌리는 사람, 맨 나중에는 장아찌를 돌리는 사람, 이 모양으로 네 그릇에 돌릴 것을 다 돌리고 받을 것을 다 받으면 사람들은 일제히 노장을 바라본다. 노장이 물을 들어 한 모금을 마시고 숟가락을 드는 것을 보고는 사람들은 일제히 물 한 모금을 마시고 숟가락을 든다. 금봉도 그대로 하였다.

밥은 맛이 괜찮으나 국은 맨된장에 멧나물 말려두었던 것을 넣고 끓인 것이 되어서 소탯국같이 썼다. 그리고 장아찌는 무는 무인 모양이나 무엇인지 모르리만큼 까맣게 장에 절어서 짜기가 소금 이상이었다.

그래도 다들 맛나게 먹는 모양이었다. 금봉이 오전 열한 시에 여기를 왔는데 이제 저녁을 먹는 것을 보면 점심은 안 먹는 모양이니, 모두 젊은 혈기에 하루 종일 쉴 새 없이 일을 하였으니 시장도 할 것이라고 금봉은 생각하였다. 실상 금봉도 마하연에서 아침을 사 먹고는 이제 처음이라 퍽 시장하여서 그 밥을 다 먹었다. 국은 써서 반이나 남겼으나 가만히 보니 사람들은 그릇에 받았던 것은 하나도 아니 남기고 다 먹는 모양이요, 나중에는 물그릇에 남았던 물로 밥그릇을 부시고, 그러고는 그 물을 국그릇에 부어서 그것을 부시고, 그 물을 또 반찬 그릇에 부어서 부시고, 나중에는 개숫물 받으러 다니는 사람이 들고 도는 그릇에 그 물을 따르고, 그리고 그 그릇에 남는 찌꺼기를 마저 마셔버리고, 그러고는 저마다 가진 행주로 제 그릇들을 닦아서 아까 모양으로 넷을 하나로 포개놓고, 사람들이 다 이리하기를 끝내기를 기다려서 일제히 합장하고, 그러고는 그 그릇과 방석들을 저마다 선반에 본디 놓았던 자리에 올려놓았다. 이렇게 제 그릇에 받아놓은 것은 하나 안 남기고 다 먹는 것을 보고는 금봉은 남겼던 국을 억지로 다 마셔버렸다.

이렇게 저녁이 끝나고는 다들 자유인 모양이었다. 마당에서 서성거리는 사람도 있고, 나무 아래로 가는 사람도 있고, 시냇가로 가는 사람도 있었다. 그러나 말 없기는 마찬가지였다.

금봉도 돌돌돌 물소리 나는 시냇가에서 정선과 아담과 또 제가 지나온 과거와 망망한 앞길을 생각하면서 저녁 산새 소리를 듣고 있을 때에 또 종 치는 소리가 들렸다. 금봉은 종소리가 아마 모이라는 소리거니 짐작하고 암자로 돌아갔다.

사람들은 큰방으로 모였다. 다들 아까 밥 먹을 때에 앉았던 자리에 서 있었다. 금봉도 제가 밥 먹던 자리에 섰다. 노장의 자리만 비어 있었다. 불전에는 촛불을 켜고 이번에는 목량이 아니라 만수향을 꽂았다. 이윽고 노장이 들어와서 제자리에 섰다. 한 사람이 쇠를 땅땅 울렸다. 사람들은 일제히 합장하고 고개를 숙였다. 그러고는 말없이 다들 제자리에 앉았다.

노장은 고개를 스르르 들고,

"우리 마음은 행실 사나운 말과 같아서 잠깐 놓치면 천리만리로 달아나서 일을 저지르고야 마는 것이니, 저마다 제 마음의 고삐를 바틈히 꼭 붙들고 종용하게 사마타에 들어."

하고는 말을 끊었다.

그러고는 다들 가만히 눈을 가느스름하게 뜨고 다리를 왼장을 치고 허리를 곧추고 앉았다. 갑자기 먼 개천의 물소리와 뒤 수풀에 바람 지나가는 소리만이 유난히 높아지는 것 같았다.

금봉도 남과 같이 가만히 앉았다. '마음의 고삐를 바틈히 잡으라.'는 말은 알아들었으므로 잡념을 막으려고 애를 써보았다. 그러나 마음은 금봉이 잡은 고삐를 뿌리쳐 빼앗아가지고 맨 처음으로 달린 곳이 삼청동 집이었다. 거기는 침모와 할멈과 순이와 정선과가 있었고, 다음 순간에는 아담도 있었고, 또 다음 순간에는 광진이 있었고, 또 다음 순간에는 칼 든 손명규와 꼬부리고 이불을 막쓴 금봉 자신이 있었다. 쥐구멍으로 들어가고라도 싶은 부끄러움, 숨이 막힐 듯한 뉘우침 등등, 금봉은 얼른 마음의 고삐를 잡아당기어서 제자리로 끌어들였다.

다음 순간에는 마음이 달려간 곳은 동경, 기숙사, 숙희, 임학재의 생일날, 비 오는 날 밤 하숙 이 층에 찾아와서 추근추근하게 유혹하던 심상태, 속으로 마음이 솔깃하기도 하는 저. 금봉은 얼른 마음의 고삐를 채웠다. 그러나 다음 순간은 임학재와 조병걸과 심상태와 숙희와 함께 이노가시라 공원으로 돌아다니던 일, 더운 날 임학재에게로 한없이 한없이 끌리던 제 마음, 형언할 수 없이 그리운 제 마음. 금봉은 이 유쾌한 추억에 취하여 마음이 달아나는 대로 내버려두었다. 그러나 마음이 호텔에서 돈을 가지고 저를 유혹하던 손명규의 장면으로 달려갈 때에 금봉은 깜짝 놀라 고삐를 나꾸었다. 그러나 마음은 금봉을 줄줄 끌어 손명규에게 첫 번 몸을 허하는 장면까지 기어이 끌고 가고야 말았다. 금봉은 죽을힘을 다하여 마음을 다시 끌어왔다.

'이왕 달아나랴거든 깨끗하고 정다운 추억의 나라로 가려무나!'
하고 금봉은 입을 꼭 다물고 마음을 책망하였다.

마음은 금봉의 청을 듣는 모양으로, 처음에는 금봉이 어머니 사랑 속에 살던 옛날로 끌고 갔다. 귀여운 어린 계집애, 어리광, 칭찬, 걱정 들은 것. 금봉은 한참 유쾌하였다. 그러나 짓궂은 마음은 심술궂은 영화 촬영 감독 모양으로 껑충 뛰어서 우물에서 물을 쭉 흘리고 쑥 올라오는 어머니의 광경을 끌어내었다. 금봉은 이 허깨비가 바로 금강산 이 절, 지금 자기가 앉는 자리 앞에 나뜨는 것 같아서 몸서리가 쳤다. 금봉은 허겁지겁 마음의 고삐를 나꾸어채었다.

'깨끗한 추억, 깨끗한 추억!'
하고 금봉은 심술궂은 제 마음에 대하여 짜증을 내었다.

마음의 말은,

'어디 깨끗한 추억이 더 있더냐?'

하는 듯이 한참 가만히 있더니 문득 살풍경이 일어난 혼인식장으로 달려 간다. 거기는 손명규의 본처가 그 해골만 남은 몸을 끌고 머리를 풀어 헤 치고 갈가리 찢어진 치마를 질질 끌면서 달려 들어와서 금봉 손에 들린 꽃을 빼앗아 발로 비비고 너울을 벗겨 동댕이를 치고,

"요년, 요망한 년, 내가 죽을 날까지 기다리기가 바빠서!"
하고 발악하는 모양을, 사실도 없는 것을 보충까지 하여서 금봉을 괴롭 게 한다.

"웅!"
하고 금봉은 주먹을 불끈 쥐며 눈을 꼭 감고 마음의 고삐를 끊어져라 하 고 잡아당기었다.

그러나 다음 순간에 마음은 금봉도 모르는 사이에 비 오는 날 성북동 김광진의 별장으로 달아났다. 그 침실! 그 술! 금봉은 전신이 근질근질 함을 깨달았다. 에라, 될 대로 되어라 하고 몸을 내어던진 저, 술과 육욕 에 취하여 음란, 그 물같이 되었던 저, 에라, 이러면 그만이지 하고, 좋 다, 마음대로 놀아라 하던 저, 김광진과의 수없는 포옹, 그리고 집에 돌 아갔을 때에 음란한 마음이 더욱 불 일듯 일어나던 것, 심상태가 온 것.

금봉은 숨이 막힐 듯이 마음의 고삐를 잡아끌었다. 그러나 마음은, 콩 콩하고 비웃는 코웃음을 금봉에게 던지면서 광진과의 음란의 장면, 생각 만 해도 전신이 땅속으로 잦아 들어갈 듯한 장면들을 금봉의 앞에 벌여놓 았다.

더구나 부처님 앞, 모두 다 정욕을 죽이고 도를 닦는 사람의 앞, 조인 광좌(稠人廣座) 중에 벌여놓고는, 마음은,

'금봉아, 이것이 네 일생이다. 이것밖에 무엇이 있어!'

하고 입을 삐쭉거리면서 소리를 높여, 활동사진 변사 모양으로 설명을 하는 듯하였다.

"으흐흐."

하고 금봉은 저도 모르는 동안에 소리를 질렀다.

그러고는 제 소리에 깜짝 놀라서 방 안을 돌아보았다. 사람들이 여전히 앉은 양이 마치 금봉이 지른 소리를 듣지 못한 것 같았다. 촛불은 약간 춤을 추고 만수향 연기는 여러 모양의 커브를 그리며 올랐다.

금봉은 다시 마음을 잡으려 하였다. 이번에는 차라리 마음에게 갈 곳을 명하려 하여 금봉의 일생 중에 가장 깨끗한 기억을 남긴 동경 ○○○ 학원의 기숙사로 가게 하였다. 그 기도실, 랜디스 부인, 특히 그 기도실, 가시 면류관을 쓰시고 십자가에 달리신 예수의 화상, 감람산에서 합장하고 하늘을 우러러 기도하시는 예수의 화상, 그 앞에 경건한 마음으로 꿇어 엎드린 제 모양, 제 자리옷 입은 모양, 제 침대. 손명규, 김광진, 아이 낳는 아픔, 제 살, 처음 동경 갈 때에 해운대온천 목욕탕에서 제 몸의 아름다움에 취한 저, 누군지 모르게 몹시도 그리운 사람을 생각하던 저, 불의에 저를 꽉 껴안는 손명규, 호텔, 돈, 삼십만 원, 인사동 집, 남치마, 호강. 돈 없어진 부끄러움, 김광진의 사랑, 마침내 김광진의 아내 홍 씨가 아이 밴 것을 시기하던 것, 아이가 떨어지기를 바라던 것, 아이를 낳다가 모자가 다 죽기를 바라던 것, 김광진의 본부인이 한번 되어보기를 바라던 것, 누구를 시켜서 홍 씨의 몸에 낳은 아들이 잠이 들었을 때에 바늘로 숫구멍을 찔러 죽이는 광경, 나중엔 그것이 발각이 되어서 제가 경찰서로, 검사국으로, 공판정으로 끌려다니는 광경, 그러다가 무죄로 나오는 광경, 사형선고를 받고 사형대에 오르는 광경, 금봉은 소리가 질러지는 것을 억지로 참고 이가 으스러져라 하고 악물었다.

금봉은 이 불쾌한 기억에서 벗어날 양으로 이번에는 단상에 가만히 앉아 계신 부처님을 바라보기로 하였다. 달아나려는 마음을 붙들기를 마치 찰찰 넘는 물그릇 받들듯 하고, 그 조용하고 인자하고 깨끗하고 모든 정욕에서 벗어나서 오직 따뜻한 자비심과 새말간 지혜만 있는 듯한 부처님만 바라보려 하였다.

그러나 그도 잠깐이요, 붙들린 마음은 어느덧 또 요동하기를 시작하였다. 마음은 그 불상을 임학재로 변하여버렸다. 마음에 두고 만져보지 못한 보물, 한번 시원히 제 속도 말해보지 못한 애인. 그러나 그 임학재의 곁에는 양미간을 찌푸리고 잔뜩 짜증을 낸 강영자가 살기가 있는 눈으로 금봉을 노려보았다.

"이년, 내 남편을 왜 생각해?"

하고 강영자는 금봉을 꾸짖는다.

"이년, 내가 가지랴던 서방을 왜 네년이 가져? 그 좋은 남편을 네년이 왜 못 견디게 굴어? 네년은 죽기나 하렴. 그다음에라도 내가 가지게."

하고 금봉은 영자의 뺨을 친다. 영자와 금봉은 어우러져서 싸운다.

손명규가 어슬렁어슬렁 나선다. 히히하고 그 진저리나는 웃음을 웃는다.

"금봉이, 내가 금봉이 서방인데 왜 딴 사내를 생각해? 임학재는 무엇이고 김광진은 무엇이고 심상태는 다 무엇이야? 내가 모르는 줄 알고? 다 안다나, 죄다 알아. 히히."

하고 금봉을 끌어안는다.

"어서 뒈어져, 어서 뒈어져!"

하고 금봉은 손명규를 떠밀친다.

손명규는 향항으로 달아난다.

금봉은 손명규가 죽었다는 전보가 오기를 기다린다.

'손명규가 어서 죽었으면.'

하고 금봉은 김광진의 품에 안긴다.

"요년, 요사스러운 년! 내 서방 왜 뺏어?"

하고 광진의 처 홍 씨가 식칼을 들고 덤빈다.

홍 씨가 든 식칼이 번적거리는 것이 불단 앞에 켜놓은 촛불이요, 김광진으로 보이던 것은 만수향 연기다. 부처님은 여전히 가만히 앉았다. 한 승이 거의 다 탄 만수향 자리에 새것 한 대를 피워놓고 합장하고 물러난다. 금봉은 앉은 자세를 고쳤다. 다리가 저리다. 발에는 감각이 없다. 냉수가 먹고 싶으나 참았다. 금봉은 마음의 등쌀에 견딜 수가 없었다. 이렇게 괴롭게 구는 일이 없더니, 오늘따라 웬일인고, 하였다. 나만 이런가? 여기 앉은 사람들이 다 나와 마찬가진가? 이제부터 저 만수향이 다 탈 때까지는 마음을 꼭 붙들어서 날치지 못하게 하리라 하고, 금봉은 치맛자락으로 무릎과 발을 잘 가리고 몸을 똑바로 하고 앉았다.

한참 동안 금봉의 마음은 자리를 잡은 것 같았으나 또 어느덧에 고삐를 끊어가지고 애오개 아버지의 집으로 달아났다. 낯살을 찌푸린 아버지, 앙절대는 어머니, 떼만 쓰는 바보 동생, 행악하는 김 서방과 어멈. 마당에는 머리 푼 귀신, 팔 부러진 귀신, 목 떨어진 귀신, 벌거벗은 귀신들이 소리를 지르고 날뛰는 양이 보였다. 밖에서는 유황 냄새가 나오고 안방에서는 퍼런 불길, 아버지가 앉았는 사랑에서는 벌건 불길이 날름거리고, 올케가 있는 아랫방에서는 검푸른 불길이 나왔다. 눈는 냄새, 타는 냄새, 튀는 소리, 부러지는 소리. 애오개 집에 붙은 불은 온 장안에 옮아

붙었다. 사람들의 아우성, 귀신들의 날침, 숨이 턱턱 막히는 냄새. 초록 장, 분홍 장 두른 인사동 집이 나온다. 남치마 입은 제 모양이 대청에서 어른거린다. 금봉은 웃통을 벗고 머리를 감는다. 머리카락들이 모두 독사뱀이 되어서 머리를 물고 꿈틀거린다. 머리는 사람이요, 가슴부터 아래는 도야지 모양인 손명규가 입을 벌리고 덤비어 금봉의 젖가슴을 물어 뜯는다. 광진이 와서 손명규를 떼밀친다.

"돈 주어, 돈 주어!"

하고 손명규가 광진에게 대든다.

"옜다!"

하고 광진이 지전 뭉텅이로 명규의 면상을 때린다. 명규는 면상에서 피를 흘리면서 그 지전 뭉텅이를 집어서 입에 틀어막는다.

병원이 나온다. 숙희의 병실이다. 숙희의 이불 속에서 피 묻은 어린아이가 떼구루루 굴러 떨어지더니, 그것이 변하여서 조병걸이 되었다가, 조병걸 목덜미에 그 피 묻은 아이가 매달리고 숙희는 전신에 피투성이가 되어서 한길로 달아난다.

임학재의 집이다. 학재와 영자가 한자리에서 자고 있다. 금봉이 영자를 밀어내고 그 틈에 드러눕는다. 방 안에는 그리마와 지네가 설렌다. 금봉이 학재를 안으며,

"나는 정말 임 선생을 사랑해요."

하고 할 때에 심상태가 달려들어 임학재를 떼어 밀어놓고 금봉을 껴안는다. 금봉은 심상태의 면상을 할퀴어 눈알을 뽑아가지고 달아난다. 금봉은 순사한테 붙들렸다. 금방 금봉은 거지 노파가 되었다. 허리가 아프고 눈은 안 보였다.

"응."

하고 금봉은 무서운 꿈에서 깨려는 듯이 머리를 흔들었다. 눈을 크게 떴다.

이 모양으로 세 시간 공부가 끝나고 종이 땅땅 울 때에 사람들은 일어나 합장하였다.

금봉은 노장이 자는 방과 등을 마주 대는 구석방 하나를 주어서 거기서 자라고 하였다. 등경에는 옛날 등잔에 녹두알만 한 불이 까물거렸다. 우중충한 방, 몇천 년이나 묵은 듯한 도배와 장판. 고요한 밤, 고요한 방에 금봉은 목침을 베고 모로 드러누웠다. 일생에 처음 베는 목침이라 머리가 으스러지는 것 같았다.

눈을 감고 잠을 청하였다. 몸과 마음은 다 같이 피곤하였다. 그러나 눈을 감으면 어디서 뚝뚝 하는 것도 같고 스스륵스스륵 뱀 같은 것이 기어오는 것 같기도 하였다. 눈을 뜨면 반자와 벽에 여러 가지 물상이 보이는 것 같았다. 중도 보이고 떠꺼머리총각도 보이고, 희미한 광선이 이러한 환영을 지어내거니 하면서도 도무지 무시무시함을 금할 수가 없었다.

이따금 여러 십 명이 나무아미타불, 나무아미타불, 하고 일제히 염불을 하는 것도 같았다. 가만히 귀를 기울이면 그것은 아마 수풀에 지나가는 바람 소리인 모양이었다. 또 어떤 때에는 우우 하고 수천 명 군사가 납함을 하는 것도 같았다. 그것은 바람결 따라서 들려오는 큰 개천의 물소리인 모양이었다.

'귀신은 무슨 귀신이야?'

하고 금봉은 스스로 마음을 굳게 먹으려 하였다.

그래도 어떻게 잠이 들었다가 종소리에 깬 것은 새벽 세 시. 금봉은 밖에 나갔다. 별빛이겠지, 훤한 중에 사람들이 소리 없이 오락가락하는 것이 보였다. 어떤 사람은 머리만도 보이고, 어떤 사람은 방에서 흘러나오는 불빛에 아랫도리만도 보이고, 어떤 사람은 다리는 없이 웃통만도 보이고, 도무지 산 사람들 같지를 아니하였다.

어떤 사람이 금봉을 보고 합장하였다. 금봉도 얼결에 합장하고 허리를 굽혔다. 어떤 사람이 금봉에게 세숫물을 떠다 주었다. 금봉은 합장하기를 잊어버려서 어두운 속에서 혼자 낯을 붉혔다. 요다음에는 누구를 대하거나 합장하리라 하였다. 소금으로 이를 닦고 세수를 하였다. 물이 손끝이 저리도록 차다. 찬물은 금봉의 머리를 무척 시원케 하였다. 새벽 공기가 모시 적삼에는 추울 지경이었다. 세수를 하고 수건으로 낯을 씻노라니 어느덧 어떤 사람이 와서 세숫대야를 집어 갔다. 세숫물을 버려주는 것이다. 누가 어디 지켜 섰다가 이렇게 시중을 해주는 것인고. 금봉은 어두운 속에서 허공을 향하여 합장하였다.

이러고 있는데 또 웬 목소리가,

"뒷간에 가시지요."

하였다. 금봉은 어떤 사람의 등을 보았다. 그 등을 따랐다. 멀고 먼 절 뒷간이다. 앞선 사람은 가끔 금봉의 손을 잡아서 끌었다. 그것은 위태한 곳이었다. 손은 부드러운 여자의 손이었다.

뒷간 문 앞에서 그 사람은 뒤지를 금봉에게 주었다. 뒤보고 나온 때에는,

"손 씻으시지."

하고 조그마한 양철통에 물을 들고 섰다. 그가 끼얹어주는 물에 손을 씻은 뒤에는, 그 사람은 수건을 금봉에게 주었다. 그리고는 또 앞서서 금봉을 인도하여 마당까지 오고는 어디로 가버리고 말았다. 금봉은 이 사람이 어떻게 생긴 사람인지 무론 모른다.

큰방에서 종소리가 난다. 금봉은 손으로 머리를 쓰다듬고 큰방으로 들어갔다.

어제저녁 모양으로 둘러앉는다. 어떤 사람이 금봉의 앞에도 방석을 놓아준다. 노장이 입을 열어,

"헤아릴 수 없는 옛날부터 세세생생에 무명 속에 쌓아오던 업장과 눈, 귀, 코, 입, 몸, 맘의 모든 번뇌를 불살라버리고 깨끗한 몸과 마음으로 시방 삼세에 늘 겨오신 부처님네와 보살님께 뵈와 그 가르치심을 듣자옵고 아뇩다라삼막삼보리 고작 높은 도를 닦사와 등정각을 이루어 삼계 모든 중생을 건지리라는 큰 원을 발한 우리오니, 자비심이라는 부처님의 집에 들어 유화인욕이라는 부처님의 옷을 입삽고 일체법공이라는 부처님의 자리에 앉아 중생에게 대승의 불법을 설하게 되랴면은 우리는 슬플 비자, 참을 인 자, 비일 공 자로 마음을 꼭 잡아, 내가 마음의 주인이 되고, 마음에 끌리는 내가 되어서는 안 되는 것이라. 모든 번뇌를 다 불사르고 마음을 고요한 물과 같이, 잘 닦은 거울과 같이 만든 때에 마하반야바라밀, 일체종지(一切種智)를 얻어 견성견불을 하는 것이니, 모도 큰 정진력을 발하야 이 자리에서 끝을 보고야 일어서겠다는 결심으로."

하고는 목탁을 한 번 딱 치고 가만히 앉는다.

금봉도 마음을 꼭 붙들고 앉았다.

이 모양으로 오륙일이 지났다.

금봉은 이 생활에 좀 연단이 되어서 아홉 시에 자리에 누우면 곧 잠이 들고 새벽 세 시에 잠이 깨면 제 발로 나가 세수도 하고, 뒷간에도 가고, 무서운 생각도 줄고, 무엇보다도 그 지긋지긋한 허깨비와 공상도 줄어서 참선 자리에 앉으면 마음이 조용한 때가 점점 길어졌다. 그리고 말은 아

니 하여도 이 사람들이 여기 모여서 하는 것이 무엇인지도 대강 짐작이 되고, 그 규칙적이요, 말 없고 바쁘고 겸손하고 참회적이요, 경건한 생활에 흥미도 가지게 되었다. 금봉은 제 옷을 제 손으로 빨아서 밟아 입고 다른 사람들을 따라서 도라지도 캐었다. 그러나, 앞길이 어떻게 되나 하는 망연한 생각은 슬지를 아니하였다.

음력으로 칠월 초하루. 이날은 태허스님이 오시는 날이다. 선암에서 비구(남자 중)들을 가르치는 태허대사가 초하루, 보름만 돈도암에 와서 비구니(여승)들의 참회를 받고 법문을 하는 것이었다. 바라제목차라는 옛날 법을 지키는 것이었다. 돈도암에 모인 여승들도 태허대사를 따라서 온 사람들이었다.

이날은 장실 스님이 오신다고 해서 특별히 집과 마당을 전보다도 더 깨끗이 치우고, 또 새로 빨아 다린 옷들을 내어 입었다. 금봉도 머리를 감아 빗고 새로 빨아 다린 치마 적삼을 입었다. 또 이른 새벽에 대중과 같이 찬물에 목욕도 하였다. 무론 산에 들어온 뒤로는 구리무조차도 바른 일은 없었다.

태허선사 올 시간이라는 아침 아홉 시 반쯤 해서 노장이 앞을 서고 대중이 뒤를 따르고 금봉도 몇 걸음 떨어져서 뒤를 따라서 동구까지 나갔다. 얼마 기다리지 않아서 나무 그늘로 회색 옷이 움직일 때에 노장을 비롯하여 일동은 마치 장관의 호령을 받은 병정들 모양으로 일제히 합장하였다. 금봉도 그와 같이 하였다.

이윽고 중들이 쓰는 갓을 쓰고 회색 두루마기를 입은, 키가 훌쩍 큰 노인의 기다란 지팡이를 짚은 모양이 나타나고, 그 뒤에는 역시 회색 장삼을 입은 젊은 중들이 따랐다. 금봉은 얼른 그중에 한 사람이 오빠 인현인 것을 발견하고 가슴이 울렁거렸다.

태허선사의 일행이 가까이 오매, 일동은 공손히 허리를 굽혔다. 태허 선사와 뒤를 따르던 두 젊은 중도 합장하고 허리를 굽혔다. 비 온 이튿날 의 일광과 공기는 심히 맑았으나 낮이 되면 더울 것을 예상케 하였다.

일동은 큰방으로 들어갔다.

얼마 있다가 열 시 종이 울었다.

부처를 향하여 정면으로 태허선사가 앉고 그 좌우로 인현과 다른 중 (그는 황 씨는 아니요, 인현보다는 나이 많고 퍽 수척한 사람이었다)이 모시고 앉았다. 모일 때마다 빈자리 하나를 남겨놓고 거기를 향하여 절하던 것 이 무엇인지를 금봉은 알았다.

다들 자리를 잡은 뒤에 노장이 먼저 일어나 태허선사의 앞에 나아가 세 번 절하고 이마를 방바닥에 대고 꿇어 엎디었다. 태허선사는 기럭지 석 자나 되는 단장 하나를 두 손으로 앞에 집고 눈은 정면을 바라보고 앉 았다.

노장은 이마를 땅에 붙인 대로,

"지나간 보름 동안에 다들 몸이 평안하였사옵고 서로 다투거나 계를 범하거나 하온 일은 없었사오며, 손님 한 분이 오셨사오나 그 손님도 사 중의 규례를 대중과 같이 지키시옵고 대중도 손님을 잘 공경하온 줄로 보 았사옵니다. 소승으로 말씀하오면 아직도 그 진심(嗔心, 분한 마음)을 뿌 리 뽑지 못하와 꿈에 남을 원망하는 일이 있사오니, 원하옵나니 법력을 베푸시와 제도하여주시옵소서."

하고 그동안의 보고와 참회를 하였다.

태허선사는 노장의 참회를 가만히 듣고 있더니,

"진심의 뿌리가 무엇인고?"

하였다.

"차별이옵니다."

"차별의 뿌리는?"

"저라는 생각이옵니다."

"저라는 것이 있는 것인가?"

"저라는 것은 인연이 합하야 이룬 것이라, 인연이 다하면 스러질 물거품 같은 허깨비이옵니다."

"그렇지. 강으로 배를 타고 가다가 어떤 주인 없는 비인 배가 내 배에 부딪친다면 진심을 발하겠는가?"

"진심을 발하지 않을 것입니다."

"왜?"

"비인 배오니."

"그렇지. 세상에 모든 중생, 나를 해친다고 생각하는 모든 중생이 다 비인 배가 아닌가?"

"그러하옵니다."

"지금 있다가, 있다가 스러진 물거품을 보고 진심을 발하겠는가?"

"우스운 일이옵니다."

"그래. 무아(無我), 무상(無常)이라고 부처님께서 가르치셨어. 저라는 헛된 생각을 바리고, 이것은 내게 좋다, 저것은 내게 나쁘다 하는 차별관을 버리라신 말씀이지. 그렇게 닦어."

하고 선사는 노장더러 물러가란 뜻을 표하였다.

다음에 일어나 선사의 앞에 나아와 절하고 엎드린 이는 나이가 삼십이 될락 말락 한, 외모로 보아서 상당한 가정 사람인 듯한, 얼굴에 수심기가 있고 언제나 눈을 폭 내리깔고 있는 퍽 조심성스러운 여자였다. 그는 내외간 금실은 좋았으나 시어머니와 불화하여, 없는 소리를 지어내어서는 애매한 죄를 뒤집어씌운 것이 분하여 시어머니 머리에 밥상을 둘러엎은 죄로 어린 자식들을 두고 쫓겨난 며느리였다. 원체 세찬 성미라 남편과 친정 부모가 시어머니 앞에서 석고대죄하고 빌라는 말도 듣지 아니하고 금강산으로 달아나서 중이 되었다. 그는 남편과 자식에게 대한 그리움과 시어머니에 대한 원망으로 몸이 꼬치꼬치 말랐고, 벌써 삼 년이 넘는 오늘날까지도 그 원심을 풀지 못하였다.

"소승은 업장이 하도 두터워 일전에도 시어머니에게 대한 분을 생각하고는 잠을 이루지 못하였사옵니다. 아모리 그 분한 마음을 버리려 하와도 버려지지를 아니하오니 어찌하올지?"

하고 울었다.

"분해서 우는가?"

"아닙니다. 지금은 그 분한 마음을 이기지 못하는 것이 슬퍼서 웁니다."

"시어머니께서 벌써 돌아가셔서 땅에 묻히셨건만 그래도 분한가?"

"네? 소승의 시어머니께서 돌아가셨습니까?"

선사는 잠잠하였다.

"생전에 한 번만 뵈옵고 마음을 풀었더면, 하는 생각이 나옵니다."

"응, 네가 그렇게 생각하면 시어머니도 마음을 푸시겠지. 불쌍한 사람 아닌가?"

"시어머니도 불쌍하십니다."

"네가 비록 잠시라도 그를 어머니라고 불렀으니 제도해드리지."

"네에."

"응, 너는 오늘 제도를 받았어. 그 생각으로 마음을 닦아."

그 여자는 눈물이 어룽어룽한 낯을 들어 태허선사 앞에 절하고 제자리에 돌아가서도 울었다.

다음에 일어나 나온 이는 살피가 좋고 얼굴이 좀 길고 눈이 한쪽이 작지마는, 그래도 퍽 사랑스러운 여자였다. 그는 행세하는 예수교인의 가정에 자라나서 높은 학교에서 공부까지 하고 어느 학교 교사로 가 있어서 그 지방에서는 꽤 이름이 높았으나, 남편 복이 없어서 이삼 차나 사랑하다가는 실연을 하고 사랑하다가는 또 실연을 하다가 마침내는 어느 사내의 씨를 밴 것이 탄로되어, 학교에서는 쫓겨나고 그 사내에게는 버림을 받고 어린애를 낳아서 혼자 기르다가 그것마저 잃어버리고는 반 미친 사람이 되어서 절로 찾아온 사람이다. 행세하는 부모와 평소에 친하던 교인들도 다 돌아보지 아니하므로 부칠 곳 없어서 머리를 깎은 것이었다. 그는 처음 중이 되어서는 자기의 학식이 높은 것을 믿어서 무척 교만하였고, 이따금 감정이 격하면 저를 배반한 사내들의 이름을 부르고는 저주를 하고 울었고, 몇 번이나 죽는다고 법석을 한 일도 있었다. 그는 태허대사 앞에 절을 할 때마다 이마가 땅에 닿지를 아니하여,

"그 교만을 떼어버려라!"

하는 호령 밑에 몽둥이로 여러 번 머리를 얻어맞아서 근래에는 남과 같이 나붓이 절을 하게 되었고, 사내들의 이름을 부르고 날치던 미친 짓은 아니 하게 되었다.

"소승은 부처님과 시님의 하해 같으신 덕택으로 지난 보름 동안에는 전에 없이 마음을 편안히 가졌사옵니다."

"응, 그렇지만 방심을 말어. 네 속에 들어앉았던 탐심과 진심과 치심이 인제 겨오 나오기는 나왔지마는, 멀리 가지는 아니하고 다시 들어갈 양으로 틈을 엿보고 있거든. 졸지 말고 꼭 지켜야지."

"그리하겠습니다. 인제는 소승을 지르밟은 모든 남자들이 죄를 회개하고 좋은 사람이 되라고 빌겠습니다."

"그거 좋지 못한 생각이야. 잠시 동행하다가 갈린 사람 모양으로 아주 잊어버리고 말지. 만날 인연이 있어 만났다가 인연이 다하야 흩어지면 고만이지. 푸른 하늘에 구름 지나간 자욱 있던가?

부처님께서는 무엇에나 '착'하지 말라고 하셨어. 착이란 마음을 붙였단 말이야. 있는 것은 없어질 것, 산 것은 죽을 것임을 깨달았거든. 이렇게 믿지 못할 것에 마음을 붙였다가는 그것을 떠날 때에 번뇌가 생기지 아니할 수 있나? 몸에서 씻어버린 때나 깎아버린 손톱을 그리워하는 사람이 있나? 다 그런 게야. 세상에서 사랑한다는 것이, 다 몸에서 씻긴 때와 깎아버린 손톱이어든. 너는 정이 많아. 무엇에나 정을 붙이는 버릇을 떼고, 가는 구름과 같이, 흐르는 물과 같이 오거나 가거나 착하지를 말어."

"황송하옵니다. 그러하온대 아뢰옵기 황송한 말씀이오나 아즉도 소승은 번뇌를 떼지 못하와 그러하온지, 앞으로 한번 마음에 맞는 남편한테 시집가서 아들딸 낳고 화락한 가정을 이뤄보고 싶습니다."

"응, 일시에 마음에 맞는 남편은 있겠지. 일생에 마음에 맞을 남편이 있을까. 가정에 화락도 있겠지, 고생이 더 많지 않을까? 한두 번 남자를 사랑해보았으니 그저 그것이 그것이 아닐까? 좀 더 마음을 닦아보지."

하고 태허대사는 눈을 감았다.

이들 중에는 혹은 남편이 동경 유학 중에 거기서 여학생 첩을 얻어가지고 온 것이 분하여 출가한 자도 있고, 혹은 폐병이 나서 병을 고치려고 출가한 자도 있고, 혹은 도깨비가 붙었다 하여 시집에서 쫓겨나서 친정 부모들이 귀찮음을 떼려고 절에 데려다가 내어버린 자도 있고, 혹은 소년에 과수가 되어 십수 년 수절하다가 어찌어찌 금강산 구경을 들어와서 그만 중이 되어버린 자도 있었다. 그들은 태허선사 앞에서 참회할 때에도 각각 제소리를 하였다.

그런 중에 노장의 수종을 드는, 통통하고 얼굴이 이쁘장한 어린 여승은 부모가 누구인지도 모르는 내어버린 아이로서, 이 노장의 손에 길린 사람이었다. 그는 필시 근본 있는 집 혈육인가 싶어 어딘지 모르게 점잖음이 있지마는, 다만 그 눈이 너무 광채가 있어서 마치 금봉의 눈 모양으로 사람을 미혹하는 점이 있었다. 그는 참회할 때에,

"소승은 부모를 한 번이라도 뵈옵고 싶사옵니다."

하였다.

"무정하게 너를 버린 부모여든, 그래도 그리운가?"

하고 태허선사가 빙긋이 웃을 때에 그는,

"사정 오죽 딱하셔서 핏덩이 자식을 버리셨을까, 하면 더욱 그리운 마음이 간절하옵니다."

"응, 그렇지. 그렇지만 도를 닦는 사람은 부모나 형제를 그리워하는 마음도 떼는 법이야. 그리워한다는 것은 마음을 붙이는 것인데, 마음을 붙이는 것은 배로 이르면 닻을 주는 것이라, 배가 닻을 주면 가지를 못하는 것이어든. 그 닻을 다시 들기 전에는 그 자리에 붙어 있는 것이야. 사람이 혹은 재물에 붙고, 혹은 부모, 형제, 남녀, 자녀에 마음을 붙여서 삼계화택을 떠나지 못하는 것이어든. 애, 부모라면 어찌 한 부모뿐이겠느

냐? 길가에 구는 해골이 어느 것은 네 전생 다생에 부모 아닌 재 있으며 남편 아닌 재 있을까 보냐. 사람이란 무시 이래로 항상 시집가고 장가들고 항상 갖은 번뇌를 하는 것이라. 너로 말해도 과거 진점겁(塵點劫)을 지나오는 동안에 딸 되기, 아내 되기, 어머니 되기를 몇천만 아승지 번을 하였거든. 생로병사, 우비고뇌의 괴로움 속에 그만치 부대껴든, 이제 부처님 도를 배웠으니 그만하고 나도 죽는 바다에 뜰락 잠길락 하는 것을 끊어보는 것이 좋지. 네 이 자리에 모인 사람들의 말을 듣지 아니하였느냐? 뉘라 날 때에 불행하고 싶은 사람 있으며, 뉘라 시집, 장가 가고 들 때에 낙을 바라지 않는 사람이 있으리마는, 다들 이러하지 아니하냐. 너는 산중에서 깨끗이 길린 몸이라, 세상 풍파를 모르고 저 세상에는 재미있는 일이 많을 것같이 생각한다마는, 세상은 불붙는 집이라, 욕심과 미워함과, 사랑함과, 질투함과, 이 모든 탐, 진, 치 삼독의 불속에 지글지글 끓는 곳이야. 여름이 되면 남녀가 수없이 금강산 구경을 오거니와, 다들 끓는 가마 속을 잠시라도 떠나서 맑고 서늘한 맛을 보랴고 오는 것이지. 그렇지마는 마음속에 번뇌의 불을 그냥 담아가지고 다니니 극락세계에를 가기로 서늘할 리가 있느냐. 네가 못 본 부모를 그립게 생각하는 것도 그 불이라, 그 불을 그냥 두었다가는 네 몸을 송두리째 태워버리고야 말 것을."

하는 선사의 말에 그 어린 여자는 일어나 절함으로써 '알아들었습니다.' 하는 뜻을 표한다.

　이 사람들이 이렇게 각기 참회하는 동안에 금봉은 그들이 하는 말이 다 어느 부분은 제가 하려는 말인 것을 발견하였다. 그리고 또 제가 지나간 일주일간 지나온 경과를 회상해보았다.

금봉은 이곳 온 지 이삼일이 지나서부터 마음속에 일어나는 그 무서운 여러 허깨비들이 많이 스러졌다. 금봉의 마음을 하늘에 비긴다면, 처음에는 폭풍우를 몰아오려는 구름이 동으로 서로 갈피를 잡을 수 없이 뭉게뭉게하던 것이, 차차 구름이 적어지고 푸른 하늘이 드러날 때가 많아진 것 같았다. 이따금 번개와 우레를 머금은 구름장이 마음 하늘에 나오지마는, 가만히 보고 있는 동안에 슬슬 지나가버리고 말았다. 금봉은 번뇌의 구름이 끊기는 밑에는 파랗게 맑은 무엇이 있다는 것을 느끼게 되었다.

오늘 새벽 공부에는 더욱 금봉은 전에 못 한 경험을 하였다. 그것은 앉은 지 이십 분이나 지나서부터 아주 화평한 아무 불쾌한 기억도 떠오르지 아니하는 순간을 경험하였고, 그 후에도 잡념(그것은 대개 지나간 기억이었다)이 떠오르는 동안이 떠지고 가끔 이제는 더 떠오를 것이 없다는 듯이 한참 동안 뜸한 것을 경험하는 것이었다. 남편에게 관한 것, 김광진에게 관한 것, 임학재에게 관한 것 등은 여러 번 여러 번 반복하여서 떠올랐지마는, 그것도 이제는 동안이 뜰뿐더러, 설사 떠오르더라도 가슴이 울렁거리지 아니하고 그냥 활동사진이나 환등을 바라보고 앉았는 것과 같이 무관심한 제삼자적 냉정을 가질 수가 있었다. 마치 일생에 지난 것이, 오래 잊어버렸던 것까지 다 한두 번은 떠오르는 것 같은데, 오늘 아침에는 그 떠오르는 것들을 분류할 여유가 있었다.

제일 많은 것은, '내가 이쁘다.' 하는 자만에 관련된 것들이요, 그다음으로 많은 것은 내가 깨끗하고 착하다 하는 자존심에 관련된 것이요, 그다음에 오는 것은 세상 남자들이 다 나를 우러러본다 하는 데 관련된 것이요, 그다음에 많은 것은 마음에 들던 남자들에 관한 것, 즉 마음으로 그 남자들을 안던 기억이요, 그리고 가장 혹독한 것은 남편과 김광진과 자기와의 삼각관계에 관한 것이었다.

이렇게 생각할 때에 금봉은 혼자 부끄러웠다. 제가 미인이란 것은 혹시 그럴는지 모르지마는, 제가 깨끗하다, 착하다 하던 자존심은 여지없이 부서져버리고 말고, 필경 제가 미인이란 것도 그것이 남자의 정욕을 일으켜서 내 몸에 희롱과 모욕을 끌어오는 것밖에 무엇이냐, 하는 생각이 났다.

그리고 앉은 지 두 시간이 지난 뒤에 금봉은 이 잡념이 다 스러져버린 명랑한 마음을 그리워하는 생각이 일어난 것은 금봉에게는 크게 놀라운 일이었다. 이 수많은 생각, 이루 셀 수 없는 생각들이 마음 앞에 지나가는 것이 실로 아침 창틈으로 쏘는 빛에 보이는 티끌과 같이 많거니와, 그것들이 꼬리를 물고 찰나 찰나 간에 나타났다가 스러지는 것이 실로 기관이었다. 일생에 지난 기억이 다 지나간 뒤에는 전생, 다생의 기억이 떠올라서 내 몸이 나기 전 슬픔으로 눈물을 쏟는 일이 있다는 말을 노장에게 들었거니와, 혹시 그럴 것도 같았다.

금봉더러 만일 이 자리에서 그동안 일주일 동안의 경과를 참회하라면 어디서부터 시작해야 될는지도 모르고, 오늘 종일 하여도 끝이 아니 날 듯하였다. 그러나 무론 금봉은 손님이요 학인이 아니매, 참회할 필요가 없었다. 그래서 금봉의 바로 곁, 그러니까 일동의 말석(석차는 이 공부에 참예한 차례다)에 앉은 오십이 넘은 부인의 참회가 필한 뒤에는 이 예식은 끝이 났다.

이 부인은 여자로서 할 고생을 다 하고 당할 불행은 다 당한 표본이라 할 만한 부인이었다. 그가 입산할 때에 참회한 말에 의하면, 그는 본래 돈도 있고 지체도 좋은 집 무남독녀로, 그와 같은 집에 시집을 가, 그런 뒤에는 시부모도 죽고, 친정 부모도 죽어, 남편은 유학을 다녀 돌아와서는 첩을 얻어, 재산은 처음에는 애국합네, 그다음에는 실업합네, 또 그다음에는 기미를 합네, 금광을 합네 하고 다 없이해버려, 재산을 다 없이하고는 죽어, 손자 하나와 며느리와 살다가 며느리는 달아나, 어린 아들 하나, 딸 하나를 받아가지고 근근득생하여 아들을 장가들여, 딸은 시집을 보내, 했더니 아들은 사회운동을 한다고 나가서 소식이 없다가 옥에서 죽어, 딸은 시집갔다가 이혼을 당하고 와서 얼마 있다가 물에 빠져 죽어, 손자를 데리고 있다가, 손자는 네 살에 이질로 죽어, 이러고는 부칠 곳이 없어서 절로 들어온 것이었다. 나이는 오십밖에 안 되었지마는, 그 고생과 슬픔에 눈은 어둡고 어진 혼이 다 빠져서 조는지 깨었는지 모를 지경이지마는, 오직 죽은 아들, 손자를 생각하는 정신만은 분명하여서 앉았다가도 울고 섰다가도 우는 사람이었다. 그는 일어나서 남들이 하는 대로 스님 앞에 절은 하였으나, 말은 못 하고 울어버리고 만다.

한참이나 울다가 이 늙은 부인은,

"이렇게 도를 닦노라면 죽은 아들과 손자를 만나보겠습니까?"

하고 태허대사에게 물었다.

"만나볼 수 있지."

하고 태허는 힘 있게 말하고,

"그렇지만 죽은 아들과 손자가 눈앞에 갑자기 나서더라도 무섭지도 않고 슬프지도 않을 만큼 마음공부를 한 뒤에야 볼걸. 지금 그 마음으로 죽은 아들과 손자를 만났다가는 미치지. 제일단 무서워서 미쳐. 그러니깐 마음을 잘 닦지."

하였다.

이 늙은 부인의 참회가 끝난 뒤에 태허선사는 소리를 높여,

"관일체법공여실상(觀一切法空如實相), 모든 것이 비었다는 것을 그대로 보아라."

하는 것을 외친 뒤에 다시 평상스러운 어조로,

"내라는 것이 무엇이냐? 흙과 물과 바람과 불이 인연으로 모여서 된 이 몸뚱이냐. 며칠 있다가 인연이 다하면 흙은 흙으로, 물은 물로, 바람은 바람으로, 불은 불로 흩어져버릴 이 몸뚱이를 세상 사람들이 내라고 하거든. 내 몸도 그러하거든, 남편이라, 아들이라, 아내라, 사랑하는 사람이라, 원수라, 하는 모든 사람들도 다 그런 것이 아니냐 말야. 비 온 뒤에 공중에 서는 무지개를 아름답다 하야 정을 붙인다면 어떠할꼬? 구름 속에 번뜻거리는 번개에 마음을 붙이면 어찌 될꼬? 그것이 스러질 때에 남는 것이 설움뿐이란 말야. 인생은 무지개 같고, 인생의 부귀영화와 모든 쾌락이란 것은 번개와 같고 물거품 같은 것이 아니냐 말이지. 산 것은 죽을 것이요, 있는 것은 없어질 것이라, 이 죽을 것, 없어질 것에 마음을 붙이는 것이 인생의 번뇌의 뿌리어든. 사람들이 영원하다고 보는 하늘 해와 달과 별들과 몇억만 번 나고 죽고, 있고 없고 한 것이란 말야. 과거에 그러한 것 모양으로 미래에도 그러하지. 이 속에 나지도 않고 죽지도 않는 것이 있으니, 그것은 마음이란 말야, 진여(眞如)란 말이고. 이 마음자리를 찾는 것이 부처님의 가르치신 길 즉 불도란 말이요, 다른 게 아니란 말야. 너희들은 세세생생에 무명(無明)에 가리워서, 업을 짓고는 보를 받고 또 업을 짓고는 보를 받아서 생, 로, 병, 사, 우, 비, 고, 노 속에 떴다 잠겼다 하기를 아승지겁을 하였거니와, 이제 부처님 말

씀을 들었으니 이 육취윤회(六趣輪廻)를 끊고 등정각(等正覺)을 이루어 고해에 잠긴 일체중생을 건질 크나큰 원을 이룰 때가 아니냐. 다들 힘써 공부해. 도란 배와서 알 것도 아니요, 들어서 깨닫는 것도 아니라, 사람마다 제 마음속에 도가 있으니 가만히 앉아 번뇌를 소멸하고 거울과 같은 도의 참 모양을 보는 것이 도를 깨치는 것이란 말이다. 도를 깨치고 나서는, 시집을 가고 싶은 자는 시집을 가고, 세상일을 하고 싶은 자는 세상일을 하란 말이다. 이제 너희들이 할 일은 참마역을 찾아보는 것이야."
하고 태허선사는 법문을 끝내었다.

일동은 일어나서 선사에게 절하고, 그러고는 부처님께 절하였다.

금봉은 이 모든 처음 듣는 소리, 처음 보는 광경에 놀랐다.

이날 인현은 태허에게 금봉을 데리고 산 구경 시키라는 허가를 얻었다. 동기간에 하루 이야기를 하라는 것이었다.

인현은 금봉을 데리고 만폭동으로 올라갔다. 금봉은 하고 싶은 말이 태산 같건마는 수도 생활이 무엇인지를 대강 짐작하였으므로 오빠에게 어떻게 말할 바를 몰라서 잠자코 따랐다. 인현도 말이 없었다. 보덕굴(普德窟)에 올라가서 인현은 바위에 걸터앉았다. 금봉도 그 곁에 앉았다.

"오빠."
하고 그제야 금봉이 입을 열었다.

"너 그동안 지난 말은 내게 하지 말어라."
하는 것이 인현의 대답이었다. 금봉은 섬뜨레하였다.

"네가 말을 아니 하더라도 대강은 짐작한다마는, 만일 네 입으로 그 말을 들었다가는 내가 미칠 것 같다."

하고 인현은 손에 든 염주를 세었다.

"오빠는 여기 늘 계시우?"

하고 금봉은 하고 싶은 제 신세타령을 못 하는 대신에 오빠의 말을 물었다.

"너야말로 어찌할 작정이냐?"

하고 인현이 되물었다.

"난 작정 없어요. 죽는 대신 여기 온걸. 오빠헌테밖에 갈 데가 없으니깐 왔지요. 죽기나 할까 하고."

금봉의 마음은 갑자기 흐렸다. '벌써 내 마음이 움직이는고나.' 하고 금봉은 얼른 마음을 수습하였다.

"죽기는? 가만히 있기로니 죽을 때가 오면 안 죽을라고."

"오빠는 도를 닦아서 도통을 하셨소?"

하고 금봉은 옛날 동기의 정이 솟아서 어리광 삼아 물었다. 마음 놓고 어리광이 하고 싶었다. 그러나 돌아보면 저는 어리광할 자격이 있는 몸도 아니었다. 순결한 처녀의 어리광은 귀여워도 다 떨어진 걸레와 같은 제 어리광은 징그러우리라고 생각해서 금봉은 낯을 붉혔다.

"도통이 그렇게 쉽사리 되는 것이면 저마다 하게. 마음에 번뇌를 가진 높은 수도도 안 되거든. 그게 불가 말로 번뇌마라는 것이다."

"왜 번뇌를 못 떼시우? 이왕 중이 되셨거든 다 떼어버리지."

하고 금봉은 돈도암에 있는 여승들을 생각하였다.

"응, 나도 그만하면 많이 뗀 게지. 인제는 그래도 다른 공상은 많이 떼었으니까."

"그럼 아직도 무엇이 남았수?"

하고 금봉은 차차 기분이 순결하던 어린 적으로 돌아가서 처녀다운 웃음을 머금고 인현을 곁눈으로 보았다. 인현의 중의 옷 입은 것이 우습기도 하였다.

"인제 남은 것은 너하고 처자지."

하고 인현은 한숨을 쉬었다.

금봉도 웃음을 거두고 엄숙하여졌다.

"내가 누이동생이 너 밖에 은봉이도 있지마는, 은봉이는 도모지 걱정이 안 되고 네게 대한 걱정은 끄칠 날이 없어. 나는 그동안 두 번이나 네 집 대문 밖에를 가서 엿을 보고는 돌아왔다."

"네? 서울을 오셨어요?"

"응, 네 집 밖에를 갔다가는 들어갈까, 들어갈까 하다가 돌아서고 말았지."

"어쩌면!"

하고 금봉은 입을 크게 벌렸다.

"원래 중이 되는 것은 출가라고 해서 집을 아주 여읜다는 것인데, 집 생각을 떼어놓지 못하고는 도가 안 닦아지는 것이야. 네가 보고 싶어서 인사동에 한 번, 삼청동 집에 한 번, 어떤 아이를 시켜서 물어보았더니, 그때에는 네가 병원에 입원을 하였다고. 그래서 병원으로 가서 앓는 너를 만나볼까 하였더니, 병원에서 물어보니깐 산과라고 하길래 돌아서고 말았다. 그러고는 영영 네 생각을 떼어버리랴고 굳게 맹세하였지마는……."

금봉은 말이 없었다. 앞이 캄캄해지는 것 같았다.

"시님 말씀이 형제간에 이렇게 그리워하는 것도 번뇌래. 이것도 해탈해야만 된대. 무엇에나, 어디나 마음을 붙이고는 득도를 못 한다는고나.

그리고 이렇게 여러 형제 중에 특별히 마음이 켕기는 형제는 전생차생에 깊은 인연이 있는 까닭이라고. 네나 내나 여러 생을 두고 이렇게 불행한 남매가 되었던 모양이다. 우리 어머니도 그러시겠지. 아버지도 그러시 겠지. 그렇지마는 인제는 지긋지긋하지 아니하냐? 이런 지긋지긋한 세상을 또 보고 또 보고 할 필요는 없지. 모든 세상 인연을 끊어버리고 아주 이 세 생명이 스러져버리고 싶지 아니하냐?"

"오빠, 그런 슬픈 말씀 마세요. 젊으시고 나도 젊고 하니, 앞으로 재출 발을 할 수도 있지 않아요?"

"무슨 재출발?"

하고 인현은 금봉의 말에 놀라는 듯이 금봉에게로 고개를 돌린다.

"지나간 한 사오 년쯤은 우리 일생에서 끊어버리고, 그 대목에서부터 인생 재출발을 할 수 있지 않아요?"

하고 금봉도 꿈꾸는 듯한 눈으로 인현을 바라본다.

"너는 아직도 인생에 무슨 소원이 남았니?"

하고 인현은,

"내 생각에는, 너도 그만하면 인생이 진절머리가 날 듯한데, 아직도 무슨 소망이 남았니?"

하고 놀라는 듯이 묻는다.

"소망이 끊어져가지고 이리로 뛰어 들어왔는데, 오빠를 이렇게 만나 니깐 또 소망이 생겨요. 아직도 인생의 어느 구석에 살 만한 인생이 남 은 것도 같고, 이제부터 인생길을 재출발을 하면 실패 없이 잘 살 것도 같 고, 그래요. 이게 다 불교에서 말하는 '허망'이라는 것일까?"

하고 금봉은 웃는다.

"아마 그렇겠지."

하고 인현도 어이없는 듯이 웃으며,

"사람이 속아 산다는 것이 그것이지. 윤회라 윤전이라 하는 것이 그래서 생기는 것이겠지. 그래, 그러면 너는 또 손명규허구 부부 생활을 할 작정이냐?"

하고 물으며 금봉을 본다.

"인제 어떻게 그 생활을 또 해요? 그 생활이야 인제는 벌써 막이 닫히고 말았지. 손도 나를 다시 용서할 리도 없고."

하고 금봉은 칼부림하던 손명규를 생각한다.

"손명규는 소식이 있니?"

하고 인현은 안 물으려던 것을 묻는다.

"서울 왔어요."

하고 금봉은 한숨을 쉰다.

"왔어?"

"응."

인현은 그다음 말을 듣기를 원치 아니하였다.

"오빠, 더 묻지 말아요!"

하고 금봉은 몸을 한 번 떨며,

"오빠, 나는 간통한 계집이야요. 남의 아내면서 다른 사내의 아이를 낳은 계집이야요. 오빠, 나는 세상에는 용납 못 할 계집이야요. 손명규가 나를 칼로 찔러 죽이더라도 살인도 안 될 그런 년이야요. 그러니깐 자식도 버리고 도망해 나왔지요. 말이 그렇지, 내가 세상에 무슨 소망이 있어서? 한강에 나가 빠져 죽으랴다가, 그래도 죽더라도 오빠나 한 번 더 뵙

562

고 죽을 양으로 이렇게 왔지요. 그러니깐 오빠헌테도 용서를 못 받을 년이야요."

하고 금봉은 매우 흥분한다.

인현도 금봉의 말을 들으매, 숨이 빨라짐을 깨달았다. 이래서는 안 되겠다 하고 인현은 앉았던 데서 일어나서 마당으로 거닐면서 마음을 잡으려 하였다. 오래 눌렸던, 금봉을 위한 울분한 마음이 불끈 일어나려 하였다. 칼을 들고 손명규와 김광진을 찌르려 하였다. 한참 만에 인현은 마음의 평정을 회복하여가지고 다시 금봉의 곁에 와 앉았다. 금봉은 자기가 인현의 마음을 괴롭게 한 원인인 줄 알고 고개를 푹 숙이고 있었다.

"금봉아!"

하고 인현은 여무지게 불렀다.

"네?"

하고 금봉은 미안한 듯이 인현을 바라보았다. 그 눈에는 눈물이 있었다.

"내 네 말을 더 묻지도 아니할 테니 너도 그 생각을 더 하지 말고……."

하고 잠깐 말을 끊었다가,

"네야말로 아조 중이 되어버려라!"

하고 위협하는 듯한 눈으로 누이를 보았다.

금봉은 인현의 눈이 무서웠다. 그러나 그 무서움 속에는 지극한 애정이 사무친 것을 보았다.

"오빠가 하라는 일이면 무엇이나 할 테야요. 다른 오빠 같으면 나 같은 추악한 죄를 지은 년을 동생이라고 돌아보기나 하겠어요? 나도 오빠가 어떻게 나를 극진히 사랑하시고 불쌍히 여기시는 줄은 알아요. 오빠 말씀대로 하겠어요."

"그럼, 오늘 절에 돌아가서 머리를 깎고 한 백 일 작정하고 참회 기도를 하여라."

"네."

"분명히 그렇게 할 테냐?"

"네, 오빠가 하라시는 대로 해요."

"그래, 그게 옳지."

하고 인현은 눈을 감고 혼잣말로,

"그밖에 길이 없어. 또 그게 가장 좋은 길이고. 그래 그러기로 해."

하고 그는 눈을 번쩍 뜨며 일어섰다.

인현은 금봉을 데리고 선암으로 올라왔다. 그렇게 험한 길이건마는 금봉은 인현에게 끌려서 힘드는 줄도 몰랐다.

금봉은 이렇게 깨끗한 사랑 속에 도를 찾아가는 것이 기뻤다. 마음에 정선이나 아담이 어른거리지 아님이 아니지마는, 그래도 마치 세상의 모든 괴로움과 더러움을 다 벗어버리고 하늘로 올라가는 듯한 가뜬함과 기쁨을 느끼었다.

파랗게 머리를 깎은 제 모양이 눈앞에 얼른 보일 때에 금봉은 우뚝 서서 제 장래를 처량하게 바라보았다. 산마루에 올라서니 하늘에 닿은 봉우리에 위태하게 달린 선암이 보였다.

"어머나, 저기서 어떻게 사람이 사우?"

하고 금봉은 금방 굴러 내릴 것만 같은 선암을 보고 놀랐다.

"왜?"

하고 인현은 뒤를 돌아보았다.

"여기서 바라보기만 해도 핑핑 둘려요. 저 천야만야한 비탈로 송도리채 굴러 내려갈 것 같은데."

하고 원통골 바닥에 물 흐르는 것이 하늘 높이 뜬 흰 구름 줄기 같은 골짜 구니를 내려다보면서 금봉은 무서운 듯이 인현의 팔을 잡고 바싹 제 몸을 인현에게로 붙였다. 강선대 꼭대기에 송낙을 너슬너슬 단 뼈만 남은 늙은 향나무들이 푸른 하늘을 찌르고 섰다. 선암 뒤 벼랑에서 사람들이 어물거리는 것이 허깨비같이 보였다.

"하늘 반공에 뜬 것 같애."

하고 금봉은 또 한 번 감탄한다.

"이런 데 올라와야 세상 번뇌가 좀 멀어지지."

하고 인현은 암자를 향하여 합장하였다.

"그런데 저 담벼락 같은 비탈에서 사람들이 무엇을 하고 있수?"

"수미암 넘어가는 길을 닦느라고 그런단다."

"저 꼭대기에 또 암자가 있수?"

"수미암이란 것이 있지. 칼날 같은 등성이를 넘어가서. 금강산에서는 제일 꼭대기 암자지. 원효(元曉)라는 신라 적 중이 영랑(永郎) 선인을 득도시킨 데란다, 야운(野雲)조사라고. 이 선암이란 데는 박빈(朴彬)이라는 거사가 도를 닦아서 육신으로 하늘에 올랐다는 데구."

"하늘에?"

"그럼, 하늘에 올랐다고."

"후후후후."

하고 금봉은 웃어버렸다.

"왜 웃니?"

"오빠는 박빈 거사가 하늘에 오른 것을 믿수?"

"남 올랐다는데 안 올랐다고 할 것은 있나?"

"흥흥, 그렇긴 그래."

선암은 텅 비었다. 사람들은 다 길 닦으러 나간 것이었다.

마당은 좁지마는 역시 깨끗이 쓸어서 빗자국이 곱게 나고 들에는 모두 곱게 들옷이 입혀 있었다. 집은 낡았지마는 깨끗이 거둔 것이 돈도암보다 더한 것 같았다.

"퍽은 깨끗해. 깨끗한 것 하나는 좋아."

하고 금봉은 사람 없는 것을 다행으로 이리저리 둘러보며 인현을 보고 중얼거렸다.

"정불국토(淨佛國土)라고, 부처 될 땅을 깨끗이 한다고 해서 불가에서는 무엇이나 깨끗한 것을 숭상한다. 자조 쓸고 훔치고 부시고 빨고, 누데기라도 때가 묻어서는 못쓴다는 것이어든."

"그것이 옳기는 옳아. 그런데 빨래들은 누가 하우?"

하고 금봉은 이 사내들만 모여 사는 나라의 일이 궁금하였다.

"저마다 제 것은 제가 하지."

"떨어지면 꿰어매기는?"

"다 제가 하지. 옷감 바꾸어다가 새로 짓는 것도 제가 하고."

"오빠 입으신 것도 그럼 오빠가 지으셨수?"

"그럼."

금봉은 인현의 옷을 보고 빙그레 웃었다. 딴은 이따위로나 바느질을 하는 것은 아무나 하리라 한 것이었다.

"솜옷도 제가 뒤집구?"

"그럼. 중의 옷이란 두 벌뿐이어든. 솜바지저고리 두 벌이면 고만이어든. 봄이 되면 솜을 뽑으면 겹옷이요, 여름이 되면 안팎 거죽 뜯어놓으면 고의적삼 두 벌이 되지 않느냐. 한 벌 빨래에는 한 벌 갈아입고. 그러니깐 중의 등에 걸머지는 바랑 하나면 고만이야. 세간이 그것뿐이어든."

"다들 먹기는 어떻게 먹어요?"

"먹다니?"

"아니, 돈이 어디서들 나느냐 말야요?"

"응, 동냥해다가 먹지. 다른 중들은 다 제 재산이란 것을 가지지만 여기 있는 학인들은 다 동냥을 해 먹어. 인제 한 이십 일 지나면 칠월 백종 아니냐. 백종이 되면 해제가 되어서 모두 겨울에 먹을 것 동냥하러 가지."

"오빠도 동냥 다니셨수?"

"그럼."

"어머나! 오빠가 동냥을 다니셨어?"

"그럼. 너도 중 되면 동냥 나가야지."

"땡땡이중만 동냥 다니면서?"

"동냥 다니는 것도 공부다, 공녁이구."

"동냥이 무슨 공부요?"

"인욕 공부, 참는 공부."

"동냥 가면 잘들 주우?"

"잘들 안 주니까 공부가 되지. 아모리 사람들이 푸대접을 하고 욕을 하고 놀려먹더라도 성도 안 내고 오직 자비심으로 참는 공부가 된단 말이다. 참더라도 억지로 참는 것이 아니라, 유화하게, 부드럽게 참아서 마음이 흔들리지 아니한단 말야."

'참는 공부.'

하고 금봉은 땅을 들여다본다. 금봉은 제가 고깔을 쓰고 바랑을 지고 염주를 목에 걸고 이 집 저 집 다니면서,

"중 동냥 왔습니다."

할 것을 생각해본다. 그리고 한숨을 쉰다.

"그리고 공부라는 것은 그저 앉았는 게요?"

하고 금봉은 또 인현에게 묻는다.

"그럼, 네가 돈도암에서 본 것과 마찬가지지."

"그렇게 앉었노라면 도통이 되우?"

"그런다고 그러지."

"도통이 되면 어떤구?"

"그게야 도통을 해보아야 알지. 서울 가지 않고야 서울이 어떤 것을 알 수 있나?"

"도통이 되면 마음이 편안한가?"

"그렇다고 그러지."

"그래 여기는 몇 분이 계시우?"

"여남은 되지. 더 된 때도 있고."

"다들 왜 중이 되었나요?"

"가지각색이지. 화나는 일이 있어서 중 된 사람도 있고, 중이 되고 싶어서 된 사람도 있고, 정말 인생의 진리를 알아보려고 된 사람도 있고, 한번 해보노라고 된 사람도 있고, 나같이 세상을 비관해서 된 사람도 있고. 그런데 여기 있는 사람들 중에는 대학 출신도 셋인가 있고, 예수 믿던 사람도 있고, 또 몸에 병이 있어서 병 고치러 왔다가 중 된 사람도 있

고, 부잣집 자식도 있고…….”

“아 참, 오빠 친구 그이는 어떻게 되셨수?”

“황?”

“응, 그이.”

“저 집에서 찾으러 와서 붙들려 갔지.”

“그때에 오빠가 달아나셨다고 해서 은봉이 황 씨 집엘 갔더라우. 갔더니 오빠가 자기네 아들을 후려 데불고 갔다고 야단법석이 났더래. 사방으로 사람을 보내구.”

인현은,

“너 여기 앉어 있거라. 물이 먹고 싶거든 저기서 큰 바위 밑에 우물이 있으니까 떠먹어. 나는 저기 길닦이하는 데 가보아야겠어. 일이 끝나기 전에는 아모도 중간에는 빠지지 못하는 법이니까, 아직 두어 시간은 기다려서야 우리 시님이 오실 게다. 거기 있어.”

하고 가버리고 만다.

금봉은 혼자 마루 끝에 걸터앉어서 수없는 봉들과 거기를 감도는 구름들을 바라보았다.

금봉은 문득 자기 세간들과 삼층장 이층장 속에 차곡차곡 지어 넣은 옷들을 생각하였다. 그것이 아깝고 그리웠다. 거기는 조선 옷도 있고 양복도 있었다. 그 옷 중에 어떤 것에는 여러 가지 쓰고 단 기억들이 붙어 있었다. 그 옷과 함께 두고 온 세상이 아깝기도 하였다. 젊은 남녀가 사랑하는 쾌락을 덜 본 것도 같았다.

이런 뒤숭숭한 생각은 집어치우자 하고 금봉은 인현이 가르쳐준 바위 밑에 물을 먹으러 갔다. 그 바위도 금시에 굴러날 듯한 바위였다. 물을 떠먹는 동안에 그 바위가 굴러나서 저를 덮어 누를 것같이 위태위태하였다. 이 순간에 금봉은 '죽음'의 무서움을 느꼈다.

금봉은 몸이 소름이 끼치면서 나무로 판 바가지를 들고 물을 뜨려고 샘 가에 허리를 구부렸다. 물속에는 금봉의 그림자가 있었다. 오래 못 보던 제 얼굴! 그것은 마치 평생에 처음 보는 사람과 같았다. 불과 일주일 간 거울을 대한 일이 없었건만, 분도 안 바르고 웃음도 표정도 없는 그 얼굴, 그것은 마치 자기가 죽어서 어느 다른 곳에서 보는 제 얼굴과 같았다. 금봉은 바가지를 든 채로 무서운 것을 피하는 듯한 걸음으로 뒤로 물러섰다. 금봉은 물에 비치었던 그 얼굴이 인제는 세상에서 버림받고, 비웃음받고, 벌써 잊어진 얼굴임을 느꼈다. 이 얼굴을 보면 누구나 무심코 보고 말 수는 없으리라고 생각하던 옛날 자신은 없었다.

금봉은 금시에 굴러 내릴 듯한 바위 밑, 맑은 샘물 가에 서서 더할 수 없는 외로움을 깨달았다. 하늘과 땅 사이에 부끄러움과 슬픔을 품고 홀로 섰는 혼 하나, 그것이 제 모양이었다.

'어디로 가나?' 갈 곳은 없었다. '누구를 찾나?' 찾을 사람도 없었다. 죽어 아깝다고 생각할 사람도 없었다.

앞도 절벽, 뒤도 절벽, 금봉은 비켜설 곳도 없는 몸이었다.

큰 바위가 움직움직하는 것 같았다. 차라리 이 목숨을 끊어버릴까? 앞날을 무엇에 붙여서 살아가나?

머리를 깎고 이 산중에서 염주를 세기로니 망망한 남은 일생이 너무 오랠 것 같았다.

다람쥐가 안심코 달려오다가 금봉을 보고 우뚝 서며 등을 꼬부린다. 한참 금봉을 바라보고 앉았다가 오던 길로 가버리고 만다.

'어떡허나?'

하고 금봉은 비쭉비쭉 울고 싶었다.

'새파랗게 머리를 깎고 다람쥐 모양으로 산중에 숨어 살까?'

하고 흰 구름을 썼다 벗었다 하는 산봉우리를 바라보았다.

또 집에 두고 나온 어린것들과 세간과 옷들이 생각한다. 그러나 그것
은 벌써 금봉과는 인연이 다 끊어진 멀고 멀리 떠난 물건이었다. 산과 구
름만이 금봉의 몸에 바싹바싹 다가드는 것 같았다. 식어져야 할 마음은
여전히 불같건마는, 금봉은 가까스로 마음을 진정하여 물을 떠먹고 다시
암자로 올라와서 혼자 툇마루에 앉았다. 떠가는 구름장 그림자가 마당을
덮었다가 지나가고 만다.

금봉은 산과 구름을 바라보는 것도 진력이 나서 제 손을 펴도 보고 만
져도 보았다. 고운 손이었다. 좀 수척하였지마는 아직도 손가락을 곱게
보일 만한 지방은 있었다. 그리고 봉숭아꽃 물을 들인 듯한 불그레한 손
톱의 아름다움도 여전하였다.

팔자가 세리라, 과부가 되리라, 생이별을 하리라, 하던 손금도 들여다
보았다. 그럴 때에 문득 순이 어머니의 거친 손을 생각하였다.

'아모것도 인생에 쓸데 있는 일을 해본 일이 없는 손이로고나.'

하고 금봉은 한 손으로 다른 손을 꼭 쥐었다.

금봉은 제 손으로 하여본 일들을 생각해보았다. 제일 먼저 생각나는
것이 손바닥에 분을 개어서 얼굴에 바르던 것이었다. 금봉은 무심코 두
손으로 제 뺨과 이마와 코를 만졌다, 마치 화장을 하는 모양으로. 뺨은
보드라웠다. 입술에 약간 조갈이 일었을 뿐이었다. 콤팩트가 생각이 났
다. 입술에 바르는 연지, 눈썹에 바르는 검정이, 향기 강한 향수, 이런 것

들이 생각이 났다.

"경대 서랍에……."

하고 금봉은 잠꼬대 모양으로 중얼거렸다.

그러고는 마장판이 생각이 났다. 홍중, 백판, 만관, 이런 생각이 나고, 마음대로 잘 맞아 나오던 것, 도무지 안 맞아 나와서 애가 타던 것, 이따위.

두 손가락으로 가느단 포도주 잔대를 들던 것이 생각힌다. 그러고는 곧 뒤를 이어서 제 손이 기름 바른 김광진의 머리를 만지던 것, 이따위.

금봉은 두 손을 무릎 밑에다 감추어버리고 말았다. 그리고 손 생각은 다시 아니 하리라 하였다.

'간호부나 될걸.'

하고 금봉의 질서 없는 생각이 계속된다. 뭇 사내들, 더러운 것이란 더러운 것은 다 만지는 간호부의 손이 그리웠다. 그 손은 잠시도 쉬지 아니하고 주사를 놓고, 고약을 바르고. 퍽이나 천해 보이던 간호부가 금봉에게는 무척 거룩해 보였다. 제사 회사의 손등 터진 여직공, 방직 회사의 실을 잇는 여직공, 겨울에 설거지하는 식모들, 빨래하는 빨갛게 언 손들. 금봉은 무릎 밑에 넣었던 손을 다시 꺼내어보았다. 왼손의 둘째, 셋째 손가락 끝에 담뱃진으로 노랗게 되었던 것이 인제는 거의 다 벗어졌다. 금봉은 그 두 손가락을 코에다 대고 킁킁 맡아보았다. 구수한 해태 냄새가 나는 것 같았다. 금봉은 담배 생각이 나서 입맛을 다시고 침을 두어 번 삼켰다. 근래에는 머리맡에다가 담배와 재떨이와 성냥을 놓았다가 눈이 번쩍 뜨기만 하면 먹던 담배다.

마장, 담배, 술, 육욕, 금봉은 제 몸이 온통 그것으로 밴 것 같았다. 그러고도 고운 모시 치마 적삼, 피까지도 뼛속까지도 냄새나는 더러운 것

572

으로 꽉 찬 것 같았다.

"깨끗, 청정."

하던 법문 이야기가 생각한다.

서정희의 기도하는 모양이 생각한다.

심상태, 김광진, 조병걸, 최형식, 손명규, 아버지, 기타 누구누구. 모두 담배와 술과 돈 욕심, 육욕, 교만, 음모, 시기, 뒷공론.

임학재만은 안 그런 것 같았다. 그러나 강영자, 을남, 숙희.

'예수를 그냥 믿고 갈걸. 기도를 늘 할걸. 모도 다 허사다!'

금봉은 불쾌한 뉘우침으로 몸을 비틀었다.

금봉은 젖이 지는 것 같아서 젖을 만져보았다. 그렇지만 인제는 젖도 말라붙었다. 아담이 오물오물 젖을 빨던 것이 생각혀서 금봉은 안간힘을 쓴다. 정선을 구박한 것이 뉘우쳐진다. 지금은 어미를 잃고 어떻게나 사는고? 침모마저 잃으면 어디다 부쳐 살꼬. 침모는 참 얌전하였다. 별로 종교도 철학도 없는 모양이지마는 별로 불평은 없이 밤낮 바느질을 하였다. 어디 청승맞은 데가 있나, 궁기가 있나, 하고 침모를 바라보면서 궁리하던 것을 생각한다. 얌전하고 알뜰한 것이 청승이라고 결론하던 것도 생각한다. 그는 연애를 하려는 욕망도 없는 것 같았다.

'연애!'

금봉은 윗입술과 아랫입술을 번갈아 빨았다.

'정말 사랑은 못 해보았다.'

하는 결론을 얻을 때에 금봉은 놀랐다.

'한번 잘 사랑을 해보았으면, 임학재허구 한번 잘 사랑을 하고 살아보았으면.'

하고 금봉은 몸에 경련이 일듯이 떨렸다. 숨결이 찼다. 전신의 모든 신경과 선이 다 불끈하고 움직이는 것 같았다.

그러나 다음 순간에 전신에 있던 맥이 다 풀려나가는 것 같았다.

'모도 허사다!'

하고 금봉은 기둥에 몸을 기대었다. 다리가 쏙쏙 쑤시고 어깨가 아팠다.

'머리나 깎자. 머리나 깎지.'

하고 그렇게 하루에도 쓰다듬던 머리를 만져보았다. 손명규가 그렇게도 탐내던 머리다. 금봉은 머리카락 몇 올을 끌어서 눈앞에 대었다가 입에 물고 빨았다. 그것은 아무 맛도 없었다. 금봉은 혀로 머리카락을 뱉어버렸다. 침에 젖은 머리카락은 금봉의 뺨에 찰딱 붙어버리고 만다.

'머리 깎고, 이것 다 벗어버리고, 거기서 새 길을 찾자.'

하고 금봉은 치마와 적삼을 쥐어뜯는 모양을 하였다.

금봉은 한 번 기지개를 켜고 하품을 하고 벌떡 일어나서 침침한 방 안을 들여다보았다. 금빛 나는 부처님이 가느스름한 눈으로 금봉을 바라보았다.

금봉은 합장하고 고개를 숙였다.

퉁퉁퉁퉁 하고 뒤꼍에서 사람들이 내려오는 소리가 들렸다.

옷에 땀이 배고 이마에도 땀이 흐르는 중들이 태허대사의 뒤를 따라서 절 마당에 들어서더니 일제히 부처님을 향하여서 합장을 하고 허리를 굽힌다.

이날에 금봉은 머리를 깎았다.

전환기의 시발점, 『그 여자의 일생』

김경미

비정상적 여성성과 젠더 인식의 모순성

『그 여자의 일생』은 1934년 2월 18일에서 1935년 9월 26일까지 『조선일보』에 연재된 장편소설이다. 전반부 「처녀편」과 「연애편」은 1934년 6월에 완성되고 이후 연재가 일시 중단되었다가 후반부의 「혼인편」, 「방랑편」, 「회광편」은 1935년 4월에 다시 연재되어 그해 9월에 마무리되었다.

『그 여자의 일생』은 미모의 주인공 여성인 금봉과 신여성들을 중심으로 남성 인물인 손명규, 임학재, 김광진 등과의 다양한 치정 사건이 벌어지는 것이 서사의 큰 줄기이다. 전반부에서 미모의 금봉은 기생 출신의 어머니와 돈밖에 모르는 아버지, 그리고 자신을 학대하는 계모 밑에서 성장하면서 이 집을 벗어나 좀 더 좋은 삶을 향유하고자 일본 유학을 생각하게 된다. 그 과정에서 손명규라는 학교 선생이자 악인의 후원을 받게 되면서 자신이 원하는 삶을 살지 못하고 결국 돈의 노예가 되어 그와 혼인까지 하게 된다. 후반부에서는 손명규와 혼인 후, 남편의 경제적 사정이 어려워지면서 금봉은 결국 남편이 아닌 돈 많은 부호인 김광진의 자식까지 낳게 되고 점점 파멸의 삶을 살게 된다. 불륜 사실을 알게 된 남편을 피해 도망가는 상황까지 몰리게 되고, 이후 친오빠가 있는 금강산의 절에 찾아가서 그곳에서 중이 되기 위해 머리를 자르는 장면에서 서사는 끝을 맺는다.

서사의 전체적인 내용에서는 남녀의 애정 문제를 다룬 전형적인 멜로드라마의 구조를 따르고 있는 듯하다. 기본적으로 멜로드라마 구조는 '과잉의 양식'과 '도덕적 비학'이 핵심이다. 이것의 대표적인 구조가 이분법적 대립 구조이다. 1920년대 이후 이광수의 대부분의 연애소설은 남성과 여성, 물질과 정신, 부정과 정의, 선과 악의 극단적인 남녀 인물의 대비를 통해 대중성을 확보하고 있다. 그러나 『그 여자의 일생』은 여성 인물과 남성 인물을 대립적 구도로 설정하지 않고 있다. 이 작품에서 여성은 극단적인 타락과 부정성을 보여주면서 작가의 젠더 인식의 모순성을 강력하게 드러내는 촉매제 역할을 하는 대신, 남성 인물은 전형적인 도덕적 인물로 형상화되지 않는다.

먼저 여성 인물을 형상화하는 부분에 대하여 살펴보면, 이 작품의 전반부에는 금봉의 가정환경과 그녀의 미모에 대한 묘사와 학교생활 위주로 전개되고 다른 여성 인물들의 부정성도 심각하게 그려지지 않는다. 주로 후반부에 접어들면서 여성 주인공인 금봉의 비정상적 여성성을 부각하고, 이와 함께 당대 다양한 여성 군상의 타락한 모습을 제시하고 있다. 그런데 이 작품에서 특기할 점은 여성 주인공이나 여성 인물들의 부정적 양상을 구체적이고 심각하게 제시하기는 하지만, 그것이 도덕적 남성 인물을 부각하기 위한 이분법적 대립 구조를 위한 형상화가 아니라는 점이다. 『그 여자의 일생』에서의 여성 주인공 금봉의 타락상과 그 외 다

양한 여성 인물들의 성적 타락과 쾌락적 삶의 제시는 단순히 이분법적 대비를 위한 장치로 활용되지 않는다. 오히려 여성의 타락과 비정상적 섹슈얼리티를 강화하는 방식으로 서사화되고 있다. 즉 긍정적 남성 인물을 부각하기 위한 장치가 약화되고, 비정상적 여성성을 형상화하는 서사의 비중이 강화된 것이다.

작가는 비정상적인 여성성의 상징인 주인공 금봉의 타락 과정을 강화하기 위해 도덕적 남성 인물과 대조하여 드러내는 방식 대신에 '여성 자신'과 주인공 여성보다 더욱 간악한 여성을 제시하여 '여성의 적(敵)은 여성'이라는 두 가지 방식으로 여성의 부정성을 강화하고 있다. 이러한 서사 과정에서 오히려 이광수의 젠더 인식의 한계와 모순성이 역설적으로 드러나게 된다. 먼저 작가는 '정조'를 잃은 여성의 잘못된 삶을 비판하는 지점에서 계몽을 시도하는 구조가 아니라 성적 자기 결정권을 주장하는 여성들 스스로가 자신들의 정조에 얽매여서 자학하면서 살고 있다는 식의 전개 방식을 구사하고 있다. 금봉과 친한 학교 언니로 등장하는 을남은 이 작품의 여성 인물들 중에서 가장 자유로운 여성으로 '정조'를 잃은 금봉을 위로한다. 즉 '정조'는 몸에 있는 때와 같은 것이라고 하면서 경제적 절대권을 가진 남성이 여성을 노예로 만들기 위해 요구하는 잘못된 인식이라고 비판하고 있다. 을남의 인식은 이 시기 신여성 또는 모던 걸이라 불리는 교육받은 여성들이 주로 제시하는 여성의 성적 자기 결정권을 주장하는 모습이기도 하다. 이러한 을남의 인식은 이광수가 1910년대 「혼인에 대한 관견」에서 "남자가 여자에게 정조를 구하는 모양으로 여자가 남자에게 정조를 구함이외다. 지당한 일이지요."라고 표현한 부분과 일맥상통한다.

그런데 '정조'의 남녀평등을 주장하며 당대 자유주의자의 대표성을 보여준 을남이 서사 후반에 갑자기 자기 고백으로 자신도 정조를 잃고 당당하지 못했다고 설파하고 있다. 이 방식은 남성이 정조를 잃은 여성을 부정적으로 대하는 인식보다 더욱더 여성을 비하하는 것으로, 남성 권력 중심 사회인 가부장제에서 여성들이 이미 철저하게 길들여져 있음을 제시하는 것이다. 더욱이 자유주의자로 대표되는 '을남'의 입을 통해 제시함으로써 작가의 젠더 인식이 얼마나 가부장제 담론에 매여 있는지 확인할 수 있는 부분이다. 이런 인식은 1930년대 당대 여성의 자유 의지와 성적 자기 결정권을 주장하던 교육받은 신여성의 사상들이 전부 허위의식이라고 생각하는 작가 젠더 인식의 한계를 확인하는 것이기도 하다.

뿐만 아니라, 절친한 언니였던 을남이 금봉을 임학재와 완전히 결별하게 만들기 위해 나쁜 남자인 심상태와 금봉을 엮이게 하고, 악인인 손명규와 결혼하게 부추겼으며, 그 결과 금봉은 불륜을 저지르게 되어 남의 자식까지 낳게 된다. 금봉의 타락 과정에 을남이 깊이 개입되어 있다는 반전의 서사를 통해 작가는 여성을 타락하게 만드는 것은 '여성 자신'이거나 '또 다른 여성'이라는 것을 부각한다. 여성의 타락을 '여성 개인의 문제'에서 더 나아가 '여성이 여성의 적'인 것처럼 진행하고 있는 서사 방식은 재화를 생성하기 힘든 1930년대 식민지 자본주의하의 가부장제에 희생되는 여성 문제를 전혀 간파하지 못하는 작가의 젠더 인식의 한계를 극단적으로 보여준 것이다. 즉 근대의 소비 자본주의 체제에서 남성이 자신의 권력 유지를 위해 여성의 성을 경제적 교환가치로 여기는 근대 자본주의 경제 논리의 양면성에 대한 고찰 없이, 단지 여성이 자신의 성적 욕망이나 개인의 정조관의 문제로 치부하는 것과 다른 여성의 욕망과 질투에 의해 여성이 타락하고 있다고 판단하는 것은 작가의 젠더 인식의 한계이자 모순성을 철저히 드러내는 것이다.

이러한 젠더 인식의 미개함은 『그 여자의 일생』에서 여성 인물들의 정조 관념을 그려내는 데에서 가장 심각하게 드러나고 있다. 정조를 지킨 여성과 정조를 지키지 못한 여성의 극명한 삶의 대비는 이를 더욱더 증명하는 근거로서 작용하고 있다. 『그 여자의 일생』에서 손명규에게 강압적으로 정조를 잃게 된 '정희'라는 여성이 다른 남자와 혼인하지도 않고, 더럽혀진 몸이라 생각해서 수녀가 되지도 않는다. 또 능력이 되어도 천주교에서 세운 학교의 교사로도 가지 않고, 오로지 교당 안에 있는 고아원에서 부모 없는 아이의 부모 노릇을 하며 몸소 봉사활동을 하는 정희를 작가는 극찬하고 있다. 이런 부분에서도 작가의 젠더 의식의 모순성이 확인되고 있다.

요컨대 『그 여자의 일생』에서 부정적인 여성을 강조하는 서사 구조는 기존 작품에서 도덕적 남성 인물과의 대비를 통해 조선 민족의 계몽을 위한 장치로서 활용되지 않았다. 이는 타락한 여성의 일생을 작가만의 방식으로 재생시키기 위한 '결말'을 위한 준비단계로서의 서사 구조의 변환인 것이다. 그러나 '여성 자신'이나 '여성의 적은 여성'이라는 방식으로의 접근은 가부장제의 남성 중심 사회의 모순성과 억압성을 덮으려는 작가의 젠더 인식의 이중성과 한계를 드러내는 결과를 초래했다. 비정상적인 여성성을 강화하면 강화할수록 작가의 젠더 인식의 모순성이 더 강하게 드러나게 된 것이다.

이분법적 서사 구조의 이탈과 도덕적 인물의 추상화

『그 여자의 일생』은 이광수의 대표적인 연애소설의 구조인 이분법적 서사 구조의 변환을 통해 작가의 세계관을 새롭게 제시하고자 한 작품이다. 여성 인물과 마찬가지로 남성 인물에 대해서도 기존 작품의 이분법적 서사 구조와는 많은 차이를 보이고 있다. 기본적으로 이광수의 연애소설에서 여성 인물과 달리 남성 인물들은 『재생』의 신봉구나 『흙』의 허숭같이 늘 숭고하고 도덕적으로 그려졌으며, 그 반대편에는 순영과 정선 같은 타락한 여성이 배치되고 있다. 위 작품의 남성 인물들은 이광수가 당대에 제시하고자 하는 민족 담론을 드러내주는 화신과도 같은 역할을 했다고 할 수 있다.

그러나 이 작품의 남성들은 이러한 민족주의를 표상하는 인물로 그려지지 않는다. 우선 대부분의 남성 인물들도 부정적으로 묘사되고 있으며, 유일하게 도덕적 인물인 임학재는 상당히 추상적으로 그려지고 있다. 그가 도덕적 인물이라는 것은 구체적인 사건으로 보여주는 것이 아니라 화자의 설명이나 다른 사람의 대화 속에서 그를 칭찬하는 부분을 통해 독자가 간접적으로 알게 될 뿐이다. 그가 왜 도덕적이고 어떤 일을 해서 훌륭한 인격을 가진 인물인지는 구체적으로 전혀 알 수 없다.

이 작품에서 도덕적 인물인 임학재의 서사는 금봉의 서사에 가려서 거의 드러나지 않고 있다. 즉 극단적인 인물의 양상은 비중 있게 드러나지만, 그와 대비되는 선한 인물의 형상화가 굉장히 약화됨으로써 서사의 분량에서나 구조에서 이분법적 구조의 과잉의 양식을 벗어나고 있다. 즉 서사의 중심 인물인 금봉과 손명규, 김광진, 심상태, 을남 등은 모두 악한 인물의 전형으로 드러나면서 이들을 중심으로 한 서사가 거의 80퍼센트 정도를 차지하고 있으며, 이들과 대비되는 선한 인물인 임학재에 대한 서사는 비중이 적고 구체적인 생활상도 제시되지 않는다. 반면에 여성인 금봉이 돈과 자신의 육체를 교환하면서 악인 남성과 살아가는 타락의 장면들은 구체적이며 세부적으로 묘사된다. 이러한 형상화 방식은 독자의 흥미와 상상력을 자극하면서 대중 연애소설로서 면모를 드러내고, 독자가 그 장면을 직접 보는 듯한 실감을 느끼게 한다. 그러나 임학재의 삶과 관련된 서사는 구체적인 묘사나 보여주기 방식을 사용하지 않아서 독자는 임학재라는 인물이 훌륭하고 도덕적 인품을 가졌다는 정보만 알 뿐, 그의 어떤 행동과 면모가 훌륭한지는 전혀 알 길이 없다.

이런 방식은 기존의 연애소설에서 드러냈던 극단적인 이분법적 대립으로 남성 인물을 선한 인물의 자리에 위치시켜 민족과 도덕을 강조하고자 마련했던 서사 구조를 벗어나는 것이다. 즉 기존 작품에서 늘 강조해 왔던 민족주의와 관련된 주제의식이 변화하고 있음을 서사 구조의 전환을 통해 짐작할 수 있는 부분이다. 이러한 변화는 우선 이광수의 세계관이 달라진 것이 가장 중요한 원인이라 할 수 있다. 이광수는 늘 '여기로서의 문학'을 설명하고 자신이 문학을 하는 이유를 조선 민족과 조선 사람을 위한 것이지, 문학적 취향 때문이 아님을 여러 번 고백했었다. 즉 그의 소설 창작의 동력인 '민족'이 그의 세계관에서 비중이 약해진 것이고, 이러한 변화 이후에 완성된 작품이『그 여자의 일생』이기 때문이다.

『그 여자의 일생』에서는 고결함의 이데올로기로 민족주의의 이상을 드러내고자 하는 이광수의 의지가 강하게 드러나지 않아서, 도덕적이고 선한 인물을 상징하는 임학재의 형상화가 약화되고, 비중도 줄며, 심지어 추상적인 인물로 그려지고 있다. 요컨대 이광수는 이 소설을 기점으로 기존에 추구하였던 민족주의에 대한 이상이 많이 둔화되고 세계관의 변화가 발생했음을 짐작해볼 수 있다. 한편 『그 여자의 일생』은 임학재를 뺀 대부분의 남성 인물들이 부정적이고 악한 인물로 그려진다. 이것 역시 기존의 작품에서 남성 인물의 서사 구조와는 차이를 보이는 부분이다. 이 작품은 '악'과 '부정'의 대상이 여성으로 한정되지 않는다. 남성 인물의 부정성은 금봉의 부정성에 버금갈 만큼 비리와 폭행, 살인에까지 연루되어 있고, 구체적으로 묘사한다는 점에서도 도덕적인 남성 인물인 임학재의 서사보다 악인인 손명규의 서사가 더 강화되고 있음을 확인할 수 있다. 이런 서사 구조의 변화는 작가가 이 작품에서 말하고자 하는 주제, 즉 세계관의 변화를 보여주는 것이기도 하다. 결국 이것은 작가가 기존의 강력한 사상이었던 민족주의를 벗어남으로써 발생한 차이인 것이다.

민족 담론의 배제와 비합리적 세계로의 봉합

『그 여자의 일생』이라는 작품의 중심에는 타락한 인물 금봉이 있지만, 부정적인 남성 인물들의 악행도 서사의 주된 축을 형성하면서 이분법적 구조를 비틀고 있다. 기존 작품과의 서사 구조의 차이와 선한 남성 인물의 상징성의 약화 등은 형식적인 부분에서의 차이만을 보여주는 것이 아니라 기존의 다른 작품과 변별되는 주제, 즉 작가의 세계관을 드러내기 위한 서사 과정의 한 측면이라고 볼 수 있다.

금봉은 결국 남편이 아닌 다른 남자와의 불륜으로 두 명의 자식까지 낳게 되고, 그 사실을 알게 된 남편을 피해서 오빠가 있는 금강산으로 들어오게 된다. 금강산의 절에 머물면서 금봉은 태허 스님의 설교를 듣고 몸소 머리를 깎고 중이 되는 것으로 서사는 마무리된다.

이광수의 1920년대 이후 연애소설의 결말은 대부분 부정한 일을 저질러 타락한 여성은 징벌하거나 자살하게 하여 이 세상에서 배제시키는 방향으로 진행되었다. 그러나 이 작품은 기존의 결말 구조와는 확연히 다르게 부정한 여성을 파멸로 이끌지 않고 참회와 수행의 길로 인도하고 있다. 작가는 이러한 결말로의 개연성을 위해 여성 주인공인 금봉의 옆에 많은 악인 남성과 여성들을 두고 악업을 쌓게 하는 서사가 필요했던 것이다. 이런 결말의 도출을 위해 민족주의를 강화하는 데 필요했던 이분법적 서사 구조가 약화된 것은 필연적이라고 할 수 있다.

기존 이광수의 연애소설의 맥락이나 세계관에 따라『그 여자의 일생』의 결말을 가설로 지어본다면, 타락한 금봉은 악인 남편인 손명규에게 죽임을 당하여 함께 파멸하거나, 아니면 임학재의 감화와 도움으로 기사회생하여 조선을 위해 봉사하게 되는 결말로 마무리될 가능성이 높다. 그러나 이광수는 이 작품에서 자본과 욕망에 의해 타락한 금봉을 근대 자본주의 체제 안에서 처벌하지 않고 비합리적 세계인 종교의 영역으로 끌어들이면서 서사를 봉합하고 있다.

『그 여자의 일생』은 이 사람이 지금까지 써오던 다른 소설보다는 몇 가지 점으로 보아 다른 점이 있으리라고 생각합니다. 나는 이 소설 속에서 사람의 영혼의 움직임을 그려볼까 하였습니다. 이 사람은 지금까지에 대개는 도덕 문제, 특히 민족과 사회에 대한 개인의 도덕 문제를 취급하였으나 이 소설『그 여자의 일생』에서는 한 걸음 더 깊이 들어가서 영혼 문제를 취급해볼까 합니다. (「『그 여자의 일생』을 계속하는 말」,『조선일보』, 1935. 4. 3)

『그 여자의 일생』의 연재를 중단하고 일 년 후에 쓴 '자작의 변'에서는 지금까지 주력해오던 도덕, 민족, 사회 문제보다는 영혼의 문제를 취급하겠다고 강조하고 있다. '민족과 사회에 대한 개인의 도덕 문제'는 당대 사회라는 현실을 기반으로 해서 형성될 수 있는 삶의 영역이라 한다면, '영혼 문제'는 이광수의 말처럼 "한 걸음 더 깊이 들어가"는 것이 아니라 층위가 다른 영역이라 할 수 있다. 즉 이광수는 이전 작품에서는 현실 사회에 기반을 둔 영역에서 작품의 주제를 제시했다면, 이 작품에서는 영역의 층위가 다른 종교적 관점에서 주제를 제시하고자 하는 것이다. 이러한 변화는 삶이나 세계관의 변화가 동반되지 않고서는 쉽게 이루어질 수 없다.

1934년『그 여자의 일생』을 쓰기 시작하던 초기에 이광수는 사랑하던 아들 봉근의 죽음을 맞이하게 된다. 위의 인용문은 봉근의 죽음 이후 그 충격으로 직장에서 사임하고, 연재하던『그 여자의 일생』도 중단하고 금강산을 돌며 방랑하는 시간을 가지게 된 후에 쓴 글이다. 연재가 중단된 공백기에 홍지동 산장을 착공하고 그곳에 기거하면서 종교 서적을 탐독하고『법화경』의 한글 풀이까지 하게 된다. 이광수에게 1934년은 안도산이 검거되고 이광수가 몸담고 있었던 조직도 와해될 위기에 처하고 그의 아들마저 자신을 떠나면서, 이때까지 자신이 목숨만큼 중요하게 여겼던 사업과 신념들이 의미를 잃게 된 시기이다.

봉근아, 너는 탐진치(貪嗔癡)를 끊고 불보살(佛菩薩)을 공양하여 보살행(菩薩行)을 닦아 무상도(無上道)를 일러 중생을 건지는 이가 되어라. 생사간에 윤회하기를 끊어라. (중략) 사랑하는 아들아, 나는 너를 바른길로 인도하지 못하였건마는, 너는 죽음의 방편으로 내게 바른길을 지시하였다. 네가 가는 것을 보고 나는 내 지금까지의 잘못된 생각을 버리고, 고작 높은 바른길을 찾아 잘못 사는 무리들을 건지리라는 큰 원을 세웠다. 사랑하는 아들아, 나는 너를 만날 것을 믿는다. 너와 함께 고작 높은 길을 닦아 괴로움에 허덕이는 모든 산 무리를 건지는 일을 함께할 날이 있을 것을 믿는다.(「봉아의 추억」, 『사해공론』, 1936. 9)

이 글은 이광수의 세계관 전환의 원인이 무엇인지 확연하게 드러내고 있다. 즉 기존의 생각과 사상, 가치관은 아무런 의미가 없는 것임을 깨달았고, 보살행을 통해 탐, 진, 치를 버리고 자신을 포함하여 잘못 살아가는 무리들을 구원하겠다는 것이다. 이러한 종교로의 세계관의 전환은 그의 삶의 방식과 자세를 바꿨을 뿐만 아니라 창작 활동에도 서사의 기본적 세계관으로 작용하게 된다. 이러한 세계관을 처음이자 구체적으로 드러낸 작품이 바로 『그 여자의 일생』이다.

이광수는 이 작품을 다섯 편으로 나누어 구성하고 있는데, 마지막 편인 결말 부분에 해당하는 「회광편」 서사의 대부분을 불교의 이론과 스님의 설교로 진행하고 있다. 태허 스님과 노장의 설교와 다른 스님들의 생활에 감화를 받은 금봉이 자신의 잘못을 깨치고 머리를 자르는 장면, 즉 비구니가 되는 장면에서 서사는 끝을 맺는다. 「회광편」에서 이광수는 태허 스님이나 노장의 입을 빌려 자신이 추구한 『법화경』의 세계를 설파하면서 타락한 삶을 산 금봉을 불교의 수행의 길로 구제하고 있다. 이 「회광편」에 제시된 노장과 태허 스님의 설교는 「봉아의 추억」에 담긴 이광수의 세계관과 거의 동일하다.

이광수는『그 여자의 일생』의 마지막 편인「회광편」에서 절에서의 생활을 장황하게 묘사하고 스님의 설교를 통해 금봉을 수행자의 길로 걷게 하면서 서사를 마무리 짓는다. 이 결말을 마련하기 위해 이광수는 이전의 작품에서 활용하던 이분법적 서사 구조를 이탈하면서 민족을 강조하는 도덕적 인물을 약화시키고 세상에서 많은 악업을 행하면서 살아가는 부정적인 인물들을 형상화하는 데 힘을 쏟았다고 할 수 있다. 이 과정에서 여성에 대한 인식이 더욱 모순적으로 드러나게 되었고, 또 선인보다는 악인이 작품의 서사에서 훨씬 많이 형상화되었던 것이다. 그래서 이들을 구제할 수 있는 길은 민족주의 사상도 아니며, 도덕적 정신 개조도 아닌 영혼의 영역인 종교적 차원에서의 접근임을 명시하고 있다. 결국 이광수는 금봉의 불륜과 타락, 손명규의 악행, 김광진의 부정적인 삶 등은 탐, 진, 치를 끊을 수 없는 인간의 욕망과 번뇌에서 비롯된 것으로, 이를 해결할 수 있는 유일한 길이 바로 불자의 길이자 보살행의 실천임을 제시한 것이다. 결국『그 여자의 일생』은 연재 과정에서 작가의 세계관이 급격히 바뀜으로써 그가 이전에 추구하였던 민족 담론의 서사가 철저히 배제되었고, 보살행이라는 비합리적인 세계로 서사를 봉합하는 결론에 도달하게 되었다.

전환기의 시발점으로서『그 여자의 일생』

이광수의 세계관의 전환을 보여주는 작품으로「육장기」(1939)를 주로 제시한다.「육장기」는 봉근의 죽음 이후 법화행자로서 삶을 살아갔던 홍지동 산장을 팔면서 지은 소설로, 신변잡기적이며 수행자로서 자신의 마음을 고백하는 방식으로 쓴 작품이다. 이런 이유로「육장기」는 이광수의

'사상가'로서의 종말을 보여준 작품이라 평가되고 있다. 그러나 작품 경향의 전환기의 전초를 보인 것은 「육장기」보다 훨씬 앞선 작품인 『그 여자의 일생』(1935)으로, 여기서 그는 이미 사상가가 아닌 종교인으로서의 면모를 확고하게 드러내고 있다. 즉 '사상가로서의 종말'이자 '세계관의 전환'의 시발점을 보여준 작품은 바로 『그 여자의 일생』인 것이다.

『그 여자의 일생』 이후 창작한 이광수의 작품들 『이차돈의 사』(1935), 『세조대왕』(1940), 『원효대사』(1942), 「꿈」(1939), 연애소설류인 『사랑』(1938), 고백체 소설인 「육장기」(1939), 「난제오」(1940), 그리고 명문으로 평가되는 단편 「무명」(1939) 등 대부분의 소설들은 『그 여자의 일생』에서 보여준 세계관의 연장선상에서 창작된 것이다. 이 작품을 탈고하고 곧바로 보살행의 극치를 보여주는 역사소설 『이차돈의 사』를 창작했으며, 이후 창작된 대부분의 역사소설의 중심 인물이나 주제적 배경과 세계관은 불교 사상을 기본으로 형성되었다. 연애소설이든 고백체 소설이든 관찰적 작품이든, 이 시기 이후에 창작된 대부분의 소설들은 불교의 보살행과 인과의 원리를 통해 작품의 세계관을 형성하고 있다.

주지하다시피 이광수는 1938년경부터 본격적으로 발현되는 친일 행위를 불교의 인과의 원리로 확장시키면서 자신의 작품에서 비합리적인 내적 논리로 이용하기도 하였다. 즉 이광수의 불교의 보살행과 인과의 원리는 친일의 논리로 이어지면서 자신의 친일 행위에 면죄부를 씌우는 전향의 논리로도 활용되었다. 결국 이광수의 세계관의 변화는 개인적 사건에 의해 급격히 진행된 것이었지만 이것은 그의 전체 문학사에서 중요한 의미를 발현하고 있는 후반기 작품 세계의 동력으로 작용하였고, 이러한 세계관에 대한 분석 없이는 그의 문학을 온전하게 파악하기는 힘들

것이다.

『그 여자의 일생』은 이때까지 대표적인 연애소설인『재생』의 아류에 속하는 1930년대 작품 중의 하나로 소홀하게 다루어졌었다. 그러나『그 여자의 일생』은 그의 후반기의 작품세계를 형성한 세계관 전환의 시발점을 보여주는 작품으로서, 그의 전체 문학사에서 좀 더 의미 있는 평가가 필요한 작품이다.

부기—『그 여자의 일생』 연재본의 회차 순서 정정 및 서지적 오류

『그 여자의 일생』은 앞서 밝혔듯이『조선일보』에 1934년 2월 18일부터 1935년 9월 26일까지 217회 연재된 작품이다. 연재본과 해방 이후 발간된 단행본의 대조 작업 중에 서지적 오류를 몇 가지 발견하여 정정하고자 한다.『그 여자의 일생』은「처녀편」,「연애편」,「혼인편」,「방랑편」,「회광편」으로 구성되었으며 217회차로 긴 시간 동안 연재되었다. 연재 중 작가의 착오로 서사의 몇 군데 중요한 부분에서 오류가 발생하였다. 먼저 작가의 착오로 발생한 내용적 오류를 밝히고, 마지막으로 신문사의 착오로 발생한 연재본 회차 순서 오류에 대해 정정하도록 하겠다.

첫 번째로 주인공 금봉이 일본으로 유학을 떠나는 과정에서 기차에서 내려 온천에서 하루를 보내는 장면이 있다. 작가는「처녀편」에서 바다가 보이는 '해운대온천'을 배경으로 두 사람의 서사를 풀어내고 있다. 그러나 이후 금봉의 회상 장면에서는 '해운대온천'을 '동래온천'으로 표기하고 있는 부분이「연애편」,「혼인편」에서 많이 나타나고 있다. 이것은 당시 '해운대온천'과 '동래온천'이 일제 시기에 개발되었고, 두 곳 모두 부산에 있는 온천으로 연재가 길어지면서 작가 스스로 착각하여 발생한 오식이라 볼 수 있다. 일본으로 가는 배를 타기 위해 잠시 머무른 곳이고, 바다가 보인다는 서술에서 보듯이 작가는 처음에는 '해운대온천'을 배경으로 서술하다가 이후 긴 연재로 인해 명칭을 명확히 구분하지 않고 사용하고 있다.

두 번째로는 금봉의 남편인 손명규가 금봉과 결혼하고자 금봉에게 '삼천오백 원'의 현금을 주면서 금봉의 마음을 돌리는 장면이 있다. 처음 서술 부분에서는 '삼천오백 원'으로 표기하였다가 이후 금봉의 회상 장면과 오빠 인현에게 이 돈을 주는 장면에서는 '삼천육백 원'으로 여러 번 서술되고 있다. 이 부분 역시 작가의 착오로 볼 수 있다.

세 번째로는 금봉의 친구인 숙희와 숙희 오빠이자 금봉의 첫사랑인 임학재와의 관계를 드러내는 「처녀편」의 서사 부분에서 숙희와 학재는 아버지는 같고 어머니가 다른 이복남매라고 설명하고 있다. 그러나 이후 「방랑편」의 숙희와 학재의 인성적 측면을 서술하는 부분에서는 '한 어머니'한테서 태어났는데도 성격이 너무 다르다고 서술하는 오류를 범하고 있다.

이상의 세 부분은 연재 중 작가의 착각으로 인해 발생한 내용적 오류라고 볼 수 있다. 교정 과정에서 임의로 수정하는 것이 오히려 더 혼란을 일으킬 수 있어서 작가의 창작 과정에서 착오가 있었다는 것만을 밝히고, 이번 전집에서 이 부분은 『조선일보』에 수록된 연재본의 원문을 그대로 표기하였음을 알려둔다.

마지막으로 작가의 착오가 아니라 신문사의 연재 순서의 오류로 인해 발생한 문제를 정정하고자 한다. 『조선일보』 연재본 137회분 마지막 부분에 신문사는 '정정란'이라 표시한 후에 "136회분과 138회분이 순서가 바뀌어 수록되었으므로 정정해주길 바란다."라고 표기하고 있다. 이후 『그 여자의 일생』이 단행본으로 출간되었다. 1935년 삼천리사에서 『그 여자의 일생』의 단행본을 처음으로 출간하지만, 그것은 「처녀편」과 「연애편」만을 묶어서 만든 것으로 완결판 단행본이 아니었다. 그래서 순서가 바뀐 「혼인편」의 회차본은 수록되지 않았다. 이후 영창서관(1954)에서 『그 여자의 일생』 완결판 단행본을 최초로 출간하게 되었다. 첫 단행본인 영창서관본은 1회에서 207회차까지만 싣고 있으며, 208회에서 217회까지 10회차본을 단행본에서 제외시켰다. 10회차가 빠진 영창서관본을 완결된 단행본으로 보기도 사실상 어렵다고 할 수 있다. 그렇지만 이 영창서관본에 「혼인편」의 순서가 바뀐 회차가 처음 수록되었고, '정정란'을 참고하여 수록한 부분은 '135회-138회-137회-136회-139회'로 연결해서 출판하였다. 영창서관본 이후에 1회에서 127회까지의 연재본을 온전하게 수록해서 출간한 것이 현재 연구자들이 많이 보고 있는 삼중당본(1962, 1972), 우신사본(1979)이다. 영창서관본에서 생략했던 뒷부분 10회차를 살려서 싣기는 했으나, 삼중당본과 우신사본도 「혼인편」의 순서가 바뀐 회차본을 제대로 확인하지 않은 채 영창서관본의 순서를 정정하지 않고 그대로 수록하고 있다. 이 순서대로 나온 단행본의 서사는 문맥이 제대로 연결되지 않고 있음을 확인할 수 있다.

135회에는 금봉이 자신이 낳은 정선이 남편의 딸이 아님을 밝히려고 생각하는 내용이 수록되었는데, 바로 연결된 138회는 손명규가 상해에 사업을 차린다는 것을 속으로 기뻐하는 내용이 제시되고 백일 손님을 기다리는 장면에서 마무리가 되고 있다. 그러나 이후 연결된 137회에서는 다시 손명규가 금봉에게 상해에서 사업을 시작하려 한다고 밝히는 장면이 서술되고 있어서 앞뒤 내용이 엇갈리고 있음을 확인할 수 있다. 137회 다음으로 연결한 136회에서는 손명규 집에서 정선의 백일잔치를 하는 장면이 제시되고 있다. 즉, 이 장면은 138회의 손님을 기다리는 서술로 마무리된 부분 뒤에 연결되어야 자연스럽다. 서사적 연결이 매우 이상함에도 불구하고 신문사의 '정정란'만을 참고하여 단순히 136회분과 138회분의 순서만 교체해서 단행본에 내용을 수록함으로써 이 같은 오류를 현재까지 유지하고 있는 실정이다.

이번 태학사 전집본에서는 이 부분을 서사적 맥락에 맞게 정정하여 연재본 순서의 오류를 바로잡고자 한다. 즉 '135회-137회-138회-136회-139회'의 순서로 바로잡아 서사의 문맥적 흐름이 자연스럽게 이어지도록 재배치하여 수록하였다. 135회는 금봉이 딸의 친아버지에 대한 고백을 고민하면서 손명규와 일상적인 대화를 하는 장면, 137회는 남편 손명규의 삶의 태도에 대해 핀잔을 주다가 손명규가 상해에서 사업을 하게 될 것이라고 금봉에게 말하는 장면, 138회는 금봉이 남편이 상해에서 사업을 해서 함께 상해로 가게 되면 마음이 편해질 수 있다고 생각하면서 백일 손님을 기다리는 장면, 136회는 금봉의 집이 정선의 백일 손님들의 대화와 기생의 소리로 시끄러운 장면, 139회는 백일잔치를 파하는 과정으로 이어지고 있다. 변경된 회차로 서술된 부분은 시공간적 서사 내용 전개가 자연스러울 뿐만 아니라 각 회차가 연결되는 부분의 문맥도 자연스럽게 이어지고 있다.

『조선일보』 신문사의 착오로 연재 회차 순서에 문제가 발생하였고, 신문사가 '정정란'에서 이러한 오류를 수정한다고 명시했으나 그것이 오히려 더욱 혼란을 야기했다. 단행본을 출간하면서 내용을 제대로 확인하지 않고 '정정란'만을 참고하여 출판하는 바람에 회차 순서가 잘못된 채로 수록되었고, 이후에 간행된 몇 가지 이광수 전집에서도 오류가 정정되지 않고 현재까지 지속되어왔다. 이번 태학사 전집 간행본에서 『그 여자의 일생』의 중요한 서지적 오류를 바로잡음으로써 독자들은 이광수의 『그 여자의 일생』을 온전히 완성된 작품으로 읽을 수 있는 기회를 얻게 되었다.